BASTEI
LÜBBE

© Erol Gurian

Manuela Martini

Jahrgang 1963, studierte Medizin, Geschichte, Literaturwissenschaft und Romanistik in Mainz, München, Paris und Rom. Sie arbeitete als Regieassistentin, drehte Werbe-, Industrie- und Dokumentarfilme und schreibt Drehbücher. Sie lebt in Deutschland (München) und Australien.

Von Manuela Martini ist außerdem bei Bastei Lübbe Taschenbücher erschienen:

14821 Outback
15052 Barrier Reef

Manuela Martini

DEAD END

BASTEI LÜBBE

BASTEI LÜBBE TASCHENBUCH
Band 15 244

1. Auflage: Dezember 2004

Vollständige Taschenbuchausgabe

Bastei Lübbe Taschenbücher ist ein Imprint
der Verlagsgruppe Lübbe

Originalausgabe

Umschlaggestaltung: Gisela Kullowatz
Titelbild: Getty-Images/John Elk
Satz: hanseatenSatz-bremen, Bremen
Druck und Verarbeitung: AIT Nørhaven A/S, Viborg
Printed in Denmark
ISBN 3-404-15244-5

Für Thomas, Nicole, Julius und Franka

Prolog

Dick wie Brei ist die Luft. Sie zerfließt auf der Straße, die auf dem staubigen Land klebt. Die zähe Hitze erstickt jeden Laut und lähmt jede Regung. Auch der kurze Schatten der Gestalt da mitten auf der Straße bewegt sich nicht.

Charlie Isaacs hält seine beiden schweren Hände am Steuer, der Fuß ruht auf dem Gaspedal. Hinter ihm donnern elf Achsen, zwei Anhänger mit hundertachtzig Rindern auf zwei Stockwerken. Gierig verschlingt der Hundertfünfzig-Tonnen-Truck die Straße, die wie aufgerollte Lakritze über der gegerbten Erde liegt. Im Radio geben sie die Wettervorhersage durch. Die Straße ist frei. Charlie zählt schon lange nicht mehr, wie oft er diese Strecke bereits gefahren ist. Den Balonne-Highway von Charleville oder manchmal auch runterkommend von Blackall nach Brisbane. Und stets hat er gewusst, dass sie zu Hause auf ihn warten würde. *Ich brauche dich nicht mehr.* Noch immer übertönt das Echo ihres Satzes von heute Morgen das Autoradio.

Zwei Kängurus, von den Motorhauben unaufhaltsamer Road Trains geprallt, liegen zerschmettert am Straßenrand. *Ich brauche dich nicht mehr.* Charlies Blick verschleiert sich. Sein ganzes Leben ist an diesem Morgen sinnlos geworden.

Die breiige Luft beginnt zu wabern, die scharfen Blätter der Eukalyptusbäume zischen. Aus der Ferne dringt ein Grollen heran. Wild tanzen die Sandkörner auf dem Asphalt. Der Schatten regt sich noch immer nicht, doch Wind zerrt jetzt an rotem Stoff, schlägt ihn hoch – ein Kinderbauch darunter.

Du verstehst mich nicht. Das hatte sie schon häufiger gesagt. Doch er hat bis heute nicht gewusst, was sie damit meinte. Charlie wirft einen Blick in den Außenrückspiegel, tröstet sich am Anblick der im Fahrtwind flatternden Ohren der braunen Rinder, die aus den Verschlägen schauen wie Reisende. Fröhlich und arglos, denkt er und verdrängt sein Schuldgefühl. Sie wissen ja nicht, wo die Reise endet, sagt er sich. Zum Glück wissen sie es nicht. Er wischt sich mit dem Ärmel die Tränen von seinem breiten Gesicht.

Die Stille zerbirst in Donnern und Dröhnen. Barsch fegt die Druckwelle die Sandkristalle vom Asphalt, reißt am roten Stoff. Dürre Äste biegen sich. Doch der kurze Schatten bleibt, wo er ist.

In der ersten Sekunde hält Charlie es noch für ein Känguru, dann aber wird es rot, und rote Kängurus gibt es nicht. Mit seinen neunzig Kilo Körpergewicht steigt Charlie auf die Bremse, krallt sich am Lenkrad fest. Der Schub schleudert ihn gegen die Windschutzscheibe; der Sicherheitsgurt reißt ihn zurück, nimmt ihm die Luft; kreischend rutscht Gummi über Asphalt, Rinderkörper krachen an metallene Wände, brüllen, Motorgewinde gellen, Bremsen schreien, ein hundertfünfzig Tonnen schweres Geschoss rast auf ein rotes T-Shirt zu. Charlie schließt die Augen.

Als er sie wieder öffnet, ist es totenstill. Der Road Train steht. Drei Meter vor einem Kind in einem roten T-Shirt. Der Junge rührt sich nicht. Seine Kleider sind zerrissen, seine Haut aufgeschürft, seine Augen starren. Charlie schluckt, die Kehle so trocken, dass die Zunge am Gaumen klebt. Der Junge muss dem Teufel entkommen sein, schießt es ihm durch den Kopf. Er steigt aus.

»Sie kommen mich holen«, flüstert der Junge.

»Wer?« Charlie weiß nicht, ob er richtig verstanden hat.

»Sie haben sie eingegraben.«

»Wer?« Charlie rüttelt an den schmalen Schultern des Jungen. Sie sind zerbrechlich wie Vogelknochen, denkt er. »Wer?«

Doch der Junge antwortet nicht mehr.

Es ist Samstag, der vierte November. Hundert Kilometer vor Miles und hundertfünfzig vor Chinchilla.

1

Detective Sergeant Shane O'Connor von der Homicide Squad in Brisbane, Queensland, nahm die dunkle Sonnenbrille ab und atmete tief den scharfen Duft der Eukalyptusbäume ein. Über ihm in den Ästen krächzten Vögel. Die Erde war von Rinden und brottrockenen Blättern bedeckt, die unter jedem seiner Schritte zerbrachen. Unablässig verscheuchte er die Fliegen, die sich auf sein schweißnasses Gesicht setzten.

Schon von weitem sah er im Gehölz des Wäldchens das gestreifte Band, mit dem man den Fundort abgesperrt hatte. Es war Samstag, der elfte November, vier Uhr nachmittags. Der Ort hieß Chinchilla, und wäre die Fotografin, die Aufnahmen von dem hier stattfindenden Polocrosse-Turnier für das *Australian Polocrosse Magazine* machen sollte, nicht ihrem Hund nachgelaufen, der sich durch kein Rufen vom Buddeln abbringen ließ, dann hätten er und seine Kollegin Detective Tamara Thompson im Brisbaner Headquarters gleich Dienstschluss gehabt. Stattdessen hatten sie sich vor drei Stunden auf den Weg hierher begeben. Unterwegs hatte die Klimaanlage des Dienstwagens versagt, und vom Fahrtwind, der durch das offene Fenster ins Wageninnere geweht war, brannten Shanes Augen. Doch das störte ihn weniger als dieses Gefühl, das sich ihm schon auf der Hinfahrt aufgedrängt hatte und das er hastig zu vertreiben suchte. Er war nun bald Mitte vierzig, seit fast fünfzehn Jahren bei der Mordkommission, aber seit einem Jahr tauchte es immer öfter auf: das Gefühl, nein das Wissen, eine Situation schon einmal erlebt zu haben. Dieses Phänomen beunruhigte ihn. Und noch etwas anderes bereitete ihm Sorgen: Er verlor das Mitgefühl.

»Hierher, Detective!«, rief ein Mann, so groß und breit wie ein Schrank, und winkte.

Shane zwang sich, nicht mehr zu grübeln. Es ist Samstag, der elfte November. Ich war noch nie in Chinchilla. Und diesen Detective da vorn kenne ich auch nicht, sagte er sich.

»Meint er, wir sind blind?«, brummte Detective Tamara Thompson, die in ihrem beigefarbenen kurzen Rock und dem hellblauen Top dicht hinter Shane herging und mit den Händen die Fliegen vor ihrem Gesicht zu verjagen suchte. Vor einem Jahr war sie als vorübergehende Verstärkung in das Homicide-Squad-Team gekommen und dann geblieben. Obwohl Shane sie von Anfang an anziehend gefunden hatte – sie war dunkelhaarig, schlank, sportlich, mutig und schlagfertig –, hatte er seinem Ruf, ein Frauenheld zu sein, getrotzt und nie mehr als einen freundschaftlichen Drink mit ihr genommen. Darüber verspürte er einen gewissen Stolz.

»Detective Herb Kennedy«, stellte sich der muskelbepackte Polizist vor und lächelte ihn aus einem nichts sagend sympathischen Gesicht mit einem perfekt gestutzten Schnauzer an, wie ihn so viele Kollegen trugen.

Shane nickte nur. Herb Kennedy, dachte er, diensteifrig, ehrgeizig und korrekt. Er bückte sich unter der Absperrung hindurch. Vor ihm lag ein entwurzelter Baum. Die flache Grube, die seine Wurzeln hinterlassen hatten, war als Grab benutzt worden. Blitzlichter des Polizeifotografen zuckten, die Männer von der Spurensicherung bewegten sich still, steckten Schilder mit Nummern in die Erde, nahmen Abdrücke, stülpten Plastiktüten über die Hände der Leiche. Am Boden neben der Grube hockte Dr. Eliza Lee, die Gerichtsmedizinerin, und verschloss ihre Arbeitstasche.

»Ausgerechnet heute, mitten im Turnier!« Herb Kennedy schüttelte den Kopf mit dem sorgfältig geschnittenen kurzen dunklen Haar. »Sie können sich nicht vorstellen, was hier los war!« Seine Stimme war für seine Statur eine Idee zu hoch, fiel Shane auf, und er erwiderte nichts. Immer wieder erlebte er, dass Menschen nicht den Mord selbst, sondern die durch ihn hervorgerufene Störung als Zumutung empfanden. Er war also nicht der Einzige, dem das Mitgefühl abhanden kam, dachte er.

Shane betrachtete die Tote. Eine junge Frau, Ende zwanzig vielleicht. Sie trug einen kurzen Jeansrock, ein gebatiktes rotes T-Shirt, keine Schuhe. Ihr Haar war schulterlang und blond gelockt, unnatürlich blond und unnatürlich gelockt. Über der Stelle, wo das rechte Auge vor der Zerstörung durch Gliedertiere gesessen hatte, klaffte ein schwarzes, an den Rändern ausgefranstes Loch von etwa zehn Zentimetern Durchmesser.

Tamara wandte sich ab.

»Auf den ersten Blick würde ich sagen, seit etwa einer Woche tot«, bemerkte Dr. Eliza Lee nüchtern und erhob sich. »Läsion des Schläfenbeins – ist auch möglicherweise die Todesursache.« Elizas Blick streifte Tamara kurz und kühl. Shane wusste, dass die beiden Frauen sich nicht mochten.

»Hier war jemand offensichtlich unter extremem Zeitdruck«, sagte Tamara an Shane gewandt, ohne von Eliza Notiz zu nehmen, »oder einfach nur faul und schlampig.«

»Die Erde ist zu hart«, erwiderte Shane.

»Jemand ist mit dem Wagen von der Straße zum Polocrosse-Platz gefahren und dann weiter ins Gebüsch bis zu der Stelle hier.« Der Mann von der Spurensicherung deutete auf den Abdruck fast unmittelbar vor der Grube. »Wir haben lediglich ganz am Rand des Spielfeldes ein paar Abdrücke im weichen Sand gefunden, dann erst wieder den hier. Die Teams haben schließlich schon gespielt. Schuhabdrücke haben wir nur von der Fotografin. Man muss bedenken, falls noch mehr Spuren da waren, hat sie der Hund mit seinem Gebuddel zerstört.« Shane sah die aufgeworfene Erde um die Grube herum.

»Das steckte in der Gesäßtasche ihres Rocks.« Der Kollege hielt Shane einen Plastikbeutel hin, in dem sich ein bedruckter Zettel befand. »Papier von 'nem Päckchen Zucker.«

»›*Hotel Chinchilla*‹«, las Tamara mit zusammengekniffenen Augen.

»Liegt am Ortseingang, direkt am Ballone Highway«, erklärte Detective Herb Kennedy, »da müssen Sie vorbeigefahren sein.«

Eliza Lee strich sich eine Strähne ihres zurückgebundenen schwarzen Haares aus der Stirn.

Shane blickte sie an, betrachtete ihre olivfarbene Haut, ihre asiatischen Gesichtszüge, die Farbe ihrer Lippen – und verdrängte die Erinnerung an das letzte Zusammentreffen. Ein verpatzter Abend, an dem sie sich gestritten hatten. Sie war schlecht gelaunt gewesen, hatte sich über etwas geärgert und ihre schlechte Laune an ihm ausgelassen. Telefonisch hatte sie ihm anschließend mitgeteilt, dass sie eine neue Affäre habe. In die Sekunden dauernde Stille brach der Schrei eines Kookaburras.

»Wovon rührt dieses Loch in ihrem Kopf?«, zwang er sich zu fragen.

Eliza blieb vor ihm stehen, schüttelte den Kopf. »Kann ich dir erst sagen, wenn ich sie auf meinem Tisch habe.«

Er konnte es nicht vermeiden, ihr nachzusehen, wie sie sich mit langen Schritten zwischen den Bäumen hindurch entfernte, ohne sich noch einmal umzudrehen.

»Shane?« Tamaras Stimme klang missgelaunt. »Was ist jetzt?« Seine kleine Flucht war ihr nicht entgangen. Auch dieser wuchtige Detective mit dem Schnauzer starrte ihn an. Alle schienen ihn anzustarren, verlangten nach Initiative, Befehlen, nach jemandem voller Zuversicht und Tatkraft.

»Weiträumige Untersuchung des Ablageplatzes der Leiche«, beeilte sich Shane zu antworten. »Vielleicht finden sich ja noch ein paar andere brauchbare Spuren. Schuhe der Toten oder irgendetwas, das der Täter verloren haben könnte.« Detective Herb Kennedy deutete über Shanes Schulter zum Polocrosse-Platz. »Samantha Walters, die Fotografin, die die Tote gefunden hat, wartet übrigens da drüben.« Hinter den Bäumen, am Rande des Spielfeldes, konnte Shane einen Wagen mit offener Tür erkennen. Er marschierte los. Wie erdrückend heiß es hier im Busch war!

Zusammengesunken hockte die Frau in der offenen Tür eines weißen Ford Kombi und rauchte eine Zigarette. Zu ihren Füßen lag ein zotteliger Hund, der nur müde mit dem Schwanz klopfte, als er Shane kommen sah. Samantha hob kurz den Kopf. Ihr Gesicht unter dem Akubra war bleich. Sie musste Mitte vierzig sein, doch die Sonne des Buschs hatte ihre Haut um ein Jahrzehnt schneller altern lassen. Die Ärmel ihres zerknitterten Jeanshemdes hatte sie bis über die Ellbogen aufgekrempelt. Ihre Unterarme waren von unzähligen Sommersprossen gesprenkelt.

»Wie soll ich jetzt meine Fotos schießen?«, flüsterte sie, als er vor ihr stand. »Die haben das Turnier abgeblasen.« Ihre sommersprossige Hand mit der Zigarette zitterte. Sie stieß ein kurzes hysterisches Lachen aus. »Nicht zu fassen, was?«

Er wusste nicht, ob sie die Leiche meinte oder die Tatsache, dass das Turnier abgesagt worden war.

»Ich hab zuerst gedacht, Harvey hätte ein Känguru oder so was gefunden, weil er sich so aufgeführt hat. Als ich näher kam, sah es aus wie ein verwitterter weißer Ast.« Sie saugte an der Zigarette, als enthielte sie Sauerstoff, sah

Shane jedoch noch immer nicht an. »Dann hab ich mich gebückt und die Finger gesehen.« In dem Moment sprang sie auf und stürzte hinter den Kofferraum.

Harvey, der Hund, blickte Shane mit trüben Augen an.

Shane hörte, wie sie sich übergab. Er wischte sich mit einem Taschentuch den Schweiß von der Stirn. Von hier aus konnte er über das weite, aufgewühlte Spielfeld sehen, an dessen Rändern in der glühenden Hitze Autos und Pferdeanhänger zwischen Klappstühlen parkten. Polocrosse-Spieler und Zuschauer, sicher fast hundert Menschen, hatten sich in den Schatten der Bäume und unter das Dach eines Wellblechverschlags auf der anderen Seite des Spielfeldes zurückgezogen. Von weitem sah er ihre Trikots, Helme und Hüte. Polocrosse war eine Kombination aus Polo und Lacrosse, bei der Spieler zweier Mannschaften auf Pferden mit einem Schläger, an dessen Ende ein Korb aus Netz befestigt war, einem Ball hinterherjagten und ihn ins gegnerische Tor zu werfen versuchten. Mit diesem Spiel hatte Shane sich noch nie näher beschäftigt, denn er verstand weder etwas von Pferden noch von Lacrosse oder Polo. Doch wenn er einmal Gelegenheit zum Zuschauen gehabt hatte, hatte er zugeben müssen, dass ihn die Wendigkeit und Kraft der Pferde sowie die Schnelligkeit und Geschicklichkeit der Reiter tief beeindruckte. Zitternd und noch blasser als zuvor kam die Fotografin zur Fahrertür zurück. Sie trug zerschlissene braune Jeans und staubige, abgewetzte Boots und war kleiner, als Shane sie im Sitzen eingeschätzt hatte. »Ich hab so was noch nie gesehen.« Sie atmete tief durch und blickte ihn endlich an. Ihm fiel die Leuchtkraft ihrer silbergrauen Augen auf. »So endet es also«, murmelte sie.

»Was?«

»Wie spät ist es?«, fragte sie plötzlich aufgeregt und suchte vergeblich an ihren nackten Armen eine Armbanduhr. »Haben Sie eine Ahnung, wie spät es ist?«

»Gleich fünf. Wissen Sie, wer die Tote sein könnte?«

Seine Frage ließ sie in ihrer hektischen Suche innehalten. »Mit diesem Gesicht?« Hastig schüttelte sie den Kopf, starrte ihn an, die Silberaugen jetzt vor Schreck geweitet. Er dachte an das von Maden zerfressene Fleisch, die leeren Augenhöhlen. Selbst wenn die Tote eine Bekannte Samanthas gewesen wäre, hätte sie sie in diesem Zustand nicht unbedingt identifizieren können.

»Kennen Sie die Leute da drüben?« Er zeigte auf die Menschenmenge am anderen Ende des Spielfeldes.

Anstatt zu antworten, zündete sie sich eine neue Zigarette an. Die Suche nach ihrer Uhr hatte sie aufgegeben oder vergessen. Langsam ließ sie den Rauch aus ihrer Nase quellen. Dann entgegnete sie vollkommen ruhig: »Das ist wie eine Familie. Jeder kennt jeden von irgendwoher oder über irgendwen. Ein aufwendiger Sport. Kostet Geld und Zeit.«

»Warum wird ausgerechnet hier eine Leiche vergraben?«, gab Shane zurück.

Sie schien ihn mit ihren Augen zu durchleuchten, stieß Rauch aus. »Mein Gott, Detective, woher soll ich das wissen?« Er antwortete nicht, und sie musterte ihn und meinte schließlich: »Fangen Sie am besten bei Barry Walters an.« Auf seinen fragenden Blick hin fügte sie hinzu: »Meinem Exmann.« Sie warf die kaum gerauchte Zigarette in den Sand, trat mit ihrem Schuh die Glut tiefer als notwendig in die Erde. »Er hat nicht den besten Ruf.« Samantha sah ihn wieder an.

»Würden Sie ihm einen Mord zutrauen?« Er blies eine lästige Fliege von seiner Lippe.

»Sie verdrehen einem die Worte im Mund, Detective!«, fauchte sie. »Ich habe Ihnen nur gesagt, bei wem Sie anfangen können zu fragen. Mehr nicht.« Sie biss sich auf die Oberlippe, und ihre Augen flackerten auf.

Er unterdrückte eine Bemerkung und fragte in sachlichem Ton: »Kennen Sie das ›Hotel Chinchilla‹?« Sie zog eine neue Zigarette aus der Packung. »Ist eine ganz normale Kneipe.« Sie wirkte auf einmal gelangweilt. »So wie es sie überall gibt.« Die Tote schien sie plötzlich nicht mehr zu interessieren.

Er überließ es Tamara, die herankam, Samantha Walters' Personalien aufzunehmen, setzte die schwarze Sonnenbrille wieder auf und sah hinüber auf die andere Seite des Spielfeldes, wo sich die Menschen zusammendrängten wie eine Gruppe verängstigter Schafe.

Schweiß tropfte ihm in die Augen, als er endlich am Wellblech-Kiosk angelangt war. Er hatte die Ausdehnung des Spielfeldes unterschätzt. Und einen Hut vergessen.

Die Leute hatten ihn beim Näherkommen beobachtet, starrten ihn jetzt schweigend an. Einige machten verstohlene Bewegungen, um die Fliegen zu verscheuchen. Keiner wollte auffallen. Vier ortsansässige Kollegen in Uniform nickten ihm zu.

»Detective O'Connor, Homicide Squad«, sagte er laut und hielt seinen Ausweis hoch, auf dessen Lichtbild sein gelocktes Haar noch eher dunkelbraun als grau war. »Hinter dem Spielfeld ist die Leiche einer jungen Frau gefunden worden. Ich möchte Sie bitten, hier zu bleiben und meinen Kollegen alles zu berichten, was Ihnen aufgefallen ist.«

Sie sahen ihn misstrauisch an, ihn, einen Detective aus der Stadt, der keine Ahnung von Polocrosse hatte und noch nicht einmal reiten konnte.

Ein kräftiger Mann, um die fünfundvierzig, mit braunem, kurz geschorenem Haar, eckigem Gesicht und eisblauen Augen, lehnte an der Theke und griff nach einer Flasche.

»Eine Coke, Detective?«

Dankbar nickte Shane, behielt aber die Sonnenbrille auf.

»Barry Walters«, stellte der Mann sich vor und gab ihm die geöffnete Flasche. »Ich hab Sie mit Sam drüben gesehen.« Er sprach gedehnt, lässig, wie jemand, der sich nichts gefallen ließ. Barry lächelte bitter und nahm einen Schluck aus der Bierflasche. Ihre Augen ähneln einander, dachte Shane, seine eisblauen und Samanthas silbergraue. Warum haben sie sich wohl getrennt? Ein Grinsen zog sich über Barrys narbiges Gesicht. Wahrscheinlich hatte er in seiner Jugend an Akne gelitten. Dennoch konnte man ihn attraktiv nennen. Jungenhaft, fiel Shane ein. Barry trug enge Reithosen, die seine muskulösen Beine betonten und am Hintern und an den Knien stark verschmutzt waren. Sein grünes Trikot mit der Nummer acht war schweißdurchtränkt. Seine Bewegungen, wie er die Flasche nahm und wie er, auf einen Ellbogen gestützt, an der Theke lehnte, waren präzise und sparsam, ließen nichts Zweifelndes erkennen, und wenn er lachte, blitzten seine gesunden weißen Zähne. Ein Typ, der genau wusste, was er wollte – und davon überzeugt war, Recht zu haben.

Ein paar Männer raunten sich untereinander etwas zu, drei Jungs in Spielertrikots begannen, eine leere Bierdose über den Boden zu kicken. Ein Hund bellte und stürzte auf die Dose zu, biss hinein, die Jungs lachten, und einer von ihnen warf eine neue auf den Boden. Der Hund hielt inne, im Konflikt, ob er die alte Dose aufgeben und sich die neue schnappen oder sich mit der alten zufrieden geben sollte. Noch nicht einmal bellen konnte er mit der Dose im Maul. Die Jungs spielten weiter.

Shane schüttete die kalte Coke hinunter. Er ahnte, dass er gleich noch mehr schwitzen würde, obwohl er im Schatten stand.

Barry wischte sich mit dem Rücken seiner breiten Hand über die Stirn, schwieg und blinzelte in die gleißende Helligkeit, die sich jenseits des Schatten spendenden Blechdachs endlos ausdehnte. Seine Hände waren rissig und aufgeschürft.

Shane blickte ihm ins Gesicht. Er musste anfangen, seine Fragen zu stellen, Antworten zu analysieren – dreiste Lügen, Unverschämtheiten und Beleidigungen. Er musste anfangen. »Fand letzte Woche hier auch ein Turnier statt?«

»Nein. Aber ein paar aus der Gegend haben ein bisschen trainiert«, sagte ein älterer Mann mit lederner Haut, der neben Barry an der Theke stand.

»Wer wusste, dass hier ein Turnier stattfinden würde?«

»Jeder, der sich dafür interessiert hat«, warf nun eine dicke Frau ein, die auf einem der wenigen Stühle saß und ein Kind, das seltsam schlapp wirkte, wie eine Puppe an sich presste. »Hingen ja überall Plakate.«

»Hier sind immerhin drei Teams aus New South Wales, South Australia und natürlich wir Queensländer«, erklärte der alte Mann.

Shane betrachtete eine Weile Barry Walters. »Wollten Sie noch etwas sagen, Barry?«

»Ich?«, schrak er auf und schüttelte sofort den Kopf, dann knurrte er nur: »Finden Sie diesen Mistkerl!«

»Ja«, stimmte jemand zu, und die dicke Frau mit dem Kind rief: »Ist ein verdammt unangenehmes Gefühl zu wissen, dass ein Mörder frei herumläuft!«

Nicken und Geraune in der Menge.

»Genau!«

»Recht hat sie!«

»Das Schwein muss gefunden werden!«

Wie gut er das alles kannte! Jetzt demonstrierten sie Geschlossenheit, später würden sie sich hinter Lügen verschanzen, unangenehme Wahrheiten zurechtbiegen. Shane kannte seine Rolle, also versicherte er: »Wir tun alles, was wir können. Aber dazu brauchen wir Ihre Unterstützung. Teilen Sie meinen Kollegen alles mit, was Ihnen aufgefallen ist!«

Die Menge um ihn herum verwandelte sich, wurde zu

der Gruppe Eltern, vor der er in einem Schulhaus in Caboolture stand. Mit aufgerissenen Mündern forderten sie von ihm, den Mörder ihrer Kinder zu finden. *»Das Schwein muss gefunden werden!«* Mit ihren Augen nagelten sie ihn fest, rangen ihm das Versprechen ab ...

Da brachte ihn ein Scheppern ins Jetzt zurück. Shane fuhr herum. Einer der Jungen hatte die Bierdose an den Blechverschlag geschossen. Der Hund bellte. *Jetzt. Alles geschah jetzt. Der Ort hieß Chinchilla. Es war Samstag. Chinchilla, nicht Caboolture ...*

»Sollen wir mit den Befragungen beginnen, Detective?« Ein uniformierter Kollege stand vor ihm.

»Ja, fangen Sie an!« Erleichtert sah Shane Tamara mit dem Wagen heranfahren, verabschiedete sich mit einem kurzen Nicken und marschierte ihr entgegen.

»Shane, wir müssen unbedingt die Aircondition reparieren lassen«, stöhnte sie, als er einstieg. »Diese Hitze ist eine Zumutung!« Auf ihrem Gesicht standen Schweißperlen. Sie schluckte. »Mein Gott, Shane! Bei dem Anblick vorhin ist mir tatsächlich schlecht geworden.«

Shane erwiderte nichts, brachte kein aufmunterndes Wort über die Lippen; er dachte an die Sache in Caboolture. Tamara blickte noch einen Augenblick durch die Windschutzscheibe, dann fuhr sie an. Die Räder des Allrad-Pkws pflügten mühelos durch den weichen Sand. Er hatte einen Job zu erledigen, in dem er nicht versagen durfte, ermahnte er sich. Das war das Einzige, was zählte.

2

Joanna O'Reilly hetzte mit ihrer großen Mappe unter dem Arm den Korridor der Kinderabteilung des Brisbaner Royal Hospital hinunter. Sie war spät dran. Die morgendliche Auseinandersetzung mit Gary hatte sie viel Zeit und Kraft gekostet. Schließlich war sie verheult aus dem Haus gestürzt. Sie fühlte sich erschöpft und traurig, und wenn sie weniger diszipliniert gewesen wäre, hätte sie sich heute krank gemeldet.

»Du glaubst, ohne dich geht es nicht«, warf ihr Gary öfter vor. Letztes Mal hatte sie einfach ja gesagt. Sie fühlte sich ihren Patienten gegenüber verantwortlich und konnte nicht so einfach zu Hause bleiben wie Gary als Bankangestellter. Doch er verstand das nicht.

Sechs nach neun, sah sie im Vorüberhasten an der großen Uhr über dem Stationszimmer. Ihre Sandalen mit den schmalen Absätzen waren zwar schön, aber nicht zum Schnellgehen geeignet. Doch sie unterstrichen ihre langen Läuferinnen-Beine und passten zu ihrem kurzen Sommerkleid mit den feinen Querstreifen in Oliv, Orange und Weiß.

»Hi, Joanna, er hat schon nach dir gefragt!«, rief ihr Schwester Patricia-Mae zu.

Joanna nickte schnell, eilte weiter den Gang entlang, an dessen Ende sie bereits die imposante Gestalt des Stationsarztes Dr. Hinkler entdeckte, der vor einer Tür stehen geblieben war. Sie verabscheute es, zu spät zu kommen.

»Sorry«, stieß sie atemlos hervor. Ihr fiel wieder auf, wie langweilig er doch mit seiner milchigen Haut und dem schwammigen, faltenlosen Gesicht wirkte, das im Laufe seines vierzigjährigen Lebens nicht markanter, sondern konturloser geworden war.

»Sie haben gestern einen Jungen aus dem Hospital in

Charleville hergebracht«, begann er ohne Einleitung. »Seit einer Woche hat er kein Wort gesprochen.«

Joanna O'Reilly stieg sein üppig aufgelegtes Rasierwasser in die Nase; es nahm ihr beinahe den Atem. Dabei hätte sie sich nach einem Jahr – so lange arbeitete sie bereits vier Tage die Woche in der Brisbaner Klinik als Kunsttherapeutin – schon daran gewöhnen müssen. Ehrgeizig sei sie, sagte man von ihr, die Karriere, die vor ihr lag, viel versprechend. Wer sonst hätte den Job angenommen, für so wenig Geld?

»Ein Truckfahrer hat ihn aufgelesen. Stand auf einmal mitten auf der Straße. Er meidet jeden Kontakt, hat autistische Züge. Joanna ...« Er sah sie durch seine runde Brille eindringlich an. »Ich möchte, dass Sie in Erfahrung bringen, was passiert ist.« Dr. Hinkler reichte ihr eine dünne Mappe und wandte sich zum Gehen.

»Moment«, bat Joanna schnell, »hat er einen Namen?«

Dr. Hinkler blieb stehen, zuckte die massigen Schultern. »Den kennen wir nicht.«

Sie blickte ihm nach, wie er mit wehendem weißen Kittel den Flur hinunterstapfte. Obwohl sie schon einige schwierige Fälle gemeistert hatte, überfielen sie nun doch Zweifel, ob sie der Herausforderung gewachsen sein würde. Joanna seufzte und sah auf die Unterlagen in ihrer Hand. Sie stand am Ende eines endlos langen, leeren Korridors. Schon hörte sie die Schritte ihres Rückzugs. Laut und hohl. Dann blickte sie auf die weiße geschlossene Tür vor sich. Sie holte tief Luft und schlug die Akte auf. Rasch überflog sie das Polizeiprotokoll.

»Sie kommen mich holen«, hatte der Junge zu dem Truck-Fahrer gesagt. Und: »Sie haben sie vergraben.«

Sie schluckte. Welches Schicksal wartete da hinter der weißen Tür?

Langsam drehte sie den Türgriff.

Auf einem der beiden Betten hockte ein Junge, reglos und stumm. Sie schätzte ihn auf neun oder zehn Jahre. Den Kopf mit dem kurzen braunen Haar hatte er zwischen die Schultern gezogen. Der hellblaue Jogginganzug stammte aus dem Krankenhaus. Sie hatte keine Ahnung, wo sie beginnen sollte. Der Junge schien sie überhaupt nicht wahrzunehmen. Fang an, dachte sie, fang einfach an.

»Hi«, sagte sie, »ich heiße Joanna.« Sie setzte sich auf das leere Bett neben seinem und wartete ab.

Der Junge blickte mit großen braunen Augen durch sie hindurch, Augen, aus denen das Leben geflohen war. Er erwiderte nichts. Sie betrachtete ihn. Seine Haut war sehr hell, im Gesicht hatte er Sommersprossen und ein paar Schürfwunden. Seine dunklen Wimpern waren für einen Jungen ungewöhnlich lang, die hohen Wangenknochen ließen auf slawische Vorfahren schließen. Bis auf ihre beider Atemgeräusche und das Tropfen des Wasserhahns im Bad war es ganz still im Zimmer.

Nach einiger Zeit stand sie auf und nahm aus ihrer Mappe einen großen Zeichenblock und Acrylfarben, die sie auf den schmalen, langen Tisch an der Wand legte. »Ich hab dir was mitgebracht.«

Sie unternahm noch nicht einmal den Versuch, mit ihm in den Therapieraum zu gehen, denn sie war sicher, dass er nicht freiwillig mit ihr den Raum verlassen würde. Nicht jetzt, nicht beim ersten Mal. Kaum merklich, aber ihr war es dennoch nicht entgangen, hatte er eben die Augen bewegt. Ein erster Kontakt?

Joanna setzte sich an den Tisch und wartete. Würde er sie, eine Fremde, in seine Welt eindringen lassen? Er saß weiter mit angezogenen Beinen auf dem Bett, den Blick auf die gegenüberliegende Wand gerichtet. Sein rechtes Ohr stand etwas ab, fiel ihr jetzt auf, und nun sah sie auch die feinen verkrusteten Schrammen an seinen Händen und Armen. Was hast du erlebt?, dachte sie. Doch er sah sie noch nicht einmal an. Immer noch waren nur ihr Atem, der tropfende Wasserhahn und das kaum vernehmbare Ticken ihrer Armbanduhr zu hören.

Und plötzlich geht alles ganz schnell. Die Tür wird aufgestoßen, und Schwester Patricia-Mae kommt herein. Der Junge starrt die Schwester mit schreckgeweiteten Augen an, springt im selben Moment auf, wirft sich wie ein in die Enge getriebenes Tier zum Schrank, bekommt die obere Kante zu fassen und versucht verzweifelt, sich hinaufzuretten.

Patricia-Mae will den Jungen festhalten, ihn vor einem Sturz bewahren. Doch der brüllt und tritt wild um sich, noch immer mit den Armen am Schrank hängend.

»Lassen Sie ihn, Patricia-Mae!«, ruft Joanna.

»Er verletzt sich doch!«

»Lassen Sie ihn sofort los!«, wiederholt Joanna energisch.

Da lässt die Schwester endlich von dem Jungen ab, der daraufhin sofort verstummt.

Eine Weile rührte sich niemand, dann ließ der Junge die Schrankkante los und glitt langsam hinunter.

»Du bist in Sicherheit«, sagte Joanna mit ruhiger Stimme. »Niemand hier tut dir etwas.«

Zum ersten Mal sah der Junge sie an. Mit braunen, verzweifelten Augen.

Die Krankenschwester verließ das Zimmer, und der Junge verkroch sich ins Bett, zog die Decke über den Kopf. Joanna nahm eine Weile vorsichtig neben ihm auf der Bettkante Platz, ließ ihm aber die Decke als schützende Höhle.

Die nächsten vier Stunden mit den anderen Patienten

verliefen erfolgreicher. Doch sobald Joanna ein paar Minuten Zeit erübrigen konnte, sah sie bei dem Jungen hinein. Eine Praktikantin versuchte gerade, mit ihm zu spielen. Kurz zuvor waren zwei Kinder bei ihm gewesen, doch er hatte keinen Kontakt mit ihnen aufgenommen.

Als Joanna schließlich die Klinik verließ, fühlte sie sich müde und niedergeschlagen. Wie lange würde es dauern, bis der Junge zu kommunizieren begann? Würde er es überhaupt tun? Sie vermisste ihren Supervisor, die Frau, bei der sie stets Rat und Unterstützung gefunden hatte. Doch sie war nach Europa gezogen, und bisher gab es niemanden, der sie hätte ersetzen können.

Vor dem Eingang blieb Joanna eine Weile stehen. Warme, feuchte Luft umfing sie. Über den Himmel drängten sich Wolkenberge näher. Der Gedanke an Gary, der bei ihrer Heimkehr sicher bereits von seinem Treffen mit Freunden zurück sein würde, belastete sie. Sie wäre gern allein gewesen.

Mit Blaulicht und Sirene schoss ein Krankenwagen heran. Sanitäter rissen die Türen auf, luden eine Trage aus. Darauf lag ein Mann mit blutigem Gesicht. Er hatte schwarze Haut. Wie sie. Manchmal vergaß sie das.

Sie setzte sich in ihren Wagen, fuhr durch die Straßen der City hinunter zum Fluss, fand wider Erwarten – schließlich war Samstag – einen Parkplatz und ging hinunter zum Riverside Quai. Der Geruch nach Moos stieg ihr in die Nase. Hinter ihr, von den Cafés am Fuße der hohen Apartmenthäuser mit ihren spiegelnden Glasfassaden, erklangen Stimmen und Musik.

Sie sah hinauf in die weißen Wolken. Möwen kreisten am Himmel. Der Wind wellte die Oberfläche des Wassers, auf der Wasservögel sich treiben ließen. Eine Weile stand sie so da, dann stieg sie die Stufen zum hölzernen Quai hinunter und schlug die Richtung flussabwärts ein.

Als sie am Vorabend spät nach Hause gekommen war, hatte Gary auf dem Sofa gelegen, ferngesehen und bei ihrem Eintreten mit glasigen Augen aufgeblickt.

»Ohne dich läufts wohl nicht!«, hatte er gesagt. »Andere gehen um diese Zeit aus.«

Sie hatte nichts auf Garys Vorwurf erwidert, sondern war wortlos ins Bad gegangen und hatte eine Dusche genommen. Gern hätte sie Gary von ihrem Tag erzählt, aber er hatte sich in den letzten Monaten verändert. Er interessierte sich nicht mehr für ihre Arbeit, im Gegenteil, er warf ihr vor, zu viel zu arbeiten. Auf ihre Frage, ob er Ärger im Büro habe, winkte er immer nur ab. Inzwischen zog sie auch eine Affäre in Betracht. Hatte er eine andere Frau, eine Weiße – weiß wie er selbst? Sie hatte sich abfrottiert, eingecremt und sich ihr schwarzes glänzendes Haar gekämmt. Dann hatte sie sich die Zähne geputzt. Joanna hatte ihn nicht zur Rede gestellt. Sie war zu müde gewesen. Und er zu betrunken.

Sie bemerkte, dass sie schon fast an der Victoria-Bridge angekommen war. An ihrer rechten Ferse brannte eine Blase. Joanna wünschte sich, Joggingschuhe angezogen zu haben, und kehrte um. Als sie an einer Ampel auf Grün wartete, donnerte ein Viehtransporter vorbei, und sie stellte sich vor, wie der Junge mitten auf der Straße gestanden hatte. Woher war er gekommen? Und wer hatte ihn holen wollen?

3

Samantha Walters, die Fotografin, hatte Recht: Die Kneipe »Hotel Chinchilla« sah genauso aus wie tausend andere im Land. Ein mehrstöckiges Eckhaus mit einem langen Balkon. Tamara parkte den Wagen zwischen zwei Pritschenwagen vor dem Eingang.

An die Hitze hatte Shane sich fast schon gewöhnt, da es auch im Auto brütend heiß gewesen war, aber nicht an die schwarzen Fliegen, die sich sofort auf sie stürzten, als sie ausstiegen. Eine drückende Stille lag über Chinchilla. Selbst den Vögeln schien es zu heiß zu sein.

»Ich hasse diese Kneipen«, seufzte Tamara und folgte ihm.

Er stieß die Schwingtür auf. Wohltuende Kühle umfing ihn. Bunte Spielautomatenlichter zuckten, an der schummrig erhellten Bar lehnten zwei verschwitzte Männer. Einer trug eine Goldrandbrille, der andere einen Vollbart. Ihre Hüte mit den Schmutzrändern hatten sie nicht abgesetzt, weil sie wohl schon Bestandteil ihrer selbst geworden waren. Unter ihren Shorts kamen haarige Beine zum Vorschein, die in verkrusteten Boots endeten. Ihr Gespräch verstummte, und ihre Blicke wurden feindselig.

»Homicide Squad.« Shane zückte seinen Ausweis. »Junge Frau um die zwanzig, kurzer Jeansrock, rotes, gebatiktes T-Shirt. Kennt hier jemand eine Frau, zu der diese Beschreibung passt?«

»Meinen Sie die Tote?«, fragte der mit der Brille. Es war ein altmodisches, tropfenförmiges Modell und viel zu groß für sein Gesicht. Aus der Brusttasche seines khakifarbenen Hemdes ragten zwei Kugelschreiber.

»Wen sonst?«, schaltete sich Tamara ein.

»Na, na, na!« Im Mund des bärtigen Mannes funkelte dabei ein Goldzahn.

»In der Tasche der Frau steckte das Papier eines Zuckerstücks, darauf stand ›Hotel Chinchilla‹«, erklärte Shane und warf Tamara einen strengen Blick zu, denn ihrem Gesichtsausdruck und ihrer Haltung waren anzusehen, dass sie sich den Männern aus dem Busch überlegen fühlte. Er wollte auf jeden Fall eine Eskalation vermeiden. Der Wirt, ein massiger Kerl mit schwarzem, wildem Bart, zeigte auf eine Blechdose am Ende der Theke. »Da kann sich jeder bedienen.«

Die Männer sagten nichts. Shane betrachtete einen nach dem anderen. Der Vollbärtige mit dem Goldzahn hatte die Hände vor seinem gewaltigen Bauch gefaltet; er schnalzte mit der Zunge, während er Shane und Tamara musterte, als schätzte er Gewicht und Marktwert seiner Rinder.

»Gib mir noch ein Bier«, meinte der mit den Kugelschreibern und der Metallbrille schließlich und wandte sich gelangweilt ab.

»Kennen Sie Barry Walters?«, fragte Shane.

Die Gesichter der Männer verrieten keine Regung. Nur die Lichter der Spielautomaten zuckten, und hinter der Küchentür zischte Fett.

»Er ist ein verdammt guter Polocrosse-Spieler«, antwortete endlich der Wirt und sah Shane provozierend direkt in die Augen.

»Das hab ich schon gehört. Und was kann er sonst noch?«

Der Wirt verzog das Gesicht zu einem gequälten Lächeln. »Was wollen Sie von ihm? Wir wissen doch noch nicht mal, wer die Tote überhaupt ist. Und Sie wissen es auch nicht, hab ich Recht?«

Tamara nagte an ihrer Unterlippe, auf ihrem Hals hatten sich rote Flecken gebildet. Shane hoffte, sie würde den Mund halten. Das gequälte Lächeln des Wirts verwandelte sich in ein selbstbewusstes Grinsen. Die Männer grinsten nun auch. Ohne sich zu verabschieden, drehte sich Shane zur Tür und ging hinaus. Tamara folgte ihm eilig.

»Es ist jedes Mal das Gleiche in solchen Kneipen«, stöhnte sie, wieder im Auto. »Die Typen sind einfach ungehobelt!« Sie ließ den Motor aufheulen. »Wir sollten sie mal stundenlang verhören, da möchte ich sehen, wie ...« Sie brach ab und sah ihn an. »Warum sagst du nichts?«

Er winkte müde ab. Es war wie immer gewesen. Ganz genauso.

Tamara blies sich eine Locke ihres kurzen Haares aus der Stirn und blickte einen Moment stumm geradeaus auf die Straße. Eine Fliege brummte an der Scheibe. Ein Lieferwagen fuhr vorbei. Ein Hund überquerte die Fahrbahn. »Und jetzt?«, fragte sie schließlich.

»Jetzt machen wir's uns hier in Chinchilla gemütlich.« Er deutete nach hinten zum Kofferraum, in dem Computer, Fax, Scanner und Telefone verstaut waren.

Sie stöhnte. »Ich könnte jetzt einen Kuchen vertragen. Einen großen Schokoladenkuchen mit einem Sahneberg.«

Er lachte auf. Sie zählte pedantisch Kalorien, ernährte sich vegetarisch, predigte die Wichtigkeit von gesunder Ernährung und regelmäßiger Gymnastik. Ein Schokoladenkuchen mit Sahne musste folglich das Schlimmste sein, was sie sich und ihrem Körper antun konnte.

Detective Herb Kennedy musste gesehen haben, wie sie den Wagen vor der Polizeistation parkten, denn kaum hatten sie die Türen geöffnet, eilte er ihnen schon entgegen und half, ihr Equipment hineinzutragen und es in einem winzigen Zimmer am Ende des langen Korridors der Polizeistation zu installieren. Als wären die Geräte nicht schwerer als leere Kartons, trug er sie aus dem Wagen und stellte sie bedächtig ab. Überhaupt hatten die Bewegungen seines muskulösen Körpers etwas Vorsichtiges, als hätte er ständig Angst, irgendwo anzustoßen.

Die Schreibtische in ihrem neuen Büro waren abgeschrammt und die Sessel klapprig. Immerhin gab es jedoch zwei Fenster und eine Kaffeemaschine. Shane erinnerte sich an schäbigere Büros. Herb hatte ihnen in einem einfachen Motel Zimmer zum Übernachten reserviert.

Als alles an seinem Platz stand und funktionierte, war es fast halb neun. Die Anfrage an das Missing Persons Bureau lief, und die Beschreibung der Toten hatten sie an die Medien gegeben. Mehr konnten sie heute nicht mehr erreichen.

»Wollen Tamara und Sie nicht noch auf ein Barbecue zu mir und meiner Frau rüberkommen?«, fragte Herb Kennedy fast schüchtern. Wie er so vor Shane stand, fühlte sich dieser mit seinen ein Meter fünfundsiebzig und dem eher durchschnittlich zu nennenden Körperbau – den leichten Bauchansatz inbegriffen – klein und schmächtig.

»Sorry, Herb.« Tamara blickte von ihrer Schreibarbeit auf, »aber ich bin wirklich müde und muss noch diesen SITREP hier schreiben.«

»Schade«, Herb zuckte die Schultern, »vielleicht später?«

Tamara schüttelte den Kopf. Unter ihren Augen lagen dunkle Schatten. »Tut mir Leid, Herb.«

Shane aber sagte zu. Er verspürte eine tiefe Abneigung gegen ein fremdes Motelzimmer. Herb lächelte dankbar. Shane wusste, im Busch war es einsam.

Um kurz vor neun stieg Shane also in Herbs hellblauen privaten Commodore, in dem es nach Schuhcreme roch. Die Fenster der umliegenden Häuser leuchteten als Lichtrechtecke.

»Ist nicht weit«, erklärte Herb beim Anfahren. »Wenn ich nicht manchmal dringend ins Büro müsste, würde ich laufen.« Er stieß rückwärts aus der Einfahrt auf die Straße. »Na ja«, er lächelte ein wenig verschämt, »ich hab was übrig für Autos ... für alte Autos.« Er tätschelte das Armaturenbrett. »Weiß nicht mehr, wie viele Stunden ich schon druntergelegen hab. Wie gefällt Ihnen die Lackierung?«

»Gut. Wirklich«, antwortete Shane und betrachtete das Hellblau der Kühlerhaube.

»Ist mal was anderes, was?« Herb lachte stolz.

»Ja.« Shane hätte gern Herbs Freude geteilt. Doch er spürte nur eine niederdrückende Last. Vielleicht hätte er sich doch allein in sein Motelzimmer zurückziehen sollen. In einer Seitenstraße, in der sich einfache Holzhäuser im Abstand von höchstens fünf Metern aneinander reihten, bog Herb auf den Rasen vor einem der Häuser ein und rollte mit abgestelltem Motor bis vor einen dürren Busch. Dort zog er die Handbremse.

Herbs Heim war ein einfaches Holzhaus mit flachem Dach. Jetzt, in der Dunkelheit, reflektierte das Metall der Wäschespinne im Vorgarten das Licht einer an der nächsten Straßenecke stehenden Laterne. Kaum hatten sie die Autotüren zugeschlagen, als die Haustür aufgerissen wurde. Eine zierliche Gestalt hob sich vor dem hinter ihr liegenden erleuchteten Flur ab.

»Becky«, rief Herb, »Besuch aus Brisbane, Shane O'Connor!« Er nahm mit einem Schritt die drei Stufen zur Tür. Becky reichte Herb nur bis zur Brust, und er musste sich hinunterbeugen, um ihr einen Kuss auf den Mund zu drücken.

»Kommen Sie herein, Shane«, bat sie und sah ihn aus fröhlichen Augen an, »ich freue mich, wenn wir Gäste haben!« Ihr Gesicht hatte nichts Auffallendes, alles passte zueinander, war irgendwie angenehm, aber nicht aufregend. Das braune Haar trug sie in einer unkomplizierten Fransenfrisur, die zu ihrer legeren Kleidung, einem leichten Karohemd und verwaschenen Jeans, passte. Als sie sich zum Licht drehte, fielen Shane ihre Lachfalten auf. Ein glückliches Paar, ging es ihm durch den Kopf – und prompt wurde die Last, die ihn niederzudrücken schien, noch ein wenig schwerer.

»Fühlen Sie sich wie zu Hause, Shane!«, sagte Becky und ging mit raschen Schritten voraus. »Schlimm genug, dass sie da draußen in diesen Motels übernachten müssen, noch dazu am Wochenende.«

»Man gewöhnt sich dran«, erwiderte Shane und folgte Herb ins Wohnzimmer. Ein angenehmer Essensgeruch lag in der Luft. Im Wohnzimmer, das nur durch eine Theke von der Küche abgetrennt war, lagen abgetretene Teppiche, und die Couch bedeckten Badetücher. Um die abgewetzten Stellen zu verstecken, schätzte Shane. Aber Herb und Becky waren glücklich ...

»Nehmt euch ein paar Drinks«, rief Becky aus der Küche, sich die Hände an ihren Jeans abwischend, »die Kartoffeln brauchen noch ein bisschen.«

Shane setzte sich auf die Couch. In der Ecke bemerkte er den Kasten der Klimaanlage, die trotz der stickigen Hitze nicht eingeschaltet war.

Herb kam mit einem Sixpack FourX aus der Küche, reichte Shane eins davon, nahm sich selbst eins und stellte den Rest der Packung auf den Teppich neben der Couch.

»Ich sag Ihnen, einen schlechteren Termin hätte es gar nicht geben können! Chinchilla und Polocrosse, das gehört einfach zusammen. Und jetzt eine Tote.« Herb ließ sich breitbeinig in einen zerschlissenen Fernsehsessel aus hässlich braunem Kunstleder fallen. Auf seinem Gesicht standen Schweißperlen.

»Kennen Sie Samantha Walters und ihren Exmann Barry näher?«

»Na ja, ich war manchmal mit Barry was trinken. Sie haben sich nur getrennt. Verheiratet sind sie noch.« Herb trank aus der Flasche. »Irgendwann haben Sam Barrys Affären gereicht. Sie sind beide exzellente Polocrosse-Spieler. Barry hatte ein wunderbares Pferd aus der Doc's-Freckles-Oak-Linie. Schon mal gehört?«

Shane schüttelte den Kopf. Mein Gott, wie heiß es hier war! Das Hemd klebte ihm auf der Haut.

»Dacht ich mir schon«, bemerkte Herb, »sagt Ihnen nichts.«

»Nein«, antwortete Shane, »ich hab mich auch noch nie für Pferde interessiert.«

Herb hatte das zweite Bier angefangen. »Ich mich schon.« Er seufzte. »Aber ich konnte es mir nie leisten. Als Kind bin ich in der Stadt aufgewachsen. Da gibts keine Pferde.« Herb schien bitteren Erinnerungen nachzuhängen. Er leerte auch die zweite Flasche. »Ich war vorher in Townsville. Dann hab ich denen was nicht recht gemacht – und schwups, bin ich hier gelandet.« Herb ließ seinen Blick rasch durch die Wohnung gleiten und strich die aufgerissene Stelle in der Armlehne glatt. Shane fragte sich, ob er sich erkundigen sollte, was genau Herb »nicht recht gemacht« hatte, entschied sich aber zunächst einmal dagegen. Herb war schließlich nicht sein Partner; er unterstützte ihn und Tamara lediglich bei den Ermittlungen.

»Becky ist großartig«, redete Herb weiter und setzte ein Lächeln auf. »Sie ist einfach mitgekommen und hat mir deshalb nie Vorwürfe gemacht.« Er öffnete die dritte Flasche. »Sie hätte was Besseres verdient.« Wieder das bittere Lachen. Vogelstimmen drangen von draußen herein, Zikaden zirpten.

»Herb, das Fleisch!«, rief Becky und schob eine Plastikschüssel auf die Küchentheke.

»Ja! Her damit!« Herb erhob sich. »Kommen Sie, Shane, wir schmeißen schon mal den Grill an.« Seine Bitterkeit war wie weggeblasen. Shane folgte ihm in den nachtdunklen Garten, in dem das weiße Licht aus dem Wohnzimmer versickerte. Der Garten – ein Stück verbranntes Gras, umgeben von dürren Büschen, die das Grundstück von dem der Nachbarn abgrenzten, vier verwitterte Plastikstühle und ein wackliger Metalltisch, auf dem trockene Zweige lagen. Das Zirpen der Zikaden klang schriller. Herb drehte den Gashahn des Grills auf, der neben dem Tisch stand.

»Barry Walters hat seine Frau verprügelt«, berichtete er unvermittelt.

»Samantha?«, fragte Shane und sah die hellhäutige Fotografin vor sich, die mit zitternden Händen die Zigarette hielt, dann dachte er an Barry und seine muskulösen Arme und Beine.

Herb nickte. »Seine Freundin ebenfalls. Er hatte immer Freundinnen, auch als die Kinder noch zu Hause waren. Sie sind auf der Schule in Brisbane.« Er warf die Steaks aus der Plastikschüssel auf die heiße Platte des Grills. Das Fleisch zischte. Herb berichtete, dass vor Monaten jemand aus der Kneipe »Hotel Chinchilla« seine Kollegen gerufen hatte, da Barry dort ausgerastet war und erst seine Freundin verprügelt und dann blind um sich geschlagen hatte.

»Könnte er den Mord begangen haben?«, fragte Shane.

Herb behielt die Steaks im Auge. »Er hat 'ne Farm.« Er blickte auf. »Wieder 'ne Dürre. Gefallene Preise für Rinder, Schafe, was weiß ich. Wieder 'ne Flut. Wenn man ausgeliefert ist, schlägt man um sich, oder?« Sein Lächeln war verzerrt. Unter dem akkuraten Schnauzer blitzten weiße Zähne.

Wie oft hatte Shane das und Ähnliches schon gehört! Als wäre damit Gewalt sanktioniert.

»Wie weit sind die Steaks?«, fragte Becky von drinnen.

»Gleich fertig!«, rief Herb fröhlich zurück. Mit einer Gabel hob er ein Steak hoch, besah sich die Unterseite, drehte es um und drückte es mit der Gabel auf den Rost.

»Kartoffeln sind fertig!«, gab Becky zurück.

Sie setzten sich drinnen an einen runden, abgestoßenen Tisch zwischen Küche und Couch. Das Deckenlicht war grell und ungemütlich. Doch Becky und Herb waren offenbar daran gewöhnt. Vielleicht hatten sie nie darüber nachgedacht; möglicherweise gefiel es ihnen auch. Keine dunklen Winkel, in denen etwas lauerte. Kaum stand das Essen auf dem Tisch, ergriffen die beiden ihr Besteck und begannen in ungeheurem Tempo, zu schneiden, zu kauen und zu schlucken, als ginge es darum, einen Wettbewerb zu gewinnen.

»Ich muss an die Tote denken«, gestand Becky plötzlich mit dem Besteck in der Hand und sah Shane aus großen Augen an. »Sie war so jung. Sie hat doch sicher geglaubt, sie würde noch mindestens fünfzig Jahre leben ...«

Herb schüttelte den Kopf. »Was du dir für Gedanken machst!« Zu Shane gewandt, sagte er: »Becky hat immer Mitleid mit den Opfern.«

Becky schien seine Bemerkung peinlich zu sein. »Greifen Sie nur zu, Shane!«, beeilte sie sich zu sagen und deutete auf die Schüssel Kartoffeln. »Wie sind die Steaks? Gut?«

»Sehr gut, danke«, antwortete Shane mit vollem Mund.

»Übrigens«, Herb kaute und fuchtelte mit der Gabel in der Luft herum, »haben Sie von dem Jungen gehört, den der Fahrer eines Viehtransporters mitten auf dem Highway aufgelesen hat? Der Mann war vollkommen fertig.« Herb schluckte den Bissen hinunter und steckte sich das nächste Stück Fleisch in den Mund.

Shane schüttelte den Kopf.

»Hat einfach mitten auf der Straße gestanden, mutterseelenallein«, redete Herb weiter und schnitt das nächste Stück Steak ab.

Becky seufzte und sagte mit vollem Mund, ohne von ihrem Teller aufzusehen: »Manche Menschen sollten einfach keine Kinder haben. Haben Sie Kinder, Shane?«

»Ich bin geschieden. Pamela ist sechzehn.« Er verdrängte

die Gedanken an Pams verzweifelten Anruf vor zwei Tagen.

Sie rief ihn in letzter Zeit nur noch selten an. Sie waren sich zu fremd geworden; die Schuld daran trug er. Zuerst hatte er erwartet, sie brauche seinen Rat – vielleicht weil sie ungewollt schwanger geworden war. Stattdessen hatte sie erzählt: »Mum will wieder heiraten.« Er hieß Frank, war achtundfünfzig (dreizehn Jahre älter als Kim) und behandelte diese – so schilderte es Pam – wie eine Königin. »Mum ist nicht mehr zum Aushalten«, hatte Pam gestöhnt. »Ich will nicht, dass sie heiraten! Kannst du nicht mit ihr reden? Wenn wir zu ihm ziehen, dann komm ich zu dir.«

Er hatte sie beruhigen müssen: »So schnell heiratet man nicht, Pam.«

Doch sie bestand darauf, dass er mit Kim redete.

Einen Versuch würde er starten, obwohl er sich Kims Antworten schon vorstellen konnte: *Frank wird sich wenigstens um sie kümmern – was du nie getan hast.* Und er würde sich dann an all die Abende und Wochenenden erinnern, an denen er Überstunden gemacht und bis zum Hals in einem Fall gesteckt hatte und seine Frau und seine Tochter ihm immer fremder geworden waren und ihm Vorwürfe gemacht hatten. Ich muss morgen anrufen, dachte er.

»Wir haben keine Kinder«, unterbrach Becky seine Gedanken und legte im selben Moment das Besteck auf ihren restlos geleerten Teller. Shane hätte nicht über eine besondere Beobachtungsgabe verfügen müssen, um aus ihrer Äußerung einen traurigen Ton herauszuhören. Kaum war der Satz ausgesprochen, legte auch Herb sein Besteck ab, stand auf und trug die leere Fleischplatte und ihre beiden Teller in die Küche. Shane fiel auf, dass er noch nicht einmal die Hälfte des Steaks gegessen hatte.

Becky schickte Shane ein schnelles Lächeln. »Aber man kann ja nicht alles haben, nicht wahr?«

Shane nickte. Sie hatten mit diesem Thema einen verminten Weg betreten. Er fühlte Erleichterung in sich aufsteigen, als sich Becky in die Küche zurückzog und er mit Herb auf der kleinen mit Fliegennetz geschützten Veranda Platz nahm.

»Hier ist schon mal eine Frau verschwunden«, begann Herb auf einmal, nahm einen Schluck aus einer weiteren Bierflasche und sah hinauf in den schwarzen Nachthimmel, an dem Millionen Sterne glitzerten. »Sie war auf der Durchreise, ihre Spur verliert sich hier. War letztes Jahr, fast um die gleiche Zeit.«

Das Zirpen der Zikaden war lauter geworden. Shane hörte ein Auto auf der anderen Seite des Hauses vorbeifahren. Herb war jetzt ruhiger und entspannter als beim Essen.

»Wir haben den Fall nicht aufklären können. Haben irgendwann gehofft, dass die Frau einfach ihre Identität geändert und ein neues Leben angefangen hat. Ich erinnere mich noch genau an ihren Namen.« Er seufzte und trank die Flasche aus. »So ist das.« Herb hatte Shanes Anwesenheit vergessen, starrte versonnen durch das Fliegengitter in den Garten, auf den das Licht aus dem Haus ein graues Rechteck warf.

Shane blieb aus Höflichkeit noch ein paar Minuten sitzen, dann verabschiedete er sich.

Herb hob nur müde die Hand und blickte weiter in die Dunkelheit.

Als Becky Shane zur Tür brachte, glaubte er in ihren Augen einen Anflug von Traurigkeit zu erkennen. Sie stand im erleuchteten Rahmen der Tür und winkte ihm nach. Er fühlte sich erleichtert, als er um die Ecke bog. Das Motel lag nur wenige Straßen weiter, den Weg hatte Herb ihm erklärt.

Er ging an vergessenen Vorgärten vorbei, an Häusern, in denen Fernseher wechselnde Lichter an die Zimmerwände warfen. Stimmen und Musik drangen Shane aus den geöffneten Fernstern entgegen. Die Zikaden waren unermüdlich; nur die Moskitos hatten sich schon zur Ruhe begeben.

Kaum zwanzig Minuten später stand er vor dem Motel, einem Flachbau mit beleuchteten, nummerierten Türen, vor denen Autos parkten. Aus seiner Hosentasche zog er den Schlüssel, den Herb ihm bereits im Büro gegeben hatte. Sein persönliches Gepäck hatte Tamara im Auto mitgenommen. Er bemerkte den Dienstwagen vor der Nummer sieben und blickte auf den Schlüsselanhänger in seiner Hand. Nummer acht.

Shane schloss die Tür auf. Die Klimaanlage hatte eine angenehme Kühle geschaffen. Bevor er sich hinlegte, schaltete er sie aus. Das Stottern und Gurgeln erstarb. Als er die Augen schloss, befand er sich wieder in dem Wäldchen vor der Grube, in dem die Tote gelegen hatte. Das Loch in der Schläfe, das blonde Haar – alles sah er wieder vor sich. Der Mord war schon vor Tagen geschehen, hatte Eliza gesagt. Der Mörder hatte vielleicht gerade begonnen, sich in Sicherheit zu wiegen.

Shane drehte sich auf den Bauch und versuchte zu schlafen. Doch eisblaue und silberfarbene Augen verfolgten ihn.

4

Shane verbrachte eine miserable Nacht. Moskitos, die durch eine undichte Stelle im Fliegengitter am Fenster eingedrungen sein mussten, quälten ihn. Hellwach und unfähig, wenigstens etwas zu dösen, blätterte er in der letzten Ausgabe des *Australian Police Journal,* das er sich mitgebracht hatte. Irgendwann, mitten in einem Artikel über einen zwanzigjährigen Junkie, der seinen Freund ermordet und zerstückelt hatte, fielen ihm die Augen zu.

Müde schleppte er sich am Morgen zu Fuß ins Büro. Der Dienstwagen vor der Nummer sieben war schon verschwunden, als er in den noch kühlen Morgen hinausgetreten war.

Tamara saß bereits am Schreibtisch und gähnte. »Ich hab sicher nicht mehr als eine Stunde geschlafen«, sagte sie. »Kann mich so schwer an fremde Betten gewöhnen.« Sie trug einen blassorangefarbenen kurzen Rock und ein eng anliegendes T-Shirt mit roten Erdbeeren auf weißem Grund. Dass sie auch hier, in diesem Nest, auf ihre Kleidung Wert legte, wusste Shane zu schätzen.

Detective Constable Miller, eine ergrauende Blondine mit schmalen Lippen, aber freundlichem Lächeln, hatte Kaffee gekocht, weil der von der Sekretärin abscheulich schmeckte, wie sie behauptete, und ein paar Sandwiches mitgebracht. Fiona hieß sie mit Vornamen, erinnerte er sich. Er ließ sich auf den klapprigen Schreibtischstuhl fallen und blätterte die Notizen auf dem Tisch und die elektronische Mail durch.

Das Missing Persons Bureau hatte eine Liste geschickt mit elf Namen und den dazugehörigen Fotos von weiblichen Personen zwischen fünfzehn und vierzig, die innerhalb der vergangenen Woche in Australien als vermisst gemeldet worden waren. Zwei von ihnen, Melissa Rule und Jessica Wheeler, ähnelten auf den ersten Blick der Toten. Beide wohnten in New South Wales, viele hundert Kilometer von Chinchilla entfernt.

Von Dr. Eliza Lee war ebenfalls eine Nachricht eingetroffen. Sie hatte den Samstagabend also im Leichenschauhaus verbracht. Die Tote trug eine eingehängte Zahnprothese der oberen vier Schneidezähne mit metallenem Gaumenstück. Eine nicht sehr alltägliche Arbeit. Jeder Zahnarzt würde sich daran erinnern. Alle weiteren Ergebnisse würde sie hoffentlich bis zum Abend nachliefern können, schrieb sie.

Shane vertiefte sich noch einmal in die Angaben auf der Vermisstenliste. Keine der Frauen hatte eine solche Zahnprothese getragen. Sie würden also ganz von vorne anfangen müssen: das Bild der Toten herumzeigen, Zahnärzte befragen ...

Er überlegte kurz, ob er jetzt Pam anrufen solle. Acht Uhr am Sonntag – wie konnte er nur auf so einen Gedanken kommen? Kim und Pam schliefen mindestens bis neun. Selbst wenn heute Montag gewesen wäre, hätte er sich den Anruf sparen können. Dann war Pam in der Schule, und Kim, ihre Mutter, machte sich gerade auf den Weg zu ihrem Job im Verwaltungsbüro. Warum nur wollte sie wieder heiraten?, fragte er sich. Er fühlte, wie Wut in ihm aufstieg. Verletzte Eitelkeit. Neid. Weil sie versuchte, ihrem Leben einen neuen Fixpunkt zu geben. Er hingegen verlor seinen Fixpunkt immer weiter aus den Augen. Nein, er hatte längst keinen mehr ...

»Shane!« Tamaras Stimme riss ihn aus seinen Überlegungen. Sie hielt den Telefonhörer am Ohr. »Wir haben einen Hinweis!«

Alice Monroes immenser Oberkörper steckte in einem rosafarbenen unförmigen T-Shirt. Lockenwickler spickten ihren runden Kopf, den sie aufgeregt schüttelte. Sie stand hinter einem Tresen, auf dem sich zwischen Kaugummibehältern und Ständern mit Postkarten und Schlüsselanhängern Zeitschriften stapelten, und hielt die Zeitung mit dem Phantombild in den Händen, das eine gesichtslose Frau mit rotem gebatikten T-Shirt und Jeansrock zeigte. Alice Monroes Alter war schwer zu schätzen – sie konnte ebenso gut fünfzig wie siebzig Jahre alt sein. »Keine Frage! Das ist sie! Bert!«, rief sie schrill. »Bert!«

Ein Mann um die sechzig mit hängenden Schultern, rundem Rücken und großer Brille schlurfte aus dem Hinterzimmer des Ladens herbei. »Was zum Teufel schreist du so?«, brummte er.

»Bert, die Polizei ist hier! Und die Tote ist Romaine!« Ihr teigiges Gesicht zitterte vor Aufregung.

Ohne Gruß riss er ihr die Zeitung aus der Hand, hob seine Brille ein wenig hoch und kniff angestrengt die Augen zusammen. »Da ist doch gar kein Gesicht drauf!«, sagte er, empört über die Unverschämtheit, ihn deshalb zu rufen und zu stören.

»Aber die Kleidung und die Haare!«, beharrte Alice. »Bert!«

Brummend gab er seiner Angestellten die Zeitung zurück, zuckte die Schultern und ließ die Brille wieder auf den Nasenrücken zurückfallen.

»Ohne Gesicht weiß ich nicht, wer das ist.« Er schüttelte den Kopf. »Die Kleider kann jede anhaben.« Kurz stockte er, warf einen Blick auf Alice und murmelte: »Du besser nicht.«

»Elender Hund!«, knurrte sie.

Ohne ein weiteres Wort schlurfte er wieder ins Hinterzimmer zurück.

»Ich bin mir sicher!«, erklärte sie Shane und Tamara eifrig nickend. »Sie hat hier meistens ihre Zigaretten gekauft. Marlboro Lights. Vier bis fünf Schachteln die Woche. Und manchmal auch die *Women's Weekly*.«

»Danke.« Shane steckte das Bild wieder ein.

»Mein Gott!« Sie schlug die Hand vor den Mund. »Sie war wirklich die ganze letzte Woche nicht da!«

»Wissen Sie, wie sie mit Nachnamen heißt oder wo sie wohnt?«, fragte nun Tamara.

Alice Monroe ließ ein paar Mal die Augen kreisen, als hätte sich der Name in einem Winkel ihres Vorderhirns versteckt. »Ja«, rief sie plötzlich aus, »jetzt fällts mir ein! Sie heißt Stavarakis. Romaine Stavarakis, ist griechisch. Sie wohnt ... oh Gott, ich meine, sie *wohnte* hier in Chinchilla, mit ihrem Cousin Ed. Ed Fraser heißt er.«

Romaine Stavarakis' Haus lag am Ortsausgang von Chinchilla. Auf der gegenüberliegenden Straßenseite befanden sich nur noch zwei weitere Häuser, Holzhäuser, von denen die Farbe abblätterte. Auch Romaines Haus hätte einen frischen Anstrich und ein paar Reparaturen der Fenster vertragen können. Die Trockenheit setzte den Vorgärten zu, die Sträucher waren dürr und die Rasenflächen braun. Auf einem Grundstück hing Wäsche auf der Wäschespinne. Hinter den beiden Nachbarhäusern drehte sich quietschend ein rostiges Windrad, das eine Wasserpumpe antrieb. Durch die Felder hoher Gräser, die sich an die Häuser anschlossen, blies der Wind Schneisen. Am Straßenrand vor Romaines Haus stand ein roter, glanzend polierter allradbetriebener Ford Explorer.

Eine Frau mit dauergewelltem blondierten Haar und bunt gemusterter, weiter Bluse über einer engen gelben Hose kam mit einem Wäschekorb vor dem Bauch aus einem der Häuser und steuerte auf die behängte Wäschespinne zu. Als sie Shane und Tamara aussteigen sah, rief sie bestimmt, aber nicht unfreundlich: »Zu wem wollen Sie?«

»Wohnt da drüben Romaine Stavarakis?«, rief Shane zurück.

Sie nickte, argwöhnisch.

»Ist das Romaines Wagen?«, fragte Tamara.

»Sind Sie von der Polizei?« Sie kam näher. Den Wäschekorb hatte sie ins Gras gestellt.

Shane bejahte.

»Das hab ich mir gedacht«, murmelte sie. Trotzdem wollte sie die Ausweise sehen. »Romaine fährt einen weißen Toyota Corolla Kombi«, sagte sie, nachdem Tamara ihr den Ausweis entgegengehalten hatte. »Der rote Ford da ist der Wagen ihres Cousins. Sind Sie seinetwegen hier?« Die Frau blickte Shane und Tamara einen Moment forschend an, dann fragte sie plötzlich mit dünner Stimme: »Ihr ist doch nichts zugestoßen?« Weder Shane noch Tamara antworteten. »Doch?« Wieder blickte sie von Shane zu Tamara. »Sagen Sie bloß ... Sie wollen doch nicht behaupten, dass ... Ist sie ... die Tote?« Ihre Stimme war schrill geworden.

»Wann haben Sie Romaine Stavarakis zum letzten Mal gesehen?«, fragte Tamara, anstatt zu antworten.

»Jesus!«, stieß die Frau hervor, »ich hab noch gedacht: Komisch, dass sie die ganze Woche weg ist! Sonst seh ich sie immer mal morgens ... oder wenn sie Wäsche aufhängt. Jesus!« Sie schlug die Hände vor ihr rot angelaufenes Gesicht, das sicher schon vor zwanzig Jahren seine Konturen verloren hatte.

»Mrs ...?«, begann Tamara.

»Bosch. Emily Bosch.«

»Mrs. Bosch, wann haben ...«

»Mein Gott«, sie biss sich auf die Lippe, »jetzt weiß ich es wieder! Ich war am Dienstag ... nein, warten Sie, am Mittwoch, beim Friseur, und da fragte meine Friseurin, ob ich Romaine gesehen hätte. Sie hatte wohl vor mir einen Termin, ist aber nicht gekommen.«

»Das war letzten Mittwoch?«, vergewisserte sich Shane.

»Ja, genau.«

»Danke, Mrs. Bosch.« Tamara wandte sich zum Gehen.

Emily Bosch sah ihnen nach, wie sie zu Romaines Haus hinübergingen.

Der Mann, der ihnen nach viermaligem Sturmläuten schließlich öffnete, war spindeldürr, hatte bunt tätowierte Arme, einen schmalen, länglichen Kopf, strähnige dunkelblonde Haare, die im Nacken zu einem Pferdeschwanz zusammengebunden waren, und hielt eine Bierflasche in der Hand. Unter dem ungepflegten, viel zu langen Schnauzer schimmerten längliche graugelbe Zähne. Ein Junkie sah kaum anders aus, dachte Shane.

»Verdammte Zeugen Jehovas, was?«, fuhr er sie an. Sein Atem roch nach Alkohol und Zigaretten, das weiße T-Shirt wies unzählige Flecken auf, und die Jeans war an den Knien aufgerissen. Er wollte ihnen die Tür vor der Nase zuschlagen und hielt erst in der Bewegung inne, als Shane ihm seinen Ausweis entgegenstreckte und den Fuß in die Tür stellte.

»Mister Fraser?«, fragte Shane. »Ed Fraser?«

Ed kniff die Augen zu schmalen Schlitzen zusammen.

»Dürfen wir reinkommen?«

»Wenn ich Nein sage, holt ihr die Handschellen raus, was?« Resigniert trat er zur Seite, und sie gingen an ihm vorbei. Im Wohnzimmer lief der Fernseher. »Und?«, fragte er mit provozierendem Unterton.

»Sind Sie der Cousin von Romaine Stavarakis?«

»Yeah!« Er nahm einen Schluck Bier aus der Flasche.

»Wann haben Sie Ihre Cousine zuletzt gesehen?«, wollte Shane wissen und sah sich um.

Ed hatte es sich wohl auf der Couch bequem gemacht, zwei Bierflaschen, mehrere leere oder halb leere Chipstüten, Reste eines Hamburgers, Zigarettenschachteln und ein überquellender Aschenbecher lagen auf dem Sisalteppich.

Die weißen Rattanmöbel, die bunten, zueinander passenden Kissen schienen sorgfältig und mit weiblichem Geschmack – und sicherlich nicht von Ed – ausgewählt worden zu sein. Im Moment machte die Wohnung allerdings einen verwahrlosten Eindruck. Auch hätte man dringend lüften müssen.

»Romaine? Weiß nicht. Letzte Woche.« Ed wurde ein wenig nervös, und Tamara warf Shane einen bedeutungsvollen Blick zu. Shane zog das Foto hervor, das die Tote mit abgedecktem Gesicht zeigte. »Könnte das Ihre Cousine sein?«

Ed nahm es ihm aus der Hand. »Ach du Scheiße!«, rief er aus. »Sie hatte so 'nen Rock, und das T-Shirt kommt mir auch bekannt vor!« Er war noch blasser geworden.

»Hatte sie eine Zahnprothese der vier oberen Schneidezähne?«, fragte Shane weiter.

»Ja!«, stieß er hervor und schluckte. Er hatte einen besonders spitzen Adamsapfel, fiel Shane auf.

»Scheiße, Scheiße, Scheiße!« Er flüsterte jetzt, wankte zur Couch und ließ sich hineinfallen, als wäre er dort sicher. Als Shane und Tamara ihn fragend ansahen, holte er tief Luft. »Sie hatte einen Typen kennen gelernt, George, mit ihm wollte sie wegfahren.« Er zuckte die knochigen Schultern. »Sie hat mir 'nen Zettel hingelegt, dann hab ich nichts mehr von ihr gehört.«

»Wo ist der Zettel?«

Erschrocken blickte er Shane an. Die Schatten in seinen hohlen Wangen wurden noch dunkler. »Den hab ich weggeworfen. Mann, es war 'ne Nachricht, dass sie mit ihm 'ne Weile wegfährt. Ich hab mir nichts dabei gedacht.« Er klang auf einmal verzweifelt.

»Und Sie haben sich keine Gedanken gemacht, als sie sich nicht meldete?«, wollte Tamara wissen.

»Wieso denn?«, blaffte er. »Wieso sollte sie sich überhaupt melden?«

»Wie heißt der Mann genau? George – und wie weiter?« Tamara hielt ihren Notizblock bereit. »Name, Adresse?«

»Keine Ahnung! Hab ihn ja noch nicht mal gesehen!«

»Wann hat sie Ihnen den Zettel hingelegt?«

»Am Samstag – also gestern vor 'ner Woche!«

»Und seitdem haben Sie nichts mehr von ihr gehört?«

»Nein!«

»Und was haben Sie am Samstag und Sonntag vergangener Woche gemacht, Mister Fraser?«, fragte nun Shane.

Ed trank die Flasche aus und kratzte sich am Kopf. »Natürlich – die Scheißfrage nach dem Alibi!«

»Genau die«, sagte Tamara.

Er ließ einen anzüglichen Blick über Tamara wandern, zog die Nase hoch und sagte dann lässig: »War in Brissi. Bin am Samstag los, war erst am Montag frühmorgens wieder hier.«

»Wann? Wie? Mit Ihrem Wagen?« Tamara ließ nicht locker.

»Scheiße! Nachmittags. Sicher, mit meinem Wagen! Verdammt, das ist 'n echtes Verhör, was?«

Tamara lächelte süßlich. »Zeugen in Brisbane?«

Ed lachte. »Sicher, Sweetheart, ich fahr doch nicht nach Brissi, um allein vor mich hin zu dämmern, was?«

»Noch ein Mal ›Sweetheart‹, und wir werden andere Methoden anwenden, Mister Fraser«, gab Tamara kalt zurück.

»He, he, schon gut!« Er hob entschuldigend die Hände. »He, wie wärs mit 'nem Eis? Vanille? Schoko? Ist im Kühlschrank ...«

»Also«, ging Shane dazwischen, »Namen?«

»He, ich hab das ernst gemeint mit dem Eis!« Ed stöhnte und strich sich über den Schnauzer. »Also gut: Sidney Emmerson. Wir waren in Harry Newmans Kneipe. Zufrieden?«

Shane steckte seinen Notizblock weg. »Wem gehört dieses Haus?«

Ed schnappte sich eine der Tüten und begann, sich Chips

in den Mund zu stopfen. »Gemietet.« Plötzlich schien er sich wieder sicher zu fühlen.

»Von Romaine?«

»Ja.« Die Chips in seinem Mund krachten.

»Und Sie wohnen einfach so bei ihr?«

»Mann, nein! Ich zahl Miete. Hab ja auch 'nen Job. Bin Schlosser. Sie hat mir angeboten, hier zu wohnen.«

»Hatte Romaine Feinde?«, fragte Shane.

»Feinde? Was für 'ne Frage! Wer hat keine Feinde? Sicher wird es Leute gegeben haben, die sie nicht mochten ...«

»Was hat sie gearbeitet?«

»War Bedienung im ›Earl's‹, 'nem Restaurant hier.«

»Welches ist Romaines Zimmer?«

Ed zeigte zu einer der vom Wohnzimmer abgehenden Türen. »Die zweite, hinter der ersten ist das Klo.« Wieder steckte er sich krachend Chips in den Mund.

Geblümte Gardinen, geblümte Tagesdecke, neben dem Bett ein Nachttisch, darauf ein Wecker und abgelegte Ringe. An der Wand ein Spiegelschrank und ein wackliges Regal mit ein paar zerlesenen Liebesromanen und einer Menge Krimskrams: kleine Figuren, bunte Armreifen, Muscheln und Steine.

»Also, wenn ich nicht wüsste, dass Romaine achtundzwanzig war, würde ich die Bewohnerin auf siebzehn schätzen«, sagte Shane.

Tamara deutete auf zwei eingerahmte Fotos, die zwischen bizarr geformten Schneckenhäusern im mittleren Regalfach standen. Das musste Romaine sein: schulterlanges, gekräuseltes, blondes Haar, etwas eng stehende Augen und eine scharf geschnittene Nase. Sie sah durchschnittlich, ein bisschen gewöhnlich aus und lachte auf beiden Fotos nichts sagend. Shane nahm eines der Fotos an sich – nicht das, das sie im Badeanzug zeigte, sondern das, auf dem sie Jeansrock und Pulli trug. In den Schubladen des Sekretärs aus Rattan, der unter dem Fenster stand, lagen Rechnungen und Briefe. Beim Durchblättern fiel ihm die Adresse eines Zahnarztes in die Hände.

»Wahrscheinlich hatte sie Terminkalender und Adressbuch in ihrer Handtasche – und die ist verschwunden«, stellte Tamara fest.

»Sieht so aus.« Shane sah im selben Moment einen Koffer auf dem Schrank.

Tamara folgte seinem Blick. »Vielleicht besaß sie zwei Koffer, oder sie hat nur eine Reisetasche mitgenommen«, überlegte sie.

Als die Spurensicherung eintraf, verließen sie das Haus.

»Bist du sicher, dass Ed uns alles erzählt hat?« Nachdenklich drehte Tamara den Zündschlüssel. »Ich traue ihm jedenfalls nicht.«

Er sagte ihr nicht, dass er schon lange niemandem mehr traute. Jeder versuchte doch nur, sein wahres Gesicht zu verbergen, Vorteile herauszuschinden, sich zu schützen. Es gab Tage – und diese Tage mehrten sich –, an denen ihm auch nichts mehr daran lag, die Wahrheit aus den Menschen herauszuholen. Durch die schwarzen Gläser seiner Sonnenbrille blickte er zum Seitenfenster hinaus, hinter dem scheinbar immer gleiche Häuser und Vorgärten vorbeizogen. *Verlorenes Glück,* hatte er auf einem Buchrücken in Romaines Regal gelesen. Romaine Stavarakis, eine romantische junge Frau, die sich in ihrem Jungmädchenzimmer einen Traum bewahrt. Sie wird von ihrem Liebhaber George auf ihrer gemeinsamen Reise im Streit erschlagen und verscharrt. War es so? Verlorenes Glück?

»Shane?«

»Ja?«

»Alles okay?«

»Ist verdammt heiß«, murmelte er und kurbelte das Fenster herunter, durch das kaum kühlere Luft hereinwehte.

Das »Earl's« in Chinchilla gehörte zu den besseren Restaurants; die Empfehlung des Australischen Automobilclubs an der Tür fehlte deshalb nicht. Es war halb vier nachmittags und ein Wunder, dass das »Earl's« noch geöffnet hatte. Die rot tapezierten Wände des Raums, in dem etwa zwanzig weiß gedeckte, aber zurzeit unbesetzte Tische standen, schmückten Rinder- und Schafhörner, Schwarz-Weiß-Fotografien von Stockmen, die Tiere jagten, Schafscherern beim Scheren, Pferden. Die Aircondition kühlte den Raum; Tageslicht drang nur durch dunkel getönte Scheiben herein. Eine gediegene Atmosphäre, dachte Shane.

Die Bedienung in einer langen Bistroschürze begrüßte sie höflich und fragte, ob sie noch zu essen wünschten.

»Wir möchten zu Ihrem Chef«, antwortete Shane und zückte seinen Ausweis.

»Moment bitte.« Sie nickte und verschwand durch die Tür neben einer Bar.

Tamara blätterte interessiert in der Speisekarte.

»Das hier übersteigt unseren Spesenrahmen, Tamara«, brummte er und blickte zur Tür, durch die nun ein hoch gewachsener, schlanker Mann trat, dessen Vorfahren irgendwann einmal aus Indien gekommen sein mussten. Das Haar hatte er zurückgekämmt, was seine Stirn noch höher erscheinen ließ. Seine dunklen Augen blickten interessiert, und seine Lippen waren gut durchblutet und geschwungen. Kultiviert, fiel Shane bei seinem Anblick sofort ein.

»Guten Tag.« Lächelnd nickte er Tamara zu und reichte Shane eine angenehm kühle, trockene Hand. »Mein Name ist Alan Hall. Was kann ich für Sie tun?«

»Detective Tamara Thompson und Detective Sergeant Shane O'Connor von der Homicide Squad in Brisbane.« Shane klappte seinen Ausweis auf und zu und bemerkte, wie ein Schatten über das gleichmäßig geschnittene Gesicht seines Gegenübers flog.

»Ich dachte schon, Sie wären von der Gesundheitsbehörde.« Alan Hall lächelte ein wenig und wies zu einem der weiß gedeckten Tische. »Bitte, nehmen Sie doch Platz.« Mit seinen schwarzen, glänzenden Star-Pattern-Schuhen, dem dezent gestreiften und makellos gebügelten Button-Down-Hemd, der eleganten Krawatte und der perfekt sitzenden anthrazitfarbenen Hose stand er in größtmöglichem Gegensatz zur Erscheinung all der anderen Einwohner, mit denen sie es bisher zu tun gehabt hatten.

»Kennen Sie diese Frau?« Tamara, die Hall mit ihren nackten, übereinander geschlagenen Beinen gegenübersaß, legte die Fotografie aus Romaines Zimmer auf den Tisch.

Alan Halls Züge fielen in sich zusammen, die tief liegenden Augen verdunkelten sich, und seine Stimme verlor ihre klare Schärfe. »Sie haben gesagt, sie seien von der Homicide Squad ...« Er schluckte. »Romaine Stavarakis ...« Er strich sich mit der Hand über die einwandfrei rasierten Wangen, schüttelte den Kopf, wollte wieder lächeln, doch es gelang ihm nicht. »Ist sie ...? Aber wieso sollte sie ...?«

»Wann haben Sie Mrs. Stavarakis zum letzten Mal gesehen?«, fragte Shane.

Alan Halls Blick gefror. Seine Lippen wirkten plötzlich kalt.

»Mister Hall?«

Er zuckte zusammen. »Wer hat sie gefunden?«, fragte er tonlos.

Shane fiel auf, dass Alan Hall nicht zuerst nach der Todesursache fragte. Aber in solchen Situationen waren Reaktionen von Menschen oft unvorhersehbar.

»Eine Fotografin«, antwortete Tamara an Shanes Stelle.

Hall sah sie mit gerunzelter Stirn an. »Ich verstehe nicht ...« Er brach ab.

»Was verstehen Sie nicht, Mr. Hall?«, wollte Shane wissen.

Hall blickte durch ihn hindurch. »Wie ... ist sie gestorben?«

»Wahrscheinlich an einer Kopfverletzung. Die näheren Umstände sind noch nicht geklärt.«

Alan Hall räusperte sich, während seine tief liegenden Augen zwischen Shane und Tamara hin und her irrten. »Eine Kopfverletzung, sagen Sie? Wie ist es passiert? War es ein Unfall?«

»Wissen Sie denn von einem Unfall?«, fragte Shane.

Hall schüttelte langsam den Kopf. Eine Strähne seines zurückgekämmten dunklen Haares hatte sich gelöst und fiel ihm in die hohe Stirn.

»Also, Mister Hall«, nahm Tamara die Befragung wieder auf, »Romaine ist ungefähr seit einer Woche tot. Haben Sie sie denn nicht vermisst? Sie hat doch hier gearbeitet?«

Er brauchte eine Weile, bis er antwortete. »Romaine hat seit einem halben Jahr als Kellnerin hier gearbeitet. Letzten Freitagabend hat sie Dienst gehabt. Hier war eine Hochzeit, ging bis zum frühen Morgen. Wir hatten ausnahmsweise am Samstag und am letzten Sonntag geschlossen; wir haben nur jeden zweiten Sonntag geöffnet, heute zum Beispiel.« Alan Hall schluckte. »Wissen Sie, ich bin noch ganz geschockt ...« Er strich die Strähne zurück.

»Das verstehen wir, Mister Hall.« Tamaras Stimme klang mitfühlend. »Sie können uns helfen, ihren Tod aufzuklären.«

»Mister Hall«, schaltete sich Shane ungeduldig ein, »wenn ich Sie richtig verstanden habe, bleibt Ihre Angestellte Mrs. Stavarakis eine Woche lang unentschuldigt ihrer Arbeit fern, und Sie fragen sich nicht mal, was passiert sein könnte?« Er war laut geworden, denn er sah keinen Anlass, Hall mit Samthandschuhen anzufassen. Vielleicht wollte er auch einfach seinen Unmut an diesem Mann auslassen. »Ist das nicht ein merkwürdiges Verhalten?«

Alan Hall lockerte den Knoten seiner Krawatte, schwieg aber.

»Ich glaube«, sprach Shane weiter, »Ihnen ist nicht klar, dass Sie sich mit Ihrem Verhalten und Schweigen selbst belasten?«

Wieder reagierte Hall nicht. Sein Blick verlor sich irgendwo.

»Wo waren Sie am vergangenen Wochenende?«, fragte Shane direkt.

Hall starrte auf seine feingliedrigen, gepflegten Hände.

»Mister Hall?«, drängte Tamara. Doch er reagierte nicht.

»Rufen Sie uns an, wenn Ihnen etwas eingefallen ist!« Shane schrieb die Nummer der Polizeistation auf seine Visitenkarte und legte sie vor Hall auf den Tisch, der darauf starrte, als hätte er noch nie eine Visitenkarte gesehen.

»Ein außergewöhnlicher Mann«, bemerkte Tamara, als sie wieder draußen in der Hitze und im Licht der gleißenden Sonne standen. Doch sie erklärte dies nicht näher, sondern stieg in den Wagen.

»Ich möchte wissen, warum er nicht zur Polizei gegangen ist.« Shane schnallte sich an.

»Vielleicht hat er seine Gründe«, sagte sie ernst, öffnete ihre Handtasche und zog ihren Lippenstift hervor.

Kleine weiße Wolken hatten sich an den blauen Himmel geklebt, und eine leichte Brise begann sich von Osten her zu regen.

5

Eine Wasserspülung lief. Gedämpft drangen durch die geschlossene Tür die Geräusche des Krankenhausbetriebs, der heute, am Sonntag, etwas ruhiger verlief als gewöhnlich.

Joanna O'Reilly hätte heute freigehabt, aber es hatte sie nichts zu Hause gehalten. Gary hatte sich mit Freunden zum Rugby-Spielen getroffen. Er würde erst am späten Nachmittag heimkommen und nur noch zum Fernsehen in der Lage sein. Sie konnte das alles nicht mehr ertragen. Sie musste etwas in ihrem Leben ändern.

Jetzt saß sie bei dem Jungen, hatte Farben, Pinsel und Papier vor ihm auf dem Tisch ausgebreitet. Noch immer wusste sie nichts weiter über den Jungen, als dass er mitten auf dem Highway gestanden hatte und beinahe von einem Viehtransporter überfahren worden wäre. Immer wieder musste sie sich ermahnen, ihn nicht zu drängen. Der Junge hatte Teile seines Gedächtnisses gelöscht. Er brauchte Zeit – und Vertrauen.

»Ich fahre gern Auto«, sagte sie auf einmal.

Er blickte sie für einen Moment wirklich an. Seine Züge erinnerten sie an die Kindergesichter auf alten Fotos, die die Ankunft osteuropäischer Emigranten in Australien zeigten. Kinderaugen, die schon zu viel gesehen hatten ...

Sie zwang sich, sich zu entspannen, lehnte sich zurück, streckte die Beine aus. Nicht sie, der Junge entschied, wann er aus seinem inneren Gefängnis ausbrechen wollte. Woran konnte er sich überhaupt erinnern? An den Truck? Oder gehörte das auch zu den gelöschten Ereignissen?

Joanna spürte auf einmal ein Ziehen im Bauch. Zugleich bemerkte sie bei dem Jungen ein leichtes Zittern der Hände. Seine Gesichtsmuskulatur spannte sich an, die Mundpartie zuckte, er blinzelte und begann, auf dem Stuhl herumzurutschen. Angst hat dann Macht über den Menschen, wenn er ihr nicht ins Auge schaut, dachte Joanna. Der Junge musste es schaffen, das Grauen anzusehen, um sich aus dessen Fängen zu befreien. Seine Seele musste so laut schreien, dass er nicht mehr weg-, sondern hinsehen musste.

Noch immer sagte Joanna nichts. In ihrem eigenen Körper spürte sie die Schmerzen des fremden Körpers. Es bedeutete, dass sie in Kontakt zu dem anderen Menschen trat, dass ihre Energien miteinander schwangen.

Auch der Junge musste so etwas gespürt haben. Sein Blick in ihre Augen ließ sie einen Anflug von beginnendem Vertrauen wahrnehmen. Immer wieder sah er zu ihr, zu den Farben, dem Pinsel – dann drehte er sich zum Fenster.

Hab Geduld, ermahnte sie sich und wartete schweigend. Das Tropfen des Wasserhahns wirkte allmählich beruhigend. Vom Flur drang ein leichter Essensgeruch herein. Jemand rief nach Dr. Hinkler. Unten auf der Straße wurden Autotüren auf- und zugeschlagen. Ein Vogel krächzte, und eben schallte die Sirene eines Krankenwagens herauf. Hinter dem Fenster dehnte sich ein blauer Himmel aus.

Der Junge griff nach dem Pinsel. Joanna hielt den Atem an. Zielsicher tauchte er den Pinsel in die schwarze Farbe, begann darin zu rühren, setzte den Pinsel aufs Papier. Seine Hand verkrampfte sich. Die Spitze des Pinsels verharrte auf dem Papier, ein dicker Fleck breitete sich aus. Draußen auf dem Gang näherten sich Schritte. Stoppten. Stand jemand vor der Tür, der im Begriff war einzutreten? Joanna hörte ihr Herz schlagen. Der Fleck auf dem Papier wurde immer größer. Da entfernten sich die Schritte, und Joanna atmete auf. Der Junge zog den Pinsel übers Papier. Er malte einen langen Strich, unterbrach ihn, setzte im Abstand von etwa einem Zentimeter wieder an, malte einen weiteren Strich. Draußen auf dem Gang war nun nichts mehr zu hören. Der Junge sah sie nicht mehr an, er war auf seine Zeichnung konzentriert: eine dicke, von einer Lücke unterbrochene Linie. Wieder ließ er eine Lücke und malte dann zwei Punkte. Hier ging es nicht um Interpretationen, sondern einzig und allein darum, ihn so weit zu bringen, dass er malte, was unreflektiert aus seinem Innern herauswollte. Deshalb fragte sie nur, ohne mit einer Antwort zu rechnen:

»Aus welchem Material sind die Striche in Wirklichkeit?«

»Aus Metall.«

Sie erschrak, seine Stimme zu hören. Für einen Jungen in seinem Alter war sie ungewöhnlich rau.

»Dann ist es draußen, oder?«, hakte sie nach, ohne sich die Aufregung und Überraschung anmerken zu lassen.

»Draußen.« Er nickte.

Joanna betrachtete wieder das Bild. »Und es ist Tag?«

Keine Antwort. Stattdessen fegte er das Bild vom Tisch und griff nach einem neuen Blatt. Er zögerte, ließ seinen Blick über die Farben gleiten und tauchte den Pinsel dann tief und entschieden ins Rot. Immer heftiger rührte er im Farbtopf herum, bis die Farbe schäumte, über den Rand des Topfes lief und den Pinselstiel heraufspritzte. Dann hielt er inne und malte einen langen Strich, den er zu einem länglichen Viereck ergänzte, das er schließlich ausmalte. Einen Moment lang betrachtete er das rote Rechteck. Zufrieden mit seiner Arbeit, nahm er einen neuen Pinsel, tauchte ihn ins Weiß. Seine Bewegungen waren kontrollierter und ruhiger geworden. Zu dem roten Rechteck fügte er ein kleineres weißes hinzu. Dann wechselte er erneut die Farbe und malte am rechten Bildrand ein braunes Oval. Mit schräg gelegtem Kopf begutachtete er sein Werk, malte dann auf das braune Oval eine schwarze Zwei. Und noch eine und noch eine. In Grün malte er etwas Längliches. Eine Schlange? Nein, es wurde eine Echse, ein Dinosaurier? Er warf den Pinsel auf den Tisch, dass Farbtröpfchen spritzten, und starrte auf das Bild. Eine Sekunde, zwei Sekunden, drei ... Plötzlich schnappte er sich einen der Pinsel und hatte blitzschnell, bevor Joanna reagieren konnte, das Bild mit wilden Strichen übermalt.

Joanna wollte ihn berühren, doch er stieß ihren Arm weg, stürzte zum Bett und warf sich unter die Bettdecke.

Noch eine Weile setzte sie sich zu ihm auf den Bettrand und versuchte, ihn zu beruhigen. Doch er rührte sich nicht mehr. Er hatte seine aufsteigende Erinnerung wieder gelöscht.

6

Fest steht«, sagte Shane und lief im Büro wie in einem engen Käfig auf und ab lief, »Romaine arbeitete als Kellnerin im ›Earl's‹, bis einschließlich Freitag, als diese Hochzeit stattfand.«

Tamara nickte.

»Was sie am Samstag tat, wissen wir noch nicht«, fuhr er fort, »auch nicht, wann oder ob sie überhaupt mit diesem George, dessen vollständigen Namen wir nicht kennen, zusammengetroffen ist.«

»Und wir wissen auch nicht, wann und wo sie ermordet wurde und wo sich ihr Auto befindet«, ergänzte Tamara. »Ed behauptet, sie am Samstag zum letzten Mal gesehen zu haben. Aber sagt er die Wahrheit?«

Shane rieb sich die verspannten Nackenmuskeln und ging in Gedanken alle Fakten noch einmal durch:

Die Medien waren verständigt, die Kollegen bereit, Aussagen von Zuschauern und Spielern des Polocrosse-Turniers aufzunehmen. Die Fahndung nach Romaine Stavarakis' Auto, einem weißen Toyota Corolla Kombi mit dem Kennzeichen 677 KTE, lief. Über Sidney Emmerson, den Bekannten Eds in Brisbane, bei dem dieser angeblich das Wochenende verbracht hatte, fanden sich keine Vorstrafen im Computer. Seit einem Jahr lebte er von der Sozialhilfe, zuvor hatte er als Hilfsarbeiter auf dem Bau gearbeitet. Den Kollegen in Brisbane hatte Sidney Emmerson Eds Alibi bestätigt: Ed Fraser sei von Samstagabend bis Montag früh bei ihm in Brisbane gewesen. Die Spurensicherung hatte die Reifenabdrücke identifiziert, die in der Nähe der Leiche gefunden worden waren. Es handelte sich um einen herkömmlichen Reifen von Continental. Da Ed Frasers Ford Explorer besonders breite Reifen hatte, schied er aus. Alan Halls Patrol hatte ebenfalls breitere Reifen. Doch die am Fundort der Leiche sichergestellten Reifenspuren mussten nicht zwangsläufig etwas mit der Toten zu tun haben.

Shane ließ sich auf seinen Bürostuhl fallen, ein altes, wackliges Modell, das man schnell aus irgendeiner Abstellkammer geholt hatte.

»Warum macht Alan Hall den Mund nicht auf? Verschweigt er uns etwas?«

»Vielleicht braucht er auch Zeit zum Nachdenken?« Tamara hob die Schultern.

Erstaunt sah er sie an. Selten brachte sie so viel Verständnis für einen Verdächtigen auf. Und verdächtig war Alan Hall allemal.

In dem Moment schälte sich ein Fax aus dem Gerät. Tamara wandte sich ab und vertiefte sich in die Lektüre.

»Sie könnte sich ruhig etwas konkreter ausdrücken!« Sie reichte ihm das Blatt. Es handelte sich um Eliza Lees Obduktionsbericht. Shane überhörte Tamaras gereizten Unterton, verdrängte den Gedanken an Elizas neue Affäre und widmete sich dem Bericht.

Nach Berücksichtigung der Temperaturen sowie der Bodenbeschaffenheit und der Lage des Fundortes schätzte sie den Todeszeitpunkt auf Samstag oder Sonntag vergangener Woche. Der Ablageort der Leiche war nicht identisch mit dem Ort des Todes. Neben Verletzungen an den Fersen, die vom Schleifen auf rauem Boden herzurühren schienen, hatte Eliza auch post mortem zugefügte Blutergüsse an Beinen und Armen feststellen können. Weiterhin hatte Eliza Prellungen im Gesicht und an den Armen Romaines entdeckt – die womöglich von einem Kampf vor ihrem Tod stammten. Als Todesursache beschrieb sie das Eindringen eines spitzen, runden, sich verdickenden und gekrümmten Gegenstandes in das Schläfenbein. Der Durchmesser der Verletzung betrug zwölf Zentimeter.

»Sagt dir etwa die Beschreibung der Mordwaffe etwas?«, fragte Tamara.

»Nein.« Im Moment konnte er sich nicht vorstellen, was Romaine Stavarakis' Schläfe durchstoßen und ihren Tod herbeigeführt hatte.

Sie schwiegen beide. Shane blickte zur Straße hinaus. Das Licht hatte einen wärmeren Ton angenommen, die Schatten verloren ihre Härte. Auf der anderen Seite der Straße stieg jemand in einen geparkten Wagen. Schräg gegenüber blickte eine Frau ins Schaufenster des News Agent Shops und ging dann die Straße weiter hinunter. In der Telefonzelle, die sich vor dem Laden befand, lehnte jemand mit dem Rücken an der Glasscheibe und telefonierte. Inzwischen war es halb sieben abends, und Shane spürte, wie die Erschöpfung ihn bezwang. Er konnte nicht mehr klar denken.

»Wir sehen uns morgen«, sagte er und stand auf. »Du solltest auch langsam aufhören.«

»Ja, mach ich.« Sie unterdrückte ein Gähnen.

Die Abendluft und das Gefühl, wieder freien Himmel über sich zu haben und nicht mehr in dem engen Büro eingeschlossen zu sein, ließen Shane aufatmen. Vögel zwitscherten, eine leichte Brise fuhr durch die Büsche der Vorgärten. Wenn Samantha Walters nicht fotografiert und keinen Hund gehabt hätte, dachte er plötzlich, wäre die Leiche vielleicht niemals entdeckt worden. Und jeder hätte angenommen, dass Romaine mit George ein neues Leben begonnen hatte – jeder, bis auf den Mörder. Jetzt erst bemerkte Shane, dass er einfach aufs Geratewohl losmarschiert war und nun vor Herbs Haus stand.

Zwei Stunden später hockte er auf den Stufen vor seinem Zimmer und starrte in die Dunkelheit. Bei Herb und Becky hatte er vier Bier getrunken. Der Mond tauchte hinter eine Wolke. Der Dienstwagen stand nicht vor Tamaras Eingang, und hinter ihrem Fenster war alles dunkel. Er erhob sich und schloss sein Zimmer auf.

Der strenge Geruch nach Putzmitteln stürzte sich auf ihn, löschte den frischen Eukalyptusduft in seiner Nase sekundenschnell aus. Die Aircondition lief. Shane stellte sie auf die höchste Stufe und ging sofort ins Bad, um eine Dusche zu nehmen.

Müde rannen dünne, warme Strahlen aus dem Duschkopf. Shanes Muskeln entspannten sich dennoch, und als er das Wasser abdrehte, fühlte er sich ruhiger. Er trocknete sich mit einem fadenscheinigen Handtuch ab. Beleuchtet vom weißen Neonlicht, sah er im Spiegel blass und kränklich aus, und unter seinen Augen zeichneten sich dunkle Ringe ab.

Er ging zurück ins Zimmer, schaltete das Fernsehgerät an, zappte sich durch lausige vier Programme mit schlechtem Empfang und blieb schließlich bei einer Sendung über Polocrosse hängen.

Pferde mit ihren Reitern preschten hinter einem Ball her, Reiter fingen ihn mit ihren Netzschlägern auf, versuchten, ihn ins Tor des Gegners zu schleudern. Blitzschnell drehten die Pferde, schlugen Haken und wechselten in Sekunden vom Galopp in den Stand. Donnernde Hufe, aufspritzender Sand. Schwitzende, atemlose Spieler rangelten beim Einwurf um den Ball, pralle glänzende Pferdeleiber rieben gegeneinander, um dann, sobald einer der Reiter den Ball in seinem Netzschläger gefangen hatte, hinter diesem herzusprengen, ihn vom Tor abzudrängen. Fuchtelnde Arme mit Schlägern setzten alles daran, den Ball für sich zu gewinnen. Die Gegner übernahmen den Ball, alle wechselten die Richtung, hetzten nun zum anderen Tor des riesigen Spielfeldes. Zuschauer am Rand des Feldes saßen vor ihren Autos und Pferdeanhängern, zwei Mädchen in Reiterhosen streichelten die Nüstern eines Pferdes. Eines von ihnen zog etwas aus der Tasche, wickelte es aus einem Papierchen, legte es auf die flache Hand und lachte, als das Pferd es mit seinen weichen, fleischigen Lippen aufnahm.

Shane starrte auf die Mattscheibe. Das Mädchen hatte dem Pferd ein Stück Zucker gegeben – wie Romaine? Wenn es so gewesen war – hatte das irgendetwas mit ihrem Tod zu tun? Oder mit ihrem Mörder?

Seit anderthalb Tagen ermittelten sie, doch noch immer fehlte eine heiße Spur, eine Fährte, die er aufnehmen konnte, etwas, das sein Jagdfieber weckte. Da war nur diese Leere in ihm, die Verzweiflung an seinem eigenen Dasein – und an der Welt, die er nicht ändern konnte.

Auf dem kleinen Tisch unter dem Fenster fand er Beutel mit Kamillentee. Er setzte Wasser auf. Dann trat er kurz nach draußen, um zu sehen, ob bei Tamara nebenan inzwischen Licht brannte. Aber noch immer war alles dunkel. Er schloss die Tür. Das Wasser kochte. Shane übergoss den

Beutel in einer Tasse, legte sich aufs Bett und wartete darauf, dass der Tee lange genug gezogen hatte.

Der Kamillentee beruhigte seinen Magen und machte Shane schläfrig. Irgendwann ließ ein Geräusch ihn hochfahren. Schlaftrunken richtete er sich auf und horchte in die Finsternis. Er hörte Schritte und eine ins Schloss fallende Tür. Tamara musste nach Hause gekommen sein. Halb zwei zeigte seine Armbanduhr.

7

Das Geschrei der Kookaburras und das Geräusch von Tamaras Dusche nebenan weckten ihn. Montag. Wieder ein strahlend heller Morgen. Auf das Frühstück im Motel verzichtete Shane. Detective Constable Fiona Miller kochte weitaus besseren Kaffee. Er überließ Tamara den Wagen und ging die kurze Strecke zur Polizeistation zu Fuß. Ein wenig körperliche Betätigung würde ihm gut tun. Sein Rücken schmerzte.

Die Morgenluft war noch frisch. In einer Stunde schon würde es so heiß sein, dass man jede Bewegung draußen vermied. Ein Lieferwagen mit einer Aufschrift, die er wegen der geschwungenen Buchstaben nicht entziffern konnte, fuhr an ihm vorbei. Im Vorgarten auf der anderen Straßenseite mähte ein Mann den ohnehin schon kurzen Rasen. In einem winzigen Sandkasten neben der Haustür hockte ein Kleinkind, schlug eine rote Plastikschaufel auf einen Eimer und schrie. Tamara überholte Shane im Wagen und stieg auf die Bremse.

»Willst du mitfahren?«, fragte sie aus dem offenen Fenster.

»Ich brauch ein bisschen Bewegung«, erwiderte er und winkte ihr nach.

Kaum hatte er einen Fuß ins Büro gesetzt, als Tamara auch schon sagte:

»Hall will mit uns reden.«

Shane sah sie überrascht an. »Hat er schon so früh angerufen?« Er war sicher, dass Tamara errötete. Einen Moment lang musterte er sie. Fantasien flogen durch seinen Kopf. Bevor er etwas entgegnen konnte, klopfte es, und die Sekretärin, eine korpulente Frau in den Fünfzigern mit rot geschminkten Lippen und blonden Dauerwellen, kam mit einem Tablett herein und stellte eine Kanne Kaffee und einen Teller mit Muffins auf Shanes Schreibtisch.

»Sie sollen sich doch bei uns wohl fühlen«, meinte sie und schenkte Tamara und Shane ein herzliches Lächeln. »Ich weiß, wie das ist, wenn man von zu Hause weg ist.«

»Danke, Trish!«, gab Tamara freundlich, aber bestimmt zurück. »Ich trinke keinen Kaffee.«

»Geben Sie ihn mir«, sagte Shane.

Lächelnd schob Trish das Tablett auf seinem Schreibtisch näher zu ihm hinüber und verließ eilig das Büro. Als die Tür hinter ihr zufiel, herrschte zwischen Tamara und Shane ein beklommenes Schweigen, doch da öffnete Trish erneut die Tür und ließ Alan Hall herein.

Zwar war Hall genauso gepflegt gekleidet wie am Vortag – hellgraue Hose, weißes Hemd und zurückhaltend gemusterte Krawatte –, doch sein Gesicht wirkte nicht mehr ganz so glatt und gleichmäßig in der Farbe, seine Haltung hatte etwas von ihrer Spannkraft eingebüßt, und unter seinen dunklen, tief liegenden Augen lagen Schatten. Selbst seine geschwungenen Lippen schienen dünner und blasser geworden zu sein.

Shane zeigte auf den Besucherstuhl neben seinem Schreibtisch. Hall setzte sich, und ohne etwas zu sagen, zog er einen Zettel aus seiner ledernen Brieftasche und legte ihn vor Shane auf den Tisch. Auf dem Zettel war in Schreibschrift zu lesen:

Sorry. Romaine.

Shane und Tamara sahen fragend auf. Alan Hall holte Luft, legte die Fingerspitzen seiner Hände gegeneinander, dass der Raum zwischen ihnen ein Dreieck ergab.

»Am Freitag – nicht letzten, sondern vorletzten – hatten wir einhundert Personen zu einer Hochzeit. Acht-Gänge-Menü, Champagner, Wein, Spirituosen, Kaffee, Kuchen.« Er räusperte sich. »Es war ein großzügig arrangiertes Fest. Gewöhnlich schicken wir nach einer so großen Veranstaltung eine Rechnung. Doch der Vater der Braut wollte sofort die Rechnung begleichen und bezahlte den kompletten Betrag in bar.« Er zögerte, blickte erst Shane, dann Tamara an.

»Wir sind nicht von der Steuerbehörde«, sagte Shane, und Tamara nickte Hall aufmunternd zu. Er fuhr fort:

»Der Vater der Braut zahlte den gesamten Betrag am Ende des Abends, elftausendvierhundertzweiundsechzig Dollar, die er auf zwölftausend aufrundete. Das Geld deponierte ich im Safe in meinem Büro – mit den Einnahmen der Woche. Rund zwanzigtausend Dollar. Als ich am vergangenen Montag das Geld zur Bank bringen wollte, war der Safe leer.« Er wies mit dem Kinn auf den Zettel. »Bis auf diese Nachricht. Und Romaine kam nicht zur Arbeit. Sie hatte als einzige Mitarbeiterin einen Safeschlüssel.«

Einen Augenblick herrschte Schweigen. Plötzlich gab es ein Motiv: zwanzigtausend Dollar.

»Mister Hall«, begann Shane und sah ihn eindringlich an, »bitte erklären Sie mir doch, warum Sie nicht gleich am Montag zur Polizei gegangen sind?«

Alan Hall antwortete nicht, sondern starrte weiterhin auf den Zettel.

»Mister Hall!« Shane rückte nah an ihn heran und schaute ihm direkt ins Gesicht. »Machen Sie doch endlich den Mund auf! Romaine ist tot! Sie brauchen sie nicht mehr in Schutz zu nehmen!«

Da nickte Alan Hall auf einmal. »Ja«, murmelte er, »da haben Sie Recht.«

Shane erinnerte sich an Romaines Foto, an ihre eng stehenden Augen, die zu große Nase, das aufdringliche Blond ihres Haares. Und nun saß vor ihm Alan Hall: gut aussehend, gepflegt, kultiviert. Vielleicht war Romaine genau das, wonach Alan Hall sich sehnte: unkompliziert, gewöhnlich, direkt ...

»Romaine Stavarakis war mehr als eine Angestellte für Sie«, mutmaßte Shane, und prompt nickte Hall.

»Sie hatten ...«, fuhr Shane fort, brach dann jedoch ab.

»... ein Verhältnis, ja.« Hall wirkte erleichtert.

Shane stand auf, ging zum Fenster, kehrte zurück und stellte sich hinter Hall. »Sie hatten ein Verhältnis mit Ihrer Angestellten Romaine Stavarakis und haben sich von ihr um zwanzigtausend Dollar betrügen lassen?«

»Ja.«

Shane bemerkte, wie Tamara Alan Hall anstarrte.

»Mister Hall«, fragte Shane weiter und setzte sich wieder, »ist Ihnen ein Mann namens George bekannt?«

Alan Hall nickte langsam. »Ich habe am Montag bei Romaine zu Hause angerufen, weil sie nicht zur Arbeit erschien. Ed war am Telefon. Er sagte, Romaine sei mit einem gewissen George überraschend verreist.«

Halls Enthüllungen wurden immer komplizierter. Shane

atmete tief ein und aus. »Ich verstehe Sie nicht, Mister Hall! Warum sind Sie nicht spätestens dann zur Polizei gegangen? Kam Ihnen denn nicht in den Sinn, dass Romaine Sie nicht nur um ihr Geld gebracht hatte, sondern auch mit einem anderen Mann betrog? Warum wollten Sie sie da immer noch schützen?«

Hall fuhr sich mit den Händen über das Gesicht. »Wir hatten nach der Hochzeit eine sehr unschöne Auseinandersetzung. Ich habe mir Vorwürfe deswegen gemacht.« Seine Stimme klang dünn.

»Worüber haben Sie sich gestritten?«, fragte Tamara vorsichtig.

Dankbar sah er sie an, zögerte und erklärte schließlich: »Sie wollte mich heiraten, und ich habe Nein gesagt.« Seine Mundwinkel zuckten.

Der Mann hat tatsächlich Gewissensbisse, oder er ist ein verdammt guter Schauspieler, dachte Shane und erkundigte sich dann: »Und warum wollten Sie sie nicht heiraten?«

Hall hob die Schultern, ließ sie wieder fallen. »Ich möchte mich nicht mehr fest binden.«

Sicher, er wollte nur eine Affäre, eine unkomplizierte Affäre. Romaines Jungmädchenzimmer fiel Shane wieder ein, ihre Rattanmöbel, die bunten Kissen, die Liebesromane, *Verlorenes Glück.* Romaine war romantisch – träumte von einer Hochzeit im weißen Kleid, vielleicht ... »Tja, Mister Hall«, sagte er, »im Moment haben wir keine weiteren Fragen.«

Müde erhob sich Hall. Tamara begleitete ihn hinaus.

Shane grübelte. Hatte Romaine tatsächlich das Geld aus dem Safe genommen, um mit diesem George durchzubrennen – und hatte der sie umgebracht? Aber wieso hätte sie mit George verreisen sollen, wenn sie kurz zuvor noch Hall hatte heiraten wollen? Oder verreiste sie mit George, um Hall eifersüchtig zu machen? War Romaine nicht romantisch, sondern kalt berechnend? *Verlorenes Glück.* Wie kam er, Shane, überhaupt dazu, diesen Buchtitel mit ihrer Persönlichkeit in Verbindung zu bringen? Hatte sie Hall etwas vorgemacht, um finanziell einen Vorteil zu erzielen? Hatte Alan Hall sie am Safe überrascht?

Er sprang auf.

»Mister Hall?«, rief er hinter ihm her, »ich muss Ihren Safe sehen.« Tamara, einen Einwand auf den Lippen, sah ihm nach.

Das Büro des »Earl's« lag auf der Rückseite des Gebäudes und war von einem Parkplatz aus zugänglich, an den ein Bottle Shop grenzte. Shane parkte den Dienstwagen neben Alan Halls Patrol. Ein Kombi fuhr direkt vor den Eingang des Bottle Shops. Sonst war der Parkplatz unbesetzt. Vom schwarzen Teerbelag stieg heiße Luft auf.

»Hat auch Romaine hier normalerweise ihren Wagen abgestellt?«, fragte Shane Alan Hall, der gerade die Hintertür des »Earl's« aufschloss.

»Ja. Die Parkplätze entlang der Straße vor dem Eingang sind meistens besetzt. In der CWA, der *Country Women Association,* findet öfter eine Veranstaltung statt.«

Shane folgte Hall. Sie standen in einem kurzen Gang, an dessen Ende der Gastraum des Restaurants lag; rechts befand sich die Küche, links das Büro. Hall stieß die nur angelehnte Bürotür auf. Vor dem der Tür gegenüberliegenden Fenster standen ein einfacher Schreibtisch aus braun furniertem Holz und dahinter ein grau bezogener Drehstuhl mit schief hängender Rückenlehne. An den beiden seitlichen Wänden waren Regalbretter angebracht. Der ganze Raum wirkte eher wie die Verwaltung eines Warenlagers, nicht wie das Büro eines Restaurants.

»Kochen Sie selbst?«, wollte Shane wissen. Er konnte sich Alan Hall nicht als Koch vorstellen. Aber vielleicht hatte er ja eine altmodische Vorstellung von Köchen. Er stellte sie sich dick vor, mit rundem, rotem Kopf und mit weißer, mit Soße bekleckerter Schürze – und natürlich mit der obligatorischen hohen, steifen Kochmütze.

»Nein.« Hall lächelte. »Ich habe einen Koch angestellt.«

Shanes altmodische Vorstellung hatte sich offenbar gerade bestätigt.

»Der Safe.« Hall deutete auf einen im unteren Regalteil stehenden grauen Metallkasten von etwa einem halben Meter Höhe. »Einen Schlüssel trage ich an meinem Schlüsselbund, den Ersatzschlüssel hatte Romaine.«

»Sie haben ihr ja ziemlich vertraut«, bemerkte Shane, worauf Alan Hall ihn kurz ansah, aber nichts erwiderte. »Was war sie für ein Mensch? Trauen Sie ihr zu, Sie mit diesem George hintergangen zu haben?«, fügte er hinzu und betrachtete den Safe.

Alan Hall seufzte, fuhr sich durch das zurückgekämmte Haar. Er war immer noch blass. »Ich weiß es nicht. Sie konnte auch sehr verletzend sein.« Er schüttelte den Kopf. »Ich kann das alles noch nicht glauben.«

»War sie berechnend?«

Hall quälten diese Fragen; nervös tippte er die Fingerspitzen gegeneinander. Schließlich begann er: »Romaine wollte einmal ein Motel eröffnen.«

»Ach?«

»Ja, mit ihrem damaligen Mann. Sie nahm bei der Bank einen Kredit auf. Doch ihr Mann verließ sie – mit dem Geld. Da sie die alleinige Kreditnehmerin war, musste sie den Kredit zurückzahlen.«

»Wie viel?«

»Fünfzigtausend Dollar. Sie können auf der St. George Bank nachfragen.«

»Das werde ich tun.« Shane ließ den Blick nicht von ihm. Alan Halls Verhalten gegenüber Romaine wurde ihm immer unverständlicher. »Mister Hall, haben Sie nicht in Erwägung gezogen, dass Romaine mit Ihnen nur ein Verhältnis angefangen haben könnte, weil sie Ihr Geld wollte?«

Ohne zu zögern, antwortete Hall mit einem klaren »Nein«.

War das Liebe? Oder nur Starrsinn und die Weigerung, einen Irrtum einzugestehen? Auf Halls Schreibtisch bemerkte Shane einen Plexiglasbehälter, in dem sich ein Stapel jener Notizzettel befand, die dem ähnelten, auf dem Romaine ihre Nachricht hinterlassen hatte. Aus einem Porzellanbecher ragten Stifte heraus. Spurensicherung und Schriftexperten würden untersuchen, ob die Nachricht mit einem dieser Kugelschreiber und auf diesen Notizzetteln geschrieben worden war.

»Ach ja«, sagte Hall plötzlich. »Ich habe es vergessen, als wir eben hereingingen. Als ich am Montag ins Büro kam, war das Schloss außen an der Tür zum Parkplatz beschädigt.«

»Aber Romaine hatte doch sicher auch einen Büroschlüssel? Wenn sie die Diebin war, dann musste sie doch nicht einbrechen.«

»Das ist ja das Merkwürdige!« Alan Hall runzelte die Stirn. »Das Schloss war auch nur beschädigt, nicht aufgebrochen!«

Shane folgte Hall zur Tür.

»Sehen Sie? Ich habe es nicht reparieren lassen, denn das Schloss schließt genauso wie vorher.«

Shane bückte sich und betrachtete das Schloss. Tiefe Kratzspuren waren in der Holztür zu erkennen. So, als hätte jemand mit einem scharfen metallenen Gegenstand das Schloss herausbrechen wollen.

»Vielleicht waren die Spuren ja schon vor jenem Samstag dort?«, wandte Shane ein.

»Das wäre mir aufgefallen! Ich schließe doch jeden

Abend hier ab. Die Lampe über der Tür leuchtet genau auf das Schloss, das habe ich so einrichten lassen.« Hall schüttelte entschieden den Kopf. »Nein, ich bin ganz sicher, die Kratzer waren noch nicht da.«

Shane betrachtete noch einmal die Tür. Dann verabschiedete er sich und bestellte die Spurensicherung ins »Earl's«. Die Kollegen sollten den Safe untersuchen, das Türschloss und das Büro. Der Außenthermostat im Auto zeigte sechsunddreißig Grad Hitze – und im Auto ohne Klimaanlage waren es sicher fünf Grad mehr.

»Und?«, fragte Tamara knapp, als er zurück ins Büro kam. War sie tatsächlich verärgert, weil er sie nicht ins »Earl's« mitgenommen hatte?

»Erkundige dich doch mal bei der St. George Bank über Romaines finanzielle Situation.«

Auf ihren fragenden Blick hin berichtete er ihr von seinem Gespräch mit Hall. Tamara schlug mit der flachen Hand auf den Tisch.

»Aber sicher, Shane! Romaine war betrogen worden. Und mit diesem Diebstahl wollte sie sich rächen.«

»An wem?«

»An den Männern! Sie ist mit Schulden sitzen gelassen worden. Alan Hall will sie als Geliebte, sträubt sich aber dagegen, sie zu heiraten. Dann hat sie wenigstens sein Geld genommen!«

»Klingt kühn, Tamara.«

»Nein, nur ganz menschlich.« Sie lächelte süßlich.

»Weiblich, meinst du?«

Sie verzog den Mund.

»Und wer hat Romaine dann ermordet?«, fragte Shane.

»Dieser George vielleicht, der angeblich mit ihr in Urlaub fahren wollte?«

»Oder Hall. Und jetzt tischt er uns diese Geschichte auf.«

»Aber damit hätte er ein Motiv und würde sich selbst verdächtig machen!« Tamara schüttelte den Kopf, »Nein, Shane!«

Er zuckte die Schultern. »Vielleicht ist er ja viel cleverer und weiß, dass wir so denken ...«

Tamara schüttelte energisch den Kopf.

»Es geht mir allein um die Fakten, Tamara.«

»Aber Fakt ist: Wir haben gegen Alan Hall nichts in der Hand. Rein gar nichts!«

Sie hatte Recht, und er schwieg.

Herb Kennedy kam mit einer Tüte von der Bäckerei herein. »Dachte, Sie könnten was zu essen gebrauchen.« Er lächelte gequält, wirkte übermüdet. So sahen Männer aus, die mit ihrer Frau Streit hatten, dachte Shane. »Wie gehts voran?« Herb setzte sich, und Shane berichtete von der Wendung, die der Fall genommen hatte.

»Hm. Ich kenne diesen Alan Hall nicht persönlich. Er hat seit ungefähr drei Jahren das Restaurant. Becky und ich waren vielleicht zwei Mal dort essen. Feine Küche, aber zu steife Atmosphäre für meinen Geschmack.« Herb biss in eine Pastete und nickte ein paar Mal. »Zwanzigtausend Dollar ... Liebe hin oder her, das ist ein Batzen Geld!« Er sprach mit vollem Mund, und sein dunkler Schnauzer tanzte dabei in seinem Gesicht. »Da muss die Liebe ja schon groß sein, wenn man das Geld so schnell abschreibt.«

»Was meinen Sie, könnte er's getan haben?« Shane nahm sich nun auch eine Pastete aus der Tüte. Tamara lehnte ab. Sie hatte endlich einen Naturkostladen gefunden und sich mit Obst und Müsliriegeln eingedeckt.

Herb schluckte den Bissen hinunter, wischte sich die Krümel aus dem Schnauzer und ließ die gewaltigen Schultern kreisen, die das Kurzarmhemd jeden Moment zu sprengen drohten. »Keine Ahnung.«

»Sie sind mir 'ne schöne Hilfe, Herb!« Shane atmete hörbar aus und schob den Rest der Pastete in den Mund. Ausgerechnet in dem Moment läutete das Telefon, und er gab Herb ein Zeichen abzunehmen.

»Die Spurensicherung«, sagte der und reichte Shane den Hörer.

Er schluckte rasch, stellte das Gespräch laut und meldete sich. Man hatte an Haut, Haaren und Kleidung der Leiche Schafhaare, Reste von Öl und Styropor nachgewiesen. Hundertzwanzig Meter vom Ablageplatz der Leiche entfernt, auf einer Lichtung, die über einen schmalen Weg von der Straße aus erreichbar war, hatte man folgende Dinge gefunden: eine leere Filmdose, Reifenabdrücke und einen Nylonstrumpf mit Lippenstiftspuren.

»Und dann«, ergänzte der Kollege von der Spurensicherung, »haben wir noch etwas anderes Interessantes entdeckt.«

»Was?« Shane ärgerte sich jedes Mal über diese künstliche Spannungserzeugung einiger Kollegen.

»Ein paar Haare am Strumpf. Eins steht fest: Es sind nicht die der Leiche, aber die DNA-Analyse dauert noch.«

»Die reinste Fundgrube – dieses Chinchilla«, murmelte Shane, als er auflegte.

Tamara starrte ihn an. »Filmdose? Hat Samantha Walters dort fotografiert?«

»Das werden wir gleich in Erfahrung bringen.« Shane stand auf.

8

Normalerweise säße Joanna schon längst im Auto und wäre auf dem Heimweg. Aber es zog sie nicht nach Hause – und die Ahnung eines Geheimnisses, das der Junge in seinem Innern einschloss, ließ sie nicht los. Sie stand vor der weißen Tür seines Zimmers und zögerte hineinzugehen. Schließlich klopfte sie doch und trat ein. Er wandte sich ihr zu, zeigte aber keine Anzeichen von Freude und grüßte sie auch nicht.

Zu ihrer Überraschung saß er nicht im Bett, sondern am Tisch. Heute trug er statt des blauen Jogginganzugs khakifarbene Shorts und darüber ein weißes T-Shirt mit einer Superman-Figur darauf. Sein braunes Haar sah zwar gebürstet aus, stand aber in alle Richtungen ab. Sie glaubte ein wenig mehr Zutrauen in seinen braunen Augen mit den langen Wimpern zu erkennen.

»Hallo, darf ich mich zu dir setzen?«, fragte sie. Er erwiderte nichts, schüttelte auch nicht den Kopf, und so nahm sie an der kurzen Seite des Tisches Platz. Jetzt bemerkte sie, dass er einen Stift in der Hand hielt. Vor ihm lag eine Serviette, auf die er drei Buchstaben gezeichnet hatte. *A S H.*

»Ist das ein Name?«, fragte Joanna, »*dein* Name?«

Seine dunklen erschrockenen Augen sahen in ihre. Langsam schüttelte er den Kopf. »Max«, gab er zurück.

Hatte er sich eben an seinen Namen erinnert?

»Max? Heißt du Max?«

Vorsichtig nickte er, als begriffe er erst jetzt, was er gesagt hatte.

»Max – und weiter?«

»Ash«, flüsterte er erneut, doch sein Gesicht verschloss sich wieder.

»Max ... Ash?« Sie ließ ihn nicht aus den Augen. Ihre Handflächen wurden feucht, und ihr Herz schlug schneller.

Einen Moment überlegte er, wiederholte: »Max Ash.« Doch dann schüttelte er den Kopf und sagte: »Max.«

Er hieß also Max, aber ASH gehörte offenbar nicht zu seinem Namen.

»Ash ...«, murmelte er. Sein Blick kehrte sich nach innen. Langsam stand er auf, legte sich ins Bett und zog die Decke über den Kopf.

Sie spürte ein Unbehagen in sich aufsteigen.

9

Samantha Walters wohnte in einem lieblos auf einem grasbewachsenen Grundstück abgestellten hölzernen Flachbau mit je einem Fenster zu beiden Seiten der Eingangstür. Als Shane und Tamara klingelten, erschien sie mit einem Turban aus einem schwarzen Handtuch hinter der Fliegentür.

»Wir haben noch ein paar Fragen, Mrs. Walters«, begann Shane, woraufhin Samantha grußlos die Fliegentür aufdrückte.

Ihre silbergrauen Augen wirkten heute weniger leuchtend. Harvey, der Hund, kam aus dem Garten angerannt, bellte und wedelte freudig mit dem Schwanz. »Ich wüsste nicht, wie ich Ihnen noch helfen könnte«, entgegnete Samantha, »ich habe mir gerade die Haare gewaschen ...«

Sie kamen also ungelegen.

»Wir halten Sie bestimmt nicht lange auf.« Tamara lächelte und setzte einen Schritt ins Haus hinein. Shane folgte ihr. Harvey nutzte die Gelegenheit und schlüpfte zwischen ihren Beinen hindurch mit ins Haus.

»Das Haus ist nicht gerade mein Geschmack«, sagte Samantha, als müsste sie sich entschuldigen, »aber wenn man so schnell eine Wohnung braucht ... Wollen Sie was trinken?«

Der Teppichboden war abgetreten, und an den fleckigen Wänden hingen gerahmte Landschaftsfotos. Rote Ebenen im Sonnenuntergang, tiefgrüne sanfte Hügel, über die der Wind strich, Pferde, Pferde und nochmals Pferde.

»Die Fotos sind von mir«, bemerkte sie. Ein paar gefielen Shane, die meisten fand er etwas kitschig.

»Sie sind noch nicht von Barry geschieden?«, wollte Tamara wissen.

»Nein«, antwortete sie mit zusammengekniffenen Lippen. »Sind Sie gekommen, um mich das zu fragen?«

»Nein«, gab Tamara lächelnd zu, worauf Samantha skeptisch die Augenbrauen hochzog.

»Was dann?«

Shane fragte sie nach der Filmdose und den weiteren Utensilien, die die Spurensicherung gefunden hatte. Doch Samantha konnte sich nicht daran erinnern, an der beschriebenen Stelle der Lichtung gewesen zu sein und dort eine Filmdose verloren zu haben.

»Das wüsste ich. Ich habe ein fotografisches Gedächtnis«, meinte sie. »Und meine Modelle knebele ich normalerweise auch nicht. Weder mit einem Nylonstrumpf noch mit sonst etwas«, fügte sie mit einem süffisanten Lächeln hinzu. »Daher stammen doch wahrscheinlich die Lippenstiftspuren, oder?« Ihre Augen veränderten sich, wurden klar und hart.

»Möglicherweise«, räumte Shane vage ein und folgte ihr und Tamara ins Wohnzimmer, dessen altmodisch gestreifte Tapete Schatten und helle Stellen von abgenommenen Bildern aufwies. Eine überraschend neu aussehende sandfarbene Couch mit passenden Sesseln gruppierte sich um einen niedrigen massiven Holztisch.

»Nehmen Sie Platz«, sagte Samantha, bemüht, höflich zu klingen. Als er nah an ihr vorbeiging, roch er den Alkohol.

»Sind das Ihre Fotos?« Tamara deutete auf den Tisch.

»Oh ja«, sagte Samantha, »ich war gerade dabei, sie zu sortieren.« Eilig raffte sie die ausgebreiteten Fotos zusammen. Da ließ Shane den Finger auf eines der Bilder niedersausen, als wollte er es aufspießen.

»Das ist doch Romaine, oder?« Er hob den Finger, und darunter kam Romaines Gesicht zum Vorschein. Sie schmiegte sich an ein Pferd und lächelte in die Kamera.

In Samanthas Augen blitzte für einen Moment Ärger auf.

»Und Sie wollen Romaines Leiche nicht erkannt haben?«, fragte Shane ungläubig.

»Dieser Kadaver hatte keine Augen mehr! In der Stirn war ein schwarzes Loch!« Sie kreischte jetzt. »Ich *konnte* nicht fassen, dass das Romaine sein sollte.« Sie zitterte am ganzen Körper, als wäre sie an einen elektrischen Stromkreis angeschlossen. Hastig griff sie zu der Schachtel Zigaretten, die auf dem Tisch lag. In ihren Augen standen Tränen, ihre Lippen bebten. Sie ließ ein Feuerzeug aufschnappen und sog an der Zigarette.

Shane räusperte sich. »Mrs. Walters?«

»Samantha.«

»Samantha«, begann Shane noch einmal und zeigte auf das Foto mit Romaine, »ist das da eins von Barrys Pferden?«

Sie nickte, starrte ins Leere.

»Also kannte Romaine Barry?«

Wieder nickte sie, diesmal jedoch schwerfälliger, und rauchte hektisch. »Er hat sie im ›Earl's‹ kennen gelernt. Sie arbeitete dort als Kellnerin. Er hat mit ihr geflirtet, während ich dabeisaß. Wir waren zu zweit essen. Können Sie sich das vorstellen?« Ihre Lippen waren zu dünnen Strichen geworden. »Können Sie sich so eine Unverschämtheit vorstellen?«, wiederholte sie. »Es war so ... so demütigend.« Die Zigarette war kurz geworden. »Wenig später habe ich die beiden zusammen erwischt – als ich früher nach Hause kam.« Auf ihrem Gesicht flammten rote Flecken auf.

»Daraufhin haben Sie Barry verlassen?«, holte Shane sie in die Gegenwart zurück.

»Nein, ich hab darüber hinwegsehen wollen. Nach ein paar Monaten hat sie mit ihm Schluss gemacht.« Ein gehässiges Lächeln huschte über ihr Gesicht, während sie die Zigarette in einem steinernen Aschenbecher gründlich ausdrückte. »Anschließend hat er sich von mir trösten lassen wollen. Doch da hab ich nicht mitgemacht. Ich habe ihn verlassen. Sie wissen ja«, fügte sie hinzu, »Rache ist süß.« Ihr Lachen klang bitter. »Unser ganzes gemeinsames Leben hat er in Scherben geschlagen. Dann stürzte Ashwood und wurde impotent.« Sie lachte kurz auf und schüttelte den Kopf. »Ironie des Schicksals, was?«

»Ashwood ist ... ist ein Pferd?«, vergewisserte sich Tamara und runzelte die Stirn.

Jetzt lachte Samantha laut und verzog anzüglich den Mund. »Was haben Sie denn gedacht?«

»Warum haben Sie eigentlich Romaine fotografiert?«, konterte Tamara.

Samantha, schlagartig wieder ernst geworden, schluckte. Sie nahm das Foto in die Hand und betrachtete es lange.

»Samantha«, sagte nun Shane, »ich muss Sie bitten, Ihre Fingerabdrücke abnehmen zu lassen. Routine.«

Sie lächelte gekünstelt. »Von mir aus, ich habe nichts zu verbergen.«

»Rache ist süß«, wiederholte Tamara, als sie wieder ins Auto stiegen. »Glaubst du, sie könnte ihre jüngere Konkurrentin umgebracht haben?«

»Keine Ahnung.« Shane setzte sich auf den Beifahrersitz. »Zimperlich wirkt sie jedenfalls nicht.«

»Sie hat alles aufgegeben, die Farm, das Land, die Pferde. Und dann hat sie ein Foto von der Frau herumliegen, die ihr Leben zerstört hat!« Tamara schüttelte den Kopf.

»Dann werden wir uns die Story mal von der anderen Seite erzählen lassen.« Shane zog die Autotür zu. Ganz langsam fühlte er, wie sich etwas in ihm erwärmte: Sein Jagdfieber erwachte.

Ashwood, der Name von Barry Walters' Farm, war mit weißer Farbe auf das Holzgatter gepinselt. Nach fast fünfzehn Minuten Fahrt über eine ungeteerte Straße, die niedriges Gebüsch und Baumgruppen durchschnitt, tauchte endlich auf dem gerodeten Land ein größerer Gebäudekomplex auf. Rechts davon konnte man den *Airstrip* erkennen, die staubige Start- und Landebahn, an die sich links ein größerer Blechschuppen anschloss. Als sie näher kamen, erkannte Shane vor einer Reihe von Pferdeboxen neben dem Haus Barry Walters, der ein braunes Pferd striegelte.

»Ich hab Sie schon früher erwartet«, rief Barry ihnen zu, nachdem Tamara den Wagen geparkt hatte und sie über die sandige Erde auf ihn zugingen. Barry trug eine Baseballmütze, Jeans und ein grünes T-Shirt und widmete sich wieder dem Pferd, ohne ihnen weitere Aufmerksamkeit zu schenken. Seine Bewegungen waren kraftvoll, präzise und bestimmt.

Shane verscheuchte die lästigen Fliegen. »Mr. Walters«, begann er, ohne die Sonnenbrille abzunehmen, »wussten

Sie, dass es sich bei der toten Frau um Romaine Stavarakis handelte?«

Jetzt erst hielt Barry Walters inne und sah Shane und Tamara mit seinen eisblauen Augen an.

»Nein. Ich habe es heute erst gehört.« Er klang selbstsicher und gefasst und striegelte weiter das braune Fell, auf dem Schweißperlen wie Tau glitzerten.

Sie warteten.

»*Ashwood* war mein bestes Polocrosse-Pferd«, sagte er schließlich. »Ein Sohn von dem berühmten Doc's Freckles Oak, der steht jetzt in Tamarang, der arme Alte. Ein feines Pferd. Stammt aus der gelungenen Vermischung von der Three Bars Blutlinie mit dem robusten Quarterhorse.« Plötzlich hielt er inne. »Verstehen Sie überhaupt etwas von Pferden?«

Shane lächelte. »Nein.«

Barry brummte, er wirkte nicht mehr so abweisend. »Na, jedenfalls hatte ich über die Jahre schon verdammt gute Angebote für *Ashwood.* Aber ich hätte ihn niemals hergegeben. Hab ihn vor Jahren in Dalby ersteigert. War mein Glückstag. Sie verstehen also überhaupt nichts von Pferden, was?«

»Nein, wirklich nicht.«

»Von Polocrosse demnach auch nicht, oder?«

»Sie haben es erraten.«

Shanes Antwort ignorierend, redete Barry weiter.

»Ich hab 'ne Menge an ihm verdient. Sein Sperma hat auf 'ner Versteigerung immer an die zehntausend Dollar gebracht. Und dann ist er gestürzt. Bei einem beschissenen Testspiel!« Seine Stimme war leise geworden. »Er hat sich so verletzt, dass er tatsächlich impotent wurde.« Walters seufzte. »Ich musste ihn einschläfern lassen. Eine Operation hätte wenig Chancen auf Erfolg, sagte man.« Wieder seufzte er. »Ich konnte ihn weder zum Polocrosse noch zur Zucht einsetzen.« Er schüttelte den Kopf. »Es wäre auch für ihn eine einzige Quälerei gewesen. Er hat Polocrosse geliebt!« Er schob sich die Baseballkappe tiefer in die Stirn. »Ich muss gleich rüber in den Schuppen«, sagte er mit rauer, grober Stimme, als wäre er in dem Moment ein anderer geworden. »Wir haben die Schafscherer da.«

Unbeeindruckt begann Tamara: »Ihre Frau behauptet, sie hätten ein Verhältnis mit Romaine Stavarakis gehabt.«

Barrys Gesicht zuckte, doch er antwortete nicht.

»Mister Walters«, sagte Shane scharf, »verschwenden Sie nicht unsere Zeit!«

Da stemmte Barry die Arme in die Hüften, in einer Hand noch die Bürste, und blaffte: »Die Angelegenheit dauerte vier Monate. Sie hat mich verlassen, umgebracht habe ich sie deswegen nicht. Zufrieden?«

»Was war sie für ein Mensch?«, wollte Shane wissen.

Barry stöhnte. Als Shane ihn weiter fragend ansah, gab er sich einen Ruck und erklärte widerwillig: »Ihre Eltern kamen Ende der Sechzigerjahre aus Griechenland, von irgendeiner Insel, wo's nichts als Geröll und Schafe gibt.« Er kratzte sich unter der Mütze am Kopf. »Ihre Eltern eröffneten in Brisbane ein Café. Die Sache ging schief. Ich glaube, ihr Vater wurde krank; ihre Mutter hat alles nicht mehr geschafft, sie sind wieder zurück auf diese Insel ...« Wieder kratzte er sich am Kopf. »Romaine war mit einem Typen zusammen, der 'n Motel übernehmen oder aufmachen wollte. Dann hat er sie wegen 'ner anderen sitzen lassen und ist mit ihrem gemeinsamen Geld abgehauen. Romaines Traum war ausgeträumt, übrig blieben Schulden. Dann hat sie im ›Earl's‹ angefangen.«

»Kennen Sie ihren Cousin?«, fragte Shane.

»Sie meinen Ed, diese Flasche?« Barry lachte geringschätzig. »Der hat sie nur ausgenutzt.«

»Hat sie Ihnen das gesagt, oder woher wissen Sie das?«

»Gesagt hat sie's mir, ja. Hat immer auf ihm rumgehackt.«

Barry zuckte die Schultern. »Ich habe sie mal gefragt, warum sie ihn nicht einfach rausschmeißt.«

»Haben Sie von einem George gehört, Romaines Freund?«, wollte Tamara wissen.

»George?« Er stutzte, schüttelte dann langsam den Kopf. »Nee, kann mich nicht erinnern.«

»Nehmen Sie manchmal Zuckerpäckchen mit?«, warf Shane ein und irritierte sein Gegenüber.

»Was?«

»Kleine Päckchen mit Zucker, die in Cafés rumliegen«, erklärte Tamara.

»Machen Sie Witze?« Barry Walters blickte unsicher von Tamara zu Shane und wieder zurück.

»Nein«, entgegnete Tamara unbeeindruckt.

Barry verzog den Mund. »Ich kauf meinen Zucker im Supermarkt. In großen Packungen. Reicht das, oder wollen Sie vielleicht noch den Beleg?«

»Wann haben Sie Romaine zum letzten Mal gesehen?«, wollte Shane wissen.

Barry schüttelte den Kopf. »Keine Ahnung, nein, kann mich wirklich nicht erinnern.«

»Weshalb hat Romaine Sie verlassen?«

Barry sah ihn einen Moment abschätzend an, beschloss dann aber, auf Shanes Frage zu antworten. »Sie fand wohl doch keinen Geschmack am Farmleben.«

»Oder verließ sie Sie, weil Sie ihr kein Geld gaben?«

Das Erstaunen stand Barry ins Gesicht geschrieben.

»Sie haben gerade selbst gesagt, dass sie Schulden hatte«, sagte Shane.

Barry lachte geringschätzig. »Ihr Bullen seid doch alle gleich!« Ernst fügte er hinzu: »Nein. Sie wollte kein Geld.«

»Und was haben Sie am vorletzten Samstag gemacht?«

»Wurde sie da umgebracht?«

»Das wissen wir noch nicht.«

»Aha, jetzt gehts um mein Alibi?«

»Mister Walters ...«, versuchte Shane ihn zu beruhigen.

Barry atmete schwer. »Bin aufgestanden, hab nach den Pferden gesehen. Um zehn oder elf bin ich zum Einkaufen ...«

»Wohin?«

»Das wollen Sie auch wissen?« Er holte Luft. »In diesen Laden in Chinchilla, an der Ecke auf der Hauptstraße. Hab im Pub nebenan 'n Sandwich gegessen; so um drei bin ich heim. Um sieben oder so bin ich wieder in den Pub. Sie können dort den Wirt fragen.«

»Danke, Mister Walters. Wir würden gern noch ihr Reifenprofil abgleichen.«

»Abgleichen?« Einen Moment verschlug es Barry die Sprache. »Soll das heißen, Sie glauben im Ernst, ich könnte Romaine umgebracht und vergraben haben?«

»Routine, Mister Walters, reine Routine. Auf Wiedersehen.«

Tamara folgte Shane zum Auto. In den Scheiben sah er, dass Barry ihnen nachblickte.

»Romaine scheint ja ziemlich berechnend gewesen zu sein«, bemerkte Tamara, als sie auf die Piste einbog. Im Rückspiegel verschwand das Farmhaus hinter der gelben Staubwolke.

»Hm.« Vom Bild der romantischen jungen Frau war kaum noch etwas übrig geblieben.

»Inzwischen gibt es schon zwei Personen, die ein Motiv hatten, Romaine zu töten«, fuhr Tamara fort. »Samantha wollte ihr altes Leben zurück, und Barry hat sich von Romaine gedemütigt gefühlt, weil sie ihn verlassen hat.«

»Vergiss Alan Hall nicht«, warf er ein. »Was, wenn er nun doch nicht der großmütig Liebende ist, als den er sich darstellt, und er Romaine den Verrat in Wirklichkeit übel genommen hat ...?«

Tamara schwieg und wirkte nachdenklich. Bis zur Polizeistation redeten sie nicht mehr miteinander. Die Hitze war unerträglich.

Im Büro zog er sich eine kalte Coke am Automaten im Vorzimmer. Tamara setzte sich an ihren Schreibtisch und vertiefte sich in Protokolle und Berichte. Shane erwartete eine Enttäuschung: Man hatte im »Earl's« keine Blutspuren im Büro und in der Umgebung des Safes gefunden. Die Theorie, dass Romaine beim Ausräumen des Safes von jemandem überrascht und dort umgebracht worden war, hatte sich so gut wie zerschlagen. Romaine musste also woanders getötet worden sein. Vielleicht in ihrem Auto. Doch ihr weißer Toyota Corolla Kombi war wie vom Erdboden verschluckt. Mike Paradabar, der Schriftenexperte im Brisbane-Headquarters, war noch nicht dazu gekommen, den Zettel mit der Aufschrift *Sorry, Romaine* mit den Schriftproben zu vergleichen, die man aus Romaines Zimmer mitgenommen hatte, und vertröstete Shane auf den nächsten oder, wie er sich ausdrückte, wenn es ganz schlimm käme, auf den übernächsten Tag.

Herb trat in ihr enges Büro, ließ seinen schweren Körper auf einen Stuhl fallen und strich über seinen Schnauzer. »Ich überlege schon die ganze Zeit, ob dieser Fall nicht doch mit dem vor einem Jahr zusammenhängt. Ich habe Ihnen ja am ersten Abend von dieser verschwundenen Frau erzählt. Erinnern Sie sich?«

»Sicher. Ihre Spur verliert sich hier. Sie wollte zu ihren Eltern, oder?«

»Ja.«

Shane dachte darüber nach. Wollte Herb sich profilieren?

»Wie kommen Sie darauf, Herb?«

Herb faltete die Hände, drehte sie nach außen und ließ die Gelenke knacken. »Der Fall ist mir nur sofort eingefallen.«

»Okay, Herb«, entschied Shane, »dann möchte ich einen kompletten Bericht über diesen Fall.«

Herb sprang auf. Was war Herb Kennedy für ein Mensch?, fragte sich Shane. Hatte man ihm nie eine Chance gegeben? Shane lehnte sich in seinem wackligen Bürostuhl zurück und dachte über die nächsten Ermittlungsschritte nach. Hatte Eliza nicht Romaines Zahnprothese erwähnt? Er nahm ihren Bericht zur Hand. Richtig. Die oberen vier Schneidezähne fehlten und waren durch eine an die Eckzähne angehängte Prothese mit Gaumenstück ersetzt worden. *Jeder Zahnarzt wird sich an eine solche Arbeit erinnern,* hatte Eliza geschrieben.

»Tamara, was hältst du davon, wenn du dich mal um Romaines Zahnarzt kümmerst? Ich möchte gern wissen, ob Romaine vielleicht von jemandem die Zähne ausgeschlagen bekommen hat.«

»Du meinst, von einem anderen betrogenen Liebhaber?«

»Vielleicht.«

Es war kurz nach drei Uhr. Noch immer Montag. Shane fühlte sich erschöpft, hungrig und durstig. Seit zwei Stunden hatte er bohrende Kopfschmerzen. Ich sollte etwas essen, dachte er, doch das Telefon klingelte, und eine Frau behauptete, sie habe eine wichtige Aussage zu machen.

10

Brisbane. Montagnachmittag, drei Uhr, siebenundzwanzig Grad im Schatten. Sophie Grangé ließ sich auf den Beifahrersitz fallen, warf die Reisetasche auf den Rücksitz und schüttelte ihre Mähne. Als regnete Gold aus ihrem Haar, hatte der Visagist während der Dreharbeiten gesagt, und das hatte ihr gefallen. Das australische Austauschjahr im Rahmen ihres Betriebswirtschaftsstudiums in Lyon war schon fast zur Hälfte vorbei, dachte sie wie inzwischen schon jeden Tag. Bisher hatten sie allerdings viel mehr Zeit am Strand der Goldcoast und in Byron Bay verbracht als in den Unterrichtsräumen. Und wenn schon – manchmal erinnerte sie ihr Leben an eine Schale Wasser, die sie auf einem langen, steinigen Weg tragen musste. Mit jedem Schritt aber verschüttete sie etwas, bis die Schale am Ende leer war.

Der Gedanke machte sie traurig, und dann fühlte sie sich plötzlich uralt. Aber noch war der Aufenthalt nicht zu Ende. Ihr gefiel es hier. Sie liebte den Pazifik, die Strände – obwohl sie sonnenempfindliche Haut hatte –, sie liebte die Offenheit und Entspanntheit der Menschen und vor allem die der Männer – und ihr gefiel die Tatsache, dass sich im Rücken der großen Städte ein Land öffnete, das voller Geheimnisse und Unbekanntheiten war. Abenteurerin, hatte ihre Mutter sie mit einem Klang Bewunderung genannt, als sie sich, noch ein Kind, bis in die frühen Abendstunden draußen herumgetrieben hatte. Man könnte glatt denken, du hättest kein Zuhause, hatte ihre Mutter jedoch bitter gesagt, wenn sie schlechter Laune gewesen war. Darauf hatte Sophie nie geantwortet.

»Catherine, wo bleibst du?«, rief sie und trommelte auf den Türgriff.

Was brauchte Catherine nur so lange? Immer sah sie

zehn Mal nach, damit sie nur nichts vergaßen. Sophie klappte die Sonnenblende herunter und überprüfte ihren Lippenstift. In der Hitze war Lipgloss das Einzige, was sie ertragen konnte. Keine Wimperntusche, keinen Lidschatten und ganz gewiss keinen Lidstrich. Auf ihrer Oberlippe hatten sich Schweißperlen und ein paar rötliche Hitzeflecken gebildet. Dagegen konnte sie nichts tun.

»Chocolat Girl«, murmelte sie ihrem Spiegelbild zu, lächelte kurz und klappte dann seufzend die Sonnenblende wieder hoch, zupfte die Spagettiträger ihres orangefarbenen Sommerkleides zurecht und warf einen ungeduldigen Blick aus dem Seitenfenster.

Catherine, Sophies Kommilitonin aus Lyon, hatte sich auch für das Jahr in Australien entschieden, und gemeinsam bewohnten sie das Apartment, das Catherine nun endlich verließ.

Hinter ihr fiel die Haustür ins Schloss. Sie schleppte ihre Reisetasche – die wegen der Bücher wieder viel zu schwer geworden war – zum Kofferraum und warf ihn mit einem lauten Knall zu. Anders blieb er nicht geschlossen, hatte Toby gesagt, Sophies Freund, der ihnen den Wagen besorgt hatte. Sophie hatte ihn von der Gage gekauft, die sie für einen Werbespot erhalten hatte.

Aber es war sie, Catherine, gewesen, die vom Casting erfahren und Sophie darauf aufmerksam gemacht hatte. Ohne Catherine hätte Sophie gar nicht oder viel zu spät davon gehört. Und es war sie, Catherine, die fuhr, weil Sophie darauf keinen Wert legte – und weil sie das Linksfahren auch nicht besonders gut beherrschte. Doch Catherine hütete sich, dies auszusprechen. Sophie würde sonst darauf bestehen, das Steuer zu übernehmen, und das wollte sie sich ersparen.

Sie öffnete die Fahrertür, ließ sich schnaufend auf den Sitz fallen und putzte ihre runde Brille mit dem unteren

Zipfel ihres mit großen türkis- und rosafarbenen Blüten bedruckten, engen Shirts, das leider etwas unter den Achseln zwickte, aber ihren Busen betonte, dem einzigen Körperteil, dessentwegen sie sich Sophie überlegen fühlte. Sie war klein, pummelig, kurzsichtig, und ihre schulterlangen glatten Haare wurden auch mit blonder Färbung nie so schön wie Sophies. Nur eben ihr Busen war einen Blick wert – viel eher als Sophies Busen. Die Bemerkung, dass nur die inneren Werte zählten, war eine dreiste Lüge, wahrscheinlich von einer wunderschönen Frau in die Welt gesetzt, die es nie hatte erleben müssen, was es bedeutete, nicht beachtet zu werden.

Für einen Moment befielen Catherine Zweifel, ob sie für die nächsten zwei Wochen, die sie bei Toby auf der Farm seiner Eltern verbringen würden, Sophies kokettes Wesen ertragen könnte. In den letzten Wochen hatten sie immer wieder Streit gehabt.

»Hunger?« Sophie hielt ihr ein Sandwich unter die Nase.

Catherine zögerte, dachte an die beiden Speckrollen, die sich über den Bund ihrer Jeans wölbten, griff dann aber doch zu. Wenn es ums Essen ging, konnte sie nicht widerstehen. Sophie lächelte – ein bisschen triumphierend, fand Catherine, aber das war ihr egal, als sie in das weiße, watteweiche Brot biss. Der buttrige Geschmack der Avocado vermischte sich mit dem kräftigen des geräucherten Huhns.

»Hast du dir kein Sandwich mitgenommen?«, fragte Catherine plötzlich mit vollem Mund.

Sophie schüttelte den Kopf, verzog den Mund und kniff sich in den Bauch. »Ich werd zu fett.«

Wie gut kannte sie diese Antwort! Die Frage hätte sie sich schenken können. »Stimmt«, gab Catherine zurück, um sich wenigstens ein bisschen zu rächen.

Doch Sophie ignorierte die Bemerkung, zog die orangefarbenen Sandalen aus, stellte ihre langen, schmalen Füße mit den in derselben Farbe lackierten Nägeln aufs Armaturenbrett und vertiefte sich in deren Anblick. »Ist es nicht komisch? Je länger ich Toby nicht sehe, desto mehr verliebe ich mich in ihn.« Sie nippte an ihrer Mount-Franklin-Wasserflasche. Die Lippen ihres kleinen Mundes hatte sie ebenfalls mit orangefarbenem Lipgloss geschminkt, fiel Catherine auf, während sie genüsslich den Rest des Sandwichs verspeiste.

»Du idealisierst ihn schon«, bemerkte sie mit dem letzten Bissen im Mund.

»Und wenn schon!«, entgegnete Sophie mit einer Spur Trotz in der Stimme und zupfte an den schmalen Trägern ihres kurzen Sommerkleides, das sie in einer Strandboutique in Surfers Paradise gekauft hatte.

Ohne das Gespräch weiterzuführen, ließ Catherine den Motor an und reihte sich in den Verkehr ein. Inzwischen war es schon kurz vor vier Uhr und sicher nicht die beste Zeit, um eine so lange Reise zu beginnen. Aber bis zur Dämmerung blieben ihnen noch ein paar Stunden. Wenn alles wie geplant lief, würden sie übermorgen, am Mittwochabend, auf der Farm in Blackall eintreffen – oder spätestens am Donnerstag.

»Vielleicht spüre ich gerade durch unser Getrenntsein unsere Verbindung?«, sagte Sophie, als sie an einer Ampel hielten. Sie blickte Catherine aus ihren großen blauen Augen an.

Catherine hob nur die Augenbrauen, schaltete dann den Kassettenrekorder an. Sie hatte keine Lust, sich mit Sophie über diesen Surfer Toby zu unterhalten. Er war sowieso nur ein weiteres Objekt, das Sophies Eitelkeit nährte. Doch das wagte sie nicht, ihr zu sagen. Wenn es etwas Ernstes zwischen den beiden wäre, hätte Sophie sicher die Reise allein unternommen. Schon während der Tage am Strand war Catherine aufgefallen, dass Sophie sich mit ihm langweilte.

Und deshalb durfte Catherine sie begleiten – und weil es bequemer war, sich chauffieren zu lassen.

Sophie schüttelte ihr Haar und summte zur Musik. Plötzlich verstummte sie.

Catherine sah zu ihr hinüber und bemerkte einen erschrockenen Ausdruck auf ihrem zarten, blassen Gesicht. Das Gesicht einer in sich gekehrten, reinherzigen Nonne, dachte sie, wenn nur ihre Mundwinkel nicht eine Idee zu weit nach oben zeigen würden, was den Zügen einen Hauch von Spott verlieh.

»Ich hab mich nur gerade gefragt, was passiert, wenn bei Toby Distanz genau das Gegenteil bewirkt?«

»Ihr habt doch gestern telefoniert.« Catherine bemühte sich, nicht gelangweilt zu klingen.

»Ja, sicher!« Sophie nahm die Füße vom Armaturenbrett und starrte aus dem Seitenfenster. Wie überraschend schnell sie traurig und illusionslos aussehen kann, stellte Catherine im Stillen fest. »Ich finde, er hat so anders geklungen«, Sophie verzog ihr Gesicht, dass es einen gequälten Ausdruck annahm, »als wäre es ihm plötzlich lästig, dass wir ihn bei seinen Eltern auf der Farm besuchen.« Sophie wollte sich eine Zigarette anzünden, doch Catherines Blick ließ sie die Schachtel wieder zuklappen. Catherine konnte es nicht ausstehen, wenn jemand im Auto rauchte. Bisher hatte sich Sophie immer daran gehalten.

Catherine bog in Richtung Ballone Highway ab. Um das Thema zu beenden, sagte Catherine: »Wenn wir uns dort langweilen, fahren wir einfach weiter – oder wieder zurück.«

Sophie lächelte tapfer. »Du bist meine beste Freundin, denn du bist die Einzige, die mich versteht.«

Catherine lächelte auch. Sophie brauchte sie. So wie ihre Mutter, ihr Vater und ihre schöne, naive Schwester sie brauchten.

Der getönte Streifen am oberen Rand der Windschutzscheibe färbte den Himmel verheißungsvoll golden. Fast unmerklich hörte die Stadt auf. Häuser, Läden, Parkplätze – wie letzte Grenzfestungen in einem nicht besiegten Land.

11

Die Anruferin hieß Wendy Brown. Sie war Kassiererin im Supermarkt an der Hauptstraße in Chinchilla. Shane war sofort dorthin gefahren und stand nun einer sehnigen Vierzigjährigen gegenüber, deren kurzes, kupferrotes Haar wie Igelborsten abstand.

Sie berichtete, dass Romaine Stavarakis am vorletzten Samstag bei ihr eingekauft hatte. Wendy erinnerte sich aber noch an etwas anderes: In dem Moment, als Romaine bei ihr an der Kasse hatte zahlen wollen, war Barry Walters hereingekommen.

»Es war zehn nach elf am Vormittag, ganz bestimmt. Das weiß ich, weil ich die Kassenrolle auswechseln musste, und da hab ich die Uhrzeit auf der Rolle gesehen.« Sie sprach in einem atemlosen Tempo und verzog dabei ihr hageres Gesicht zu einem Lächeln. »Ich bin so ein Zahlenfreak. Ich schnapp jede Zahl auf, die mir unter die Augen kommt!« Sie griff in einen Karton und wedelte mit einer Gurke. »Mein Hirn sagt dazu nicht: Gurke, sondern fünf-eins-null-null-drei, die Codeziffer, oder Bananen – die heißen bei mir fünf-eins-null-vier-null –, Paprika sechs-eins-null-null-vier ...«

»Haben sich Romaine und Barry gesehen?«, unterbrach Shane sie.

Sie lachte kehlig und ließ die Gurke wieder in den Karton fallen. »Darauf können sie Gift nehmen! Haben sich direkt in die Augen gestarrt. Er ist dann weiter hinten im Laden verschwunden, und sie ist ganz rot und nervös geworden.«

Warum hatte ihm Barry diese letzte Begegnung mit Romaine verschwiegen? Hatte er sie verdrängt? Oder hatte er Angst, tiefer in die Sache reingezogen zu werden? Er, Shane, musste also nochmal auf Barrys Farm vorbeisehen.

Inzwischen war es halb vier nachmittags. Über dem Asphalt flirrte die Hitze. Shane hatte alle Fenster heruntergekurbelt. Fliegen brummten innen an der Frontscheibe, begriffen nicht, dass sie dort nicht ins Freie kamen. Trotz der Sonnenbrille ermüdete ihn das grelle Licht. Draußen das ewig Gleiche: die Straße, der Busch, Papageien, hin und wieder Gegenverkehr oder ein Auto, dessen Fahrer sich nicht an die Geschwindigkeitsbeschränkung von hundertzehn Kilometern hielt und ihn überholte. Er fand die Einfahrt zur Farm, musste aussteigen, das Gatter öffnen, es nach dem Hindurchfahren wieder schließen. Fünfzehn Minuten staubige Piste, ein totes Känguru und ein totes Rind, dann war er endlich da.

Auf sein Klopfen an der Haustür öffnete niemand. Hatte Barry nicht etwas vom Schafscheren gesagt? Etwa einen Kilometer entfernt, soweit er das richtig abschätzte, reflektierte das Blechdach eines großen Schuppens die Sonnenstrahlen. Nach wenigen Minuten parkte Shane den Dienstwagen neben drei zerbeulten Autos.

Hinter einem Zaun sah er Schafe, zusammengedrängt vor einer Rampe, die hinauf in den Schuppen führte. Staub legte sich auf seine Zunge. Schwitzend stieg er eine roh gezimmerte Holztreppe hinauf und stand wenig später in einem riesigen, zur Treppe hin offenen Raum. Dort verpackte ein kräftiger Arbeiter mithilfe einer Presse Wolle in große, quadratische Ballen, beschriftete sie mit einer Schablone mit dem Namen *Ashwood* und einer Ziffer und rollte sie unter erheblichem Kraftaufwand zu den anderen Ballen, die bereits an einer Wand des Wellblechschuppens lehnten. Gegen das Dröhnen von Maschinen fragte Shane den Mann nach Barry Walters.

Der Arbeiter zeigte in den hinteren Teil des Schuppens. Shane betrat durch einen Gang einen Raum. Auf der einen Seite befanden sich lange Tische, an denen Frauen Wolle sortierten, und auf der anderen Seite waren hintereinander Boxen angeordnet, in denen jeweils ein Schafscherer ein Schaf schor. Ohrenbetäubender Lärm von schwirrenden Ventilatoren und surrenden elektrischen Schermessern, mit denen die etwa fünfzehn Männer hantierten, erfüllte den Schuppen, und Shane fragte sich, wie man es den ganzen Tag bei diesem Lärm und in dieser Hitze aushalten konnte. Ganz zu schweigen von den Strapazen der körperlichen Arbeit. Die Schafscherer klemmten sich ein Schaf zwischen die Beine und rasierten mit den von der Decke hängenden elektrischen Messern in möglichst wenigen Zügen das gesamte Fell bis auf die nackte, weiße Haut ab. Einer der Scherer hatte gerade einem Schaf eine Schnittwunde zugefügt, aus der dunkelrotes Blut troff. Ein magerer, hoch gewachsener Junge kehrte die Wolle zusammen, hob sie auf und warf sie auf den langen Tisch, an dem Frauen sie in atemloser Geschwindigkeit je nach Qualität in verschiedene Behälter sortierten.

»Suchen Sie jemanden?«, drang eine Stimme an Shanes Ohr. Sie gehörte einem gedrungenen, glatzköpfigen Mann, dem der Schweiß in Strömen über das tiefbraune Gesicht lief – sein kanariengelbes Hemd war bereits schweißnass.

»Ja, Barry Walters!«

»Barry ist draußen!« Der Mann zeigte auf eine schmale Treppe, die hinunter ins Freie führte. »Da drüben, bei den geschorenen Schafen!«

Inmitten weißer, nackter Schafe entdeckte Shane Barry, der mit einem Farbeimer in der einen und einem Pinsel in der anderen Hand jedem geschorenen Schaf einen blutroten Strich auf den Rücken malte. Von fern drang noch der Lärm der Rasierer und Ventilatoren heran. Shane ging an einer anderen Herde Schafe vorbei, die, noch voller Wolle, darauf warteten, in den Schuppen hinaufgetrieben zu werden, und rief nach Barry.

Der drehte sich überrascht um. »Sie haben wohl 'nen Narren an mir gefressen, was?«, rief er Shane zu. Der Hund, der kläffend um die Schafe herumgesprungen war, schnupperte nun an Shanes Beinen.

»Sieht ganz so aus, Barry.«

Barry Walters lachte und fuhr fort, rote Striche auf die nackten Schafrücken zu pinseln. Shane sah ihm noch einen Moment zu, dann sagte er:

»Also, Barry, wie war das mit Romaine? Warum haben Sie gelogen?«

Barry malte unablässig weiter, während der Hund bellte und nach einzelnen Schafen schnappte, die sich dann hastig und ängstlich an ihre Kameraden drückten, manchmal sogar mit einem Satz mitten in der Menge Zuflucht suchten. Schließlich steckte Barry den Pinsel in den Farbeimer, schob sich die Baseballkappe aus der Stirn, blinzelte in die Sonne und zuckte die Schultern.

»Ich frage mich, Barry, ob Sie einen Grund hatten, uns das Treffen mit Romaine im Supermarkt zu verschweigen. Wie ging es weiter, nachdem Sie Romaine am Samstag gesehen haben?«

Barry holte tief Atem. »Wir haben uns nochmal auf dem Parkplatz getroffen«, erwiderte er endlich.

»Und?«

»Was *und*?«

»Barry! Sie haben es offenbar noch immer nicht kapiert! Ich will wissen, was an diesem Samstag zwischen Ihnen und Romaine war!« Der Hund kläffte. »Kommen Sie, Barry, geben Sie's zu: Sie konnten es nicht ertragen, dass sie nichts mehr von Ihnen wissen wollte. Sie sind mit ihr irgendwohin gefahren. Sie hat sich gewehrt, und dann haben Sie ihr irgendwas auf den Kopf geschlagen. Aus Wut. Im Schock haben Sie sie in ihr Auto gelegt und dorthin gefahren, wo wir sie gefunden haben. Sie waren wütend, weil sie nichts mehr von Ihnen wollte. Wohin haben Sie ihren Wagen gebracht?«

Barry hatte ihm sprachlos zugehört. Kraftlos hingen seine sonst so starken Arme herunter, der Farbeimer rutschte ihm fast aus der Hand. Rote Farbe spritzte über seinen Schuh und auf die Erde. Noch immer antwortete Barry nicht, starrte ihn nur an. Dann polterte er los: »Überlegen Sie sich gut, was Sie an Beweisen haben, Detective!« Seine Stimme klang jetzt schneidend.

Wie oft hatte er das schon gehört!, dachte Shane, als er sich ohne Gruß zum Gehen wandte. Er stapfte außen am Schuppen vorbei, schwang sich über den Bretterzaun und stutzte. An seinem Wagen lehnte eine Gestalt.

»Sie sind der Detective, oder?« Sie war ungefähr Mitte dreißig, trug Jeans und ein ärmelloses kariertes Hemd, das so eng war, dass es jeden Moment über ihren Brüsten aufzuplatzen drohte. Sie hätte eine Countrymusic-Sängerin sein können mit ihrem schulterlangen, gelockten Haar, dem aus der Mode gekommenen blauen Lidschatten und den grellroten Lippen.

Wie ertrug sie den Aufzug bei dieser Hitze?, fragte er sich und blieb mit dem Autoschlüssel in der Hand vor ihr stehen.

»Sie ermitteln doch wegen dieser Toten.« Sie hielt die Zigarette über der Schulter und musterte ihn ungeniert. »Ich würde mich an Ihrer Stelle mal nach Mike Carney erkundigen.« Ihre Stimme klang voll. Vielleicht hatte er nicht grundlos an eine Sängerin denken müssen.

»Nach wem? Mike Carney?«

»Er ist nicht ganz richtig im Kopf, wenn Sie wissen, was ich meine.« Sie lehnte noch immer an seinem Wagen, den Daumen der freien Hand lässig in die Hosentasche gehakt.

»Nein, weiß ich nicht«, gab er zurück.

»Er ist sexbesessen. Greift sich dauernd an den Schwanz. Steht in 'ner Ecke und holt sich einen runter. Haben Sie's jetzt verstanden?«

Was bezweckte sie mit ihrer Aussage?

»Wie heißen Sie eigentlich?«, wollte er wissen.

»Cher.« Sie formte dabei die Lippen wie zu einem Kuss. Was zum Teufel wollte sie von ihm?

»Cher. Wie die Sängerin?«, fragte er betont gleichgültig.

»Ja.« Sie lächelte verführerisch. »Also«, sie stieß sich vom Wagen ab, »ich habe Ihnen einen Tipp gegeben. Sie können damit machen, was Sie wollen.« Mit diesen Worten schnippte sie die Zigarette auf den Boden, trat sie aus, ging an ihm vorbei und stieg die Treppe zum Schuppen hinauf. Ihr Po passte millimetergenau in die Jeans.

»Cher!«, rief er ihr hinterher, »wo finde ich diesen Carney?«

Sie drehte sich noch einmal um. »Hier. Er ist Schafscherer.« Wieder ihr verführerisches Lächeln, dann ging sie mit wiegenden Hüften die Treppe hinauf.

Er musste also in diesen Höllenlärm zurückkehren. Fliegen hatten sich auf den Schweißflecken seines Hemdes niedergelassen. Er gab es auf, sie zu verscheuchen, und folgte Cher.

»Wen suchen Sie?« Der Junge mit dem Besen schrie gegen den Lärm an.

»Mike Carney!«, rief Shane. Jetzt hatte der Junge verstanden und zeigte auf einen mittelgroßen, etwas untersetzten Mann um die fünfzig, der mit blitzschnellen Bewegungen ein Schaf schor, sodass das Fell in einem Stück abfiel wie eine zu dicke, lästige Haut. Das Gesicht des Mannes konnte Shane nicht erkennen, da er gebückt dastand, aber Carneys goldfarbenes, stark gelocktes Haar fiel ihm auf. Es hätte das einer Frau sein können.

Endlich blickte Carney auf, und der Mann mit dem Besen signalisierte ihm, dass er herkommen solle. Widerwillig ließ Carney den Rasierer los, richtete sich aus dem Haltegurt auf und schlurfte zu Shane herüber. Auf seiner Stirn leuchteten zwei dicke, entzündete Pickel; er schielte. Mike Carney strahlte mangelnde Bildung, Trotz, ja Sturheit aus.

»Kenn ich nicht«, erklärte Carney auch gleich, als Shane ihm Romaines Foto zeigte. Mike Carneys Stimme klang überraschend kindlich und dünn. Er wiegte den Kopf mit dem gelockten Haar unablässig, mal zur Seite, mal nach vorn, mal nach hinten.

Shane wies auf den etwas ruhigeren Raum, in dem die Wolle zu Ballen gepresst und verpackt wurde. Carney ging hastig voraus, zuckte dabei immer wieder mit den Schultern und wiegte den Kopf.

»Wie haben Sie das vorletzte Wochenende verbracht?«, fragte Shane, als sie neben den Wollballen angekommen waren.

Carney dachte angestrengt nach. Schließlich wölbte er die Unterlippe vor und entgegnete: »Hab hier gearbeitet. Abends bin ich trinken gewesen.«

»Wo?«

»Weiß nicht mehr.«

»Sie müssen schon ein bisschen genauer werden.«

Doch Carney starrte ihn mit offenem Mund an. »Also, Mister Carney, gibt es Zeugen?«

»Hab keine.« Mike Carney schüttelte heftig den Kopf.

»Wir brauchen die Reifenabdrücke Ihres Wagens.«

Carney zuckte nur die Schultern. »Roter Holden, steht unten, Mann! Ich muss weitermachen!« Er drehte sich um, hastete mit hängenden Schultern und eingezogenem Kopf zu seinem Platz zurück, zerrte das nächste Schaf aus dem Verschlag heraus, wo es wie gelähmt, dicht an seine Gefährten gedrängt, dem Schrecken entgegengeblickt hatte. Carney hatte den Bock an den Hörnern gepackt, schleifte ihn auf dem Rücken an den Arbeitsplatz, klemmte ihn sich zwischen die Schenkel und begann, das Tier mit dem von oben herabhängenden elektrischen Rasierer zu scheren. Geschickt kurvte er um die Ohren, setzte nur ein paar Mal frisch am Kopf an, dann an den Beinen. In wenigen Minuten war aus einem wolligen Schaf ein weißhäutiges Wesen auf dürren Beinen geworden. Er gab ihm einen Tritt und holte sich das nächste. Vor ein paar Jahren, erinnerte sich Shane, hatte man einem Scherer pro Schaf einen Dollar gezahlt. In dem Tempo würde Carney zweihundert Stück am Tag schaffen.

Der Führer der Schafscherertruppe, der Untersetzte mit der Glatze, sah in seinem Buch nach und sagte ihm, dass Mike Carney an jenem Samstag genau einhundertzweiundzwanzig Schafe geschoren hatte. Am Tag zuvor hatte Carney allerdings zweihundertsechs geschafft ...

Grübelnd kehrte Shane zu seinem Wagen zurück, hinter dem, wie ihm jetzt auffiel, ein zerbeulter roter Holden parkte. Carneys Auto. Durch das heruntergelassene Fenster warf er einen Blick in den Innenraum. Ein paar zusammengeknüllte Papiere im Fußraum und auf dem Armaturenbrett und ... Shane stutzte: Schaffellbezüge auf allen Sitzen!

Die Spurensicherung hatte an der Kleidung der toten Romaine Schafhaare festgestellt. Sogar die Rückbank des Holden war mit einer aus viereckigen Stücken zusammengesetzten Schaffelldecke überzogen. Shane benachrichtigte die Spurensicherung. Dann setzte er sich in seinen Wagen und fuhr zurück zur Hauptstraße. Barry Walters hielt die Wahrheit zurück. Samantha Walters war nicht zu trauen, und Mike Carney verbarg auch etwas. Shane wusste nicht mehr, welche Spur er verfolgen sollte, ja – noch schlimmer –, ob es sich dabei überhaupt um eine Spur handelte. Es war gleich sieben, und sein Gewissen erlaubte ihm, auf einen Drink im »Hotel Chinchilla« einzukehren, dessen Bierwerbung er beim Einbiegen in den Ort schon erkannte.

12

Ob Chinchilla was mit dieser Hunderasse zu tun hat?« Sophie reckte ihren langen Hals und blickte einem am Seitenfenster vorbeifliegenden Ortsschild nach.

»Hunderasse?« Catherine lachte und schluckte den letzten Bissen eines Hamburgers hinunter, den sie unterwegs gekauft hatte, »du meinst wohl die Pelzmäntel. Die armen Tiere, die dafür gezüchtet werden, dass man ihnen das Fell vom Leib reißt, heißen Chinchillas, die Hunderasse heißt Chihuahua, wie übrigens eine Stadt in Mexiko ...«

»Danke für die Belehrung, Frau Doktor!«, erwiderte Sophie schnippisch und blies sich eine Haarsträhne aus dem blassen Gesicht.

»He, du hast mich gefragt ...«, verteidigte sich Catherine. Was konnte sie denn dafür, dass Sophie etwas verwechselte? Sie, Catherine, gab eine klare Antwort, und Sophie war beleidigt. Sie ist gereizt, weil sie viel zu wenig isst, dachte Catherine, knüllte die leere Tüte zusammen und überprüfte die Geschwindigkeit. Sie wollte kein Protokoll riskieren.

»Ja, ja, ist schon gut. Ich wollte keinen Lexikontext hören, sondern nur einfach was reden«, brummte Sophie missgelaunt.

»Und was hätte ich dann nach deinen Vorstellungen antworten sollen?«

»Was weiß ich!«, brauste Sophie auf. »Vielleicht einfach nur: ja.«

»Ja?« Catherine brach in Gelächter aus. »Aber was du gesagt hast, war falsch! Schlichtweg falsch! Die Pelztierrasse heißt Chinchilla und die Hunderasse Chihuahua, wie die Stadt in Mexiko! Punkt!« Sie schob ihre Brille zurecht, die der Schweiß von ihrer Nase rutschen ließ.

»Punkt!«, äffte Sophie Catherine nach und drehte sich weg.

Catherine erinnerte sich an einen Vorfall im vergangenen Jahr an der Uni in Lyon. Es hatte einen Jungen in einem Seminar gegeben, das sie beide, Catherine und Sophie, besucht hatten. Er hieß Eric und war mit einer Kommilitonin namens Françoise befreundet. Eines Tages beleidigte Françoise Sophie. Sie sprach ihr jegliche intellektuelle Fähigkeiten ab. Sophie rächte sich, indem sie mit Eric ein Verhältnis anfing, obwohl sie gar nichts Besonderes an ihm fand. Françoise raste vor Zorn. Nachdem sich Sophie genug gerächt hatte, ließ sie Eric fallen. Doch die Beziehung zwischen Françoise und Eric war zerstört.

»Du fühlst dich gleich bloßgestellt und angegriffen, wenn man dich mal berichtigt«, protestierte Catherine, obwohl sie eigentlich nichts mehr sagen wollte.

Sophie schnaubte verächtlich. »Du hast eine schlechte Meinung von mir. Warum bist du überhaupt mitgefahren?«

Weil ich dich insgeheim bewundere, deine Schönheit, deine Skrupellosigkeit, weil ich gern so wäre wie du – und weil du mich brauchst, dachte Catherine. »Weil wir Freundinnen sind«, gab sie stattdessen laut zurück.

Sophie schenkte ihr ein nachsichtiges Lächeln, und Catherine drehte die Musik lauter.

Die Konturen der Bäume wurden schärfer, der Schatten, den sie hinter sich auf der Straße herzogen, länger. Es wurde langsam Zeit, ein Zimmer zu finden.

13

Die Leute werden sich schon noch an mich gewöhnen, dachte Shane, als er durch die Tür schritt und der bärtige Wirt augenblicklich in seiner Bewegung innehielt. Drei Männer an der Theke drehten sich träge zu ihm um.

»Ein FourX.« Shane stellte sich neben sie, ohne sie jedoch zu beachten.

»Na, Detective«, meinte der Wirt grinsend und regte sich wieder, »lassen die Ermittlungen Zeit für ein Bier?«

»Auch ein Detective muss essen und trinken«, erwiderte Shane, ohne zu lächeln.

Der Wirt stellte ihm ein Bier auf den Frottee-Untersetzer, Shane trank. Seit Stunden hatte er sich darauf gefreut.

»Wie gehts voran?«, fragte nun der Mann neben ihm. Es war der mit der tropfenförmigen Brille und den Kugelschreibern in der Brusttasche, der auch schon bei Shanes erstem Besuch hier am Tresen gestanden hatte. Shane erinnerte sich an ihn.

»Gut«, antwortete er und trank das Bier aus.

»Noch eins?«, fragte der Wirt.

»Nein, danke.« Immerhin war er noch im Dienst.

Eine Weile herrschte Schweigen, bis der Mann mit den Kugelschreibern bemerkte: »Es geht auch um Geld, hört man.«

Es war also bereits durchgesickert.

»Barry könnte es gut gebrauchen!«, sprach der Mann weiter, »nachdem er *Ashwood* einschläfern lassen musste!«

»Das stimmt.« Der andere Mann an der Theke nickte nun, ein kleiner, drahtiger Typ mit rotem Kopf und hohem Hut. »In Dalby könnte er sich ein neues Pferd kaufen.«

Der Wirt rammte lautstark eine Flasche auf den Tresen. Seine Augen funkelten gefährlich. »Sagt mal, habt ihr sie nicht alle?«, donnerte er los, und die Männer fuhren zusammen wie zurechtgewiesene Jungen.

»Das war doch nicht so gemeint«, begann der mit den Kugelschreibern, »das heißt ja nicht, dass Barry mit der Sache was zu tun hat!«

Shane sah den Männern einem nach dem anderen in die Augen. »Barry Walters«, begann er, »war am Samstagabend, an dem Abend, als Romaine Stavarakis zum letzten Mal gesehen wurde, hier. Zuvor hat er sie im Supermarkt getroffen. In welcher Verfassung war er?«

Zunächst antwortete niemand, bis der Wirt murmelte: »Mir ist nichts Besonderes aufgefallen. Er war wie immer.«

Der mit den Kugelschreibern sah Shane feindselig an, während sich der Wirt dem Abtrocknen von Gläsern widmete.

Shane sah sie der Reihe nach an: »Ich glaube, ich muss hier etwas richtig stellen: Ich habe nichts gegen Barry Walters – ich habe lediglich einen Mord aufzuklären.« Er warf Geld auf die Theke und ging geradewegs zur Tür. Er hatte sich zurückhalten müssen, sonst hätte er einen nach dem anderen verprügelt. Voller Adrenalin in den Adern fuhr er zur Polizeistation zurück.

Als er die Bürotür öffnete, schlug ihm abgestandene Hitze entgegen. Tamara sah von ihren Schreibarbeiten auf.

»Hat verdammt nochmal jemand die Aircondition abgeschaltet?«, wetterte er und drückte mehrmals auf den Schalter der Klimaanlage. Doch sie sprang nicht an.

»Hab ich schon probiert«, erwiderte Tamara müde. Er trat auf den Flur hinaus und rief nach Herb. Fiona Miller huschte vorbei und beeilte sich, hinter ihrer Tür zu verschwinden. Herb kam herein und sah, dass Shane an dem Kasten herumschaltete.

»Sagen Sie bloß, die Aircondition ist wieder hin?«

»Sieht ganz so aus«, gab Shane mürrisch zurück und ließ

sich auf den altersschwachen Schreibtischstuhl fallen, während Herb sich an der Klimaanlage zu schaffen machte.

»Wenn du dich etwas beruhigt hast ...«, begann Tamara, wurde aber von Herb unterbrochen:

»Ich ruf gleich mal den Handwerker an!« Er ging hinaus.

»Ich hab mich beruhigt«, behauptete Shane. »Also, was gibts?«

Tamara lehnte sich in ihrem Sessel zurück. »Erstens: Ich habe mit der Bedienung aus dem ›Earl's‹ gesprochen. Romaine war nicht sehr beliebt.«

»Sie hatte ja auch was mit dem Chef«, warf Shane ein.

»Zweitens«, redete Tamara unbeirrt weiter, »habe ich bei Romaines Zahnarzt nachgefragt. Die Adresse stand auf der Rechnung, wenn du dich erinnerst.«

»Sicher erinnere ich mich«, entgegnete er gereizt.

»Ich dachte nur, wir hatten so viele Informationen ...«

»Ist okay ...« Er atmete durch und brummte: »Also?«

»Doktor Benjamin Horvath, der Zahnarzt, erklärte mir, Romaine habe vor etwa zwei Jahren bei einem Autounfall die vier oberen Schneidezähne verloren. Sie gab an, die Prothese in Brisbane bekommen zu haben.« Tamara wartete auf ein Lob.

»Dann war es also kein verschmähter Liebhaber«, bemerkte er nur.

Herb kam wieder herein. »Der Handwerker ist bestellt. Ich hoffe, er kommt gleich morgen. Aber ich habe noch etwas anderes.«

»Rücken Sie damit raus!«, fuhr Shane ihn an.

»Die vermisste Frau, Sie erinnern sich doch ...?«

Shane schlug auf den Tisch, dass Tamara und Herb zusammenzuckten. »Verdammt nochmal, wieso glaubt jeder, an meinem Erinnerungsvermögen zweifeln zu müssen?«

»Herb hat doch nur ...«, sagte Tamara vorsichtig, doch Shane ließ noch einmal die Faust auf den Tisch sausen.

»Redet verdammt nochmal normal mit mir! Jetzt fangen Sie endlich an, Herb!«

Herb Kennedy lächelte rasch und unsicher, begann dann aber mit seinem Bericht, und Shane atmete auf.

»Also, die Frau hieß Patricia Henderson. Sie kam aus Toowoomba und war auf dem Weg zu ihren Eltern nach Charleville. Das Vorletzte, was sie von ihr hörten, war ein Anruf, dass sie ein Problem mit ihrem Auto habe und sie sich verspäten würde. Einen Tag später bekamen sie noch einen Anruf. Sie sagte ...«, Herb warf einen Blick auf seine Notizen, »sie sagte: ›*Es ist alles okay, aber die Reparatur dauert noch einen Tag. Wir sehen uns später.*‹ Doch sie traf nie ein, und niemand hat je wieder was von ihr gehört.«

»Hat man ihr Auto gefunden?«, fragte Tamara.

Herb schüttelte den Kopf. »Nein. Bis heute nicht.«

Bevor Shane dazu kam, darüber nachzudenken, klingelte es an der Tür der Polizeistation. Die Sekretärin Trish Ford war schon nach Hause gegangen. So stand Herb auf, um zu öffnen, und kehrte wenig später mit einem Mann zurück. Den Hut hielt er in der Hand. Shane sah ihn überrascht an. Es war der Drahtige mit dem roten Gesicht und dem hohen Hut aus dem »Hotel Chinchilla«.

»Fritz Hammer«, stellte er sich vor und trat nervös von einem Bein aufs andere. Es musste ihn Überwindung gekostet haben, hier zu erscheinen. »Ich war gerade in der Kneipe ...«

Herb schob Hammer einen Stuhl hin. Er setzte sich dankbar, wischte sich mit einem Taschentuch über Stirn und Nacken. Sie saßen jetzt zu viert in dem engen Raum, ihre Knie berührten sich fast. Und die Luft war so dick, dass man sie auch hätte schlucken können.

»An jenem Samstag vor anderthalb Wochen.« Fritz Hammer brach ab.

Shane horchte auf. »Ja?«

»Da hab ich Romaine Stavarakis in ihrem weißen Toyota Kombi gesehen.«

»Wo?«

Fritz Hammer räusperte sich. »Sie bog gerade von Barry Walters' Farm auf die Hauptstraße in Richtung Chinchilla ein.« Er sah in die Runde, sein Blick war jetzt sicherer. »Kein Zweifel. Es war Romaine. Und sie kam von Barrys Farm.« Er stand auf. »Sie hatte ein rot verheultes Gesicht!«

Für einen Augenblick waren alle sprachlos, und Fritz Hammer wollte aufstehen, doch da sagte Shane: »Ach Mister ...« Und Hammer setzte sich wieder.

»Warum haben Sie uns das alles erzählt?«

Hammer räusperte sich, blickte unsicher von Shane zu Tamara und dann zu Herb, bis er schließlich Shanes Blick suchte. Er zeigte auf Herb: »Fragen Sie ihn.«

Tamara und Shane schauten Herb an, der die Fingergelenke knacken ließ und dann erklärte: »Barry hatte mal was mit seiner Frau. Das hat er Barry noch immer nicht verziehen.«

»Verständlich«, bemerkte Tamara und goss sich Karottensaft in ein Glas. Shane stand auf, ging zum Fenster.

»Was ist an dem Abend passiert?«

Herb schüttelte den Kopf. »Ich weiß nicht, aber ich kenne Barry schon lange. Er ist ein guter Typ, bisschen rau vielleicht, doch ich kann mir nicht vorstellen, dass er ...«

»Man kann sich das von den wenigsten Menschen vorstellen«, warf Tamara ein.

Sie saßen noch eine Weile schweigend da, jeder in seine eigenen Grübeleien vertieft, bis Shane aufstand und den Heimweg antrat. Es war gleich halb neun. Er schlug die

Richtung zum Motel ein. So viele Fragen türmten sich in seinem Kopf. Barry traf Romaine im Supermarkt, anschließend besuchte sie ihn auf seiner Farm; verheult fuhr sie wieder weg. Und dann? Welche Rolle hatte Mike Carney gespielt? Er arbeitete auf Barrys Farm. Hatte er die Situation ausgenutzt? War er über Romaine hergefallen? Hatte er sie getötet? Stammten die Reifenspuren am Fundort der Leiche von seinem Wagen? Die Fasern, die an Romaines Kleidung und ihrem Körper gefunden worden waren, waren Schafhaare ... Shane dachte an die Schaffelldecke in Mike Carneys Wagen. Die Spurensicherung hatte sich noch nicht wieder gemeldet. Auch das Ergebnis der DNA-Analyse der Haare am Nylonstrumpf stand noch aus.

Wo war George, wo das Geld? Wo war Romaines weißer Kombi? Und welche Rolle spielte Alan Hall? So viele Fragen – und ein weiterer Tag war vergangen.

In Gedanken vertieft, war er am Motel angekommen. Das Erste, was er von ihr sah, war ihre Hand mit der qualmenden Zigarette, die aus dem offenen Seitenfenster eines verbeulten gelben Sedan herausragte.

»Ich hab mich erkundigt, wo Sie wohnen.« Cher hatte frischen Lippenstift aufgelegt, ihr langes, lockiges Haar war nicht ganz trocken. Sie roch nach Duschgel.

»Haben Sie noch 'ne Neuigkeit für mich, Cher?«, fragte er, stützte sich mit beiden Armen auf dem Autodach ab und sah auf sie hinunter.

Sie lachte frivol. Unter ihrem weißen hautengen Oberteil zeichneten sich ihre üppigen Brüste deutlich ab. »Wollen Sie mich nicht auf einen Drink zu sich einladen, Detective?«

»Ich hab Bier, Tee und Kaffee. Ist da was für Sie dabei?«

Sie ließ den Blick an ihm heruntergleiten und schnippte dann die Zigarette aus dem Fenster. »Ganz sicher«, meinte sie, öffnete die Tür, und als sie vor ihm stand, fixierte sie seinen Mund. »Und welche Tür nehmen wir?«

Wortlos ging er voraus, schloss auf und ließ Cher eintreten. Die Klimaanlage lief; der dünne Vorhang vor den Fenstern war zugezogen, die Badezimmertür aufgeschoben. Für einen Moment sah er sich im Spiegel ins Gesicht. Warum nicht?, dachte er. Sein Leben war eintönig genug. Er war niemandem Rechenschaft schuldig. Er konnte tun und lassen, was er wollte – was diese Dinge anging.

Die Tür fiel von selbst ins Schloss. Er wartete nicht, zog ihr das Oberteil über den Kopf, öffnete ihren BH, die Knöpfe ihrer hautengen Jeans, und als sie vollkommen nackt war, flüsterte sie:

»Ich wollte schon immer mal mit einem harten Cop ficken ...« Sie ließ sich von ihm aufs Bett werfen. Ihr Körper fühlte sich drall und heiß unter seinem an. Er nahm sie ohne Zärtlichkeit. Der Mond leuchtete kalt, als sie ihm einen Kuss auf den Mund drückte und ging.

14

Sie waren direkt in den orange lodernden Sonnenball hineingefahren. Jetzt glomm er nur noch als erlöschendes Feuer am Ende des Horizonts. In fünfeinhalb Milliarden Jahren ist er erloschen, dachte Catherine, die Erde wird dann schon seit vielen Hunderttausend oder Millionen von Jahren eine ausgestorbene Wüste sein, ohne Ozeane, ohne Bäume, ohne ein einziges Lebewesen. Angesichts dieser

Trostlosigkeit erschien ihr das eigene Leben als so unbedeutend ...

»Ich brauch einen Kaffee«, sagte Sophie ungehalten und unterbrach Catherines Gedanken, »und 'ne Zigarette.«

Sie blinzelte in die blendende Sonne. »Und ich hab nicht die geringste Lust, im Auto zu schlafen! Das wäre eine Katastrophe!«

In vier Motels hatten sie vergeblich nach einem freien Zimmer gefragt. Eine Nacht im Auto entspräche zwar auch nicht Catherines Wünschen, aber es wäre doch keine Katastrophe! Sophie hatte keinen Bezug zu Verhältnismäßigkeiten ... Catherine verzichtete auf eine Erwiderung, die in Sophies gereiztem Zustand doch nur der Auftakt zu einem Streit gewesen wäre.

Die letzten Strahlen glühten, als endlich am Straßenrand der Hinweis auf ein Café auftauchte. Catherine parkte den Wagen hinter einem Container, der gegenüber dem Café abgestellt war.

»Bist du immer noch sauer wegen vorhin?«, fragte Sophie plötzlich, bevor sie die Beifahrertür öffnete.

Catherine schüttelte den Kopf. Sie fühlte sich müde und schrecklich hungrig, ihre Hosen und ihr geblümtes T-Shirt waren zu eng und zu warm, und überhaupt wünschte sie sich, in Brisbane geblieben zu sein.

»Du bist aber so komisch«, beharrte Sophie, doch Catherine zuckte nur die Schultern, stieg aus und überquerte die Straße, ohne auf Sophie zu warten. Auf der überdachten Holzveranda standen runde Tische und ein paar Gartenstühle aus Plastik. Niemand saß dort, denn die Moskitos waren in diesen Abendstunden besonders hungrig. Von drinnen drang Musik.

»Catherine!«, rief Sophie, »nun warte doch!«

Catherine drehte sich um, fest entschlossen, sich auf keine weiteren Streitereien einzulassen.

»Jetzt krieg dich mal wieder ein« Sophie stieg in ihrem orangefarbenen Sommerkleid die Stufen hinauf, »ich kann doch auch nichts dafür, dass es nicht so läuft, wie wir es uns vorgestellt haben.«

Catherine seufzte und brachte ein schwaches Nicken zu Stande. Das enge T-Shirt klebte ihr auf der Haut, die Jeans kniff, die Brille rutschte – sie war für jedes weitere Wort viel zu erschöpft, und so lächelte sie nur und stieß die Tür auf. Eine ratternde Aircondition blies ihnen kalte Luft entgegen. Über der Theke, an der zwei Männer lehnten und sie neugierig anstarrten, flimmerte der Fernseher. Sie nahmen am einzigen freien der sechs Tische Platz. Zwei Tische weiter saß ein junges Pärchen, schwere Rucksäcke neben sich.

»Was darfs sein?«, die Bedienung, eine Frau um die fünfzig, und wischte den Tisch mit einem Lappen ab.

»Einen Kaffee«, bat Sophie.

Catherine blinzelte durch die Brille und versuchte, die über der Theke angebrachte Tafel mit den Essensangeboten zu entziffern. Schließlich entschied sie sich für Fish and Chips und eine Coke. Ihr war schon schlecht vor Hunger. Das junge Pärchen starrte gebannt auf den Fernseher, in dem eine amerikanische Serie in schlechter Bildqualität und ohne Ton lief. Undefinierbare Musik aus unsichtbaren Boxen, Geschirrgeklapper und die Stimmen der Männer am Tresen wirkten einschläfernd. Catherine gähnte. Über fünfhundert Kilometer hatte sie konzentriert am Steuer gesessen, während Sophie sich hatte ausruhen können. Doch sie zog es vor, selbst zu fahren. Sophies Fahrkünste hielten sich leider eben in Grenzen. Ihr fiel auf, dass sie immer mehr ihrem Vater glich. Er behauptete auch, seine Frau verstünde nicht das Geringste vom Autofahren. Ihre Schwester hingegen hatte viel von ihrer Mutter – und ähnelte Sophie. Seltsam, dachte Catherine, dass ich mir gerade Sophie als Freundin ausgesucht habe!

Die Bedienung brachte die Bestellungen, und Catherine atmete auf, faltete die Serviette auseinander und begann mit den Pommes frites.

»Wissen Sie, ob es hier ein Zimmer gibt?«, wandte sich Sophie lächelnd an die Kellnerin.

Die Frau schüttelte den Kopf. »Tut mir Leid. Fragen Sie doch mal die Leute an der Bar.«

Sophie und Catherine drehten sich um – und waren sich einig: Sie wollten keinen der Männer dort fragen.

Die Chips waren fettig, der Fisch war lauwarm, doch das machte Catherine nichts aus.

»Und nun?« Sophie nippte an ihrer Tasse.

»Dann schlafen wir eben für ein paar Stunden im Auto«, antwortete Catherine mit vollem Mund, bemüht, ihre Gereiztheit zu verbergen. Sie hatte genug von Sophie, doch sie wagte nicht, es ihr zu sagen.

»Im Auto? Aber gegen eine Dusche hätte ich nichts einzuwenden und gegen eine Toilette noch weniger«, murrte Sophie.

»Dann müssen wir doch die Gäste hier fragen«, sagte Catherine gleichgültig und spießte vier Pommes frites auf. Jede Schlafgelegenheit wäre ihr jetzt recht.

Sophie sah in die Runde und schüttelte den Kopf.

Die Reise ist auf dem besten Weg, völlig danebenzugehen, dachte Catherine, als im selben Moment eine Stimme durch den Raum drang:

»Der Bus nach Brisbane ist da! Alle Reisenden nach Brisbane!«

Catherine hörte auf zu essen. Sie erinnerte sich an das Schild draußen vor dem Eingang, das einen Stopp des Überlandbusses McCafferty von und nach Brisbane anzeigte. Sie könnte Sophie das Auto überlassen und selbst den Bus zurück nach Brisbane nehmen. In Brisbane hätte sie Zeit für sich, könnte sich ihren Studien widmen, in Cafés gehen, allein, ohne Sophie, die ihr bei jedem Kontakt im Weg stand, weil sie sich immer in den Mittelpunkt rückte. Vielleicht würde sie ohne Sophie ja auch jemanden kennen lernen? Es musste ja kein smarter Surfer sein. Einfach ein Typ, mit dem man reden und lachen konnte ...

Das Pärchen mit den Rucksäcken erhob sich. Catherine wollte auch aufstehen. Schon zuckten ihre Beine, schon öffnete sie den Mund, um Sophie zu bitten, allein weiterzufahren, schon griffen ihre Hände in die Tasche ihrer Jeans, um den Autoschlüssel auf den Tisch zu legen ...

»Der Bus nach Brisbane! Alle Reisenden nach Brisbane!«

Die Worte quälten sie. Jetzt! Sie müsste nur den Teller von sich schieben, aufstehen, und in ein paar Stunden wäre sie zurück in der Stadt ...

Das Pärchen verließ nun das Café.

»Letzter Aufruf. Noch jemand nach Brisbane?«, rief der Wirt in die Runde.

Jetzt! Steh auf und geh! Mach endlich mal das, was du fühlst!, hämmerten Catherines Gedanken. Plötzlich kam es ihr vor, als stünden alle Menschen still und nur sie, Catherine, dürfte sich noch bewegen. Drei, vier Schritte und sie wäre neben dem Pärchen mit den Rucksäcken vor der Tür, würde noch vor ihnen in den Bus steigen – doch sie konnte sich nicht rühren –, und plötzlich bewegten sich alle wieder, die Welt atmete weiter, und sie saß noch immer an diesem Tisch, den Teller mit dem kalten Fisch und den fettigen Chips vor sich und Sophie mit ihrem vorwurfsvollen Blick gegenüber. Hinter dem Fenster entfernten sich die Rücklichter des Busses in der Nacht. Catherine fühlte sich kraftlos und leer.

»Von mir aus können wir weiterfahren.« Sophie schob die Tasse von sich.

Catherine hatte auf einmal keinen Hunger mehr. Draußen zirpten die Zikaden. Der Mond war eine schmale Sichel, und die Sterne glitzerten wie Strass. Als die Tür hinter ihnen zufiel, ergriff Sophie plötzlich Catherines Arm.

»Tut mir Leid, Catherine, dass ich so zickig war. Wirklich, ich bin froh, dass du mitkommst.«

Es klang ehrlich, und Catherine fühlte sich wie eine Verräterin.

»Ist schon okay«, meinte sie, tätschelte Sophies Hand auf ihrem Arm. Natürlich, ich bin nicht in den Bus eingestiegen, sagte sie sich. Sie hielt eben Wort. Man konnte sich auf sie verlassen. Das war schon immer so gewesen. Sie überquerten die Straße. Catherine schloss auf, setzte sich ans Steuer und wollte gerade den Motor anlassen, als es an der Scheibe klopfte. Sie fuhr herum und blickte in ein längliches Gesicht unter einem tief in die Stirn gedrückten dunklen Hut.

»Was will der denn?«, flüsterte Sophie erschrocken.

»Hi!« Das Gesicht verzog sich zu einem Lächeln.

Widerwillig kurbelte Catherine das Fenster herunter.

»Entschuldigen Sie ...« Die Stimme des Mannes klang heiser. Nach Bier riechender Atem schlug Catherine entgegen. »Ich hab gehört, dass Sie ein Zimmer suchen.« Er zeigte schräg hinter sich. »In meinem Motel ist noch ein Zimmer frei.« Seine Augen leuchteten gelblich.

»Vielen Dank«, sagte Catherine rasch, »aber ...«

»Sie haben in Chinchilla eine tote Frau gefunden«, fiel der Mann ihr ins Wort.

»Was?«, rief Sophie erschrocken vom Beifahrersitz herüber.

»Das Motel ist gleich da hinten.«

Catherine schluckte, sah zu Sophie.

»Ich weiß nicht ...«, flüsterte diese.

Welche Alternative blieb ihnen? Eine Übernachtung im

Auto, kaum Schlaf, noch schlechtere Stimmung ... »Wie viel kostet das Zimmer?«, fragte Catherine.

Er blickte sie und Sophie an, lächelte. »Für Sie dreißig Dollar.«

»Gut, wir sehen es uns mal an.« Catherine hatte einfach entschieden.

»Ich will da aber nicht übernachten!«, zischte Sophie.

»Jetzt komm schon, wir können immer noch Nein sagen.«

Sophie lehnte sich in den Sitz zurück und seufzte.

»Wo ist es?«, wollte Catherine wissen.

Er zeigte hinter sich. »Ich fahre voraus.«

Sie mussten nicht lange warten. Scheinwerfer blendeten neben ihnen auf, und Catherine erkannte den Mann am Steuer. Sie fuhr hinter ihm her, und kaum fünf Minuten später sahen sie im Schwarz der Nacht das ovale Schild mit der Aufschrift *Motel* brennen.

»Der Typ ist mir unheimlich«, flüsterte Sophie.

»Mir ist diese Leiche viel unheimlicher«, gab Catherine zurück.

Die Scheinwerfer krochen über einen holprigen Weg auf das Leuchtschild zu.

»Vielleicht hat er die ja erfunden, um uns Angst zu machen?« Sophie flüsterte noch immer.

Catherine stöhnte auf. »Mein Gott, Sophie, mit dir ist es wirklich nicht einfach!«

Das Motel war ein länglicher Flachbau mit sieben Türen und sieben Fenstern. Nur vor einer einzigen Tür parkte ein Auto. Das kam ihnen seltsam vor. Dennoch stiegen sie aus. Das Zirpen der Zikaden war viel lauter geworden.

»Moment«, rief der Mann, der herangekommen war, »ich hole nur noch den Schlüssel.« Er verschwand in einem der Eingänge. Licht wurde angeknipst. Sein Schatten erschien im Fenster.

»Da haben wir verdammtes Glück gehabt«, meinte Catherine und verdrängte ihre Bedenken. »Findest du nicht?«

Der Mann kam heraus und ersparte es Sophie, zu antworten. »Hier ist der Schlüssel, und morgen können Sie Frühstück haben!« Er lachte. Catherine lachte auch und fing den Schlüssel auf, den er ihr mit spitzen Fingern in die Hand fallen ließ. »Dann gute Nacht«, rief er mit seiner heiseren Stimme, »und schlafen Sie gut!«

»Gute Nacht!« Catherine holte ihre Reisetasche aus dem Kofferraum. »Ich weiß nicht, was du hast, Sophie, er ist doch sehr nett.«

Ohne etwas zu erwidern, nahm Sophie ihre Reisetasche vom Rücksitz. »Ich will zuerst ins Bad«, sagte sie nur, als Catherine die dünne Holztür aufschloss und ihnen ein Geruch nach Desinfektionsmitteln entgegenschlug.

»Ja, ja, kannst du«, murmelte Catherine und tastete nach dem Lichtschalter. Flackernd sprang in der Mitte der Decke eine Neonröhre an und erleuchtete den Raum in seiner ganzen Hässlichkeit. Catherine pfiff durch die Zähne, und Sophie schrak zurück vor so viel Braun und Dunkelgrün.

Catherine warf ihre Reisetasche neben den braunen, abgestoßenen Schrank. Sophie eilte ins Bad.

Zwar war Catherine schon daran gewöhnt, zuerst Sophie das Bad zu überlassen, dennoch störte es sie immer wieder. Ihren Missmut herunterschluckend, streckte sie sich in ihren Kleidern auf dem durchgelegenen Bett aus, zappte durch die wenigen Programme des altmodischen kleinen Fernsehers und wurde immer müder. Ab und zu dachte sie an die Bücher in der Reisetasche, die das schlechte Gewissen sie hatte einpacken lassen. *Globale Wirtschaft – eine Einführung, Das Ende der Unschuld – Die Interessen der Mächtigen* und ein kompaktes Buch *Grundwortschatz Englisch,* in dem sie bisher jeden Tag zwei Seiten durchgegangen war. Nur heute noch nicht. Von diesem Moment an konnte sie dem Fernsehprogramm nicht mehr folgen. Sie wollte nicht schon am ersten Tag ihrer Reise ihre Disziplin aufgeben. Also stand sie auf und kramte aus ihrer Tasche das Englischbuch hervor, legte sich wieder aufs Bett und begann dort, wo sie gestern aufgehört hatte.

To pick up – aussuchen, aufheben; to pick a quarrel with – mit jemandem Streit anfangen. Sie lächelte kurz. *Pig – Schwein, pigeon – Taube, pity – Mitleid* ... Sie gähnte, nahm die Brille ab und schloss die Augen.

Nachdem Sophie schließlich geduscht und eingecremt war, sich die Zähne geputzt und das frisch gewaschene Haar gekämmt hatte, legte sie sich zwischen die weißen Laken des Doppelbettes.

Catherine, wieder aufgewacht, beeilte sich mit ihrer Toilette und atmete auf, als sie endlich auch ins Bett steigen konnte. »Gute Nacht«, murmelte sie und wollte das grelle Licht ausschalten, hielt jedoch inne, als sie Sophie ansah, die mit seltsam wachen Augen dalag.

»Hast du auch immer Angst, dass du überfallen wirst?«, fragte Sophie plötzlich. »In der Nacht? In fremden Motels?« Sie setzte sich wieder auf.

Catherine seufzte schläfrig und drehte sich auf die andere Seite. »Nein.«

»Ich schon«, flüsterte Sophie. »Ist die Tür auch wirklich abgeschlossen?«

»Sicher«, brummte Catherine und gähnte.

Sophie stand trotzdem auf und rüttelte an der Tür. »Ich weiß nicht, ob ich schlafen kann«, seufzte sie, als sie sich wieder ins Bett legte.

»Bestimmt«, murmelte Catherine. »Du kannst sicher sein. Uns passiert nichts.«

»Bestimmt?«

»Ja.« Manchmal war Sophie wie ein kleines Mädchen, dachte Catherine, und plötzlich tat sie ihr Leid. Ich will nicht mehr so eifersüchtig sein, nahm sie sich vor. »Gute Nacht, Sophie.«

»Gute Nacht, Catherine.« Sophie starrte so lange an die Decke, bis die verschiedenen Grautöne durcheinander wirbelten und sie die Augen schloss, weil sie brannten.

Wenn man einen Schlüssel besitzt, kann man die Tür von außen öffnen, dachte sie, und dann sah sie die tote Frau vor sich, von der der Mann gesprochen hatte. Wie alt war sie wohl gewesen? Jung, sie musste jung gewesen sein, bestimmt!

15

Dienstagmorgen. Hinter dem Gatter mit der Aufschrift *Ashwood* der immer gleiche gelbliche Sand, das immer gleiche Geröll, dazwischen trockene Büsche und zerbrechliche Bäume. Wilde Ziegen flohen vor dem Wagen. Eine Gruppe Kängurus brach aus einem Gebüsch hervor, flüchtete über die Straße und verschwand wieder. Der Himmel war gleißend blau. Ohne Sonnenbrille wäre die Helligkeit nicht zu ertragen gewesen.

Shane schmeckte noch den Hamburger auf der Zunge, den er vor einer Stunde gegessen hatte. Gut gelaunt, wie er heute Morgen war, hatte er Tamara ein vegetarisches Sandwich mitgebracht. Was ihn weniger gut gelaunt stimmte, war die Tatsache, dass die Spurensicherung mitgeteilt hatte, Barry Walters habe seinen Wagen, dessen Reifen sie überprüfen sollten, zur Werkstatt gebracht. Shane wünschte sich für Barry, dass dieser nicht die Reifen hatte wechseln lassen. Warum aber sollte Barry es darauf anlegen, sich verdächtig zu machen?

Dennoch, der Weg zu Barrys Farm blieb ihnen nicht erspart. Er hoffte, Cher nicht zu begegnen. Er wollte während seiner Ermittlungen nicht abgelenkt werden. Tamara wirkte abwesend, fiel ihm auf. Seit der Begegnung mit Alan Hall schien sie ihm verändert.

»Hast du eigentlich ein Problem mit Alan Hall?«, fragte er.

»Was meinst du?«, erwiderte sie, um Gelassenheit bemüht, doch sie war tatsächlich rot geworden. Sollte sie gar etwas für ihn empfinden?

»Er hat etwas Kultiviertes«, bemerkte Shane und beobachtete Tamara. Doch sie ließ sich nichts anmerken, sagte jedoch ein wenig zu beiläufig:

»Findest du?«

»Ja, du etwa nicht?«

»Ist das jetzt ein Verhör, Shane O'Connor?«

»Nein.« Er zögerte. »Ich will nur nicht, dass du bei den Ermittlungen Probleme bekommst.«

»Lass das meine Sorge sein. Ich bekomme keine Probleme.«

Eine Weile schwiegen sie. Draußen die immer gleiche Landschaft. Gelb und staubig.

»Ich hab keine Lust, ausgefragt zu werden«, sagte sie auf einmal. »Im Übrigen wart ihr gestern Nacht nicht gerade leise.«

Sie hatte es also mitbekommen.

»Wo hast du sie aufgegabelt?«

Er versuchte ein Lächeln. »Okay, Tamara, einigen wir uns darauf: Du und ich können vögeln, wen wir wollen, einverstanden?«

Er hatte etwas Falsches gesagt. Die Knöchel ihrer Hände am Steuer traten weiß hervor, und ihre Halsschlagader schwoll an. »Was denkst du eigentlich von mir? Du kennst mich überhaupt nicht!«, brauste sie auf und sah länger von der Piste weg, was ihn beunruhigte. »Hast du mich jemals nach meinem Privatleben gefragt? Hast du mal wissen wollen, warum ich zur Polizei gegangen bin, warum ich mich habe versetzen lassen?«

»Die Straße, Tamara.« Er deutete nach vorn, doch sie ignorierte ihn. Er hatte nicht die geringste Lust, mit ihr zu streiten.

»Du weißt nichts von mir! Gar nichts!« Endlich sah sie wieder nach vorn. »Shane O'Connor, du kennst mich überhaupt nicht!«

Ihm fiel keine Antwort ein, und so starrte er aus dem Fenster und wünschte sich, den Mund gehalten zu haben.

Barry trieb gerade eine Gruppe Schafe in eine Besprühungsanlage, um das Ungeziefer im Fell abzutöten. »Sie schon wieder! Haben Sie jetzt Ihre Beweise beisammen?«, rief er. Er trug einen löchrigen Hut und ausgebeulte Jeans über alten Stiefeln.

»Nein, aber Sie haben Ihren Wagen in die Werkstatt gebracht. War er kaputt?«, entgegnete Shane über den Zaun hinweg.

»Warum bringt man denn sonst einen Wagen in die Werkstatt?«

Um Spuren zu beseitigen, hätte Shane antworten können, aber er unterließ es. So erreichte er nichts bei Walters, das wusste er.

»Um Spuren zu beseitigen, zum Beispiel!«, rief Tamara, und Shane seufzte.

Barry hielt in seiner Bewegung inne, kam dann provozierend langsam auf den Zaun zu, an dem Tamara lehnte.

»Eins will ich Ihnen sagen, Detective ...« Seine blauen Augen glitzerten eisig, Tamara blieb jedoch ungerührt; sie wich nicht einen Zentimeter zurück. »Ich habs Ihrem Kollegen auch schon gesagt: Schaffen Sie mir Beweise ran, dass ich Romaine umgebracht habe!«

Tamara lächelte kalt.

»Wie heißt die Werkstatt?«, fragte nun Shane, bemüht neutral.

»Western Motors Chinchilla«, stieß Barry mit feindseligem Blick hervor, drückte den Hut tief in die Stirn und stapfte zurück zu seinen Schafen.

»Noch was, Barry«, rief Shane ihm nach, »ein Zeuge hat ausgesagt, Romaine Stavarakis sei an jenem Samstagabend auf Ihrer Farm gewesen.«

Barry drehte sich langsam um. »Ach ja?«

»Die Sache ist ernst, Barry. Falls Sie's vergessen haben sollten: Es geht um einen Mord!«

Barry kratzte sich unter dem Hut am Kopf. Offenbar überlegte er, ob es jetzt besser wäre, zu antworten oder die Situation weiter auf die Spitze zu treiben.

»Also?«

»Okay«, begann Barry schließlich, »nach dem Supermarkt ist sie heimgefahren und ist dann so um vier hierher gekommen. Wir haben ein bisschen Zeit mit den Pferden verbracht. Ich hatte Ihnen ja von *Ashwood* erzählt. Sie hat sich von ihm verabschiedet.« Er stockte. »Sie ist kurz darauf wieder heimgefahren.«

»Sie hat ihm Zucker gegeben?«

Er nickte. »Ausnahmsweise, ja.«

Dann war wohl die Sache mit dem Zuckerpapier in Romaines Rocktasche geklärt.

»Hat Ihnen Romaine etwas von einer Hochzeit erzählt?«, schaltete sich Tamara ein. »Und von zwanzigtausend Dollar, die nur darauf warten, dass jemand sie sich nimmt?«

Nervös flog Barrys Blick zwischen Tamara und Shane hin und her. Er fühlte sich offenbar in die Enge getrieben.

»Reden Sie schon, Barry!« Shane wurde ungeduldig. Wie lange sollte das denn noch so gehen? Barry wusste ganz offensichtlich mehr, als er preisgeben wollte.

»Sie hat an *Ashwood* gehangen«, gab Barry mit leiser Stimme zurück. »Sie war völlig fertig, als ich ihr auf dem Parkplatz von seinem Sturz erzählt habe.« Er machte eine Pause und atmete durch. Die Erinnerung an sein Lieblingspferd setzte ihm schwer zu. »Sie hat *Ashwood* gestreichelt, ihm Zucker gegeben und hat mich plötzlich gefragt, wie viel die Operation kosten würde. ›Mit allem Drum und Dran, mit Transport, Klinik und der Nachbehandlung mindestens zehntausend Dollar, wenn nicht mehr‹, hab ich gesagt, und dass die Chancen eher schlecht sind.« Er schluckte. »›Wenn ich das Geld auftreiben würde, würdest du es dann versuchen?‹, hat sie wissen wollen, und ich hab gelacht. ›Du steckst doch selbst bis zum Hals in Schulden‹, hab ich geantwortet.«

»Hat sie Ihnen erzählt, woher sie das Geld nehmen wollte?«, fragte Shane.

Barry schüttelte den Kopf. »Sie hat sich dann ziemlich schnell verabschiedet.«

»Fanden Sie es nicht seltsam, dass sie sich daraufhin eine Woche lang nicht gemeldet hat?«

»Nein, wir hatten uns vor dem Treffen im Supermarkt auch lange nicht gesehen.«

»Sie waren also nicht beunruhigt, nachdem sie Ihnen zuerst ein solches Angebot machte und sich dann nicht mehr rührte?«

»Aber nein! Ich sagte Ihnen doch, dass wir uns sehr lange nicht gesehen haben. Und ich hab ja erst jetzt durch das Gerede erfahren, dass sie den Safe des ›Earl's‹ ausgeräumt hat! Ich hab ihr Angebot doch nicht ernst genommen!«

»Und dass sie mit einem gewissen George verreisen

wollte, davon hat sie Ihnen auch nichts erzählt?«, vergewisserte sich Shane.

»George? Ich hab Ihnen doch schon beim ersten Mal erklärt, dass ich von dem noch niemals gehört habe!«

»Sie behaupten also, Romaine Stavarakis hat Ihnen gegenüber nie einen George erwähnt, und Sie haben auch von anderen noch niemals von einem solchen gehört?«

»Mein Gott, nein! Wie oft soll ich mich denn noch wiederholen? George – wer soll das sein?« Barry klang verzweifelt; er sah auf einmal hilflos und schwach aus.

»Falls Ihnen noch etwas einfällt«, sagte Shane und wandte sich zum Gehen, »wissen Sie ja, wo Sie uns erreichen.«

»Ich glaube, er sagt die Wahrheit«, meinte Tamara, als sie den Wagen wendete.

»Wieso bist du so sicher?«

Sie zuckte die Schultern. »Ist nur so ein Gefühl.«

Nur Ed und Alan Hall hatten von dem Mann namens George gehört. Falls dieser George tatsächlich existierte, hätte Romaine nicht Barry von ihm erzählt? Oder fürchtete sie seine jähzornigen Ausbrüche so sehr? Shane grübelte. Ihm war jenes Gefühl, von dem Tamara gesprochen hatte, abhanden gekommen. Zu oft schon war er getäuscht worden.

Während Tamara den Wagen über das ausgetrocknete Land jagte, dachte er an Romaine, die romantische Frau, die ein Pferd hatte retten wollen und dabei getötet worden war ...

16

Nichts war in der Nacht geschehen. Absolut nichts.

»Und, wars so schlimm?«, hatte Catherine am Morgen gefragt, doch Sophie war nur schmollend im Badezimmer verschwunden.

Nach Sophies halbstündigem Stretching und Catherines viel zu reichhaltigem Frühstück, bestehend aus Eiern und Speck, Toast mit Butter und Marmelade, waren sie schließlich kurz nach zehn aufgebrochen. Sophie trug dasselbe orangefarbene Kleid wie am Tag zuvor, und Catherine hatte statt des Blumen-T-Shirts ein genauso enges grünes T-Shirt mit weitem Ausschnitt angezogen. Statt der Trekking-Sandalen vom Vortag hatte sie blaue Birkenstocks an den Füßen.

»Weißt du, woran ich dauernd denken muss?«, meinte Sophie auf einmal.

»Nein.«

»Wenn wir ankommen, ist Toby vielleicht gar nicht da, und wir haben den ganzen Weg umsonst gemacht.«

Catherine sah kurz zu Sophie hinüber. Was sollte sie darauf erwidern?

»Oder was wäre, wenn Toby uns bewusst zu sich lockt?«

»Sophie! Hör auf!«

»Stell dir vor, es gibt diese Farm gar nicht und ...«

»Sophie! Schluss damit!«

Unbeeindruckt redete Sophie weiter. »Ich meine, es könnte doch sein!«

»Ach, du ...« Sophie litt unter Paranoia, das war ihr noch nie so deutlich geworden wie auf dieser Reise. Catherine setzte ein zuversichtliches Lächeln auf. Durch die heruntergelassenen Scheiben wehte heiße Luft ins Wageninnere.

»Ich weiß schon ...« Sophie ließ nicht locker. »Du hältst mich für paranoid.«

»Quatsch.«

»Doch. Warum kannst du es nicht einfach zugeben?«

»Aber es stimmt doch gar nicht. Ich halte dich nicht für paranoid.«

»Das glaube ich dir nicht.«

»Dann lass es eben.«

»Punkt? Oder?«

»Gut, ja, ich halte dich für paranoid!«, gab Catherine verärgert zu. »Und ich mache mir deinetwegen Gedanken, ob wir heute ein Zimmer zum Übernachten finden.«

»Wusste ich's doch!« Sophies Gesicht nahm einen triumphierenden Ausdruck an. »Immer deine Bedenken! Warum kannst du nicht mal was positiv sehen?«

»Wie wars denn gestern? Hast du das schon vergessen? Vier Motels hatten kein Zimmer mehr!«

»Ach, das war eine Ausnahme!« Sophie stöhnte und schüttelte ihr Haar. Catherine hätte es ihr in diesem Moment am liebsten ausgerissen. Morgen Abend oder spätestens übermorgen würden sie auf der Farm sein ...

Sophie hörte noch immer nicht auf: »Meinst du, es macht Spaß, mit so einem Miesepeter unterwegs zu sein?«

Jetzt wurde es Catherine zu bunt.

»Warum bist du denn nicht allein gefahren?«, brauste sie auf.

»Warum wohl!« Wütend kniff Sophie die blauen Augen zusammen. »Ich wollte dich aus deiner langweiligen Welt herausreißen! Du hättest doch die ganze Zeit an der Uni oder im Zimmer rumgehockt! Du hast ja sogar jetzt Bücher dabei!«

Außer sich vor Wut hätte Catherine am liebsten losgeschrien, auf die Bremse getreten und Sophie eine schallende Ohrfeige versetzt, vor allem als sie sich an letzte Nacht erinnerte. Doch sie schluckte alle Gehässigkeiten und ihre Wut hinunter und verwandelte sie in Nachsicht. Sophie hatte Angst gehabt. In der Tiefe ihrer Seele war sie ein ängstlicher Mensch. Catherine streifte sie mit einem Seitenblick. Die zur Schau getragene Arroganz, die Streitlust waren nur Ablenkungsmanöver.

»Warum starrst du mich so an?«, wollte Sophie wissen und sah zu ihr herüber.

»Nur so«, entgegnete Catherine und bemerkte, dass sie eine Ortschaft erreicht hatten. Staubige Häuser, trockene Vorgärten und ein BP-Schild. Sie bog in die Tankstelleneinfahrt ein, stellte den Motor ab und stieg wortlos aus.

»Hi!«, hörte sie auf einmal eine Stimme hinter sich. Catherine drehte sich um und blickte direkt in den Lichtreflex eines Brillenglases. Die Frau lächelte freundlich. Sie sah aus wie eine Hausfrau um die fünfundvierzig, die entweder zu geizig oder zu gleichgültig war, um sich vorteilhaft zu kleiden. Sie trug karierte Shorts, unter denen weiße, mit bläulichen Adern marmorierte Beine hervortraten, braune Halbschuhe und Socken. In den Hosenbund hatte sie ein blassgelbes Poloshirt hineingesteckt. Und ihre Brille war viel zu groß und eckig.

»Hi«, zwang sich Catherine zu grüßen. Ein Blick auf die Tanksäule verriet ihr, dass sie noch länger hier würde stehen müssen. Das Benzin lief extrem langsam ein.

»Wohin gehts?«, fragte die Frau, die nun neben ihr den Tankdeckel eines alten Pritschenwagens aufschraubte. Das braune Haar war dauergewellt, und am Ansatz wuchs es grau nach.

»Nach Blackall«, gab Catherine zurück, hoffend, nun nicht in eine längere Unterhaltung verstrickt zu werden.

»So weit!«, rief die Frau gleich. »Archie!« Sie drehte sich zum Wagen um, und jetzt erst sah Catherine, dass ein Mann am Steuer saß. »Hast du das gehört? Bis nach Blackall!«

Der Mann beugte sich über den Beifahrersitz zum Fenster. Er hatte kurz geschorene braungraue Haare und von lebenslanger australischer Sonne gerötete Haut. Catherine schätzte ihn auf Ende vierzig und war sich nicht sicher, ob sie ihn eine halbe Stunde später wiedererkennen würde. »Ist verdammt weit! Warum um Himmels willen gerade nach Blackall?«

Jetzt war auch Sophie aufmerksam geworden und kurbelte das Fenster herunter. »Hi, wissen Sie, wo man hier übernachten kann?« Sie schüttelte ihr Haar, und ihre blauen Augen leuchteten. Catherine hätte sie ohrfeigen können. Sie hatte doch gerade das Gespräch verebben lassen wollen. Der Mann und die Frau tauschten kurze Blicke, dann antwortete die Frau:

»Oh, hier in der Gegend werden Sie schwer etwas finden, oder, Archie?«

»Nein«, stimmte er seiner Frau zu, »und wenn, ist es nichts für junge Damen. Kein richtiger Komfort ...«

»Archie hat Recht. Warum übernachten Sie nicht bei uns? Wir wohnen ganz in der Nähe. Es würde uns freuen, Sie als Gäste zu haben, nicht wahr, Archie?«

»Aber klar!«, rief er aus.

Bevor Catherine etwas erwidern konnte, fuhr die Frau fort:

»Also, ich bin Mae, und das ist Archie.« Ihre freundliche Art verlangte, dass sich auch Catherine und Sophie vorstellten, und so sagte Sophie:

»Ich heiße Sophie. Und das ist Catherine, meine Freundin. Wir würden gern Ihr Angebot annehmen; letzte Nacht hatten wir nämlich wirklich Pech. Oder, Catherine?«

Um nicht zu unhöflich zu erscheinen, rang sich Catherine ein Lächeln ab.

»Dann fahren Sie doch einfach hinter uns her«, schlug Mae gut gelaunt vor, »was meinst du, Archie?«

Der nickte. »Es wird langsam dunkel. Sie sollten nicht mehr so lange fahren. Die Kängurus ...«

»Danke, aber noch ist es ja nicht dunkel«, erwiderte nun Catherine und fühlte sich erleichtert, als die Benzinzufuhr endlich stoppte und sie den Schlauch wieder an die Säule hängen konnte. Sophie warf ihr einen verärgerten Blick zu. Doch Catherine ignorierte ihn, schraubte den Tankdeckel zu und ging zum Zahlen in den kleinen Flachbau. Durch die Scheibe beobachtete sie, wie Archie ausstieg, zu Sophie hinüberging und die Motorhaube ihres Wagens öffnete. Die Frau redete währenddessen auf Sophie ein. Sophie braucht immer Bewunderer, dachte Catherine.

»Hi«, unterbrach der Tankwart ihre Gedanken, »wohin gehts?«

»Weiter nach Westen«, entgegnete Catherine knapp und nahm eine in Zellophan verpackte Fleischpastete aus dem Regal vor der Kasse.

»Sie sollten nachts aufpassen«, sagte der Tankwart beiläufig, als der Beleg durch die Maschine ratterte.

Sie blickte auf und sah, dass er ihren Busen anstarrte. Einen Augenblick fühlte sie sich sogar geschmeichelt. Ihre Brüste waren das einzig Attraktive an ihr, fand sie. »Wieso?«

»Haben Sie nicht von der Toten gehört?«

»Doch, aber ...«

Der Tankwart riss den Beleg ab, riskierte einen weiteren schnellen Blick auf ihren Busen und lächelte jungenhaft. »Sind Sie Französinnen?«, fragte er. »Ihr Akzent ...«

»Ja«, sagte sie knapp, unterschrieb und beeilte sich, nach draußen zu kommen.

»Vive la France!«, rief er ihr nach.

Sophie unterhielt sich noch immer angeregt mit der Frau, als Catherine zurückkam. Archie ließ die Motorhaube zufallen. Er war nicht besonders groß, hatte einen kurzen

Hals und kurze Gliedmaßen sowie einen kompakten, kräftigen Körper.

»Öl ist okay«, meinte er und wischte sich mit einem Papiertuch die Hände ab. Er trug ein rot kariertes Hemd und Shorts aus Jeansstoff, unter denen stämmige, gebräunte Beine mit dichten schwarzen Haaren hervorlugten. Seine Boots waren abgetragen und staubig wie seine braunen Socken.

»Sicher, ich habe es ja erst in Brisbane überprüft«, erwiderte Catherine. Sie mochte es nicht, wenn Männer davon ausgingen, dass Frauen keine Ahnung von Autos und Technik hatten. Sie wusste den Ölstand zu messen und Öl nachzufüllen, sie konnte Reifen und Zündkerzen wechseln und die Batterie aufladen.

Archie lächelte. »Ah, Sie verstehen was von Autos! Die meisten Frauen haben keine Ahnung.«

Catherine fühlte sich ein wenig besänftigt und riss die Verpackung der Fleischpastete auf.

»Archie ...« Mae drehte sich zu ihrem Mann um, ein Sonnenstrahl blitzte in ihren großen Brillengläsern. »Stell dir vor, 'ne echte Schauspielerin!«

»Was?« Archie schaute amüsiert. Entnervt ließ sich Catherine auf den Fahrersitz fallen und biss in ihren Snack. Kauend wollte sie den Motor starten, als Mae Sophie einen zerknitterten Zettel und einen Stift durch die noch geöffnete Tür entgegenhielt.

»Ein Autogramm, bitte! Oh, là, là – Mousse au chocolat!« Mae lachte.

»... delightfully delice!«, stimmte Sophie geschmeichelt ein, nahm auch schon Stift und Zettel und warf sich das Haar mit ausholendem Schwung über die nackten, weißen, makellosen Schultern.

»Oh, là, là – Mousse au chocolat!«, wiederholte Mae vergnügt.

Catherine stöhnte leise. Den Werbespot für einen Schokopudding, den die Firma anmaßend *Mousse au chocolat* nannte, hatte sie zu Hause auf Video schon tausend Mal ansehen und Sophie für ihre Darbietung loben müssen – ihre Darbietung, die darin bestand, einen Löffel in einen Plastikbecher zu tauchen, ihn zum Mund zu führen und mit jenem französischen Akzent, den man landläufig mit Sexappeal assoziierte, zu hauchen: »Oh, là, là – Mousse au chocolat – delightfully delice.«

»Wir haben noch nie eine Schauspielerin getroffen, was, Archie?«, rief Mae zu ihrem Mann hinüber.

»Nein, noch nie.«

Mit einer koketten Bewegung gab Sophie Zettel und Stift zurück.

»Sie *müssen* unbedingt bei uns übernachten!«, meinte Mae, »es ist wirklich nicht weit.«

Doch diesmal kam Catherine Sophie zuvor, die bereits den Mund geöffnet hatte, um sicherlich einzuwilligen. »Das ist sehr nett, aber ...«

»Wir haben ein Gästezimmer«, unterbrach Mae sie, »und Hunger haben Sie sicher auch. Ich bin eine gute Köchin! Oder, Archie?«

Archie klopfte auf seinen Bauch, über dem sich das rot karierte Hemd spannte.

»Danke, aber wir fahren weiter!« Catherine steckte den letzten Bissen der Pastete in den Mund und ließ den Motor an. Sophie sah sie giftig an, zog dann aber doch die Tür zu.

Catherine fuhr ruckartig an.

»Warum warst du so unfreundlich? Die wollten ein Autogramm und haben uns eingeladen!« Sophie versuchte, im Außenrückspiegel die beiden auszumachen, und winkte.

»Ist dir nicht aufgefallen«, erwiderte Catherine und schluckte den Rest der Pastete hinunter, »wie der Typ dich angestarrt hat? Und außerdem wird es noch lange nicht dunkel.« Erleichtert, das Ehepaar los zu sein, trat Catherine das Gaspedal tiefer und schaltete dann in den dritten Gang.

Sophie stöhnte. »Mein Gott, das waren ganz normale Farmer; wir waren mal eine Abwechslung in ihrer Einöde. Bist du etwa eifersüchtig?«

»Ich und eifersüchtig? Ich bin nie eifersüchtig!« Doch im selben Moment wusste Catherine, dass sie log. Sie *war* eifersüchtig – auf Sophies Aussehen, auf ihre Wirkung auf andere, insbesondere Männer, auf die Rücksichtslosigkeit, mit der sie ihre Interessen durchsetzte.

»Das glaube ich dir nicht!«, widersprach Sophie. »Du bist eifersüchtig!«

»Nein!«

»Warum bist du so gereizt? Es passt dir nicht, dass wir zu Toby fahren, oder?« Mit nervösen Bewegungen drehte Sophie ihr Haar zu einem Knoten. Catherine antwortete nicht. »Stimmts?«

Wieder schwieg Catherine.

»Jetzt antworte gefälligst, wenn ich mit dir rede!«

»Hör auf, mich anzuschreien!«

»Du hast doch angefangen! Ich jedenfalls habe keine schlechte Laune!«

»Nein, natürlich nicht, man will ja Autogramme von dir!« Catherines Tonfall wurde schärfer.

»Also bist du doch eifersüchtig!« Dazu Sophies triumphierendes Lächeln.

Wie Catherine dieses Lächeln hasste! »Ich bin nicht eifersüchtig!«, schrie sie.

»Halt an!« Sophie begann, am Türgriff herumzurütteln.

»Hier? Wieso?«

»Ich will aussteigen.«

»Du spinnst. Hier ist Niemandsland.«

»Das kann dir ja egal sein. Los, halt an.« Sophie versuchte, ihren Fuß auf die Bremse zu stellen. Doch Catherine schob sie unsanft weg und fuhr weiter.

»Halt an!«, brüllte Sophie. Ihr blasses Gesicht war rot angelaufen.

Catherine trat hart auf die Bremse, ruckartig stand der Wagen. Sophie zerrte ihre Reisetasche über die Rücklehne und öffnete die Tür. »Das ist doch kindisch!«, begann Catherine in vorwurfsvollem Ton.

Sophie stieg aus, knallte die Tür zu. »Jetzt hau schon ab!«

»Du willst doch nicht per Anhalter fahren?«, rief Catherine durch das heruntergelassene Beifahrerfenster.

»Warum nicht?« Sophie warf ihr Haar, strich über ihr orangefarbenes Kleid, hob trotzig das Kinn und marschierte entschlossen los.

Catherine schnaufte resigniert, fuhr im ersten Gang neben ihr her. »Los, jetzt steig wieder ein.« Sie war die Klügere, sie gab nach.

»Ich denk nicht dran!«, erwiderte Sophie schnippisch und ging weiter, die Reisetasche über der Schulter. Hin und wieder knickte sie mit ihren Sandalen auf dem unebenen Asphalt um.

»Sophie ...«, versuchte es Catherine erneut, »sei doch vernünftig.«

Sophie blieb stehen. Von hinten näherte sich ein blauer Wagen.

»Bitte!«, drängte Catherine.

Der Wagen fuhr vorbei, um dann unmittelbar vor ihnen plötzlich anzuhalten. Das Fenster wurde heruntergelassen, und ein Mann mit einer roten Kappe fragte: »Hi, kann ich Sie wohin mitnehmen?«

Sophie zögerte, trat sogar einen Schritt auf den Wagen zu.

»Sophie!«, warnte Catherine eindringlich. »Steig endlich wieder ein!«

Doch Sophie blies sich eine Strähne aus dem Gesicht, stellte die Reisetasche ab und lächelte den Mann an.

»Na, was ist?«, meinte dieser und klopfte mit der Hand auf die Autotür.

»Du steigst jetzt sofort ein, oder du kannst die ganze verdammte Reise allein machen!«, zischte Catherine.

Unendlich langsam bückte sich Sophie, hob ihre Tasche wieder auf, schulterte sie mit einer eleganten Bewegung und rief dem Mann zu: »Danke, sehr nett von Ihnen, doch wir müssen weiter.« Sie zog am Türgriff, stieg ein, und Catherine atmete auf.

»Zufrieden?« Sophie sah sie herausfordernd an.

»Das hast du nur gemacht, um mich zu ärgern!«

Sophie lächelte triumphierend.

Wütend trat Catherine aufs Gaspedal. Wieso bin ich eigentlich mit Sophie befreundet?, fragte sie sich.

17

Western Motors stand in kursiven und ausgefransten Buchstaben auf dem Schild über der Werkstatt, einer düsteren, öligen Garage. Shane und Tamara stiegen gerade aus, als Barry Walters' Wagen von der Hebebühne heruntergelassen wurde.

Einen Reifenwechsel habe Barry gewünscht, erklärte der Mechaniker, »eine Grundreinigung und einen Rundum-Check«. Auch der war bereits erledigt.

»Reicht das nicht, um ihn festzunehmen?« Tamara war aufgebracht.

Shane ließ den Mechaniker Barrys alte Reifen holen. Gleich darauf bestellte er die Spurensicherung in die Werkstatt.

»Er hätte die Reifen doch auch selbst in aller Stille wechseln können.« Tamara schüttelte nachdenklich den Kopf und drehte den Zündschlüssel. Barry Walters war ein Polocrosse-Spieler. Ein Spieler misst sich mit anderen, täuscht, spurtet, stoppt plötzlich ab, ändert die Richtung, trickst ...
»Was denkst du?«, fragte sie.

»Spielst du gern?«

»Was?« Irritiert drehte sie sich zu ihm.

»Vergiss es!« Er winkte ab.

»Manchmal machst du es einem nicht leicht, Shane«, seufzte sie.

Wie oft hatte Kim das zu ihm gesagt? Schon wieder, dachte er, die Wiederholung ... Seine gute Laune hatte sich verflüchtigt.

Zurück im Büro stellte sich Tamara vor den kleinen Spiegel über dem Waschbecken neben der Tür und zupfte an ihrem Haar. »Ich hab das Gefühl«, sagte sie und atmete schwer, »wir haben die Spur verloren. Hat Romaine tatsächlich für die Operation von *Ashwood* den Einbruch begangen?«

Für einen Moment trafen sich in dem Spiegel über dem Waschbecken seine und Tamaras Blicke – und schreckten voreinander zurück.

Ohne ihn wieder anzusehen, ging Tamara zu ihrem Schreibtisch und ordnete Papiere. Schweigend setzte er sich ihr gegenüber auf seinen Platz.

»Gibt es nun diesen George, oder gibt es ihn nicht?«, begann Tamara plötzlich, und Shane war ihr dafür dankbar. »Hat sich denn Mike Paradabar von der Schriftenabteilung immer noch nicht gemeldet?«, fragte sie.

Mike hatte er fast vergessen.

»Oh, Shane«, stöhnte Mike wenig später ins Telefon, »sorry, hier gehts drunter und drüber! Ich hab heute Morgen vergessen, dir Bescheid zu geben! Also: Wir haben den Text *Sorry. Romaine* untersucht und mit Romaines Notizen verglichen. Leider ist *Sorry Romaine* ja nicht gerade ein Roman. Aber wir können mit ziemlicher Sicherheit davon ausgehen, dass die Nachricht tatsächlich von Romaine Stavarakis geschrieben wurde. Das i in *Romaine* schreibt sie mit einem Aufstrich. Ihre Schrift neigt sich ziemlich konstant um fünfundzwanzig Grad nach rechts.«

Nachdenklich legte Shane auf.

Tamara hatte mitgehört. »Dann war es also wirklich Romaine ...« Sie runzelte die Stirn. »Sie hat das Geld aus dem Safe geholt – und was dann? Wollte sie es Barry für die Operation geben, aber George war dagegen und wollte es für sich haben?«

Ja, dachte er, und Alan Hall könnte vielleicht auch etwas dagegen gehabt haben. Vielleicht hat er Romaine am Safe überrascht ...

»Übrigens«, unterbrach Tamara seine Gedanken, »ich habe diesen Verkehrsunfall recherchiert, bei dem Romaine ihre Zähne verloren hat.« Sie zog ein Papier aus ihren Unterlagen. »Am dritten Februar vor zwei Jahren hatte Romaine in der Zahnklinik in Brisbane die erste Behandlung.«

»Und?« Er konnte daran noch nichts Besonderes finden.

»Im Polizeibericht wird zwei Tage vorher, am ersten Februar, von einer Romaine Stavarakis berichtet, die in einen Autounfall verwickelt war. Sie war schuld, deshalb wurde alles genauer aufgenommen.« Tamara sah von ihren Notizen auf. »Rate mal, wer außer Romaine Stavarakis noch im Auto saß!« Sie räusperte sich und las weiter: »Ed Fraser, Sidney Emmerson und Harry Newman. Harry hat eine Haftstrafe wegen Drogenhandels hinter sich. Er ist zurzeit bei einer Evelyn Franklin angestellt, die eine Kneipe betreibt.« Erwartungsvoll lehnte sie sich in ihrem Sessel zurück.

»Ist das die Kneipe, in der Ed an jenem Samstag mit Sidney Emmerson war?«, fragte Shane.

»Genau die.« Sie sah ihn triumphierend an.

Shane war aufgestanden und ging auf und ab wie ein Raubtier im Käfig. Ausgerechnet an dem Wochenende, an dem Romaine ermordet wird, stattet Ed seinen Freunden in Brisbane einen Besuch ab!

»Meinst du, Ed wars? Ed hat Romaine umgebracht?«, fragte Tamara. »Wegen des Geldes? Was ist aber mit diesem George? Und mit Barry?«

»Keine Ahnung. Da fällt mir ein ... Ist das Ergebnis von Samantha Walters' Fingerabdrücken schon da?«

»Ach ja«, sagte sie und schob ihm eine Notiz hinüber, »die Abdrücke auf der Filmdose stammen eindeutig nicht von ihr.« Tamara verschränkte die Arme und wippte auf ihrem Stuhl auf und ab. »Was machen wir jetzt?« Ihr Blick folgte ihm, wie er hin und her ging. Es musste noch einen anderen Fotografen geben. Ob er etwas mit dem Fall zu tun hatte, war unklar. Sie mussten noch einmal zu Ed.

»Polizei?«, fragte der Mann im Monteuranzug, kaum dass Shane und Tamara ausgestiegen waren. Im dunklen Schlund der Schlosserwerkstatt sprühten Funken von Schweißarbeiten. »Sie kommen wegen Ed, oder?« Bevor sie antworten konnten, sagte der Mann: »Der hat gekündigt! War nie zuverlässig. Immer wieder gabs Klagen.«

»Wo finden wir ihn?«, fragte Shane.

»Zu Hause vielleicht oder in 'ner Kneipe. Ja, das ist wahrscheinlicher.«

Fünf Minuten später bremste Tamara vor Romaines Haus. Ed warf gerade eine Reisetasche in seinen roten Ford Explorer. Quietschend drehte sich im Hintergrund das Windrad.

»Wir verreisen?«, fragte Tamara schon beim Aussteigen.

Ed fuhr herum. »Wusste gar nicht, dass Sie mitkommen wollen. Was wollen Sie?« Tamara hatte in seine auf dem Beifahrersitz offen stehende Tasche gegriffen und einen Revolver herausgezogen. Ed öffnete bereits den Mund, um zu protestieren, doch Tamara erklärte:

»Wir müssen uns noch einmal mit Ihnen unterhalten, Ed.«

»Wann?«, stieß er hervor.

»Jetzt.« Tamara lächelte.

Eds Gesichtszüge verloren alle Spannkraft. Als Shane ihm die Hintertür ihres Wagens aufhielt, stieg er wortlos ein.

Aus Ed war nichts herauszubekommen. Er hatte darauf beharrt, einen Anwalt sprechen zu wollen, kannte aber keinen. Wegen unerlaubten Waffenbesitzes konnten sie ihn zunächst einmal festhalten. In seiner Reisetasche befanden sich ein paar Kleider, sein Pass und etwas Geld. Nach Brisbane wolle er. Jetzt, nachdem Romaine tot war, halte ihn nichts mehr in Chinchilla, hatte er behauptet. Er saß nun in einer der Zellen im Hinterhof.

Tamara nippte an einem Glas Wasser. »Was machen wir nur mit ihm?«

»Wir lassen ihn bis morgen schmoren.« Das war das Einzige, das sie unternehmen konnten, denn bis jetzt fehlte ihnen jeder Beweis. Unruhig trommelte Shane auf die Armlehne, bis Tamara ihn vorwurfsvoll ansah.

18

Der Ruck, der plötzlich durch den Wagen ging, rüttelte sie aus ihrer Schläfrigkeit, in die das monotone Motorengeräusch sie versetzt hatte.

»Haben wir was überfahren?« Sophie erschrak und setzte sich aufrecht.

»Ich weiß nicht«, gab Catherine zurück.

Wieder ein Ruck. Bäume und Gebüsch hatten die letzten Sonnenstrahlen verschluckt. Der Mond war noch nicht aufgegangen. Ein Schild kündigte in zwanzig Kilometern ein Motel an. Sonst kein Ort weit und breit. Zwanzig Kilometer – zu weit, um dorthin zu laufen. Eine Panne hätte ihnen gerade noch gefehlt. Als wäre die Reise nicht schon problematisch genug!

Wieder ein Ruck, noch einer und ein weiterer, dann stand der Wagen. Nur noch das Standlicht leuchtete, und im Radio überschlug sich die hektische Stimme eines Moderators.

»Am Benzin kanns nicht liegen«, murmelte Catherine. Der Tank war noch bis zur Hälfte gefüllt. Sie schaltete das Radio aus.

»Ich steig hier jedenfalls nicht aus!« Sophie drückte den Türverriegelungsknopf hinunter.

Catherine stöhnte. Es blieb mal wieder an ihr hängen. Also öffnete sie die Tür.

»Catherine, bleib hier drin, ich hab Angst!« Sophie griff nach ihrem Arm.

»Aber hier ist doch nichts, Sophie! Ich seh nur mal nach.« Catherine zog am Hebel unter dem Lenkrad, die Motorhaube sprang auf. Trotz der weichen Sohlen ihrer Birkenstocks klangen ihre Schritte befremdend auf dem Asphalt. Rasch schob sie den Gedanken, die Nacht hier verbringen zu müssen, beiseite und hob die Motorhaube hoch. Der Mut verließ sie. Was hatte sie eigentlich geglaubt zu sehen? Erstens fehlte ihr eine Taschenlampe – das Standlicht der Scheinwerfer nutzte in dem Fall kaum etwas –, und zweitens, so musste sie sich eingestehen, verstand sie nicht das Geringste von Motoren. Entmutigt ließ sie die Motorhaube wieder zufallen und setzte sich wieder ins Auto.

»Und?«, fragte Sophie mit Unbehagen in der Stimme.

»Das ist ein normaler Highway, ganz sicher kommt bald jemand vorbei, der uns helfen kann.«

»Sicher.« Sophie begann, auf den Türgriff zu trommeln.

»Sophie, bitte!«

Sophie schnaufte, hörte aber auf.

Schweigend starrten sie in die Dunkelheit. Kein Motorengeräusch näherte sich, kein Lichtpegel eines Scheinwerfers.

»Das ist die Hauptverbindung von der Küste nach Westen«, warf Catherine in die Stille. »Es ist lediglich eine Frage der Zeit, dass ...«

Plötzlich wurde ein Grollen hörbar. Hastig schaltete Catherine Warnblinkanlage und Standlicht wieder ein und stieg aus. In diesem Moment hallten alle Bedenken und Ängste in ihrem Kopf wider – Geschichten von ermordeten Backpackern, von Anhaltern, die in der Weite des Kontinents für immer verschwunden waren, Zeitungsberichte über vermisste Touristen ...

Zwei weiße Kreise blitzten auf, und mutig machte Catherine drei große Schritte auf die Straße, hob schon den Arm, das Grollen wurde zu einem Donnern, die Scheinwerfer grell und groß, Catherine sprang zurück, der Luftstrom riss an ihren Kleidern, Brüllen und Hupen dröhnte in ihren Ohren, die Straße erzitterte. Der Truck raste vorbei, hinterließ zerzaustes Haar und noch tiefere Stille als zuvor. Seufzend sank Catherine wieder auf den Autositz.

»He, wir könnten den Straßendienst anrufen.« Schon zückte Sophie ihr Handy. »Die Nummer müsste eingespeichert sein.« Sie tippte auf die Tasten. »Sogar ein Netz! Und du wolltest es nicht mitnehmen! Von wegen, hier draußen gäbe es keine Verbindung!«, triumphierte Sophie und hielt das Telefon ans Ohr. »Hallo?«

In diesem Augenblick erhellten Scheinwerfer den Rückspiegel. Catherine sprang wieder hinaus. Kein Truck, stellte sie erleichtert fest. Das Fahrzeug verlangsamte sein Tempo, rollte neben sie. Jetzt erkannte sie es – und die Insassen. Wie hießen sie doch gleich? Mae und Archie?

»Hi!«, rief Archie aus dem geöffneten Fenster. »Na so was, was machen Sie denn hier?« Lässig hatte er den Ellbogen auf den Türrahmen gelehnt. »Sie haben doch wohl keine Panne!«

Sophie war nun auch ausgestiegen. »So ein Glück, dass Sie vorbeikommen!«

»Ich sag ja«, rief Mae, »manchmal hat der Himmel seine Finger im Spiel!« Sie lachte fröhlich. Ihre Brillengläser reflektierten das Scheinwerferlicht.

»Frauen und Technik!« Archie stieg aus und schaltete eine Taschenlampe an.

»Ach, Archie!« Mae lachte. »Seine Sprüche dürfen Sie nicht wörtlich nehmen!« Sie stieg jetzt auch aus.

»Das sagt sie immer.« Archie winkte ab. »Nach ein paar Ehejahren nimmt Sie mich nicht mehr ernst!«

Mae lachte wieder. »Haben Sie das gehört? Dabei nimmt ihn niemand ernster als ich!«

Typische Frotzeleien zwischen langjährigen Ehepartnern, dachte Catherine, wie bei ihren Eltern und deren Freunden. Wie lächerlich das war!

»Na«, meinte Archie und hob mit seiner breiten, behaarten Hand die Motorhaube an, »dann wollen wir mal.«

Das Licht der Taschenlampe erfüllte den Motorraum und

wurde von der hochgestellten Haube auf Archies Gesicht geworfen, das seltsam verzerrt erschien.

»Und?« Sophie blickte ihm über die Schulter. »Sagen Sie nur nicht, dass es die Benzinpumpe ist oder so was.«

Archie stutzte. »Verstehen Sie etwa was von Autos?«

Sophie schüttelte lachend den Kopf. Jetzt lachte Archie auch.

»Sie können von Glück sagen, dass Sie hier stehen geblieben sind.« Mae war um ihren Wagen herumgekommen.

»Warum?«, fragte Catherine.

Mit einem Knall fiel die Motorhaube hinunter und schnappte ein.

»Tja, meine Damen, heute kommen Sie nicht mehr weiter.« Archie rieb sich die Hände an einem Tuch ab, das er aus der Hosentasche seiner Shorts gezogen hatte. »Es ist die Benzinpumpe!«

»Oh nein!«, stöhnte Sophie.

Catherine fühlte sich plötzlich mutlos. Die ganze Reise wurde zu einer einzigen Strapaze. Wehmütig dachte sie an den Bus nach Brisbane, in den sie einfach hätte einsteigen müssen.

Pfeifend ging Archie zu seinem Wagen zurück, kramte auf der Ladefläche zwischen Planen und Säcken und hielt schließlich ein dickes Seil in den Händen. Er kniete sich und machte sich unterhalb der Stoßstange zu schaffen. »Alles kein Problem, Ladys! Ich schleppe euch ab.«

Wenn sie erst mal vor der Werkstatt wären, könnten sie dort im Auto schlafen und wären Archie und Mae endlich los. Bei dem Gedanken atmete Catherine auf. »Sie könnten uns zurück nach ...«, begann sie.

»Aber Archie hat doch eine Werkstatt«, fiel Mae ihr ins Wort und lächelte.

»Was? Nein, so was!«, rief Sophie und strahlte.

Für einen Moment war Catherine sprachlos. Sie mochte die beiden nicht, und das Letzte, was sie wollte, war, eine Nacht in deren Haus zu verbringen.

»Das ist sehr nett von Ihnen, doch es ist wesentlich einfacher, uns zurück zu einer Werkstatt zu schleppen, als ...«, versuchte sie es erneut und schickte Sophie Hilfe suchende Blicke.

»Kommt gar nicht infrage!«, unterbrach Mae sie wieder. »Es ist eine Freude für uns, Sie zu beherbergen, nicht wahr, Archie?«

»Sicher!« Archie lachte. »Sie glauben doch nicht, dass wir Australier zwei so hübsche Touristinnen in der Dunkelheit sich selbst überlassen?« Er hatte das Abschleppseil an die Anhängerkupplung gehängt und kletterte hinters Steuer seines Wagens.

»Archie hat Recht, auf gar keinen Fall verbringen Sie die Nacht hier auf der Straße!«, sagte Mae und stieg ebenfalls ein.

»Aber wir wollen Ihnen keine Umstände ...«, stammelte Catherine. »Sophie, je ne sais pas ...« Sie sah die Freundin verzweifelt an, doch Sophie erwiderte ihren Blick so, als wäre Catherines Einwand völlig unverständlich und absurd. »Mais ... Catherine!« Sie sprach nun auch Französisch. »Kapier endlich: Wir sind eingeladen! Wir haben Glück im Unglück!«

Catherine wusste, dass jetzt jeder Einwand zwecklos wäre. Gegen die drei hatte sie keine Chance.

»Setzen Sie sich bequem in Ihr Auto; unsere Farm ist ganz in der Nähe«, rief Archie.

Beschwingt ließ sich Sophie auf den Sitz fallen. Catherine verzog verärgert den Mund, setzte sich dann aber auch in ihren Wagen. Das Abschleppseil spannte sich, es gab einen Ruck, und ihr Auto rollte geräuschlos hinter dem Pritschenwagen her.

»Du könntest ruhig etwas netter sein!« Sophie löste ihren Knoten, und das Haar fiel auf die Schultern.

»Ich mag die beiden nicht. Besonders schrecklich finde ich seine schmierigen Bemerkungen.«

»Ach, das ist doch nur so dahingesagt!«, winkte Sophie ab. »Morgen sind wir wieder weg.«

»Ich verstehe nicht, warum du auf einmal so fröhlich bist.«

Sophie legte mild lächelnd ihre Hand auf Catherines Arm. »Ach, du solltest mehr Vertrauen in Begegnungen haben. Sie machen schließlich das Leben aus. Glaub mir!«

Vielleicht war es das, was Sophie so anziehend für viele machte – es war nicht nur ihr Äußeres, sondern auch ihre Bereitschaft, sich auf Abenteuer einzulassen. Wie langweilig ich bin!, dachte Catherine.

Ein paar Minuten später bogen sie nach links auf einen ungeteerten, holprigen Weg ab. »Findest du es nicht auch seltsam«, begann Catherine plötzlich, »dass die beiden zufällig vorbeigekommen sind?«

Sophie lachte auf. »Also, sag bitte nie mehr, *ich* wäre paranoid!«

Nachdenklich starrte Catherine durch die Windschutzscheibe. Die Rücklichter von Archies Auto tauchten das Land vor ihnen in ein grelles Rot.

19

Ed hatte nichts mehr gesagt, auch als Shane noch einmal zu ihm in die Zelle gegangen war. Am nächsten Tag mussten sie ihn frei lassen. Und dann? Es dämmerte, und Shane beschloss, Alan Hall im »Earl's« aufzusuchen. Er wusste noch immer nicht, wie er ihn einschätzen sollte.

Im Restaurant sagte man ihm, Hall sei heute Abend nicht da, aber auch bei ihm zu Hause, wenige Straßen weiter, öffnete niemand.

Es war finster geworden. Shane ließ die Scheiben des Wagens herunter und atmete die kühlere Abendluft ein. Er wählte Chers Nummer, doch sie meldete sich nicht. Die Straßenlaternen leuchteten gelborange, Zikaden zirpten, von irgendwoher klangen Stimmen und Musik aus einem Fernseher. Kinder schrien, ein Hund bellte, es roch nach gegrilltem Fleisch. Shane fuhr zwei Straßen weiter zum Bottle Shop und kaufte dort einen Karton FourX. Er trug ihn gerade zum Auto, als aus dem benachbarten Supermarkt Wendy Brown, die Kassiererin, mit vier schweren Plastiktüten beladen, heraustrat und die Tür abschloss. Als sie ihn an seinem Auto bemerkte, warf sie ihm einen feindseligen Blick zu. Ihr rotes Borstenhaar loderte im Licht der Laterne wie ein Feuerkranz.

»Ich dachte, ich tue meine Pflicht und erzähle Ihnen das von Mister Walters und dem Flittchen.« Sie schnaufte empört und stellte die Tüten ab. »Barry Walters hat mich ziemlich beschimpft. Er kommt auch nicht mehr in den Laden, hat er gesagt. Und was hab ich jetzt von meiner Hilfsbereitschaft?«

Shane warf den Kofferraum zu. »Wendy, wenn Barry Walters eine weiße Weste hat ...«

»Meinen Sie damit, dass Mister Walters *keine* weiße Weste hat?«, fiel sie ihm ins Wort und stemmte ihre sehnigen Arme in die mageren Hüften.

»Sie haben ›Flittchen‹ gesagt?«, fragte er nach, anstatt zu antworten.

»Ach, wieder so eine Frage! Ich mochte Romaine nicht.« Ihre Abneigung war nicht zu überhören. »Sie war schnippisch und arrogant. Nur zu den Kerlen war sie charmant und ...«, sie suchte nach dem richtigen Wort, »... berechnend.«

»Sie hat sie für ihre Interessen ausgenutzt?«

Wendy nickte heftig. Er hatte sie offenbar wieder auf seiner Seite. »Sie haben's getroffen. Sie glauben gar nicht, wie geldgierig die war!« Verächtlich verzog sie die dünnen Lippen. »Sie wollte, dass Mister Walters sie heiratet. Aber er wollte nicht. Er wollte nur eine Geliebte für zwischendurch.« Sie seufzte, als wäre sie persönlich betroffen. »Aber damit war Romaine nicht zufrieden, sie hat ihn fallen lassen wie eine heiße Kartoffel.« Wieder seufzte sie. »Arme Samantha! Sie tut mir so Leid.«

Zwei Frauen kamen vorbei und grüßten Wendy. Die kleinere von beiden streifte Shane mit einem argwöhnischen Blick.

»Ich muss los.« Wendy bückte sich und nahm die Tüten wieder auf. »Zu Hause wartet mein Mann auf sein Abendessen.«

Er sah ihr nach, wie sie, mit Taschen beladen, zu ihrem Auto ging. Dann fuhr er selbst los. Romaine, die für ein Pferd ein Verbrechen begeht und ihren Liebhaber betrügt. Romaine, die nur auf Geld aus ist. Romaine, die man mit zwanzigtausend Dollar und einem Fremden einfach so gehen lässt – aus Liebe? Welches Bild stimmte nun? Oder hatte sich jeder sein eigenes Bild von Romaine gemacht? Er dachte wieder an die Bücher in ihrem Zimmer. Er wählte noch einmal Chers Nummer, doch sie meldete sich auch jetzt nicht. Enttäuscht legte er auf.

Fünf Minuten später hielt er vor Herbs Haus. Aus den Nachbarhäusern drang Licht, doch Herbs Haus war dunkel. Seltsam, Herb hatte ihm noch am Morgen gesagt, er könne am Abend vorbeikommen. Shane stieg aus und klingelte an der Tür. Niemand öffnete. Moskitos lauerten ihm auf, er schlug auf seine Unterarme, auf denen sie sich schon niedergelassen hatten. Noch einmal klingelte er vergeblich, dann ging er zurück zum Wagen. Vielleicht hatte Herb es sich anders überlegt und war mit Becky ausgegangen? Als er den Motor startete, wünschte er, in der Stadt zu sein. Unerkannt hätte er sich in eine Kneipe setzen, ins Kino gehen oder vielleicht sogar Eliza besuchen können. Nein, nicht Eliza. Sie hatte ja jemand anderen ...

Wütend schlug er aufs Lenkrad und trat das Gaspedal durch. Der Wagen schoss davon. Bei Tempo hundertachtzig ging er vom Gas. Der Wagen wurde langsamer, und als die Nadel des Tachos nur noch vierzig Stundenkilometer anzeigte, wendete er und fuhr zurück in Richtung Motel. *Verlorenes Glück.* Er dachte an Romaine. Wie war sie wohl wirklich gewesen?

20

Die Strecke, die sie in der Dunkelheit auf dem holprigen, ausgefahrenen Weg zurücklegten, kam Catherine endlos vor. Sophies gleichmäßiger Atem im Schlaf beruhigte sie ein wenig. Sie versuchte, sich auf die roten Rücklichter vor ihnen zu konzentrieren, und zwang sich, ihren verkrampften Griff um das Lenkrad zu lösen. Auf einmal verlangsamte Archie die Fahrt, am Seitenfenster erkannte Catherine ein helles Holzgatter. Wenige Meter später stoppte der Pick-up, und Catherine trat gerade noch rechtzeitig auf die Bremse. Sophie schrak hoch.

»Willkommen!«, rief Mae und zerrte auch schon die Autotür auf. Mit steifen Gliedern stieg Catherine aus. Das typische Farmhaus vor ihnen musste an die hundert Jahre alt sein. Büsche und Sträucher umwucherten die Fassade. Eine gelbliche Lampe leuchtete über der schweren hölzernen Eingangstür. Frösche quakten. Irgendwo flog ein Vogel auf. Ein dunkler Schatten huschte über ihren Köpfen vorbei. Wahrscheinlich ein Flying Fox. Catherine suchte den Mond, um sich zu orientieren, fand ihn zuerst nicht, entdeckte ihn dann im Geäst der hohen, alten Eukalyptusbäume, die sich hinter dem Farmhaus und zwei weiteren Nebengebäuden wie ein schroffes Gebirge erhoben. Archie löste das Abschleppseil, während sich Sophie gähnend streckte.

»Kommen Sie!« Mae eilte voraus. Catherine schloss die Autotür zu. »Ach, das brauchen Sie hier doch nicht!«, rief ihr Mae lachend zu. »Hier kommt keiner vorbei!«

»Catherine ist immer übervorsichtig, nicht wahr?«, lachte Sophie, und Catherine spürte wieder Wut in sich aufsteigen. Sophie hatte sich mit den beiden verbündet.

Trotzig öffnete sie die Autotür wieder und steckte den Schlüssel ins Zündschloss.

»Das hättest du jetzt auch lassen können«, zischte Sophie. Im Haus war es überraschend kühl. Die dunklen Dielen glänzten. Durch die bunten Glasscheiben der Fenster fiel das Lampenlicht von draußen herein. Wie in einer Kirche, dachte Catherine und spürte einen Schauer über ihren Rücken laufen.

»Mein Gott, wie schön, diese bunten Fenster!«, schwärmte Sophie und blickte sich interessiert um. »Wie lange leben Sie schon hier? Familienbesitz?«

Catherine glaubte, Maes Gesicht für einen kurzen Moment zucken zu sehen, doch gleich lag schon wieder jenes fröhliche Lächeln darauf, das ihr schon an der Tankstelle aufgefallen war.

»Ja, schön, nicht?«, nickte Archie, »Seit hundert Jahren in meiner Familie!« Er lächelte. »Mein Großvater hat das Haus mit seinen vier Söhnen gebaut!«

»Tatsächlich?«, fragte Sophie voller Begeisterung. »War er Architekt?«

Archie schüttelte den Kopf mit dem kurz geschorenen

Haar. »Nein, er war Pionier, hat Entdeckungsreisen unternommen.«

Sophie sah ihn mit großen Augen an. »Wirklich? Oh, davon müssen Sie mehr erzählen!«

»Archie«, ging Mae dazwischen, »jetzt lass unsere Gäste doch erst mal ankommen! Ich zeig Ihnen Ihr Zimmer.«

Catherine und Sophie folgten Mae, deren harte Absätze auf dem Dielenboden klackten. Das Wohn- und Esszimmer befand sich im Zentrum des Gebäudes, wie ein Haus im Haus; darum lief ein Umgang, von dem weitere Zimmer abzweigten.

»Kommen Sie nur«, sagte Mae, »da hinten ist das Gästezimmer.« Sie führte sie links durch einen kurzen Gang, stieß die Tür auf und knipste das Licht an. Ein Interieur in Bonbonrosa fiel sie an.

»Ist ja noch schlimmer als das Braun gestern«, raunte Sophie ihr zu.

»*Du* wolltest ja hierher«, brummte Catherine und erntete einen giftigen Blick.

»Das Bad ist gegenüber, ich bereite etwas zu essen zu.« Mae ließ schnell noch einen Blick über Sophie und Catherine wandern und entfernte sich dann.

»Das ist ja die absolute Geschmacklosigkeit!«, stieß Sophie hervor.

»Hast du etwas anderes erwartet?«, entgegnete Catherine, »so geschmacklos, wie die beiden angezogen sind?«

In der Mitte des kleinen Zimmers stand ein verschnörkeltes Eisenbett mit einer hohen Matratze, über der eine gesteppte rosafarbene Tagesdecke lag. An der rechten Wand klebte eine Blumentapete, an der linken eine Streifentapete. Direkt über dem Bett baumelte ein elektrischer Kerzenleuchter mit integriertem Ventilator, der eiernd kreiste. Auf der Kommode neben dem Fenster, das schwere altrosafarbene Volants verdeckten, befand sich ein Spiegel.

Darin betrachteten sich altmodische Püppchen, die davor saßen.

»Immerhin ein Telefon!« Sophie zeigte auf den veralteten Apparat mit Wählscheibe auf dem Nachttisch und ließ sich aufs Bett fallen. »Schrecklich weich!«

»Ist ja nur für eine Nacht«, stöhnte Catherine.

Eine Weile saßen sie stumm auf dem hohen Bett. Das Summen und rhythmische Knacken des Ventilators vermischte sich mit dem Quaken der Frösche, das von draußen ins Zimmer drang. Erschöpft und ausgelaugt hing jede ihren eigenen Gedanken nach und wünschte sich nach Hause.

Plötzlich stand Archie mit drei Gläsern in der Tür. »Rum und Coke. Echtes Queensländer Gesöff!«

Sophie sprang auf, als hätte man einen Schalter umgelegt. Sie spielte die Rolle des dankbaren Gastes und nahm ein Glas. Catherine überwand ihren Widerwillen und stieß mit an. Archie grinste, und Catherine entging nicht, wie Archie in Sophies Dekolletee lugte. Maes Schritte hallten auf dem Gang wider; lächelnd trat sie ins Zimmer und legte ihren Arm besitzergreifend um Archies Taille.

»Ist sie nicht wunderbar?«, fragte Archie.

Catherine hatte das Gefühl, dass sein Kompliment nicht Mae, sondern Sophie gegolten hatte.

»Das Essen ist fertig«, verkündete Mae und ließ Archie los.

Sie folgten ihr durch den dunklen Gang ins Wohn- und Esszimmer. Trotz der hohen Decke und der Größe des Raums fühlte sich Catherine bedroht – von dem dunkelblauen Teppich, den entlang der Wände stehenden düsteren, mit Schnitzereien versehenen Kommoden, Stühlen und Schränken, die sie wie eine feindselige Armee umzingelten, als wollten sie beim ersten Signal über sie herfallen.

An einem langen Tisch, der einst für eine Großfamilie

konzipiert worden sein musste, hatten Archie und Mae an den weit auseinander liegenden Tischenden Platz genommen, Catherine und Sophie an den sich gegenüberliegenden Seiten.

»Ich hoffe, Sie mögen Kürbissuppe!«, bemerkte Mae und füllte mit einer Suppenkelle vier Teller.

»Oh, ja!«, erwiderte Sophie. Sie spielt ihre Rolle glänzend, dachte Catherine und nahm eine dicke Scheibe weißen Toasts. Wie hungrig sie schon wieder war!

»Guten Appetit!«, sagte Mae fröhlich, nachdem alle einen gefüllten Teller vor sich hatten. Die Suppe schmeckte fad. Catherine tauchte das Brot hinein, das ebenfalls nach nichts schmeckte.

»Sehr gut!«, sagte Sophie, und Catherine wusste, dass sie log.

»Nehmen Sie ein bisschen von dem Gewürz!« Mae hielt Sophie eine Flasche entgegen.

»Nein danke, es ist okay so«, wehrte Sophie ab.

»Nehmen Sie nur«, schaltete sich nun Archie ein. »Schmeckt viel besser ... doch nichts gegen Maes Kochkünste!«

»Ach, Archie, du alter Schmeichler!«, erwiderte Mae kokett.

Sophie warf einen Blick zu Catherine hinüber, die mit erstarrter Miene ihr Brot aß. Sophie nahm die Flasche und gab einen Schuss Gewürzsoße in ihren Teller.

»Sie auch!« Mae deutete auf Catherine.

»Nein danke!«, wehrte Catherine ab. »Ich mag die Suppe so.«

»Sie wissen nicht, was gut ist, Darling. Nehmen Sie von der Soße!« Maes Lachen erreichte die Augen nicht.

»Nein danke.« Catherine versuchte, ruhig zu bleiben und zu lächeln. Wir müssen nur diesen einen Abend und diese eine Nacht überstehen, dachte sie.

»Archie, sag du es ihr!« Mae legte den Löffel in den Teller und schaute ihren Mann an. Der hielt in seinem Schlürfen inne. Einen Moment war es totenstill am Tisch. Niemand aß. Plötzlich überzog ein Grinsen sein Gesicht.

»Verdammt«, brummte er, »nehmen Sie die Soße, sonst ist Mae heute Nacht unerträglich.«

Seine Frau lachte auf, Sophie lächelte gequält, und Catherine nahm die Flasche. Schwarze Tropfen vermischten sich mit dem wässrigen Gelb der Kürbissuppe. Jetzt strahlte Mae, ergriff zufrieden ihren Löffel und aß weiter.

Sind das bloß die Marotten eines zurückgezogen lebenden Ehepaars?, fragte sich Catherine. Irgendwo schlug eine Uhr.

»Archie, Sie wollten doch von Ihrem Großvater erzählen«, begann Sophie.

Archie ließ den Löffel sinken und blickte Sophie eindringlich an. Sein Mund zuckte kaum merklich, seine Augenlider ebenfalls, dann verzog er den Mund zu einem gönnerhaften Lächeln, lehnte sich behaglich in seinem Stuhl zurück und holte Luft. »Tja, das ist eine Geschichte ...«

»Ich weiß nicht, ob das unsere Gäste wirklich interessiert, Archie«, fiel ihm Mae, schon wieder lächelnd, ins Wort.

»Aber sie haben doch gefragt!« Sein Lächeln wirkte jetzt wie ins Gesicht geschnitzt. »Nicht wahr?«, wandte er sich an Sophie.

»Ja, natürlich!«, beeilte sie sich zu versichern.

Maes Mundwinkel zitterten kurz, schnell tauchte sie den Löffel in die Suppe.

Mit einem breiten Grinsen faltete Archie die kräftigen, behaarten Hände auf seinem Bauch. »Also, sie brachen zu dritt auf: mein Großvater, sein Freund James und ein Biologe namens Hutchinson. Sie wollten mit Kamelen quer über den Kontinent.«

»Archie, deine Suppe wird kalt«, sagte Mae zaghaft, doch Archie ignorierte sie und fuhr fort:

»Dazu mussten sie erst mal lernen, mit Kamelen umzugehen.«

Sophie nickte. Archie genießt ihre Aufmerksamkeit, stellte Catherine verärgert fest, und sie fragte sich, ob sie etwa schon wieder eifersüchtig war.

»Es hat ein halbes Jahr gedauert, bis sie mit diesen Mistviechern umgehen konnten, dann erst sind sie losmarschiert.«

»Und? Haben sie es geschafft?« Sophie sah Archie neugierig an.

Er schüttelte traurig den Kopf. »Es war seltsam. Sie sind zwar zurückgekehrt, aber kurz darauf starb James, der Freund meines Großvaters, an einer rätselhaften Krankheit.«

»O Gott!«

»Ja, er nahm zu, sein Körper lagerte immer mehr Wasser ein. Er sah bald aus wie ein Ballon! Es muss schrecklich gewesen sein.«

»Archie«, schaltete sich Mae erneut ein, »hör doch mit diesen gruseligen Geschichten auf!«

»Nein, nein, erzählen Sie weiter«, bat Sophie, »und dieser Biologe und Ihr Großvater?«

Archie hatte seine behaarten Arme nun auf den Tisch gelegt. Er genoss ganz offensichtlich Sophies Interesse. »Nun, der Biologe Hutchinson kam eines Tages von seiner Feldarbeit nicht mehr heim.«

»Wie?«

»Er ist nie wieder aufgetaucht. Man nimmt an, dass er irgendwo im Busch gestorben ist. Seine Leiche hat man nie gefunden.«

Es herrschte einen Moment betretenes Schweigen, bis Sophie leise fragte: »Und Ihr Großvater?«

»Mein Großvater«, er räusperte sich, »das ist eine heikle Story.«

»Archie, bitte«, fiel Mae wieder ein, sie klang jetzt fast flehend, »hör doch mit diesem Zeug auf, du verschreckst unsere Gäste!«

»Aber nein!«, protestierte Sophie. »Wirklich, es interessiert mich sehr!«

Catherine glaubte, einen Ausdruck von Triumph in Archies Blick zu bemerken, als er seine Frau ansah.

»Nun«, fuhr er fort und wiegte den Kopf bedenklich hin und her, »ich erzähle es eigentlich nicht gern ...«

»Bitte, Archie, erzählen Sie!« Sophie hing an seinen Lippen.

»Archie, könnten wir nicht ...«

Doch er überhörte wieder Maes Einwand. »Na gut.« Er holte Luft und sprach dann mit leiser Stimme, als lauerten Hunderte von ungebetenen Zuhörern draußen vor dem Haus: »Zehn Monate, nachdem mein Großvater wieder zurück war, gebar meine Großmutter ein ...« Er brach ab.

»Ja?«, flüsterte Sophie.

»Ein ... ein ... nun ja, ein ... Wesen.«

Sophie starrte ihn entsetzt an. »Was für ein ... Wesen?«

Noch leiser als vorher, in geradezu verschwörerischem Ton, erklärte Archie: »Es hatte drei Arme und ... und ... und zwei Penisse.«

»O Gott!«, rief Sophie aus und schluckte.

Mae stöhnte: »Jetzt ist's aber gut mit deinen Horrorgeschichten, Archie! Du verdirbst uns allen den Appetit!«

»Ach«, er lächelte und winkte ab, »die Jugend von heute ist doch abgebrüht, oder?« Archie begann wieder zu essen. »Rätsel«, wechselte er das Thema, »was war das Schlechte an Hitler?«

Catherine stöhnte auf. Normalerweise wurden doch nur Deutsche mit solchen Fragen gequält. Sophie warf ihr einen Hilfe suchenden Blick zu. Der Abend drohte zu entgleisen.

»Na?« Archie sah von Sophie zu Catherine, die beide den Kopf schüttelten. Er lachte. »Ganz einfach: Das Schlechte war, dass er seinen Job nicht zu Ende bringen konnte!« Wieder lachte er schallend.

»Archie, bitte!«, sagte Mae gequält.

»Ach, Mae!«, rief Archie gut gelaunt. »Die gute, alte Mae! Immer sorgt sie sich um mich!« Er schüttelte den Kopf.

Catherine warf Sophie einen genervten Blick zu. Schweigend löffelten sie ihre Suppe weiter. Morgen fahren wir wieder, wiederholte Catherine im Stillen. Wir müssen nur diese eine Nacht überstehen, diese einzige Nacht.

»Mae, mein Zuckerpüppchen«, redete Archie weiter und spitzte die Lippen, als wollte er ihr gleich einen dicken Kuss auf die Wange drücken, »Mae, mein süßes, verdammtes Zuckerpüppchen!«

»Archie ...« Maes Stimme versagte. Nervös zuckten ihre Mundwinkel. »Bitte ...«

Doch Archie lachte nur noch lauter. »Du alte Brillenschlange!« Wieder Lachen. »Setz doch mal diese verdammte Brille ab! Wozu brauchst du sie überhaupt?«

»Archie, lass das, bitte.«

»Setz sie ab, komm schon!« Er lachte grob.

Mae war wie erstarrt. »Archie«, flehte sie, »bitte nicht vor unseren Gästen.«

Sein Lachen erstarb, sein Blick wurde starr. Jede Bewegung am Tisch gefror. Catherine schluckte und sah Hilfe suchend zu Sophie hinüber, doch auch sie wagte nicht, etwas zu erwidern. Da schnitt seine Stimme durch das beklommene Schweigen:

»Ich hab gesagt, du sollst diese verdammte Brille abnehmen.« Sein Blick durchbohrte seine Frau. Doch Mae rührte sich noch immer nicht. »Was hab ich gesagt?« Er flüsterte plötzlich, und Catherine lief ein Schauer über den ganzen Körper.

Die Spannung wurde unerträglich. Catherine spürte ihre Halsschlagader pumpen. Doch sie brachte kein Wort heraus.

»Und?« Lauernd und drohend hatte Archie dieses Wort geflüstert.

»Du hast gesagt, dass ich die Brille absetzen soll«, wisperte Mae verängstigt.

Archies Kopf lief knallrot an. »Und?«

Wieder geschah nichts. Gleich, dachte Catherine, gleich würde er losbrüllen, sich auf Mae stürzen oder sonst etwas Abscheuliches tun ...

Da nahm Mae endlich die Brille ab. Catherine atmete auf. Sophie schluckte.

Archie lachte. »Na, war das nun so schwer?«

Hastig stand Mae auf und trug ihren Teller in die Küche.

»Wir sollten jetzt zu Bett gehen«, wagte nun Catherine zu sagen und erhob sich. Sie fühlte sich plötzlich schrecklich müde.

Sophie stand auch auf, murmelte: »Ja, also dann, gute Nacht.« Sie folgte Catherine hinaus.

»Träumen Sie süß!«, rief ihnen Archie gut gelaunt hinterher.

Als sie endlich die Tür in ihrem rosafarbenen Zimmer geschlossen hatten, sank Sophie aufs Bett und stöhnte.

»Archie ist ein Widerling.« Catherine zog sich aus, legte die Brille ab. Wie müde sie war! Das Zähneputzen ließ sie heute ausfallen, was sie sonst niemals tat. Doch ihre Glieder waren bleischwer, ihre Gedanken zäh, vor ihren Augen verschwamm alles. »Wie er seine Frau gedemütigt hat! Und wie er dir in den Ausschnitt geglotzt hat!«

Sophie zuckte die Schultern und gähnte. »Vielleicht wird man so, wenn man in der Einöde lebt. Dieser Rum hat mich umgehauen.«

»Mich auch.« Catherine schlüpfte mit Unterhose und T-Shirt unter das Bettlaken. Sie wollte nur noch schlafen, tief und traumlos schlafen.

»Wo ist mein Handy?«, fragte Sophie auf einmal. Catherine hob mühsam die Augenlider. »Mein Gott, bin ich müde!«, stöhnte Sophie. »Und wo ist meine Tasche? Ich weiß nicht mal, ob ich sie mit ins Haus genommen habe.«

Catherine sah durch die halb geschlossenen Lider, wie Sophie sich bückte und unters Bett schaute.

»Hallo?« Es war Maes Stimme, und schon hatte sie auch die Tür geöffnet. Sie hielt Sophies Reisetasche in der Hand. Ihre Augen waren gerötet. »Lag noch im Wagen.« Sophie nahm die Tasche entgegen. »Also, schlafen Sie gut.« Mae schloss die Tür. Ihre Schritte entfernten sich.

»Mae kann einem ein bisschen Leid tun«, murmelte Sophie und wühlte in der Tasche nach ihrem Handy.

»Sie könnte ihn ja verlassen.« Catherine gähnte.

»Vielleicht hat sie ja Angst davor. Verdammt«, schimpfte Sophie und tippte auf ihrem Handy herum, »kein Empfang!«

Im Halbschlaf nahm Catherine noch wahr, dass Sophie den Hörer des Telefons vom Nachttisch abnahm. »Catherine!« Sophies Gesicht war über ihr.

Mühsam hielt Catherine die Augen auf. »Was ist?«

»Das Telefon!«, zischte Sophie, als würden sie belauscht. »Die Leitung ist tot!«

Catherine fühlte sich zu erschöpft, um sich aufzuregen. Müde erwiderte sie: »Der Apparat ist doch auch schon uralt.« Sie schaltete das Licht aus. Nun war es stockdunkel im Zimmer. Kein Licht drang durch die schweren Vorhänge herein. Der Ventilator über ihnen klackte bei jeder Umdrehung.

»Ich bin so wahnsinnig müde. Mir ist schon ganz schwindlig«, flüsterte Sophie. »Catherine? Glaubst du diese Geschichte von dem Baby mit den drei Armen und ...?«

»Nein«, antwortete Catherine so bestimmt, wie sie es in ihrem Zustand noch vermochte.

»Dann hat er uns eine Lügengeschichte aufgetischt?«

»Ja.«

Catherine bekam nicht mehr mit, ob Sophie noch etwas sagte.

21

Gleich am Mittwochmorgen berichteten die Kollegen aus Brisbane, Sidney Emmerson sei zwar bei der Durchsuchung seiner Wohnung nervös gewesen, aber man habe nichts wirklich Verdächtiges bei ihm finden können. Sidney habe noch einmal beteuert, dass sich Ed an jenem Samstag mit ihm, Sidney, und Harry bis in die frühen Morgenstunden in Evelyn Franklins Kneipe aufgehalten habe.

Shane setzte sich auf die Kante seines Schreibtischs und stellte die Füße auf den Stuhl. »Sidney hat behauptet, Ed sei um halb fünf am frühen Abend in Brisbane gewesen. Das heißt, er muss spätestens um halb eins in Chinchilla losgefahren sein. Und zu diesem Zeitpunkt hat Romaine noch gelebt.«

»Da war sie ja noch bei Barry«, ergänzte Tamara und schraubte eine Gemüsesaftflasche zu. »Es sieht ganz so aus, als hätten wir gegen Ed nichts mehr in der Hand.« Sie sah ihn aus müden Augen an. Er hatte von ihr geträumt – wie sie eine unbefahrene breite Straßenbrücke betrat. Sie hatte gerade die Hälfte der Brücke hinter sich gelassen, als sich ein Sturm erhob. Die Fahrbahn begann zu schwingen, erst in leichten, dann in immer höheren Wellen. Tamara hielt sich am Geländer fest, um nicht über die Brüstung geschleudert zu werden, doch die Schwingungen nahmen weiter zu, der Sturm brauste – und er, Shane, stand in einer Autoschlange vor der Brücke, zur Untätigkeit verdammt – während Tamara den Halt verlor und ...

»Shane?« Er schreckte auf. »Soll ich gehen, oder gehst du?«

»Ich gehe schon«, beeilte er sich zu erwidern, stand auf, nahm die Schlüssel und ging durch den Hof zu den Zellen. Außer von Tamara hatte er von den Eltern in Caboolture geträumt, von seinem Versprechen, das er nicht hatte einlösen können.

Ed blickte ihm verängstigt entgegen, als er die Tür öffnete.

»Sie können gehen, Ed. Sie werden eine Geldstrafe wegen unerlaubten Waffenbesitzes bekommen.«

»War 'ne verdammte Nacht«, murmelte Ed und rieb sich den Nacken. Er folgte Shane und nahm von Fiona die Sachen in Empfang, die man ihm am Vortag abgenommen hatte. Er hatte es wirklich eilig wegzukommen. Als Shane ins Büro zurückkam, warf Tamara ihm die Lokalzeitung auf den Schreibtisch.

»Seite vier.«

Auf einem Schwarz-Weiß-Foto, das sich über ein Viertel der Seite erstreckte, lächelte ihm kein anderer als Barry Walters entgegen, der ein Pferd an einem Strick hielt. Darunter stand:

Moonlight Oak. Vielleicht ein würdiger Nachfolger für Ashwood, der leider verunglückte. Ashwood stammte von dem berühmten Doc's Freckles Oak ab.

»Was schätzt du, was das Pferd gekostet hat?«, meinte Tamara mit einem ironischen Unterton, »doch nicht zufällig zwanzigtausend Dollar, oder?«

Shane fragte sich, warum ihnen Barry nichts davon erzählt hatte. Glaubte er im Ernst, so etwas geheim halten zu können?

Tamara sprach seine Gedanken aus: »Er kapiert immer noch nicht, wie ernst wir es meinen.«

»Wenn Romaine tatsächlich das Geld für Barrys Pferd aus dem Safe genommen und es ihm gegeben hat, dann ...«, er stockte, »... dann könnte sie von jemandem ermordet worden sein, der ihre Handlung abgrundtief missbilligte.«

»George, zum Beispiel, weil *er* das Geld wollte.«

»George, ja, oder ...«

»... oder Alan Hall, willst du sagen?«

Er nickte. »Oder Alan Hall.«

Tamara holte Luft. »Warum glaubst du ihm nicht, dass er Romaine aus Liebe gedeckt hat?«

Er spürte zu spät, dass sein Lächeln etwas Mitleidiges und Überhebliches hatte. »Tamara, ich glaube zunächst einmal niemandem.« Sie bewegten sich bereits wieder auf dünnem Eis.

Ihre Augen wurden schmal, ließen ihn nicht mehr los. Er spürte, wie sie ihren Ärger herunterschluckte und nur noch Resignation übrig blieb: »Ich weiß«, stöhnte sie.

»Nur die Fakten zählen.«

»Exakt.« Er lächelte und verachtete sich selbst dafür.

»Du magst ihn aus persönlichen Gründen nicht!« Mit zusammengepressten Lippen schaute sie ihn an.

»Tamara ...«, versuchte er, sie zu bremsen, »ich will lediglich, dass du Alan Hall nicht anders behandelst als andere Verdächtige auch!«

Seinen Worten folgte eine unangenehme Stille, bis Tamara aufstand und in schneidendem Ton entgegnete: »Genau das, Shane, verlange ich auch von dir.« Dann nahm sie ihre Tasche, trat aus dem Zimmer und warf die Tür hinter sich zu. Wütend gab er ihrem Schreibtischstuhl einen Tritt, dass er gegen den Aktenschrank prallte und eine Armlehne abbrach. Was war nur mit Tamara los?

22

Durch den Spalt zwischen den schweren altrosafarbenen Vorhängen fiel ein schmaler Streifen Sonnenlicht direkt auf Catherines rechtes Augenlid und weckte sie. Sie hatte das Gefühl, überhaupt nicht geschlafen zu haben, so intensiv hatte sie geträumt. Doch in dem Moment, in dem sie die Augen aufschlug, konnte sie sich schon an nichts mehr erinnern. Als sie sich aufsetzte, durchfuhr ein stechender Schmerz ihren Kopf. Ihr Gesicht verzerrte sich. Sophie neben ihr schlief noch. Das Haar klebte ihr auf dem Gesicht, das fleckig aussah.

Catherine setzte langsam die Füße auf den Boden. Wie spät mochte es sein? Es war heiß, der Ventilator lief nicht mehr. Sie stand auf, schob die Vorhänge zur Seite. Der Himmel war strahlend blau; vor ihrem Zimmer stand ein rot blühender Oleander. Vögel krächzten. Wind rauschte in den Blättern. Ein wenig entfernt hörte sie jemanden eine Melodie pfeifen. Das musste Archie beim Reparieren ihres Wagens sein. Ihr war übel, und ihre Kopfschmerzen waren grauenvoll.

»Jesus!« Sophie war ebenfalls aufgewacht. »Ich fühl mich wie gerädert!« Mit einem Ruck setzte sie sich auf. »Das Telefon! Ich wollte doch telefonieren, und dieses Telefon funktionierte nicht.«

»Es sieht doch auch verdammt alt aus. Steht wahrscheinlich nur als Verzierung rum«, wandte Catherine ein.

Sophie brummte etwas Unverständliches und mühte sich aus dem Bett. »Au!«, rief sie plötzlich. »Catherine! Sieh doch!« Sophie streckte ihr die Handgelenke entgegen. Rötliche Querstreifen brannten darauf.

»Du hast die Gelenke irgendwo aufgeschürft«, sagte Catherine mürrisch, »tu ein bisschen Handcreme drauf.«

»Aber wo soll ich mich aufgeschürft haben?«, jammerte Sophie und rieb sich die roten Stellen. »Außerdem fühl ich mich, als hätte ich die Nacht durchgesoffen.« Sie stöhnte.

»Ich mich allerdings auch.« Catherine hielt sich den Kopf. »Das muss dieser Rum gewesen sein. Den vertrag ich nicht.«

»Mir ist schwindlig!« Sophie ließ sich wieder ins Kissen sinken. »Ich glaub, ich hab Temperatur.« Schlaff legte sie sich den Arm auf die Stirn. »Ich bin krank«, jammerte sie. »Ich darf gar nicht ans Autofahren denken. Mir ist so übel.«

Es klopfte an der Tür. »Guten Morgen!«, schrillte Maes' Stimme.

Catherine öffnete die Tür und blickte in funkelnde Brillengläser.

»Oh!«, rief Mae nach einem Blick auf Sophie. »Sie sehen aber gar nicht gut aus!« Erschrocken fügte sie hinzu: »Gehts Ihnen schlecht?« Sie fasste sich an den Hals, wie einige Frauen es tun, um nach ihrer Perlenkette zu tasten. Aber Mae trug keine Perlenkette, sondern nur eine verwaschene gestreifte Bluse mit Puffärmeln über einem rosafarbenen Hosenrock, unter dem ihre stämmigen blau geäderten Beine sichtbar wurden. Sie trat einen Schritt ins Zimmer. »Mich hat es letzte Woche erwischt. Hat drei Tage gedauert, dann wars wie weggeblasen, und ich war wieder fit wie ein Turnschuh.« Sie sah Sophie bedauernd an. »Mein Gott, das ist mir schrecklich peinlich! Dass Sie ausgerechnet hier bei uns krank werden. Vielleicht hab ich Sie ja angesteckt. Kommen Sie, Kindchen, Sie müssen etwas frühstücken.«

»Ich will nichts«, hauchte Sophie mit Leidensmiene.

»Doch, doch, Sie müssen. Damit Sie bei Kräften bleiben. Sie haben doch noch eine weite Reise vor sich.« Mae drehte sich um. »Wenn Sie erst eine Dusche nehmen wollen? Vielleicht fühlen Sie sich dann besser. Sie wissen ja, wo das Badezimmer ist.« Rasch entfernten sich ihre harten, kurzen Schritte.

»Vielleicht hat sie Recht.« Sophie schob ächzend ihre Beine aus dem Bett. »Wartest du noch hier, bis ich geduscht habe?« Sie machte einen angewiderten Gesichtsausdruck. »Ich fühl mich so schmutzig und verklebt. Bleib noch in der Nähe, ja?«

Catherine nickte und zog sich an. Sophie brauchte sie als Beschützerin. Catherine dachte daran, wie sie im Café Sophie einfach hatte allein lassen und mit dem Bus zurück nach Brisbane hatte fahren wollen. Wie hatte sie nur auf so einen verwerflichen Gedanken kommen können? Als sie die Jeans von der Stuhllehne nahm, fiel ihr kurz oberhalb der Lehne in der Blümchentapete eine ausgefranste Stelle auf. Sie trat näher heran. Ein Loch in der Wand! Sie bückte sich, um hindurchzusehen, doch sie konnte nichts erkennen. Hastig schlüpfte sie in die Jeans und ging hinaus auf den Flur. Dort, auf der anderen Seite der Wand, hing an der betreffenden Stelle ein großformatiges Ölbild. Es zeigte die Farm im Sonnenuntergang. *1923*, konnte sie in der rechten Ecke entziffern. Schnell sah sie sich um, stellte fest, dass Mae in der Küche klappernd hantierte, und hob das Bild an. Mit dem Finger streifte sie über die Tapete darunter und ertastete tatsächlich in Augenhöhe ein Loch. Als sie hindurchsah, konnte sie direkt auf das rosafarben bezogene Bett sehen. Mit einem unangenehmen Gefühl ließ sie das Bild in seine ursprüngliche Position zurückrutschen.

»Was machst du denn da?«

Sie fuhr herum. Neben ihr stand Sophie; sie war nur in

ein Handtuch gewickelt. Catherine schob das Bild erneut zur Seite und ließ die Freundin durch das Loch sehen.

»Vielleicht hat man gerade deshalb das Bild dahin gehängt, weil das Loch in der Wand gestört hat.« Sie sah Catherine an. »Oder?«

Sie hörten Maes harte, kurze Schritte und beeilten sich, ins Zimmer zu kommen.

»Das Frühstück ist fertig!« Mae stand wenig später in der Tür und lächelte. Catherine erschauerte.

»Catherine?«, rief Sophie. »Kommst du?«

Sie folgten Mae ins Wohnzimmer, in dem sie am Vorabend gegessen hatten. Wie still und düster es hier ist!, dachte Catherine. Die Armee der Möbel belauerte sie stumm.

»Sie trinken doch Kaffee? Oder lieber Tee? Brot? Eier?«, fragte Mae.

»Nein, nein, nur keine Umstände, wir trinken rasch eine Tasse und ...«, wehrte Catherine hastig ab.

»Aber es macht mir keine Umstände. Also: Eier, Speck?«

Sophie blickte Catherine fragend an.

»Wirklich nicht nötig, wir ...«, versuchte Catherine es erneut.

Mae lachte auf. »Ach, Sie brauchen sich gar nicht zu beeilen – Sie *können* ja noch gar nicht losfahren.«

Catherine fuhr hoch. »Und warum nicht?«

»Archie ist heute schon ganz früh in die Stadt gefahren. Er braucht ein Ersatzteil für die Reparatur«, erklärte Mae.

»Kann er es denn heute noch einbauen?«, wollte Sophie besorgt wissen.

Catherine stutzte. Sie war der festen Überzeugung, dass Archie derjenige gewesen war, der am Morgen gepfiffen hatte.

»Aber ja!« Mae goss aus einer großen silbernen Kanne

Kaffee in hässliche bedruckte Becher. »Seien Sie unbesorgt.«

»Ach, Mae?«, begann Sophie unsicher. »Ob ich wohl mal telefonieren könnte? Mein Handy funktioniert nicht, und das Telefon im Zimmer ...«

Mae lächelte milde. »Das ist doch gar kein richtiges Telefon!«

»Ach so!«, sagte Sophie erleichtert.

»Es ist ein Haustelefon«, erklärte Mae ernst, lachte dann aber wieder. »Sicher können Sie telefonieren. Das Telefon steht im Flur.«

»Ach, noch was ...« Sophie streckte Mae die Handgelenke hin. »Ich muss sie irgendwo aufgeschürft haben, ohne es zu bemerken.«

»Sieht ganz nach einer Allergie aus«, erwiderte Mae, das gewohnte Lächeln im Gesicht, »ich bring Ihnen was. Gehen Sie inzwischen telefonieren.«

Sophie sah ihr nach, wie sie das Zimmer verließ. »Ich weiß überhaupt nicht mehr, was ich von ihr halten soll«, flüsterte sie.

»Verschroben. Ganz einfach«, gab Catherine trocken zurück. »So wird man wohl hier draußen, noch dazu, wenn man mit einem Mann wie Archie verheiratet ist.«

Sophie seufzte, als sie an Catherine vorbeiging. »Ich sag Toby, dass wir heute auf keinen Fall mehr ankommen, wahrscheinlich erst übermorgen.«

Catherine setzte sich an den langen Tisch und trank Kaffee. Mae hatte es besonders gut gemeint und reichlich Kaffeepulver verwendet. Der Kaffee schmeckte zu bitter. Entgegen ihrer Gewohnheit warf sie drei statt zwei Zuckerwürfel hinein. Sie hatte weder Appetit noch Hunger – das kam äußerst selten vor. Wie müde sie war! Sie ließ ihren Blick im

Zimmer umherschweifen. Gestern Abend hatte sie auf der gegenüberliegenden Seite des Tisches gesessen und immer wieder auf zwei blasse Aquarelle geschaut, die laienhaft gemalt wirkten und eine hügelige, abstrakte Landschaft zeigten. Jetzt aber blickte sie auf drei nebeneinander hängende Pferdeporträts, offensichtlich ebenfalls von einem dilettantischen Hobbymaler geschaffen. Unter den Bildern auf der dunkelbraunen, schweren Kommode mit gedrechselten Füßen und goldenen Beschlägen stand eine alte goldene Uhr im Stil Louis XV, soweit Catherine das mit ihren kunstgeschichtlichen Kenntnissen aus der Schulzeit beurteilen konnte. Ob es alles Erbstücke waren? Sie wurde das Gefühl nicht los, dass das Haus mit seiner Einrichtung ganz und gar nicht zu Archie und Mae passte ...

»Alles okay«, rief Sophie beim Hereinkommen, »ich hatte die Putzfrau am Apparat, aber sie hat mir versprochen, Toby von unserer Verspätung zu erzählen.« Erleichtert nahm Sophie am Tisch Platz. »Uuh, ist der bitter!« Sie verzog den Mund und stellte die Kaffeetasse ab.

»Alles in Ordnung?« Mae war hereingekommen. »Haben Sie jemanden erreicht?«

»Ja, alles okay.« Sophie lächelte.

Mae reichte Sophie eine Tube. »Reiben Sie's dünn drauf.«

»Danke, also ich weiß wirklich nicht, wovon ...«

Mae zuckte die Schultern. »Vielleicht vom Tragen?«

»Ich habe nichts getragen.« Sophie schraubte die Tube auf.

»Na ja, manchmal bekommt man auch einfach eine Allergie, kenn ich. Aber seien Sie unbesorgt, die Salbe ist ein Wundermittel«, meinte Mae aufmunternd und sah zu, wie Sophie die Salbe auftrug.

»Sagen Sie, Mae«, begann Catherine, »wie lange dauert es, bis Archie zurückkommt?«

»Oh, er muss noch ein paar andere Dinge besorgen, aber

am Nachmittag ist er sicher wieder da«, antwortete sie freundlich und nahm von Sophie die Tube entgegen.

Am Nachmittag! Catherine hatte gehofft, dann schon Hunderte von Kilometern entfernt zu sein. Am Nachmittag – bis dahin waren es noch mindestens vier oder fünf Stunden! Entmutigt trank sie den bitter-süßen Kaffee, und plötzlich, trotz ihrer Müdigkeit, verspürte sie den Drang, dem düsteren und stickigen Haus zu entfliehen. Sie sehnte sich nach frischer Luft, Wärme und Licht. Entschieden stellte sie den Kaffeebecher auf den Tisch.

»Ich vertrete mir draußen ein bisschen die Beine«, wandte sie sich an Sophie, »kommst du mit?«

»Gehen Sie nur«, beeilte sich Mae zu sagen. »Passen Sie aber auf die Giftschlangen auf. Gestern hat Archie eine King Brown erschlagen. Und Sie wissen ja, die kommen immer zu zweit.«

»Ich hab schreckliche Angst vor Schlangen!«, erwiderte Sophie. Doch Catherine zog sie mit sich ins Freie.

Helligkeit und Hitze trafen sie mit voller Wucht. Ihre Augen, nur an das Dämmerlicht im Haus gewöhnt, schmerzten. Ihre Sonnenbrillen lagen im Gästezimmer, fiel Catherine ein. Aber auf gar keinen Fall wollte sie jetzt dorthin zurückkehren, um sie zu holen. Mit zusammengekniffenen Augen ging sie vor Sophie her, die Stufen hinunter, den Weg zum Gartentor entlang, das sie gestern Nacht gar nicht wahrgenommen hatte. Ein Gartentor – dort, wo niemand vorbeikam?

Vor der Garage, einer niedrigen Baracke aus braun gestrichenem Holz, parkte ihr Auto. Weiter hinten befand sich ein Nebengebäude, in dem Farmarbeiter untergebracht werden konnten. Daneben, zwischen Rosenbüschen und rosa blühenden Oleandersträuchern, war ein Wohnwagen abgestellt. Hinter Büschen und einer Palme leuchtete das helle Rot eines Tennisplatzes. Das Netz schleifte über den Boden, zerfetzt von Regen und Wind.

»Kann mir gar nicht vorstellen, dass Mae und Archie Tennis spielen«, bemerkte Sophie, ihre Hand wie ein Sonnendach über den Augen.

»Vielleicht haben Mae und Archie ja Kinder. Danach haben wir sie noch gar nicht gefragt«, entgegnete Catherine. Eigentlich war es ihr jedoch egal, wer auf diesem Platz spielte oder nicht spielte. Sobald Archie das Ersatzteil eingebaut hatte, würden sie abfahren. Es konnte sich nur noch um wenige Stunden handeln. Die Müdigkeit hing an ihr wie ein Mantel aus Blei. Jeder Schritt fiel ihr schwer, und jeder Atemzug in der grellen Hitze bedeutete Mühe. Ihre Füße waren angeschwollen, und auf ihrer Stirn klebte kalter Schweiß. Dennoch fühlte sie sich hier draußen wohler als im Haus. Die Luft schwirrte von den schrillen Stimmen der Insekten.

Trotz der glühenden Hitze schafften sie es über den ausgefahrenen Weg bis zum Holzgatter, durch das sie am Vorabend gefahren waren.

Sophie stöhnte und wischte sich mit dem Handrücken den Schweiß von der kalkweißen Stirn. Fiebrig rot glühten ihre Wangen, ihr Haar glich jetzt einem nassen, in einzelne Stränge aufgelösten Hanfseil. »Ich bin krank.« Mit einer kraftlosen Handbewegung verscheuchte sie die Fliegen, die sie beide unablässig befielen. »Ich hasse den Busch. Ich will heim.«

Catherine schnaufte schwer, blieb stehen. »Ich will auch zurück nach Brisbane.«

Sophie nickte. »Ja, sobald Archie unser Auto repariert hat, fahren wir zurück.«

In seltener Eintracht machten sie kehrt und gingen über das versengte braune Gras in Richtung des Hauses zurück. Catherine zog Sophie nach links, wo ein breiterer Pfad begann, der in den Schatten alter, hoher Bäume führte. Das

Verlangen nach Kühle und Schutz vor der Sonne ließ sie schneller gehen und unter dem dunkelgrünen Blätterdach Zuflucht suchen. Plötzlich, gerade im Schatten angekommen, blieben sie gleichzeitig stehen. Vor ihnen öffnete sich der Blick auf einen mit Seerosen bewachsenen See – einen Billabong, den Nebenarm eines Flusses –, der sich hier verbreiterte und durch einen aufgeschütteten Damm gestaut wurde. Catherine ließ ihren Blick über das dunkle Wasser schweifen, auf dem langstielige weiße und lila Seerosenblüten schwammen und hochbeinige filigrane Vögel über die moosgrünen Blätter der Seerosen wie von Insel zu Insel staksten.

»Schwarze Schwäne!«, flüsterte Sophie, »wie im Märchen ...«

»Ja, das sind alles verzauberte Seelen!«, gab Catherine zurück. Stumm glitten die Schwäne dahin, und wenn sich zwei trafen, schwammen sie in stiller Übereinkunft gemeinsam ein Stück weiter, oder sie wichen einander aus, unbeirrt und gleichgültig, ohne ihre Geschwindigkeit zu verändern. Für Minuten standen Catherine und Sophie schweigend unter den im heißen Wind rauschenden hellgrünen Blättern knorriger Eukalyptusbäume. Catherines Übelkeit ließ nach, auch Sophie sah nicht mehr ganz so blass aus. Vor ihnen wogte eine hohe Wiese Schilf, lispelte rau, wenn ein Windstoß darüber mähte. Gerade hatte der Wind einen Scheitel geblasen, als Catherine genau dort auf etwas aufmerksam wurde. Neugierig bückte sie sich und zog mit spitzen Fingern einen schlammverschmierten Pumps heraus. Sophie verzog das Gesicht, als wäre es ein toter Fisch.

Catherine fröstelte plötzlich. Sie fühlte sich von den schwarzen Schwänen, dem dunklen, lauernden Wasser und den alten Bäumen bedroht, die mit Hunderten knotiger Finger nach ihnen grabschten. Ein Vogel schrie, flog auf, ein Windstoß fuhr zischend durch die Blätter.

Ein lauter Knall zerriss die friedliche Stille. Vögel schrien panisch, Schwäne klatschten hektisch mit ihren Flügeln aufs Wasser. Reflexartig krallte Sophie ihre Finger in Catherines Arm, die sich duckte. Noch ein Knall. Die Schwäne flogen davon. Vögel flüchteten aus den Kronen der Bäume. Die langbeinigen Wasservögel waren von den Seerosenblättern verschwunden.

»Da hat jemand geschossen«, wisperte Sophie und drängte sich an Catherine. Durch die schmalen Halme des Schilfs erkannte sie nur fünf oder sechs Meter vor ihnen eine Gestalt. Archie. Und er hielt ein Gewehr in der Hand. Auch Sophie hatte ihn entdeckt und krallte ihre Fingernägel noch tiefer in Catherines Arm, die einen Aufschrei unterdrückte. Archie machte einen Schritt auf das Schilf zu, neigte den Kopf zur Seite und fixierte die Stelle, an der sie sich verbargen.

»Hi!«, ertönte seine Stimme.

»Catherine!«, flüsterte Sophie. »Was machen wir jetzt?«

Blitzschnell überdachte Catherine ihre Fluchtmöglichkeiten. Ein Sprung in den See? Weglaufen? Alles aussichtslos.

»He, was machen denn die Girls hier draußen?«, rief Archie und reckte den Hals, um sie hinter den Halmen besser erkennen zu können.

Ihnen blieb nur die Flucht nach vorn, und so richtete sich Catherine auf, am Arm eine verängstigte Sophie. »Hi, gehen Sie auf die Jagd?« Catherine bemühte sich zu lächeln.

»Jagd?«, wiederholte er grinsend, hob den linken Arm. Wie ein blutiges Stück Darm hing der schlaffe Körper einer Schlange in seiner Hand. Sophie schrie auf, Catherine zuckte zusammen. Archie holte aus, und bevor sie zurückweichen konnten, hatte er die Schlange vor ihre Füße ins Schilf geschleudert. Sophie stürzte humpelnd davon. Archie lachte.

»Macht Ihnen das Spaß?«, fuhr Catherine ihn an. Er verstummte sofort.

»Was denken Sie sich nur dabei?« Entschlossen trat Catherine nun aus dem Schutz des Schilfs. Archie hatte sein Gewehr sinken lassen und betrachtete sie. Aus dem geöffneten Kragen seines karierten Hemdes, das er schon gestern getragen hatte, kringelte sich dunkles Brusthaar. Catherine fühlte sich ausgeliefert.

»Mein Gott«, rief eine Stimme. »Archie, hast du sie erwischt!« Mae kam vom Haus herbeigerannt.

Archie wies mit seinem schlecht rasierten Kinn zum Schilf, und Maes Blick fiel auf die tote Schlange. Angeekelt wandte sie sich ab. »Sie sollten sich doch nicht so weit vom Haus entfernen«, sagte sie tadelnd zu Catherine, die sich nicht von der Stelle gerührt hatte, »ich hab Ihnen ja erzählt, dass es hier giftige Schlangen gibt!« Da blieb ihr Blick an dem Schuh in Catherines Hand hängen. »Wo haben Sie den denn gefunden?«, fragte sie lächelnd und streckte schon den Arm danach aus, »ich habe ihn im Morast verloren!« Ihr Lächeln wirkte verkrampft, ihre Finger zuckten nervös.

Catherine starrte auf den blauen Schuh. Maes Finger griffen nach ihm. Widerstandslos ließ sich Catherine den Pumps aus der Hand nehmen. »Haben Sie das Ersatzteil für den Wagen bekommen?«, beeilte sie sich zu fragen.

»Klar, muss morgen da sein.« Archie drehte sich um und marschierte zum Haus zurück. Pfeifend, mit lässig geschultertem Gewehr.

Jetzt erst begriff Catherine. »Morgen?«, schrie sie auf und wollte Archie nachstürzen und ihm ihren ganzen Widerwillen entgegenschleudern. Doch sie konnte sich nicht rühren. Die Beine gehorchten ihr nicht mehr, und so konnte sie nur noch müde wiederholen: »Morgen?«

Archie wandte sich um. »Es ist doch schön hier.« Er lachte unbeschwert, und Catherine verließ der Mut. Plötzlich wurde ihr schwindlig.

»Kommen Sie, ein Tee wird Ihnen gut tun.« Mae hakte sie unter; Catherine ließ es einfach geschehen.

23

Shane nahm sich aus dem Kühlschrank neben der Bürotür ein Bier, schaltete das Licht aus und setzte sich auf seinen Schreibtischsessel. *Sorry. Romaine* – die Nachricht war von Romaine Stavarakis geschrieben worden. Sie hatte Barry Geld angeboten. Romaine war inzwischen tot, und Barry besaß ein neues Pferd. Samantha hatte zugegeben, sich an Barry gerächt zu haben. Hatte sie sich auch an Romaine gerächt? Mike Carney, der Schafscherer, hatte an jenem Samstag mehr als vierzig Schafe weniger als sonst geschoren, er hatte für den Abend keinen Zeugen, doch welches Motiv sollte er gehabt haben? Ed hatte zwar ein Alibi, trotzdem schien er nicht die volle Wahrheit zu sagen. Der dubiose George war von niemandem gesehen worden. Und schließlich Alan Hall ... Er präsentierte sich als verständnisvoller und nachsichtiger Liebender, hatte Romaine, obwohl er von ihren Schulden wusste, sogar seinen Safeschlüssel anvertraut, hatte sie aber nicht heiraten wollen. Nichts, was sie in den letzten Tagen erfahren hatten, brachte Licht in den Fall. Und zu allem Überfluss war Tamara verärgert.

Der Alkohol, der langsam in seinen Körper sickerte, stimmte Shane allmählich zufriedener. Nur weil andere abends zu ihren Familien heimgingen, hieß das ja nicht, dass sein Lebensstil verwerflich war. Er hatte womöglich eine andere Bestimmung. Die Dunkelheit hüllte ihn ein. Ich könnte noch stundenlang so sitzen, dachte er gerade, als er zusammenfuhr. Das Licht wurde plötzlich eingeschaltet, und Shane blinzelte.

»Was machen Sie denn hier im Dunkeln?« Herbs sonst so gesunde Gesichtsfarbe war einer kränklichen Blässe gewichen. Und das lag nicht nur am grellen Neonlicht.

Was sollte er auf eine solche Frage erwidern? »Trinken Sie ein Bier mit?«, wich Shane aus.

Herb nickte, holte eine Flasche aus dem Kühlschrank und rückte sich einen Stuhl zurecht. »Ich könnte das Licht wieder ausschalten.« Er drückte auf den Lichtschalter, und es war dunkel. Durch die Lamellen des Rollos drang das schwache Licht herein, das den Platz vor den Gefängniszellen erhellte. Durch das andere Fenster, das auf die Straße hinausging, schien die Straßenlaterne ins Zimmer. Hin und wieder hörte man das Geräusch eines vorbeifahrenden Autos.

»Wie kommen Sie hier zurecht?«, fragte Herb nach dem ersten Schluck.

»Geht schon.«

»Ich meine, es ist schwer ... so allein, oder?«

Shane dachte an früher, als er noch verheiratet gewesen war, und antwortete: »Ich weiß nicht, was schwerer ist.«

Herb trank. »Haben Sie für sich die Frage beantwortet, warum Sie geheiratet haben?«

»Hab die Antwort vergessen.«

»Ich hab geheiratet, weil ich's nicht ertragen kann, allein zu sein.« Herb lachte kurz auf. »Manchmal denke ich, dass ich auch eine andere Frau hätte heiraten können.«

»Aber Becky haben Sie das nicht gesagt?«

»Sind Sie verrückt?«

Shane erwiderte nichts. War auch Kim austauschbar gewesen? Hatte er sie nur geheiratet, weil er seine Einsamkeit hatte überwinden wollen? Und Kim – warum wollte sie jetzt diesen Fritz oder Frances oder Frank heiraten?

»Wenn ich allein bin, krieg ich Depressionen«, sagte Herb.

»Warum gehen Sie nicht heim, Herb? Was machen Sie überhaupt noch um diese Zeit hier?«

Herb trank sein Bier aus. »Wissen Sie, dass ich als kleiner Junge schon zur Polizei wollte?« Er lachte auf. »Weil ich da mit einer Waffe rumlaufen kann. Verrückt, was? Ein schießwütiger Cop.«

Shane ließ ihn reden. Herb nahm ihm etwas von seiner eigenen Last ab.

»Wir waren hinter einem Kerl her, der bei einem Ehepaar eingebrochen war und sich nicht damit begnügt hatte, Fernseher, Videorekorder und Bargeld mitzunehmen, sondern die beiden abgeknallt hatte. Wir standen vor seinem Apartment, traten die Tür ein und konnten gerade noch sehen, wie der Typ durchs Fenster abhaute. Ich stürzte zurück zur Treppe, hinaus auf die Straße, und sah, wie er in ein Auto steigen wollte und in seine Jacke griff. Da hab ich meinen Spruch gerufen: ›Stehen bleiben, Polizei!‹« Herb stockte, trank, lachte kurz auf. »Der Kerl hätte gar nicht so schnell stehen bleiben können. Ich hab einfach abgedrückt. Hab nicht auf seine Beine gezielt, auch nicht auf seine Schulter. Hab ihn exakt getroffen.« Er holte Luft. »Genau ins Herz.«

Shane wusste nicht, was er erwidern sollte, und schwieg.

»Ich war der beste Schütze weit und breit«, redete Herb weiter in die Dunkelheit. »›Warum ins Herz?‹, haben sie mich bei der Anhörung gefragt. Drei Jahre hab ich in einer langweiligen Schreibstube verbracht, schließlich hab ich die Stelle hier gekriegt.«

Shane fühlte sich unwohl. Er konnte mit Lebensbeichten nicht umgehen. Doch Herb sprach weiter:

»Überfällt sie Sie auch manchmal, die Gewissheit, die Welt von Verbrechen säubern zu müssen, sie reinigen zu müssen, gnadenlos?« Wieder hörte Shane Herbs kurzes, bitteres Auflachen. »Und jetzt sitze ich hier in diesem Kaff fest.«

Obwohl er sich dagegen wehrte, bemerkte Shane, wie ein Hauch von Mitleid in ihm aufstieg.

»Tja, es ist verrückt«, seufzte Herb, »ich geh jetzt am besten. Becky wartet schließlich auf mich. Sie sollten für heute auch hier Schluss machen.«

»Auf mich wartet niemand.«

»Beschissener Job«, sagte Herb und zog die Tür auf. Aus dem Flur fiel ein schmaler Streifen Licht ins Büro.

»Herb?«

Herb blieb stehen. »Ja?«

Shane hatte ihn fragen wollen, warum er ihm das erzählt hatte und wie er es schaffte, in seinem Job trotzdem weiterzumachen. Doch plötzlich wehrte er sich gegen die aufkommende Vertrautheit. Und so sagte er nur: »Grüße an Becky.«

»Danke.« Herb trat ins Licht hinaus und schloss die Tür. Shane nahm sich ein weiteres Bier aus dem Kühlschrank und starrte in die Dunkelheit. Da war sie auf einmal wieder: die Wiederholung. Die Menschen am Spielfeldrand in Chinchilla, die ihn anstarrten, ihre Münder, die von ihm Gerechtigkeit forderten. *Finden Sie den Mistkerl! Schützen Sie uns und unsere Kinder! Er hat schon drei Kinder getötet! Wie lange wollen Sie noch dabei zusehen ...?* Das war in der Schule in Caboolture gewesen, kurz nachdem er befördert worden war, als Pam noch klein gewesen war und als sein Leben begonnen hatte, aus dem Ruder zu laufen. Er trank zu viel und stritt nur noch mit Kim, und manchmal zog er es vor, lieber in einem billigen Hotel zu übernachten als bei Frau und Tochter ... *Er hat schon drei Kinder getötet ...*

Sie waren zu spät gekommen, der Mörder tötete noch ein Kind und noch eins. Feindselig hatten die Eltern ihn angesehen, ihn beleidigt, sich beschwert, und er hatte noch mehr getrunken, Kim war ausgezogen – mit Pamela. Dann reichte sie die Scheidung ein, und er nahm unbezahlten Urlaub, was alles noch schlimmer machte, denn ihm wurde klar, dass er alles verloren hatte ...

Gellendes Telefonklingeln riss ihn in die Gegenwart. Knapp und hart kam es aus dem Hörer:

»Wann schnappt Ihr euch endlich diesen Mike Carney?« Dann klickte es in der Leitung. Es war eine Frauenstimme gewesen.

Nachdenklich legte Shane den Hörer auf. Die Stimme hatte nicht wie Chers Stimme geklungen. Zehn Uhr abends. Normalerweise wäre er um diese Zeit doch längst in seinem Motelzimmer. Wer konnte wissen, dass er sich noch im Büro aufhielt? Im selben Augenblick sprang er schon auf und stürzte zur Tür hinaus. Gerade sah er noch die Rücklichter eines Wagens hinter der Straßenbiegung verschwinden. Fünfzig Meter weiter in der anderen Richtung vor dem News Agent Shop leuchtete eine Telefonzelle gelblich in die Nacht. Und die Telefonschnur bewegte sich noch. Wer hatte ihn angerufen?

Shane blieb eine Weile vor der Polizeistation stehen. Die Luft war angenehm kühl geworden. Seltsam, dachte er, wie schnell man sich heimisch fühlen kann, wenn man kein wirkliches Zuhause hat! Die orangefarbene Straßenbeleuchtung war ihm vertraut, das Zirpen der Zikaden, das Reiben der Blätter im Wind, entfernte Geräusche von Fernsehern. Hundegebell. Eukalyptusduft und später, wenn es kühler und feuchter werden würde, kam der beißende Geruch der Gidgea-Bäume hinzu. Die Telefonschnur in der Zelle bewegte sich nicht mehr. Er sollte Kim anrufen, er hatte es Pam versprochen. Vielleicht war es das Gespräch mit Herb, das ihn so sentimental gestimmt hatte.

Shane ging zur Telefonzelle, steckte Münzen in den Schlitz und wählte.

Nach viermaligem Klingeln nahm Kim ab. »Hallo?«

»Ich bins, Shane.«

Aufstöhnen. »Mein Gott, weißt du, wie spät es ist?«

Wie vertraut er ihm war, ihr vorwurfsvoller Ton! »Zehn?«

»Du hast mich jetzt vielleicht erschreckt! Ist was passiert?« Sie gähnte. Die Antwort interessierte sie also gar nicht. Er könnte genauso gut ja sagen.

»Nein.«

Genervtes Ausatmen.

»Wie geht es euch, dir und Pam?«

Sicher verdrehte sie die Augen. Ob ihr neuer Freund im Bett auf sie wartete oder gerade den Abwasch erledigte oder fernsah und ungeduldig auf den leeren Platz neben sich auf der Couch klopfte?

Sie stöhnte. »Was willst du, Shane?«

Die Hoffnung, dass sie sich nach seinem Befinden erkundigen würde, ließ ihn abwarten. Doch sie sagte nichts. »Ich habe gehört«, begann er, »dass du wieder heiraten willst?«

Plötzlich klang sie wach. »Was geht dich das an, Shane? Wir sind seit Jahren geschieden!«

»Mag Pamela ihn denn?«

»Wieso interessiert dich das auf einmal?«

»Kim, ich bitte dich, nimm ein bisschen Rücksicht auf Pam, ja?«

»Shane! Du hast dich aus unserem Leben zu dritt schon vor einer Ewigkeit verabschiedet! Wenn hier einer an Rücksicht gewöhnt ist, dann bin ich es! Du hast jedenfalls keine Rücksicht genommen. Weder auf mich noch auf deine Tochter! Ich leg jetzt auf.« Das tat sie. Sie wartete nicht einmal sein »Gute Nacht« ab, servierte ihm das kalte *Klick*.

Shane, komm heim, lass es uns nochmal versuchen. Wir schaffen es diesmal. War es das, was er hatte hören wollen? Er musste masochistisch oder aber hoffnungslos romantisch veranlagt sein, sonst hätte er sich den Anruf erspart. Wenn er ehrlich war, musste er sich eingestehen, dass er ein Leben mit Kim überhaupt nicht mehr erstrebenswert fand. Warum musste er sich immer wieder etwas vormachen? Der Hörer in seiner Hand war schwer geworden. Endlich hängte er ihn ein.

Vom Pub drang Musik zu ihm herüber. Doch er entschloss sich, ins Motel zu gehen. Er wollte jetzt keine Menschen mehr um sich haben. Er war sich schon selbst zu viel.

24

Über ihr kreiste der Ventilator, langsam und träge. Schnell schloss Catherine wieder die Augen, doch es war bereits zu spät. Sie konnte sich nicht mehr in den Schlaf flüchten. Sie war wach, und Erinnerungen tauchten auf – die zerfetzte Schlange, Archies Grinsen, der Schuh, Maes unangenehmer Griff, als sie sie ins Haus geführt hatte, und dort Sophie, die ihr zugeflüstert hatte:

»Ich war in der Garage. Die Motorhaube von Archies Auto war kalt. Er war gar nicht in der Stadt. Er hat das Ersatzteil nicht bestellt. Sie haben gelogen.«

Und dann hatte Catherine auf Maes Füße gesehen. Sie steckten in flachen ausgetretenen Slippern mit kantigen Absätzen und waren mindestens zwei Nummern größer als der Pumps. Wir müssen so schnell wie möglich hier abfahren, hatte Catherine noch gedacht, dann hatte sie den Tee getrunken – und plötzlich war ihr der Faden gerissen.

»Catherine!« Das war Sophies Stimme.

Catherine schlug die Augen auf. Sophie saß neben ihr auf dem Bett und atmete erleichtert auf.

»Ach, Gott sei Dank, du bist wieder wach! Es ist alles ein Missverständnis! Archie ist mit Maes Auto in die Stadt gefahren, um das Ersatzteil zu bestellen!« Sophie strich ihr über die Stirn. Ihre kühle Hand fühlte sich tröstend an.

Catherine ließ sich wieder zurück aufs Kissen sinken. »Wo ist meine Brille?«

Sophie griff zum Nachttisch und reichte sie ihr. Die klare Sicht machte Catherine wieder sicherer.

»Ich verstehe nur nicht«, sagte sie dennoch, »wieso trotzdem alles so bedrückend und grässlich ist.«

Sophie seufzte und lockerte mit einer Hand ihr Haar. Die dünnen Träger ihres Sommerkleides hatten sich verschoben und waren nun als weiße Riemen auf ihrer roten Haut abgebildet. »Ich weiß auch nicht. Vielleicht sind wir irgendwie überdreht. Ich meine, es ist ziemlich heiß und ...«

»Quatsch!«, schnitt ihr Catherine das Wort ab. »In Brisbane ist es auch heiß!«

Sophie zuckte die Schultern und stand vom Bettrand auf. »Au!«, schrie sie auf und ließ sich auf den Stuhl neben dem Bett fallen. »Ich hatte letztes Jahr einen Bänderriss. Tut manchmal noch verdammt weh!« Mit schmerzverzerrtem Gesicht rieb sie sich den Knöchel. »Die beiden sind ein bisschen eigen«, meinte sie dann, »aber eigentlich doch ganz originell.«

»Originell?« Catherine zog die Stirn in Falten. »Darf ich dich daran erinnern, dass du es warst, die wie eine Irre weggerannt ist, als Archie uns die tote Schlange vor die Füße geworfen hat? Da nennst du die beiden ›originell‹?«

»Mein Gott, Catherine, jetzt dramatisiere nicht alles!«

»Sophie!«, entfuhr es Catherine, »*du* hast doch Panik bekommen, als du die roten Striemen auf deinen Handgelenken bemerkt hast!«

»Catherine, ich will jetzt nicht mit dir streiten. Es sind wahrscheinlich unsere Nerven. Jetzt komm, Mae hat etwas zu essen zubereitet.«

»Ich will nichts essen!« Catherine zog sich das Laken bis

zum Kinn. Sie hatte tatsächlich keinen Hunger. »Ich will hier überhaupt nichts mehr zu mir nehmen! Ich will endlich weiterfahren!« Sie konnte es sich nicht verkneifen hinzuzufügen: »Zurück nach Brisbane.«

»Catherine, jetzt sei nicht kindisch!« Sophie warf energisch ihr Haar über die Schultern. »Unser Auto ist kaputt. Heute können wir unmöglich abfahren. Weder nach Blackall noch nach Brisbane! Morgen kommt das Ersatzteil, hat Archie mir versichert.«

Catherine seufzte.

»Solltest du dann nicht wenigstens nochmal auf der Farm in Blackall anrufen?«

Sophie lächelte sie an. »Hab ich schon. Alles okay, die wissen Bescheid.«

Für einen Moment fühlte sich Catherine ein wenig beruhigt. »Hab ich lange geschlafen?« Ihr Kopf fühlte sich an, als wäre er mit weicher, weißer Watte gefüllt.

»Ja.«

»Ich fühle mich beschissen!« Catherine stöhnte. Ihre Augen wurden schwer, ihr Kopf war leer, die weißen Wattebäusche schwebten davon. »Lass mich einfach weiterschlafen. Und morgen fahren wir weg«, murmelte sie noch.

Sophie schnaubte wütend. Aber es war aussichtslos – Catherine bewegte sich nicht mehr. Gleichmäßig ging ihr Atem. So hatte sie sich die Reise nicht vorgestellt. Catherine ließ sie einfach im Stich. Jetzt musste sie allein mit Mae und Archie Tee trinken und zu Abend essen. Immerhin waren sie doch Gäste. Meistens war es Catherine, die darauf drang, die Anstandsregeln einzuhalten, aber jetzt hatte sich Catherine einfach entzogen und ihr die Verantwortung übertragen. Sophie biss sich auf die Unterlippe. Wie sie es hasste, hier festzusitzen! Und alles wegen dieser verdammten Autopanne! Ihr war die Lust auf Blackall und das Wiedersehen mit Toby gründlich vergangen.

Als sie auf ihre Armbanduhr blickte, sah sie sie wieder, die roten Striemen. Ein unangenehmes Gefühl begann sich von der Bauchgegend aus auszubreiten. Schnell sprang sie auf und atmete durch. Sie würde jetzt etwas essen. Alles war in Ordnung und ganz normal, sie hatten eine banale Autopanne gehabt und warteten lediglich einen Tag auf ein Ersatzteil. Das war alles. Sie konnte telefonieren, und nicht weit von hier entfernt führte die Hauptstraße vorbei. Es gab nicht den geringsten Anlass zur Beunruhigung. Catherine war einfach eifersüchtig und spielte die Beleidigte. So war das, nicht anders. Morgen würden sie abreisen. Sollte Catherine ihre schlechte Laune doch mit sich selbst ausmachen!

Obwohl Sophie wusste, dass es keine Netzverbindung gab, nahm sie ihr Handy aus der Reisetasche und schaltete es an. Aber das ersehnte Wunder geschah nicht, und sie packte das Funktelefon wieder ein.

Es dämmerte. Durch das Fenster betrachtete Sophie die hohen Bäume, deren weiße Rinde sich abschälte. Die feinen Äste und langen Blätter bewegten sich sanft im Wind. Wie friedlich und ruhig es hier ist!, dachte sie. Sie erinnerte sich an solche Tage während ihrer Kindheit. Doch diese Ruhe konnte trügerisch sein, das wusste sie. Die Nacht würde kommen und mit ihr die Träume – damals hatte niemand ihr Rufen gehört.

Entschieden schob sie die Erinnerungen beiseite und schüttelte ihr Haar. Dieser Archie war ein dämlicher Typ. Wie seine Augen an ihrem Dekolletee hingen! Kein Wunder, bei so einer Ehefrau! Mühelos könnte sie ihn um den Finger wickeln, wenn sie nur wollte.

Morgen würden sie weiterfahren. Toby erwartete sie. Es war seltsam, doch je länger sie ihn nicht sah, desto gleichgültiger wurde er ihr. Wie ein Foto, das jeden Tag ein wenig mehr verblasste. Das irritierte sie ... Sie schlüpfte in ihre orangefarbenen Sandalen, die sie ausgezogen hatte, und biss die Zähne zusammen, als sie zur Tür humpelte. Als sie die Hand nach dem Türknauf ausstreckte, fiel ihr Blick wieder auf ihr Handgelenk. Ach ja, die roten Striemen – eine Allergie. Eine Allergie, nichts weiter. Punkt.

25

Kurz nachdem Joanna bei Max gewesen war, hatte sie die Klinik verlassen wollen. Aber einer ihrer Patienten, ein neunundzwanzigjähriger Aidspatient, hatte nach ihr rufen lassen. Zwei Stunden später hatte er seine letzten Atemzüge getan. Sie hatte bis zuletzt seine Hand gehalten.

Als seine Angehörigen eintrafen, ging sie, traurig und leer. Endlich, um neun Uhr abends, schloss sie die Haustür auf.

»He, Joanna«, rief Gary aus dem Wohnzimmer. »Ich dachte schon, du kommst überhaupt nicht mehr heim!« Er hatte eine DVD geliehen, Wein gekauft, wollte offenbar etwas gutmachen. Leider hatte er sich den falschen Zeitpunkt ausgesucht.

Joanna stand in der Tür und schüttelte die Sandalen von den Füßen. »Gary, sorry, aber ich bin völlig erledigt.«

»Du arbeitest zu viel, Liebling«, bemerkte er und lächelte. Sein Haar war noch nass von der Dusche, sein gebräuntes Gesicht wirkte entspannt. Wieso fühlte sie sich ihm so fremd? Er bemüht sich doch, ging es ihr durch den Kopf, stell dich nicht so an, tu ihm den Gefallen, vielleicht tut es dir ja auch gut! Anstatt eine Dusche zu nehmen, wonach sie sich sehnte, setzte sie sich zu ihm auf die Couch. Gary legte den Arm um sie. Doch sie spürte nur das Gewicht seines Armes.

»Du solltest einfach mal aufhören zu grübeln, zu denken ...« Er strich ihr über die Wangen, sah sie an, lächelte und flüsterte: »Liebling ...« Garys Mund näherte sich ihrem Gesicht. »Du bist einfach nur überarbeitet.« Er rückte näher, sein Arm erdrückte sie, sie glaubte zu ersticken. »Jo ...« Er begriff offenbar nicht, dass er sie quälte. »Jo ...«

»Tut mir Leid«, murmelte sie, »es geht nicht.« Abrupt stand sie auf, und sein Arm rutschte von ihrer Schulter wie ein lästiges altes Kleidungsstück, das ihr nicht mehr passte. Sie eilte zur Garderobe und schlüpfte auf dem Weg dorthin in ihre Sandalen.

»He, was heißt das?«, rief Gary ihr nach. »He, ich bin dir zu langweilig, was? Aber hast du nicht mal überlegt, dass *du* langweilig bist? Todlangweilig!«

Ohne sich auf einen Streit mit ihm einzulassen, schnappte sie ihre Mappe, nahm den Autoschlüssel und ließ die Haustür hinter sich zufallen. Hinter dem Steuer ihres Wagens atmete sie auf, startete den Motor und blickte zum beleuchteten Fenster, doch Gary stand nicht dort, um sie zurückzurufen. Sie gab Gas, und der Wagen glitt auf die leere Straße des Wohngebietes, um zwei Kreuzungen später auf die Hauptstraße einzubiegen, die hinunter in die City führte.

Es war schon lange vorbei. Sie hatten es nur nicht wahrhaben wollen.

Zwanzig Minuten später drückte ihre Schwester sie fest an sich und schob sie ins Haus, in dem sie seit zwei Jahren mit ihrem Mann Paul und den drei Kindern wohnte. Sie und Paul, ein handwerklich begabter Lehrer, hatten das heruntergekommenste Holzhaus der Straße gekauft und in den letzten Jahren von Grund auf restauriert. Jetzt stach es mit seiner ausladenden, überdachten Veranda, dem dunkelroten Anstrich und einem fantasievoll bepflanzten Vorgarten als eines der attraktivsten hervor. Wenn es sich nicht um ihre Schwester handeln würde, wäre Joanna auf Barbara neidisch gewesen, das gab sie zu. Dann würde sie ihre Schwester als fett und rechthaberisch bezeichnen, Paul als egoistisch und pedantisch, die Kinder als Schreihälse und Nervensägen, das Haus ...

»Paul ist bis Sonntag mit den Kindern in Melbourne bei seiner Mutter«, erklärte Barbara und unterbrach damit die schäbigen Gedanken, derer Joanna sich bereits schämte.

»Stör ich dich auch nicht?«

»Joanna! Diese Frage solltest du dir mir gegenüber endlich mal abgewöhnen.«

Es duftete nach ätherischen Ölen, sanfte Musikklänge durchfluteten die Räume, in denen dichte Teppiche auf dem glänzenden Parkett jedes laute Geräusch dämmten. An den Wänden hingen Bilder von befreundeten Aborigine-Künstlern. Joanna entdeckte drei Plastiken, die sie noch nicht kannte.

»Ich hab gerade Tee gemacht. Setz dich.«

Joanna ließ sich in die tiefe Ledercouch fallen. In Gegenwart ihrer Schwester wurde ihr immer besonders deutlich, wie chaotisch ihr eigenes Leben doch war. Barbara, vier Jahre älter als sie selbst, hatte sich nie gegen ihre Herkunft aufgelehnt, hatte nicht versucht, in der Menge unterzutauchen, sich unsichtbar zu machen. Barbara war immer stolz gewesen, Aborigine zu sein. Früher, wenn sie in der Schule von anderen weißen Kindern gehänselt worden war, hatte sie sich niemals verletzt gefühlt wie Joanna, sondern hatte die anderen bemitleidet, die so kleingeistig waren. Sie schloss sich verschiedenen Aborigine-Aktivisten-Gruppen an, war an der Universität, wo sie Jura studierte, politisch aktiv, arbeitete Ende der Achtzigerjahre in der National Aboriginal Conference in Canberra im Bereich Landrechte und engagierte sich für die Rechte der Aborigines, als es um die Frage britischer Nukleartests in Australien ging. Seit drei Jahren führte sie eine eigene Kanzlei in Brisbane. Barbara lebte in Einklang mit sich, und das strahlte sie aus.

Und sie, Joanna? Lebte mit einem Weißen, ignorierte ihr Erbe und fühlte sich entwurzelt!

»Wie gehts dir?«, fragte Barbara und setzte das Tablett auf den niedrigen Tisch vor der Couch.

Joanna seufzte. Barbara goss Tee in die Schalen und setzte sich neben sie. »Ich werde Gary verlassen.« Ihre Schwester saß schweigend neben ihr, und Joanna begann, sich ruhiger zu fühlen. Schließlich erzählte sie ihr von Max. »Wenn ich nur wüsste, wie er die Dinge sieht!«, endete sie.

»Willst du mir die Bilder mal zeigen?«

Joanna packte sie aus, und Barbara betrachtete sie. »Er wurde fast von einem Truck überfahren, sagtest du?«

Joanna nickte.

Barbara nahm das erste Bild in die Hand, dann das zweite mit dem roten und dem weißen Rechteck, dem braunen Oval mit den Zweien, dem Dinosaurier und den wilden Pinselstrichen.

»Und dann hat er das Wort ASH geschrieben. A-S-H.« Joanna seufzte und lehnte sich zurück. Seltsam, dachte sie, hier in dieser Umgebung, bei ihrer Schwester kamen ihr die Bilder gar nicht mehr so fremd und rätselhaft vor. »Ich habe schon öfter Kinder gehabt, die Dinosaurier gemalt haben«, fiel Joanna ein; sie spielte mit der Teetasse in ihrer Hand, »das Seltsame ist, sie haben sie nicht als erschreckende Monster empfunden, sondern haben sich von ihnen beschützt gefühlt.«

Barbara sah nachdenklich aus. »Ja, man leiht sich die

schützende, kostbare Echsenhaut. Ich träume so etwas manchmal.«

Sie tranken Tee und schwiegen, jede in ihre eigenen Erinnerungen versunken. Und trotzdem empfand Joanna die Verbindung mit ihrer Schwester. Vielleicht ist so etwas tatsächlich nur zwischen Geschwistern möglich, dachte sie und betrachtete das Bild mit der unterbrochenen Linie. »Es erinnert mich an etwas.«

»Mich auch.« Barbara stand auf.

»Er erschrak, weil eine Krankenschwester ins Zimmer kam, wollte auf den Schrank klettern ...«, redete Joanna weiter. Andere Kinder hätten sich vielleicht unters Bett geflüchtet oder gar in ihre, Joannas, Arme, aber dass ein Kind auf einen Schrank springen wollte, um sich in Sicherheit zu bringen, das hatte sie bisher noch nicht erlebt.

Wortlos legte Barbara ein Buch, das sie aus dem Regal genommen hatte, neben die Bilder des Jungen auf den Tisch. Auf dem Cover stand: *Paintings and Dreamings – Kunst der ersten Australier.* Barbara blätterte, bis Joanna die Hand zwischen die Seiten schob, und schlug das Buch an dieser Stelle auf. Eine Weile betrachteten sie die doppelseitige Abbildung. Die Ähnlichkeit mit Max' Zeichnung, die die durchbrochene Linie mit den zwei Punkten zeigte, war verblüffend. Das Bild in dem Buch hieß: *Schlangenspur im Sand.* Es fehlten zwar die beiden Punkte, und die Linie war nicht unterbrochen, dennoch hätten diese und Max' Zeichnung aus derselben Reihe von ein und demselben Künstler stammen können. Barbara fuhr mit den Fingern über den Druck, als könnte sie die Bedeutung des Bildes so tiefer erfahren.

Traditionelle Aborigine-Bilder stellten oft einen Blick auf den Boden dar. Das war noch auf die Tradition des Spurenlesens zurückzuführen, erinnerte sich Joanna. Der Boden war für die Aborigines wie ein Buch. Die Spuren auf dem Boden lesen zu können, war im Leben der Aborigines in den trockenen Wüstengebieten lebensnotwendig gewesen. Man hatte wissen müssen, wo sich das nächste Wasserloch befand, welche Tiere wohin gewandert waren, wie viele Menschen an einer Feuerstelle gelagert hatten und wohin sie unterwegs waren. Viele ursprüngliche Zeichnungen waren Sandzeichnungen gewesen. Erst später, durch die Weißen, die die Aborigine-Kunst erhalten oder aber auch nur vermarkten wollten, zeichneten die Künstler auf Leinwand. Doch selbst heute noch malten die meisten Aborigine-Künstler nicht an Staffeleien, sondern hatten die Leinwand auf dem Boden ausgebreitet. Das alles ging Joanna durch den Kopf, als sie die beiden Zeichnungen betrachtete.

»Er sieht die Dinge von oben, aus der Vogelperspektive.« Joanna wusste, dass man in der Erinnerung oft eine andere Perspektive einnimmt, um sich in sichere Entfernung zu bringen.

Barbara sah wieder auf die Bilder des Jungen. »Ein Mehrachser, deshalb die zwei hintereinander liegenden Striche. Die beiden Punkte da, das könnten seine Füße sein. Auf der Straße vor dem Truck.«

Joanna nickte langsam.

Barbara griff zum zweiten Bild von Max. »Das könnte ein Haus sein, nicht wahr?« Barbara meinte das rote Rechteck. Wieder betrachteten die Schwestern das Bild. »Das dunkle Oval hat etwas Bedrohliches«, begann Barbara plötzlich. »Was bedeutet die Zwei, die er immer wieder malt?«

»Eine Hausnummer vielleicht?«

Barbara lehnte sich zurück und dachte nach. »Ash, Ash, Ash. Was ist das? Ein Name? Eine Vorsilbe?«

Joanna nahm einen Schluck Tee. »Ich weiß es nicht.«

»Und jetzt?«, fragte die Schwester. »Was willst du unternehmen?«

»Ich hoffe, er malt noch mehr und fängt an zu reden.«

»Unternimmt denn die Polizei nichts?«

»Sie veröffentlichen ein Foto von Max. Aber bis jetzt wissen sie immer noch nicht, wie sein Nachname lautet.« Im selben Augenblick setzte sich Joanna auf. Etwas war ihr bisher entgangen. Jetzt sah sie es. Dabei war es die ganze Zeit da gewesen.

»Was ist?«, fragte Barbara irritiert.

»Da!« Joanna deutete auf die linke untere Ecke des Bildes mit dem roten Viereck. Unterhalb des Dinosauriers hatte sie etwas entdeckt, trotz der Striche, mit denen Max das Bild übermalt hatte.

Barbara schüttelte den Kopf, konnte es nicht erkennen, setzte ihre Lesebrille auf und sah noch einmal hin. »Das da?«

Joanna nickte. Sie hatte die ganze Zeit angenommen, es sei ein Fleck. Doch es war eindeutig ... ein Kreuz.

»Vielleicht hat er dort was vergraben?«, überlegte Barbara und nahm die Brille wieder ab. »Oder eine Stelle markiert?«

Eine Faust traf Joanna in den Magen.

»Was hast du?«, fragte die Schwester.

»Ich glaube, ich könnte jetzt einen Whisky vertragen.«

Barbara verschwand in der Küche.

Eine unbestimmte Ahnung hatte Joanna überfallen. Was, wenn dieses Kreuz mit seinem Trauma zu tun hatte? Wenn ... Sie verbot es sich, weitere Mutmaßungen anzustellen.

Barbara kehrte mit zwei Gläsern und einer Flasche Scotch zurück, goss ein.

»Vielleicht ist es doch nur ein Fleck«, murmelte Joanna und trank. »Vielleicht war er schon auf dem Papier, bevor ich es ihm gab.« Sie trank das Glas aus.

»Möchtest du heute hier schlafen?«, fragte Barbara.

Joanna war dankbar, als sie auf der Couch lag und die Decke über sich zog.

»Gute Nacht«, hörte sie ihre Schwester noch sagen, und schon sank sie in einen seltsamen Schlaf, einen Zustand zwischen Wachen und Träumen. *Ash,* hallte es im Dunkel, und dann sah sie Zwei, mal im Tanz und mal im Kampf ineinander verschlungen, während in brauner Erde Risse aufbrachen, die zu dunklen Schluchten wurden, in die die Zwei hinabstürzten.

26

Shane hatte vergangene Nacht die Minibar fast geleert. Und nun, am Morgen, bekam er die Quittung dafür: Seine Gliedmaßen taten, was ihnen gerade passte. Der Schwefelgeruch des Wassers unter der Dusche trug nicht gerade zu seinem Wohlbefinden bei. Nach einer Tasse Kaffee, in die er zwei Tüten Nescafé gegeben hatte, machte er sich zu Fuß auf den Weg zum Büro.

Tamara wirkte unausgeschlafen. Als er ihr von dem gestrigen anonymen Anruf erzählte, warf sie ihm einen braunen Umschlag auf den Schreibtisch. »Lag heute Morgen im Briefkasten, ohne Briefmarke, einfach eingeworfen.«

Shane vergaß augenblicklich seinen Kater. Die sechsunddreißig großformatigen Farbfotos zeigten zwei nackte junge Frauen in aufreizenden Posen. Ihren Gesichtsausdruck würde er als kindlich bezeichnen. Man könnte sie für dreizehn bis fünfzehn halten, doch ihre Körper wirkten älter. Er zog einen Zettel zischen den Aufnahmen hervor.

Diese Fotos hat Mike Carney gemacht. Nehmen Sie endlich dieses Schwein fest.

Die Buchstaben waren aus Zeitschriften ausgeschnitten. Cher steckt dahinter!, schoss es ihm durch den Kopf, und er wurde wütend.

»Unter Alkohol oder Drogen gesetzt, schätze ich«, bemerkte Tamara kühl.

Er betrachtete die Fotos erneut. Auf einem sah man eine der beiden Frauen auf dem Rücksitz eines Autos. Wie auf den übrigen Aufnahmen war der Blick der Frau benebelt, und das Lächeln hatte etwas Gezwungenes. Die Rückbank machte ihn stutzig. Sie war mit einer Schaffell-Patchwork-Decke bezogen. Genauso eine war ihm in Mike Carneys Auto aufgefallen.

»Shane«, sagte Tamara, »ich bin sicher, Carney wars!«

Nochmals betrachteten sie jedes einzelne Bild. »Seine geliebten Schafe mussten auch herhalten«, kommentierte Tamara zwei Fotos, auf denen eine der beiden Frauen in einer Herde von Schafen zu sehen war. »Schau dir dieses an!« Kopfschüttelnd schob Tamara ihm eines hin. Auf dem Bild spielte eine Frau mit einem Schaf- oder Rinderhorn.

Minutenlang starrte Shane auf das Foto.

»Deinen Namen konnte der anonyme Absender übrigens nicht schreiben. Er hat ihn vielleicht nur gehört.« Tamara schob den Umschlag über die Fotos. *Detective Conner,* stand darauf. »Und noch eine Neuigkeit ...« Tamara gab ihm einen Bogen Papier. »Kommt von der Spurensicherung.« Sie lehnte sich zurück und wippte auf ihrem Stuhl. »Ich denke, das reicht, um Carney festzunehmen.«

Die Spurensicherung schloss nicht aus, dass das Reifenprofil, das auf der Lichtung des Wäldchens sichergestellt worden war, wo auch die Filmdose und der Nylonstrumpf gefunden worden waren, von Mike Carneys Wagen stammen könnte.

Shane blickte auf. »Und?«

»Was: und?« Sie ließ sich nach vorne schnellen. »Also

erstens«, fing sie an und tippte mit dem rechten Zeigefinger auf den linken Daumen, »die Reifenspuren auf der Lichtung passen zu Mike Carneys Holden.« Sie tippte an den Zeigefinger. »Zweitens: An der Leiche wurden Schafhaare entdeckt. Mike Carney hat sicher Unmengen von Schafhaaren an seinen Kleidern und in seinem Auto.« Sie hielt inne, um Shanes Reaktion auf ihre Worte zu prüfen. Doch er verzog keine Miene. Tamara hatte sich an Carney festgebissen, und das missfiel ihm. »Drittens: diese Fotos hier. Und viertens ...«

»Ja?« Dennoch hörte er geduldig zu.

»Und viertens«, sagte sie mit einem triumphierenden Unterton, »hat Mike Carney eine Anzeige wegen sexueller Belästigung bekommen.« Sie sah auf ihre Notizen. »Vor einem halben Jahr. Und zwar hier in Chinchilla. Er hat eine Dreizehnjährige angesprochen. Als sie aus dem Schulbus ausstieg, bot er ihr zehn Dollar, wenn er ein Foto von ihr machen dürfte.« Sie warf ihm das Dossier auf den Schreibtisch. »Und es gibt auch noch ein ›Fünftens‹.«

»Ja?«

»Diese verschwundene Frau, die Herb erwähnte. Patricia Henderson. Sie könnte auch auf Carneys Rechnung gehen.«

»Wieso?«

Tamara ignorierte seine Frage, »Mike Carney ist unser Mann!«

Shane seufzte und lehnte sich zurück. »Erstens«, begann er ruhig, »die Reifenspuren konnten nicht sicher identifiziert werden. Zweitens: Schafhaare könnten auch von Autositzfellen stammen. Ich gebe zu, Carney hat in seinem Wagen eine Schaffelldecke, aber die haben wahrscheinlich Tausende andere auch. Drittens: Vermisste gibt es immer und überall. Viertens: Wir haben keinen einzigen Hinweis auf ein Zusammentreffen von Carney und dieser Patricia Henderson gefunden. Und: Romaine war achtundzwanzig.

Wenn Carney Päderast ist oder zumindest sehr junge Frauen Objekte seiner Begierde sind, wird er sich kaum Romaine ausgesucht haben – und Patricia Henderson auch nicht. Beide waren Ende zwanzig.«

Er konnte sehen, wie Tamaras Lippen sich spannten und ihre Augen sich zusammenzogen. Ein Ausbruch stand unmittelbar bevor – doch da fiel ihm etwas ein. »Wo ist Elizas Bericht?«

Widerspruchslos zog Tamara den Schnellhefter aus dem Stapel auf ihrem Schreibtisch.

Hastig blätterte er, bis er die Seite in Elizas Obduktionsbericht gefunden hatte. Er las vor:

»*Todesursache: das Eindringen eines spitzen, runden, sich verdickenden und gekrümmten Gegenstandes in das Schläfenbein. Der Durchmesser der Verletzung beträgt an der dicksten Stelle zwölf Zentimeter.*«

Noch bevor er seine Gedanken aussprechen konnte, hatte Tamara sie erraten. »Du meinst, die Tatwaffe war ein ... ein Horn?«

Er nickte und wählte Elizas Nummer im Gerichtsmedizinischen Institut des John Tonge Centers. Doch man sagte ihm, dass Dr. Eliza Lee gerade außer Haus sei. Verärgert knallte er den Hörer auf. In dem Moment kam Fiona Miller herein. »Ich hab Ihnen und Tamara 'ne Kanne frischen Kaffee mitgebracht.«

»Tut mir Leid, Fiona«, sagte Tamara, »ich hab das Kaffeetrinken eingestellt. Trinken Sie etwa auch noch morgens Orangensaft?«

Fiona wirkte irritiert, nickte aber.

»Fiona«, ging Shane dazwischen, »geben Sie mir Tamaras Tasse. Er ist köstlich, Ihr Kaffee!«

Als sie das Büro verließ, lächelte Fiona wieder.

Das Telefon klingelte, Tamara nahm ab und reichte Shane den Hörer. »Eliza«, stieß sie hervor.

Eliza bestätigte Shanes Vermutung: Die Tatwaffe könnte tatsächlich das Horn eines Tieres gewesen sein.

»Danke ... und wie geht es dir?«, konnte er nicht umhin zu fragen.

»Bestens.«

Er hätte sich die Frage sparen können. Eliza gab keine Schwächen zu, ganz besonders nicht, wenn sie bei der Arbeit war.

»Ich wusste es, Mike Carney ist unser Mann!«, rief Tamara aus. »Worauf warten wir noch, Shane?« Tamaras Augen leuchteten kampflustig. »Schnappen wir ihn uns!« Schon stand sie auf.

Er sah ihn vor sich, Mike Carney – ungebildet, nicht besonders intelligent, Einzelgänger, ein Mann mit perversen Neigungen – der ideale Verbrecher, den man der Polizei präsentieren konnte ...

»Shane?«, rief sie, schon an der Tür.

Die Prints waren alle auf demselben Fotopapier von Kodak abgezogen worden, überlegte er. Sechsunddreißig Fotos, nicht zehn oder zwanzig, nein, ein kompletter Film. Nur die Negative fehlten. Auf der Rückseite waren sie durchgehend nummeriert. Wie war der anonyme Absender an den Film gekommen?

27

Dröhnen und Rauschen in ihren Ohren. Durch die Augenlider schimmerte Helligkeit. Vogelstimmen. Knistern von Laub. Ein neuer Morgen. Ohne die Augen zu öffnen, wusste Catherine, dass sie noch immer in diesem Gästezimmer lag, dem Zimmer mit den zweierlei Tapeten, dem Haustelefon, dem Loch in der Wand. Wusste, dass irgendwo im Haus Mae lauerte und Archie herumschlich, dass draußen ihr Auto stand, mit dem sie nicht wegfahren konnten. Sie versuchte, Arme und Beine zu bewegen, doch sie schien keine Gewalt über ihre Gliedmaßen mehr zu haben. Ihr Kopf – ein schwerer, grober Klotz – war das Einzige, das sie noch spürte.

Alles ist nur ein böser Traum, sagte sie sich. Heute würden sie endlich abreisen, und bald würde alles vergessen sein. Doch warum fühlte sie sich nur so schwach? So benebelt? So als wäre sie betrunken, dabei hatte sie gar keinen Alkohol getrunken und auch keine Tabletten genommen. So plötzlich wurde man doch nicht krank. Ein seltsamer, stechender Geruch hing in der Luft – oder bildete sie sich das ein? Sie wischte die Bedenken beiseite, bevor ihre Angst zu viel Raum gewinnen konnte. Die Benzinpumpe war defekt, und sie hatte sich eine Grippe eingefangen. Oder gar das Ross-Fieber, das sollte es doch hier in der Gegend geben. Sie öffnete die Augen. Neben ihr lag Sophie. Auf ihrer Stirn stand Schweiß. Das blonde Haar klebte ihr am Kopf, die Strähnen schlängelten sich wie weiße Maden übers Kopfkissen. In diesem Moment stieß Sophie einen kurzen, spitzen Schrei aus. Catherine fuhr zusammen, ihre Hand auf Sophies Schulter.

»Lass mich!« Mit verzerrtem Gesicht schüttelte sie die Hand ab.

Catherine zuckte zurück. Die Übelkeit wurde stärker. Ihr Kopf fühlte sich an, als wäre er ein Monstrum aus Beton. Als sie ihn berührte, war sie erstaunt, wie klein er tatsächlich war. Sie musste krank sein!

Sophie kam endlich zu sich. Irritiert blickte sie sich um. »Hab ich gerade so geschrien?« Sie blinzelte in die Helligkeit. »Was geht hier vor?«, flüsterte sie. »Mir tut alles weh!«

Catherine starrte die Freundin an. Um Sophies Mund und Nase hatte sich ein roter Ausschlag ausgebreitet.

»Was ist?«, fragte Sophie ängstlich und tastete über ihr Gesicht. »Es brennt! Verdammt, ich muss wirklich gegen irgendwas allergisch sein! Mein Bauch tut weh, und ich hab das Gefühl, mein Kopf explodiert jeden Moment!« Ein Geräusch von draußen ließ sie aufhorchen. Ein Krachen, das sich mehrmals wiederholte. Metallisch und durchdringend.

»Was ist das?«, raunte Sophie.

Entschlossen stieg Catherine aus dem Bett und schleppte sich zum Fenster. Wie schwindlig ihr war! Durch die Blätter der Büsche konnte sie Archie erkennen, der sich an ihrem Auto zu schaffen machte. »Er repariert unser Auto!«

Sophie mühte sich ebenfalls aus dem Bett, hinkte zum Fenster, stützte sich auf Catherine. »Au, dieser verdammte Fuß! Du glaubst gar nicht, wie grässlich der letzte Abend war. Archies Bemerkungen und Witze wurden immer abstoßender! Du bist ja einfach im Bett geblieben und hast mich allein gelassen.«

Catherine ließ Sophies Vorwurf an sich abprallen. Übelkeit und Erschöpfung hatten sie unempfindlich gemacht. In dem Moment ließ ein Klopfen an der Tür sie herumfahren.

»Hallo!« Es war Maes Stimme.

»Die schon wieder!« Sophie stöhnte und verdrehte die Augen. »Herein!«, rief sie unnötigerweise, denn Mae stand bereits im Zimmer.

»Gute Nachrichten für Sie!« Sie trug dieselben geschmacklosen Kleider wie am Tag zuvor. »Archie baut gerade das Ersatzteil ein. Sie können gleich nach dem Frühstück losfahren! Und jetzt kommen Sie, das Frühstück ist fertig!«

Catherine atmete auf. »Machen Sie sich keine Mühe mit dem Frühstück, Mae«, sagte sie schnell und mit einem Lächeln, das sie selbst als falsch empfand, »wir haben Ihnen schon genug Umstände bereitet!« Rasch wandte sie sich an Sophie: »Nicht wahr? Wir packen gleich und ...«

»Ja«, fiel ihr Sophie hastig ins Wort, »und sind gleich weg! Machen Sie sich nur keine Mühe mehr!«

»Aber einen Tee!«, wandte Mae ein, »den Gefallen werden Sie mir doch tun.« Sie setzte eine beleidigte Miene auf.

Catherine zögerte, denn sie wollte nicht unhöflich sein; sie öffnete schon den Mund zu einem Ja, als Sophie ihr zuvorkam:

»Liebe Mae, vielen Dank. Sie müssen verstehen: Wir sind sowieso schon sehr spät dran. Wir fahren gleich los.« Dabei lächelte sie süßlich.

Maes Lächeln hingegen gefror für Sekunden. Flink huschten ihre Augen über Catherine und Sophie und wanderten dann durch den Raum. Dann kam das fröhliche Lächeln wieder, und sie entgegnete: »Wenn Sie unbedingt wollen. Das kann ich verstehen.« Sie machte kehrt. Das harte Geräusch ihrer Schuhe auf dem Parkett entfernte sich.

»Für einen Moment habe ich geglaubt, Mae vertröstet uns wieder«, meinte Catherine, während sie sich ein weites, weißes T-Shirt über den Kopf zog, das sie locker über den dunkelblauen Shorts hängen ließ. Noch immer war ihr schwindlig.

»Ich auch«, gab Sophie zu und schlüpfte in ihr Sommerkleid.

Seltsam, dass Mae offenbar immer weiß, wann wir aufwachen, ging es Catherine durch den Kopf, als sie zur Reisetasche griff. Doch darüber musste sie sich keine Gedanken mehr machen. In wenigen Minuten würden sie in ihrem Auto sitzen und über dieses merkwürdige Ehepaar nur noch den Kopf schütteln. Was man doch alles auf Reisen erlebte ...

»Weißt du«, sagte Catherine an der Tür, »ich glaube, wir sollten zurück nach Brisbane fahren.«

Sophie seufzte und nickte. »Ja, finde ich auch, und ...«,

sie hielt inne, »... und es tut mir Leid, dass wir uns so gestritten haben.«

Catherine nickte. Sophie war doch ihre Freundin. Im selben Augenblick verzog Sophie das Gesicht und presste die Hand auf ihren Bauch. Sie war kalkweiß geworden; der krebsrote Ausschlag auf Nase und Mund wirkte wie ein gefährliches Tier, das bereit zum Angriff war. An Sophies weißen Schenkeln unter dem Kleid rannen dunkelrote Blutfäden herunter. Sie krümmte sich plötzlich und ließ sich aufs Bett fallen.

»Catherine«, weinte sie, »ich habe Angst. Irgendetwas Schreckliches muss passiert sein!« Sie rang nach Luft. »Ich glaube, ich sterbe. Mir ist so schlecht«, jammerte sie.

Catherine beugte sich über sie. Überfordert, ratlos.

»Sophie«, begann sie hilflos, »wir fahren heim. Alles wird gut. Wir gehen gleich zu einem Arzt. Komm!«

Sophie warf den Kopf hin und her. »Nein, mir ist zu schlecht! Du glaubst gar nicht, wie schlecht mir ist! Noch nie im Leben war mir so schlecht!« Sie zog die blutigen Beine an und lag da wie ein Embryo.

»Doch, du schaffst das.« Catherine nahm aus der Reisetasche eine Packung Tampons.

»Wir müssen es bis zum Auto schaffen, sonst versucht Mae wieder, uns zurückzuhalten.«

Sophie atmete schwer.

»Komm«, drängte Catherine und half ihr, sich aufzurichten. Sie hatte Mitleid mit ihrer Freundin. Jetzt schämte sie sich, auf Sophie wütend gewesen zu sein.

Wenige Minuten später standen sie im düsteren Flur. Sophie bemühte sich, so tief und regelmäßig wie möglich zu atmen. Auf Catherine gestützt, versuchte sie, sich aufrecht zu halten.

»Setz dich ins Auto«, flüsterte Catherine, als Mae aus der Küche in den langen Flur trat.

»Los!«, befahl Catherine. Sophie humpelte zur Haustür, während Catherine mit ausgestreckter Hand auf Mae zuging, um diese schon in der Höhe der Küche abzufangen. »Mae, haben Sie vielen Dank!« Das falsche Lächeln tat ihr selbst im Gesicht weh. »Wir fahren jetzt.«

Mae lächelte. »Reisende soll man nicht aufhalten, nicht wahr? Ich richte Archie Grüße von Ihnen aus!«

»Ja, tun Sie das«, rang sich Catherine noch ab, dann drehte sie sich um.

»Besuchen Sie uns mal wieder!«, rief Mae ihr nach.

Vor der Werkstatt parkte ihr Auto. Catherine war erleichtert, als sie Sophie auf dem Beifahrersitz entdeckte. Sie hoffte nur, dass der Zündschlüssel steckte. Ihre Kopfschmerzen waren unerträglich, die Hitze mörderisch. Im nächsten Ort würden sie sofort zu einem Arzt und in eine Apotheke gehen. Zitternd ließ sie sich auf den Fahrersitz fallen.

»Catherine, wir müssen sofort hier weg!«, flehte Sophie mit erstickter Stimme.

»Ja, gleich haben wir's geschafft ...«, murmelte Catherine, tastete zum Schloss ... und atmete auf. Der Zündschlüssel steckte noch. Gerade wollte sie Gas geben, als Mae im Hauseingang erschien.

»Gute Fahrt!«, rief sie fröhlich winkend, »und biegen Sie an der Kreuzung rechts ab!«

Hastig winkte Catherine zurück, gab Gas, stieß zurück, wendete und fuhr über den unbefestigten Weg und geradewegs durch das offen stehende Gatter hinaus. Ihre Gliedmaßen gehorchten ihr kaum. Sie musste sich sehr stark konzentrieren, um den Wagen geradeaus zu steuern.

»Endlich!«, stöhnte Sophie. »Endlich sind wir die beiden los!« Im Rückspiegel sah sie die winkende Mae kleiner werden. Schließlich verschwanden Mae und das Haus hinter einer Wegbiegung.

Auf der Treibstoffanzeige leuchtete das gelbe Warnsignal. Seltsam, dachte Catherine, wir haben doch erst getankt.

»Ist was?«, fragte Sophie besorgt.

»Nein«, beeilte sich Catherine zu antworten, »wir haben es nicht mehr weit bis zur Hauptstraße.« Wozu sollte sie Sophie auch noch beunruhigen? Die Arme hatte Schmerzen, und wer konnte sagen, worum es sich bei dem Ausschlag in ihrem Gesicht handelte. Vielleicht verschwand er nie wieder, und Sophie war für ihr Leben entstellt ...

»Mein Gesicht brennt wie Feuer!« Sophie klappte die Sonnenblende herunter, auf deren Innenseite sich ein Spiegel befand. »Das ist ja fürchterlich! Catherine! Hast du das gesehen?«

Catherine drehte sich zu ihr um. Der Ausschlag war dunkler geworden und loderte wie eine Flamme über Mund und Nase.

»Was ist das nur?« Sophie befühlte ihr Gesicht. »Wogegen sollte ich denn allergisch sein!«

Catherine war fast dankbar dafür, dass sie sich auf die holprige Piste konzentrieren musste. Sie wollte nicht weiter darüber nachdenken, was geschehen sein könnte. Vielleicht war auch gar nichts geschehen, und alle Merkwürdigkeiten waren nur Zufälle und Unfälle.

»Mein Gott, Catherine!«, schrie Sophie verzweifelt und starrte auf ihre Handgelenke, auf denen die roten Striemen noch deutlicher sichtbar waren als am Vortag.

Catherine trat das Gaspedal tiefer. Noch konzentrierter wich sie den Schlaglöchern und verkrusteten Spurrillen aus und schwieg. Höchstens ein paar Kilometer noch, dann erreichten sie den Highway, konnten zu einem Arzt gehen oder in eine Apotheke. Alles würde sich aufklären. Am Ende würden sie über ihre Ängste lachen und einen Kaffee trinken, vielleicht auch ein Stück Kuchen essen oder ...

Plötzlich teilte sich vor ihnen die Straße. Catherine drosselte das Tempo.

»Rechts!«, rief Sophie lauter als notwendig. »Mae hat gesagt, an der Kreuzung rechts!«

Catherine bog nach rechts in den breiteren Weg ab.

»Hast du schon ein Netz?«, fragte sie Sophie, die angefangen hatte, an ihrem Handy herumzuschalten.

»Nein, aber auf der Hauptstraße hatte ich eins.«

»Wir müssten sie gleich erreichen.«

Die Piste war als Schneise durch den silbrig grau gefärbten Busch geschlagen worden. Bei Regen war sie sicher nur mit einem robusten und hochgelegten Geländewagen befahrbar. Sie konnten von Glück sagen, dass die Erde brottrocken war.

»Hier!«, rief Sophie auf einmal und klopfte auf das Display ihres Handys. »Ich hab ein Netz!« Sofort begann sie, auf die Tasten zu tippen.

Immer wieder warf Catherine Blicke in den Rückspiegel. Niemand folgte ihnen. Allmählich gelangte sie zu der Überzeugung, dass sie sich in etwas hineingesteigert hatten. Mae hatte ihnen doch ganz freundlich zum Abschied zugewinkt, ihnen den richtigen Weg gewiesen. Wenn nur ihre Übelkeit und dieses Schwindelgefühl nicht wären.

»Hi«, rief Sophie ins Telefon, »hier ist Sophie! Ja, alles okay, wir sind auf dem Weg ...« Sie stockte. »Hallo?« Sie wartete. »Hallo?« Sie wartete wieder. Nach einem letzten »Hallo« sah sie resigniert zu Catherine.

»Wir sind gleich auf dem Highway«, meinte diese beruhigend. Sophie befühlte die rote Stelle in ihrem Gesicht. »Gleich sind wir in einer Stadt, und da gibts einen Arzt«, tröstete Catherine sie, obwohl ihr ein Kloß im Hals steckte. Die Tankanzeige leuchtete. Doch es konnte nicht mehr weit zur Hauptstraße sein, höchstens ein paar Kilometer noch. Acht oder zehn ...

Die Straße machte einen Linksbogen ... und Catherine konnte gerade noch rechtzeitig bremsen. Sophie, die sich nicht angeschnallt hatte, prallte gegen das Armaturenbrett.

Quer über der Piste lag ein Baumstamm.

28

Donnerstagmorgen, halb zehn. Seit einer Viertelstunde saß Joanna neben Max am Tisch. Sie hatte versucht, mit ihm zu reden, doch er hatte nicht geantwortet. Jetzt zog sie das Bild mit dem winzigen Kreuz aus der Mappe. »Max?« Er sah sie an. »Max, ich bin neugierig. Ist da etwas vergraben?«

Irrte sie sich, oder war er eben zusammengefahren?

Seine braunen Augen schienen durch das Bild hindurchzusehen. Seltsam lebendig dagegen wirkte plötzlich Superman mit der erhobenen Faust auf dem T-Shirt des Jungen.

»Max«, begann sie vorsichtig, »du brauchst keine Angst zu haben. Wir können darüber fliegen. Es wird uns nichts passieren.« Sie hatte einen Bogen Papier an den unteren Rand des Bildes geklebt, eine Verlängerung, auf der Max das malen konnte, was sich unter dem Kreuz befand.

Sie breitete Pinsel und Farben vor ihm aus. Noch immer bewegte er sich nicht. Aber Joanna bemerkte seinen schneller gehenden Atem und ein leichtes Zucken seiner Finger. Er brauchte nur die Hand auszustrecken – nur wenige Zentimeter –, doch Joanna wusste, dass sie ihn nicht drängen durfte.

»Fliegen wir darüber«, redete sie geduldig weiter, »du und ich! Zeig mir, was dort unten liegt!«

Auf einmal sah er sie an, die Augen groß und dunkel.

War es Vertrauen, das ihr entgegenleuchtete, oder Furcht? Oder beides? Was würde er jetzt tun? Würde er malen?

Nur mühsam ihre Aufregung unterdrückend, versuchte Joanna, ihm in ihrem Blick Vertrauen und Mut zuzusprechen. Plötzlich wandte er sich zum Fenster um, reagierte nicht mehr, erhob sich schließlich und verkroch sich tief unter der Bettdecke. Enttäuscht verabschiedete sich Joanna und ging hinaus. Er hatte ihre Aufregung gespürt. Sie machte sich Vorwürfe.

Aus dem Schwesternzimmer drang Geschirrklappern, im Stationszimmer telefonierte jemand.

»Ah, Joanna, gut, dass ich Sie sehe!« Dr. Hinkler trat aus dem Stationszimmer und lächelte sie an. Der frisch gestärkte und gebügelte weiße Arztkittel umgab seinen Körper wie eine Rüstung.

Wie nackt sie sich ihm gegenüber vorkam – in ihrem hellblauen T-Shirt und der knöchellangen Hose in derselben Farbe. »Ja?« Joanna blieb stehen.

Er hörte auf zu lächeln und sagte rasch: »Wir müssen den Jungen spätestens übermorgen entlassen.«

»Entlassen?«, fuhr sie ihn an. »Wohin denn?«

»Joanna, bitte ...« Ihr Ausbruch war ihm peinlich. »Ich muss seinen Aufenthalt hier rechtfertigen, und seit Tagen haben wir keinen ...«

»... Fortschritt gemacht?«, fiel sie ihm ins Wort. Er nickte erleichtert. »Und die Bilder, die er gemalt hat, sind kein Fortschritt?« Sie sprach lauter als notwendig. »Er hat gerade angefangen, mit mir zu kommunizieren, seine Erinnerungen zuzulassen! Welchen ›Fortschritt‹ um Himmels willen haben Sie sich denn in den wenigen Tagen vorgestellt?«

Einen Moment wusste Dr. Hinkler nichts zu erwidern, bis er sich wieder seiner »Rüstung« bewusst wurde. Er straffte die Schultern. »Ich bin nicht für die Verwaltungsrichtlinien zuständig. Tut mir Leid.« Er drehte sich um und ging. Seine schweren Schritte verhallten langsam auf dem Flur. Nancy, die koreanische Krankenschwester, tauchte aus dem hinteren Teil des Stationszimmers auf und sah sie mitleidig an.

Joanna seufzte. Ihre anderen Patienten warteten.

29

Der über der Piste liegende Baumstamm mit Krone maß etwa zehn Meter und hatte einen Durchmesser von mindestens siebzig oder achtzig Zentimetern. Mit beiden Enden ragte er tief ins Dickicht hinein. Unmöglich, ihn zu umfahren. Und: Der Baum war nicht einfach umgestürzt, nein, er war mit einer Motorsäge gefällt worden.

»Meinst du, Mae hat uns absichtlich auf diesen Weg geleitet?«, flüsterte Sophie.

Catherine wusste es nicht. Sie wusste gar nichts mehr, wusste nicht, wem sie vertrauen konnte und wem nicht, was Einbildung und was Wirklichkeit war.

»Wir könnten zu Fuß weitergehen«, schlug Sophie vor.

»Du kannst doch gar nicht laufen, bis zur Stadt sind es bestimmt noch zehn Kilometer!«

»Wir müssen die andere Straße probieren«, sagte Sophie mit dünner Stimme. »Jede Straße führt irgendwohin.«

Catherine schluckte. »Wir haben nicht mehr viel Benzin.«

»Was?« Sophie zitterte am ganzen Körper.

»In einem Reservetank sind meistens zehn Liter«, meinte Catherine und stieß zurück. »Das bedeutet, wir können noch fast hundert Kilometer fahren. Und so weit ist es ganz bestimmt nicht.« Sophie nickte ein wenig beruhigt. Catherine war froh, dass sie Sophie nicht schon vorhin auf die Reserveleuchte aufmerksam gemacht hatte. Warum sollte sich die Freundin nun auch noch Gedanken darüber machen, wie lange es dauerte, bis ihnen das Benzin ausging? »Versuch, ein Netz zu bekommen!«, sagte sie, und Sophie gehorchte.

Die Piste war zu schmal zum Wenden. Catherine musste fast einen Kilometer rückwärts fahren, bis sich endlich die Straße verbreiterte und sie rangieren konnte. Bald erreichten sie wieder die Kreuzung. Sie suchte nach Schildern, Kilometerhinweisen, irgendetwas, das ihnen einen Anhaltspunkt geben konnte. Doch da war nichts. Nur die T-förmige Abzweigung: Sie hatten die Wahl zwischen drei Wegen, die zwischen Gebüsch und Bäumen verschwanden. Einer führte zurück zu dem quer liegenden Baum, einer zurück zur Farm und einer ins Ungewisse.

»Die wollen, dass wir zurückkommen«, murmelte Sophie. »Bestimmt ...«

Wütend über diese Möglichkeit, trat Catherine aufs Gaspedal. Der Wagen schlingerte und schoss auf den unbekannten Weg, der sich durch die gleiche Landschaft schnitt wie der erste Weg. Silbrige Eukalyptusbäume, niedrige, dürre Büsche und scharfblättriges Gras. Erleichtert stellten sie fest, dass er nicht auch zur Farm zurückführte. Sicher würde er auch früher oder später auf eine Straße münden. Wohin denn sonst?

Catherine versuchte, den Schlaglöchern und Steinen, so gut es ging, auszuweichen. Sie hatte es sich verboten, auf die Benzinleuchte zu sehen. Nach etwa zehn Minuten Fahrzeit öffnete sich das Dickicht, und sie kamen auf eine weite Ebene, auf der dürres Gras wuchs und knochige Rinder unter den wenigen Bäumen Schatten suchten. Die Sonne brannte erbarmungslos von einem wolkenlosen blauen Himmel. Wenn wir die Fenster herunterkurbeln, wird uns die Hitze ersticken, dachte Catherine und drehte die Aircondition höher. Die Spurrillen verschwanden jetzt, der

Weg schien kaum noch befahren zu werden. Nach weiteren dreihundert Metern hörte er einfach auf, ergoss sich in die grenzenlose Weite der Ebene, wie ein Fluss in den Ozean. Catherine hielt an.

»Und jetzt?« Sophie hatte sich angewöhnt zu flüstern.

Catherine zwang sich, ruhig zu bleiben, und stieg aus. Sie standen inmitten einer Weide, die endlos zu sein schien. Nirgendwo konnte man einen Hinweis darauf entdecken, wo sich der Weg fortsetzte. Er konnte doch nicht einfach so im Nichts enden? Fuhr man denn nur bis zu diesem Punkt, drehte und kehrte um? Führte nicht jeder Weg irgendwohin? Rasch versuchte Catherine, die Möglichkeiten zu analysieren, die ihnen blieben. Sie hatten kein Wasser, kaum noch Benzin, keinen Handy-Empfang und nichts zu essen. Sophie stieg auch aus. Eine Weile schwiegen sie.

»In welcher Richtung liegt der Highway?«, wollte Sophie schließlich wissen.

Das hatte sich Catherine auch gefragt. Die Sonne stand beinahe im Zenit, kaum zu sagen, wo Süden und wo Norden, wo Westen und wo Osten war. Selbst wenn sie einfach in die Himmelsrichtung fuhren, in der sie die Straße vermuteten, hieß das noch lange nicht, dass keine weiteren Hindernisse wie undurchdringliches Dickicht oder Flüsse sie aufhalten würden. Außerdem war fraglich, wie lange der Sprit reichen würde.

»Und was machen wir jetzt?«, jammerte Sophie.

»Wir sollten in den Schatten fahren«, antwortete Catherine. Wenn tatsächlich Archie den Baum gefällt haben sollte, um sie an der Flucht zu hindern, dann würde er sie suchen ... Der Kloß in ihrem Hals nahm ihr mehr und mehr die Luft zum Atmen. Sie versuchte, in der Ferne einen Orientierungspunkt auszumachen. Aber da war nichts. Kein Berg, nichts. Nur eine sich nach allen Seiten hin ausdehnende Ebene.

Sophie blies Fliegen von ihrer Lippe. »Wir können doch nicht bis in alle Ewigkeit hier warten!«

»Sollen wir etwa weiter geradeaus fahren, bis wir keinen Sprit mehr haben und irgendwo stecken bleiben?«, entgegnete Catherine verzweifelt. Sie fühlte sich erschöpft und zerschlagen, schmutzig und hungrig, durstig und ratlos.

Sophie sah sie herausfordernd an. Auf ihrem Gesicht brannte das rote Mal wie ein Stigma. »Ja!«

»Ja?« Catherine sah sie ungläubig an.

»Ja«, sagte Sophie und stieg ein. »Fahr weiter!«

Catherine peilte ganz in der Ferne eine Baumgruppe an, war sich aber nicht sicher, ob sie tatsächlich im Norden lag, in der sie den Highway vermutete. Die Erde war trocken, das Gras wuchs spärlich, sodass sie die Löcher, Steine, Furchen und Baumstümpfe meistens rechtzeitig sah und ihnen ausweichen konnte. Mühsam und langsam quälte sich der Wagen über die endlose Ebene, während am Armaturenbrett nach wie vor die Benzinanzeige leuchtete.

Das Ende kam fünf Minuten später. Vor ihnen durchschnitt ein Flussbett die Ebene. Catherine hielt den Wagen im Schatten zweier Bäume an. Erschrocken trabten die dort ruhenden Rinder weiter, suchten sich einen anderen Unterstand. Durch die heruntergekurbelten Fenster des Wagens stürzten die Fliegen auf ihre neuen Opfer. Catherine schaltete den Motor aus. Das monotone Geräusch der sich entfernenden Rinderhufe wurde leiser.

»Wenigstens haben wir jetzt Wasser.« Catherine stieg aus. Sie kletterte mit der leeren Mount-Franklin-Wasserflasche, die sie zum Glück nicht weggeworfen hatten, die zwei Meter des schroffen Ufers hinunter. Steine und gelber Sand brachen hinter ihr herunter. Das Wasser war mindestens einen halben Meter tief, stellte sie fest, als sie einen

Stock hineintauchte. Klar und schnell floss es über die nackten Steine. Selbst wenn sie eine flache Stelle am Ufer fanden, wäre das Wasser zum Durchqueren mit dem Auto viel zu tief. Sie füllte die Flasche, trank sie zur Hälfte aus, schüttete sich den Rest über den Kopf. Wie gut das tat! Die Kopfschmerzen ließen sofort etwas nach. Sie füllte die Flasche wieder und kletterte die steile Böschung hinauf. Sophie saß apathisch im Auto und starrte ins Leere.

»Hier, du musst etwas trinken.« Catherine reichte ihr durchs geöffnete Fenster die Flasche. Jetzt erinnerte sich Catherine an die Landkarte im Handschuhfach. Sie ließ sie sich von Sophie geben und breitete sie auf der Motorhaube aus.

Das Einzige, was sie mit Bestimmtheit wusste, war, dass sie zwischen Chinchilla und Miles den Ballone-Highway in südlicher Richtung verlassen hatten, im Schlepptau von Archie und Mae. Sie erkannte zwei dünn gedruckte Linien, die vom Highway in dieser Richtung abgingen und nach ein paar Kilometern endeten. Doch auf der Karte waren die Namen von Farmen oder kleineren Ortschaften nicht verzeichnet.

»Nehmen wir mal an«, Catherine sprach mehr zu sich selbst als zu der unbeweglich im Auto sitzenden Sophie und deutete mit dem Finger auf die erste der beiden dünnen Linien, »Archie hat die Abzweigung hier genommen, dann liegt die Farm wahrscheinlich am Ende dieser Straße.« Sie dachte einen Moment darüber nach. »Aber wo ist die Kreuzung, die wir passiert haben?«, fragte sie sich selbst und sah hinüber zum Fluss. »Hier gehts jedenfalls nicht weiter.« Leider wurde die Gegend laut Karte von einer Reihe von Flüssen und Bächen durchzogen – da war der Fluss vor ihnen nicht eindeutig zu identifizieren. »Wie auch immer«, Catherine faltete die Karte zusammen, »wir müssen zurück.«

»Zurück?«, sagte Sophie erschrocken und tastete über die rote Stelle in ihrem Gesicht. »Wohin?«

»Wir müssen zurück zur Farm und Archie bitten, den Baumstamm durchzusägen und wegzuräumen. Er hat sicher eine Motorsäge.«

Sophie schüttelte den Kopf. »Zurück zur Farm? Niemals!« Sie schrie nun: »Niemals!«

»Aber Sophie«, versuchte Catherine es erneut, »wir haben keine andere Wahl. Wir haben kein Benzin, keinen Handy-Empfang, nichts zu essen, und du brauchst einen Arzt!«

»Warum warten wir nicht, bis uns jemand findet?«

»Wer soll uns denn hier finden? Vielleicht gehört das Land ja auch zur Farm!«

Sophie zuckte resigniert die Schultern.

Catherine wusste, sie konnte nicht auf Sophies Unterstützung hoffen, und so ließ sie den Motor an. Wenn sie es mit dem Rest Benzin bis zur Farm schafften, konnten sie sich schon glücklich preisen.

»Archie hat in seiner Werkstatt eine Motorsäge«, fiel Sophie auf einmal ein, als Catherine bereits gewendet hatte und die Stelle suchte, an der die Piste aus der Ebene hinausführte. Sophies Augen blitzten auf. »Ich lenke die beiden ab, und du holst die Säge!«

»Du spinnst!«, entgegnete Catherine. »Das funktioniert nicht – und überhaupt: Hast du schon mal eine Motorsäge bedient?«

»Nein, aber ...«

Catherine antwortete nicht. Sophie wollte tatsächlich zurück zur Farm fahren und die Motorsäge holen, um den Baumstamm zu zersägen! »Sophie, das ist Blödsinn«, sagte Catherine. Selbst wenn es ihnen gelingen sollte, an die Säge heranzukommen, hätten sie bestimmt nicht mehr genügend Benzin, um wieder bis zu dem Baumstamm zu gelangen, erst recht nicht weiter bis auf den Highway. Sie musterte Sophie und erklärte ruhig: »Wir können nur eins tun: offiziell hingehen.«

Sophie murmelte: »Jetzt spinnst *du.* Ich kann das alles gar nicht glauben.« Sie kauerte sich auf ihrem Sitz zusammen.

Als sie an der T-Kreuzung angelangt waren, dachte Catherine einen Moment daran, doch bis zu der Stelle zu fahren, an der der Baumstamm die Straße blockierte, Sophie dort warten zu lassen und den Rest zu Fuß weiterzugehen, um Hilfe zu holen. Doch Sophie schrie auf:

»Nein! Das darfst du mir nicht antun, Catherine! Ich würde vor Angst sterben!«

Catherine seufzte und bog nach rechts in den Weg ein, der zur Farm führte.

30

Mike Carney war nicht da. Er habe sich vorgestern ziemlich übel an der Hand verletzt, erklärte ihnen der Chef der Schafscherertruppe. Doch in seiner Unterkunft, einer Holzbaracke mit fünf Betten, fanden sie Carney nicht. Ein unangenehmer Verdacht befiel Shane. War Carney gewarnt worden?

Tamara trat auf die Veranda der Arbeiterunterkunft. »Entweder ist das hier ein dummer Zufall – oder aber jemand hat ihn gewarnt.«

»Warte hier«, sagte er und stieg in den Wagen, »ich bin gleich wieder zurück.«

»Moment!«, rief sie ihm nach. »Du lässt mich doch nicht hier stehen?«

Er ignorierte sie, ließ den Motor an und schoss mit quietschenden Reifen davon. Tamara verschwand im Rückspiegel hinter einer Staubwolke.

Vor dem großen Schuppen bremste Shane scharf ab. Wütend lief er mit langen Schritten die Stufen hinauf, eilte durch die Halle, in der die Wolle gepresst wurde, und stand kurz darauf wieder in dem dröhnenden und von Männer- und Tierschweiß dampfenden Raum. Cher warf gerade Wolle in einen Korb, als Shane ihren Arm packte. »Hast du Carney gewarnt?«

Erstaunt sah sie ihn an. »He, Cop, bin ich in Ungnade gefallen?«

Er ließ sie los und gab ihr ein Zeichen, ihm in die ruhigere Halle zu folgen. In der Ecke, in der die gepressten Wollballen lagen, lehnte sie sich an die Wand, und er wiederholte seine Frage. Sie schüttelte den Kopf.

»Ich hab kein Sterbenswörtchen gesagt«, raunte sie, »denkst du vielleicht, ich würde diesen Typen noch schützen? Wie kommst du nur auf so einen blöden Gedanken!«

Ihre karierte Bluse spannte, und in ihrem Dekolletee perlten Schweißtropfen. »Ich muss wieder zurück«, meinte sie und stieß sich von der Wand ab. »Ich hab heute Abend vielleicht Zeit«, fügte sie noch hinzu. Shane sah ihr nach, wie sie mit wiegenden Hüften den Raum durchquerte. Der Arbeiter an der Presse grinste ihn breit an. Shane ignorierte ihn, rannte die Stufen hinunter und sprang in den Wagen.

Beim Bremsen vor der Arbeiterbaracke wirbelte er Staub auf.

»Wo warst du?«, stöhnte Tamara und erhob sich von dem rostigen Sprungrahmen, der auf der Veranda abgestellt war. »Weißt du, wie verdammt heiß es hier draußen ist?«, maulte sie beim Einsteigen.

Er warf einen Blick auf den Thermostat, antwortete: »Ja, genau einundvierzig Grad Celsius«, und gab Gas.

Langsam rollte der Wagen auf das Farmhaus zu. Während der letzten Viertelstunde hatten Catherine und Sophie nicht miteinander gesprochen. Jede war in ihre eigenen Gedanken versunken, versuchte, sich einzureden, dass die vermeintliche Gefahr vielleicht doch nur ihrer Fantasie entsprungen war und dass sich ihre Befürchtungen und Verdächtigungen in Luft auflösen würden.

Catherine hielt an.

Sophie kurbelte das Fenster herunter. »Wo sind sie?«, flüsterte sie.

Vielleicht war es ja doch möglich, die Motorsäge zu holen und zu verschwinden, dachte Catherine und stieg vorsichtig aus. Das Tor zur Werkstatt und Garage stand offen. Archies Pick-up parkte darin.

»Catherine!«, zischte Sophie ihr ängstlich zu, als sie langsam in die Werkstatt ging.

Tatsächlich entdeckte sie auf der Werkbank am hinteren Ende des Raumes eine Motorsäge mit einem breiten, starken Sägeblatt. In wenigen Schritten hatte sie die Werkstatt durchquert, die Motorsäge von der Werkbank gerissen und war schon wieder am Tor, als plötzlich Archie vor ihr stand, nur drei Meter von dem Wagen entfernt, in dem Sophie mit schreckgeweiteten Augen saß, die Hand auf den Mund gepresst.

»Das ist aber schön, dass Sie zurückkommen!«, rief er grinsend. »Was wollen Sie auch in Blackall?«

Catherine wurde bewusst, dass sie eine Motorsäge in der Hand hielt. Das gezähnte Blatt blitzte im Sonnenlicht. Sie müsste nur am Zug ziehen, wie man es bei Motorbooten machte – das konnte sie doch ... Das Ausmaß ihrer Fantasie schockierte sie. »Hallo, Archie«, begann sie, blickte auf die Motorsäge, die sie noch immer wie ein Maschinengewehr in der Hand hielt. »Ich wollte sie ausleihen. Auf der Straße liegt ein Baumstamm.«

»Ich helfe Ihnen«, sagte er, immer noch grinsend, »ist nicht leicht, mit so 'nem Ding umzugehen.« Er machte eine Bewegung in ihre Richtung, und reflexartig tastete sie nach dem Startknopf.

»Oh, wir schaffen das schon«, wehrte sie ab.

»Ist gefährlich. So manch einer hat sich schon was abgeschnitten.« Er lachte anzüglich. Catherine schluckte. »Kommen Sie, ich fahre mit Ihnen, dann kann ich die Säge gleich wieder mit zurücknehmen.«

Was sollte sie darauf erwidern? Außerdem konnte sie ihn nicht daran hindern, ihnen zu folgen. Es sei denn, sie tötete ihn jetzt. Ein absurder Gedanke, der ihr Angst machte. Was war denn überhaupt geschehen? Sophie hatte einen roten Fleck im Gesicht, Striemen an den Handgelenken und Zwischenblutungen. Das konnte doch einmal vorkommen, oder? Reagierten sie nicht hysterisch? Und, fiel ihr ein, sie hatten ja kaum noch Benzin im Tank. Wahrscheinlich würden sie noch nicht einmal mehr zu der Stelle kommen, an der der Baumstamm die Piste blockierte. All ihre Kraft war plötzlich verschwunden. Die Motorsäge erschien Catherine auf einmal tonnenschwer, und fast erleichtert ließ sie sie sich von Archie aus der Hand nehmen. In dem Moment öffnete Mae die Haustür.

»Hallo! Gut, dass Sie noch einmal zurückgekommen sind! Es hat jemand angerufen!«

»Wer?«, fragte Sophie und stieß schon die Autotür auf.

»Blackall!«, sagte Mae atemlos. »Kommen Sie, Sie können ja zurückrufen.«

Irritiert stieg Sophie aus. Auf dem orangefarbenen Kleid prangte ein Blutfleck. Archie hatte die Motorsäge auf die Ladefläche des Pick-ups gelegt und wandte sich zum Haus.

»Wollten wir nicht losfahren?«, rief Catherine ihm zu.

Schwerfällig drehte Archie sich um. »Gleich, wir brauchen noch Wasser.«

»Nein, ich habe keinen Durst.« Das war eine glatte Lüge.

»Es ist gefährlich heiß.«

Catherine warf einen letzten sehnsüchtigen Blick auf die Motorsäge, die nun auf der Ladefläche von Archies Utility lag. Widerstrebend folgte sie ihm ins Haus.

Seltsam, dachte Sophie, woher hatte Toby die Telefonnummer? Mit jedem Schritt, der sie näher zum Haus führte, fühlte sie sich schlechter. Nein, sie durfte jetzt nicht zusammenbrechen, sonst saßen sie wieder fest. Vielleicht würden sie dann nie wieder von hier fortkommen ... Halt durch, befahl sie sich, halt durch ...

Mit steifen Beinen ging sie hinter Mae ins Haus.

»Telefonieren Sie!«, forderte Mae sie auf und zeigte auf das Telefon, das auf der dunklen, geschnitzten Truhe stand.

Sophie hob den Hörer ab, lauschte: Die Leitung war tot. »Mae, was ist mit dem Telefon?«, fragte sie so unbekümmert wie möglich, obwohl ihr das Herz bis zum Hals schlug.

Mae nahm ihr den Hörer aus der Hand und hielt ihn sich ans Ohr.

»Wahrscheinlich ist irgendwo im Busch die Leitung unterbrochen. Archie wird nachsehen.« Sie legte auf.

»Aber Sie sagten doch, dass gerade jemand aus Blackall angerufen habe«, wandte Sophie ein.

»Ja, so wars auch.« Mae lächelte mild. »Machen Sie sich keine Gedanken, Kindchen, ich habe denen erzählt, dass Sie unterwegs sind. Doch jetzt kümmere ich mich erst mal um Ihren Fuß, der muss verbunden werden! Ist ja richtig angeschwollen!«

»Und die rote Stelle in meinem Gesicht ...«

»Ach, Kindchen, Sie müssen wirklich gegen was allergisch sein. Ich bringe Ihnen nochmal die Salbe.« Mae eilte davon.

Resigniert und kraftlos sackte Sophie auf dem Stuhl im

Flur zusammen. Catherine stand ratlos neben ihr, bis Archie aus der Küche rief, er habe etwas zu trinken gerichtet.

Catherine ging in die Küche. Als sie mit den Gläsern zurückkam, richtete sich Mae gerade auf. Sie hatte Sophies Fuß verbunden.

»Danke«, murmelte Sophie kleinlaut.

Catherine reichte Sophie das Glas Eistee, hielt aber in der Bewegung inne. Beobachtete Mae sie nicht mit Argusaugen? Warum? Und auf einmal wusste sie, warum. Blitzschnell schlug sie Sophie das Glas aus der Hand. Mit einem scharfen Klirren zersprang es auf dem dunklen Dielenboden. Erschrocken starrte Sophie sie an. Mae war einen Schritt zurückgesprungen.

»Oh, entschuldige, ich wollte es dir aus der Hand nehmen. Es ist doch viel zu kalt für deinen Magen«, log Catherine und fügte, an Mae gewandt, hinzu, »sie hat Magenschmerzen.«

Mae blickte auf die feinen Splitter und gab seltsam tonlos zurück: »Warum haben Sie das nicht gleich gesagt? Ich bringe ihr einen warmen Tee. Kein Problem, dauert nicht lange.« Schon war sie zur Küche unterwegs.

»Was soll denn das?«, flüsterte Sophie.

»Hast du denn deine roten Stellen vergessen, unsere Übelkeit, Müdigkeit? Die mixen uns etwas ins Essen und in die Getränke!« Catherine bückte sich und tauchte ihren Finger in die auf dem Boden verschüttete Flüssigkeit. »Riecht normal«, sagte sie und sah Sophie ratlos an.

»Kommen Sie«, rief Mae aus der Küche, »der Tee ist fertig!«

»Ich will keinen Tee!« Sophie war verzweifelt. Tränen standen in ihren Augen.

»Danke, Mae!«, gab Catherine zurück. »Aber ...«

»Kein Aber!« Mae kam wieder in den Flur. »In diesem

Zustand kann man doch nicht da draußen in der Hitze rumfahren und einen Baum zersägen!«

»Aber ...«, versuchte Catherine es wieder.

»Ich kann nicht mehr!«, wimmerte Sophie. »Bitte, Catherine, ich kann nicht mehr!«

»Da hören Sie es!«, sagte Mae vorwurfsvoll. »Jetzt ruhen Sie sich erst mal aus. Inzwischen erledigt Archie das mit dem Baum.«

Einen Moment zögerte Catherine: War sie selbst etwa die Paranoide?

»Ich muss mich gleich wieder hinsetzen!« Sophies Stimme war ganz schwach. Sie stützte sich gerade auf Catherine – da gab diese auf. Sie waren einfach hysterisch geworden. Alles war normal. Es konnte doch durchaus passieren, dass ein Baum eine Straße versperrte ...

»Na endlich!« Mae lächelte, »Ich hab schon gedacht, Sie lassen sich gar nicht mehr zur Vernunft bringen.« Mit diesen Worten legte sie Sophie den Arm um die Schulter. »Kommen Sie, Kindchen, alles wird wieder gut. Sie müssen sich einfach ausruhen.« An Catherine gewandt, fügte sie hinzu: »Und Sie auch! Legen Sie sich doch noch ein bisschen hin!«

Vielleicht ist Mae wirklich nur fürsorglich, dachte Catherine, und ich unterstelle ihr bloß eine böse Absicht ... Niedergeschlagen und erschöpft trottete Catherine hinter Mae und Sophie her.

Als sie wieder in ihrem Zimmer waren und sich Maes Schritte entfernt hatten, begann Sophie zu jammern. »Catherine, ich kann nicht hier bleiben. Ich will von hier fort!« Sie musste mit den Nerven vollkommen am Ende sein. »Jetzt, sofort! Bitte!«, flehte sie. »Wir müssen es probieren, ich hab solche Angst vor der Nacht.«

Sophie brauchte sie. Gleich fühlte sich Catherine mutiger.

»Okay«, sagte sie, »versuchen wir's!« Entschlossen öffnete sie die Tür. Stimmen und Musik drangen ihr entgegen.

Der Fernseher stand im Wohnzimmer, daran erinnerte sie sich. Sie hörte Mae und Archie gedämpft miteinander reden. »Komm!«, flüsterte sie, und schon schlichen sie durch den Flur, huschten am Wohnzimmer vorbei, zogen die Haustür einen schmalen Spalt auf und schlüpften ins Freie.

Lautlos schloss Catherine die Tür hinter ihnen. In Archies Pick-up steckte der Schlüssel. Catherine sprang hinein, während Sophie den Schlüssel aus ihrem eigenen Wagen abzog und einsteckte. Hoffentlich hören Archie und Mae den Motor nicht, betete Catherine. Wenn sie Glück hatten, waren die beiden viel zu sehr in die Fernsehsendung vertieft.

»Was ist?«, rief Sophie ungeduldig.

Catherine winkte ab, holte tief Luft und startete den Motor. Mein Gott, wie laut! Sie erschrak. Das mussten die beiden hören! Sie stieß rückwärts aus der Garage, Sophie ließ sich auf den Beifahrersitz fallen. Catherine rangierte in zwei Zügen um ihren Wagen herum und startete durch. Im selben Augenblick stürzte Archie aus der Haustür und konnte ihnen nur noch einen überraschten Blick nachschicken.

»Schneller!«, schrie Sophie, ohne den Rückspiegel aus den Augen zu lassen. »Schneller! Er darf uns nicht einholen!«

»Wir haben Maes Auto vergessen!«, fiel Catherine plötzlich ein.

Sophie schüttelte den Kopf. »Ich hab nie ein anderes Auto als das hier gesehen!«

Catherine fuhr wie der Teufel. Der Wagen krachte in Schlaglöcher und Furchen, donnerte über Steinbrocken und Äste.

Sophie klammerte sich mit beiden Händen am Griff über der Tür fest. »Wie lange werden wir mit dieser verdammten Motorsäge brauchen?«, schrie sie gegen das Gedröhne des Motors an.

»Keine Ahnung«, gab Catherine zurück. Sie hoffte nur, dass Archie nicht vorher auftauchte.

»Ich verstehe das alles nicht mehr!« Sophies Gesicht verriet ihre Verzweiflung. »Vielleicht ist alles nur Einbildung! Ich weiß nicht mehr, was wahr und was falsch ist! Catherine, sind wir verrückt geworden?« Sie schlug sich die Hände vors Gesicht. »Mae hat mir den Fuß verbunden ... Vielleicht war das ein ganz normaler Eistee. Wie kamst du überhaupt darauf, dass da etwas drin sein könnte?«

»Ich weiß es nicht. Ich weiß auch nicht, ob wir das Richtige tun! Immerhin haben wir gerade ein Auto und eine Motorsäge geklaut!«

Nach fünfzehn Minuten endete ihre Fahrt vor dem Baumstamm. Catherine stieß die Tür auf, nahm die Motorsäge von der Ladefläche und riss am Anlasser. Beim vierten Versuch endlich sprang die Motorsäge kreischend an. Catherine setzte das Blatt auf. Die Maschine war schwer; Catherine musste ihre ganze Kraft einsetzen, um sie zu halten. Späne flogen. Das Blatt fraß sich ins Holz, immer tiefer, blieb plötzlich stecken, und Catherine gelang es nicht, das Blatt wieder herauszuziehen.

»Catherine!«, drängte Sophie verzweifelt. Sie stand am Auto und sah abwechselnd zu ihrer Freundin und zurück zur Straße. »Beeil dich!«

In Catherine überstürzten sich die Gedanken. Sie durfte jetzt nicht versagen, sie musste diesen Baumstamm durchsägen! Sie musste dieses Sägeblatt wieder aus dem Stamm herausbringen! Auf einmal erinnerte sie sich an Filme über die Rodung des Regenwaldes. Man sägte Keile aus einem Stamm, wenn man ihn fällen wollte. Auch sie musste einen Keil heraussägen! Endlich gelang es ihr, das Blatt herauszuziehen. Sie setzte wieder an.

»Catherine«, rief Sophie, »was ist jetzt?«

Doch Catherine ließ sich nicht beirren und konzentrierte

sich auf ihre Arbeit. Endlich fiel ein großes Dreieck heraus, und der Stamm war durchgesägt. Nun musste sie das Gleiche eine Autobreite weiter machen und anschließend das herausgesägte Stück Baumstamm irgendwie von der Straße zerren. Dann endlich wäre der Weg frei ...

Sind wir eigentlich verrückt?, dachte Catherine, als sie die Säge erneut ansetzte. Archie hatte ihnen doch angeboten, den Weg freizuräumen. Er hatte lediglich noch etwas trinken wollen. Wieder diese Zweifel ... Sie schob sie weg, dachte nur noch an die Aufgabe, die sie zu bewältigen hatte, um Sophie und sich selbst zu retten. Ohrenbetäubend dröhnte der Motor der Säge und rüttelte an Catherines Körper. Der Schweiß lief ihr in Strömen herunter, rann ihr in die Augen und brannte darin.

»Catherine!«, schrie Sophie und sah immer wieder zurück, »du musst es schaffen!«

Catherines Hände waren vom Schweiß ganz glitschig. Krampfhaft umklammerte sie den Griff der Säge, ihre Brillengläser waren beschlagen. Immer tiefer fraßen sich die metallenen Zähne der Motorsäge ins Holz.

»Wir haben es gleich!«, feuerte sie sich selbst an.

Endlich sackte das Mittelstück des Stammes auf den Boden. »Los! Du musst mir helfen!«, rief sie Sophie zu. Doch ihr Versuch, den mittleren Teil des Baumstammes auch nur um Zentimeter zu bewegen, scheiterte kläglich.

»Wir schaffen es nicht!«, stöhnte Sophie, den Tränen nahe.

Jetzt nicht aufgeben!, befahl Catherine sich und erinnerte sich an das Abschleppseil, das Archie benutzt hatte. Sie fand es auf der Ladefläche, drehte den Wagen, befestigte das eine Ende des Seils an der Anhängerkupplung, das andere schlang Sophie um den Stamm. Catherine fuhr langsam an. Das Seil straffte sich, und der Stamm bewegte sich. Sie schleifte ihn, so weit es ging, an den Wegrand.

»He«, rief Sophie freudestrahlend, »wir haben es geschafft!«

»Beeil dich!«, rief Catherine ungeduldig zurück.

Sophie machte sich daran, das Seil an der Anhängerkupplung aufzuknüpfen.

»Wie lange brauchst du noch?«, drängte Catherine und sah aus dem Wagenfenster.

»Ist verdammt fest!«

Catherine stieg aus. Gemeinsam versuchten sie, den festgezurrten Knoten zu lösen. »Ich nehm die Säge!«, entschied Catherine und ging gerade zum Wagen zurück, als eine Stimme sie herumfahren ließ.

»Braucht Ihr Hilfe, Ladys?«

Sie wussten sofort, wessen Stimme das war.

31

Archie stand hinter ihnen, breitbeinig, bedrohlich, und grinste. »Gute Arbeit«, sagte er und begutachtete das herausgesägte Stück Baumstamm. Er musste ihr Auto kurzgeschlossen und Benzin nachgefüllt haben. Es stand mit laufendem Motor hinter ihm. »Ihr müsst unbedingt am Woodchop-Wettbewerb teilnehmen!« Er lachte laut.

»Ja«, Sophie hatte sich zuerst wieder gefasst und rang sich ein Lächeln ab, »gute Idee. Aber zuerst könnten Sie uns mit diesem Seil da helfen. Anschließend können wir ja die Autos wieder tauschen.«

Archies Augen wanderten hastig zwischen Catherine und Sophie hin und her. In seinem Gehirn arbeitet es, dachte Catherine, man sieht es ihm geradezu an. Nie wieder wollte sie auf die Farm zurück. Nie wieder in diese dunkle

Gruft, in der Mae lauerte, wo ein Loch in die Wand gebohrt war und sie krank wurden ... Sie mussten fort. Jetzt.

Es musste ihnen gelingen, in ihr eigenes Auto zu steigen. Hoffentlich ging Archie auf ihre Bitte ein! Bis er endlich das Seil losgeknotet hätte und sie verfolgen könnte, hätten sie schon einen gehörigen Vorsprung. Sie blickte zu Sophie. Der rote Fleck in ihrem Gesicht war kein bisschen blasser geworden. In diesem Augenblick wusste Catherine, dass sie es wagen musste. Sie nahm all ihren Mut zusammen, vertrieb alle Bedenken und Zweifel und fragte: »Dürfen wir Ihren Wagen so stehen lassen? Der Schlüssel steckt. Wir übernehmen einfach wieder unseren eigenen.« Sie zwang sich noch zu einem Lächeln. »Und haben Sie vielen Dank für Ihre Gastfreundschaft!« An Sophie gewandt, fügte sie hinzu: »Komm jetzt!«

Ihr Auto stand hinter Archie, nur fünf oder sechs Meter von ihnen entfernt. Der Motor lief. Sophie blickte unsicher zu Catherine, die ihr noch einmal aufmunternd zunickte. Sophie stand näher bei Archie, sie musste an ihm vorbei, wollte sie zur Beifahrertür gelangen.

»Sorry, Archie«, redete Catherine weiter und ging los, »dass wir Ihr Auto entführt haben«, sie versuchte zu lachen, »aber jetzt haben Sie's ja wieder.« Gleich war sie am Auto. Sophie wollte ihr nachkommen, doch im selben Augenblick packten Archies riesige Hände ihren Oberarm und rissen sie herum. Sophie schrie. Er lachte. Catherine hatte einen letzten Satz zu ihrem Auto hin getan. Sie müsste nur noch einsteigen, einen Gang einlegen und aufs Gas treten ...

»Was treibt ihr für Spielchen!«, rief Archie, noch immer lachend.

»Catherine!«, flehte Sophie im eisernen Griff Archies, »lass mich nicht allein! Bitte!«

Catherine hatte schon den Türgriff in der Hand, der Motor lief, sie musste nur noch einsteigen und aufs Gas treten, durch die schmale Lücke zwischen den Baumstamm-Stücken steuern ... »Sophie!«, rief sie, »Archie! Lassen Sie sie los!«

Doch er dachte nicht daran. Er zerrte die schreiende Sophie mit sich, während er einen Schritt auf Catherine zuging. Schon streckte er den freien Arm nach ihr aus, seinen kräftigen, behaarten Arm mit den riesigen, breiten Händen! Nein, sie konnte nicht wieder zurück, sie konnte es nicht!

Catherine dachte nicht mehr. Sie stürzte in ihr Auto und trat das Gaspedal durch. Der Wagen schlingerte und preschte voran. Archie sprang mit Sophie zur Seite. Catherine passierte die Lücke zwischen den Baumstammstücken hindurch, schoss weiter geradeaus über die holprige Piste. Sophies Schrei gellte in ihren Ohren, er schien den Innenraum des Autos auszufüllen.

Catherine! Lass mich nicht allein!

Als könnte sie damit den Schrei ersticken, trat Catherine noch fester aufs Gas. Sie riss das Lenkrad herum, krampfhaft hielt sie es fest. Der Wagen flog über einen Steinbrocken, krachte in eine Furche, knallte auf einen weiteren Stein, sprang hoch, prallte zurück auf die Erde. Sie sah nicht mehr in den Rückspiegel. War das Realität oder Traum? Catherine wusste es nicht mehr. Sie wollte nicht nachdenken. Sie wollte nur noch fort.

Plötzlich: Das Lenkrad wird ihr aus der Hand gerissen, der Wagen hochgeschleudert. Bäume schießen auf sie zu. Wie Krallen schlagen sich ihre Finger ins Hartplastik des Lenkrads. Stille. Vor ihren Augen, viel zu nah, das Armaturenbrett, die Frontscheibe, die raue Rinde eines Baums. Das Auto sitzt im Graben fest. Sie rafft sich auf, kann sich zum Außenspiegel drehen. Darin ein kleines Auto, das größer wird. Jetzt erst wird sie wirklich wach. Sie stößt die Tür auf, stürzt ins Freie und läuft. Zweige peitschen sie, reißen an ihr, Erdlöcher tun sich auf, sie strauchelt, stolpert, fällt, steht auf, läuft weiter, immer weiter in den Busch.

Erst als sie nicht mehr die Hand vor Augen erkennen kann, bleibt sie stehen. Fahl reflektiert die weiße Rinde eines Eukalyptusbaums das spärliche Mondlicht. Wie Fangarme und gierige Finger recken sich die Blätter und Äste nach ihr. Unter ihren Schritten gibt der Boden nach, auf nichts kann sie sich mehr verlassen. Niedrige Büsche, Gräser und dürre Zweige kratzen und schaben an ihren Beinen wie Käfer. Es ist die Stunde der Schlangen, der giftigen Spinnen und Moskitos. Doch ihre Angst ist erschöpft. Wie viele Stunden sie umhergeirrt ist, weiß sie nicht mehr. Sie ist allein, mitten im Busch. Niemand – außer ihrem Verfolger und Jäger – weiß, dass sie hier ist. Sie hat kein Wasser. Zuerst sackt sie in den Knien ein, dann im Nacken, ihre Arme werden vom Boden angezogen, als wäre er ein Magnet. Wie schön, wenn man vor nichts mehr Angst hat, denkt sie und lächelt. In diesem Moment könnte sie sterben, und es wäre ein guter Tod. Als sie zwischen ihren Finger die trockenen Streifen Eukalyptusrinde reibt, schläft sie ein. Zum ersten Mal in ihrem Leben wünscht sie sich, nicht mehr aufzuwachen.

Auf der Fahrt von Barry Walters Farm zurück in die Stadt redeten sie kaum miteinander. Shane grübelte. Was sollten sie jetzt gegen Carney unternehmen? Warten, dass er zurückkam?

»Wir müssen eine Fahndung nach ihm einleiten«, brach Tamara schließlich das Schweigen.

»Geben wir ihm noch den Tag«, erwiderte er, »wenn er morgen nicht wieder da ist, lassen wir nach ihm fahnden.« Er wollte Carney nicht durch eine verfrühte Fahndung warnen und ganz vertreiben.

Die ersten Häuser Chinchillas tauchten vor ihnen auf.

»Setz mich am Motel ab, ich komme dann später ins Büro«, bat Tamara.

Er stellte keine Fragen und ließ sie aussteigen.

In der Nähe der Polizeistation kaufte er sich in einem Laden eine Fleischpastete. Er parkte den Wagen vor der Polizeistation, grüßte Trish am Empfang und ließ sich wenig später in seinem stickigen Büro in seinen Sessel sinken. Seufzend packte er die Fleischpastete aus. Fett hatte das Papier durchtränkt und durchsichtig gemacht. Er biss in die Pastete und spülte die Bissen mit lauwarmer Coke herunter. Durch das schräg gestellte Rollo blickte er auf die Straße. Träge Ruhe lag über der Stadt.

Ein vorsichtiges Klopfen an der Tür. Herb. Er sah blass und erschöpft aus. Mühsam brachte er ein Lächeln zu Stande. »Schon wieder in Grübeleien versunken?«

Shane brummte etwas Unverständliches, hob die Schultern und ließ sie wieder fallen.

Herb setzte sich auf Tamaras Schreibtischstuhl, der unter seinem Gewicht bedenklich ächzte. Mit fragendem Blick hielt Herb die herunterhängende Armlehne hoch. »Und«, er lächelte unsicher, »wie läuft es?«

Shane wurde den Verdacht nicht los, dass es Herb selbst war, der gefragt werden wollte. Er tat ihm den Gefallen. »Gut wäre gelogen. Und wie läufts bei Ihnen?«

Herbs Lächeln war nun gezwungen. »Gut wäre gelogen.« Für einen Moment starrte er ins Leere, doch dann faltete er die Hände, wie er es so oft tat, drehte sie nach außen und ließ die Gelenke knacken. »Darf ich Ihnen eine sehr persönliche Frage stellen, Shane?«

»Nur zu.«

»Als Sie noch verheiratet waren ...«

»Ja?«

Er räusperte sich. »Hatte Ihre Frau mal eine Affäre?«

Shane ahnte, was Herb bewegte. Diese Frage hatte er sich auch schon selbst gestellt, immer wieder, nachdem Kim ihm eröffnet hatte, sie wolle sich scheiden lassen. »Ehrlich, Herb, ich weiß es nicht. Sie hat es mir nie erzählt, und ich habe nichts Auffälliges bemerkt.«

Herb nickte langsam. »Ich hab immer gedacht, mir und Becky passiert so was nicht. Ich hab mir vorgestellt, wir werden zusammen alt.« Sein Blick verlor sich. »Wie keinem anderen Menschen hab ich ihr vertraut ...«

Schwer atmend stützte er die Arme auf die Oberschenkel und erhob sich. »Bis morgen dann.« Er rang sich ein tapferes Lächeln ab und ging.

Shane sah durch die Zwischenräume der Rollo-Lamellen hinaus. Was für ein Leben! Er sollte sich wieder um den Fall kümmern, sagte ihm eine innere Stimme, und er griff nach dem braunen Umschlag, nahm die Fotos heraus und betrachtete sie sich alle noch einmal.

Jemand hatte Mike Carney die Fotos gestohlen – oder aber ... Er sprang auf und stürmte auf den Flur. »Trish?«

Aufgeregt eilte sie herbei. »Ja?«

»Wo lässt man hier Fotos entwickeln?«

»Es gibt ein paar Läden ... Ich geh immer in den News Agent Shop, da dauerts zwar länger, weil sie's einschicken, aber dafür ist die Qualität auch besser als ...«

»Danke«, rief er ihr noch zu, als er an ihr vorbeihastete.

»Der Shop hat aber jetzt geschlossen!«

Shane blieb stehen. Trish zuckte die Schultern.

Was für ein Tag! Er fühlte sich, als hätte man ihn mit Gummibändern angebunden und zöge ihn jedes Mal kurz vor dem Ziel zurück. In seinem Büro läutete das Telefon. In wenigen Schritten war er am Schreibtisch. »Ja?«

»Dad? Ich bins, Pam. War gar nicht so leicht, deine Telefonnummer rauszukriegen!«

»Pam, ich wollte dich schon längst ...«

»Ja, du hast viel zu tun, ich weiß ... Mir ist es jetzt egal, ob Mum heiratet. Ich ziehe zu dir, mein altes Kinderzimmer ist doch noch frei ... Und außerdem kriege ich ja dann auch viel mehr von deiner Arbeit mit. Beim Einstellungstest hab ich dadurch ganz andere Chancen.«

»Bei welchem Einstellungstest?«

»Dad?«

»Du meinst den Test bei der Polizei?«

»Was denn sonst? Ach ja, ich würde gern noch viel mehr wissen, vor allem über ...«

»Pam?«

»Ja, Dad?«

»Pam, mal langsam. Erst musst du die Schule zu Ende machen, okay? Dann kommt der nächste Schritt.«

»Aber Dad! Die Schule ist langweilig. Natürlich mach ich sie zu Ende, aber ich will doch eine Perspektive haben! Ich könnte doch wirklich bei dir wohnen.«

»Pam, ich lebe ein völlig anderes Leben als du.«

»Na und? Ich versprech dir, ich misch mich nicht ein, bestimmt nicht! Ich würde sogar manchmal für dich kochen, und dann könnten wir deine Fälle besprechen und ...«

»Pam, das geht nicht!«

»Aber warum denn nicht?«

»Weil ich ... weil ich abends kaum da bin und überhaupt ...«

»Ich hab morgen frei, ich könnte nach Chinchilla ...«

»Kommt überhaupt nicht infrage, Pam.«

»Dad! Du willst mich nicht, stimmts? Mum störe ich, und dich störe ich auch! Ich bin nur ein Störfaktor! Einfach bloß lästig! Sag ruhig, dass ...«

»Pam! Hör auf damit!«, schimpfte er ins Telefon.

Sie verstummte.

»Hör zu, Liebes, wir sehen uns, sobald ich zurück bin. Und dann reden wir über deine Pläne, okay?«

»Dann kommt wieder was dazwischen, ich weiß es«, sagte sie leise. Ihr Seufzen tat ihm weh.

»Ich versprech es dir.«

»Wirklich?«

»Ja. Ganz sicher.«

Sie antwortete nicht.

»Pam? Ist alles okay?«

Wieder seufzte sie.

»Pammy?« So hatte er sie früher genannt. Früher, als sie noch ein kleines Mädchen war, das ihm mit nackten Füßen und einer großen, pausbackigen Puppe namens Tess unter dem Arm entgegenrannte, wenn er nach Hause kam ...

»Ja, bis dann Dad.« Sie legte auf.

Mit schlechtem Gewissen zwang er sich, die längst fälligen Berichte zu schreiben.

32

Am Abend eilte Joanna zu Max, in der Hoffnung, mit ihm in Kontakt treten zu können.

Wieder beachtete er sie zuerst kaum, starrte aus dem Fenster oder an die Zimmerwand. Doch als Joanna »Ash« sagte, zuckte er zusammen und sah sie an. Ermutigt schob sie ihm das Bild hin, auf dem das rote Viereck und das Kreuz zu sehen waren. Sie hatte ein Stück Papier an den unteren Bildrand geklebt. Doch der Junge reagierte nicht. Joanna musste den Gedanken an seine bevorstehende Entlassung verdrängen, um ihn nicht ihre Ungeduld merken zu lassen. Er wird malen, beruhigte sie sich, er wird schon noch malen ...

Auf einmal griff er zum Pinsel, tauchte ihn in Ultramarinblau, setzte ihn unterhalb des Kreuzes auf den verlängerten Teil des Papiers auf und malte ...

Joanna starrte auf das Bild – es gab keinen Zweifel: Max hatte unter das Kreuz einen Menschen gemalt. Blau, liegend und mit langen Haaren ...

Max atmete schneller, seine Halsschlagader pochte, seine Hände zitterten, und plötzlich griff er blitzschnell zum Bild, wollte es zerreißen oder zerknüllen, doch Joanna war schneller. Sie legte ihre Hand auf seine und redete beruhigend auf ihn ein. Zuerst sah er sie mit funkelnden, zornigen Augen an, dann verkroch er sich ins Bett und zog sich die Decke über den Kopf.

Wieder blieb Joanna bei ihm sitzen, doch als sie nach einer Weile auf ihre Uhr sah, stellte sie mit Erschrecken fest, dass sie schon längst bei ihrem nächsten Patienten hätte sein müssen.

Im Stationszimmer erledigte Nancy Schreibarbeiten. Sie blickte auf, als Joanna hereinkam. »Und? Was ist mit dem Jungen?«

Joanna seufzte. »Ich muss mit der Polizei reden.«

Nancy kramte in einem Stapel Papiere. »Hier.« Sie zog eine Visitenkarte aus dem Stapel hervor.

Joanna wählte und verlangte einen gewissen Detective Pilmer in der Polizeistation in Roma. Drei Mal wurde sie weitergeleitet, dann hatte sie den Detective am Apparat. Kurz erklärte sie, wer sie war und wen sie behandelte, und fuhr dann fort: »Der Junge hat schließlich ein Kreuz und darunter einen liegenden Menschen gemalt!«

»So?«

»Ja! Er kann sich seinen Erinnerungen nur aus einer sehr weiten Distanz nähern. Er fliegt quasi darüber, er malt die Erlebnisse aus der Vogelperspektive!«

Eine kurze Pause entstand, dann hörte sie Pilmers näselnde Stimme: »Aus der Vogelperspektive, aha.«

»Ja! Gibt es denn keine Hinweise auf das, was dem Jungen geschehen sein könnte?«

»Wir ermitteln, Miss O'Reilly«, erwiderte er, und sie registrierte seine Ungeduld.

»Verstehen Sie, Detective, ich bin ganz sicher: Er hat ein Grab gemalt!«

»Ein Grab. Sicher, Miss O'Reilly. Ich habe alles notiert.«

»Interessiert es Sie überhaupt, was ich Ihnen mitzuteilen habe?« Ihre Stimme war schriller geworden, Joanna hörte es selbst.

»Sicher, Miss O'Reilly.«

Entmutigt legte sie auf.

»Alles okay?«, fragte Nancy besorgt.

Joanna schüttelte den Kopf und eilte ohne eine Antwort hinaus. Erst als sie im Auto saß und den Motor anließ, hielt sie einen Moment inne. Sie fühlte sich allein gelassen und unverstanden – von der Polizei, von Gary, von Dr. Hinkler. Sie gab Gas und fuhr nach Hause, das nicht mehr ihr Zuhause war.

Ein altes, abgetragenes Leben hing in den Räumen. Im Bad wusch Joanna sich die Hände – und starrte im Spiegel in ein fremdes Gesicht. Sie setzte sich auf den Toilettendeckel und weinte.

Irgendwann hörte sie, wie Gary die Wohnung betrat, hörte jeden seiner Schritte, trotz des Teppichs. Sie blickte auf, als er im Türrahmen erschien. Sein plötzliches Lächeln war falsch. Seine Bestürzung über ihre rot geweinten Augen auch.

»Joanna, was ist ...?«, begann er, doch sie fiel ihm ins Wort:

»Gary, es ist aus.«

»Aber Joanna, warum ...?«

»Du willst es nicht wahrhaben, Gary.« Mühsam erhob sie sich.

»Aber Joanna ... Ja, ich gebe zu, es war schwierig in der letzten Zeit, aber ...«

»Ach, Gary, das hast du schon so oft gesagt!«

»Joanna, lass es uns nochmal versuchen! Bitte!«

Sie schüttelte den Kopf. »Gary, wir machen uns doch nur was vor.« Mit diesen Worten ging sie an ihm vorbei, warf eine Reisetasche aufs Bett und verstaute rasch ein paar Kleider darin. Sie zog noch nicht einmal den Reißverschluss zu, sondern nahm die Tasche, wie sie war, und ging zur Tür. Dort hielt Gary ihren Arm fest.

»Du kannst doch nicht so einfach ...«

»Doch«, entgegnete sie. Entschlossen schüttelte sie seine Hand ab.

Als die Wohnungstür hinter ihr ins Schloss fiel, atmete sie auf. Viel zu lange hatte sie sich vorgegaukelt, geliebt zu werden. Viel zu sehr hatte sie sich Stabilität und ein Zuhause gewünscht. In ihrem Wagen geschützt, glitt sie durch die schattigen Häuserschluchten der City, in denen sich der abendliche Berufsverkehr staute.

Joanna entschied sich für ein Motel. Der Mann an der Rezeption musterte sie argwöhnisch. Sie lehnte das Zimmer im Erdgeschoss ab, bestand auf einem im ersten Stock und zahlte im Voraus. Als sich die Aufzugtüren hinter ihr schlossen, überfiel sie eine tiefe Traurigkeit, doch sie konnte nicht weinen, und so blieb die Traurigkeit in einer hinteren Ecke ihres Herzens hocken, bereit, jederzeit aufzuspringen.

Die Türen öffneten sich, und Joanna ging durch den schmalen Korridor über einen roten, abgetretenen Teppich, fand auf der linken Seite die Nummer fünfzehn, schloss auf, schaltete das Licht an, ließ ihre Reisetasche fallen und warf sich auf das fremde Bett.

Durch das geschlossene Fenster drangen Straßengeräusche. Sie starrte an die Decke.

33

Freitagmorgen, halb sieben. Die Türglocke bimmelte, als Shane den Zeitungsladen betrat.

»So früh, Detective? Wir haben gerade aufgemacht.« Alice Monroes Gesicht wirkte heute noch teigiger. Winzig kleine Pudellöckchen kringelten sich auf ihrem Kopf – das Resultat ihrer Lockenwickler, dachte Shane. Er warf den braunen Umschlag mit den Fotos auf den Tresen.

Sie verzog verächtlich den Mund. »Haben Sie das Schwein endlich festgenommen?«, fauchte sie. »Carney hat seine Filme immer hier abgegeben; wir schicken sie weiter, kriegen die Filme mit den Abzügen dann zurück.« Ihr Gesicht nahm einen trotzigen Ausdruck an.

Er sah sie erwartungsvoll an. Sie schnaubte wieder.

»Mein Gott, Sie wissen doch selbst, wie es manchmal ist ...«

»Was, Alice?«

»Manchmal gehen Umschläge auf.«

»So?«

Wieder schnaubte sie. »Also gut. Ich hab das verdammte Kuvert geöffnet. In 'ner schwachen Minute. Sie können sich kaum vorstellen, wie langweilig es in so einem Laden sein kann!« Sie zuckte die Schultern. Ihre Haut war fleckig rot geworden. »Hat er schon gestanden?« Über ihr Gesicht huschte ein böses Lächeln.

»Auf Wiedersehen, Alice.« An der Tür drehte er sich noch einmal um und fügte hinzu: »Übrigens, ich heiße O'Connor, mit O.«

»He«, rief sie ihm nach, »wollen Sie sich nicht mal für meinen Hinweis bedanken?«

Doch Shane ließ die Tür krachend hinter sich ins Schloss fallen. Gegen anonyme Informanten und Denunzianten hatte er schon immer etwas gehabt.

Draußen wartete Tamara im Dienstwagen mit laufendem Motor. Mike Carney war an diesem Morgen wieder zur Arbeit erschienen, hatte ihnen der Anführer der Truppe telefonisch mitgeteilt. Shane stieg ein, und Tamara hetzte den Wagen über den Highway.

Die Fahrt zu Barrys Farm zog sich endlos hin. Die Sonne brannte erbarmungslos. Schweigend starrte Shane aus dem Fenster auf die sandige Piste. Cher hatte sich gestern Abend nicht gemeldet. Es wurmte ihn, dass er sich darüber geärgert hatte.

Mike Carney jammerte, als sie ihn aus dem Schuppen führten. Die anderen Schafscherer blickten nur kurz auf und machten dann weiter, als wäre nichts geschehen.

Shane hatte Carney gerade in den Wagen gesetzt, als eine Stimme hinter ihm dröhnte:

»Was machen Sie mit einem meiner besten Männer?« Es war Barry, der Shane und Tamara mit vorgeschobenem Kinn und eisigen Augen wütend anfunkelte.

»Hallo, Mister Walters«, gab Tamara mit einem aufgesetzten Lächeln zurück. »Und herzlichen Glückwunsch zum neuen Pferd!«

Barry kniff die Augen zusammen.

»Ich weiß schon, was Sie denken. Sie meinen, ich hätte dafür das Geld aus dem Safe gestohlen. Sie nehmen von jedem immer das Schlechteste an, was?«

»Sie müssen zugeben, dass Ihr Verhalten seltsam ist, Mister Walters«, entgegnete Shane und trat auf ihn zu. »Romaine bietet Ihnen eine bestimmte Summe an, und zwei Wochen später kaufen Sie ein Pferd, das ungefähr genauso viel kostet ... Inzwischen ist Romaine tot und der Safe leer.« Shane verschränkte die Arme und blickte Barry Walters herausfordernd an. »Sagen Sie's mir: Wie würden Sie an meiner Stelle darüber denken?«

Barry hatte seinen Hals vorgereckt wie ein kläffender Hund. »Das Geld für Moonlight Oak hat mir ein Freund vorgeschossen. Er ist später am Gewinn beteiligt. Zufrieden?« Seine Stimme klang unsicher.

»Wenn Sie uns jetzt noch den Namen des Freundes nennen, ja!« Tamara hielt auch schon einen kleinen schwarzen Notizblock in der Hand.

Barry schob die Unterlippe vor, während er zuerst Shane, dann Tamara prüfend in die Augen sah. »Terry Hodder in Warwick«, antwortete er schließlich.

Tamara strahlte ihn an und klappte ihren Notizblock zu. »Danke, Mister Walters.«

Elf Uhr am Freitagmorgen. Joanna starrte auf ein leeres Bett. Sie machte auf dem Absatz kehrt und rannte den Flur hinunter zum Stationszimmer.

»Dr. Hinkler?«, rief sie. Sie hatte ihn um die Ecke gehen sehen, doch er hörte sie nicht mehr, war schon im Aufzug verschwunden.

»Joanna!« Sie fuhr herum. »Max wurde von seiner Tante abgeholt, gleich heute Früh«, sagte Nancy und zog gerade ein Tablett aus dem Essenswagen.

»Von seiner Tante? Wie heißt sie?«, fragte Joanna.

Nancy zuckte die Schultern. »Der Doc wollte in die Radiologie!«, rief sie Joanna nach, die davonstürmte.

Joanna wartete nicht auf den Aufzug, sondern hastete die Treppe hinunter. Drei Stockwerke tiefer zog sie die Glastür auf, hinter der ein langer, neonbeleuchteter Gang begann, in dem Patienten in Bademänteln und Joggingkleidung auf Plastikstühlen schweigend warteten. Hinter der Tür mit der Aufschrift *Anmeldung* hörte sie Dr. Hinklers Stimme. Energisch öffnete sie die Tür – und platzte in ein Gespräch zwischen Dr. Hinkler und einer jungen rothaarigen Kollegin.

Hinkler verstummte. Er versuchte ein Lächeln, doch es misslang. »Es tut mir Leid, Joanna, ich wollte es Ihnen selbst sagen, aber Sie waren nicht da. Die Polizei hat seine Identität festgestellt und seine Tante gefunden.«

»Haben Sie ihr wenigstens erklärt, dass sie sich an mich wenden kann?« Joanna versuchte, ihren Ärger, übergangen worden zu sein, unter Kontrolle zu halten.

Dr. Hinkler lächelte verbindlich. »Selbstverständlich wird sie mit dem Jungen in therapeutische Behandlung gehen.« Er warf seiner Kollegin einen entschuldigenden Blick zu und beugte sich zu Joanna hinunter. »Seien Sie doch froh, Joanna, dass ihn endlich jemand aus der Familie gefunden hat! Die Frau machte einen vertrauenswürdigen Eindruck.«

»Dann verraten Sie mir, wie sie heißt!«, beharrte sie. »Ich möchte mich wenigstens von Max verabschieden.«

Er seufzte. »Joanna, ich weiß nicht, ob das so eine gute Idee ist ...«

»Und warum nicht?«

Dr. Hinkler und seine Kollegin tauschten rasch einen Blick, der Joanna argwöhnisch machte.

Wieder Dr. Hinklers bemühtes Lächeln. Er räusperte sich. »Joanna, ich kann Ihnen nur davon abraten ...« Endlich gab er sein Lächeln auf, wurde ernst. »Ich wollte es Ihnen lediglich ersparen ...«

»Ja?«

»Sie hat sich ... ziemlich drastisch ausgelassen«, begann Dr. Hinkler schließlich, »über ... jemanden ... der ihr ins Auto gefahren ist. Deshalb hat sie mit dem Taxi in die Klinik kommen müssen ...«

In dem Moment wusste Joanna Bescheid. »Und dieser jemand war ein Schwarzer.«

Dr. Hinkler nickte erleichtert.

Joanna schüttelte ungläubig den Kopf. »Auf wen wollten Sie in Wirklichkeit Rücksicht nehmen? Auf mich oder auf diese Dame?«

»Joanna, bitte, Sie wissen doch, wie ich zu Ihnen stehe, aber ...«

»Doktor Hinkler«, unterbrach sie ihn ungeduldig, »mir geht es einzig und allein um den Jungen. Sagen Sie mir jetzt, wo ich ihn finde?«

Er gab sich geschlagen. »Sie heißt Diane Holt. Adresse und Telefonnummer bekommen Sie von der Krankenhausverwaltung.«

»Danke«, sagte Joanna und ließ die beiden stehen. Falsche Rücksichtnahme konnte sie genauso wenig leiden wie offenen Rassismus.

34

Diane Holt klang am Telefon sehr reserviert, und Joanna stellte sich eine derjenigen Frauen vor, die ihre englische Abstammung und ihre helle Haut wie ein Gütesiegel zur Schau stellten. Als Diane Holt schließlich dem Besuch zugestimmt hatte, hatte sie ganz sicher nicht damit gerechnet, dass die Kunsttherapeutin, die Max behandelt hatte, eine dunkelhäutige Aborigine war.

Joanna fuhr langsam an der Häuserreihe im Brisbaner Stadtteil The Valley entlang und suchte die Nummer zweiundzwanzig. Wie Dominosteine würden die aneinander klebenden viktorianischen Holzhäuser zusammenfallen, riss man nur ein einziges von ihnen ein, überlegte Joanna. Insgesamt machten die Gebäude dennoch einen sehr gepflegten Eindruck. Ihre Bewohner hatten die Außenfassaden frisch gestrichen und die Vorgärten üppig mit tropischen Gewächsen bepflanzt, die manchmal sogar die Hauseingänge verbargen. Bei Nummer zweiundzwanzig allerdings fehlten die bunten Blumen und Sträucher im Vorgarten, der allein aus einem kurz geschnittenen, dichten Rasen und zwei Blumentöpfen mit künstlich aussehenden, eibenähnlichen Bäumchen bestand.

Joanna parkte am Straßenrand, stieg aus und drückte auf die Türklingel. Jetzt, am Nachmittag, flirrte die Luft von einem ganzen Tag Sonne. Die Farben waren ausgebleicht, und selbst die Vogelstimmen, die aus den Büschen und Bäumen drangen, klangen erschöpft.

Die Tür öffnete sich einen Spalt. Augen blickten Joanna entgegen, die nicht wagten, wirklich hinzusehen.

»Was wollen Sie?« Die dünne Stimme voller Misstrauen.

»Joanna O'Reilly, wir haben telefoniert.« Sie lächelte und verdrängte ihre Vorbehalte. »Sie erinnern sich doch?«, fragte sie eindringlich. Sollte sie den Weg umsonst gemacht haben? Die Augen der Frau huschten über Joanna. Sie standen sich gegenüber – Diane Holt und Joanna O'Reilly, getrennt durch eine dünne Holz- und eine Fliegennetztür. Was schließlich Diane Holt bewog, die Tür zu öffnen, wusste Joanna nicht.

Diane blickte rasch die Straße rauf und runter, als erwartete sie versteckte Denunzianten hinter den Büschen im Vorgarten ihrer Nachbarn, ließ Joanna dann eintreten und schloss schnell hinter ihr die Tür. Der Flur, in dem sie standen, war eng und kurz. Licht fiel nur von den zwei abgehenden Räumen und der ins obere Stockwerk führenden schmalen Treppe in den Flur. Mrs. Holt sah aus wie eine vom Leben enttäuschte Endvierzigerin: hager und faltig, mit hängenden Mundwinkeln und müden, sich im Unbestimmten verlierenden Augen. Ihr ergrauendes Haar war lieblos kurz geschnitten, die blumenbedruckte Bluse altmodisch, genauso wie die hellblaue Stoffhose. Das Einzige, was an ihr lebendig wirkte, waren die ab und zu aufblitzenden winzigen Brillantohrringe.

»Ich hab jetzt genug am Hals«, klagte sie ohne Einleitung, »niemand fragt, wie es mir damit geht.« Ihre Mundwinkel sackten noch tiefer. »Jeder sagt: ›Diane hatte doch gar kein Leben! Jetzt hat sie endlich was zu tun.‹« Sie starrte an Joanna vorbei in eine Ecke, in der ein Schirmständer stand.

Joanna musste zwei Mal hinsehen. Doch der Schirmständer war tatsächlich ein *Mohr* in Livree mit dicken rosafarbenen Lippen und weißen Handschuhen. »Mein Mann hat mich auch nie gefragt.«

Ihr Mann, der Sklavenhalter? Joanna zwang sich, nüchtern zu bleiben. Sie war allein wegen des Jungen gekommen. »Ich würde jetzt gern Max sehen«, erwiderte sie bemüht freundlich.

»Wollen Sie etwas trinken?«, fragte Mrs. Holt, die sich plötzlich an ihre Pflichten als Gastgeberin erinnerte. »Ich hätte Eistee.«

Gleich rechts befand sich eine kleine Küche. Wände und Schranktüren waren in Rosa und Grau gehalten. Kein Krümel, kein gebrauchter Teller ... wohin man auch sieht, gibt es keinen Hinweis darauf, dass die Küche benutzt wird, fiel es Joanna auf, und sie fragte sich, ob Diane Holt lediglich

Fertiggerichte in die Mikrowelle schob und sie gleich aus der Verpackung aß.

Mrs. Holt goss aus einem Krug, den sie im Kühlschrank aufbewahrte, Eistee in einen großen Plastikbecher. »Meine Schwester ist schon öfter einfach weggefahren. Aber noch nie hat sie das Kind im Stich gelassen.« Sie strich mit der flachen Hand über die Arbeitsfläche, imaginäre Krümel wegwischend. Joanna bemerkte einen altmodischen Edelsteinring an ihrem Ringfinger.

»Woher wissen Sie, dass Ihre Schwester, Max' Mutter, ...«

Bevor Joanna den Satz beenden konnte, zog Mrs. Holt auch schon eine Postkarte unter einem Magneten an der Kühlschranktür hervor. Die Vorderseite zeigte Strand, Wüste und eine Küstenstadt. Darüber stand: *South Australia.* »Darf ich?«, fragte Joanna. Diane Holt reichte ihr die Karte. Joanna drehte sie um und las:

Hi, Schwesterherz,

alles okay, hier ist es wunderschön. Ich fang ein neues Leben an. Suzanne.

Joanna gab ihr die Karte zurück.

»Meine Schwester ist von Max' Vater geschieden. Sie hatte einen neuen Freund.« Diane Holts Augenlider flatterten. »Beim letzten Telefonanruf, das war etwa eine Woche, bevor ich die Karte bekam, sagte sie, dass sie einen neuen Job in einem Kosmetikladen in Brisbane in Aussicht habe und aus Charleville wegziehen wolle.«

»Wieso dann diese Postkarte – aus Südaustralien?«

»Keine Ahnung, aber Sue war schon immer labil ... und selbstbezogen.« Diane Holts Blick wirkte völlig illusionslos, als sie aus dem Küchenfenster starrte. Sie strich wieder über die Arbeitsfläche, besah sich ihre Hand, als erwartete sie, darauf eine dicke Staubschicht zu finden. »Sie weiß, dass ich mich natürlich um den Jungen kümmern werde. Ich hab keine Kinder, mein Mann ist gestorben.« Sie atmete schwer. »Ich bin allein, da kommt mir das Kind meiner Schwester, die ihre Freiheit will, doch gerade recht, oder?« Ihre Stimme klang erstickt, und ihre Augen wurden wässrig. »Wollen Sie noch ein Glas?«

Joanna schüttelte den Kopf, sie hatte kaum etwas getrunken. »Haben Sie der Polizei die Karte gezeigt?«

»So etwas kommt häufiger vor, als man vermutet, haben die Beamten mir erklärt.«

»Mrs. Holt ...«

»Diane, nennen Sie mich ruhig Diane.«

Joanna war überrascht. »Also ... Diane, glauben Sie denn, dass Ihre Schwester Max einfach so auf der Straße ausgesetzt hat, wie ... wie ...«

»... wie einen Hund?«, fiel ihr Diane ins Wort und lachte bitter. »Meine Schwester hat schon einiges gemacht, das ich ... und wahrscheinlich auch Sie nicht machen würden.« Sie zuckte die Schultern, und Joanna fiel Dianes geblümte Bluse auf, die farblich zur Küche passte.

Plötzlich stand Max in der Zimmertür. Er lächelte nicht und zeigte auch keine Spur des Wiedererkennens oder der Freude.

»Hi, Max«, begann Joanna. »Kennst du mich noch?«

Er trug eine kurze blaue Hose und ein gelbes T-Shirt, das ihn noch blasser erscheinen ließ. Sein Haar sah gekämmt aus. Aber seine Augen ... Aus ihnen sprach eine solche Verzweiflung und Einsamkeit, dass Joanna schlucken musste.

»Mir antwortet er auch nicht«, seufzte Diane. »Max«, sagte sie in besonders freundlichem Ton, »willst du nicht wenigstens unserem Gast Guten Tag sagen?«

Max würdigte Diane keines Blickes, seine Augen ruhten noch kurz auf Joanna, dann drehte er sich plötzlich um und lief die Treppe hoch. Eine Tür schlug zu.

Wahrscheinlich fühlt er sich von mir im Stich gelassen, dachte Joanna.

»Ich weiß nicht, wie es weitergehen soll. Er muss doch mal wieder zur Schule.« Diane blickte ihm resigniert nach.

»Hatten Sie früher Kontakt zu ihm?«, wollte Joanna wissen.

Diane zögerte. »Na ja, nicht sonderlich viel.« Sie sah an Joanna vorbei ins Leere. Oder war sie in Erinnerungen an vergangene Tage versunken? »Ich konnte noch nie besonders gut mit Kindern umgehen.« Bevor Diane sich vollends ihren depressiven Gedanken hingab, fragte Joanna schnell:

»Sagt Ihnen *Ash* etwas?«

Die eben noch so leblos wirkenden Augen weiteten sich. Diane schluckte. »Kommen Sie mit.«

Joanna folgte ihr. An der Schwelle zum Wohnzimmer blieb Diane stehen.

»Das hat er heute gemacht. Stundenlang. Und er hat kein Wort dabei gesprochen.« Ratlos starrte sie auf die Blätter, die den Boden des Wohnzimmers bedeckten. Auf jedem einzelnen war mit schwarzem Filzstift stets dasselbe Wort geschrieben. Joanna bückte sich und hob eines von ihnen auf.

ASH.

Ein leise Bewegung ließ beide zur Tür blicken. Max war wieder heruntergekommen und stand nun in der Tür. Seine braunen Augen waren auf Joanna gerichtet. Da hielt es Diane nicht mehr aus, sie stürzte auf ihn zu, packte ihn an den schmalen Schultern und schrie:

»Mach doch endlich mal den Mund auf! Max! Hörst du? Was heißt Ash? Was heißt verdammt nochmal Ash?« Sie schluchzte, und Joanna legte ihr die Hand auf die Schulter, zog sie behutsam von dem Jungen weg.

»Max?«, begann sie. »Kannst du mir dazu etwas sagen?«

Seine Augen wanderten von Joanna zu den Papieren am Boden.

»Okay, Max, du musst nicht. Ich bin deine Freundin, ich komme morgen wieder.« Vorsichtig berührte sie sein Haar und strich darüber.

»Ich halt das nicht aus«, flüsterte Diane.

»Diane«, redete Joanna auf sie ein, »ich glaube, dass ich helfen kann. Wenn es Ihnen recht ist, komme ich morgen wieder.«

Müde und verzweifelt blickte Diane zu Max, der noch immer stumm im Türrahmen stand.

»Lassen Sie mich helfen. So schnell gebe ich nicht auf, Diane.« Im Flur blieb Joanna noch einmal stehen. »Ach, Diane, wie heißt Max mit Nachnamen?«

»Longman. Max Longman.«

Als Joanna wegfuhr, stand Diane Holt, beide Arme um ihren Körper geschlungen, an der Haustür.

Schon nach der ersten Viertelstunde der Vernehmung gestand Carney, pornografische Fotos gemacht zu haben. Ja, er sei in dem Wäldchen gewesen. Die Filmdose stamme von ihm und der Nylonstrumpf auch. Er gab zu, die vorliegenden Fotos aufgenommen zu haben. Die Modelle seien Frauen gewesen, die er in Kneipen und Bars getroffen und denen er Geld versprochen habe. Nicht viel Geld. Zehn, zwanzig, höchstens aber vierzig Dollar. Inklusive der Drinks, die er ihnen spendiert hatte. Als er die Fotos einmal bei ein paar Kumpels herumgezeigt hatte, ohne zu erwähnen, dass er sie aufgenommen hatte, habe er bemerkt, dass es einen Markt dafür gab. Und so verkaufte er manchmal ein paar Bilder.

»An wen?«, fragte Shane. Doch Carney schüttelte den Lockenkopf. Als Shane ihm ein Bild Romaines vorlegte, schüttelte er wieder den Kopf. Nein, er habe keine Fotos von ihr gemacht, und umgebracht habe er sie erst recht nicht.

»Und warum hat sie dann Schafhaare an ihrer Kleidung?«, herrschte Shane ihn an. »Und wieso wurde ihre Schläfe von einem Horn durchbohrt?«

Carney starrte ihn an, zog dann langsam die Schultern hoch und ließ sie wieder fallen. Sein Schielen schien sich zu verschlimmern. Shane stöhnte entnervt.

Die Tür ging auf, und die Kollegen, die Carneys Behausung auf Barry Walters' Farm durchsucht hatten, kehrten mit drei Fotoalben und einem Karton loser Fotos und Negative zurück.

»Carney«, sagte Shane, »ich wette, wir finden darunter Fotos von Minderjährigen, und dann haben wir dich.«

Carney schüttelte wieder den Kopf. »Nein, die waren alle älter. Die haben das alle freiwillig gemacht.«

»Ach ja?« Shane hielt ihm ein Foto unter die Nase, auf dem eine mit einer schweren Kette an Hals, Armen und Beinen gefesselte und geknebelte Frau zu sehen war. »Und die? Hat die es auch freiwillig gemacht?«

Carney schwieg.

Shane beugte sich zu ihm vor, er schrie jetzt: »Die auch?«

Carney nagte an seinen Fingernägeln. »Ich hab ihnen dann was extra gegeben.«

»Zehn Dollar mehr, was?«

Er nickte. »Oder fünfzehn.«

Shane sprang auf ihn zu und packte ihn am Kragen »Scheiße, Carney, du bist der letzte Abschaum!«

Carney sah ihn furchtsam an.

»Du bist Dreck! Nichts als Dreck«, flüsterte Shane und ließ ihn angewidert los.

»Mach du weiter, Tamara«, murmelte er, »ich brauch mal frische Luft.« Und er ging hinaus auf den Flur. Die Menschen widerten ihn an, er ekelte sich vor ihren Gefühlen, vor ihrer Triebhaftigkeit und ihren niederen Bedürfnissen. Ein paar Mal atmete er tief durch, er durfte jetzt nicht aufgeben. Er hörte, wie sein Blut durch die Adern floss, spürte, wie sich sein Herzmuskel zusammenzog und wieder entspannte, sich zusammenzog und wieder entspannte, und er hörte jenes Rauschen in den Ohren, das er meistens hörte, wenn es still war. Minutenlang blieb er an die Wand des Korridors gelehnt stehen. Ganz allmählich beruhigte er sich, und er nahm wieder Geräusche von außen wahr: das Klappern von Tasten hinter einer der Flurtüren, Trishs Stimme am Telefon an der Empfangstheke, die Wasserspülung der Toilette.

Er raffte sich schließlich auf und klopfte an Fionas Bürotür.

»Hi!« Er versuchte ein Lächeln.

»Hi!« Sie war überrascht und lächelte, doch gleich darauf sah sie ihn bekümmert an. »Alles okay?«

Er machte eine wegwerfende Handbewegung. »Ich wollte nur einen Kaffee.«

Ihr offenes Lächeln tat ihm gut. »Bedienen Sie sich.«

Er goss sich aus der Kanne der Kaffeemaschine ein.

»Ich hab übrigens was für Sie«, begann sie.

Er war für alles dankbar, was ihn von seinen zerstörerischen Depressionen ablenkte.

»Es geht um die Frau, die vor einem Jahr hier verschwunden ist, diese Patricia Henderson ...« Sie reichte ihm die Notiz. »Hilft uns das weiter?«, fragte sie.

Er überflog sie. »Keine Ahnung«, murmelte er und ging zur Tür, »und vielen Dank für den Kaffee.« Lesend, mit der Tasse in der Hand, ging er zurück in sein Büro. Vor zwei Monaten hatte eine Frau völlig verstört eine Polizeistation in Cairns aufgesucht und behauptet, sie habe ihre alte Freundin Patricia, die seit langer Zeit vermisst wurde, im Kino gesehen.

Die Aussage war zwar aufgenommen, aber nicht weiter verfolgt worden. Ein Foto lag bei den Akten.

Carney hockte wie ein Häufchen Elend auf einem Stuhl und schüttelte den Kopf, als Shane ins Büro zurückkam. Tamara sah auf.

»Und? Hast du sie auch in deiner Sammlung?« Shane legte ihm das Foto von Patricia Henderson vor.

Carney betrachtete es. »Kenn ich nicht. Kenn ich nicht! Kenn ich nicht! Kenn ich nicht, wirklich, kenn ich ni...!«

»Verdammt, hör auf!«, brüllte Shane, und Tamara sah ihn entsetzt an. »Carney, ich halt dich hier so lange fest, wie ich kann, und ich versprech dir, dass du nicht ungeschoren davonkommst!«

Carney schluckte, und Shane ließ ihn von einem Constable in eine Zelle sperren. Als sie wieder allein im Büro waren, schüttelte Tamara den Kopf.

»Shane, findest du nicht, dass du zurzeit etwas überreagierst?«

»Wenn es dir nicht passt, dann ...«, fuhr er sie an, hielt jedoch inne. Natürlich hatte sie Recht, aber das konnte er nicht zugeben.

»Ist schon gut, Shane«, beeilte sie sich, ihn zu besänftigen, »komm wieder runter, ja? Ich glaube jetzt auch nicht mehr, dass Carney Romaine auf dem Gewissen hat.«

Erschöpft ließ er sich auf seinen Stuhl fallen. »Da wäre ich nicht so sicher.«

Stöhnend lehnte sie sich in ihrem Schreibtischsessel zurück. Sie sah mitgenommen aus, hatte dunkle Augenringe und Falten um die Mundwinkel. »Was ist jetzt mit dieser Henderson?«, fragte sie.

Er schob die Unterlagen auf ihren Schreibtisch, und während sie las, wählte er die Telefonnummer der Polizeistation in Cairns. Endlich klappte einmal eine Anfrage auf Anhieb: Der zuständige Polizist, Detective Constable Jim Kidd, war gerade eingetroffen.

»Diese Frau hat sich schon etwas auffällig benommen«, bestätigte Kidd. »Ich dachte zuerst, die steht unter Drogen. So verwirrt war sie. Langsam hat sie sich dann beruhigt. Sie bestand darauf, eine Freundin namens Patricia Henderson gesehen zu haben. Eine Person mit diesem Namen ist nach der Vermisstenmeldung vor einem Jahr jedoch nirgendwo wieder aufgetaucht: Sie hat kein Bankkonto eröffnet, keinen Wagen angemeldet, keine Wohnung gemietet, zumindest nicht, soweit wir wissen. Sie ist nach wie vor vermisst.«

»Haben Sie vielen Dank.« Nachdenklich legte Shane auf. Der einzige Zusammenhang zwischen Patricia Hendersons Verschwinden und Romaines Tod bestand in geografischer Hinsicht. Abgesehen davon waren die Autos beider Frauen unauffindbar.

»Weißt du was?«, sagte Tamara und ließ den Bericht in ihrer Hand sinken. »Ich fürchte, dass die beiden Fälle nicht das Geringste miteinander zu tun haben. Herb hat da etwas miteinander vermischt.«

Im Moment konnte er ihrem Einwand nichts entgegensetzen, nichts außer seinem Gefühl – oder war es eine Ahnung? –, dass es doch irgendeinen Zusammenhang gab, einen verborgenen, den sie noch nicht entdeckt hatten.

Eine Stunde lang erledigte Shane noch Papierkram, dann verließ er zu Fuß das Büro. Er bog in die Einfahrt zum Motel ein, als ein Wagen abbremste und im Schritttempo neben ihm herfuhr. Chers gelber Sedan.

»He, Cop!« Sie lächelte ihn aus dem offenen Fenster an. »Wollen wir ein bisschen rumfahren?« Sie trat auf die Bremse und öffnete die Tür. Country-Musik kam aus dem Radio.

»Komm«, sie rutschte auf den Beifahrersitz, »fahr uns

irgendwohin, Cop«, raunte sie und lächelte ihn verführerisch an.

Er sah sich selbst an Chers Wagen lehnen, die Sonne ging orangerot am Horizont unter, eine Frau bot ihm an, den Alltag zu vergessen – dann schoben sich Carneys Fotos vor seine Augen. Chers Wagen wurde zu Carneys, auf der Rückbank sah er die Patchworkdecke liegen, die Frau mit der Kette – er sah die Dreizehnjährige und dann die tote Romaine ...

»Nein, Cher«, gab er zurück, »tut mir Leid.«

Er drehte sich um und stieg die Stufen zu seinem Motelzimmer hinauf. Das Geräusch des abfahrenden Autos ließ ihn aufatmen.

Nach dem Besuch bei Diane Holt war Joanna direkt ins Motel gefahren und hatte sich trotz der Hitze ein Bad eingelassen. Sie versuchte, sich zu entspannen, doch es wollte ihr nicht gelingen. Immer wieder plagten sie dieselben Fragen, auf die sie keine Antworten fand. Was bedeutete ASH? Was hatte Max erlebt? Was bedeutete die blaue liegende Figur unter dem Kreuz? Könnte es sich um seine Mutter handeln? War sie tot? Aber sie hatte doch eine Postkarte aus Südaustralien geschickt. War das Grab für ihn nur ein Symbol? Und die anderen rätselhaften Motive und Formen auf seinen Bildern – in welcher Beziehung standen sie zu seinem Trauma?

Joanna hielt es in der Badewanne nicht mehr aus. Sie erhob sich so hastig, dass Wasser über den Rand schwappte, wickelte sich in ein zu kleines Handtuch, stieß die Tür des dampfenden Badezimmers auf und ging, nasse Fußspuren auf dem kratzigen Veloursteppich hinterlassend, zum Telefon am Nachttisch. Sie musste noch einmal mit Detective Pilmer reden.

Er sei heute, am Freitagabend, nicht da, hieß es, und es

dauerte eine Weile, bis man sie an einen Kollegen weiterleitete.

Ungeduldig fasste sie den Fall und die Rolle, die sie darin spielte, zusammen und fügte am Ende hinzu: »Seine Mutter hat eine Postkarte geschrieben. Haben Sie die überprüft? Nach Fingerabdrücken zum Beispiel? Wissen Sie, wo sie eingeworfen wurde? Sind Sie überhaupt sicher, dass sie sie geschrieben hat? Welche Nachforschungen haben Sie in die Wege geleitet?«

Am anderen Ende der Leitung herrschte Schweigen.

»Sind Sie noch dran?«, fragte Joanna ungeduldig.

»Ja. Miss O'Reilly«, begann der Polizist, »bitte beruhigen Sie sich. Wir können Ihnen keine Auskunft über unsere Ermittlungen geben, das müssen Sie verstehen.«

»Aber ich will doch nur wissen, ob Sie die Postkarte untersucht ...«

»Miss O'Reilly«, unterbrach er sie, »ich kann Ihnen versichern, dass wir alles tun, um den Fall aufzuklären.«

Niedergeschlagen legte sie auf. Mischte sie sich tatsächlich in etwas ein, das gar nicht ihre Sache war? Diane Holt hatte ihre Schwester Sue als vermisst gemeldet. Die Polizei *musste* sich darum kümmern. Vielleicht war Max' Mutter wirklich so egoistisch und rücksichtslos und hatte den Jungen einfach ausgesetzt. Immer wieder misshandelten Eltern ihre Kinder, warfen sie wie Unrat in Mülltonnen ...

Sie ließ sich aufs Bett fallen. Die Aircondition blies kalte Luft über ihre feuchte Haut. An der Decke war ein dunkler Fleck. Joanna dachte wieder an das Bild. Das Kreuz, die blaue Figur. Sie war erschöpft, und ihre Gedanken verwirrten sich allmählich. Gary fiel ihr ein. Und die Tatsache, dass sie ihn verlassen hatte. Was tat er jetzt gerade? War er allein, oder hatte er sich schon eine andere in die Wohnung geholt? Schlief er woanders? Doch plötzlich fühlte sie eine große Distanz zu ihrem alten Leben. Sie rollte sich zusammen wie eine Katze. Die Dunkelheit machte sie schläfrig.

35

Mit diesem Durchbruch hatte niemand gerechnet. Am Vormittag noch hatte es so ausgesehen, als müssten sie sich wieder mit mühsamer Kleinarbeit durch den Tag kämpfen. Doch um kurz nach eins, Shane hatte gerade etwas zu essen holen wollen, hatte Barry angerufen und atemlos mitgeteilt, er habe eine unglaubliche Entdeckung gemacht.

Shane saß nun neben Tamara im Wagen und trommelte ungeduldig gegen die Tür. »Die zweite Abfahrt links nach Chinchilla«, erinnerte er sie.

»Ich weiß.« Sie bog auf den holprigen Weg zu Barry Walters' Farm ab.

Vor dem Farmhaus stand ein Ein-Mann-Helikopter wie ein riesenhafter Moskito auf dem verdörrten Gras. Barry blickte ihnen entgegen, die Hände in den Hosentaschen, eine Baseballkappe auf dem Kopf.

»Ich wollte eigentlich nichts mehr mit Ihnen zu tun haben«, rief er ihnen schon zu, kaum dass sie die Autotüren geöffnet hatten.

»Warum haben Sie dann doch angerufen?«, fragte Shane.

»Weil ich will, dass ihr Mörder gefasst wird!« Er wies zu seinem Auto. »Nehmen wir meinen Wagen. Wir müssen noch vier Kilometer fahren.«

»Ist der Hubschrauber flugbereit?«, erkundigte sich Tamara.

»Können Sie denn fliegen?«, entgegnete Barry überrascht.

»Sicher«, sie lächelte, »und ich weiß auch, wie teuer so ein Ding ist.«

»Meinetwegen«, brummte Barry und sah ihr zu, wie sie ins Cockpit kletterte. »Ich nehme an, die Polizei von Queensland ist gut versichert.«

Tamara, die heute eine sandfarbene Hose und ein weißes T-Shirt trug, gurtete sich an. »Ich lass euch einen Vorsprung.«

Barry zuckte resigniert die Schultern und stieg ins Auto. Er hatte jeden Widerstand aufgegeben. »Meine Großmutter war auch so eine. Ist mit den Flying Doctors als Krankenschwester mitgeflogen.«

Shane setzte sich auf den Beifahrersitz. Seine Großmutter war die Frau eines südfranzösischen Fischers gewesen, die nie schreiben gelernt hatte.

Kurz hinter dem Farmhaus war der Weg nur noch eine holprige Fahrrinne. Büschel von gelblichem Gras wuchsen hin und wieder aus der trockenen Erde. Zwei Kängurus tauchten hinter Büschen auf und flüchteten in die Weite.

»Sie müssen heute Mike Carney gehen lassen, oder haben Sie Beweise gegen ihn?«, fragte Barry auf einmal.

»Sie wissen, dass ich Ihnen dazu nichts sagen darf.« Shane hielt sich am Griff über der Tür fest und sah zum Seitenfenster hinaus. Obwohl Barry das Fenster heruntergekurbelt hatte, roch es im Wageninneren scharf nach Schweiß. »Ich seh gar keine Rinder, Barry.« Die Federung des Wagens war kaum noch zu spüren. Shane wurde hin und her geworfen und krallte sich am Türgriff fest.

»Die kommen schon noch. Hier wächst kein Gras für sie.« Barry wischte sich den Schweiß von der Stirn. »Nachdem die Brasilianer unser Zuckerrohr vom Markt gedumpt haben, gibts ein paar Farmer, die das Zuckerrohr als Viehfutter an uns verkaufen. Sonst wären mir noch mehr Rinder verhungert.« Er blickte ein paar Ziegen hinterher, die das spärliche Gras fraßen. Das Dröhnen des Hubschraubers kam näher. Barry steckte den Kopf zum Fenster hinaus, blickte nach oben, schien beruhigt zu sein und konzentrierte sich wieder aufs Fahren. Sie überquerten ein steiniges Flussbett, durch das ein dünnes Rinnsal floss, folgten zehn Minuten einer Fahrrinne voller Schlaglöcher und Steinbrocken, fuhren durch ein Gatter, hinter dem die Erde rot wurde, und hielten schließlich vor einem verfallenen Bretterverschlag, dessen Blechdach dem nächsten Windstoß kaum standhalten würde.

»Ich komm sonst so gut wie nie hier vorbei.« Barry öffnete die Autotür. In dem Moment tauchte dröhnend der Helikopter über ihren Köpfen auf. Roter Staub wirbelte hoch, und Shane und Barry wandten sich ab. Wind zerrte an ihren Kleidern.

Tamara setzte den Hubschrauber auf und schaltete den Motor ab. Plötzlich war es still bis auf das Surren der Fliegen. Shane hätte sich nicht gewundert, wenn das Dach des Schuppens eben scheppernd eingebrochen wäre. Tamara stieg aus und schob sich die Sonnenbrille ins Haar.

»Wo ist es, Barry?«, wollte Shane wissen.

Barry Walters, der Tamara beobachtet hatte, drehte sich zu ihm um. »Hier entlang«, sagte er rasch und stapfte los.

Sie folgten Barry hinter den Schuppen. Dort standen fünf verrostete und verbeulte Fahrzeuge: zwei uralte Traktoren, ein ausgeschlachteter Pritschenwagen ohne Räder, ein Bus, sicher aus den Fünfzigerjahren, ohne Scheiben und Räder – und ein weißer Toyota Corolla Kombi mit Rädern und Reifen.

»Wie gesagt, ich komm so gut wie nie her. Und wenn ich nicht gewusst hätte, dass Romaines Auto verschwunden ist ...« Barry zuckte die Schultern. »Dann hätte ich mir nichts dabei gedacht. Aber genau so einen fuhr sie. Einen weißen Toyota Corolla Kombi.«

Shane betrachtete den Wagen näher. Jemand hatte Romaines Auto hinter einem verrosteten Schuppen inmitten anderer Autowracks verschwinden lassen wollen. Deshalb fehlten auch die Nummernschilder.

»Haben Sie eine Erklärung, warum man Romaines Auto ausgerechnet hier abgestellt hat?«, wollte Shane wissen.

Barry starrte das Auto an, als erwarte er von ihm eine Antwort. Er kratzte sich unter seiner Baseballmütze. »Irgendwo musste man es ja abstellen, oder?«

Shane spähte durch die offenen Fensterscheiben in den Innenraum. Er konnte keine persönlichen Gegenstände entdecken. Nichts – weder auf den Sitzen noch im Fußraum oder auf dem Armaturenbrett.

»Der Wagen steht erst seit kurzem hier – sehen Sie!« Barry deutete auf Reifenspuren im Sand. »Die wären nach ein paar Tagen verweht.«

Shane und Tamara bückten sich. Die Reifenabdrücke gehörten eindeutig zu dem Toyota, und Barry hatte Recht: Jeder stärkere Wind hätte die Abdrücke längst verwischt.

»Aber dann wurde der Wagen fast zwei Wochen *nach* Romaines Tod hierher gebracht!«, sagte Tamara. »Und wo stand er in diesen zwei Wochen?«

Nachdenklich richtete sich Shane wieder auf. »Wohin führen die Reifenspuren?«

Barry fixierte in der Ferne einen Punkt, der für jeden anderen unsichtbar war. »Die enden dreihundert Meter weiter in einem Creek«, antwortete er, »der ist steinig und ohne Wasser. Er führt direkt zur Straße nach St. George.«

»Und was ist mit Fußspuren?« Tamara suchte den Boden ab. »Derjenige, der das Auto hierhin gefahren hat, muss ja ausgestiegen und wieder weggekommen sein, oder?«

»So genau hab ich nicht gesucht«, gab Barry zu.

»Wer wusste von dem Platz hier?«, wollte Shane wissen.

Barry setzte seine Baseballmütze ab und kratzte sich stirnrunzelnd den Kopf. »Im Grunde jeder, der für mich Vieh gemustert hat. Da kommt man hin und wieder hier vorbei.«

»Können Sie mir eine Liste mit den Namen machen?«

Barry lachte auf und schob sich die Mütze zurecht. »Wissen Sie, was da draufstehen würde? Pete und Jack und Jim und John und Mike und Tom und ...«

»Okay, hab verstanden«, unterbrach Shane ihn.

»Ist das Ihr Land, das ganze Stück bis zur Straße?«, fragte Tamara, und Barry nickte. In der Ferne leuchtete die Erde orange. Man hatte hier nicht ganz so unbarmherzig gerodet. Doch Rinder waren keine zu sehen. Was hätten sie auch fressen sollen?

»Jeder kann hierher gefahren sein«, überlegte Tamara.

»Ich kann mir nicht vorstellen, dass jemand einfach so mit dem Auto von 'ner Toten in der Gegend rumgegondelt ist, bis er endlich diesen Platz hier gefunden hat.« Barry schüttelte heftig den Kopf und fächelte gleichzeitig mit der Hand die Fliegen weg.

Shane musste ihm Recht geben. Eine Weile standen sie da und sahen in die Ferne. Über ihnen klebten weiße Wolken am blauen Himmel. Die Erde war so trocken, dass sie aufriss. »Aber Mike Carney kannte den Platz sicher.« Shane verscheuchte die Fliegen von seinem verschwitzten Gesicht. Doch sie waren hartnäckig.

»Warum haben Sie den armen Carney da reingezogen? Er arbeitet seit vielen Jahren für mich. Als Schafscherer, aber auch als Viehtreiber, er kümmert sich um meine Pferde, ist immer da, wenn ich ihn brauche.« Barry schüttelte den Kopf, »er ist ein bisschen unterbelichtet, aber er bringt doch niemanden um!«

Tamara warf Shane einen schnellen Blick zu. Shane ging jedoch nicht auf Barrys Bemerkung ein.

Während Tamara auf die Spurensicherung wartete, fuhr Shane mit Barry zurück.

»Warum haben Sie Ihre Reifen wechseln lassen?«, fragte Shane, als er neben ihm im Auto saß.

Barry lachte kurz auf. »Ach, verdammt! Ich hab das nicht so ernst genommen, das mit der Verdächtigung!«

Shane wusste nicht, ob Barry nur den Naiven spielte. »Romaine hat Sie gedemütigt, indem sie Sie verlassen hat. Vielleicht war ihr Tod ja ... ein Unfall? Sie waren wütend, haben die Kontrolle verloren, Tötung im Affekt ...«

Barry lächelte bitter.

»Nein, Detective, so kriegen Sie mich nicht. Ich hab Romaine nicht umgebracht. Auch wenn sie eine verdammte Zicke sein konnte.«

Sie waren inzwischen wieder am Farmhaus angekommen. Shane stieg aus. Nun hatten sie zwar das Auto gefunden, aber noch immer nicht den Mörder. Er hoffte auf die Spurensicherung – vielleicht würde die etwas entdecken.

Sein Funkgerät piepste. Detective Fiona Miller wollte wissen, ob Herb Kennedy sich bei ihm gemeldet hätte.

»Nein«, antwortete Shane.

»Ich verstehe das nicht«, sagte sie, »er ist heute nicht zum Dienst erschienen, und zu Hause ist er auch nicht.«

Diane Holt sah aus, als hätte sie geweint. »Gut, dass Sie gleich gekommen sind!«, sagte sie erschöpft und ließ Joanna eintreten.

Mit einem unangenehmen Gefühl folgte ihr Joanna ins

Wohnzimmer. Der gesamte Teppichboden war mit Papierbogen bedeckt.

»Ich krieg nichts aus ihm raus.«

Joanna kniete sich auf den Boden. Handabdrücke. Immer wieder Handabdrücke. Die Umrisse einer Hand mit fünf Fingern.

»Ich habe schon mit dem Schlimmsten gerechnet«, sagte Diane. »Die Hände ... Meinen Sie ... könnte es sein ... dass er ... dass man ihn missbraucht hat?«

»Wo ist er?«, fragte Joanna, anstatt zu antworten.

»In seinem Zimmer.«

Joanna stand auf.

»Was soll das nur bedeuten?«, seufzte Diane leise. »Mein Gott, der Junge tut mir so Leid – aber er ist so schwierig!« Tränen traten ihr in die Augen. »Kommen Sie.« Diane ging vor Joanna die schmale, knarrende Holztreppe in den ersten Stock hinauf.

Joanna klopfte an die Tür. »Max?«

Keine Antwort.

»Max?«

Langsam drehte Joanna den Türknopf. Diane hatte das Gästezimmer offenbar auf die Schnelle kindgerecht zu gestalten versucht. Ein Plakat mit einem Koalabären klebte über dem Bett, auf dessen Bezug unzählige kleine braune Bären gedruckt waren. Das bunte Spielzeug, das ordentlich im Regal stand, entsprach genauso wenig wie der Bären-Bettbezug und das Bären-Plakat Max' Alter. Diane hatte tatsächlich keine Ahnung von Kindern.

Max hatte sich wie in der Klinik das Bettlaken über den Kopf gezogen.

»Hi, Max, ich bins, Joanna.« Sie trat ins Zimmer.

Da zog er sich vorsichtig das Bettlaken vom Gesicht und blickte sie aus schreckgeweiteten Augen an.

»Darf ich mich zu dir setzen?«, fragte Joanna.

Er nickte schwach, und sie ließ sich auf der Bettkante nieder.

»Du hast viel gemalt.« Joanna legte eines der Bilder, das sie aus dem Wohnzimmer mitgenommen hatte, vor ihn auf die Bettdecke. »Es interessiert mich, Max: Wessen Hände sind das?«

Kurz streifte sein Blick das Bild.

»Max, bitte, sag doch was!«, flehte Diane.

Seine Lippen zitterten; er schien sich an etwas zu erinnern. Gleich würde ein Laut über seine Lippen kommen. Bitte, sag endlich etwas, dachte Joanna, bitte! Doch im letzten Augenblick hielt er inne. Seine Augen bekamen wieder jenen erschrockenen Ausdruck, den Joanna aus der Klinik kannte. Schließlich zog er sich die Decke wieder über den Kopf.

Doch Diane hielt es nicht länger aus und stürzte auf ihn zu. »Max!«

»Nein!«, rief Joanna und wollte sie noch zurückhalten. Aber Diane packte den Jungen an den Schultern, rüttelte ihn, als müsste er endlich aus einem tiefen Schlaf aufgeweckt werden. »Max!«, schrie sie. »Wir wollen dir doch helfen!«

Max' Körper zog sich zusammen, sein Gesicht wurde zur Grimasse, er schrie gellend, schlug und trat um sich, sodass Diane erschrocken zurückfuhr und ihn nur noch verständnislos anstarrte. Max verstummte und zog sich erneut das Laken über den Kopf.

»Er hasst mich«, murmelte Diane, »er hat mich schon immer gehasst.« Mit hängenden Schultern verließ sie das Zimmer.

Joanna ärgerte sich, dass sie Diane nicht gebeten hatte, sie mit Max allein zu lassen. Jetzt rührte er sich nicht mehr, und nach einer Weile hielt sie es für besser, wieder zu gehen.

Unten im Wohnzimmer hockte Diane zusammengesunken auf der Couch, das Gesicht in den Händen vergraben.

Joanna hörte sie schluchzen und setzte sich neben sie. »Ich wollte nie Kinder«, begann Diane weinerlich. »Ich ... und meine Schwester haben uns in unserer Kindheit auch nie von unseren Eltern verstanden gefühlt. Auch nicht von anderen Erwachsenen.« Sie zog die Nase hoch. »Aber wir waren zu zweit und hatten unsere eigene Sprache, unsere Geheimsprache.«

Joanna fand ein Papiertaschentuch in ihrer Umhängetasche und reichte es ihr.

»Danke.« Diane wischte sich die Tränen vom Gesicht und schnäuzte sich. »Und jetzt habe ich so ein armes Kind und weiß nicht, wie ich mit ihm umgehen soll.« Sie sah Joanna an, und wieder liefen Tränen über ihre Wangen. »Ich glaube, ich gebe ihn in ein Heim.«

Ein Heim. Joanna kannte Heime.

»Diane«, sagte sie eindringlich, »lassen Sie es mich nochmal probieren.«

Wieder fing Diane an zu weinen. »Wie wollen Sie denn erreichen, dass er wieder normal wird?«

Joanna zögerte mit der Antwort. Konnte sie ihr die Wahrheit zumuten, ihr eröffnen, dass Max nie wieder »normal« werden würde, weil er etwas viel zu Erschütterndes erlebt hatte?

Mit einem skeptischen Ausdruck blickte Diane sie an.

»Lassen Sie mich wiederkommen«, bat Joanna noch einmal.

Diane schüttelte den Kopf. »Bitte gehen Sie jetzt, Joanna. Ich kann nicht mehr.«

Diesmal stand Diane nicht in der Tür, um ihr nachzublicken, als Joanna wegfuhr. Dieses Mal hatte sie die Tür gleich hinter ihr geschlossen.

Niedergeschlagen fuhr Joanna nach Hause – in ihr einsames Motelzimmer.

36

Bis spät in die Nacht hatten sie am Vortag noch auf Ergebnisse der Spurensicherung gehofft, doch vergeblich.

Um halb neun morgens trank Shane schon die dritte Tasse Kaffee und fühlte sich noch immer nicht wach. Mike Carney hatten sie bisher festhalten können. Der Staatsanwalt bereitete eine Anklageschrift vor. Herb und Becky Kennedy waren nach wie vor verschwunden.

»Ich versteh das nicht«, sagte Fiona, die heute, am Sonntag, Dienst hatte, als Shane sich an ihrer Kaffeemaschine bediente, »so was hat er noch nie gemacht!«

»Warten wir noch bis zum Mittag, und dann lassen wir nach ihm und seinem Wagen suchen«, schlug Shane vor und betrachtete den Kaffeebecher in seiner Hand.

Fiona bemerkte seinen Blick. »Das ist Herbs Becher.« Darauf stand: *Unser Liebling*.

Mit dem dampfenden Kaffee ging Shane zurück in sein Büro.

»Du wirst es nicht glauben, Shane! Romaine hat einen gestohlenen Wagen gefahren!«, platzte Tamara heraus. Die Spurensicherung hatte die Fahrgestellnummer des Toyota überprüft. Das Fahrzeug war vor anderthalb Jahren im westaustralischen Freemantle als gestohlen gemeldet worden. »Wahrscheinlich hat es einer von Eds Freunden in Brisbane besorgt!« Sie suchte das Dossier im Computer. »Einer von ihnen saß doch auch wegen Autodiebstahls ... Ja!«, rief sie wenig später triumphierend. »Da haben wir ihn. Harry Newman!«

»Was ist mit der Versicherung?«, erkundigte sich Shane.

»Moment.« Tamara tippte auf die Tastatur.

Während er den heißen Kaffee schlürfte, fragte sich

Shane, ob Barry ihnen den Wagen präsentiert hatte, um den Verdacht von sich selbst abzulenken?

Romaine hatte ganz offiziell eine Autoversicherung abgeschlossen, die jedoch auf eine andere Fahrgestellnummer lief, fand Tamara heraus.

»Sie konnte das gestohlene Auto natürlich nicht auf die echte Fahrgestellnummer versichern lassen, dann wäre die Sache ja aufgeflogen. Aber warum hat sie überhaupt eine Versicherung abgeschlossen?« Tamara nagte an ihrer Unterlippe, was sie in letzter Zeit öfter tat, wenn sie grübelte. »Wenn du mich fragst, kommen nur Carney und Barry in Betracht. Wer sonst hätte das Auto hinter diesen Schuppen fahren sollen? Wer sonst wusste wirklich von dem Platz?«

Shane hoffte immer noch, dass die Kollegen von der Spurensicherung etwas Brauchbares herausfinden würden. Vielleicht hatte man ja Fingerabdrücke, Fasern, Haare gefunden ...

Tatsächlich meldete die Spurensicherung eine Viertelstunde später weitere Ergebnisse. Man hatte Fußspuren, die hinunter zum Creek führten, abgegossen. Als Nächstes würde man zum Ende des Creek fahren und nach weiteren Spuren suchen. Im Auto selbst hatte man keine persönlichen Gegenstände gefunden, weder im Handschuhfach noch in den Seitentaschen der Türen oder im Kofferraum. Keine Taschentücher, Bonbonpapiere, Zettel, keine Sonnencreme, nichts. Im Aschenbecher hatten sich noch nicht einmal der Rest einer Zigarette oder Asche befunden. Die Analyse der Fingerabdrücke, Haare und sonstiger Fasern würde noch mehr Zeit in Anspruch nehmen. Etwas kam Shane seltsam vor.

»Diese Alice Monroe, aus dem News Agent Shop«, begann er, »erinnerte sich doch, dass Romaine Zigaretten bei ihr kaufte ...«

»Ja. Marlboro Lights.« Tamara stutzte. »Aber der Aschenbecher ...«

Er nickte. »Der Aschenbecher war leer.«

Tamara las den Bericht der Spurensicherung noch einmal. »Keine Asche, keine Zigarettenkippen.« Sie sah auf. »Meinst du, Romaine gehörte zu der Sorte Fahrerinnen, die nicht im Auto raucht?«

»Frag Ed«, gab er zurück. Menschen hatten die seltsamsten Angewohnheiten und widersprüchlichsten Verhaltensweisen.

Tamara griff zum Telefon.

»Klar hat sie im Auto geraucht«, beantwortete Ed kurz darauf Tamaras Frage. Mit triumphierendem Gesichtsausdruck legte sie auf.

»Der Mörder wollte auf keinen Fall, dass der Wagen mit Romaine in Verbindung gebracht wird«, resümierte Shane und betrachtete das rote Herz unter dem *Unser Liebling*-Aufdruck.

»Ja«, stimmte Tamara zu. »Deshalb hat der Mörder die Nummernschilder abmontiert und alle persönlichen Gegenstände aus dem Wagen entfernt.«

»Selbst die Asche aus dem Aschenbecher?«, entgegnete Shane ungläubig.

Tamara zuckte die Schultern.

Ed blinzelte in die grelle Sonne, nachdem Tamara vier Mal geklingelt hatte. »Mann o Mann, noch nicht mal sonntags hat man Ruhe vor euch, was?«, blaffte er. Sein Atem roch nach Bier. Ed war in Unterwäsche, und seine langen fettigen Haare hingen ihm strähnig in das hagere Gesicht. Er strich sie hinter die Ohren. »Bin krank.« Hinter ihm, im abgedunkelten Raum, lief wie beim letzten Mal der Fernseher; aufgeräumt hatte Ed immer noch nicht. »Was gibts denn schon wieder?« Er rührte sich nicht von der Tür fort und bat sie auch nicht hinein.

Shane setzte die Sonnenbrille ab und sah ihm direkt in die Augen. »Wir haben Romaines Wagen gefunden«.

»Was?« Ed starrte ihn an. »Wo?«

»Ganz in der Nähe. Auf ... einem Autofriedhof.«

Seine Augen sprangen unsicher zwischen Tamara und Shane hin und her. »He, und wieso kommen Sie dann zu mir?«

Shane hob nur fragend die Augenbrauen.

Ed stützte sich auf einmal am Türrahmen ab. Er wirkte plötzlich zerbrechlich. »Sie haben doch sicher die Fingerabdrücke untersucht ...«

Shane musterte Ed, bis dessen Augen nervös flackerten.

»Bestimmt haben Sie Fingerabdrücke von mir gefunden, weil Romaine mich ab und zu mal mitgenommen hat!« Ed lachte kurz auf. »Aber ich war an dem Tag in Brisbane. Das hab ich Ihnen ja lang und breit erklärt.«

»Laut Fahrgestellnummer hat Romaine einen gestohlenen Wagen gefahren, Ed«, schaltete sich Tamara ein.

»Was?« Er war tatsächlich verblüfft. »Das hat sie mir nie gesagt.« War die Überraschung nur gespielt? Dann brummte er: »Aber jemand, der zwanzigtausend Dollar mitgehen lässt ...«

»Sie meinen, so jemand fährt auch einen gestohlenen Wagen?« Tamara sah ihn kalt an.

Erleichtert nickte er. »Wahrscheinlich hat dieser verdammte George den Wagen da versteckt, nachdem er sie umgebracht hat!« Sein Lächeln misslang. »Haben Sie inzwischen was über ihn rausgekriegt?«

Tamara ließ sich mit der Antwort Zeit. »Nein, Ed, sieht ganz so aus, als existierte er gar nicht.«

Er lachte auf. »Sie machen Witze! Wieso sollte sie ihn erfunden haben?«

»Nicht Romaine, aber *Sie* könnten ihn erfunden haben, oder?«, hakte Shane ein.

»Ist überhaupt nicht lustig, Detective!« Ed runzelte die Stirn. »Verdammt nochmal, ihr wollt mir was anhängen! Ich hab aber ein Alibi. Ich war in Brisbane. Ich hab nichts damit zu tun. Gar nichts!«

»Wir sehen uns, Ed«, verabschiedete sich Shane. Tamara folgte ihm zum Auto.

»Dieser Ed bringt mich zur Weißglut!« Tamara steckte energisch den Schlüssel ins Schloss. »Warum haben wir ihn nicht festgenommen?«

Sie wollte gerade losfahren, als es am Seitenfenster klopfte. Es war Eds Nachbarin. Wie heißt sie doch gleich?, überlegte Shane. Ach ja, Emily Bosch, richtig. Heute trug sie schwarze Leggins und ein eng anliegendes Oberteil mit Tigermuster. Tamara ließ die Scheibe herunter.

»Hi! Detectives! Mir ist was eingefallen«, sagte sie, sah sich um, doch Ed war schon zurück ins Haus gegangen. Ihr Atem rasselte, und sie verströmte einen starken Nikotingeruch. »Ich hab nochmal über diesen Samstag nachgedacht, an dem Romaine ermordet worden sein soll.«

»Ja?« Tamara sah sie fragend an.

Sie holte Luft. »Am nächsten Tag, also am Sonntag, da ist mir aufgefallen, dass Eds Auto gar nicht wie sonst vor dem Haus parkte.«

Tamara stöhnte leise. Auch Shane war enttäuscht. Natürlich hatte Eds Wagen nicht dort geparkt, er war ja in Brisbane gewesen.

»Was wollen Sie uns erzählen?«, fragte Tamara, um Ruhe bemüht.

Die Nachbarin sah sie mit einem triumphierenden Ausdruck an. »Stellen Sie sich vor, ich fahre also an jenem Sonntag zu einer Freundin in die Main Street. Sie hat Kinder, zwei Mädchen, und die gehen beide zum Ballett. Na ja, ich halt ja nichts von diesem Rumgehopse, aber was sollen die Mädels hier schon machen außer Reiten ...? Also, am Sonntag ist Ballettunterricht im Raum der CWA, Sie wissen schon, der Country Women Association, und Sie werden es nicht glauben ...« Sie machte eine Kunstpause.

»Was?« Tamara war jetzt ungehalten.

Emily beugte sich tiefer hinunter. »Da seh ich doch dort Eds Wagen parken.«

»Sind Sie sicher?«

»Absolut!« Sie klang entrüstet. »402 NGT – roter Ford Explorer.«

»Und was ist das Seltsame daran?«, mischte sich nun Shane ein. Schließlich konnte die Frau ja nichts von Eds vermeintlichem Alibi wissen, seiner Behauptung, zu diesem Zeitpunkt in Brisbane gewesen zu sein. Oder hatte sich das herumgesprochen?

»Na, Ed soll sich zu der Zeit doch in Brisbane aufgehalten haben.«

Also hatte es sich doch herumgesprochen.

»Mrs. Bosch, Sie behaupten also, Ed könnte gar nicht nach Brisbane gefahren sein, weil an jenem Sonntagmorgen sein Wagen vor dem CWA-Club geparkt hat?«, wiederholte Tamara.

»Nein!« Emily Bosch schüttelte den Kopf und blickte Tamara streng an. »Ich behaupte: Ed war nicht mit *seinem Auto* in Brisbane.«

Shane sah sie für einen Moment überrascht an. Für so scharfsinnig hätte er Emily gar nicht gehalten. Selbst Tamara war ein wenig irritiert.

»Eds Alibi bröckelt langsam«, bemerkte Shane, nachdem Emily Bosch zum Haus zurückgegangen war. »Nehmen wir an, Emily hat Recht, dann bedeutet das, dass Ed entweder gar nicht in Brisbane war oder ...«

»Dass er nicht mit seinem Auto hingefahren ist«, ergänzte Tamara aufgeregt und fuhr los.

»Ja.«

»Doch wie ist er dann nach Brisbane und wieder nach Hause gekommen?«

»Falls er wirklich dort war – vielleicht mit Romaines Auto?«, überlegte er, »aber wieso fährt er dann damit wieder zurück und stellt es fast zwei Wochen später auf den Autofriedhof?«

Tamara trat auf die Bremse. Die Ampel war schon längst auf Rot umgesprungen. »Meinst du, Ed hat Romaine ermordet?«

»Er hat immerhin eher nervös als erleichtert gewirkt, als wir ihm mitgeteilt haben, dass Romaines Wagen gefunden wurde.«

»Er könnte aber auch mit jemandem mitgefahren sein oder den Bus genommen haben«, wandte Tamara ein.

Shane holte tief Luft. »Ja, das müssen wir überprüfen. Vielleicht erinnert sich der Busfahrer an ihn.«

»Manchmal hab ich diese Kleinarbeit so satt«, stöhnte Tamara.

»Wir können es auch auf die harte Tour probieren und Ed mit der Aussage der Nachbarin konfrontieren.«

Tamara schüttelte den Kopf. »Du weißt genauso gut wie ich, dass er sich rauswinden würde!«

Es blieb ihnen also nichts anderes übrig, als bei den Busunternehmen nachzufragen und weitere Anwohner aufzusuchen, um sich Emilys Aussage bestätigen zu lassen.

»Man sollte auch diesen Sidney Emmerson, der Ed das Alibi gibt, unter Druck setzten«, meinte Tamara und parkte vor der Polizeistation zwischen zwei Streifenwagen ein.

Shane stimmte ihr zu und hoffte, dass sie mit ihrem Besuch Ed schon so verunsichert hatten, dass er einen Fehler begehen würde.

37

Das Huhn mit Kürbis schmeckte fad. An einem Tisch, unter einem der immergrünen Gummibäume, die die sonst so nüchterne Klinikkantine beleben sollten, stocherte Joanna gedankenverloren auf ihrem Teller herum. Heute, am Sonntag, herrschte kaum Betrieb. Aus der Küche drangen verhaltenes Geschirrklappern und hin und wieder ein Lachen. Sie hätte auch das asiatische Gemüse mit Tofu nehmen oder auf das Mittagessen ganz verzichten können. Ihr fehlte der Appetit. Sie fühlte sich deprimiert. Den ganzen Tag schon musste sie an Max denken.

Sie wollte den Teller bereits von sich schieben und aufstehen, als sie ihn direkt auf sich zukommen sah: Dr. Hinkler im weißen, wehenden Mantel, ein bemühtes Lächeln auf dem blassen, ausdruckslosen Gesicht. Ihr war nicht nach Lächeln zu Mute, und so nickte sie ihm nur zu. Doch das hielt ihn nicht davon ab, sich zielstrebig seinen Weg durch die verstreut stehenden Tische zu ihr zu bahnen. Es war zu spät für eine unauffällige Flucht, und so konnte sie nur abwarten, bis er vor ihr stand.

»Hallo, Joanna!« Er hatte seiner Stimme einen kameradschaftlichen Ton gegeben. »Sie machen ja schöne Geschichten!« Die Polizei habe das Krankenhaus von ihren Telefonaten in Kenntnis gesetzt, erklärte er ihr. »Natürlich weiß ich Ihr Engagement zu schätzen, Joanna, aber«, wieder sein Lächeln, »überlassen Sie die Ermittlungsarbeit doch besser der Polizei. Sie tun sich und dem Jungen keinen Gefallen, wenn Sie sich einmischen.« Sein Ton war nun fürsorglich. »Überlegen Sie doch mal, Joanna«, er setzte sich an ihren Tisch, »vielleicht hat sich der Kleine auch etwas zusammenfantasiert, weil er nicht begreifen kann, dass seine Mutter ihn einfach ausgesetzt hat.« Leicht vorgebeugt, die

Unterarme auf der Tischplatte verschränkt, redete er eindringlich auf sie ein. »Sie wissen ja selbst, Joanna, dass Kinder so etwas hin und wieder tun.«

Nicht nur Kinder, dachte sie, auch Erwachsene suchen Erklärungen, indem sie sich etwas vorgaukeln. Doch das sprach sie nicht aus, sagte nur: »Ja.«

Er war erleichtert, dass sie keine Einwände erhob, und atmete auf. »Dann haben wir uns ja verstanden.« Nun lächelte er zufrieden. »Warum sind Sie überhaupt heute, am Sonntag, hier?«, fragte er, doch er wartete die Antwort gar nicht erst ab. Mit einem Blick auf ihr fast unberührtes Essen stand er auf, wünschte ihr noch einen guten Appetit und eilte hinaus.

Abgesehen davon, dass das Huhn kalt geworden war, war ihr nun der Appetit gänzlich vergangen. Niedergeschlagen starrte sie vor sich hin, bis sie ihren Namen hörte. Zuerst glaubte sie, sich verhört zu haben, doch die Lautsprecherstimme wiederholte den Aufruf.

»Joanna O'Reilly – dringend zum Telefon. Joanna O'Reilly ...«

Hastig stand sie auf und eilte durch die Kantine bis zur Telefonzentrale in der Empfangshalle.

»Joanna?«, sagte die Stimme am Telefon. »Ich habe etwas entdeckt! Können Sie sofort kommen?« Es war Diane Holt.

Diesmal riss Diane die Haustür auf. Sie wirkte noch schreckhafter als gewöhnlich. »Ich weiß nicht, was schlimmer ist«, wisperte sie, »die Ungewissheit oder die endgültige, grausame Wahrheit.«

Joanna folgte ihr in die Küche. Es roch nach Lasagne. Aber in der Küche fand sich kein Hinweis darauf. Alles stand wie immer sauber an seinem Platz.

»Ich hab sie mir immer und immer wieder angesehen«, begann Diane. Noch wusste Joanna nicht, worum es überhaupt ging. Mit zitternden Händen nahm Diane die Postkarte unter dem Magneten in Palmenform von der Kühlschranktür.

»Hi, Schwesterherz, alles okay«, las sie langsam und mit Pausen vor, als würde sich hinter jedem Wort ein Rätsel verbergen, *»hier ist es wunderschön. Ich fang ein neues Leben an. Suzanne.«*

Joanna konnte nichts Seltsames finden. Der Text war kurz und prägnant, er passte zum plötzlichen Verschwinden Suzannes: ohne eine Erklärung, ohne Sorgen um das Kind auszudrücken. Suzanne war eine Egomanin, die in ihrem Leben schon öfter ausgebrochen war.

Diane ließ die Postkarte sinken. »Meine Schwester und ich hatten eine eigene Sprache«, erklärte sie, »ich weiß auch nicht, warum es mir nicht gleich aufgefallen ist.«

»Was?«

Diane wedelte aufgeregt mit der Postkarte. »Es ist hier alles wunderschön, und ich will gar nicht mehr nach Hause. Suzanne.«

Joanna sah sie fragend an.

»Damals war sie zwölf oder dreizehn und verbrachte allein bei unserer Großmutter ihre Ferien.«

Noch immer begriff Joanna nicht, worauf Diane hinauswollte.

»In Wirklichkeit fand sie es überhaupt nicht schön und wollte sofort wieder heim. Sie unterschrieb die Karte auch damals mit *Suzanne* und nicht mit *Sue,* wie wir sie nannten! Wie gesagt, wir hatten einen Code.« Über Dianes blasses Gesicht huschte kurz ein Lächeln. »*Suzanne* statt *Sue* bedeutete: Das Gegenteil ist wahr.«

Eine Weile herrschte Schweigen.

Hi, Schwesterherz, alles okay, hier ist es wunderschön. Ich fang ein neues Leben an hieß dann: Nichts ist okay, es ist alles schrecklich, ich fange kein neues Leben an?

»Man hat Sie gezwungen«, flüsterte Diane, »auf die Karte an mich etwas Beruhigendes zu schreiben.« Sie machte einen Schritt rückwärts und stützte sich an der Spüle ab. Diane trug an diesem Tag einen cremefarbenen Hosenanzug, der seit mindestens zehn Jahren aus der Mode gekommen war.

»Haben Sie es schon der Polizei ...«

»Polizei!«, fiel Diane ihr ins Wort, »was soll die Polizei ...?« Sie brach ab. Mit einem Mal war sie kalkweiß geworden. »Joanna«, flüsterte sie, »glauben Sie, Sue ... ist tot?«

Was sollte sie darauf antworten? Schon seitdem Max die blaue Figur unter dem Kreuz gemalt hatte, beschäftigte sie sich mit dieser Frage.

»Joanna«, sprach Diane weiter, »als Sie vor ein paar Tagen vor meiner Tür standen ...«

Fast war es ihr während der letzten Tage gelungen, Dianes Rassismus zu verdrängen.

»Es tut mir Leid«, versicherte Diane, »bitte verzeihen Sie mir.«

Von draußen drang das polternde Geräusch des Müllwagens ins Haus.

»Joanna – auch wenn ich Angst davor habe ... ich muss wissen, was geschehen ist.« Sie schluckte. »Und Max soll doch wieder reden und spielen können ... Bitte, helfen Sie mir ... und Max.«

»Diane«, begann Joanna, »Ihr Neffe hat seine Erinnerung gelöscht. Er konnte nur überleben, weil er etwas Schreckliches verdrängt hat. Er hat überlebt. Aber jetzt muss er ein neues Leben beginnen. Immer wieder tauchen jedoch Erinnerungsstücke aus der Vergangenheit auf, die ihn irritieren ... und an einem neuen Leben hindern, weil er Angst vor ihnen hat.«

Diane hatte ihr zugehört.

»Hören Sie, er muss sich erinnern und die Erinnerung verarbeiten. Max muss die Blockade auflösen.«

»Aber wie?«

Joanna holte tief Atem. Der Gedanke hatte sich schon länger in ihr festgesetzt. Immer wieder hatte sie ihn weit von sich geschoben, aus Angst ... »Diane, ich muss mit ihm dorthin, wo er gefunden wurde.«

»Ich komme mit!«, sagte Diane schnell.

»Ich glaube, es ist besser, wenn ich mit Max allein fahre.«

Als Joanna aus dem dunklen, engen Flur ins Freie trat, brannte die Sonne sengend von einem ausgebleichten Himmel.

Am späten Nachmittag schaute Detective Constable Fiona Miller zur Tür herein. Shane erwartete die Nachricht von Herbs und Beckys Rückkehr. Stattdessen aber sagte sie: »Ed Fraser will Sie sprechen.«

Tamara sah Shane überrascht an, während Ed hastig ins Zimmer schlüpfte. Er hatte sich offenbar geduscht, denn sein Haar glänzte und war zu einem ordentlichen Pferdeschwanz zusammengebunden. Frische Kleider trug er auch: Röhrenjeans und ein eng anliegendes gelbes T-Shirt, das seine kränkliche Blässe unvorteilhaft hervorhob und über dem Oberarm eine kastenartige Ausbuchtung aufwies, unter der sich offenbar eine Zigarettenschachtel verbarg. Ed will sich wohl von seiner besten Seite zeigen, ging es Shane durch den Kopf, weil er etwas von uns will ...

»Ich muss das Auto sehen«, begann Ed ohne Einleitung.

Bingo, schoss es Shane durch den Kopf. Er hob nur die Augenbrauen, was Ed irritierte, denn er sah unsicher von Shane zu Tamara, bis er ihr Schweigen nicht mehr aushielt und herausplatzte: »Woher wissen Sie überhaupt, dass es Romaines Auto ist? Es gibt Millionen solcher Kisten.«

Shane wurde neugierig und deutete auf den freien Stuhl zwischen den Schreibtischen.

Wortlos nahm Ed Platz. Wieder sprach eine Weile niemand ein Wort. Mit nervösen Fingern zog Ed die Zigarettenschachtel unter dem Ärmel des T-Shirts hervor, doch Tamaras strenger Blick ließ ihn die Schachtel wieder zurückschieben. »He, Mann, das ist doch eine ganz normale Frage, oder?«

Shane lehnte sich im Sessel zurück, als hätte er unendlich viel Zeit. »Ihr Wagen wurde am Sonntag hier in Chinchilla gesehen.«

Ed schluckte.

Wie groß und spitz sein Adamsapfel ist, dachte Shane. Er beugte sich vor und sah Ed direkt in die Augen. »Wir haben einen Zeugen. Geben Sie's zu, Ed. Es macht die Sache für uns alle einfacher.«

»Da will mich jemand in irgendwas reinziehen. Sie haben doch mein Alibi überprüft. Ich war in Brisbane.«

»Aber nicht mit dem eigenen Auto«, schaltete sich Tamara ein.

Ed war nur einen Moment ratlos, dann setzte er ein triumphierendes Grinsen auf. »Also steht meine Aussage gegen die eines anderen!«

Obwohl Shane ein solches Verhalten in all den Jahren oft genug erlebt hatte, spürte er doch jedes Mal wieder Wut in sich aufsteigen. Am liebsten wäre er aufgesprungen und hätte Ed an seinem dünnen Hals gepackt und geschüttelt. Stattdessen sagte er ruhig: »Romaine hatte eine Zahnprothese ...«

Ed schwieg und starrte zu Boden.

»Sie, Sidney Emmerson und Harry Newman saßen vor zwei Jahren mit Romaine im Auto. Wir können also durchaus behaupten, Romaine hatte Beziehungen zur kriminellen Szene, Ed – genau wie Sie.«

»Wollen Sie mich deswegen verhaften?«, brauste Ed auf.

Shane verspürte Lust, ihn zu rütteln. Tamara räusperte sich. »Wir könnten bei Ihnen eine Durchsuchung anordnen«, fuhr Shane ruhig fort. »Zwanzigtausend Dollar sind 'ne Menge Geld.«

»Sie haben nichts gegen mich in der Hand! Ich hab ein Alibi!« Ed war ein härterer Brocken, als Shane gedacht hatte. »Was ist jetzt? Kann ich endlich das Auto sehen?« Ed fühlte sich wieder sicherer.

»Es ist nicht hier, es wird untersucht«, erklärte Shane, ohne ihn aus den Augen zu lassen.

Ed schluckte, sein spitzer Adamsapfel hüpfte. »Ich hab ihr mal ein Feuerzeug geschenkt«, sein Ton hatte jetzt etwas Kleinlautes, »da steht mein Name drauf. Könnte sein, dass es im Auto ist – nicht dass Sie gleich denken ...«

»... Sie hätten Romaine umgebracht?« Shane lächelte kalt.

»Nun«, schaltete sich Tamara ein, »zwanzigtausend Dollar sind ... für Sie wie viele Monatsgehälter, Ed?«

Wütend sprang er auf. »Es war dieser George! Warum glauben Sie mir nicht?«

»Ganz einfach, Ed«, entgegnete Shane scharf, »niemand kennt diesen George, niemand außer Ihnen hat je von ihm gehört oder ihn gesehen!«

»Aber diesem Hall glauben Sie! Das mit den Zwanzigtausend im Safe hat er Ihnen doch erzählt! Vielleicht hat er sich die ganze Geschichte ausgedacht und mir die Nachricht, dass sie mit George unterwegs ist, hingelegt, um davon abzulenken, dass er Romaine im Streit umgebracht hat. Der Typ ist clever!«

»Sehen Sie, Ed«, seufzte Shane, »mit diesem Zettel ist es genau das Gleiche wie mit George: Niemand außer Ihnen hat ihn gesehen.«

Ed schluckte wieder, zögerte und räusperte sich schließlich. »Ich gehe jetzt.« Er erwartete wohl, dass man ihn zurückhielt, doch als weder Tamara noch Shane diesbezüglich Anstalten machten, ging er mit schnellen Schritten zur Tür hinaus. Dem Klacken der sich schließenden Tür folgte Schweigen.

»Ich muss mal raus«, murmelte Tamara mit gerunzelter Stirn.

Als die Tür hinter ihr zufiel, starrte Shane eine Weile aus dem Fenster. Er bemerkte ein Ziehen in der Brust. Sein Arzt hatte ihm Bewegung verordnet. »Shane, nimm dir die Dinge nicht so zu Herzen – im wahrsten Sinne des Wortes«, hatte er ihn ermahnt, »und wenn's zu arg wird, dann greif zu deinen Sportschuhen.«

Die Aircondition kühlte den Raum auf fünfundzwanzig Grad. Draußen waren es mindestens fünfunddreißig Grad. Zu viel, um auch nur an Sport zu denken. Er glaubte, an dem Fall zu ersticken. An allen Enden brannte es gleichzeitig, und er wusste nicht, wo er mit den ›Löscharbeiten‹ beginnen sollte. Shane legte die Beine auf den Schreibtisch, schloss die Augen und versuchte, sich Romaines letzte Stunden vorzustellen.

Sie hatte Barry auf der Farm besucht und ihm das Geld aus dem Safe im »Earl's« angeboten, um *Ashwood* operieren zu lassen. Danach hatte sie die Farm verlassen und sich am Abend zum *»Earl's«* aufgemacht. Sie besaß den Safeschlüssel, nahm das Geld und legte den Zettel mit der Nachricht *»Sorry. Romaine«* hinein. Doch jemand beobachtete sie oder wusste von ihrem Plan. Er überwältigte Romaine, nahm das Geld, vergrub die Leiche, ließ den Wagen verschwinden. Alan Hall und auch die Polizei sollten glauben, Romaine habe sich mit dem Geld aus dem Staub gemacht. Doch wieso war das Türschloss zerbeult, wenn Romaine doch einen Schlüssel besaß? Und wieso stellte man Romaines Auto erst so lange nach ihrem Tod auf Barrys Grundstück ab? Nichts passte in diesem Mordfall zusammen.

Er starrte aus dem Fenster in den Hinterhof. Die Sonne ging bald unter. Ein Magpie, ein schwarz-weißer großer, schlanker Vogel mit einem spitzen, langen Schnabel hüpfte auf dem vertrockneten Gras umher, zupfte hier und da etwas aus der Erde. Ein zweiter ließ sich nicht weit von ihm entfernt nieder, begann auch zu zupfen. Normalerweise kamen sie am Nachmittag. Jetzt war es eigentlich schon viel zu spät für sie.

Manchmal überfiel Shane Angst, nie wieder einen Fall lösen zu können. Dann sehnte er seine Pensionierung herbei. Doch zugleich fürchtete er sich davor, denn er hatte keine Ahnung, was er dann mit seinem Leben anfangen sollte. Wahrscheinlich würde er so enden wie sein alter Kollege Lewis – dem Alkohol verfallen und einsam ...

Bevor er nun komplett in Depressionen verfiel, atmete er tief durch und machte sich an die Schreibarbeit, die er bis jetzt aufgeschoben hatte. Er wusste nicht, wie lange er schon daran gesessen hatte, als er aufschreckte.

»Oh, Sie sind noch da!« Trish Ford hatte die Tür geöffnet. »Da haben Sie aber Glück«, wandte sie sich an jemanden im Gang. »Er wollte Sie nochmal sprechen.« Sie warf Shane einen entschuldigenden Blick zu, als Ed sich an ihr vorbeidrängte. »Ich hab ihm gesagt«, begann Trish zu erklären, »dass ich nicht weiß, ob Sie noch Zeit ...?«

Shane machte eine wegwerfende Handbewegung. »Ist schon gut, Trish. Was gibts wieder so Dringendes, Ed?«

»Ich hab ihn doch noch gefunden.« Ed zog etwas aus der Hosentasche, »den Brief, den mir Romaine hingelegt hat. An jenem Samstag.«

Winzige Papierschnipsel rieselten auf Shanes Schreibtisch.

Erstaunt blickte Shane auf.

»Mann, Sie könnten ruhig ein bisschen freundlicher gucken! Schließlich hab ich extra den Müll durchwühlt«, Ed steckte die Hände in die Hosentaschen seiner Röhrenjeans und wippte auf den Fußspitzen, »und das war nicht gerade ein Vergnügen.«

»Da sind Sie aber ganz schön tief in die Tonne gekrabbelt, Ed«, bemerkte Shane mit einem spöttischen Unterton.

»Nicht so tief«, Ed wippte wieder, »hier wird donnerstags der Müll abgeholt, aber ich hab die Schnipsel erst nach Donnerstag reingeworfen.«

»Sind ziemlich klein, Ihre Schnipsel?« Die ganze Sache erschien Shane suspekt.

»Tja.« Eds Grinsen wirkte nun gequält. »Ach ja«, er wandte sich zum Gehen, »ich sage Ihnen, dieser George hat Romaine bestimmt dazu gezwungen, den Safe auszuräumen. Dann hat er sie umgebracht, den Wagen weggeschafft und ist mit der Kohle über alle Berge.« Unter Shanes skeptischem Blick fühlte sich Ed sichtlich unwohl. »Ich dachte, ich tu Ihnen einen Gefallen ...«

Als Shane nicht antwortete, blinzelte er nervös. »Ich bin doch jetzt aus dem Schneider, oder?« Wieder ein unsicheres Lächeln, das von Shane nicht erwidert wurde. »Ich meine«, stammelte Ed, »mit diesem Brief ist doch bewiesen, dass es diesen George gibt ...«

»Meinen Sie wirklich?«, fragte Shane tonlos.

Ed hielt es nur noch einen Moment aus, dann eilte er hinaus. Die Tür fiel hinter ihm zu.

Mit einer Pinzette ordnete Shane die zerknüllten Papierschnipsel in eine Reihenfolge. *Bin für eine Weil unterwegs George,* brachte er zusammen.

Die zerfransten Ränder passten an einigen Stellen nicht aneinander, offensichtlich fehlten noch weitere, winzige Schnipsel. Warum hatte Ed die Nachricht geradezu blind vor Wut zerfetzt? Shane legte die Kopie der Nachricht *Sorry. Romaine* daneben. Die Ähnlichkeit der Schrift war verblüffend. Es sah tatsächlich so aus, als hätte Romaine auch diese Nachricht geschrieben. Also gab es doch einen Mann namens George in Romaines Leben? Oder steckte hinter allem Alan Hall, der Romaine im Streit getötet und im Nachhinein dieses ganze Konstrukt mit den Nachrichten und dem Raub des Geldes errichtet hatte?

Doch mit Spekulationen kam er im Moment nicht weiter. Und so legte Shane mit der Pinzette Schnipsel für Schnipsel in eine Tüte, die er in ein Kuvert steckte. Er adressierte es an Mike Paradabars Abteilung im Headquarters, dann räumte er seinen Schreibtisch auf. Er wollte gerade gehen, als ihm einfiel, Pam anzurufen und sich nach dem Stand von Kims Heiratsplänen zu erkundigen.

Inzwischen war es neun. Wollte er sich wirklich wieder Kims Vorwürfen aussetzen? Er zögerte, streckte schon die Hand zur Tür aus, doch dann ließ er sie sinken und ging zurück zum Telefon.

Nach dreimaligem Klingeln wurde abgenommen.

»Hallo?« Das war Pam.

»Hi, Pam, hier ist Dad. Wie läufts?« Seine eigene Stimme erschien ihm auf einmal fremd.

»Dad!«, rief sie freudig aus, und prompt meldete sich sein schlechtes Gewissen. Warum rief er sie nur so selten an?

»Gehts dir gut? Was macht deine Mutter?«

Ein langes Seufzen folgte. »Na ja, immerhin ist sie kaum noch zu Hause, da hab ich wenigstens meine Ruhe.« Sie klang nicht glücklich. »Frank hat an der Sunshine Coast ein Haus. Sie verbringt das Wochenende dort.«

»Verstehe.« Im Hintergrund hörte er Musik und Stimmengewirr. »He, was ist bei dir los?«

»Och, nur ein paar Freunde.«

»Von der Schule?«

»Ja. Dad?«

»Ja?«

»Könnten wir uns nicht mal wieder treffen?«

»Sicher, Pam.«

»Bist du übermorgen, am Dienstag, wieder in Brisbane?«

»Oh, Pam, ich hab keine Ahnung, wie lange ...«

»Schade«, fiel sie ihm ins Wort. Sie klang einsilbig, und ihn plagten schon wieder Schuldgefühle.

»Pam, sobald ich wieder in Brisbane bin, rufe ich dich an. Versprochen.«

Schweigen. Dann sagte sie knapp: »Also dann, gute Nacht.«

»He, treib es nicht zu wild, ja?« Er versuchte, locker zu klingen.

»Nein. Bis dann.«

Er machte sich Sorgen. Sie brauchte ihn, und er war nicht für sie da – war noch nie für sie da gewesen. Mit wem pflegte sie überhaupt Umgang? Nahm sie vielleicht Drogen? Wie konnte Kim nur so egoistisch sein und Pam allein lassen? Shane wurde nervös. Warum hatte er Kims Telefonnummer nicht? Er wusste ja noch nicht einmal Franks Nachnamen! Bilder kamen ihm ins Gedächtnis. Drogentote, die Fotos von Carney, Ermordete ... Wie gefährlich war es da draußen für ein sechzehnjähriges Mädchen unter all den Verrückten ...

Er könnte einen Kollegen anrufen, ihn bitten, bei Pam zu Hause vorbeizusehen ...

Schluss, befahl er sich. Er steigerte sich in etwas hinein. Pam war sechzehn Jahre alt, fast erwachsen. Und sie war nicht naiv. Wer weiß – vielleicht war sie schon viel erwachsener, als er ahnte.

Er blieb noch eine Weile nachdenklich sitzen. Um halb elf schloss er endlich die Bürotür hinter sich. Auf dem Gang begegneten ihm zwei uniformierte Constables der Nachtschicht, die ihm eine gute Nacht wünschten.

»Ja. Dad?«

»Ja?«

»Könnten wir uns nicht mal wieder treffen?«

»Sicher, Pam.«

»Bist du übermorgen, am Dienstag, wieder in Brisbane?«

»Oh, Pam, ich hab keine Ahnung, wie lange ...«

»Schade«, fiel sie ihm ins Wort. Sie klang einsilbig, und ihn plagten schon wieder Schuldgefühle.

»Pam, sobald ich wieder in Brisbane bin, rufe ich dich an. Versprochen.«

Schweigen. Dann sagte sie knapp: »Also dann, gute Nacht.«

»He, treib es nicht zu wild, ja?« Er versuchte, locker zu klingen.

»Nein. Bis dann.«

Er machte sich Sorgen. Sie brauchte ihn, und er war nicht für sie da – war noch nie für sie da gewesen. Mit wem pflegte sie überhaupt Umgang? Nahm sie vielleicht Drogen? Wie konnte Kim nur so egoistisch sein und Pam allein lassen? Shane wurde nervös. Warum hatte er Kims Telefonnummer nicht? Er wusste ja noch nicht einmal Franks Nachnamen! Bilder kamen ihm ins Gedächtnis. Drogentote, die Fotos von Carney, Ermordete ... Wie gefährlich war es da draußen für ein sechzehnjähriges Mädchen unter all den Verrückten ...

Er könnte einen Kollegen anrufen, ihn bitten, bei Pam zu Hause vorbeizusehen ...

Schluss, befahl er sich. Er steigerte sich in etwas hinein. Pam war sechzehn Jahre alt, fast erwachsen. Und sie war nicht naiv. Wer weiß – vielleicht war sie schon viel erwachsener, als er ahnte.

Er blieb noch eine Weile nachdenklich sitzen. Um halb elf schloss er endlich die Bürotür hinter sich. Auf dem Gang begegneten ihm zwei uniformierte Constables der Nachtschicht, die ihm eine gute Nacht wünschten.

vor Wut zerfetzt? Shane legte die Kopie der Nachricht *Sorry. Romaine* daneben. Die Ähnlichkeit der Schrift war verblüffend. Es sah tatsächlich so aus, als hätte Romaine auch diese Nachricht geschrieben. Also gab es doch einen Mann namens George in Romaines Leben? Oder steckte hinter allem Alan Hall, der Romaine im Streit getötet und im Nachhinein dieses ganze Konstrukt mit den Nachrichten und dem Raub des Geldes errichtet hatte?

Doch mit Spekulationen kam er im Moment nicht weiter. Und so legte Shane mit der Pinzette Schnipsel für Schnipsel in eine Tüte, die er in ein Kuvert steckte. Er adressierte es an Mike Paradabars Abteilung im Headquarters, dann räumte er seinen Schreibtisch auf. Er wollte gerade gehen, als ihm einfiel, Pam anzurufen und sich nach dem Stand von Kims Heiratsplänen zu erkundigen.

Inzwischen war es neun. Wollte er sich wirklich wieder Kims Vorwürfen aussetzen? Er zögerte, streckte schon die Hand zur Tür aus, doch dann ließ er sie sinken und ging zurück zum Telefon.

Nach dreimaligem Klingeln wurde abgenommen.

»Hallo?« Das war Pam.

»Hi, Pam, hier ist Dad. Wie läufts?« Seine eigene Stimme erschien ihm auf einmal fremd.

»Dad!«, rief sie freudig aus, und prompt meldete sich sein schlechtes Gewissen. Warum rief er sie nur so selten an?

»Gehts dir gut? Was macht deine Mutter?«

Ein langes Seufzen folgte. »Na ja, immerhin ist sie kaum noch zu Hause, da hab ich wenigstens meine Ruhe.« Sie klang nicht glücklich. »Frank hat an der Sunshine Coast ein Haus. Sie verbringt das Wochenende dort.«

»Verstehe.« Im Hintergrund hörte er Musik und Stimmengewirr. »He, was ist bei dir los?«

»Och, nur ein paar Freunde.«

»Von der Schule?«

und liegen lassen und bin nach Hause.« Er trank das Bier aus, nahm das nächste. »Wir hatten 'ne Aussprache und sind mit dem Zelt weggefahren, so wie früher.« Er trank das Bier in gierigen Zügen.

»Und warum, verdammt, haben Sie das nicht gemeldet? Wir hatten keine Ahnung, wo Sie sind!« In Shane stieg Ärger hoch. Warum musste der betrunkene Kollege ausgerechnet hier in seinem Schlafzimmer zu einer Beichte ausholen? Shane wollte kein Bier mehr trinken, er wollte nur noch zurück ins Bett und schlafen.

Herb hob seine mächtigen Schultern und ließ sie wieder fallen. »Ich dachte, das versteht niemand ...«

»Verdammt, Herb!« Shane knallte die halb volle Flasche auf das runde Tischchen zwischen ihnen. Herb zuckte zusammen. »Sie tun sich selbst viel zu sehr Leid!«

»Ich weiß«, nickte er und seufzte.

»Herb, jetzt reißen Sie sich mal zusammen! Immerhin haben Sie Becky doch zurückgewonnen, oder?«

Herb sah ihn fragend an. »Wer weiß.« Er seufzte. »Ich hätte den Typen damals nicht erschießen dürfen. Jetzt verfolgt er mich, Tag und Nacht.« Er klang jämmerlich, und in Shane wuchs der Unwille, ihn um diese Uhrzeit noch länger zu ertragen.

»Herb, gehen Sie nach Hause. Becky wird auf Sie warten.«

Überraschenderweise erhob sich Herb widerspruchslos und wankte zur Tür. Seine Augen waren wässrig und traurig. »Also, Shane«, sagte er und drehte sich in der Tür noch einmal um, »machen Sie's gut. Tut mir Leid, wirklich. Es ist doch alles nicht so wichtig, oder?«

»Ja.« Shane wusste nicht, was Herb damit meinte, er fragte auch nicht nach, denn er wollte ihn nur endlich loswerden.

»Wir nehmen uns zu wichtig, das ist es«, meinte Herb mehr zu sich selbst und ging die Stufen hinunter.

38

Leises Klopfen drang in seine Träume. Shane war sofort hellwach. Weißes Mondlicht fiel durch die dünnen Vorhänge in den düsteren Raum. Wieder Klopfen. Mit T-Shirt und Boxershorts bekleidet, ging er zur Tür, zog sie auf und blickte auf die von der Lampe über der Tür grell angestrahlte imposante Gestalt Herb Kennedys.

»Sorry.« Herb lächelte unsicher. Die Enden seines Schnauzers hoben sich leicht. »Haben Sie Zeit für ein Bier?« Er hielt ein Sixpack FourX hoch.

Shane schluckte eine ärgerliche Bemerkung hinunter und trat zur Seite. Herb grinste erleichtert, stapfte ins Zimmer und ließ sich ohne Zögern in einen der beiden braunen Kunstledersessel fallen. Shane schaltete die Stehlampe an, deren rötlicher Schirm mit einer Staubschicht bedeckt war, und setzte sich Herb gegenüber in den zweiten Sessel. Das warme Licht verlieh dem unpersönlichen Zimmer etwas Intimes. Herb stellte das Sixpack auf den Tisch, reichte erst Shane ein Bier, dann öffnete er sich selbst eins. Er trug abgetragene Jeans und ein verwaschenes T-Shirt – kein adrettes Hemd wie sonst.

Herb nahm einen Schluck. Shane wartete auf eine Erklärung.

»Ich bin wieder da«, begann Herb.

»Ja«, brummte Shane.

»Normalerweise mache ich so was nicht, wirklich nicht.«

Shane nickte. Er war müde.

»Es war wegen Becky.« Herb trank weiter. Shane wurde ungeduldig. Er brauchte dringend Schlaf. »Sie wollte sich von mir trennen. Rief einfach im Büro an und sagte, sie würde jetzt sofort übers Wochenende mit diesem Polocrosse-Typen namens Rolf abhauen. Da hab ich alles stehen

Im schwachen Licht der Türlampe sah Shane Herbs hellblauen alten Commodore schräg gegenüber am Straßenrand parken.

»Sie sollten jetzt nicht mehr Auto fahren, Herb!«, rief er ihm nach.

»Natürlich nicht, ich bin doch ein beschissener Bulle!« Herb lächelte traurig, hob die Hand zum Gruß. »Bis bald, Shane! Leben Sie wohl!«

Shane blickte ihm nach, wie er die Straße hinunterwankte. Bis zu ihm nach Hause waren es zu Fuß höchstens zehn Minuten. Sicher war er bei seiner Heimkehr etwas nüchterner. Shane wollte sich gerade wieder ins Bett legen, als er das Geräusch eines anspringenden Wagens hörte. Verdammt, dachte er. ›Machen Sie's gut‹, hatte Herb gesagt, ›leben Sie wohl ...‹

Er hatte Herbs Verzweiflung nicht ernst genug genommen! Herb hatte bei ihm Hilfe und Verständnis gesucht, und er hatte ihn nur so schnell wie möglich loswerden wollen. Shane riss die Tür auf und sah gerade noch Herbs Commodore auf die Hauptstraße einbiegen. Fluchend stürzte er zum Tisch, schnappte den dort liegenden Autoschlüssel des Dienstwagens und rannte hinaus. Als er den Motor anließ, bemerkte er in den Augenwinkeln Tamara, die im hellen Nachthemd vor ihrer Tür stand. Auf ihre Rufe reagierte er nicht, sondern trat aufs Gas. Mit quietschenden Reifen schoss sein Wagen auf die Straße. Er hätte stutzig werden müssen, als Herb weinerlich geworden war und von Abschied geredet hatte. Die roten Lichter vor ihm mussten die von Herbs Wagen sein. Er hatte einen mächtigen Vorsprung. Häuser und Büsche wischten im Scheinwerferlicht vorbei, gespenstisch, fremd und stumm. Es gab genügend Bäume, die sich Herb aussuchen könnte, registrierte er. Wie hatte er Herbs Hilferuf nur überhören können? Konzentriert raste Shane hinter den roten Rücklichtern her, blendete auf und hupte, um Herb zum Stoppen zu bringen. Dieser verdammte Kerl!, dachte er wütend.

Der Abstand verringerte sich kaum. Einhundert, zeigte der Tachometer an, und Herbs Commodore wurde noch schneller. Wie lange sollte das so gehen?, dachte Shane. Was tat er da überhaupt? Am Ende raste er selbst noch gegen einen Baum. Seine Augen schmerzten, Schweiß rann ihm den Rücken hinunter.

Warum war Herb gerade zu ihm gekommen?

Während Shane Zweifel plagen, gerät der Wagen vor ihm plötzlich ins Schlingern. Shane steigt auf die Bremse. Da, über die Straße fliegen Schatten – Kängurus –, und die Rücklichter vor ihm brennen blutrot. Er schießt auf sie zu. Sie ätzen sich in seine Augen wie rote Säure. Sein Fuß tritt das Bremspedal durch den Wagenboden. Die Rücklichter bereits fast scheibenfüllend, der Knall schon in den Ohren, der Aufprall unvermeidlich ... Shane zieht den Hals zwischen die Schultern, duckt sich, krallt sich ans Steuer, reißt es nach rechts – die Lichter vor ihm rutschen nach links, und Blech an Blech, durch Millimeter Luft getrennt, reibt aneinander vorbei. Endlich steht sein Wagen. Er kneift die Augen zusammen, öffnet sie wieder und sieht im Rückspiegel Herbs Auto im Graben hängen. Gestrandet wie ein verirrter Wal.

Wie still es ist! Shane steigt aus. Unter seinen Schritten knirschen die feinen Sandkörner. Müde und hilflos blicken ihm die fahl leuchtenden Scheinwerfer entgegen. Nichts regt sich im Auto. Doch die Frontscheibe ist klar, nicht gebrochen. Herbs Kopf hat sie nicht durchstoßen.

»Hat Sie Ihnen gefallen, die kleine Spritztour?«, hörte er Herbs Stimme, als er die Tür des Commodore aufzog. »Sie haben sich gut gehalten, Shane!« Er lachte, schnallte sich ab und stieg aus. Da verlor Shane die Beherrschung. Ärgerlich holte er aus und stieß ihm die Faust in den Magen. Herb klappte zusammen, wankte zur Seite und übergab sich. Shane lehnte sich an den Wagen und schwieg.

Mühsam rappelte sich Herb wieder auf und wischte sich mit dem Arm über den Mund. Er nickte und atmete durch. Dann blickte er hinauf in den Sternenhimmel. »Jetzt muss ich also weitermachen, was?«, murmelte er schließlich.

»Warum soll es Ihnen besser gehen als uns anderen?«, brummte Shane.

Eine Weile standen sie schweigend da, jeder in seine Gedanken vertieft.

»Ich bin Mitglied in der AAA«, sagte Herb schließlich, »die kommen und schleppen einen ab.«

»Darum kümmern wir uns gleich morgen, am Montag. Ich fahr Sie jetzt heim.«

Herb nickte und folgte Shane zu seinem Wagen. »Sie werden es in Ihrem Bericht erwähnen müssen, oder?«, fragte Herb, als Shane wendete. Im Licht der Scheinwerfer blitzten die vom Wind bewegten Blätter der Eukalyptusbäume weiß auf.

»Was, Herb?«, gab Shane zurück.

»Danke, Shane.«

In Chinchilla leuchteten noch ein paar Werbeschilder: die Bierwerbung über dem Pub, die des Motels, außerdem ein bläuliches Schaufenster. Shane bog links in die Straße ein, die zu Herbs Haus führte. Durch die Fliegennetztür fiel Licht. Kaum war der Motor verstummt, erschien Becky in einem Bademantel in der Tür. Herb zögerte einen Moment, bevor er ausstieg.

»Danke, nochmal«, sagte er, und Shane nickte.

»Wo um Himmels willen bist du gewesen, Herb!«, hörte Shane Becky besorgt rufen. »Und wo ist der Wagen? Ich hab dich doch wegfahren hören!«

Herb stieg die Treppen hinauf, legte sanft den Arm um Becky, die so viel kleiner war als er. Shane wartete, bis sich die Haustür hinter ihnen geschlossen hatte, dann fuhr er zurück zum Motel. Er fühlte sich ausgelaugt, war aber zu wach, um zu schlafen. Aufstöhnend ließ er sich in den Sessel gleiten, in dem Herb gesessen hatte, und schaltete das Licht aus. Shane fiel in einen Halbschlaf, den die Geräusche der Nacht durchdrangen wie aufblitzende Lichter einen brüchigen Vorhang.

In den frühen Morgenstunden weckte ihn der Schrei eines Kookaburras aus einem Traum. Er hatte Romaines Wagen gesehen, der auf Barrys trockenem Land gestanden hatte. Kein Windhauch hatte sich geregt, und nicht das leiseste Geräusch war zu vernehmen gewesen. Eine seltsame Stille hatte geherrscht. Er schloss wieder die Augen und fand in den Traum zurück. Er schwebte dahin, gestalt- und schattenlos. Unter ihm wurde das Autodach durchsichtig, und er konnte von oben in den Wagen sehen: die Polster, braungrau gemustert, nicht mehr die neuesten, das staubige Armaturenbrett, das braune Lenkrad, links daneben ein Kassettenradio – ein altes Modell mit Drehknöpfen –, darunter der Aschenbecher zum Herausziehen, direkt davor der kugelige Schaltknüppel ... Als hätte er bei einem Videogerät auf *Stopp* gedrückt, hielt der Film an, das Bild gefror – und er schlug wieder die Augen auf.

Das milchige Licht des frühen Morgens tauchte sein Zimmer in diffuse Helligkeit. Zu unruhig, um wieder einzuschlafen, stand er aus dem Sessel auf, ignorierte die Rückenschmerzen, duschte, putzte sich die Zähne, rasierte sich, nahm das letzte frische Hemd sowie Unterwäsche und Strümpfe aus der Reisetasche. Dabei versuchte er, den Traum Revue passieren zu lassen und die Bilder bewusst zu betrachten. Etwas hatte ihn stutzig gemacht, doch was?

Mit offenem Fenster fuhr er durch die noch feuchte Morgenluft ins Büro. Einer der Constables von letzter Nacht sah ihn erstaunt an, als er grußlos an ihm vorbeistürmte. Am Schreibtisch nahm Shane sich den Bericht der Spurensicherung vor, beim Blättern zerriss er beinahe die Seiten. Er wusste nicht, wonach er suchte, hoffte aber, dass die Bilder aus seinem Traum wiederkehren und genau an derselben Stelle einfrieren würden, an der er im Traum gestutzt hatte. Da war sie, die Beschreibung des sichergestellten Autos. Weißer Toyota Corolla Kombi ... Sitzbezüge aus Stoff ... Autoradio ... Handschuhfach ... Aschenbecher – da war es. Gespannt suchte er die Kopie des Versicherungsscheins, fand sie, verglich die dort vermerkte Angabe drei Mal mit dem Bericht der Spurensicherung. Barrys Worte am Schuppen hallten auf einmal in ihm nach. Normalerweise hätte ich mir nichts dabei gedacht. Aber genauso einen Wagen hat *Romaine gefahren ...*

Nachdenklich lehnte er sich in seinem knarrenden Stuhl zurück. War so etwas möglich? Das auf Barrys Land gefundene Auto hatte ein Schaltgetriebe. Doch laut Versicherung fuhr Romaine einen Toyota Corolla Kombi – mit Automatikgetriebe. Außerdem hatte Romaine geraucht, doch im Aschenbecher hatte man keine Zigarettenkippen und keine Asche gefunden. Sie waren bedenkenlos davon ausgegangen, dass es sich bei dem Auto auf Barry Walters' Grund und Boden um Romaines Wagen handelte – nur weil sie ein solches Auto suchten!

Aufgeregt stand er auf und füllte Wasser in die Kaffeemaschine. Allmählich erhielten einige rätselhafte Fakten einen Sinn. Ed war von Anfang an überrascht, ja sogar erschrocken gewesen, als sie ihm von der Entdeckung des Autos berichtet hatten. Vermutete er Romaines Wagen woanders? Doch die Beweise gegen Ed waren mehr als dürftig. Nun hatte er sogar noch die Notiz geliefert, die Romaine angeblich zurückgelassen hatte. Fühlte Ed sich so sehr in die Enge getrieben, dass er den vermeintlichen Beweis jetzt erbracht hatte, um sich zu entlasten?

Man musste die Schriftenanalyse abwarten. Wie schrecklich müde er sich fühlte! Halb sieben, zeigte seine Armbanduhr. Die Kaffeemaschine gab ein vertrautes Gurgeln von sich, und Shane seufzte. Wenn das Auto nicht Romaine gehörte, wem gehörte es dann?

39

Lichtes Blätterdach, silbrig-grünlich, blaue Himmelsschnipsel dazwischen. Zweige rascheln, Vögel singen, Insekten summen. Wärme auf der Haut – und ein brennender Schmerz. Der Film reißt. Nein, sie will die Augen nicht öffnen, der Film soll weiterlaufen ...

Der Film läuft weiter. Gut. Auf ihrem nackten Knöchel hockt eine fette schwarze Ameise. Ein neues Bild leuchtet wie ein Dia auf. Das Auto, das sie noch im Rückspiegel gesehen hat, bevor sie in den Busch gerannt ist. Der Film soll reißen, soll nicht mehr weiterlaufen – doch er ist nicht zu stoppen.

Archie war ihr doch gefolgt! Im Film sieht sie auf ihre Armbanduhr, früh am Morgen ist es. Mindestens fünfzehn Stunden liegt Sophies Schrei zurück, fünfzehn dunkle Stunden. Gewissensbisse zerren Catherine auf die Beine. *Hilfe rufen – den Weg finden,* hallt es in ihrem Kopf. Bäume. Büsche. Abgeknickte Äste ... Sie muss zum Auto zurückfinden. Muss! Sie will nicht mehr hinsehen, doch der Film läuft, er lässt sich nicht anhalten.

Sie stolpert los. Im Knie ein stechender Schmerz. Zunge

und Gaumen staubtrocken, ihr ganzer Körper lechzt nach Wasser. Die Plastikflasche auf dem Rücksitz fällt ihr ein, die sie noch am Fluss mit Wasser aufgefüllt hat. Mit ein bisschen Glück könnte sie den Weg, der zur Hauptstraße führt, erreichen. Doch sie weiß, wie weit das Land ist, und sie kennt die wichtigste Regel fürs Überleben im Busch: *Verlasse niemals deinen Wagen!* Sie hat den Wagen verlassen ...

Der Film droht wieder zu reißen, ja, er *soll* endlich reißen, doch wenn er reißt, was wird sie dann sehen? Der Geruch, den sie schon die ganze Zeit in der Nase hat, macht ihr Angst. Schuldgefühle treiben sie, sie stolpert, versucht, schneller zu laufen – trotz der Hitze, der Büsche, die zurückschnellen und ihre Haut aufritzen und schneiden, trotz der Löcher und Gruben, der Wurzeln und Steine. Sie versucht, eine Richtung einzuhalten, von der sie glaubt, dass sie die richtige ist. Ihr Durst ist geradezu quälend. Kopfschmerzen stellen sich ein, dazu Schwindelgefühle. Da: Vor ihr lichten sich die Bäume. Und dahinter erkennt sie eine Grasfläche, Oleandersträucher, das Gatter ... und das Farmhaus. Zwei Stunden lang ist sie in die falsche Richtung gelaufen!

Sie dreht sich um und rennt stolpernd zurück in den Wald. Jegliches Zeitgefühl geht ihr verloren. Der Film läuft und läuft. Sie rappelt sich auf, wenn sie fällt, läuft weiter ... und dann, irgendwann, es müssen Stunden vergangen sein, sieht sie etwas Weißes zwischen den Bäumen aufleuchten.

Das stundenlange Herumirren hat sie so erschöpft, dass sie selbst nicht mehr weiß, ob sie überhaupt noch am Leben ist. Vor ihr leuchtet nach wie vor etwas Weißes – weiß, wie der Lack von Sophies Auto. Jeden Meter ringt sie ihrem überforderten Körper ab. Ein ganzer Tag und eine Nacht ohne Nahrung, ohne Wasser liegen hinter ihr. Jedes Schlucken schmerzt im staubtrockenen Hals, ihre Arme und Beine zittern. Ihr fehlen dringend Mineralien für die Nervenleitungen und Muskelfunktionen. In dieser Hitze wird sie den nächsten Tag ohne Wasser nicht mehr überleben. Die Wasserflasche muss noch auf dem Rücksitz liegen!

Nur noch wenige Schritte trennen sie vom Auto im Graben. Plötzlich bleibt sie stehen, zehn Meter vom Auto entfernt. Angst kriecht an ihr empor wie eine schwarze, haarige Spinne. Was, wenn Archie hier auf sie wartet? Ihr Herz hämmert. Sie mobilisiert ihre letzten Reserven, um zu hören und zu sehen. Jedes Knacken und Rascheln, jeder Lichtreflex wird auf einmal gefährlich, kann Hinweis sein auf den, der da im Verborgenen lauert ...

Der Film soll endlich reißen!

Niemand nähert sich. Niemand springt auf, stürzt sich auf sie. Vorsichtig schleicht sie weiter auf das Auto zu. Friedlich sieht es aus, als wäre die Maschine eine Symbiose mit der Natur eingegangen. Auf der Motorhaube hüpfen Vögel herum, die Räder sind wie Steine in der Erde eingegraben, ein Baum breitet seine blättrigen Äste über das Dach aus ...

Der Film soll für immer bei diesem Bild anhalten. Sie will nichts anderes mehr als dieses Bild sehen ... doch der Film läuft weiter.

Catherine steht noch einen Moment so da, dann befiehlt sie sich weiterzugehen; sie erinnert sich an die lebensrettende Wasserflasche auf dem Rücksitz. Sie tritt aus dem Schutz des Buschs. Einen Atemzug später prallt etwas gegen sie – sie taumelt, stolpert, stürzt. Das Letzte, was sie wahrnimmt, ist ein Stein, auf den ihr Kopf zuschießt. Der Film reißt endlich, und jetzt muss sie die Augen öffnen – denn der Geruch lässt sie nicht länger träumen: eine Mischung aus Mottenkugeln, Putzmitteln und staubigem Stoff ...

Bevor sie die Augen öffnete, wusste sie bereits, wo sie war. Tatsächlich: Sie lag im rosaroten Gästezimmer der Packers.

Wo war ihre Brille? Ihr schmerzte der Kopf, und ein seltsames Gefühl an ihrem Bein und ihrem Arm irritierte sie. Sie erschrak: Beide Gliedmaßen waren eingegipst! Sie war gestürzt, daran erinnerte sie sich – aber wie lange lag das alles zurück?

Und ... wo war Sophie?

Im selben Moment wurde die Tür geöffnet, und Catherine sah in Maes Brillengesicht. Sie hielt ein Tablett mit einer Tasse, einer Kanne und einem kleinen Teller, auf dem vier dreieckige, mit Marmelade bestrichene Toastscheiben lagen. Mae stellte das Tablett auf dem Nachttisch neben dem alten Telefon ab und lächelte sanft.

»Armes Kind!«, sagte sie mild lächelnd und setzte sich auf den Bettrand wie eine sich sorgende Mutter. »Du hättest nicht weglaufen dürfen.« Sie schüttelte leicht den Kopf. »Archie hat es doch nur gut gemeint, er wollte euch helfen.« Sie sah sie nun vorwurfsvoll an. »Was hätte alles passieren können! Eine ganze Nacht da draußen! Du hast doch gesehen, dass es hier giftige Schlangen gibt!«

Etwas machte Catherine misstrauisch. Der überbesorgte Augenaufschlag, das allzu nachsichtige Lächeln, der allzu sanfte Ton. Oder bildete sie sich alles nur ein? War ihr Misstrauen gegenüber Mae bereits so stark, dass sie hinter all ihren Gesten Falschheit witterte?

»Was ist mir überhaupt passiert? Wie lange liege ich schon hier?«, fragte Catherine und starrte auf ihren Arm und ihr Bein. »Und wo ist meine Brille?«

»Archie hat dich gesucht und bewusstlos gefunden. Er hat Doktor Paul benachrichtigt.«

»Doktor Paul?«

»Einen befreundeten Arzt.« Sie setzte wieder das gleiche sanfte Lächeln auf.

»Wann war das?«

Mae strich ihr übers Haar, Catherine zuckte zurück. Über

Maes Gesicht flog ein Schatten. »Gestern«, antwortete sie rasch.

»Gestern erst? Und wo ist Sophie?«

Sogleich veränderte sich Maes Miene, wurde streng und unergründlich. Sie reckte die spitze Nase in die Höhe, stand schnaufend auf und erklärte: »Sie wollte unbedingt nach Blackall.«

»Allein – ohne mich?« So gern sie es auch getan hätte, konnte Catherine ihre Empörung nicht verbergen.

Mae zuckte die Schultern.

»Wann?«, wollte Catherine wissen.

Mae lächelte wieder. »Heute Morgen.«

Catherine machte Anstalten aufzustehen, aber es gelang ihr nicht. »Ich will mit ihr reden, ich will sie auf ihrem Handy anrufen! Und wo ist meine Brille!«

Mae drückte sie sanft in die Kissen zurück. »Lass nur, ich hol dir das Telefon.« Sie verließ das Zimmer.

Catherine stöhnte. Archie hatte Sophie festgehalten, daran erinnerte sie sich. Was war danach mit ihrer Freundin geschehen? War es wirklich nur ein dummer Spaß Archies gewesen? Was war die Wahrheit? Warum konnte sie ihrem Gefühl nicht mehr vertrauen? Was sagte ihr ihr Gefühl überhaupt? Catherine wusste es nicht mehr. Sie hatte jegliche Sicherheit und Gewissheit verloren.

Mae kam mit einem kabellosen Telefon zurück und reichte es ihr lächelnd. Nervös und aufgelöst wählte Catherine Sophies Handynummer. Sie war so außer sich, dass sie sich zwei Mal vertippte und wieder von vorn anfangen musste. Zorn flammte in ihr auf. Sophie konnte sie doch nicht einfach zurücklassen! Sophie war schließlich ihre Freundin! Eine Stimme erklärte, dass der gewünschte Gesprächsteilnehmer zurzeit nicht erreichbar sei. Entmutigt ließ sich Catherine wieder in die Kissen fallen.

»Sie ist bestimmt noch unterwegs. Ruh dich aus, damit

du bald wieder gesund wirst!« Mae nahm ihr das Telefon aus der Hand und ging zur Tür.

»Ich will heim!«, stieß Catherine hervor, und es war ihr gleichgültig, dass es weinerlich und kindisch klang.

Mae lächelte mild. »Zuerst musst du gesund werden, mein Liebling.« Sie streckte die Hand zum Türknauf aus.

Catherine fuhr hoch. »Wir müssen das Auto aus dem Graben ziehen!«

»Aber das hat Archie doch schon längst erledigt.«

»Wirklich?« Catherine schöpfte neuen Mut. »Dann kann ich ja bald losfahren!«

Mae sah sie erstaunt an. »Ich habe dir doch gesagt, dass Sophie fort ist.«

Catherine schluckte. Nein, das konnte nicht sein! »Sophie hat ... hat das Auto genommen?«

»Aber sicher, Liebes.« Wieder Maes Lächeln. »Wie hätte sie denn sonst nach Blackall kommen sollen?« Sie schloss die Tür hinter sich, und das harte Stakkato ihrer Absätze verhallte langsam auf dem Dielenboden.

Alles in Catherine stürzte zusammen. Dass Sophie ihr das angetan hatte! Sie hatte sie einfach allein und ohne Auto auf der Farm zurückgelassen, obwohl sie wusste, dass hier etwas nicht stimmte und dass sie, Catherine, sich nicht wohl fühlte! Da erinnerte sie sich an die Minuten im Café, als sie selbst nahe daran gewesen war, den Bus zurück nach Brisbane zu nehmen und Sophie allein nach Blackall fahren zu lassen. Und Sophies Schrei hallte erneut in ihren Ohren wider: »*Catherine, lass mich nicht allein!*«

Angst fraß sich in Catherines Bauch. Ihr Herz klopfte gefährlich laut, sie wollte schreien, nach ihrer Mutter, ihrem Vater, nach Gott. Bitte lieber Gott, hilf mir!, betete sie, die sonst nie betete.

Und wenn Mae log?, hörte sie plötzlich eine innere Stimme.

Bilder tauchten auf, jagten wie dunkle Krähen in ihrem Kopf umher. Die Frauenleiche. Der Damenschuh im See und Maes plumpe Füße. Die bleierne Müdigkeit nach dem Essen, Sophies roter Ausschlag, der gefällte Baum auf der Straße, der leere Tank ihres Wagens, das Loch in der Wand ... Möglicherweise, dachte sie plötzlich, liege ich schon viel länger hier, und vielleicht ist Sophie gar nicht fortgefahren ... Vielleicht ist sie längst ... tot ...

40

»Ein Croissant, Detective?« Trish lächelte ihn an, eine Tüte in der Hand. Dankbar griff er zu.

Kurz darauf meldete sich die Spurensicherung. Man hatte einen nicht unerheblichen Schaden an dem auf Barrys Grundstück sichergestellten Toyota Corolla entdeckt. Die vordere Stoßstange war eingedrückt, die Vorderachse angebrochen, der Auspuff zerbeult und zerkratzt und der Auspuffkrümmer angerissen.

»Sieht aus, als wäre der Wagen mit dem Arsch über das Creek-Beet gerutscht und dann an 'nem Baumstamm hängen geblieben«, bemerkte der Kollege flapsig.

Wenn es sich gar nicht um Romaines Auto handelte, warum untersuchten sie es überhaupt noch, ging es Shane durch den Kopf. Er hätte die Spurensicherung über seine Entdeckung unterrichten müssen, aber irgendetwas in ihm ermahnte ihn, es noch nicht zu tun. Jedenfalls so lange nicht, bis nicht geklärt war, wem der Wagen gehörte und warum er auf Barrys Land abgestellt worden war. Vielleicht war es wirklich ein Zufall, vielleicht hatte der vermeintliche Zufall aber auch eine Bedeutung? Darüber konnten sie erst entscheiden, wenn sie Näheres über den Wagen herausgefunden hatten. Der Beschreibung der Spurensicherung zufolge hatte der Wagen einen Unfall gehabt. Vielleicht hatte er eine Weile irgendwo am Straßenrand gestanden, so wie Herbs Wagen – Shane hatte den Transport zu einer Werkstatt gerade organisiert. Möglicherweise war der sichergestellte Corolla ja ebenso wie Herbs Auto abgeschleppt worden, und die betreffende Firma konnte sich an den Fahrer erinnern.

Sofort rief Shane in der Werkstatt *Western Motors* an und fragte nach einem Auftrag für einen weißen Toyota, der innerhalb der letzten Wochen dort eingegangen war. Nein, lautete die Antwort, allerdings unterhielten sie keinen Nachtdienst, da werde ein Abschleppwagen von der *Australian Automobile Association* geschickt. Nachdem Shane mehrmals weiterverwiesen worden war, wurde er mit einer AAA-Mitarbeiterin namens Maria verbunden. Er erkundigte sich nach nächtlichen Notrufen, die die Gegend zwischen Dalby und Roma betroffen hatten und innerhalb der letzten drei Wochen eingegangen waren. Maria versprach, nachzusehen und in den nächsten Minuten zurückzurufen. Shane goss sich eine weitere Tasse Kaffee ein. Das scheppernde Geräusch der Aircondition ließ nichts Gutes erwarten.

»Was war denn gestern Nacht los?«, fragte Tamara, als sie zur Tür hereinkam.

In diesem Moment klingelte das Telefon, und Shane nahm erleichtert ab. Es war Maria von der *Australian Automobile Association.*

»Wir zeichnen die Anrufe auf«, erklärte sie.

»Ich habe keine Ahnung, ob es das ist, was Sie suchen. Der Anruf ging vor fast einer Woche, am Dienstagabend um einundzwanzig Uhr dreizehn, ein. Möchten Sie die Aufzeichnung hören?«

»Ja«, sagte er, »ich schneide es mit.« Er gab Tamara ein

Zeichen mitzuhören und schaltete Aufnahmegerät und Raumlautsprecher ein.

Rauschen. Klingeln. Ein Klacken. Eine weibliche Stimme.

»Hallo, Australian Automobile Association. Mein Name ist Ellen Eftimiades. Was kann ich für Sie tun?«

»Ja, hallo, hier Sophie Grangé. Ich bin Mitglied und habe eine Autopanne.«

»Nennen Sie mir bitte Ihre Mitgliedsnummer.«

»Moment ... ja, sieben-acht-vier-fünf-vier-fünf-null-null-eins.«

»Sophie Grangé, okay. Was haben Sie für ein Problem?«

»Das Auto fährt nicht mehr. Ist einfach stehen geblieben.«

»Wo?«

»Kurz nach ... warten Sie, kurz nach Miles, Richtung Roma.«

»Gut. Welches Auto fahren Sie?«

»Einen Kombi, weiß.«

»Ich meine, welche Automarke, welches Modell?«

»Moment, einen Toyota.«

»Corolla?«

»Ja, ich glaube schon ... Moment, wir kriegen gerade Hilfe! Ich melde mich eventuell nochmal. Haben Sie vielen Dank!«

Tamara sah Shane überrascht an. »Einen Toyota Corolla Kombi?«

»Haben Sie alles verstanden?«, fragte Maria am Telefon.

»Ja«, antwortete Shane.

»Es ging dann kein weiterer Anruf von diesem Mitglied ein.«

Er bedankte sich und legte auf.

Tamara sah ihn irritiert an. »Was bedeutet das?«

»Der Wagen auf Barrys Land gehört nicht Romaine Stavarakis«, erwiderte er.

»Du meinst, er gehört dieser Sophie, Sophie Grangé?«, fragte Tamara nachdenklich.

»Könnte sein«, murmelte er. »Jedenfalls fuhr Romaine einen Automatikwagen, und der Corolla auf Barrys Land hat Handschaltung.«

Er rief das Headquarters an, um Informationen über Sophie Grangé einzuholen. Man versprach, ihn zurückzurufen.

Mit gerunzelter Stirn riss Tamara eine kleine Plastikpackung auf.

»Hast du gestern Abend Hall besucht?«, fragte er unvermittelt.

»Wie meinst du das?« Sie wurde rot.

»Sagtest du nicht selbst, du hättest ihn bei den Ermittlungen außer Acht gelassen?«

»Ja, ich habe ihn noch einmal befragt«, entgegnete sie knapp, »es gab keine Widersprüche. Ich glaube nicht, dass er uns etwas vorspielt.«

»Tamara ...«, begann er, doch sie unterbrach ihn.

»Es ist alles okay. Er sagt die Wahrheit.«

Tamara war lange genug bei der Polizei, um zu wissen, wie leicht persönliche Gefühle und Beziehungen die Sicht eines Ermittlers beeinflussen konnten.

Die Nachricht des Immigration Office beendete das Schweigen zwischen ihnen. Der Sergeant teilte mit, dass eine Sophie Grangé am ersten Januar dieses Jahres nach Australien eingereist sei. Sie war im Besitz eines Visums, das ihr Studien, aber keine bezahlte Arbeit in Australien erlaubte. Sie kam im Rahmen eines internationalen Studentenaustauschprojekts der Universitäten Brisbane – Lyon und belegte Englisch-Sprachkurse. Sophie Grangé war am sechsten Juli neunzehnhundertneunundsiebzig in Annecy, Frankreich, geboren. Bisher lag keine Vermisstenanzeige vor.

Tamara starrte auf den Bildschirm. Das Passfoto einer blassen jungen Frau mit langem Haar war darauf zu sehen. »Warum sollte eine französische Studentin ihr Auto auf einem Autofriedhof bei Chinchilla geparkt haben?«, fragte sie. Shane spielte das Tonband nochmal ab.

»Ja, ich glaube schon ... Moment, wir kriegen gerade Hilfe! Ich melde mich eventuell nochmal. Haben Sie vielen Dank!«

Tamara hörte aufmerksam zu. »Shane! Sie hat *wir* gesagt. Sie sind also mindestens zu zweit ...« Sie sprang auf und riss die Fotos, die Alice Monroe zunächst anonym geschickt hatte, aus dem braunen Kuvert. »Die zwei Frauen, die Carney zuletzt fotografiert hat ... Vielleicht ist eine von ihnen Sophie Grangé!«

Selbst wenn man berücksichtigte, dass das Passfoto ein paar Jahre alt war und Sophie Grangé vielleicht sowohl ihr Haar gefärbt als auch geschnitten haben könnte, war eine Ähnlichkeit mit einer der von Carney fotografierten Frauen nicht im Mindesten zu erkennen.

Als man ihn dennoch aus der Zelle holte und ihm Sophie Grangés Foto zeigte, schüttelte er erwartungsgemäß den Kopf und behauptete, diese Frau noch nie gesehen zu haben.

»Danke, Carney«, sagte Shane.

»Was ist mit ihr?«, fragte Carney und blinzelte nervös. Sein rechter Arm begann zu zucken. »Ist ihr was passiert?«

Tamara blickte Shane viel sagend an.

»Was sollte ihr denn passiert sein?«, gab Shane zurück und ließ ihn nicht aus den Augen.

Verwirrt schaute Carney ihn an; wieder zuckte sein Arm.

»Weiß nicht«, stammelte er kurzatmig, »weiß nicht, ich hab nichts damit zu tun! Ich will meinen Anwalt sprechen.«

»Ist schon arrangiert, Carney, der Staatsanwalt ist ziemlich scharf drauf, Sie hinter Gitter zu bringen.«

Benommen und die Augen noch immer auf das Foto gerichtet, ließ Carney sich von einem Constable hinausführen.

Shane goss sich Kaffee ein und veranlasste die Kollegen in Brisbane, Sophie Grangés Wohnung aufzusuchen.

Tamara sah nachdenklich aus dem Fenster. »Und wo machen wir jetzt weiter? Wir haben Romaines Mörder zu fassen und ...« Sie seufzte und wandte sich ihm zu. »Was hat diese Sophie mit unserem Fall zu tun?«

»Vielleicht nichts. Keine Ahnung, Tamara.« Er trank einen Schluck Kaffee.

»Und warum forschen wir dann nach? Meinst du nicht, dass wir uns verzetteln?«

»Tamara, ich sehe auch noch keinen Zusammenhang, aber vielleicht ist es ja kein Zufall, dass wir dieses Auto gefunden haben. Ich möchte das überprüfen.« Er griff zum Telefon, um Mike Paradabar wegen der Schriftanalyse der Nachrichtenschnipsel anzurufen.

Irgendetwas riss Catherine aus dumpfen Träumen. Sie erinnerte sich, den Tee, den Mae ihr gebracht hatte, getrunken zu haben. Jetzt, da sie wieder aus dem Schlaf aufwachte, stürzte sich die Angst auf sie wie ein wildes, hungriges Tier. War das da draußen ein abfahrendes Auto gewesen? Oder gehörte das in ihre Träume? Sie versuchte, die Augen offen zu halten. Doch ihre Augenlider waren schwer. Angestrengt hörte sie nach draußen. Alles war wieder still. Was war Wirklichkeit? Was entsprang nur ihrer verzweifelten Fantasie? Wo war Sophie? Hatte sie sie wirklich hier allein zurückgelassen?

Ob ihre Eltern schon ihren wöchentlichen Anruf vermissten? Da fiel ihr ein, dass sie ja in Urlaub waren: mit dem Postschiff unterwegs durch die skandinavischen Fjorde. Drei Wochen lang würden sie telefonisch kaum zu erreichen sein, hatten sie ihr beim letzten Telefonat erzählt. Wie lästig waren ihr die Gespräche mit ihren Eltern gewesen, die Fragen, wie sie mit ihren Studien vorankäme, die Neuigkeiten über ihren Exfreund, die die Mutter nicht müde wurde, ihr in einem vorwurfsvollen Ton mitzuteilen! Die beiden hatten sich blendend verstanden. Manchmal hatte sich Catherine schon gefragt, ob ihre Mutter nicht sogar ein bisschen in ihn verliebt sei. Catherines Entscheidung, sich von ihm zu trennen, hatte bei ihrer Mutter und auch bei ihrem Vater Empörung ausgelöst, und selbst jetzt, nach über einem Jahr, musste ihr die Mutter noch ständig von dessen erfolgreicher Bewerbung als Assistent irgendeines Politikers bei der EU in Brüssel berichten.

Nun sehnte sie sich nach diesen Telefonaten. Sie fühlte sich so schrecklich verlassen – und vergessen.

Als sie das erste Mal durch das weite Land gefahren waren, hatte sie schon Angst vor der menschenfeindlichen Wüste und der lebensabsorbierenden Weite verspürt. Nachdem sie stundenlang geradeaus auf der grauen Straße gefahren waren und die Landschaft sich nicht geändert hatte, da hatte sie für eine Weile ein Gefühl völliger Hoffnungslosigkeit empfunden, ihre eigene Bedeutungslosigkeit gegenüber der schroffen, gefühl- und erbarmungslosen Natur. Ein paar Stunden später aber hatte sie sich getröstet gefühlt, weil ihr die eigene Nichtigkeit klar geworden war. Es spielte für den Fortgang der Geschichte, für die Natur und für die Welt absolut keine Rolle, ob sie lebte oder nicht ...

Waren das da draußen nicht doch menschliche Stimmen gewesen? Wieder lauschte sie, wagte kaum zu atmen. Doch das Einzige, was sie vernahm, war das Rascheln des Windes in den Blättern und Vogelrufe. Der Gips drückte, die Haut darunter juckte. Es war heiß und schwül. Catherine fühlte ihren zur Bewegungslosigkeit verurteilten Körper – und das war ein unerträgliches Gefühl. Wo war nur ihre Brille? Sie konnte nicht deutlich sehen. Sie musste austreten. Was sollte sie nur tun? Nach Mae rufen?

Allein dieser Gedanke war ihr zuwider. Nein, sie versuchte es allein. Mühsam hievte sie das eingegipste Bein aus dem Bett und humpelte zur Tür. Leise schlüpfte sie hinaus. Als sie ihre Notdurft verrichtet hatte, wagte sie nicht, die Wasserspülung zu betätigen. Langsam und jedes Geräusch vermeidend, humpelte sie in Richtung Gästezimmer zurück. Da hörte sie eine Stimme, die ihr bekannt vorkam ...

Catherine stützte sich an der Wand ab und humpelte, so leise und so schnell sie konnte, zu der Tür, hinter der sie die Stimme vernommen hatte. Schon streckte sie die Hand nach dem Türknauf aus, als im selben Moment die Tür geöffnet wurde und Archie wie eine Wand vor ihr aufragte. Er war mindestens genauso erschrocken wie sie.

Sekundenlang geschah nichts – aber Catherine sah, wenn auch verschwommen, Sophie in einem Bett liegen. Aus dem Augenwinkel registrierte sie Archies offenen Gürtel. Was dann folgte, passierte so schnell, dass ihr Bewusstsein es erst im Nachhinein begreifen würde. Etwas streckte sie nieder, und alles versank im Nebel. Nur ein Mal noch drang wie aus weiter Ferne Sophies Rufen heran. »Catherine ...!« Dann wurde auch dieser Ruf von den dichter werdenden Nebelschwaden verschluckt. Oder narrte sie nur wieder ein böser Traum?

»Sophie!«, hörte sie sich selbst schreien. Sie lag wieder in diesem scheußlichen rosafarbenen Bett.

Mae stand plötzlich vor ihr.

»Ich habe Sophie gesehen!«

Mae lächelte sanft. »Aber Kindchen, du hast schlecht geträumt, das ist alles!« Sie näherte sich dem Bett.

»Nein!«, schrie Catherine auf; die Vorstellung, dass Mae sie berühren könnte, verursachte ihre Übelkeit. »Ich will sofort nach Brisbane zurück! Und ich will meine Brille!«

Mae brach in Lachen aus. »Du weißt wohl nicht, in welchem Zustand du bist, Kindchen.« Das Lachen erstarb, und ihr Blick und ihre Stimme wurden wieder eisig und scharf.

Ihre Brillengläser funkelten. »Nimm deine Medizin!« Sie warf eine Tablette in das Glas auf dem Nachttisch, goss Wasser darauf. Sprudelnd löste sich die Tablette auf. »Hier«, sie gab Catherine das Glas, »trink das!«

»Ich will nicht!« Catherine schmetterte das Glas an die Wand und sah Mae hasserfüllt an. Da zog sich Mae zurück, als hätte sie es plötzlich mit der Angst zu tun bekommen.

Als die Tür hinter ihr ins Schloss fiel, schossen Catherine Tränen in die Augen. Hatte sie tatsächlich Sophie gesehen? Ohne Brille konnte sie kaum etwas klar erkennen. Wenn es aber doch Sophie gewesen war, trafen dann auch alle anderen Befürchtungen zu, die Sophie und sie als Einbildung abgetan hatten?

Verzweifelt schlug sie den Gipsarm auf den Bettrand und hörte auf zu atmen. Seltsam, der Arm schmerzte beim Aufprall nicht! Voller Entsetzen betrachtete sie den Gips. Nein, das konnte nicht sein, sagte sie sich, das würden Archie und Mae doch nicht tun ... Und Dr. Paul? Eine Erfindung? Der Gips nur ... nur eine Fessel, die verhindern sollte, dass sie weglief ...? Wie lange lag sie in Wirklichkeit schon hier?

Catherine war nun ganz sicher: Sie hatte Sophie tatsächlich gesehen.

41

Joanna wusste, was sie tat, war gefährlich. Vor drei Stunden waren sie in Brisbane aufgebrochen, nachdem sie einiges an Überzeugungskraft hatte aufwenden müssen, um Diane davon abzubringen, sie zu begleiten. Das Radio lief, eine Hörerin erklärte gerade am Telefon, wie sie Mango Chutney zubereitete.

»Nehmen Sie auf jeden Fall braunen Zucker und keine Korinthen, sondern Rosinen ...«

Joanna schaltete ab.

»Du betrachtest alles genau, ja?« Sie warf einen Seitenblick auf Max, der bewegungslos in einem rot leuchtenden T-Shirt neben ihr auf dem Beifahrersitz saß.

»Du musst keine Angst haben, es kann dir nichts passieren, verstehst du?« Wieder blickte sie zu ihm hinüber und glaubte, ein schwaches Nicken zu erkennen. Plötzlich setzte sich Max aufrecht hin, ließ seine Augen nicht mehr von der Straße. Sie waren vor einer ganzen Weile durch einen Ort namens Chinchilla gekommen, hatten Miles hinter sich gelassen und noch sechzig Kilometer bis Roma zu fahren. »Max?«, fragte sie vorsichtig, »erkennst du etwas?«

Sie hatte sich erkundigt, wusste, dass die Stelle, an der der Truck-Fahrer den Jungen aufgenommen hatte, hier irgendwo sein musste.

Bäume und Büsche flogen vorbei. Sie stellte sich vor, sie hätte den Truck gelenkt, Rinder hinter sich, auf einer Strecke unterwegs, die sie schon hundertmal gefahren war. Vielleicht dachte er an zu Hause. Seltsam, plötzlich fiel ihr Gary ein. Sie versuchte, sich sein Gesicht vorzustellen, sich an seine Stimme zu erinnern. Wie klang es, wenn er lachte? Würde sie seinen Geruch wiedererkennen? Es schien alles schon so lange zurückzuliegen.

In dem Augenblick krallten sich Max' Finger in ihren Oberarm. Sie schrak aus ihren Gedanken auf, trat auf die Bremse, sah Max mit aufgerissenen Augen hinaus auf die Straße starren.

»Halt!«, flüsterte er plötzlich mit seiner rauen Stimme. »H... hier!«

Aufgeregt lenkte sie den Wagen an den linken Straßenrand, stellte den Motor ab. War das die Stelle, an der der Truck ihn beinahe überrollt hätte? Oder war Max hier mit seiner Mutter ausgestiegen? Alles in ihr spannte sich an. Sie nahm ihren ganzen Mut und ihre ganze Zuversicht zusammen, holte tief Luft und erklärte so bestimmt und sicher, wie es ihr möglich war: »Max, wir steigen jetzt aus. Ich nehme deine Hand. Du musst keine Angst haben, okay?«

Er sah sie mit seinen dunklen Augen an, nach einer Weile nickte er zaghaft. Ihre Zuversicht wuchs.

Es roch nach Eukalyptus. Die Sonne brannte auf den Asphalt. Fliegen tanzten vor ihren Nasen und Augen. Ganz weit über ihnen spannte sich ein hellblauer Himmel. Dazwischen nur stumme, flirrende Hitze, eine endlose Straße und graue Eukalyptusbäume auf trockengelbem Land.

Seine Hand legte sich zögernd in ihre schweißnasse. Ohne Joanna anzusehen, zog er sie auf die Straße. Nur das Summen der lästigen Fliegen und das Knirschen ihrer Schritte auf dem Teer zwängten sich jetzt in die Stille hinein. Eins, zwei, drei, vier – nach fünfzig Metern etwa blieb Max plötzlich mitten auf der Straße stehen, ließ ihre Hand los und rührte sich nicht mehr. Da – jetzt erst bemerkte sie es: Vor ihnen lauerten sie, lange schwarze parallel verlaufende Linien, wie Max sie gemalt hatte – die Bremsspuren auf dem Asphalt. Ein Wunder, dass der Truck den Jungen nicht überrollt hatte. Vom Wagen aus hatte man die Spuren nicht gesehen, doch Max hatte die Stelle auf Anhieb wiedererkannt. Das machte sie sicher, dass der Junge seinen Weg, der ihn an jenem verhängnisvollen Tag schließlich hierher zur Straße geführt hatte, wiederfinden würde.

Joanna dachte an die zwei Flaschen Wasser, die sie im Auto vergessen hatte. Wenn sie sich auf den Weg machten, würden sie Wasser brauchen. Max rührte sich nicht. Sie drehte sich um und ging in Richtung Wagen zurück. Als sie schon die Hand nach dem Türgriff ausstreckte, verwandelte sich plötzlich die Luft um sie herum. Auf einmal war da ein Schwirren und Vibrieren, ein Grollen und Beben. Sie fuhr herum. Fünfzig Meter trennten sie von Max, der unbeweglich auf der Straße stand und dem dunklen Ungetüm entgegenstarrte, das auf ihn zuraste. Sie schrie, stürzte los, hinter sich den Truck. Doch wie in einem Albtraum schienen ihre Schuhe am Asphalt festzukleben; das Brausen und Grollen und Dröhnen wurde immer lauter; unter ihr zitterte die Erde; ein schwarzer Schatten verdunkelte die Sonne. Max – nur noch einen Schritt von ihr entfernt, einen letzten Schritt, da riss er den Mund auf, doch er schrie nicht mehr, denn im nächsten Moment stürzte sie auf ihn, zerrte ihn mit sich von der Straße, stolperte über Gestein, fiel über ihn, begrub ihn unter sich.

Brüllend hupend donnerte der Truck vorbei. Dann war es wieder still, und als sie den Kopf hob, schwebte nur noch eine gelbliche Staubwolke über dem Asphalt.

»Das war knapp!«, stieß Max hervor und begann mit einem Mal zu lachen. Joanna lag auf ihm am Boden und starrte ihn an. So klingt es also, wenn Max lacht, dachte sie noch. »Das war verdammt knapp!«, rief Max noch einmal. Er rollte sich unter ihr zur Seite, stand auf und klopfte sich den Schmutz von den Hosenbeinen, als wäre er beim Spielen gefallen.

Joanna aber zitterte am ganzen Körper. Ihre Zähne klapperten sogar aufeinander. Nur um ein paar Sekunden und wenige Meter hatte der Tod sie beide verfehlt. Ein spitzer Schmerz durchstach ihr Knie, als sie aufstand. Doch sie verschwendete nicht einmal eine Sekunde an den Gedanken, jetzt zurückzufahren.

»Max?«, begann sie. Er sah sie an. »Max, du kannst dich erinnern, ja?«

Er war wieder ernst geworden.

»Was ist passiert, bevor du da auf die Straße gelaufen bist? Woher bist du gekommen?«

Sie hielt den Atem an. Wozu würde er sich entscheiden? Würde er wieder in seine stumme Welt zurückkehren?

Seine Augen tasteten das Gelände ab. Ein Vogel kreischte und flog auf. Das peitschende Schlagen der Flügel entfernte sich. Blätter knisterten. Trockene Rinde knackte. Dann war es wieder still wie in einem Vakuum. Auf einmal drehte sich Max abrupt um und setzte sich in Bewegung, weg von der Straße, ins Gebüsch und Unterholz. Ohne sich zu vergewissern, ob Joanna ihm folgte, tauchte er in das trockene Dickicht ein und verschwand.

Hastig stürzte Joanna ihm nach. Für Sekunden dachte sie noch, dass sie keine Landkarte dabeihatten, kein Wasser und nichts zu essen. Max' rotes T-Shirt leuchtete noch einmal kurz auf, dann war er verschwunden.

»Max!«, rief sie. Doch das Rot war schon von den Büschen verschluckt worden.

»Max?« Joanna schlug das Herz bis zum Hals. Ihr war schwindlig von der Hitze. »Max?« Seit einer Stunde war sie hinter ihm hergehetzt, hatte dabei nicht auf den Weg geachtet, und nun war klar: Allein würde sie nicht mehr zum Auto zurückfinden. Sie rief weiter seinen Namen, doch sie erhielt keine Antwort. Vor ihr erhoben sich rundliche Felsen, porös, gelb und fremdartig in der sonst flachen Umgebung. Immer wieder rief sie seinen Namen, doch er antwortete nicht. Das Schwindelgefühl wurde stärker, ihre Kehle schnürte sich zu, ihr Herz raste, sie stützte sich auf den Felsen, bemerkte, dass er nach einer Seite hin ausgehöhlt war und ein steinernes Dach bildete. Kraftlos ließ sie sich dort nieder. Nur für einen Moment, dachte sie, bis ich mich ein wenig erholt habe, dann stehe ich auf und suche den Jungen. Obwohl ihr im selben Moment klar wurde, dass sie nicht im Stande wäre, sie beide wieder zurück zum

Auto zu führen. Sie hatte vollkommen die Orientierung verloren.

Die Erde unter ihr war sandig und kühl, als sie sich setzte. Sie lehnte sich mit dem Rücken an den Felsen. Langsam beruhigte sich ihr Atem. Auch ihr Herz schlug wieder gleichmäßiger. Sie spürte noch, wie ihre Augenlider schwerer wurden, doch dann riss etwas in ihr ... der Faden, der sich stetig von Moment zu Moment weiterwob ...

Wilde Massen, gewalttätig brüllend, sich zu Felsen und Bergen zusammenballend, zerfließen in breite Wasserströme, die sich über das Land ergießen. Blitze schießen grell aus einem sternenglitzernden Himmel, spalten einen mächtigen, schwarzen Baum, Flammen lodern, Funken sprühen, die Erde brennt und raucht. Als die blutrote Sonne aufgeht, blüht die Wüste, und Wallabys tanzen, und Wasser sprudelt aus den roten Felsen, auf denen bunte Vögel hüpfen und singen ...

Es waren die Vogelstimmen, die sie zuerst wieder wahrnahm, dann die Geräusche des Windes in den Blättern, knackende Äste, knisternde Rinde, zirpende Zikaden und die brummenden Fliegen. Der Faden war wieder da, spann sich weiter – sie hob die Augenlider. Max kauerte zitternd neben ihr auf dem Boden.

»Es ist da«, sagte er kaum hörbar.

»Max, was?«

Ganz langsam kehrte sein Blick aus der Ferne zurück.

»Was?«, flüsterte sie noch einmal.

Er hielt den Atem an, schluckte, wurde noch blasser, als er ohnehin schon war. Joanna fror auf einmal und erinnerte sich, dass sie die Orientierung verloren hatte. Panische Angst sprach aus dem Blick des Kindes. Sie legte ihre Hand auf Max' Arm. Er klammerte sich an sie und stand auf. Als sie sich erhob, fiel ihr Blick auf die Felswand. Sie erschrak. Die Felswand, unter der sie gesessen hatten, war mit Händen bemalt, so wie Max sie gezeichnet hatte. Zwei Meter vor ihr wölbte sich ein mächtiger Stein aus dem Gras, in dessen Oberfläche feine Rillen eingegraben waren. Max war hier gewesen! Sie erschauerte, erinnerte sich. Hier gab es einen alten Meeting-Platz, dort waren die Songs gesungen, die alten Geschichten erzählt worden. Barbara besaß eine Landkarte, auf der diese Plätze eingetragen waren. Sie hatte mit ihr, Joanna, schon einmal hierher fahren wollen ... Sollte ihr Tagtraum wirklich mit diesem Ort zu tun gehabt haben?

Max ergriff Joannas ausgestreckte Hand und zog sie mit sich. Wenige Minuten später blieb er stehen. Vor ihnen erhob sich ein flacher, länglicher Erdhügel, auf dem wie zur Tarnung Steine, Äste und Blätter lagen. Ein Grab.

42

Die Nachricht aus Brisbane traf erst am Abend ein. Nervös und angespannt hatte Shane darauf gewartet. In der Wohnung, in der außer Sophie Grangé ihre gleichaltrige Kommilitonin Catherine Bonnaire lebte, hatte niemand geöffnet, als Polizisten dort geklingelt hatten. Nachbarn hatten die beiden Studentinnen seit ein paar Tagen nicht mehr gesehen, was aber nichts zu bedeuten haben musste.

»Ich verstehe nur nicht«, sagte Tamara und betrachtete die Fotos der beiden Französinnen, die das Immigration Office geschickt hatte, »was wir mit der Sache zu tun haben. Die beiden wollten vielleicht einfach ein neues Leben anfangen; sie haben ihre Spuren verwischt und sind mit irgendjemandem weitergefahren.«

Shane starrte zum Hinterhof hinaus. Es war Nachmittag, diesmal waren die Magpies zur richtigen Zeit auf dem Rasen, um Würmer und Insekten aufzupicken.

»Was muss das für ein Gefühl sein«, sagte Tamara tonlos, »einfach abzutauchen?«

Er ging darauf nicht ein, sondern fragte konkret nach dem Stand der Ermittlungen, was Eds angebliche Fahrt nach Brisbane betraf. Sie zögerte einen Moment, dann antwortete sie:

»Beim Busunternehmen McCafferty gabs keinen Hinweis auf eine Mitfahrt Eds. Vielleicht hat sich diese Emily Bosch doch geirrt und einen anderen Wagen vor dem CWA parken sehen. Es gibt auch bisher keine weiteren Zeugen.« Sie klang resigniert. »Möglicherweise hat sich Emily Bosch über Ed geärgert und will es ihm nun heimzahlen? Zwischen Nachbarn ist so etwas ja nicht gerade selten. Außerdem ... Wir hätten mit dem Fall Romaine wahrlich genug zu tun«, murrte Tamara. »Warum fordern wir nicht Verstärkung an?«

»Weil wir noch gar keinen weiteren Fall haben, Tamara. Es gibt weder eine Vermisstenmeldung noch irgendetwas anderes, lediglich ein gestohlenes Auto, das dem der toten Romaine gleicht, und zwei Studentinnen, die seit ein paar Tagen nicht zu Hause waren.

Doch ich werde das Gefühl nicht los, dass da was nicht stimmt. Ich will alle Vermisstenmeldungen im Umkreis von fünfhundert Kilometern sichten«, fuhr er fort, »dann checken wir die Polizeistationen, ob Anrufe von Angehörigen eingegangen sind, die sich möglicherweise nur erkundigen wollten, ob ein Unfall passiert ist. Vielleicht wurden ja die Personalien aufgenommen. Danach überprüfen wir die Krankenhäuser. Und in Brisbane sollen die Kollegen Kommilitonen der beiden Studentinnen ausfindig machen.«

Tamara starrte ihn entgeistert an. »Shane, da brauchen wir noch mindestens zwei Mitarbeiter!«

»Dann versuch mal, sie zu bekommen!«, entgegnete er gereizt und rieb sich die verspannten Nackenmuskeln. Als wüsste er das nicht selbst!

In den Krankenhäusern führte man kein Protokoll über eingehende Anrufe. Sie hätten also ausgesprochenes Glück haben müssen, wenn bei ihrer Nachfrage gerade derselbe Angestellte am Apparat gewesen wäre, der auch den Anruf eines besorgten Angehörigen entgegengenommen hätte. In den Polizeistationen konnte sich ebenfalls kein Kollege an einen Anruf erinnern.

»Was willst du jetzt noch unternehmen?«, fragte Tamara.

Nervös trommelte er auf die Schreibtischplatte. War es für eine Fahndung zu früh? Sie hatten lediglich ein Auto gefunden. Sie durften den Fall »Romaine Stavarakis« nicht aus den Augen verlieren. Mike Paradabar hatte ihm mitgeteilt, dass er die Papierschnipsel, die Ed aus dem Mülleimer gefischt hatte, zwar zusammengefügt und auch Romaines Schrift eindeutig identifiziert hatte, doch seine Untersuchungen seien noch nicht ganz abgeschlossen.

Es klopfte, Herb Kennedy trat ein und ersparte es Shane, Tamara zu antworten. Herb hatte sich offenbar von seinem nächtlichen Ausflug erholt, wirkte aber noch etwas verunsichert. Sein Lächeln war verhalten.

»Ich bin wieder voll einsatzfähig.« Er zuckte entschuldigend die Schultern. »Ich weiß auch nicht, was da gestern mit mir durchgegangen ist. Danke, fürs Abschleppen.« Herb räusperte sich, »Ja, dann ... Ich bin drüben in meinem Büro, wenn es was ...«

»Ja, dann ruf ich Sie«, fiel ihm Shane ins Wort. Herb lächelte erleichtert und ging hinaus.

»Was war eigentlich gestern los?«, wollte Tamara wissen.

»Herb hatte persönliche Probleme«, erwiderte er knapp.

»Ich will nur eins klarstellen, Shane ...«

»Ja?«

»Wenn du mir irgendetwas vorenthältst, dann ...«

»Es hat nichts mit dem Fall zu tun.«

Tamara presste die Lippen zusammen. Bevor sie beide noch etwas sagen konnten, das sie später bereuen würden, ging er hinaus. Er musste unbedingt seine Gedanken entwirren, etwas essen ... und ein Bier trinken. Es war halb sechs am Montagabend.

Joanna wusste nicht mehr, wie sie so schnell den Weg zurück zum Wagen gefunden hatte. Auf einmal standen sie auf der Straße. Wenige Sekunden später ließ sie den Motor an. Ihre Hände am Steuer zitterten. Die Bäume flogen rechts und links vorbei, sie hielt sich schon lange nicht mehr an die erlaubte Höchstgeschwindigkeit von einhundertzehn Stundenkilometern.

Max hockte zusammengekauert auf dem Beifahrersitz. Sein Anblick, wie er auf dem Erdhügel gelegen und geschluchzt hatte, schmerzte Joanna noch immer. Sie hatte ihn weggezogen, ihm erklärt, dass sie die Polizei verständigen müssten. Mühelos hatten sie plötzlich den Weg zurück zum Auto gefunden.

Sie bremste bei der Einfahrt nach Roma, reckte ungeduldig den Hals. Der Weg zur Polizeistation müsste doch ausgeschildert sein! Sie folgte der Hauptstraße, spähte beim Fahren in die Seitenstraßen, entdeckte plötzlich tatsächlich einen Wegweiser und stand wenige Minuten später vor einer Polizeistation.

»Max, wir beide gehen jetzt da rein.«

Der Junge nickte langsam. Mit ihm an der Hand betrat sie die Polizeistation.

Die uniformierte Frau am Empfang lächelte sie beide an. »Kann ich Ihnen helfen?«

»Ich möchte einen Detective sprechen, es ist sehr, sehr dringend!«

Das Lächeln auf dem Gesicht der Polizistin verschwand. Prüfend sah sie erst Joanna, dann Max an. »Moment.« Sie stand auf und ging durch eine Tür, die sich nur auf Knopfdruck öffnen ließ und hinter der sich ein schmaler Flur anschloss.

Auf einmal spürte Joanna, wie trocken ihr Mund war. In der Ecke stand ein Getränkeautomat. In ihrer Umhängetasche fand sie zwei Dollar. Sie warf sie in den Schlitz, drückte eine Taste für Mineralwasser. Die Münze fiel durch. Sie versuchte es nochmal. Wieder nichts.

»Detective Pilmer mein Name, was kann ich für Sie tun?«

Ein Mann im blauen Hemd stand vor ihr. Mit ihm hatte sie also telefoniert ... Am liebsten wäre Joanna, eine Entschuldigung murmelnd, wieder gegangen. Pilmer war hoch gewachsen und schmächtig, und der Blick seiner eng stehenden Augen wirkte lauernd. Darin konnte sie ganz deutlich die Frage erkennen, die er sich stellte: Was hatte ein weißes Kind mit einer schwarzen Frau zu tun? Geübt ließ er seinen Blick über sie und den Jungen gleiten, suchte nach einem Muster, in das sie beide einzuordnen wären.

»Joanna O'Reilly, wir haben miteinander telefoniert.«

Ob er erleichtert war, konnte sie nicht feststellen.

»Hier entlang«, brummte er jedenfalls, und Max und sie folgten ihm durch den Gang in ein stickiges Büro. Er schob ihnen zwei Stühle hin.

»Also ...« Pilmer drehte sich auf dem Sessel zu ihnen, wippte mit den Knien und sah flüchtig auf seine Armbanduhr. Doch Joanna ließ sich nicht beirren und berichtete ihm noch einmal von den Bildern, die Max gemalt hatte, und von ihrer heutigen Entdeckung.

»Wieso sind Sie so sicher, dass es sich um ein Grab handelt?« Er sah sie eindringlich, ja prüfend an, doch sie ließ sich nicht einschüchtern.

»Weil es ein Grab war.«

Er musterte sie. Skeptisch und argwöhnisch, als hätte sie die Absicht, seine kostbare Zeit zu verschwenden und ihn in die Irre zu führen.

»Schicken Sie jemanden mit uns raus!«, sagte sie, als er zögerte.

Jetzt zog sich ein schmerzliches Grinsen über sein Gesicht. »Wie stellen Sie sich das vor? Glauben Sie, ich hab hier unbegrenzt Leute zur Verfügung?«

Sie konnte sich nicht mehr beherrschen. Die Spannung der letzten Stunden war zu stark.

»Dann geben Sie mir einen Spaten!« Sie war aufgesprungen und hatte Max an die Hand genommen, bereit, die Sache allein durchzuziehen.

»Reden Sie nicht in einem solchen Ton mit mir!«, fuhr er sie an. »Wer hat Ihnen überhaupt erlaubt, das Kind mitzunehmen? Setzen Sie sich wieder.«

Für einen Moment herrschte Stille, bis Max anfing zu weinen. Joanna nahm ihn in die Arme.

»Ich weiß nicht, Detective, wie Sie sich fühlen werden, wenn ich mit jemandem von der Presse zu diesem Grab gehe ...«

»Das werden Sie nicht tun!«, brauste er auf. Widerwillig sah er auf seine Uhr. »Kommen Sie morgen Früh um acht.«

Joanna atmete auf.

Das erste Bier trank Shane an der Theke des »Hotel Chinchilla«. Der Wirt hatte ihn einen Augenblick lang feindselig angesehen, doch als Shane keine Fragen gestellt, sondern nur ein Bier geordert hatte, hatte er ihn wortlos bedient.

Die anderen Männer, es waren vier oder fünf, hatten ihn beim Eintreten gar nicht beachtet, denn ihre Aufmerksamkeit war auf das Kricketspiel im Fernsehen gerichtet. Das TV-Gerät hing über der Theke.

Dass sie beschäftigt waren, kam Shane gelegen, denn er brauchte Ruhe zum Nachdenken. Er bestellte ein weiteres Bier, orderte dazu ein Steak und setzte sich an einen der etwa zehn dunklen, unbesetzten Holztische. Er wählte einen Platz mit dem Rücken zur Wand und der größten Distanz zur Theke und zum Fernsehgerät.

Der Wirt brachte das Essen, Steak und Pommes frites, die nicht eben appetitlich aussahen. Das Essen wird hier jedem so serviert, nicht nur einem unbeliebten Detective aus Brisbane, redete Shane sich ein. Wenigstens ist das Steak nicht zäh, dachte er beim Abschneiden. Und die Pommes frites schmeckten besser, als ihr Anblick hatte erwarten lassen. Er bestellte ein drittes Bier, und allmählich erreichte er einen Entspannungszustand, in dem die Gedanken flossen und sich auch die Zuversicht wieder einstellte.

Shane schwitzte beim Essen und wischte sich mit einer Papierserviette über die Stirn, knüllte sie zusammen und steckte sie in die Hosentasche. Die Männer an der Theke starrten noch immer gebannt auf den Fernseher. Ab und zu machte der eine oder andere eine Bemerkung über das Spiel, die Shane jedoch von seinem Platz aus nicht verstehen konnte. Er hatte das Steak zur Hälfte gegessen, als ein schmächtiger Mann mit kurzen Hosen und Boots hereinschlurfte, aus denen am Schaft dicke Strümpfe hervorlugten. Er bestellte an der Theke, setzte sich dann zwei Tische von Shane entfernt hin und nickte ihm zu. Sein Gesicht sah verwittert aus wie ein altes Stück Leder. Das erste Bier trank der Mann in einem Zug. Für das zweite ließ er sich etwas mehr Zeit, und als er beim dritten angekommen war, drehte er sich zu Shane und sagte: »Von hier?«

Shane schob den Teller von sich und schüttelte den Kopf.

»Seien Sie froh, ich auch nicht.« Der Mann prostete ihm zu. »Darauf hab ich mich schon den ganzen verdammten Tag gefreut.«

Sie tranken beide aus, und der Fremde gab dem Wirt ein Zeichen, noch zwei Bier zu bringen.

»George«, stellte der Mann sich vor, und Shane glaubte, sich verhört zu haben.

»Shane«, entgegnete er. Gab es einen solchen Zufall, oder sollte er es Fügung nennen? George! Saß er vielleicht gerade Romaines Mörder gegenüber?

Der Wirt brachte das Bier, und wieder prosteten sie einander zu.

»Romaine – sagt Ihnen der Name etwas?« Shane ließ den Mann nicht aus den Augen.

»Romaine?« George schüttelte den Kopf. »Nee, kenn ich keine!« Er lachte breit. »Aber das kann ja noch werden!« An Shane gewandt, fügte er zwinkernd hinzu: »Ist sie gut? Haben Sie ihre Telefonnummer?« Seine Zähne waren unnatürlich weiß und gleichmäßig.

»Nein, hab ich nicht«, sagte Shane, »aber wenn Sie mir hier Ihren Namen und Ihre Telefonnummer notieren, dann kann sie Sie ja anrufen.« Er brauchte eine Schriftprobe von dem Kerl. Ohne zu zögern und völlig arglos, griff George zu einer der auf dem Tisch gestapelten Servietten, nahm Shanes Kugelschreiber, den dieser ihm entgegenhielt, und begann zu schreiben.

»Ach ja, schreiben Sie doch noch *Romaine* darunter, damit ich mich daran erinnere, worum es geht«, bat Shane und lächelte verbindlich, »nach so viel Bier ...«

Der Mann lachte rau und kam der Bitte nach. Shane steckte den Zettel ein.

»Wer sind Sie eigentlich?«, fragte der Mann namens George.

Shane zog seinen Ausweis aus der Hosentasche.

»Ein Bulle! Warum haben Sie mir das nicht gleich gesagt? Ich hab keine Angst vor Bullen.«

»Ich hätte gern Ihren Ausweis gesehen, George«, erwiderte Shane.

»Hat das mit dem Mordfall hier zu tun? Hab in der Zeitung davon gelesen.« Er lächelte und entblößte weiße, falsche Zähne.

»Ich bin ein Truckie, da hat man immer seine Papiere parat.«

Shane notierte die Personalien. George McComas, geboren am zehnten Juli neunzehnhundertachtundfünfzig in Ballarat.

»Als Truck-Fahrer können Sie sich ja sicher auch daran erinnern, wo Sie am vorletzten Wochenende waren.«

Über Georges ledriges Gesicht breitete sich ein Lächeln aus. Er wirkte nicht im Geringsten verunsichert. »Klar weiß ich das. Ich war bei meiner Schwester in Bongaree in der Moreton Bay. Ihre Zwillinge hatten am Samstag Geburtstag. Ich bin schon morgens gekommen, am Sonntag war ich mit meinem Schwager beim Fischen. Am Montag um fünf Uhr morgens hab ich mich wieder auf den Weg gemacht. Was abholen in Brisbane ... Reicht das?«

Shane ließ sich noch den Namen von Schwester und Schwager geben. »Danke, vielleicht brauchen wir Sie noch.« Er stand auf.

George zuckte die Schultern und lächelte wieder. »Könnte mir nicht vorstellen, wobei.«

»Ach ja, wo übernachten Sie üblicherweise?«

»In meinem verdammten Truck; steht gleich draußen vor der Tür. Nicht zu übersehen.«

»Gute Nacht.« Shane zahlte an der Theke und trat ins Freie.

Inzwischen war es fast dunkel, und das Licht der Straßenlaternen hatte die Sonne abgelöst. Vor der Tür parkte ein schwarz lackierter Road Train. Im Auto gab Shane per Funk die Kennzeichen und Georges Personalien durch.

Wieder im Büro zog er den Zettel aus der Tasche und betrachtete die Wörter, die in krakeliger Schreibschrift darauf geschrieben waren: *Romaine, George* und die Telefonnummer. Er verglich dies mit den Kopien der beiden anderen Kurznachrichten, Romaines Nachricht, mit George zu verreisen, sowie der Notiz *Sorry. Romaine.* Man musste kein Experte sein, um die Unterschiede zu erkennen. Georges Schrift war im Gegensatz zu Romaines steil und eng, er trennte die Wörter kaum voneinander ab. Dennoch schickte Shane die Schriftprobe ein. Vielleicht hatte George seine Schrift ja so stark verstellt.

»Glaubst du wirklich, dass es so einen Zufall gibt?«, begann Tamara, die ihn während seines Berichts wortlos beobachtet hatte. »Ausgerechnet in der Kneipe triffst du den gesuchten Mörder?« Sie schüttelte den Kopf. »So etwas kann es nicht geben. Die Wahrscheinlichkeit ist gleich null. Außerdem hat George McComas ein wasserdicht erscheinendes Alibi.«

»Ob es wirklich wasserdicht ist, müssen wir erst noch überprüfen«, entgegnete er und setzte die Kaffeemaschine in Gang. Nach drei Bier – oder waren es vier? – hatte er einen starken Kaffee bitter nötig. »Und was heißt schon Zufall?«

Müde blickte er auf seinen Schreibtisch, auf dem sich Notizen und Formulare häuften. Er würde noch mindestens zwei Stunden mit der Abfassung des SITREPS verbringen müssen – mühsame Schreibarbeit, die sie der Lösung des Falls nicht näher bringen würde. Auf einmal konnte er die stickige Luft nicht mehr ertragen. Eine Entschuldigung murmelnd, flüchtete er aus dem Büro. Im Freien atmete er tief durch. Es war finster geworden und etwas kühler. Auf der Holztreppe der Polizeistation ließ er sich nieder und starrte in die Dunkelheit. Er musste seine Gedanken ordnen, doch dieser Fall machte ihn noch wahnsinnig! Hieß dieser Truckie nur zufällig George und hatte nichts mit jenem George zu tun, den sie seit Tagen suchten? George McComas' Ahnungslosigkeit und seine Ungezwungenheit, als er den Namen Romaine gehört hatte, hatten echt gewirkt. Hatte die Entdeckung des Wagens, der aussah wie der gesuchte, für den Fall »Romaine« eine Bedeutung? Stand das Verschwinden der Studentinnen mit dem von Patricia Henderson in Verbindung? Waren die Nachrichtenzettel, die ihnen vorlagen, echt, oder waren es Fälschungen? Er kam in diesem Fall einfach nicht weiter!

»Shane«, hörte er Tamaras Stimme, »dein Kaffee.« Er sah auf. Tamara brachte ihm tatsächlich eine Tasse nach draußen.

»Danke.«

»Gern geschehen.« Er erwartete, dass sie ihn wieder allein ließ, doch sie setzte sich neben ihn auf die Stufen und starrte wie er in die Nacht.

43

Sophie und sie waren Gefangene, das wurde Catherine nun vollkommen klar. Allmählich setzten sich die Ereignisse der letzten Tage wie ein Puzzle zusammen: Die Begegnung an der Tankstelle, das unangenehme Gefühl, das sie Archie und Mae gegenüber empfand, ihren Ärger über Sophie und deren Eitelkeit, der Moment im Café, als sie so stark den Drang verspürt hatte, in den Bus nach Brisbane zu steigen, und es schließlich doch gelassen hatte, die Panne, Archie und Maes »zufälliges« Vorbeikommen, der Drink, die Suppe, das Loch unter dem Bild in der Wand, der Schuh im Schilf, Archies Lachen, seine feucht glänzenden Lippen, seine lüsternen Blicke, schmutzigen Geschichten und Witze, all das fiel ihr wieder ein. Es konnte doch nicht sein, dass sie all diese Anzeichen nicht ernst genommen hatten! Selbst als Sophie den Ausschlag auf Nase und Mund bekommen hatte, die roten Striemen am Handgelenk dunkler geworden waren und sie einen seltsamen Geruch festgestellt hatten – es musste Chloroform oder etwas Ähnliches gewesen sein –, selbst zu diesem Zeitpunkt hatten sie an ihrer Wahrnehmung gezweifelt, sich einzureden versucht, sie bildeten sich alles nur ein und seien hysterisch. Catherine riss sich zusammen, um nicht vor Wut und Verzweiflung laut zu schreien. Sie musste hier raus! Mit dem Gipsverband war sie unfähig zu fliehen. Sie brauchte eine Schere, ein Messer, irgendetwas, um den Gips aufzuschneiden. Schon versuchte sie, sich aufzurichten, als sie das typische Stakkato von Maes Absätzen auf den Dielen hörte. Es kam näher. Catherine hielt die Luft an. Der Türknauf drehte sich, und Mae stand vor ihr.

»Na«, Maes Gesicht verzog sich zu einem gezwungenen Lächeln, »wie gehts der Kranken?«, säuselte sie.

Falsche Schlange, dachte Catherine, und plötzlich wusste sie, dass sie nur eine Chance hatte, hier herauszukommen und auch Sophie zu retten. Sie musste Mae gegen Archie aufbringen ...

»Ach, Mae«, begann sie und schenkte ihr ein mitfühlendes Lächeln, »darf ich Sie mal etwas Persönliches fragen?« Mae nickte überrascht, und Catherine lächelte wieder verständnisvoll, bevor sie fortfuhr: »Lieben Sie Archie wirklich so, dass Sie bereit sind, so viel für ihn zu tun?« Catherine ließ Mae nicht aus den Augen. So entging ihr auch nicht Maes plötzliches Innehalten, auch wenn es nur den

Bruchteil einer Sekunde dauerte. »Was ist, wenn er sich in Sophie verliebt? Haben Sie nie daran gedacht?« Sie musste das Eisen schmieden, solange es heiß war.

Tatsächlich blitzten Maes Augen gefährlich auf, sie gab sich aber schnell wieder den Anschein völliger Sicherheit.

»Von Anfang an hat er Sophie so angesehen. Na ja, alle Männer reagieren so auf sie ...« Mach weiter, sagte sich Catherine, immer weiterreden. »Wie lange sind Sie eigentlich verheiratet, Mae? Wie lange machen Sie das alles schon für ihn? Mein Gott, Mae, fühlen Sie sich nicht aufs Schändlichste verraten?«

»Jetzt ist aber Schluss!«, herrschte Mae sie an. Sie war rot vor Zorn geworden und ihre Halsschlagader dick wie ein Finger, stellte Catherine befriedigt fest. Mae darf noch nicht gehen, hämmerte es in Catherines Hirn, Mae muss noch bleiben. Verzweifelt suchte sie nach etwas, das Mae schmerzhaft treffen würde.

»Ich glaube, Archie braucht ärztliche Hilfe, Mae! Wenn Sie ihn lieben, dann müssen Sie ihn zu einem Arzt bringen!« Sie redete eindringlich auf sie ein, versuchte, den Widerwillen, den sie gegen Mae empfand, zu verbergen.

Mae sah sie hasserfüllt und geringschätzig an. »Woher willst du wissen, was Archie braucht? Ich kenne ihn besser als irgendein anderer Mensch!«

Wie hässlich sie ist, dachte Catherine. Maes Mundwinkel hingen herab, und ihre Lippen waren kaum noch sichtbar.

»Ich weiß, Mae, und gerade deshalb müssen Sie ...«

»Halts Maul!«, schnitt sie Catherine das Wort ab, »ich hab genug von deinem Geschwafel!«

Doch Catherine ließ sich nicht einschüchtern. Sie hatte nicht mehr viel zu verlieren. Ihr Tod war so gut wie besiegelt. Archie und Mae hatten für sie und Sophie den Tod vorgesehen, und ihr Gefühl sagte ihr, dass es bis dahin nicht mehr lange dauern würde.

»Mae«, begann sie mit scheinbar verständnisvoller Stimme, »wollen Sie Archie nicht wieder für sich allein haben?«

Mae starrte sie aus zusammengekniffenen Augen an.

»Er träumt von ihr, oder?«, sagte Catherine leise. Noch tiefer sollte die vergiftete Pfeilspitze dringen. »Sophie ist ja auch schön. Sie bekommt jeden Mann, den sie will.« Immer weiter sollte sich der Giftpfeil ins Fleisch der Getroffenen bohren. »Ich fürchte, er wird Sie bald hassen, weil Sie ihm im Weg stehen. Denn er will Sophie.«

Der Schmerz war scharf und stechend. Ihre Wange brannte. Mae hatte ihr mit der flachen Hand ins Gesicht geschlagen.

»Ich verbiete dir, so zu reden, Schlampe!«, zischte Mae und schickte ihr tödliche Blicke. »Deine Freundin ist nur ein billiges Spielzeug!«, schleuderte sie ihr entgegen.

»Arme Mae! Wie oft hat er Sie schon betrogen?«, brachte Catherine dennoch heraus. Ihre Wange brannte. »Wie oft? Zehn Mal, hundert Mal? Mae!« In dem Moment krallte sie sich in Maes Arm. »Bringen Sie mich und Sophie hier raus!«, flehte Catherine. »Meine Eltern werden Ihnen Geld geben! Wir werden sagen, dass Sie uns zur Flucht verholfen haben! Die Polizei wird Verständnis für Sie haben, Mae!«

Mae schüttelte ihre Hand ab. Ihre Augen sprühten vor Zorn. »Archie liebt nur mich!« Ihre Stimme überschlug sich. Sie eilte hinaus, warf die Tür zu und schloss sie diesmal ab.

Catherine konnte noch nicht einmal weinen. Sie hatte alles vermasselt! Sobald Archie die Lust verloren hatte, würde man Sophie und sie töten. Sie dachte an den Schuh, den sie am Wasser gefunden hatten. Welcher unglücklichen Frau hatte er wohl gehört? Hatte sie das Gleiche mitgemacht? Und die Tote, von der sie gehört hatten? Catherine wollte so nicht sterben!

Die Tabletten, die Mae gebracht hatte, waren Betäubungsmittel, das wusste sie. Vielleicht waren sie so hoch dosiert, dass sie alles, was danach käme, nicht mehr erleben musste. Sie streckte die Hand aus, tastete nach der Tasse und schluckte die Tabletten.

Bald verschwamm alles. Rauschen war das letzte Geräusch, das sie wahrnahm. Sie wollte nie wieder aufwachen. Sterben war leichter, als zu leben, dachte sie noch, bevor sich alles um sie herum auflöste.

44

Hellblau und ohne eine einzige Wolke spannte sich der Himmel über ihm. Am Dienstagmorgen um halb elf saß Shane in einer Maschine der Flight West Airlines nach Brisbane. Erst wenige Stunden zuvor hatte sich Al Marlowe gemeldet und ihn zum Meeting beordert. Obwohl er nicht besonders gern in ein Flugzeug stieg, war Shane doch froh, wenigstens für kurze Zeit dem Busch zu entkommen. Vielleicht könnte er sich ja sogar mit Pam treffen ...

Während er zerstreut im Bordmagazin blätterte, blieb sein Blick an einem Satz hängen:

Das Schicksal eines jeden Menschen ist nur insofern ein persönliches, als es etwas zu gleichen scheint, das schon in seiner Erinnerung ist.

Es war ein Zitat eines gewissen Eduardo Mallea.

Er setzte die Sonnenbrille auf und blickte durch das ovale Fenster hinaus in den makellos blauen Himmel. Er verstand den Satz nicht ganz, aber er dachte daran, dass er nur deshalb einen bestimmten Weg ging, weil seine Aufmerksamkeit auf diesen Weg gelenkt worden war. Den Truck-Fahrer George in der Kneipe zum Beispiel hatte er nur wahrgenommen, weil er George hieß und weil sie einen George suchten. Der weiße Toyota auf Barrys Grundstück hatte seine Aufmerksamkeit auf Sophie Grangé gelenkt, nur weil man einen solchen Wagen suchte ...

Vielleicht hatte dieser Mallea auch etwas ganz anderes aussagen wollen. Shane schlug das Heft zu und versuchte, ein wenig zu schlafen, bis sie in Brisbane landeten.

»Shane!« In der Ankunftshalle ließ ihn eine Stimme herumfahren. Vor ihm stand sein Kollege Jack Kelly und grinste. Die Glatze glänzte wie immer, und sein rundes Gesicht bewies, dass er wieder zugenommen hatte. »Sie warten schon alle auf dich!« Jack setzte sich eilig in Bewegung, bahnte ihnen den Weg durch die Menschentrauben. Kurz darauf blickte er Shane über die Schulter hinweg an. »Du siehst ziemlich fertig aus.«

Shane seufzte.

»Ich frag mich, wie lange ich noch durchgelegene Betten und all diese Lügen ertrage.«

»›Du hast dir diesen Job ausgesucht‹, hätte meine Mutter gesagt, Gott hab sie selig, die alte Katholikin.« Jack stieß die Tür nach draußen auf. Heiße Luft schlug ihnen entgegen. Der Wagen stand in der ersten Reihe des Parkplatzes. Shane legte seine Reisetasche in den Kofferraum, den Jack krachend zuwarf.

»Gut, dich mal wieder hier zu haben«, bemerkte er und hielt Shane eine Tüte vor die Nase. »Roastbeef. Aus der Kaffeekasse bezahlt.«

»Danke.« Shane packte das Sandwich aus.

»Gern geschehen.« Jack nahm eine weitere Tüte vom Armaturenbrett. Kauend startete er den Motor und stellte die Aircondition höher. »Spencer hat mal wieder Liebeskummer«, sagte er und hielt das Sandwich mit seinen Zähnen fest, während er rückwärts aus der Parklücke rangierte. Aus Gewohnheit – oder war es doch Misstrauen – drehte Shane sich um und verfolgte Jacks Manöver.

»Ich hab ihm gesagt«, meinte Jack kauend, »er soll noch ein bisschen warten, bevor er sich festlegt. Soll seine Freiheit genießen.« Er fädelte sich in den Verkehr auf den Highway in Richtung City ein. »Hab ich nicht Recht?«

»Sicher.« Shane hatte keine Lust, auf den Liebeskummer von Jacks Assistenten einzugehen. Spencer war jung, er konnte sich noch ein paar Irrtümer leisten. Er, Shane, war fünfzehn Jahre älter und hatte seine eigenen Probleme.

Jack warf Shane einen schnellen, argwöhnischen Seitenblick zu. »Nicht gerade allerbester Laune, was?«

»Jack, es interessiert mich einfach nicht, was Spencer für Probleme hat.«

»Mein Gott, Shane, du kannst schon ganz schön ignorant sein.« Jack steckte sich den Rest des Sandwichs in den Mund und wischte sich die Hände an seiner braunen Hose ab.

Shanes Kapazitäten an Mitgefühl und Verständnis waren seit langem erschöpft. Er konnte froh sein, wenn er für sich noch ein bisschen übrig hatte.

»Ach, Shane, du weißt einfach nicht, wie gut du es hast! Hast du eine Vorstellung, wie es mir hier geht?«

»Jack«, wehrte Shane ab, »hör mir auf damit, ja?«

Der Kollege zuckte die Schultern und schaltete die Aircondition auf die kälteste Stufe.

Im Besprechungsraum am ovalen Tisch saßen bereits Al Marlowe, Spencer Dew und Tom McGregor. Sie blickten auf, als Shane mit Jack und der Sekretärin Maree eintrat.

»Dieser Fall in Chinchilla entgleitet euch, hab ich den Eindruck«, begann Al, nachdem Maree die Tür hinter sich geschlossen hatte. »Was ist da los?«

Alle Augen richteten sich auf Shane.

»Am Sonntag wurde ich zusammen mit Tamara nach Chinchilla gerufen«, fing er an, »eine Fotografin hatte dort eine Leiche gefunden. Es handelt sich bei der Toten um die vor zehn Tagen ermordete Romaine Stavarakis, achtundzwanzig Jahre alt, Bedienung im ›Earl's‹, einem Restaurant in Chinchilla.« Er blickte in die Runde, jeder hörte aufmerksam zu. »Als Todesursache wurde der Eintritt eines wie ein Horn geformten Gegenstandes ins Schläfenbein festgestellt. An ihrer Kleidung wurden neben Schafhaaren Ölreste und Styropor sichergestellt. Die Tatwaffe ist noch nicht aufgetaucht. Mehrere vernommene Personen hätten ein Motiv.« Er räusperte sich. »Da ist Ed Fraser, ihr Cousin. Gibt als Alibi an, in Brisbane gewesen zu sein. Bei der Überprüfung sind wir auf seine Kontakte zu dem wegen Drogenbesitzes, Drogenhandels und Autodiebstahls vorbestraften Harry Newman gestoßen. Er, Ed und ein gewisser Syd standen auch in Kontakt mit Romaine – sie waren mit ihr zusammen in einen Autounfall vor zwei Jahren verwickelt.« Er machte eine Pause, trank einen Schluck Kaffee. Niemand versuchte, ihn zu unterbrechen. Jack kaute wie immer, wenn er sich konzentrierte, an seinen Nägeln, und Tom McGregor strich über seinen akkurat gestutzten Schnauzer, der langsam grau wurde.

»Romaine hatte fünfzigtausend Dollar Schulden. Am selben Wochenende, an dem sie umgebracht wurde, wurden aus dem Safe des Restaurants ›Earl's‹ zwanzigtausend Dollar gestohlen, die der Besitzer, Alan Hall, dort seit Freitagabend nach einer Hochzeit deponiert hatte. Als er das Geld am Montag zur Bank bringen wollte, fiel ihm der Diebstahl auf. Das Eingangstürschloss war verkratzt, aber das war auch das Einzige, was auf einen Einbruch hindeutete. Im Safe lag eine von Romaine geschriebene Nachricht: *Sorry. Romaine.* Am Montag kam Romaine nicht zur Arbeit. Alan

Hall behauptet, sie aus Liebe nicht angezeigt zu haben. Die beiden hatten ein Verhältnis.«

Al Marlowe stöhnte.

»Allerdings könnte natürlich auch er Romaine auf dem Gewissen haben«, sprach Shane weiter. »Er und Romaine hatten Streit gehabt. Als Romaine nicht zur Arbeit kam, rief Alan Hall Ed an. Ed erzählte ihm etwas von einem Brief Romaines, in dem sie mitteilte, kurzfristig mit einem gewissen George – den niemand kennt – eine Weile unterwegs zu sein.« Er holte Luft. »Das Ergebnis der Schriftanalyse steht noch aus. Wir wissen nicht, ob die Mitteilung tatsächlich von Romaine stammt. Ed hat sie uns erst eine ganze Zeit später gebracht. Allerdings sieht sie ziemlich echt aus.«

»Was ist das für ein Typ, dieser Ed?«, fragte nun Spencer Dew.

Shane winkte ab. »Gleich. Also: Zufällig haben wir einen Truckfahrer namens George getroffen, dessen Schrift unterscheidet sich jedoch von der auf den Zetteln. Außerdem hat er ein ziemlich wasserdichtes Alibi. Ich denke, wir können ihn als Verdächtigen ausschließen. Anders aber Barry Walters, raubeiniger Farmer und Polocrosse-Spieler, der ein Verhältnis mit Romaine hatte, sie sogar am Tag ihres Todes noch traf. Angeblich hat Romaine ihm Geld für die Operation eines Pferdes angeboten, was er aber nicht ernst nahm – und auch nicht annahm. Allerdings hat er sich vor ein paar Tagen ein neues Pferd gekauft. Der andere Verdächtige ist ein Schafscherer namens Mike Carney, der auf der Farm von Barry Walters arbeitet. Er bezahlt junge Frauen dafür, dass sie für ihn in pornografischen Posen Modell stehen, während er sie fotografiert. Dass es dabei nicht immer zimperlich zugeht, hat er zugegeben. In seinem Auto haben wir sowohl Schafhaare als auch Ölreste entdeckt. Spuren, die wir an der toten Romaine ebenfalls sichergestellt haben.«

Alle hörten ihm gebannt zu.

»Bei der Suche nach Romaines Auto sind wir auf einen Wagen gleichen Typs und gleicher Farbe gestoßen, der auf einem abgelegenen Teil von Barry Walters' Land abgestellt wurde. Die Autokennzeichen wurden entfernt, ebenso alle persönlichen Gegenstände.«

Ein Gemurmel ging durch die Runde.

Shane räusperte sich. »Bei der Überprüfung des Wagens haben wir festgestellt, dass er in Freemantle als gestohlen gemeldet wurde.«

»Und?«, fragte Al.

»Der Wagen war stark beschädigt, ich habe mich daraufhin unter anderem beim AAA erkundigt, ob es einen Unfall gab und ein solcher Wagen abgeschleppt worden ist.«

»Ja?«

»Ein Unfall wurde nicht gemeldet, aber es ging ein Hilferuf ein. Die Fahrerin eines weißen Toyota Corolla meldete eine Autopanne.«

»Ja, weiter?« Al runzelte die Stirn.

»Nun, es gab vor einem Jahr einen Fall, bei dem eine junge Frau namens Patricia Henderson verschwand und nie wieder auftauchte. Das Letzte, was wir von ihr wissen, ist, dass sie in derselben Gegend eine Autopanne hatte. Ich habe daraufhin die Anruferin überprüfen lassen. Es handelt sich um eine französische Studentin, die zurzeit mit ihrer Studienkollegin ein Apartment in Brisbane bewohnt, dort aber seit ein paar Tagen nicht mehr gesehen wurde. Wir nahmen zuerst an, dass die beiden von Mike Carney fotografiert und dann vielleicht verschleppt worden wären, doch keine der Frauen auf Carneys Fotos ist identisch mit einer der beiden Studentinnen.«

»Und die Studentinnen sind noch nicht wieder aufgetaucht?«, wollte Al wissen.

Shane schüttelte den Kopf.

»Gut.« Al klatschte in die Hände. »Shane, du siehst dir

die Wohnung der Studentinnen an. Jack, du gehst die Liste gestohlener und auffälliger Toyota Corolla durch, vielleicht finden wir so Romaine Stavarakis' Auto. Tamara soll in der Gegend weiter ermitteln. So, das wars. Bis morgen.« Al Marlowe schnappte sich seine Schreibmappe und stürmte aus der Tür.

»Seitdem er die neue Freundin hat, ist er irgendwie jugendlicher«, bemerkte Tom, während er ihm nachsah.

»Und besser angezogen!«, fügte Maree hinzu. Diejenigen, die es gehört hatten, grinsten. Al trug nicht mehr die zu kurzen Hosen und die zu engen weißen Hemden.

Shane sah auf die Uhr. Halb fünf. Zuerst würde er sich mit ein paar Leuten von der Spurensicherung die Wohnung der Studentinnen vornehmen. Wenn er nur wüsste, was mit ihnen geschehen war!

»Shane!«, rief Roger von der Spurensicherung ihm auf dem Flur zu, »wir nehmen meinen Wagen.«

Als sie aus der Garage fuhren, hatten sich dunkelgraue Wolken vor die Sonne geschoben.

Die Wohnung von Catherine Bonnaire und Sophie Grangé war voller Plunder. Poster mit Aborigine-Motiven, X-Ray-Bildern aus dem Kakadu-Nationalpark-Gebiet im Northern Territory, Ankündigungen von Ausstellungen, Plakate mit blonden und muskulösen Surfern, ein kitschig-buntes Poster des Uluru, in der Küche auf dem Kühlschrank Bierkühler aus Neopren mit Aufdrucken, Postkarten von den verschiedensten Orten Australiens, die mit Magneten an die Kühlschranktür geheftet waren, ein großes Werbeplakat einer Puddingwerbung, zwei Kartons voller verschiedener Weine. Im Kühlschrank ein Glas Mixed Pickles in grünlich gelber Flüssigkeit, zwei Magerjogurts, eine fast leere Flasche Coke und zehn Becher Schokoladenpudding. Shane warf die Tür wieder zu. Im Flur auf dem Boden blinkte der Anrufbeantworter. Roger drückte auf *Abhören.*

»Hallo«, sagte eine weibliche Stimme mit französischem Akzent, »leider sind wir gerade persönlich nicht erreichbar. Hinterlassen Sie Ihre Telefonnummer oder versuchen Sie's unter der Mobilnummer null-vier ...«

»Hi, Sophie, hier Toby, ich habs jetzt x-mal auf deinem verdammten Handy probiert. Wo bleibt ihr? Macht ihr einen Umweg über Darwin, oder was?« Die Stimme klang jung und verärgert.

»Ich könnte es unter dieser Mobilnummer versuchen«, überlegte Roger und wählte von seinem Handy aus die Nummer der beiden Frauen.

Eine Stimme meldete, dass der gewünschte Gesprächsteilnehmer zurzeit leider nicht erreichbar sei.

»Hätte mich auch gewundert, wenn sich jemand gemeldet hätte«, sagte Roger. »Wir sollten das Handy orten lassen.«

»Sehen wir uns weiter um, Roger.« Shane wusste, wie lange man auf eine solche Erlaubnis warten musste. Neben dem Fernseher entdeckte er ein paar VHS-Kassetten. Er bückte sich und schob eine in den Rekorder. Die Kopie eines französischen Spielfilms, mitgeschnitten bei SBS, dem Sender, der oft ausländische Filme in Originalfassung zeigte.

Die nächste Kassette zeigte selbst aufgenommene Szenen. Wahrscheinlich war die junge, zerbrechlich wirkende Frau, die da gerade im hellgrünen Badeanzug den Wellen entstieg, Sophie. Aus dem Off rief ihr eine Jungenstimme etwas zu, nannte sie, wenn er richtig verstanden hatte, tatsächlich Sophie. Die Jungenstimme gehörte vielleicht Toby? Er spaßte, Sophie, schlank, mit langem Haar und blasser Haut, lachte und aß Eis. Shane spulte schneller vorwärts. Sophie beim Baden, Sophie und eine andere junge Frau – Catherine? –, klein und pummelig, beim Lesen, beim Laufen, beim Eisessen. Dann Wellen, irgendwann ein winziger Surfer im Focus. Ein Ritt über die Wellen. Der Junge lachte. Vielleicht war es Toby …

Shane seufzte. Vergeudete er seine Zeit? Hatten die beiden einfach in Australien ein neues Leben anfangen wollen? Er spulte das Band zu der Stelle zurück, an der der Junge sein Surfbrett aus dem Auto nahm. Er stoppte. Für den Bruchteil einer Sekunde war ein Teil des Autokennzeichens im Bild. Roger sah ihm über die Schulter und hatte verstanden. Man würde versuchen, das Kennzeichen zu rekonstruieren.

»Was ist mit der hier?« Roger hielt eine weitere Kassette in der Hand. *SOPHIE SUPERSTAR* war mit goldener Schrift auf das Label geschrieben.

»Sehen wir's uns an.« Shane schob die Kassette in den Rekorder. Ein Timecode lief am unteren Bildrand mit. Ein paar Sekunden war der Bildschirm schwarz. Dann folgte ein Werbespot, in dem tatsächlich Sophie Grangé aus einem Becher Schokopudding löffelte, verzückt die Augen verdrehte und mit französischem Akzent hauchte: »Oh, là, là – Mousse au chocolat – delightfully delice!«

»He, den kenn ich! Der läuft seit ein paar Tagen im Fernsehen!«, rief Roger aus. »Ein besseres Fahndungsbild könnten wir kaum kriegen, was?« Roger zog grinsend die Kassette aus dem Gerät. Im selben Moment klingelte Shanes Handy.

Detective Tom McGregor aus dem Headquarters teilte Shane mit, dass ihn jemand dringend sprechen wolle. »Joanna O'Reilly – kennst du sie?«

»Nicht dass ich wüsste.«

45

Pünktlich auf die Minute hatte Joanna am Morgen mit Max an der Hand an Detective Pilmers Bürotür geklopft. Sie hatte die Nacht kaum geschlafen, Albträume hatten sie immer wieder aus dem Schlummer gerissen – und die Angst vor dem, was sie heute erfahren würde.

Detective Pilmer öffnete und sah auf seine Uhr. »Sind Sie sicher, dass Sie die Stelle wiederfinden?«

»Absolut sicher, nicht wahr, Max?«

Der Junge antwortete nicht.

»Kommen Sie mit«, sagte Pilmer knapp und ging voraus zum Empfang. »Dorothy«, wandte er sich an die Uniformierte, mit der Joanna am Vortag gesprochen hatte, »geben Sie den Männern Bescheid.«

»Ja, Sir«, entgegnete sie und hob sofort den Telefonhörer ab.

»Haben Sie Ihren Wagen vor der Tür stehen?«, fragte Pilmer. »Wir fahren hinter Ihnen her.«

Als Joanna die Stufen zur Straße hinunterstieg, zitterten ihr die Knie.

Die Zeit kam ihr endlos vor, bis Pilmer schließlich mit zwei bullig aussehenden Polizisten in hellblauen Hemden und dunkelblauen Hosen ins Freie trat. Die Polizisten waren mit Pickel und Spaten bewaffnet. Pilmer gab ihr ein Zeichen, und sie ließ den Motor an. Der Streifenwagen folgte ihr.

Max hatte den ganzen Morgen kein Wort gesprochen. Er hatte weder etwas essen noch trinken wollen. Joanna wunderte sich nicht. Wenn sie schon zitterte und nicht schlafen konnte, wie mochte sich erst Max fühlen? Blass und schmächtig kauerte er auf dem Beifahrersitz.

»Max«, sagte sie auf einmal, »es geht alles gut. Du musst jetzt tapfer sein. Ich lasse dich nicht allein.«

Doch Max antwortete nicht. Er nickte noch nicht einmal.

Ohne Schwierigkeit fand sie den Platz wieder, an dem sie am Vortag den Wagen geparkt hatte. Sie blinkte, fuhr an den Straßenrand und hielt an. Der Polizeiwagen parkte hinter ihnen. Pilmer stieg zuerst aus.

»Das sind Hess und Vandenberg«, stellte er die beiden Männer vor, »und das sind Joanna O'Reilly und Max Longman.«

Die Polizisten nickten ihnen zu.

»Also, Männer«, meinte Pilmer, »dann mal los.«

Sie holten Spaten und Pickel aus dem Kofferraum und folgten Max und Joanna.

Niemand sprach. Nur ab und zu fragte Joanna Max flüsternd, ob sie noch auf dem richtigen Weg seien. Doch da er beharrlich schwieg und einfach weiter vorauslief, war sie überzeugt, dass er wusste, wohin sie gingen. Nach einer guten Dreiviertelstunde erreichten sie die Felsenhöhle, und Joanna war erleichtert.

»Wir sind gleich da«, erklärte sie. Die beiden Polizisten wischten sich den Schweiß aus dem Gesicht. Detective Pilmer schwitzte nicht, fiel ihr auf. Er bückte sich unter den Felsvorsprung und besah sich die Handabdrücke. Sein Blick wanderte zu Joanna, doch er sagte nichts. Max ging weiter voraus. Ganz allmählich beschlich Joanna das Gefühl, hier noch nie gewesen zu sein. Wusste Max wirklich noch, wohin er ging?

»Wie weit ist es noch?«, fragte Detective Pilmer auf einmal.

»Kann nicht mehr weit sein«, keuchte Joanna. Indessen befürchtete sie immer mehr, dass sie sich verirrt hatten.

Max ging jedoch einfach weiter, unbeeindruckt von den drei hinter ihm herstapfenden Polizisten. Als sie eine halbe Stunde später noch immer nicht den aufgeschütteten Erdhügel erreicht hatten – Joanna erinnerte sich, dass die Stelle höchstens zehn Minuten von der Höhle entfernt gewesen war –, blieb sie stehen.

»Max!«

Er drehte sich zu ihr um.

Die Polizisten blieben nun ebenfalls stehen. Max' Blick irrte zwischen ihnen und Joanna hin und her, bis er sich irgendwo im Geäst verlor.

»Verirrt, ja?« Detective Pilmer schnaufte und schüttelte den Kopf.

»Max«, sagte Joanna sanft, »bleib ganz ruhig. Weißt du noch, wo wir sind?«

Max ließ seinen Blick weiter kreisen, ohne zu antworten.

Die beiden Polizisten wischten sich den Schweiß von der Stirn und lehnten sich auf ihre Werkzeuge. Pilmers Mund zuckte, und provozierend verschränkte er die Arme vor der Brust. Es herrschte eine angespannte Stille.

»Max«, begann Joanna aufs Neue, »sollen wir zurück zur Höhle gehen und es von dort noch einmal versuchen?«

Max' Augen füllten sich mit Tränen, und plötzlich drehte er sich um und rannte in die Richtung zurück, aus der sie gekommen waren.

Pilmer stöhnte laut. »Da haben Sie sich was geleistet, Lady! Männer, Aktion abgebrochen. Wir kehren um.« Ohne noch ein Wort mit Joanna zu wechseln, machte er auf dem Absatz kehrt. Joanna wusste, dass es keinen Sinn haben würde, ihn zu bitten, weiterzusuchen. Das Areal war viel zu groß, und außerdem war Pilmer nun felsenfest davon überzeugt, dass Max und sie fantasierten. Niedergeschlagen und enttäuscht versuchte sie nur noch, Max nicht aus den Augen zu verlieren.

Auf dem gesamten Rückweg sprach keiner der Polizisten mehr mit Joanna oder mit Max, sie unterhielten sich untereinander über Sport. Joanna schwitzte, und ihr Herz raste. Ihr Mund war trocken wie Pergamentpapier. Sie kochte vor Wut – nicht wegen Max, sondern wegen der Polizisten und weil sie selbst den Weg nicht mehr gefunden hatte. Als sie aus dem Dickicht auftauchten und das Blech der Autos in der Sonne blitzen sahen, stemmte Detective Pilmer die Arme in die Hüften, blickte sie aus seinen eng stehenden Raubtieraugen an und sagte mit einem gezwungenen Lächeln:

»Diese kleinen Bengel haben manchmal einfach zu viel Fantasie! Und wir fallen drauf rein.«

»Aber er hat sich nichts eingebildet, ich habe es auch gesehen. Da war wirklich ein Grab!« Sie war verzweifelt.

Pilmer zuckte die Schultern, während die beiden Männer den Kofferraum schlossen. »Tut mir Leid. Gute Heimfahrt, Lady.«

Wütend blickte sie dem Wagen nach, wie er sich auf der schnurgeraden Straße entfernte.

»Ich hab es nicht mehr gesehen.« Max starrte auf den Boden.

Sie nickte. »Ist schon gut. Ich hätte mir den Weg auch merken müssen.«

Auf einmal fühlte sie sich unendlich erschöpft und schwach. Sie tranken Wasser aus den Flaschen, die sie am Morgen gekauft hatte, und aßen schweigend je zwei Sandwiches. Dann startete Joanna den Wagen. Was sollte sie Diane sagen? Max saß bewegungslos auf dem Beifahrersitz, starrte einfach nur geradeaus. Wie gern hätte sie dem Jungen geholfen! Wie sollte es jetzt weitergehen?

»Der Boden war ganz durchlöchert«, murmelte Max plötzlich.

Joanna suchte angestrengt nach der Bedeutung dieses Satzes – ohne Erfolg. »Was meinst du, Max?«

»Ich hab davon geträumt.«

»Wann hast du davon geträumt?«

»Gestern.«

Sie kannte diese Traummetapher. Sie tauchte nach einem großen Verlust auf, bedeutete eine große Verunsicherung, wie sie nach dem Tod von wichtigen Bezugspersonen bei den Überlebenden eintritt. Sie seufzte. Warum hatte dieser Polizist sie nicht ernst genommen? Am Seitenfenster flog der Hinweis auf einen Picknick-Platz vorbei. Sie bremste und steuerte den Wagen in die Einbuchtung. Max sah fragend zu ihr herüber.

»Nur eine kleine Pause, Max.« Sie öffnete die Tür und stieg aus. Jetzt hätte sie eine Zigarette vertragen können. Doch sie hatte sich das Rauchen vor vier Jahren abgewöhnt.

Das Blech des Autos war heiß. Max stieg aus und stellte sich neben sie. Eine Weile sprachen sie nichts, sahen zur Straße, auf der kaum ein Auto vorüberfuhr. Der Wind strich durch die Blätter der Bäume. Ein Vogel krächzte. Es war halb vier. Vor dem Dunkelwerden sollten sie zu Hause sein. Ein Auto näherte sich langsam auf dem Highway. Max begann zu zittern; er krallte seine Finger in ihren Arm. Seine Augen wurden schmal.

»Nein!«, flüsterte er. »Komm weg!« Er zog an ihrem Arm.

»Was ist, Max?«, fragte sie. »Ist es das Auto?«

Er schüttelte nun unentwegt den Kopf, öffnete die Fahrertür und wollte sie ins Wageninnere drängen. Das Auto näherte sich der Einfahrt zum Picknickplatz. Es war ein roter Pritschenwagen. Max' Körper entspannte sich. Er schien wie aus einem bösen Traum aufzuwachen. Sein Blick hatte den Ausdruck panischer Angst verloren.

»Was hast du gesehen, Max?«

»Nichts«, murmelte er.

»Du hast dich an etwas erinnert ...?«

Er schüttelte den Kopf. Max war in jene andere Welt zurückgegangen.

Sie ließ den Wagen wieder an. Auf dem grauen Asphalt jagten sie ihren eigenen Schatten.

46

Am Tisch in dem fensterlosen Besprechungsraum blickte Shane auf eine dunkelhäutige Frau mit bläulich schwarz glänzendem Haar, schmalen Händen, langen Armen und Beinen. Sie trug ein eng anliegendes blaues Trägerkleid und blickte ihn aus kohlrabenschwarzen Augen ohne die Spur eines Lächelns an.

»Joanna O'Reilly«, stellte sie sich mit einer klaren, dunklen Stimme vor, nachdem er ein Lächeln versucht und sich wortlos hingesetzt hatte. »Verschwenden wir nicht unsere Zeit. Mit Ihren Kollegen habe ich bereits genug Zeit verschwendet.«

Sie erklärte ihm, dass sie Kunsttherapeutin in einer Klinik in Brisbane sei und vor zehn Tagen einen Jungen zu behandeln begonnen hatte, der von einem Truckfahrer gefunden worden war. Ihm fiel der erste Abend bei Herb wieder ein.

»Er hat Bilder gemalt«, sagte sie schließlich, nachdem sie auch Max' familiäre Situation kurz geschildert hatte. Sie öffnete mit ihren langen, schlanken Händen eine große Mappe, die neben ihr auf dem Tisch lag.

»Miss O'Reilly, was wollen Sie überhaupt von mir?«, fragte er. »Ich bin Detective der Homicide Squad, wie man Ihnen sicher erklärt hat ...«

Joanna O'Reilly hielt inne. Ihre schwarzen Augen glänzten wütend. »Wenn Sie mich nicht unterbrechen würden, Detective O'Connor ...«

Er machte eine beschwichtigende Geste.

»Ich habe vor ein paar Stunden von einem Tankwart gehört«, begann sie, »dass in Chinchilla eine Leiche gefunden wurde. Ich habe mich bei der Polizei erkundigt und erfahren, dass Sie den Fall bearbeiten. Das ist doch korrekt, oder?«

Er nickte.

»Korrekt.«

»Dann sollten Sie sich die Bilder ansehen.«

Shane betrachtete sein Gegenüber. Joanna O'Reilly machte nicht den Eindruck, hysterisch zu sein oder die Realität nicht zu erkennen. Vielleicht gab es ja doch einen Zusammenhang zwischen all den Vorkommnissen und den verschwundenen Personen um Chinchilla. Er hatte sich auch in anderen Fällen mit Hellseherinnen unterhalten, die fest behauptet hatten zu wissen, wo sich ein Mörder aufhielt oder ein Opfer in Gefahr war. Warum, dachte er, sollte er sich nicht auch anhören, was eine Kunsttherapeutin zu berichten hatte?

»Dann zeigen Sie mal her«, sagte er deshalb.

Über ihr Gesicht huschte ein kaum merkliches Lächeln. Sie zog ein paar Papierbogen aus der Mappe. Einen Dinosaurier konnte er erkennen und mehrmals die Ziffer zwei und ein kleines Kreuz und darunter, auf einem angeklebten Stück Papier, eine liegende, himmelblaue Gestalt mit langem, himmelblauem Haar. Was sollte er mit den Bildern anfangen? Was wollte diese Frau von ihm?

»Miss O'Reilly«, begann er ungeduldig, doch sie fiel ihm ins Wort:

»Detective, es ist ein Grab! Glauben Sie mir!«, sagte sie eindringlich.

Shane wusste noch immer nicht, was er von ihr halten sollte.

»Sehen Sie sich das an.«

Als er die drei Buchstaben vor sich sah, wurde er neugierig. ASH. Barry Walters' Farm hieß *Ashwood*. Sollten Barry oder Mike Carney also doch etwas mit dem Jungen und seinen traumatischen Erlebnissen zu tun haben?

Nachdenklich betrachtete er erneut die anderen Bilder, zeigte auf die liegende Figur unter dem Kreuz. »Warum Blau?«

Joanna hob fragend die Hände. »Ich weiß es nicht.«

Je länger er die Bilder betrachtete, desto beklommener fühlte er sich. Eine eigentümliche Bedrohung ging von den Motiven aus.

»Wissen Sie«, Joanna sah ihn an, und er ahnte, dass sie sich beim geringsten Hinweis darauf, dass er sie nicht ernst nehmen könnte, auf ihn stürzen würde, »der Junge hat sich einfach verirrt, als wir mit den Polizisten unterwegs waren. Aber ich schwöre Ihnen, ich habe die Stelle gesehen. *Es war ein Grab.*«

Das Kreuz mit der blauen Figur wirkte trotz der unrealistischen Darstellung beunruhigend real.

Sie schob ihm eine Ansichtskarte über den Tisch.

»Die hat seine Mutter an ihre Schwester Diane geschrieben. Doch die Worte sind eine Art Code: Das Gegenteil von dem, was da steht, ist wahr.«

Hatte Suzannes Verschwinden vielleicht etwas mit dem der beiden Studentinnen zu tun? Und mit Romaine? Und mit dieser Patricia Henderson?

»Würden Sie noch einmal versuchen, die Stelle zu finden?«

»Sie ist in der Nähe der Höhle mit den Felsmalereien, aber«, sie seufzte, »das ist ein unheimlich großes Gebiet ...«

Er wusste, dass er konkrete Hinweise brauchte, um Spürhunde mit Führern nach Chinchilla fliegen zu lassen.

»Ich muss unbedingt mit dem Jungen reden«, bemerkte er deshalb.

»Er ist verstört, weil er die Stelle nicht wiedergefunden hat.«

»Trotzdem muss ich mit ihm reden.«

»Heute ist es zu spät.« Sie blieb hart.

»Können Sie ihm nicht wenigstens nähere Ortsangaben entlocken?«, fragte er. »Wo war das Haus? Was bedeutet dieses dunkle Oval mit den Zweien ...?«

Ihre schwarzen Augen funkelten. »Sie glauben also auch, dass ein Verbrechen geschehen ist?«

»Ich muss morgen mit dem Jungen reden«, sagte er, anstatt auf ihre Frage zu antworten, »rufen Sie mich an, Miss O'Reilly, egal, zu welcher Zeit.«

Neben ihm stehend, überragte sie ihn um einen halben Kopf, und als sie an ihm vorbeiging, wehte ein leichter Parfümduft nach Heu und süßen Blumen in seine Nase. Er sah ihr nach, wie sie stolz und aufrecht durch die Tür schritt, ohne sich noch einmal umzudrehen.

Dann dachte er an die beiden Studentinnen. Falls es tatsächlich einen Zusammenhang geben sollte, waren sie vielleicht schon gar nicht mehr am Leben ... Er hastete hinauf in die Fotoabteilung.

»Wir haben das Kennzeichen des Autos entziffert, das offenbar dem Jungen am Strand gehörte«, rief Derek ihm schon an der Tür zu. »Der Wagen ist auf einen John Engstroem zugelassen, Besitzer einer Farm in Blackall, verheiratet, ein Sohn mit Namen Tobias, Toby.« Er strahlte, und Shane eilte zum Telefon.

John Engstroem war direkt am Apparat. Mit einer dunklen, kräftigen und befehlsgewohnten Stimme erklärte er, dass zwei Freundinnen seines Sohnes seit fast einer Woche auf der Farm erwartet würden. Sie hätten sich zwar noch ein- oder zweimal gemeldet, da sie eine Autopanne gehabt hatten, doch seit vier Tagen sei keine Nachricht von den beiden mehr eingegangen.

Es war die Erwähnung der Autopanne, die Shane aufhorchen ließ. Patricia Henderson, die Frau, die ebenfalls in der Gegend um Chinchilla verschwunden war, hatte auch eine Autopanne gehabt. Vielleicht war es auch nur ein dummer Zufall ...

»Ist Ihr Sohn Toby da? Ich hätte ihn gern gesprochen«, fragte Shane.

Toby sei auf einem Fest, erwiderte der Vater. »Es ist doch hoffentlich nichts ... geschehen?«

»Wir hoffen nicht, aber sobald Sie etwas von den beiden hören oder wenn Toby wieder da ist, rufen Sie uns sofort an.« Shane gab ihm die Nummer der Zentrale und die seines Handys und eilte zurück in sein Büro.

Jack streckte Shane schon den Telefonhörer entgegen. Endlich. Mike Paradabar hatte Romaines Ankündigung, mit George verreist zu sein, näher untersucht. Die Schrift war zweifellos identisch mit der der ersten Nachricht: *Sorry. Romaine.*

»Wir können davon ausgehen, Shane, dass Romaine auch in diesem Fall die Schreiberin war«, erklärte Mike.

Insgeheim hatte Shane auf ein anderes Ergebnis gehofft. Darauf, dass Ed der Schreiber gewesen sei ... oder Alan Hall.

»Aber ...«, fuhr Mike fort. Shane horchte auf, und Hoffnung regte sich in ihm.

»Ja?«

»Am besten, du kommst mal vorbei und siehst es dir selbst an.«

»Was fällt dir auf?«, fragte Mike und schaute Shane über den Rand seiner Lesebrille hinweg an. Mit seinem weißen, säuberlich gebügelten Hemd war er tadellos gekleidet. Am kleinen Finger trug er einen auffälligen goldenen Siegelring. Sein blauschwarzes Haar hatte in den letzten Jahren ein paar graue Strähnen bekommen, doch seine bronzefarbene Haut wirkte noch immer glatt und jugendlich.

Shane blickte auf den Bildschirm mit der Vergrößerung von Romaines Nachricht. Mike hatte die Schnipsel zusammengefügt. Nun stand in einer Zeile:

Bin für eine Weile unterwegs.

Darunter war eine weitere Zeile geklebt, auf der war der Name *George* zu lesen.

So weit war er auch schon gewesen.

»Und?«, drängte Mike.

»Sieht irgendwie zusammengeklebt aus.« Shane sah angestrengt auf den Monitor.

»Okay«, meinte Mike grinsend und gab einen Befehl ein, sodass der Hintergrund der Schrift stärker hervortrat. »Und was sagst du dazu?«

Shane starrte ungläubig auf den Bildschirm. Nun waren die Abdrücke auf dem Papier sichtbar, die durchgedrückte Schrift von einer vorhergehenden Seite. Offenbar hatte Romaine ein Notizbuch oder einen Block benutzt.

Über die Wörter *Bin für eine Weile unterwegs* war geschrieben: *gestern Kuss Samstag,* über dem Wort *George: schönes.*

»Weißt du, was das bedeutet?«, fragte Mike, und seine Augen funkelten erregt.

»Ehrlich gesagt: nicht so ganz.«

Mike grinste triumphierend. »Also: Wenn wir die Wörter, die auf der vorangegangenen Seite geschrieben wurden und sich auf dem Papier abgedrückt haben, dem Text hinzufügen, lautet er: *gestern Kuss Samstag.* Und darunter: *schönes.*«

»Klingt ... unsinnig.«

»Allerdings«, lachte Mike und setzte die Lesebrille ab. Er faltete sie und steckte sie in die Brusttasche seines Hemdes, als ginge er jetzt gleich nach Hause.

»Dieser Text ist kein zusammenhängender Text.«

»Willst du damit sagen, dass ...«, begann Shane, doch Mike unterbrach ihn aufgeregt und holte die Lesebrille wieder aus der Tasche. »Genau: Diese Nachricht hier«, und er tippte auf den Monitor, »stammt aus mindestens zwei verschiedenen Texten. Nicht nur die durchgedrückte Schrift zeigt, dass verschiedene Seiten darauf lagen, sondern auch das Papier selbst weist Unterschiede auf. Das Stück, auf dem der Name *George* geschrieben wurde, ist vergilbter als der Rest.« Mike rieb sich die Hände. »Shane, der Kerl hat aus Romaines Notizen oder sonstigen Aufzeichnungen passende Schnipsel herausgerissen, daraus eine Nachricht gebastelt und versucht, uns für dumm zu verkaufen! Für ziemlich dumm! Ich hab selten so 'ne plumpe Fälschung gesehen!«

»Diese miese Ratte! Danke, Mike!« Er erinnerte sich, dass Ed ihm die Schnipsel erst präsentiert hatte, als er sich von ihm und Tamara in die Enge getrieben gefühlt hatte.

»Gern geschehen!«, rief Mike ihm nach. »Freue mich immer, wenn ich euch Cops ein Aha-Erlebnis bieten kann!«

Shane eilte zurück in sein Büro, beantragte einen Haftbefehl für Ed Fraser und wählte gleich darauf Tamaras Nummer in Chinchilla.

»Jetzt kriegen wir ihn dran!«, rief Tamara kampflustig, nachdem er sie über die neuen Fakten unterrichtet hatte. »Ich werde mich darum kümmern, dass er uns nicht noch durch die Lappen geht!«

Ihre Erleichterung war ihm nicht entgangen, als er den Namen Ed Fraser genannt hatte.

Detective Sergeant Al Marlowe riss die Tür auf und sah erst Jack, dann Shane mit erwartungsvoll hochgezogenen Augenbrauen an. »Und, was Neues?«

»Wir brauchen Spürhunde in Chinchilla«, sagte Shane.

»Sicher«, Al seufzte, »und eins von unseren vier Kriegsschiffen – oder hat die australische Marine inzwischen fünf, Jack?«

Jack grinste. »Ich glaube, es sind nur vier, Chef.«

Al verzog schmerzlich das Gesicht, sah auf die Uhr. »Morgen Früh, Shane, bei der Besprechung.«

Das war immerhin besser als ein klares Nein. Al ging, und Jack seufzte.

»Glaubst du wirklich dieser Therapeutin?«

»Warum sollte ich ihr nicht glauben, Jack?«

Jack zuckte die Schultern und lehnte sich in seinem Sessel zurück. »Na ja, sie ist ein Blackfella, oder?«

»Und?«

»Mensch, Shane!« Jack schnellte aus dem wippenden Schreibtischsessel nach vorn und stützte sich mit den Armen auf dem Schreibtisch ab. »Überleg doch mal: Wir hatten es schon öfter mit diesen verrückten Songs zu tun, irgendwelchen hirnverbrannten Überlieferungen, Dangerplätzen und solchem Zeug! Denkst du tatsächlich im Ernst daran, aufgrund einer so vagen Aussage diesen Aufwand zu betreiben? Was ist, wenn die Sache schief geht? Wie stehst du dann da? Detective Pilmer hat so eine Pleite schon erlebt!«

»Jack.« Shane stand auf. »Lass das mal meine Sorge sein. Kümmere du dich um deine Karriere, nicht um meine!« Jack hatte ihn noch nie in solchen Situationen unterstützt. Seit achtzehn Stunden war er auf den Beinen. Er brauchte eine Pause, musste für ein paar Stunden abschalten. »Gute Nacht, Jack!«, sagte er, als er zur Tür hinausging.

47

Während er im Auto durch die abendliche Stadt fuhr, fiel ihm ein, Pam anzurufen, doch es schaltete sich nur der Anrufbeantworter ein, und er legte auf. Es wäre auch nicht der richtige Zeitpunkt gewesen. Er war viel zu angespannt, um sich den Problemen seiner Tochter widmen zu können. Vielleicht sollte er einfach versuchen zu schlafen. Das Klingeln seines Handys ließ ihn zusammenzucken.

»Shane?«

»Eliza?« Warum rief sie ihn an? Was war mit ihrer Affäre?

»Ich habe gehört, du bist in der Stadt.«

»Ja.«

»Wir könnten was essen gehen, wenn du willst.« Sie schlug das »Nero« in der Racehorse Street vor, das nur ein paar Querstraßen von seinem Apartment entfernt war. Ein Edelitaliener – und wenn schon, er hätte mit ihr überall gegessen. Er sagte zu, beschleunigte das Fahrtempo, eilte in seine Wohnung, duschte und zog ein schwarzes Polo-Shirt und eine helle Hose an. Erfrischt und allmählich entspannt setzte er sich ins Auto und fuhr den Kilometer bis zum Restaurant.

Eliza stieg gerade aus ihrem BMW, als er hinter ihr am Straßenrand einparkte.

»Ist dir bewusst, dass dein heutiger Dienstwagen *LIE* – Lüge – auf dem Nummernschild stehen hat?«, sagte sie anstelle einer Begrüßung.

Er drehte sich um. »Tatsächlich. Nein.«

»Ich wundere mich, dass ihr so eine Nummer überhaupt im Fuhrpark habt.«

»Tja«, er zuckte mit den Schultern, »war vielleicht ein Witzbold?« Er lächelte und genoss ihren Begrüßungskuss auf seinem Mund. Die Hand auf dem von ihrem dunkelroten kurzen Kleid ausgesparten Teil des Rückens, schob er sie sanft ins Restaurant. Das Haar hatte sie hochgesteckt, und er erinnerte sich daran, wie weich es war.

Die Beleuchtung war nicht zu hell, die Musik nicht zu laut. Das Restaurant war nicht zu voll. Der Kellner lächelte freundlich, als er sie zu ihrem Tisch führte. Die Anspannung und die Sorgen der letzten Tage fielen von Shane ab. Das Leben hatte also doch noch etwas anderes zu bieten, dachte er und wunderte sich zugleich, wie wenig es manchmal brauchte, um sich glücklich zu fühlen. Ein Lächeln von Eliza, während sie sich setzte, entfachte in ihm den Wunsch, nie wieder etwas anderes tun zu müssen, als ihr hier gegenüberzusitzen und sie anzusehen. An der Wand waren Kerzenständer angebracht, und das flackernde Licht verstärkte in ihm das Gefühl, für eine Weile in einer anderen Welt Zuflucht gefunden zu haben. Zum Glück konnte sie seine Gedanken nicht lesen.

»Eigentlich«, begann sie und blätterte in der Speisekarte, »wollte ich heute meinen Anti-Aging-Abend machen.«

»Kein Abendessen, keinen Alkohol, früh ins Bett?« Ihr Lippenstift war eine Nuance dunkler als ihr Kleid, bemerkte er.

»Ja. Ich nehme die Shiitake-Lasagne und vorher einen Algen-Spinat-Sesam-Salat. Und einen Weißwein. Such einen aus. Nur keinen Chardonnay.«

Ohne auf die Karte zu sehen, bestellte er für sich das Gleiche und nahm den vom Kellner empfohlenen Tokaier.

Sie betrachtete ihn, und er betrachtete sie. Eine Weile redeten sie nichts. Doch er spürte, wie die Frage sich in seinem Hirn zusammenballte ... Er konnte an nichts anderes mehr denken als an diese Frage. Dabei wollte er sie nicht stellen, wollte nicht zugeben, dass ihm etwas daran lag ...

»Ist was?«, fragte sie schließlich.

Endlich!, dachte er. »Was ist mit deiner Affäre? Schon vorbei, oder hat er gerade keine Zeit?«

Ein Lächeln huschte über ihr Gesicht. »Du hast es lange ausgehalten, Shane. Ich dachte, du fragst schon beim Einparken.«

»Du hast mich mit diesem blöden Nummernschild durcheinander gebracht.«

Wieder lächelte sie. Amüsiert, nicht spöttisch. Sie nahm eine Packung Zigaretten aus ihrer Handtasche, zündete sich eine Zigarette an.

»Wer ermittelt jetzt in Chinchilla?«, wollte sie auf einmal wissen.

»Was?«

»Wer ermittelt jetzt in Chinchilla, während du hier bist?«, wiederholte sie ruhig.

Sie konnte doch nicht einfach so seine Frage übergehen! Der Kellner brachte den Kühler und den Wein, entkorkte die Flasche, goss ihm ein. Shane probierte, nickte – es war ihm völlig gleich, wie der Wein schmeckte, ob die Temperatur stimmte – der Kellner füllte ihre beiden Gläser und entfernte sich.

»Tamara Thompson«, sagte er. Sollte das etwa ein Thema zwischen ihnen werden? Sie war also auch eifersüchtig?

Eliza griff zum Glas, hielt inne und fragte in einem allzu beiläufigen Ton: »Sie sieht gar nicht so übel aus, findest du nicht auch, Shane?«

Sie *war* eifersüchtig, stellte er amüsiert fest. »Stimmt«, sagte er knapp. »Dann wäre das also geklärt, oder hast du noch weitere Fragen?«

Sie ließ ihren Blick über ihn gleiten, schüttelte dann den Kopf.

»Gut«, er beugte sich vor, »dann könntest du meine Frage ja auch beantworten. Hast du den Lover noch, kenne ich ihn?«

Eliza lachte. Ihre Zähne leuchteten wie Perlen. Sie drückte die halb gerauchte Zigarette aus. »Sie ist achtzehn, blond, und selbstverständlich bewundert sie mich. Wir sehen uns zwei Mal die Woche. Ist damit deine Frage hinreichend beantwortet?«

»Nein«, entgegnete er, »aber lass uns über etwas anderes reden.«

»Wunderbar«, stimmte sie zu, lehnte sich zurück und blickte im Restaurant umher. Hinter ihr warfen die Kerzen immer neue Schatten an die Wand.

»Langweilst du dich schon?« Er hatte keine Lust, sich ihren Launen auszusetzen.

»Nein«, antwortete sie, »ich war nur in Gedanken gerade bei dem Fall.«

»Bei Romaine Stavarakis?« Das überraschte ihn. Sie bearbeitete eine ganze Menge anderer Fälle.

»Ja. Deine Frage hat mich beschäftigt, ob die Verletzung von einem Horn stammen kann.«

»Und?«

»Der Eintrittswinkel des Horns in den Kopf ist seltsam. Stell dir doch mal bildlich vor, wie man ein Horn in die Schläfe gestoßen bekommen kann.«

Shane griff nach dem Weinglas und nahm einen großen Schluck, bevor er antwortete. »Ich denke an Rodeos, wenn die Bullen mit gesenktem Kopf auf den gestürzten Reiter losgehen.«

»Nicht schlecht, aber da liegt der Reiter am Boden, der Bulle kommt von oben, von schräg oben.«

»Du willst doch nicht behaupten, dass Romaine bei einem Bullenrodeo getötet wurde!«

»Genau das will ich nicht sagen. Pass auf: Romaine kann

nicht am Boden gelegen haben, der Eintrittswinkel ist ein anderer. Und zwar so, als hätte sie neben dem Bullen gestanden und ihren Kopf gegen ein Horn geschlagen.«

»Eine etwas ungewöhnliche Art ...«, murmelte er.

»Da stimme ich dir zu, Shane.«

Der Algen-Spinat-Sesam-Salat wurde serviert. Nach zwei Gabeln schob er den Teller zur Seite.

»Du solltest ihn deiner Gesundheit zuliebe essen, Shane. Jod, Mineralien ... Und Algen entgiften.«

»Das dachte ich mir schon. Aber er schmeckt mir nicht.«

Eliza überging diese Bemerkung einfach. »Wo ist es denn nichts Außergewöhnliches, neben einem Rinderhorn zu stehen?«

Shane überlegte und schenkte Wein nach. »Auf 'ner Farm – oder aber jemand hat ihr das Horn wie ein Messer in die Schläfe gestoßen.«

Wieder fielen ihm Mike Carneys Fotos ein. Sollte Carney doch nicht unschuldig sein?

»Shiitake-Lasagne«, sagte der Kellner. »Achtung, heiß!« Auf den Tellern brutzelte es noch.

»Shiitake-Lasagne hab ich zum ersten Mal neulich in Sydney gegessen.« Elizas Augen leuchteten, als sie auf ihren Teller blickte.

»War Lasagne nicht immer ein Gericht mit Fleischsoße?«, fragte er und stach mit der Gabel eine Ecke ab.

»Oh, es gibt auch Gemüse-Lasagne oder Fisch-Lasagne ...«

»Ich meine: ursprünglich, in Italien, als die dicken Mamas ...«

»Shane, hör auf!« Sie lachte.

»Ich wette mit dir, diese dicken Mamas würden sich im Grab herumdrehen, wenn sie wüssten, was für ein Schindluder mit ihrer Lasagne getrieben wird – in Sydney und sonst wo am anderen Ende der Welt.«

Er nahm einen Bissen. Es schmeckte überraschend gut,

nein ... ausgezeichnet. Eliza sah ihn gespannt an. »Recht ordentlich!«, bemerkte er kauend, »mal abgesehen davon, dass das Fleisch fehlt.« Sie lachten beide. »Eliza«, sagte er plötzlich, »ich wäre gern öfter mit dir zusammen.«

Sie schwieg, war ernst geworden, aß weiter.

»Warum hast du nie geheiratet?«, fragte er.

»Oh, Shane, müssen wir das jetzt erörtern?«

»Nein.« Er berührte ihre Hand, die auf der Tischdecke neben dem Teller lag. »Nein.«

Er zahlte. Draußen auf der Straße wollte er ihre Hand nicht loslassen. Sie war einverstanden, als er sie zu sich einlud.

Oben in seinem Apartment angekommen, bereute er kurz, vor seinem Aufbruch nicht aufgeräumt zu haben, doch schnell wurden seine Gedanken abgelenkt, denn Eliza küsste ihn, und sie gelangten irgendwie ins Schlafzimmer. Er strich die Innenseiten ihrer Schenkel hinauf. Wie seidig ihre Haut war! Seine Hand fuhr seitlich unter ihre Unterwäsche. Heiß, pochend und feucht fühlte sie sich an. Als er ihren nackten Körper auf seinem spürte, hatte er seit langer Zeit wieder das Gefühl, einem anderen Menschen nahe zu sein.

Er betrachtete sie, als sie auf ihm ritt, ihr schwarzes Haar nach hinten geworfen, seine Hände, die ihre Hüften fest umfasst hielten. Ihr keuchender Atem, die Hitze und Kraft, dort, wo sie ihn mit ihrem Innersten umschloss, ihr Stöhnen, ihr Zucken, als sie den Höhepunkt erreichte, seine Explosion in ihr.

Sie rollte sich neben ihn. Der Schweiß auf seiner Haut kühlte kitzelnd. Sie drehte sich zu ihm, legte die Hand auf seine Brust.

Sein Finger tastete über den Wulst der Narbe, die sich

quer von rechts oben nach links unten über ihren Bauch zog. Schon einmal hatte er sie gefragt, wie es zu dieser Verletzung gekommen war, doch sie hatte ihm keine Antwort gegeben. Sie ließ es eine Weile zu. Dann umfasste sie sein Handgelenk und schob es weg. Er würde sie nicht drängen zu erzählen, was geschehen war.

»Hast du Durst?«

»Ja«, flüsterte sie.

Er stand auf, ging in die Küche. Durchs Fenster sah er den schwarz glitzernden Fluss. Er goss Wasser in ein großes Glas und ging ins Schlafzimmer zurück, reichte ihr das Glas, doch sie reagierte nicht.

»He«, fragte er sanft, »keinen Durst mehr?«

In der Dunkelheit sah er nur ihre Umrisse. Sie starrte mit offenen Augen zur Decke. Er stellte das Glas ab, legte sich neben sie und strich über ihr Gesicht. Da merkte er, dass es nass von Tränen war. In solchen Situationen wusste er nie, was er sagen sollte. Meistens sagte er das Falsche. Daher schwieg er lieber, legte sich schweigend zurück in die Kissen und starrte an die Decke wie sie. Licht reflektierte dort.

»Ich war einundzwanzig«, fing sie auf einmal an. »Er hieß David. Wir studierten beide in Sydney Medizin. Wir hatten viel gearbeitet und wollten uns zwei Wochen Urlaub auf Bali gönnen.« Sie machte eine Pause, doch Shane stellte keine Frage. »Es war schön. Die schönste Zeit, an die ich mich erinnern kann. Der Duft der Räucherstäbchen, die Klänge der Musik, die aufgehende Sonne über den Palmen. Wir waren im Paradies. Wir liebten uns.«

Sie hörte auf zu sprechen. Noch immer lag sie reglos auf dem Rücken und starrte zur Decke. »Wir machten einen Ausflug. Mit zwei Führern in einem klapprigen VW-Bus. Zum höchsten Berg Balis. Als wir losfuhren, war das Wetter schön. Die Straße wurde schmaler, wand sich eine Anhöhe hoch. Es begann zu regnen. Die Straße wurde glitschig. Der

Wagen schlingerte. Ein Auto kam direkt auf uns zu. Unser Fahrer verlor die Kontrolle, und wir stürzten einen Abhang hinunter. Das andere Auto war einfach weitergefahren.« Sie atmete tief. »Als ich wieder zu mir kam, lag ich zwischen Steinen, und ein Stück Metall steckte in meinem Bauch.«

Shane schluckte.

»David lag mit dem Kopf an einem Felsen, zwei Meter von mir entfernt. Er blutete. Ich konnte mich nicht bewegen. Ich konnte noch nicht einmal meinen Arm ausstrecken und seine Hand berühren. Ich musste zusehen, wie er starb.«

Shane nahm ihre Hand. Sie fühlte sich kalt an, trotz der Hitze.

»Seitdem habe ich nie wieder versucht, ein Menschenleben zu retten.« Sie schwieg, fuhr dann fort: »In Sydney hab ich an einem Nachmittag eine ganze Menge Tabletten geschluckt. Aber meine Kommilitonin kam früher heim.« Sie lachte kurz auf. »Ich bin unverwüstlich. Sogar ein Jahr Psychiatrie hab ich überlebt.«

Er wollte etwas Tröstendes erwidern, doch sie redete weiter:

»Ich habe mich immer an Davids Tod schuldig gefühlt.«

»Hast du dich deshalb für die Arbeit mit Toten entschieden?«

»Da kann ich wenigstens nicht versagen.« Sie richtete sich auf. Die Umrisse ihrer Brüste zeichneten sich gegen das diffuse Licht ab, das vom Fenster hereinfiel. Das lange, glatte Haar floss über ihre Schultern. Schließlich stand sie auf, bückte sich nach ihren Kleidern und wollte gehen.

»Eliza, warte, ich fahre dich«, sagte er.

»Nein, bitte, ich möchte jetzt allein sein.«

»Dann lass mich dir wenigstens ein Taxi rufen.«

Als sie fort war, goss er sich in der Küche einen Whisky pur ein und ging hinauf auf die Dachterrasse.

Wie Brillanten funkelten die Lichter der Hochhäuser in

der City. Er lehnte sich ans Geländer und starrte hinunter auf den Fluss, das dunkle Band, an dessen Rändern helle Punkte auf und ab wogten, Lampen von Yachten. Elizas überstürztes Weggehen hatte in ihm eine schmerzende Leere hinterlassen. Und als er jetzt an ihre Geschichte dachte, konnte er auf einmal verstehen, warum sie sich oft in den Momenten größter Nähe plötzlich entzog, abweisend und kalt wurde. Er trank sein Glas aus.

Ein Geräusch riss ihn aus seinen Gedanken. Am anderen Ende der Dachterrasse erkannte er eine Person, die auf einen Stuhl kletterte. In der nächsten Sekunde war er bei ihr.

»Heather, was um Himmels willen treiben Sie da?«, rief er.

Heather, die Nachbarin, beleibt, mit einem weiten T-Shirt und flatternden Shorts bekleidet, stand bereits mit beiden Beinen auf dem Stuhl und stützte sich mit den Armen aufs Geländer. »Hi, Shane!«, lallte sie und deutete zitternd in den nächsten Garten, sieben Stockwerke unter ihnen. »Sehen Sie diesen verdammten Baum da? Da spring ich jetzt drauf!«

Shane schätzte, dass der Baum mindestens drei Autolängen entfernt war.

»Heather, ich glaube, das ist keine so gute Idee.«

Sie lachte. »Sie sind ein alter Zauderer. Ich finde, ich hatte schon eine Ewigkeit keine so gute Idee mehr. Passen Sie auf, gleich spring ich!« Sie wackelte bedenklich auf dem Stuhl. Shane packte sie und zog sie unsanft herunter.

»Au, verdammt!«, fluchte sie und schüttelte ihn ab. »Sie sind ein Spielverderber, Shane. Es wär nur ein verdammter Katzensprung gewesen!«

»Oh, Heather, leider sind Sie keine Katze.«

»Ach, Sie betreiben Haarspalterei«, murrte sie und streckte die Arme aus. Er zog sie hoch, brachte sie in ihre Wohnung zurück und kochte ihr einen Tee, mit dem sie sich in ihr Bett verkroch. Als er auf die Uhr sah, war es nach zwei.

Wieder in seinem Apartment, fragte er sich, ob Heather wirklich gesprungen wäre. Und ob sie morgen vielleicht dieselbe Idee haben würde. Und wenn nicht morgen, dann vielleicht übermorgen oder nächste Woche, wenn er nicht da wäre ... Plötzlich fragte er sich, ob man vielleicht erst ein Leben beenden musste, um ein anderes anfangen zu können. Das wievielte Leben lebte er wohl? Zuletzt dachte er an Eliza, durchbohrt von dem Stück Metall, beinahe tot ...

48

Er tauchte auf wie das Gesicht unter dem Eissee. Wie in dem Albtraum, den sie früher als Kind geträumt hatte. Immer und immer wieder, so oft, dass sie nicht mehr gewusst hatte, ob der Traum Wirklichkeit war ... oder die Wirklichkeit ein Albtraum. Sie, Sophie, wohnte damals in der Nähe von Genf in einem großen Haus, das ihrem Großvater gehörte und in das sie und ihre Mutter nach der Trennung von Sophies Vater gezogen waren.

Sie habe ihn nie geliebt, hatte ihre Mutter immer wieder betont, und dass die Heirat ein Fehler gewesen sei.

Der Großvater war ein erfolgreicher Anwalt mit einer lauten Stimme, und Sophie erinnerte sich an die dunklen Flure und Zimmer und an die Kälte im Winter.

Eines Tages ging sie mit zwei Freundinnen Schlittschuh laufen. Es war bitterkalt. Eiszapfen hingen von den kahlen, dürren Zweigen der Bäume, und die dunklen Stämme waren wie glasiert. Die Luft schmeckte nach Schnee, und der Himmel war seit Tagen nicht mehr blau gewesen. Nur grau. Weißgrau. Jeder sagte, es würde bald schneien, doch es schneite nicht. Es wurde nur immer kälter. Sie ging mit

Céline und Valerie zum Schlittschuhlaufen an den Teich, nicht weit von ihrem Haus entfernt. Es war still, und nur ab und zu knackten Zweige unter der Last des Eises. Die Vögel waren schon längst in wärmere Gegenden geflohen, und keine Farben außer Grau, Schwarz und Braun hatten der Kälte getrotzt.

Vorsichtig staksten sie auf den scharfen Kanten ihrer weißen ledernen Schlittschuhe aufs Eis. Es begann zu dämmern, obwohl es erst kurz nach drei Uhr am Nachmittag war. Sie zogen Kreise und Schleifen, rückwärts und vorwärts, allein und sich an den Händen haltend. Irgendwann stolperte Sophie über einen Zweig, der ins Eis gefroren war. Sie konnte sich mit den Händen gerade noch abfangen, sodass sie nicht aufs Gesicht fiel. Doch ihre Augen waren auf einmal ganz nah an der Eisfläche. Und da sah sie es. Immer deutlicher wurde es unter der Eisfläche. Ein Gesicht. Mit aufgerissenen Augen und offenem Mund.

Sie schrie, und ihre Freundinnen kamen herangeschlittert, doch da war das Gesicht verschwunden, und die Freundinnen lachten sie aus. Dabei hatte sie es genau gesehen.

Jahrelang träumte sie jede Nacht von dem Gesicht unter dem Eis ...

Das Gesicht, das sich ihr jetzt näherte, wurde zu dem unter der Eisfläche. Archies Grinsen verschwamm, und seine Züge verschmolzen mit der Tapete an der Wand. Die Berührung spürte sie nur wie eine Schneeflocke, die auf ihren Körper fiel, und dann hörte sie einfach auf zu sein. Ach ja, hatte sie nicht Catherine gesehen? Doch das war sicher auch nur ein Traum gewesen.

»Mein Süßes!«, keuchte Archie, tätschelte ihr Gesicht. »Mein Süßes, wir bleiben zusammen, ja?« Seine Stimme klang fast kindlich. »Du musst keine Angst haben, ich tu dir nichts.« Dann flüsterte er ihr ins Ohr: »Wir fangen ein neues Leben an, du und ich. So-phie ...« Er sprach ihren Namen seltsam gedehnt aus, wiederholte ihn und streichelte ihr über die Wangen. »So-phie ...!«

Angst bäumte sich in ihr auf. Sie wollte schreien, doch sie konnte nicht, die Drogen hatten alle Kräfte gelähmt. Flauschige Watte verstopfte ihre Augen und Ohren. Mae erschien, schrie ... was schrie sie? Sie riss Archie herunter. Sophie strengte sich an, die Worte zu verstehen.

»Gestern schon hast du mir versprochen, sie endlich zu töten!« Sie gab ihm etwas in die Hand, doch Sophie konnte es durch den Watteschleier nicht erkennen. »Beweis mir, dass du sie nicht liebst!«, zischte Mae. »Töte sie! Jetzt!«

49

Als der Wecker klingelte, hatte er gerade von Kaninchenjungen geträumt, die aus einem Karton springen wollten. Er war vollauf damit beschäftigt gewesen, den Deckel darüber zu halten, damit sie nicht in die großen Löcher fielen, die sich um den Karton herum im Boden befanden. Sofort war er hellwach. Vor dem Meeting mit Al musste er unbedingt den Jungen gesprochen haben. Er brauchte nähere Angaben, um die Spürhunde anfordern zu können. Nach einer Blitzdusche und einem Kaffee im Stehen rangierte er den Wagen von dem überdachten Parkplatz und fuhr zum Headquarters in der Roma Street.

Mittwoch, halb sieben, der Himmel grau und verhangen, ein kühler Wind wehte. Im Büro empfing Jack ihn mit dunklen Schatten unter den Augen und einer Neuigkeit.

»Unsere Leute haben dieses kleine Arschloch aus Blackall, diesen Toby, ein bisschen unter Druck gesetzt. Er hat zugegeben, Sophie den Wagen über einen Freund besorgt zu haben. Dieser Freund hat den Wagen in Freemantle gestohlen.«

Shane horchte auf. »Das heißt also: Der Wagen auf Barrys Land ist tatsächlich Sophie Grangés Auto.«

Maree, die Sekretärin, kam herein und schob Jack einen Karton über den Tisch. »Ist alles tipptopp in Ordnung, die Kleinen wachsen da ja so schnell raus!«

»Danke, Maree!« Jack öffnete den Karton und hielt einen rosafarbenen Strampelanzug hoch.

»Mein Gott«, sagte Maree, »man vergisst so schnell, wie klein die Kinder mal waren!«

Beim ersten Schluck Kaffee verzog Shane das Gesicht. »Was ist das für ein Gesöff?«

»Ist der gleiche Kaffee wie immer«, antwortete Maree.

Er seufzte nur. Hatte er dieses Gebräu jeden Tag getrunken? Fiona Millers Kaffee hatte wahrscheinlich seinen Geschmackssinn verwöhnt.

»Ann wird sich freuen.« Jack schob den Karton mit den Kindersachen unter seinen Schreibtisch.

»Hat Joanna O'Reilly angerufen?«, wollte Shane wissen und zwang sich zu einem weiteren Schluck.

»Nein.« Jack packte etwas zu essen aus.

Es war gleich halb acht. In einer Stunde würde das Meeting mit Al stattfinden. Warum rief Joanna O'Reilly nicht an?

»Wieder mal die Leichenprofessorin getroffen?«, fragte Jack und biss in eine Fleischpastete.

»Reden wir über den Fall, Jack.«

Enttäuscht seufzte Jack, kramte Notizen hervor. »Infos über Suzanne Longman, die Mutter des Jungen«, sagte er kauend. Suzanne Longman war weder drogen- noch alkoholabhängig. Nichts wies darauf hin, dass sie mit einem Geliebten Hals über Kopf geflohen war. Sie war Kosmetikerin und hatte einen Job in Brisbane in Aussicht. »Die Sache ist klar, oder?« Jack schluckte. »Ermordet. Wie die beiden Studentinnen. Und wie wahrscheinlich auch diese Patricia Henderson. Wer weiß, ob die Freundin in Cairns nicht eine ganz andere Person gesehen hat.« Er steckte sich den Rest der Pastete in den Mund und wies zur Landkarte an der Wand. »Aber wenn du das ganze dafür infrage kommende Gelände durchkämmen willst, nur weil diese Kunsttherapeutin angeblich ein Grab ...«

»Ich weiß«, winkte Shane ab. Warum meldete sich Joanna O'Reilly nicht? Er ordnete die Unterlagen auf seinem Schreibtisch, als könnte er so Ordnung in seine Gedanken bringen. »Sag mal«, fiel ihm dabei ein, »wer sucht eigentlich die Autonummern für unsere Dienstwagen aus?«

Jack sah ihn überrascht an, hob dann seine runden Schultern und ließ sie wieder fallen.

»Wusstest du, dass ich gerade ein Nummernschild mit den Buchstaben L-I-E habe?«

Jack schlug sich auf die Schenkel und lachte mit vollem Mund. »L-I-E – Lüge? Das ist wirklich ein guter Witz! Nein, wusste ich nicht.« Er hustete, weil er sich an einem Krümel verschluckt hatte.

»L I E ...«, murmelte Shane, und plötzlich wurde ihm etwas klar.

»Was meinst du?«, fragte Jack, noch immer hustend.

Ohne ihm zu antworten, sprang Shane auf und eilte zur Tür. »Ich bin auf meinem Handy zu erreichen.«

Diane Holt zögerte, Shane hereinzubitten, und studierte seinen Ausweis gründlich, bevor sie ihn endlich in die Wohnung ließ. »Homicide Squad – Sie kommen also nicht, um mir den Jungen wegzunehmen?«

»Nein. Ich möchte mit Max sprechen.«

Wieder zögerte sie. »War Joanna O'Reilly bei Ihnen?«, fragte sie schließlich.

»Ja.«

Das schien sie zu beruhigen. »Er spricht kaum.« Sie seufzte. »Ich habe Angst zu erfahren, was mit Sue geschehen ist.«

Plötzlich erschien der Junge auf der Treppe hinter ihr. Max regte sich nicht, stand einfach nur da und starrte Shane an. Irgendwo hinter einer Tür lief eine Waschmaschine. Draußen fuhr ein Auto vorbei. Doch Diane und der Junge waren wie gelähmt, schienen auf etwas zu warten ...

»Max«, sagte Shane, »komm, ich muss dir etwas zeigen.« Der Blick des Jungen war ängstlich und neugierig zugleich, aber er machte keine Anstalten, Shane zur Tür zu folgen.

»Diane«, sagte Shane, »bitte kommen Sie mit ihm nach draußen!«

Diane zögerte, doch schließlich nahm sie Max an der Hand und ging mit Shane zu seinem Wagen.

Shane deutete auf die Buchstaben L-I-E seines Autokennzeichens. »ASH?«, fragte er.

Max' Augen begannen zu flackern. Seine Lippen zitterten.

»ASH?«, wiederholte Shane eindringlich.

»ASH«, flüsterte der Junge. »zwei-neun-eins ...«

Hatte er sich eben an ein Autokennzeichen erinnert?

»Zwei-neun-eins ASH«, wiederholte der Junge lauter, schrie schließlich, riss sich von Diane los, trat gegen Nummernschild und Stoßstange und hämmerte mit den Fäusten auf die Karosserie, bis Shane ihn packte und festhielt.

»Ist gut, Max.« Max schluckte, und in seine Augen traten Tränen.

»Du willst, dass wir das Auto finden, oder?« Max nickte langsam. Shane nahm seine Hand. »Ich verspreche dir, wir finden das Auto.« Daraufhin drehte sich Max um und rannte zurück ins Haus.

»Diane, gehen Sie zu ihm, er braucht Sie«, sagte Shane. Diane nickte und ging hinaus. Ihm fiel das Versprechen ein, das er den Eltern in Caboolture gegeben hatte und nicht hatte halten können.

Im Wagen gab er die Autonummer durch. Auf dem Weg in die City nahm er kaum noch etwas anderes wahr als die Kennzeichen der Wagen vor und hinter ihm: *429 TOM, 760 UTE, 171 ANN, 887 TIM, 589 YES ...*

»Shane«, meldete sich ein Kollege auf dem Handy, gerade als Shane in der Garage des Headquarters' parkte, »der Halter heißt Archibald Packer, der Wagen ist ein Mitsubishi Utility, Baujahr vierundneunzig.«

»Schafft mir alle Informationen über diesen Packer her, die ihr kriegen könnt!«, schrie er ins Telefon.

50

Sie lebt schon viel zu lange! Töte sie!«, hörte Catherine Mae rufen, als sie aus der Dunkelheit auftauchte. Die Tabletten hatten also zum Sterben nicht ausgereicht.

»Du liebst sie! Wenn du *mich* liebst, dann musst du *sie* töten!«, hallte Maes Stimme von den Wänden wider.

Ging es um Sophie?

Ein Schrei. Stille.

Jetzt hatten sie Sophie getötet.

Gleich würden sie auch zu ihr kommen. Maes Schritte näherten sich, knallten wie Hammerschläge auf den Dielen. Wie würden sie es tun? Sie hatte keinen Schuss gehört. Also mit den bloßen Händen ...? Archie mit seinen riesigen

Händen? Oder mit Gift? Vielleicht nahmen sie auch ein Messer, weil sie Blut fließen sehen wollten? Das Herz pochte Catherine in den Ohren, in ihrer Stirn, in ihren Augäpfeln und drohte ihre Adern zu zerreißen – doch Mae ging an ihrer Tür vorbei, ihre Schritte entfernten sich.

Sie würde zurückkommen.

51

Am fünfundzwanzigsten Januar neunzehnhundertvierundfünfzig wird Archibald Packer in Launceston, Tasmanien, geboren. Vater unbekannt. Mutter: Elisabeth Packer. Im Alter von sechs Jahren kommt er zu Pflegeeltern in Hobart, Tasmanien, bei denen er bis zu seinem achtzehnten Lebensjahr bleibt. Mit siebzehn beginnt er eine Ausbildung zum Bürokaufmann, nach einem Jahr bricht er die Lehre ab. Arbeitet in verschiedenen Büros, wechselt mindestens alle anderthalb Jahre den Job. Neunzehnhundertneunzig heiratet er Mae Linda Burgess in Melbourne. Sie ziehen nach Wandoan, wo eine von Maes Schwestern lebt. Drei Jahre später kaufen sie ein Haus in Longreach ...

Shane hielt inne. Longreach war mindestens tausend Kilometer von Chinchilla entfernt. Er las weiter.

Mae Linda Packer, geborene Burgess. Sie ist fünf Jahre jünger als Archibald. Ihre Eltern besitzen einen Lebensmittelladen in Melbourne und haben neben Mae noch drei weitere Kinder. Mae bricht die Schule vorzeitig ab. Keine Berufsausbildung. Heirat mit Archibald Packer.

Weder Mae noch Archibald waren vorbestraft oder sonst auffällig geworden.

Shane schlug die Akte auf seinem Schreibtisch zu.

Gleich fing die Besprechung mit Al an. Was sollte er berichten? Allein der Hinweis des Jungen auf ein Nummernschild hatte ihn zu den Packers geführt. Und wenn der Junge sich irrte?

»Maree«, er öffnete die Tür zu ihrem Büro, »ich brauche die Adresse dieser Joanna O'Reilly, Sie wissen schon, die Kunsttherapeutin.«

Maree fand sie gleich. »Sie wohnt bei ihrer Schwester.«

»Danke.« Er wollte gerade zur Tür hinaus, als er etwas wahrnahm, das ihn irritierte. »Haben Sie schon lange diese Kinderbilder hier hängen?« Er betrachtete die drei mit Buntstiften gemalten Bilder an der Wand.

»Na ja, seit einem Jahr oder so, warum?«

Er war näher an eines der Bilder getreten.

»Oh, das haben Lucy und ich zusammen gemalt«, erklärte Maree. Über ein blaues Meer fuhr ein weißes Boot mit einem weißen Dreieck als Segel, und darüber, vor einer gelben Sonne, flog ein Schwarm Vögel.

»Die Vögel hab ich gemalt«, lachte Maree, »Lucy hat sie nicht hingekriegt, und da hab ich ihr gezeigt, dass man einfach zwei Bogen malen muss, eine auf dem Bauch liegende Drei sozusagen!«

»Eine Drei?«

»Ja, sieht doch aus wie ein davonfliegender Vogel, oder?«

Er nickte nachdenklich. »Ach ja«, meinte er im Hinausgehen, »entschuldigen Sie mich bei Al! Sagen Sie, ich komme später!«

Joanna erwartete ihn in der geöffneten Haustür, und er musste sich zwingen, sie nicht zu lange anzustarren.

»Kommen Sie rein«, bat sie. Sie schloss die Tür hinter ihm. Joanna duftete heute herb-würzig – nach Zedern-

oder Sandelholz? Das Tageslicht fiel durch orangefarbene und gelbe Vorhänge, über dem dunklen Dielenboden lagen Teppiche in warmen Farben.

Er berichtete ihr in knappen Worten von seiner Begegnung mit Max.

»Sie haben Max tatsächlich auf diese Weise befragt?«, empörte sich Joanna, »und dann sind Sie einfach ... einfach weggefahren?«

»Er hatte sich wieder beruhigt ...«

»Ich fasse es nicht!«, brauste sie auf, und ihre schwarzen Augen glühten gefährlich. »Haben Sie denn nicht bedacht, was die Erinnerung in dem Jungen auslösen könnte? Ich muss sofort Diane anrufen!« Sie wollte von der Couch aufspringen, doch er sagte:

»Jetzt regen Sie sich mal ab.« Joanna hielt inne, offenbar sprachlos. »Diane hätte Sie schon angerufen, wenn sie mit der Situation nicht zurechtgekommen wäre. Der Junge hat das weggesteckt.«

»Weggesteckt! *Weggesteckt* nennen Sie das! Haben Sie vielleicht mal daran gedacht, dass der Junge in dem Moment dem Grauen ins Auge gesehen hat?« Aufgebracht sah sie ihn an.

»Ich bin Barbara, Joannas Schwester«, hörte er eine sanfte Stimme. Neben Shane stand eine korpulente, in ein weites, langes Kleid gehüllte Frau um die fünfzig. »Gut, dass Sie gekommen sind, Detective, nicht wahr, Joanna?«

Joanna schluckte offensichtlich eine Bemerkung herunter, nickte schließlich und ließ sich auch wieder entspannter auf die Couch nieder. Barbara setzte sich auf einen der Sessel.

»Gut, Sie haben vielleicht die Bedeutung von *ASH* enthüllt«, begann Joanna, »aber ich muss Ihnen gleich sagen, *mein* Anliegen ist es, den Jungen zu seinen Erinnerungen zu führen. Den Täter zu fassen, ist Ihre Sache.«

»Das ist mir klar, Joanna. Das verlange ich auch gar nicht von Ihnen. Lediglich eine Kooperation.«

»Sie vergessen nicht, dass ich diejenige war, die die Kooperation angeboten hat, die von Ihren Kollegen so schändlich ...«

»Ich entschuldige mich für sie«, unterbrach er sie beschwichtigend.

»Also, dann ist ja alles geklärt«, schaltete sich Barbara ein, und Shane war dankbar für ihren Pragmatismus.

»Joanna«, sagte er, »wir müssen mit dem Jungen reden. Wir brauchen seine Hilfe. Ohne ihn finden wir das Grab nicht.«

Joanna strich sich durchs Haar. »Mir ist gestern Nacht etwas eingefallen ...«, begann sie und zog das Bild mit dem Viereck und dem Oval heran. »Diese Zweien da auf dem Oval könnten Schwäne sein!«

»Sicher«, er nickte, »eine liegende Drei ist ein Vogel, eine Zwei ein Schwan.«

Joanna ließ sich ihre Überraschung nur für einen Augenblick anmerken. »Schwarze Schwäne.«

»Schwarze Schwäne?« Er runzelte die Stirn. »Meinen Sie nicht, dass er nur Schwarz genommen hat, weil ... weil er ... weil er ...«

»... kein Weiß hatte?«, beendete sie den Satz.

Er nickte erleichtert.

»Er hatte Weiß.« Sie lächelte müde.

»Haben die schwarzen Schwäne vielleicht ... eine besondere Bedeutung?«, fragte er vorsichtig. Hoffentlich vermutete Joanna nicht irgendein rassistisches Ressentiment in dieser Formulierung. Doch sie sah ihn an, als hätte er überhaupt nichts begriffen. »Ich meine«, versuchte er erneut, »sind sie unter Umständen eine ... Metapher für irgendetwas?« Er wollte auf keinen Fall neuen Ärger auslösen.

»Warum nehmen wir sie nicht mal wörtlich?«

»Du meinst«, schaltete sich Barbara ein, »er hat tatsächlich schwarze Schwäne auf einem See gesehen?«

»Ja«, sagte Joanna, »und sie sind genauso konkret wie die Hände, die er gemalt hat. Wir waren in dieser Höhle. Die kannte er.« Joanna zeigte auf eines der Bilder. »Ich mache etwas, was man als Therapeutin nicht tut: Bilder interpretieren.« Sie warf einen Blick auf Shane.

»Hat Max mal den Namen Archibald Packer erwähnt?«, fragte er.

Joanna dachte nach, schüttelte dann den Kopf. »Nicht dass ich wüsste.«

»Oder ... Mae?«

»Mae?«

»Ja, so heißt Packers Frau.«

»Eine Krankenschwester hieß Patricia-Mae ... Max hat panisch auf sie reagiert ...«, erinnerte sich Joanna.

In dem Moment erhob sich Barbara, ging zielstrebig zum Bücherregal, kehrte mit einem großformatigen Band zurück, den sie sofort auf der richtigen Seite aufschlug.

»Das Kendi-Dreaming«, begann sie, als sie wieder im Sessel saß. Sie rückte die Brille zurecht. »Sie wissen sicher, Detective, dass unsere Vorfahren Songs sangen, um bestimmte Wege zu beschreiben, die ein Stamm oder eine Gruppe im Laufe der Jahreszeiten zurücklegte. Indem der Text von Generation zu Generation weitergegeben wurde, wurde auch die geografische Wegbeschreibung tradiert, was natürlich ganz besonders wichtig war, um in einer lebensfeindlichen Wüste zu überleben, verstehen Sie, Detective?«

»Ja«, sagte er schwach, »aber ...«

»Kendi heißt Lizard«, unterbrach sie ihn. »Dieser Song beschreibt den Weg, den der Stamm der Kendi-Leute gegangen ist. Generationen für Generationen. Es war ein blauzüngiger Lizard-Ahn, er hieß Ooboon.« Barbara holte Luft und begann zu lesen. *»Eines Tages, als es noch keine*

Menschen gab, machte er sich auf den Weg. Irgendwohin. Ohne Ziel. Dort, wo seine Krallen die Erde berührten, hinterließen sie tiefe Rillen. Überall. Ob im weichen Sand oder im harten Fels. Einmal kletterte er einen Berg hinauf. Oben angekommen, ruhte er, bis die Sonne so heiß auf seine Haut brannte, dass er weiterlief, hinunter zwischen die Bäume, die gerade entstanden waren.«

Shane räusperte sich, und als Barbara aufsah, blickte er demonstrativ auf die Uhr. Al erwartete ihn längst, und er saß hier herum und hörte sich Märchen an! Joanna warf ihm einen strengen Blick zu, und Barbara las unbeirrt weiter:

»Da begann es zu regnen. Dicke schwere Tropfen, und Ooboon fand unter einem Felsendach Schutz. Er lief das Felsendach innen hinauf und blieb dort an der Decke sitzen. Und da er nasse und schlammige Füße hatte, hinterließ er überall Spuren ...«

Jetzt reichte es ihm. »Barbara, es tut mir Leid, aber ...«, begann er und machte Anstalten aufzustehen, doch Barbara lächelte.

»Warten Sie, Detective, wir sind auf dem besten Weg zu finden, wonach Sie suchen. Joanna und der Junge waren unter einem Felsdach, auf dem Handabdrücke zu sehen waren. Hier wird von Spuren des Lizards gesprochen, die auch wie Hände aussehen ... Es ist dieselbe Region, dieser Felsen ist bei uns bekannt. Die Geschichte geht weiter ...«

Seufzend ließ sich Shane wieder in den Sessel fallen.

»Als es aufhörte zu regnen, sprang der Lizard hinunter auf einen runden Stein, und dort hinterließen seine Krallen tiefe Ritzen.«

»Es gibt dort diesen Stein!«, warf Joanna ein, die aufmerksam zuhörte. »Ich habe ihn selbst gesehen, als ich unter dem Felsen saß!«

Barbara nickte und fuhr fort. *»Der Lizard lief weiter, trank aus den Pfützen, und mit seinem Schwanz zog er tiefe Rillen in die Erde, in denen das Regenwasser nun abfloss. Er zog einen langen Fluss hinter sich her, und nach einer Weile, als es Nacht* *wurde, blieb Ooboon liegen, um sich auszuruhen. Dort staute sich das Wasser um ihn herum, und es entstand ein See ...«* Barbara hörte auf zu lesen und runzelte die Stirn.

»Und?«, wagte Shane, schon auf dem Sprung, zu fragen.

Barbaras Blick ging in die Ferne. »Der See, das dunkle Oval – der Junge hat doch einen See gemalt!« Ihr Blick kehrte zu Shane und Joanna zurück. »Ein Zufluss, ein Creek mündet in einen See. Und dieser Creek beginnt in der Nähe der Höhle! Verstehen Sie, Detective? Max war in der Höhle, die in dieser Legende beschrieben wird. Er hat einen See gemalt, der nach der Legende nicht weit von der Höhle entfernt ist. Aller Wahrscheinlichkeit nach meint er auch diesen See.«

Was sollte er mit dieser Geschichte anfangen? Joanna blickte ihn stumm und erwartungsvoll an. Barbara hatte ihn beeindruckt, das musste er zugeben.

»Okay«, sagte er schließlich, »kann ich kurz telefonieren?«

Joanna nickte geistesabwesend. »Das Telefon steht im Flur.«

Shane stand auf und spürte Joannas Blick im Rücken. Tamara sei unterwegs, hieß es. Trish Ford leitete ihn an Herb weiter.

»Ein See, schwarze Schwäne?«, fragte der, nachdem Shane ihm die Beschreibung der Gegend durchgegeben hatte. »Was suchen Sie?« Herb räusperte sich. »Shane, tut mir Leid, aber wissen Sie, wie viele Gewässer und Creeks es hier gibt? Shane, Sie glauben doch nicht im Ernst an diese Bilder? Die Kollegen in Roma haben mir berichtet, was abgelaufen ist. Dort sollte ein ›Grab‹ sein, aber da war nichts! Lediglich diese Höhle mit den Malereien. Ich sag Ihnen, dort haben schon öfter Blackfellas das Spinnen angefangen.«

Shane wurde ungeduldig. »Herb, das Einzige, was ich von Ihnen wissen will, ist, ob Sie schon mal von einer Farm an einem Gewässer gehört haben, auf dem schwarze Schwäne schwimmen. Der Creek oder der Fluss führt ziemlich nahe an der Felsenhöhle mit den Zeichnungen vorbei. Und wenn Sie noch nichts davon gehört haben, dann sollen Sie danach suchen!«

Als Shane auflegte, stand Joanna im Türrahmen. Ihr Blick, der keine Spur von Dankbarkeit oder Verbindlichkeit zeigte, verunsicherte ihn.

»Ich melde mich«, sagte er.

Groß und schwarz stand sie da und sah ihn an.

Entschlossen öffnete er die Tür nach draußen.

Atemlos stürmte er ins Büro. Jack wedelte schon mit einem Blatt Papier.

»Die Kollegen aus Longreach sind fixe Jungs, haben sich schon gemeldet, sagten, du hättest wissen wollen, ob Archibald und Mae Pa...«

»Ja«, unterbrach Shane ihn ungeduldig, »und?«

»Ich bin doch gerade dabei ...«, murrte Jack, »also: Die Packers seien seit drei Monaten fort, haben Nachbarn ausgesagt. Sie hätten irgendwo einen Job angenommen.«

»Irgendwo?«

Jack zuckte die Schultern. Irgendwo – konnte das hier in der Nähe sein? »Und noch was anderes ...«

»Ja?«

»Dein Superagent Tamara Thompson hat sich aus der fremden Galaxie gemeldet, Chin-chin-chilla!« Jack grinste anzüglich, »Ich hab gesagt, du rufst sie gleich zurück.«

Tamaras Stimme klang bedrückt. »Ich bin auf der Rückfahrt vom ›Earl's‹.«

»Moment«, sagte er, »was ist mit Ed?«

»Nicht zu Hause. Auch sein Auto nicht.«

»Verdächtig. Wir müssen ihn suchen.«

»Ja. Shane?«

»Ja?«

Sie zögerte einen Augenblick, dann sprach sie weiter: »Ich habe den Kollegen von der Spurensicherung in den Gastraum vom ›Earl's‹ bestellt. Romaine war ein Meter einundsiebzig groß. So groß wie ich. Ich habe mich an die Wand gestellt. Die Spitze eines Horns hat direkt meine Schläfe berührt.«

»Tamara ...« Doch sie schnitt ihm das Wort ab:

»Obwohl alles abgewaschen worden war, hat man Blutspuren am Ende des Horns, am Boden, an der Wand und auch in einem der Putzeimer nachweisen können.« Sie holte Luft. »Romaine ist im ›Earl's‹ getötet worden.« Tamara räusperte sich und fuhr fort: »Alan Hall sagte uns doch, dass er und Romaine Streit gehabt hätten. Hall hat Romaine im Streit an die Wand geschleudert. Er ist in Panik geraten und hat die Spuren beseitigt; er hat alles so gedreht, dass es aussah, als hätte Romaine das Geld gestohlen und wäre abgehauen. Wäre ihre Leiche nicht gefunden worden ...«

»Hat Alan Hall die Tat gestanden?«, fragte er überrascht.

»Nein«, ihre Stimme klang gepresst, »aber ich habe Hall in einer Stunde zum Verhör bestellt.«

Die Verbindung brach ab.

Hatte Alan Hall Liebe und Großmut nur geheuchelt?, überlegte Shane. Tamara machte ihm Sorgen, sie hatte sich persönlich zu tief eingelassen, das wurde meist zu einem Problem. Das Mitgefühl für Tamara, das sich in ihm regte, schüttelte er ab. Er musste klar denken. Warum war Ed verschwunden? Ed wusste doch nicht, dass sie seine Fälschung entdeckt hatten. Er hätte sich doch sicher fühlen müssen.

»Was ist?«, fragte Jack, »du bist so blass geworden.«

Shane winkte ab, griff zum Telefon und besprach sich mit Al. Allerdings verschwieg er die Geschichte vom Kendi-Dreaming.

»Okay, Shane«, Al räusperte sich, »du fliegst sofort zurück nach Chinchilla.«

»Und was ist mit den Spürhunden? Und mit Verstärkung?«

»Du fliegst erst mal nach Chinchilla und machst die Packers ausfindig, dann reden wir weiter.«

Shane seufzte. In einer Stunde könnte er fliegen. Hastig räumte er seine Unterlagen zusammen, stopfte sie in seine Aktentasche und wollte gerade den Verschluss zuschnappen lassen, als eine völlig überraschende Nachricht eintraf.

52

Der Geruch nach Talg und Schweiß. Sein keuchender Atem an ihrem Ohr – weit weg. Die Drogen lähmten ihr Denken. Er hatte sie doch nicht getötet.

»Archie«, gelang es ihr zu flüstern.

Überrascht hielt er inne. Sie zwang sich, ihm in die Augen zu sehen; sie musste ins Hier und Jetzt zurückkehren, ihre Worte an ihn richten und leidenschaftlich klingen.

Er sah sie an, während er darauf wartete, dass sie weitersprach.

Auf ihren Schenkeln und in ihrem Gesicht fühlte sie klebrigen Schweiß.

»Mein Liebling!«, hauchte er ihr ins Ohr.

Langsam formten sich ihre Gedanken. Wenn sie weiterleben wollte, musste sie mitspielen, ihn in seiner Traum-

und Wunschwelt gefangen halten, seine Träume und Wünsche sogar nähren ... »Ich habe von dir geträumt«, flüsterte sie.

Das Lächeln in seinem Gesicht wurde breiter. »Ja?« Er sprach sanft, wie ein Mensch, der keiner Fliege etwas zu Leide tun konnte. Doch Sophie kannte seine andere Seite, die der brutalen Gewalt. Wieder zwang sie sich zu einem Lächeln, zärtlich sollte es aussehen, unbedingt glaubhaft und echt. Ihr Denken erlahmte immer mehr.

»Ja«, brachte sie hervor, »wir beide sind über eine grüne Wiese gelaufen, Hand in Hand!« Sie wagte viel. Was, wenn er jetzt aufbrauste, weil sie Mae nicht erwähnte?

Einen Augenblick lang erstarrte er. Seine Mundwinkel zuckten, und seine Pupillen weiteten sich. Schon fürchtete Sophie seine Wut, Schläge und Schmerzen ... Schon hob er die mächtige Hand, sie wollte gerade ihren Kopf wegdrehen, dem niedersausenden Schlag ausweichen ... doch da landete seine Hand bereits auf ihrer Wange: weich, zärtlich und feucht.

»Meine Süße«, hauchte er. »Endlich hab ich dich gefunden! Du verstehst mich, nicht wahr?« Er beugte sich tiefer zu ihrem Gesicht herunter.

Weitermachen, befahl sie sich. Solange du mitspielst, bleibst du am Leben. »Du liebst mich also auch?«, flüsterte Sophie.

Ein verlegenes Lachen erklang. »Dummerchen, zweifelst du immer noch daran?« Wieder das Lachen.

Sophie bekam eine Gänsehaut. »Doch was ist mit Mae?«, fragte sie vorsichtig.

»Ich brauche sie nicht mehr«, antwortete er kalt.

»Aber sie liebt dich.« Sophie schluckte. Sie musste vorsichtig sein. Durfte nicht durch ein unbedachtes Wort alles verderben. »Dann lass uns gemeinsam von hier weggehen.«

Er zuckte zurück. »Und was wird dann aus ihr?«

»Ich denke, du liebst mich?« Ihre Hand streichelte seine Brust, glitt tiefer.

»Ja doch, doch!«, stammelte er hastig.

Ihre Hand erreichte seinen Schenkel. »Darf ich mir was wünschen?«, flüsterte sie. Unendlich langsam quälten sich die Gedanken durch ihr Hirn. Was könnte sie fordern, ohne ihn gegen sie aufzubringen? Er würde sie nicht freilassen. Auch würde er es nicht wagen, Mae fortzuschicken. Sie musste etwas anderes finden, etwas, das eine Spur nach draußen legen würde, etwas, das irgendjemanden da draußen auf sie aufmerksam machen könnte. Toby war vielleicht schon zur Polizei gegangen, und man suchte Catherine und sie bereits. Vielleicht war ihr Foto schon in den Nachrichten veröffentlicht worden – ja, man würde sie suchen, sie, das Chocolat Girl ... Es war nur eine winzige Chance, aber die einzige, die sie im Moment hatte ...

Er wurde ungeduldig, auch weil sie ihre Hand nicht mehr bewegte. »Sag schon!«, drängte er. »Und?«

Sie setzte ihr zärtlichstes Lächeln auf. »Du würdest mir eine wahnsinnige Freude machen, wenn ...«

»Ja?«, fragte er ungeduldig. Wurde er schon wütend?

»Ich würde so wahnsinnig gern ...«, begann sie dennoch.

»Ja?«

»... diese Mousse au chocolat essen, für die ich Werbung gemacht habe.« Sekundenlang war es still. Er hat es durchschaut, schoss es ihr durch den Kopf.

»Oh, là, là!«, lachte er jedoch plötzlich, »Mousse au chocolat – delightfully delice! Wenn das alles ist, Süße! Natürlich werde ich sie dir besorgen. So viel du willst.« Er blickte auf sie herunter, verliebt und zugleich fast ... ja, väterlich.

Sie triumphierte innerlich, versuchte, ihr Lächeln zu einem glücklichen Strahlen zu steigern. »Dann will ich zehn Becher! Nein, zwanzig! Bitte, bitte!« Sie bewegte ihre Hand langsam zwischen seinen Beinen. »Und dann machen wir es uns schön, ja?«

»Hoffentlich gibts im Laden so viel von deinem Pudding!«

Er hatte angebissen!

»Bestimmt! Frag nach! Sie haben immer was im Lager! Oh, bitte, bitte, versprich mir, dass du danach fragst!«, flehte sie. Das war ihre einzige Chance – sofern überhaupt irgendjemandem ihr Verschwinden aufgefallen war. Vielleicht hatte Toby ja die Polizei verständigt?

»Gut!« Er nickte. Sophie zwang sich erneut zu einem Lächeln. Sie riss die Augen auf und versuchte, Bewunderung zu heucheln. »Dann liebe ich dich. Auf Wiedersehen, Archie.«

»Auf Wiedersehen, meine Süße«, flüsterte er und ging hinaus.

Durch die Tür gedämpft, hörte sie Maes Stimme: »Was ist mit dir?«

»Nichts!«, gab er zurück.

»Warum lässt du sie so lange leben?«

53

Die Initiative *Crime Stopper* zielt darauf ab, jeden Bürger dazu anzuhalten, mögliche kriminelle Vorgänge in seiner Umgebung bei der Polizei zu melden. Auffällige Mieter, ungewöhnliche Verhaltensweisen, seltsame Gewohnheiten, mysteriöse Beobachtungen – alles kann unter einer bestimmten Telefonnummer oder aber in allen Polizeistationen gemeldet werden.

Gestern Abend um acht Uhr zwanzig hatte ein Anrufer namens Randolph Genge gemeldet, er habe vor vier Tagen einen dunklen Toyota Corolla Kombi morgens gegen zwei Uhr dreißig aus der Einfahrt von Mrs. Hastings' Haus in der Brisbaner Orchard Street herausfahren sehen. Kurz vor seinem Anruf bei der Polizei habe er jedoch erfahren, dass die alte Mrs. Hastings erst jetzt aus dem Urlaub in ihr Haus zurückgekehrt war. Vor einer Dreiviertelstunde habe sie bei ihm geläutet und völlig aufgelöst berichtet, dass bei ihr eingebrochen worden sei. Fernseher, Videoanlage und auch eine beträchtliche Summe Geld seien verschwunden.

Selbstverständlich hatte Randolph Genge sich die Autonummer des dunklen Toyota notiert: *720 STN.*

Eine knappe Stunde nach Randolph Genges Anruf hatte eine Frau aus der Leech Street in Brisbane unter der *Crime Stopper*-Telefonnummer eine Schlägerei vor ihrem Haus gemeldet. Die Constables Ross und Kleber, die sich gerade in der Nähe befanden, waren in wenigen Minuten an der angegebenen Stelle. Sie trafen auf einen Mann, der sich soeben in einen blauen Toyota Corolla Kombi setzen wollte, aber keine Papiere dafür vorweisen konnte. Der andere Mann war geflüchtet. Das Kennzeichen des Toyota lautete 720 STN. Die Nummer war unmittelbar nach Randolph Genges Anruf in die Fahndungsliste aufgenommen worden. Der Ausweis des Mannes lautete auf den Namen Edward Fraser, nach dem ebenfalls gefahndet wurde. Ein Volltreffer, bemerkte einer der Polizisten und pfiff durch die Zähne.

Es dauerte nur Minuten, bis die Daten im Computer zusammenfanden. Ed Fraser wurde der Einbruch bei Mrs. Hastings zur Last gelegt, was Ed jedoch auf das Entschiedenste bestritt. Man nahm ihn dennoch fest.

Die Untersuchung der Fahrgestellnummer des blauen

Toyota Corolla Kombi ergab als Halter eine gewisse Romaine Stavarakis, die jedoch vor zwei Wochen eines unnatürlichen Todes gestorben war. Die Information wurde an den ermittelnden Detective Sergeant Shane O'Connor weitergeleitet und Ed Fraser ins Headquarters gebracht.

»Hallo, Ed!«, begrüßte Shane ihn im Vernehmungsraum und rückte sich einen Stuhl an den einfachen Tisch.

»Ich hab nichts mit alldem zu tun!« Ed wollte sofort aufspringen. Doch ein Polizist legte ihm seine schwere Hand auf die Schulter, und Ed blieb sitzen. Er war nervös und zog ständig die Nase hoch. Auf seinem blauen, verwaschenen T-Shirt prangte ein Totenkopf.

»Ich will einen Anwalt«, rief er.

»Klar, Ed«, sagte Shane, »aber willst du nicht erst mal wissen, welche Neuigkeiten ich für dich habe?«

Unsicher sah Ed ihn an.

Shane ließ sich Zeit und meinte dann: »Wir haben ihn gefunden.«

»Wen, Mann?«

»George«, sagte Shane gelassen und lächelte.

Eds Mund zuckte. Er blinzelte nervös. Dann schüttelte er den Kopf. »Bullshit.«

»Oh nein, Ed«, Shane nickte dem Polizisten zu, der daraufhin die Tür öffnete. Angespannt wippte Ed mit dem Bein, als der Polizist den schmächtigen Mann mit dem ledernen Gesicht hereinführte.

»George McComas«, stellte Shane den Truckfahrer aus der Kneipe in Chinchilla vor. Ed wirkte völlig verstört.

»George war in Chinchilla, Ed«, sagte Shane, »er hat dort im Pub mehrere Bier getrunken, stimmt das, Mister McComas?«

Der Truckfahrer nickte. Ed schlug auf den Tisch. »Aber das ist doch lächerlich!«

Shane reagierte nicht. »Am Samstag kam Romaine nicht.« Auch das entsprach der Wahrheit. Shane wusste, dass er sich auf einem schmalen Grat bewegte. Er wandte sich an den Truckfahrer. »Mister McComas?«

»Ja, Detective, am Samstag kam Romaine nicht.« Shane bewunderte es, wie sicher McComas seine Rolle spielte. Ed hatte aufgehört, mit seinem Bein zu wippen und starrte McComas an.

»Romaine«, sagte McComas mit fester Stimme, »ist nie gekommen.«

»Aber das stimmt doch gar nicht!«, schrie Ed, sprang auf und wollte sich auf den Truckfahrer stürzen. »Dieser Mann lügt!« Doch schon drückte ihn der Polizist wieder auf seinen Stuhl.

»Danke, Mister McComas«, sagte Shane.

»Bitte«, verabschiedete sich George McComas und ging hinaus.

»Er ist absolut glaubhaft, Ed«, seufzte Shane. »Wir haben ihn überprüft.«

»Aber nein!« Ed ertrug es nicht länger. »Der Mann ist ein Betruger! Der will mir was anhängen! Diesen George gibt's doch gar nicht!« Er verstummte, schluckte und sah Shane erschrocken an.

»Du hast ihn also erfunden?«

»Scheiße, Mann«, sagte Ed leise, »ja. Es ist alles Romaines Schuld. Ich wollte es doch gar nicht.« Er vergrub den Kopf in seinen Händen.

»Also, Ed, dann mal von vorn.«

Ed war kreidebleich geworden. »Kann ich 'n Wasser haben?«

»Sicher.« Shane nickte dem Polizisten zu, der an der Tür stand. Kurz darauf kam er mit einem Plastikbecher Wasser zurück und stellte ihn vor Ed auf den Tisch. Eds Hände zitterten, als er ihn nahm. In einem Zug trank er ihn aus.

»Also, Ed«, sagte Shane und faltete die Hände auf dem Tisch. »Dann fang an.«

Er hatte an jenem Samstagmorgen von Romaine zufällig von den zwanzigtausend Dollar im Safe des »Earl's« erfahren. »Romaine war auf Hall wütend. Sie hatten sich gestritten.« Als sie ihm, Ed, dann nach dem Besuch bei Barry Walters erzählt hatte, sie wolle das Geld aus Halls Safe nehmen und es für die Operation des Pferdes verwenden, war ihm die Idee gekommen, einen Einbruch vorzutäuschen und das Geld selbst einzustecken. »Sie hat getönt: ›Hall wird mir das verzeihen. Er vergöttert mich!‹ Ich hab gedacht, na gut, aber wenn diese Operation schief geht, ist das ganze schöne Geld futsch!« Er hatte versucht, Romaine die Flausen auszureden, doch sie hatte nicht davon ablassen wollen.

»Ich hab dann einfach gesagt: ›Ich komme mit und stehe Schmiere.‹ Damit war sie einverstanden.«

Sie fuhren in getrennten Autos, da Romaine der Meinung war, es sei nicht gut, wenn Ed mit ihr gesehen würde. Man würde ihn später vielleicht verdächtigen, etwas mit dem Diebstahl zu tun zu haben. Er parkte seinen Wagen vor der CWA, ging über den Parkplatz zum Hintereingang, wo Romaine geparkt und schon die Bürotür aufgeschlossen hatte.

»Ich hab noch keine Ahnung gehabt, wie ich Romaine die Kohle abnehmen sollte. Ich wollte sie eigentlich überreden, das Geld für uns zu nehmen. Sie hatte doch Schulden, und ich hätte auch nichts gegen ein bisschen Moos einzuwenden gehabt ...«

»Okay, Ed«, sagte Shane, »und dann?«

Ed roch scharf nach Schweiß, unter den Achseln seines Totenkopf-T-Shirts hatten sich dunkle Flecken gebildet. Zitternd streckte er die Hand nach dem Päckchen Zigaretten auf dem Tisch aus. Als Shane ein Feuerzeug zückte, zog er erleichtert eine Zigarette heraus. Er beugte sich vor, und Shane gab ihm Feuer. Dabei fiel ihm Eds graue, großporige Haut auf.

Ed nahm einen tiefen Zug. »Sie hat sich aber nicht überreden lassen, hat einen Zettel geschrieben und ihn in den Safe gelegt.«

»*Sorry. Romaine*«, unterbrach Shane ihn.

Ed nickte und starrte auf die glimmende Zigarette in seiner Hand.

»Und was geschah dann?«

Müde sah Ed auf und zuckte die Schultern. »Sie hat mit dem Geldbündel vor meiner Nase rumgewedelt und ...« Er brach ab.

»Ja?«

Ed schluckte schwer. »Romaine konnte verdammt fies sein!«, sagte er bitter. »Wissen Sie, Detective, sie war nicht so harmlos, wie sie vielleicht denken! Sie hat immer irgendwie gekriegt, was Sie wollte. Und dann hat sie die Leute kalt abserviert.«

»Was hat sie denn gesagt, mit dem Geld in der Hand?«

Ed zog so hektisch an der Zigarette, als wäre sie sein einziger Halt. »Sie hat gesagt, ich wäre ein Schlappschwanz! Ich würde es nie zu was bringen. Und dann hat sie mit spitzen Fingern einen Schein aus dem Bündel gezogen, ihn mir in den Gürtel gesteckt, meine Wange getätschelt und gelacht: ›Das ist für dich, du armes Würstchen!‹« Wieder schluckte er. »Da muss ich die Nerven verloren haben.« Er schien alles wieder vor sich zu sehen. Niedergeschlagen drückte er die Zigarette im Aschenbecher aus, den Shane ihm hinschob. »Ich wollte ihr die Kohle wegnehmen. Doch sie hat sich gewehrt, ist weggelaufen, aber nicht nach draußen, sondern in den Gastraum. Sie hat gedroht, die Polizei zu rufen und mir den Diebstahl in die

Schuhe zu schieben. Da hab ich ausgeholt und ihr eine gescheuert.«

Der Schlag schleuderte ihren Kopf gegen eines der Rinderhörner an der Wand des Gastraums.

Ed war in sich zusammengesunken, er schüttelte wieder und wieder den Kopf.

»Warum haben Sie sie da nicht liegen lassen?«, fragte Shane.

»Ich hab nur noch gedacht: Schaff sie weg, schaff sie weg! Und dann hab ich mir überlegt, ich täusche einen Einbruch vor und kratze ein bisschen am Türschloss herum.«

»Warum?«

»Ich weiß, das war dumm. Es war so was wie ein Reflex. Erst Stunden später ist mir die Idee mit diesem George gekommen. Romaine sollte einfach das Geld genommen und Hals über Kopf mit jemandem abgehauen sein. Das würde ja ihr Verschwinden erklären. Da hatte ich aber dieses verdammte Schloss schon verkratzt.«

Shane nickte, und Ed redete weiter.

Er hatte also das Geld eingesteckt, die tote Romaine in den Kofferraum ihres eigenen Wagens gelegt, der auf dem Parkplatz gestanden hatte, und anschließend aus dem Putzraum Eimer und Lappen geholt, um sorgfältig das Blut wegzuwischen. Danach musste er nur noch die Leiche und das Auto verschwinden lassen. Zuerst fuhr er in das Wäldchen – es hätte auch irgendwo anders sein können – und verscharrte Romaines Leiche. Dann seien ihm seine Freunde in Brisbane in den Sinn gekommen. Wenn er sie besuchte, hätte er zumindest für den Rest der Nacht ein Alibi, dachte er sich.

Er fuhr mit Romaines Auto also weiter nach Brisbane. Einer seiner Freunde kaufte ihm den weißen Corolla für ein paar hundert Dollar ab und versprach, ihn umzuspritzen. »Als dann aber plötzlich der Wagen auf Barrys Land gefunden wurde, hab ich gedacht, mein Kumpel hat mich verarscht. Das Auto sollte doch in Brisbane sein, und schon längst 'ne andere Farbe haben.«

Deshalb sei er schließlich selbst nach Brisbane gefahren, und dabei habe er mit dem Kumpel Streit bekommen. Diesen Streit hatte jene Anwohnerin gemeldet.

»Er hat das Auto wirklich umspritzen lassen, Sie haben es ja gesehen: blau.« Der Schweißgeruch, der Ed umgab, war jetzt unerträglich geworden. »Ich wollte sie nicht umbringen! Glauben Sie mir!«

»Aber das Geld hast du trotzdem genommen, oder?«

Ed nickte. Ein wenig beschämt sogar, wie Shane feststellte.

»Und diesen George, den hast du frei erfunden?«

Wieder nickte er. »Ja. Und als Sie mir mit Ihren Verdächtigungen zu sehr auf die Pelle gerückt sind, da hab ich gedacht, es kann ja nicht schaden, wenn ich Ihnen den Zettel, von dem ich Ihnen am Anfang erzählt habe, tatsächlich präsentiere. Romaine hat oft Zettel mit Nachrichten geschrieben, und außerdem hat sie Tagebuch geführt. Da hab ich einfach die passenden Stellen rausgerissen! Ich hab gemeint, das beweist, dass es diesen George wirklich gibt – und ich wäre aus dem Schneider gewesen.« Wieder schüttelte Ed den Kopf. »Es wär ja alles glatt gegangen, wenn man sie nicht gefunden hätte!«

»Ja, Ed, beinahe wärst du davongekommen! Mit zwanzigtausend Dollar. Und Romaine wäre eben einfach tot gewesen.«

»Scheiße, Mann!«, murmelte Ed, als zwei Polizisten ihn abführten.

Shane sah ihm nach und spürte, wie Wut in ihm hochstieg. Er stand auf und ging zurück in sein Büro. Auf seinem Schreibtisch lag eine Nachricht. Die Spurensicherung meldete, eine Infrarotaufnahme des gerade sichergestellten

Toyota Corolla habe unter dem blauen Lack den ursprünglichen weißen sichtbar gemacht. Und im gesamten Innenraum hatte man Haare gefunden, die Romaine Stavarakis zuzuordnen waren, ebenso die Blutspuren im Kofferraum, in dem auch Ölreste, Styropor und Schafhaare nachgewiesen worden waren.

»Gratuliere zum gelösten Fall!«, sagte Jack.

Shane seufzte nur. Er versuchte, Tamara zu erreichen, um ihr von Eds Geständnis zu berichten.

54

Wie viele quälende Stunden waren vergangen? Es war heller Tag, als sie die Augen aufschlug, aus einem Dämmerschlaf erwachend. Sophie erinnerte sich an ein Geräusch. Ob sie es geträumt hatte oder ob es tatsächlich gerade von außen an ihr Ohr gedrungen war, wusste sie nicht, und diese Ungewissheit machte ihr Angst. Mit aller Kraft, die sie aufbieten konnte, versuchte sie, die Fantasie zu ersticken, sich zu verbieten, länger als über die nächsten fünf oder zehn Minuten hinauszudenken. Da! Wieder das Geräusch. Es kam von draußen, und wenn sie nicht alles täuschte, hatte gerade jemand eine Autotür zugeworfen.

Wenige Sekunden später das schabende Geräusch, als die Haustür geöffnet wird, dann Schritte, Archies Schritte. Hat er die Becher Mousse au chocolat gekauft?

Ihr Herz schlägt härter. Schweiß bricht ihr aus, rinnt unter ihren Achseln und zwischen ihren Brüsten herunter, bildet Bläschen auf ihrer Oberlippe. Warum kommt er nicht herein? Was ist geschehen? Die Schritte entfernen sich. Sie lauscht angestrengt. Irgendwo im Haus Stimmen. Vielleicht im Wohnzimmer oder in der Küche. Archies und Maes Stimmen. Streiten sie? Streiten sie sich über den Zeitpunkt ihres Todes? Plötzlich: Die Schritte werden lauter. Tatsächlich. Es sind Archies Schritte. Er kommt näher. Gleich. Da. Der Türknauf dreht sich, durch den Türspalt dringt ein Luftzug. Sein Fuß auf dem Boden, die Tür springt weiter auf. Es ist ein Karton, ein grauer Karton, den er in beiden Armen vor der Brust trägt – wie eine Mutter ihr Kind. Sophies Herz rast jetzt, springt. Er hat sie gekauft, hämmert es in ihrem Hirn, er hat sie gekauft, die Mousse au chocolat, er hat sie gekauft! Sie hat ihn um den Finger gewickelt.

»Du hast sie alle bekommen!«, rief sie aus, als er den Karton auf dem Bett absetzte. »Du hast sie wirklich gekauft!« Ungeduldig rappelte sie sich auf, um in den Karton hineinzusehen. Tatsächlich: zirka zwanzig Becher, ordentlich in zwei Etagen übereinander gestapelt. »Du hast sie wirklich alle in einem einzigen Laden gekauft?«

Auf einmal verwandelte sich sein gönnerhaftes Grinsen, wurde verächtlich und brutal. Er stemmte die Arme in die Hüften und wirkte plötzlich gar nicht mehr so weich und manipulierbar. Seine Augen wurden kalt und hasserfüllt. Sie schluckte. Mein Gott, dachte sie, was hat er vor?

»Mae hat Recht gehabt, du *wolltest,* dass es auffällt!«, schrie er sie an.

»Was? Was meinst du?«, stammelte sie. Wie schrecklich ausgeliefert sie sich fühlte, angekettet an das Bett! Sie ruckte an ihren Fesseln, doch es war aussichtslos.

Verächtlich glitt sein Blick über ihren Körper. Er riss den Karton herunter. Die Becher fielen auf den Boden, platzten auf. Wie brauner Schlamm quoll der Inhalt heraus.

»Nein!«, schrie sie flehend, als er sie an den Oberarmen packte und schüttelte. Er war wahnsinnig. Krank.

Gleich ist alles aus! Mae hatte es durchschaut und ihn wieder auf ihre Seite gezogen. Doch im Karton waren die zwanzig Becher. Er hatte sie gekauft – und dabei *konnte* er aufgefallen sein ...

»Hast du gedacht, ich wäre so blöd und würde alle Becher in einem Laden verlangen?«

Natürlich hatte sie das gehofft. Das war ihre einzige Chance, so winzig sie auch war.

Er lachte lauter. Böse und hart.

Hastig schüttelte sie den Kopf. »Aber nein, natürlich nicht!«

»Doch!«, fuhr er sie an. »Du hast es so geplant!« Ganz schmal waren seine Augen geworden. Speichelblasen bildeten sich in seinen Mundwinkeln. »Du Schlampe!« Er band ihre Fesseln auf, zerrte sie vom Bett und drückte ihr Gesicht auf den Boden. »Leck das hier auf!«

Als sie auf allen vieren auf dem Boden herumkroch, bemerkte sie unter dem Bett ein gelb-grünes Plüschtier. Einen Dinosaurier.

55

Detective Herb Kennedy saß im Wagen, als Shane aus dem Flugzeug stieg.

»Jetzt kann ich mich mal revanchieren«, sagte Herb und startete den Motor.

»Wofür?«

»Dass Sie mich neulich nach Hause gefahren haben.« Herb lächelte zurückhaltend, aber gut gelaunt. »Ich hab mich mal bei ein paar Leuten, die sich hier auskennen, umgehört«, fuhr er fort, »es gibt in dieser Gegend tatsächlich schwarze Schwäne – und eine Farm. Sie grenzt sowohl an Barry Walters' Land als auch an das Gelände, auf dem sich der von Aborigines bemalte Felsen befindet.«

Shane horchte auf. Das Kendi-Dreaming ...

»Die Farm gehört einer gewissen Mrs. Bedford.« Herb bog auf die Hauptstraße in Richtung Stadt ein. »Sie lebt die Hälfte des Jahres bei ihrem Sohn in Kalifornien. Sie bewirtschaftet die Farm schon lange nicht mehr, stellt aber während ihrer Abwesenheit immer einen Hausmeister an, der das Haus und den Garten in Ordnung hält.« Herb gab vor dem Kreisel Gas und schaffte es noch vor einem Lastwagen. Der Lastwagenfahrer hupte verärgert. Herb warf nur einen kurzen Blick in den Rückspiegel und sprach weiter:

»Ich habe im Düngemittel- und Werkzeugladen in Miles gehört, dass Mrs. Bedford zurzeit bei ihrem Sohn ist. Ich hab sie in Kalifornien angerufen, weil ich mich schon mal ein bisschen auf ihrer Farm umsehen wollte«, er blickte Shane kurz an und lächelte, »dachte, ich mach mich mal ein bisschen nützlich, bevor Sie kommen.« Herb überholte einen Traktor. »Mrs. Bedford war einverstanden und meinte, ich sollte ihrem Hausmeister Bescheid geben.«

»Und was ist dabei herausgekommen?« Shane sah dem Traktor nach.

»Leider noch gar nichts, denn ich konnte diesen Packer bisher nicht erreichen.«

Mit einem Schlag fühlte sich Shane wieder hellwach. »Wie war der Name?«

»Packer, Archibald Packer.«

»Herb, wir brauchen sofort einen Camper, und zwar am besten einen, der schon von weitem nach Touristen aussieht!«

Herb sah ihn von der Seite an, stellte aber keine Frage, sondern meinte: »Kein Problem. Fiona Miller hat einen. Ich bin sicher, sie wird ihn uns zur Verfügung stellen!« Herb strotzte vor Tatendrang.

Tamara wirkte bedrückt, obwohl sie behauptete, über Eds Geständnis erleichtert zu sein. Alan Hall war gleich in Begleitung seines Anwalts zum Verhör erschienen, der Tamaras Fragen kurz und knapp beantwortet und nach einer halben Stunde mit seinem Mandanten das Büro verlassen hatte.

Im größten Raum der Polizeistation saßen um Punkt elf Uhr an diesem Morgen acht Polizisten, darunter Herb Kennedy, Fiona Miller und Tamara.

Shane gab einen knappen, präzisen Überblick über die Sachlage. »Der Mord an Romaine Stavarakis ist aufgeklärt. Ed Fraser hat ihn gestanden. Durch Zufall, wie Sie alle wissen, sind wir auf einen Wagen gestoßen, der Romaines Auto ähnelt. Er gehört Sophie Grangé. Sie und ihre Kommilitonin sind seit Tagen verschwunden. Noch wissen wir nicht, was mit ihnen geschehen ist ... Im Übrigen haben sie sicher von dem Jungen namens Max gehört, der von einem Truck-Fahrer aufgelesen wurde. Es könnte einen Zusammenhang zwischen diesen Fällen geben. Patricia Henderson ist verschwunden und bisher nicht wieder aufgetaucht, Max' Mutter ist verschwunden, und auch von den beiden Studentinnen fehlt jede Spur. Der Junge hat sich an ein Autokennzeichen erinnert. Der Wagen gehört Archibald Packer, dem Hausmeister von Mrs. Bedford. Noch wissen wir nicht, was auf der Farm von Mrs. Bedford vorgeht.« Er sah die Kollegen ernst an. »Ich habe deshalb folgenden Plan: Tamara und ich werden, als Touristen verkleidet, dort aufkreuzen. Können Sie uns Ihren Camper sofort zur Verfügung stellen, Fiona?«

»Klar. Er steht bei mir in der Garage.« Fiona hatte vor

Aufregung rote Wangen. »Ich brauche, sagen wir, eine Dreiviertelstunde?«

»Gut. Außer Tamara werden drei weitere Kollegen im Camper sein«, fuhr Shane fort, »sodass wir handeln können – falls es erforderlich sein sollte. Es geht jedoch erst einmal um eine Inspizierung der Location.« Er machte eine Pause. »Trotzdem: Ich will die besten Schützen.«

Die Beamten sahen sich gegenseitig an, nach wenigen Sekunden standen die drei fest: Justin Fitz, ein junger Polizist mit Bürstenhaarschnitt und rundem Gesicht, Fiona Miller und Herb.

»Also, Fiona, Justin ...« Einen Moment lang zögerte Shane, Herb in das Team aufzunehmen. Ihre Blicke trafen sich. Konnte er ihm vertrauen? War er nicht psychisch zu labil? »... und Herb«, sagte Shane nach kurzem Zögern.

Über Herbs Gesicht breitete sich ein befriedigtes Lächeln.

Fünfunddreißig Minuten später fuhr Fiona in einem gepflegten weißen Holden Wohnmobil in die Einfahrt der Polizeistation.

Über der Fahrerkabine befand sich ein Doppelbett, auf dem sich Fiona verbarg. Herb kauerte sich direkt hinter die Sitze, John versteckte sich unter dem Tisch zwischen den Sitzbänken. Sie hatten kugelsichere Westen angelegt und trugen ihre Dienstwaffen.

»In Shorts würdest du glaubwürdiger aussehen«, meinte Tamara, die jetzt sandfarbene Bermudas trug und ihre Pumps gegen Flip-Flops getauscht hatte.

»Es soll auch Touristen mit langen Hosen geben«, erwiderte Shane und stieg ein. Er trug nie kurze Hosen, außer am Strand, an dem er sich ohnehin selten und nicht besonders gern aufhielt. Ab einem bestimmten Alter gaben Männer in Shorts ein lächerliches Bild ab, fand er. Seine .38er steckte in der Innentasche einer beigefarbenen Weste mit einer Menge Schlaufen und Taschen, wie sie ursprünglich Fotografen benutzt hatten. Diese Art Westen erfreuten sich inzwischen aber schon längst bei Touristen besonderer Beliebtheit. »Alles okay?«, fragte Shane und drehte sich auf dem Beifahrersitz um.

»Okay«, kam es von hinten.

Tamara startete den Motor. Nach zehn Kilometern auf dem Highway erreichten sie die Stelle, an der links ein schmaler Weg zu Mrs. Bedfords Farm abzweigte. Rumpelnd rollte der Camper über den ausgefahrenen Weg. Tamara fuhr besonders langsam, versuchte, jeder größeren Bodenwelle auszuweichen. Sie war eine gute Fahrerin. Nicht nur auf den mehrspurigen Straßen der Stadt bewegte sie sich sicher, auch die Piste voller Schlaglöcher und Steine meisterte sie souverän.

Niemand sprach ein Wort. Jeder war damit beschäftigt, sich auf das zu konzentrieren, was ihn erwarten würde. Eine verlassene Farm? Ein bewaffnetes Ehepaar? Tote?

Die Spurrillen wurden tiefer und die Steine häufiger. Plötzlich trat Tamara auf die Bremse, und Justin fluchte leise, weil er an den Tisch gedrückt wurde. Vor ihnen ragte rechts und links ein Baumstamm in die Straße. Irgendjemand hatte eine Durchfahrt ausgesägt. Umsichtig lenkte Tamara das Wohnmobil durch die Lücke. Der Weg erschien unendlich lang. Meter um Meter kämpften sie sich holpernd über die verkrustete Straße. Die Spannung wuchs. Jeder bereitete sich auf seine Weise auf das vor, was gleich geschehen könnte. Es kam auf das Funktionieren, die Professionalität und Kaltblütigkeit eines jeden Einzelnen an. Auf einmal gabelte sich vor ihnen der Weg.

»Der breitere führt zur Farm«, erklärte Herb von hinten. »Wir müssten dann gleich da sein.«

Wenige Minuten später passierten sie ein offen stehendes Gatter, hinter dem ein traditionelles Queensländer Farmhaus mit zwei Nebengebäuden auftauchte. Die letzten hundert Meter fuhren sie über gerodetes Land. Wenn jemand im Haus war, musste er sie spätestens jetzt bemerkt haben.

»Da steht kein Auto«, murmelte Tamara und ließ den Wagen vor den Hauseingang rollen.

»Vielleicht ist es ja in der Garage«, entgegnete Shane.

Als der Motor ausging, hörte er sein Herz klopfen. Sie waren Touristen, die am Ende eines langen und beschwerlichen Weges entnervt einsehen mussten, dass sie sich geirrt hatten. »Dann also los«, sagte Shane.

»Passen Sie auf«, flüsterte Herb von hinten.

Tamara öffnete die Autotür und stieg mit der Karte in der Hand aus – Tamara, die Touristin. »Verdammt!«, rief sie laut und sah sich um, »Liebling, ich hab dir gleich gesagt, dass wir den falschen Weg genommen haben!«

Shane stieg ebenfalls aus, streckte und dehnte sich, wie es die Leute an den Raststätten taten. »Gut, ich gebe zu, du hattest Recht!«, erwiderte er lautstark, »wie immer!«

Tamara tat so, als hätte sie die Ironie überhört. »Hallo?« Sie wedelte gestresst mit der Straßenkarte. »Hallo, ist da jemand?«

»Hoffentlich ist jemand da!«, rief Shane.

»Soll ich anklopfen?«, fragte sie ebenso laut zurück.

Wenn jemand zu Hause war, müsste er sie längst gehört haben.

Tamara ging zur Haustür, in deren oberem Teil bunte Glasscheiben eingelassen waren. Sie zog an einer altmodischen Glocke und klopfte. Nichts geschah.

»Niemand da. Die Läden sind geschlossen«, sagte Tamara in normaler Lautstärke.

Shane schritt auf die Garage zu. Durch den Spalt der Tür erkannte er eine Werkbank, Farbeimer, Gärtnergeräte und Werkzeuge, aber kein Auto.

»Vielleicht ist der Hausmeister nur manchmal hier«, flüsterte Tamara.

Noch immer den Touristen auf der Suche nach Hilfe mimend, ging Shane zum hinteren Teil des Hauses und blieb unvermittelt stehen.

Ooboon, der blauzüngige Lizard-Ahn, kratzt mit seinem Schwanz tiefe Rillen in die Erde, in denen das Wasser des Regens abfließt und an dessen Ruheplatz sich das Wasser staut und zu einem See wird ...

Im Schatten hoher Bäume lag ein düsteres Gewässer, über das lautlos schwarze Schwäne glitten ...

Auf den wie Inseln im Ozean anmutenden fleischigen Blättern der Seerosen staksten langbeinige Vögel um rosafarbene Blütenkelche. Vögel flatterten im Geäst der knorrigen Bäume.

»Ich habe ein komisches Gefühl«, raunte Tamara, die auf einmal neben ihm stand. Da fiel Shanes Blick auf etwas Dunkles vor ihm im Schilf. Als er näher kam, sah er, dass es eine dichte Wolke Fliegen war. Er beugte sich hinunter. Die Fliegen stoben auf und wollten sich auf ihm niederlassen. Angewidert verscheuchte er sie mit hektischen Armbewegungen.

»Was ist ...« Tamara brach ab und wandte sich angeekelt ab. Vor ihnen lag ein gewundener Schlangenkörper, grauschwarz und aufgerissen.

»Was machen wir jetzt?«, wollte Herb wissen, als sie zum Wagen zurückkehrten.

»Wir gehen rein«, erwiderte Shane.

»Ohne Durchsuchungsbefehl?«, wandte Justin ein.

»Die Verandatür steht doch offen, oder?«, gab Herb grinsend zurück.

Justin und Fiona blieben draußen, bewachten den Eingang. Sie standen mit Shane, Tamara und Herb, die jetzt ins Haus gingen, in Funkkontakt. Die drei wählten die Verandatür auf der rechten, schmalen Seite des Hauses. Herb zeigte sich im Türöffnen geübt – in wenigen Sekunden ließ sich die Tür mühelos aufschieben.

»Wenn wir wieder gehen, merkt keiner, dass wir da gewesen sind«, erklärte er.

Mit gezogenen Waffen traten sie aus dem gleißenden Mittagslicht ins Halbdunkel eines in seinen Ausmaßen imposanten Raumes, dessen dunkelbraune Dielen trotz der Staubschicht, die sich hier im Busch schon innerhalb eines Tages bildete, wie ein Spiegel glänzten. Eine ausladende Sitzgarnitur, wuchtige Sessel und zwei Sofas aus dunkelbraunem, ausgetrocknetem Leder erinnerten Shane an Wachhunde, die in der Hitze eingeschlafen waren. Ihre Schritte klangen auf den Dielen hohl. Schweigend durchquerten sie das Zimmer, an dessen Wänden düstere Ölgemälde lauerten: grimmige Gesichter über steifen Kragen und hölzern aussehende Pferde. Herb ging voraus in den finsteren Flur. Auf die Bodendielen fielen schmale Streifen Licht aus den abgehenden Zimmern, denn die Türen standen einen Spalt offen. Auf einer schweren geschnitzten Truhe stand ein Telefon. Rechts, im Zentrum des Hauses, öffnete sich das Wohnzimmer. Schwarze alte Möbel und ein langer Refektoriumstisch mit viel zu wenig Stühlen beherrschten den Raum.

»Scheint wirklich niemand hier zu sein«, raunte Tamara Shane zu und ging weiter durch den um das Wohnzimmer herumführenden Flur, an der Eingangstür vorbei, durch dessen buntes Oberfenster farbige Splitter Licht auf den Boden fielen. Sie waren an der Tür zur Küche angelangt, einem ebenfalls riesigen Raum mit einem stattlichen Herd in der Mitte, über dem gusseiserne Pfannen und Töpfe hingen, als würde hier für die Bewohner eines ganzen Schlosses mitsamt ihren Bediensteten gekocht. In die Wände waren halbrunde Öffnungen eingelassen, früher wahrscheinlich Öfen, jetzt Nischen für Mikrowelle, Fernseher und Kaffeemaschine.

»Sieht so aus, als wäre vor kurzem noch jemand hier gewesen.« Tamara hatte den Kühlschrank geöffnet und hielt eine angebrochene Milchflasche hoch. »Frischmilch. Haltbar bis morgen.«

Hinter der Küche reihten sich mindestens vier Kühltruhen aneinander. »Voll. Die Packers sind nur für kurze Zeit weg ... oder überstürzt abgehauen!«, sagte Herb und ließ den Deckel wieder zufallen.

Auch wenn das Haus etwas Bedrohliches ausstrahlte – bisher hatten sie nichts entdeckt, was auf ein Verbrechen hindeutete, überlegte Shane. Hatte er sich von Joanna O'Reilly und ihrer Schwester zu sehr beeinflussen lassen? Es gab die rätselhaften Zeichnungen eines traumatisierten Kindes und eine Autonummer. Was, wenn der Junge sich die Nummer einfach ausgedacht hatte? Hatte er selbst Max nicht geradezu genötigt, *ASH* mit einem Autokennzeichen in Verbindung zu bringen?

Er war nun in dem um das Wohnzimmer herumführenden Gang auf ein weiteres Zimmer gestoßen. Wieder ein düsterer Raum, der mit den bunten Fensterscheiben, dem schweren, dunklen Schreibtisch und den hohen Bücherregalen an eine ehrwürdige Bibliothek erinnerte. Ein Globus und alte grün bezogene Sessel standen, überflüssig geworden, dicht gedrängt in einer Ecke. Auf dem Schreibtisch stapelten sich aufgerissene Briefkuverts. Shane blätterte den Stapel flüchtig durch. Es waren vor allem Rechnungen, amtliche Schreiben, ein paar Postkarten, alle an Mrs. Elizabeth Bedford adressiert. Er steckte drei Briefe in einen Plastikbeutel, um sie auf Fingerabdrücke untersuchen zu lassen.

»Shane!« Tamaras entferntes Rufen aus einem anderen Teil des Hauses ließ ihn herumfahren. »Komm her!«

Er eilte wieder hinaus auf den Flur.

»Shane!« In welchem Zimmer war sie?

»Hier!«, rief nun Herb, und Shane stieß die angelehnte Tür eines Raumes auf, der von einem schmaleren und kurzen Flur abging.

Er blickte in ein rosafarben eingerichtetes Zimmer, dessen Hauptmöbelstück ein weiß lackiertes Metallbett war. Tamara hatte Bettdecke und Kissen zurückgeschlagen. Unter dem Kissen lagen drei weiße Tabletten, die an den Rändern aufgeraut waren, als hätte jemand sie schon mal im Mund gehabt und ausgespuckt. Wortlos reichte er Tamara eine der Plastiktüten für die Spurenanalyse, und sie packte die Tabletten ein. Das Laken war eindeutig benutzt worden. Es wies Blutspuren und Flecken auf, die mit großer Wahrscheinlichkeit Spermaspuren waren.

»Nehmen wir das auch mit?«, fragte sie.

»Ich fürchte, wir brauchen Verstärkung«, sagte er.

»He, kommen Sie hierher!«, rief Herb aus einem anderen Zimmer. Er hielt einen leeren Plastikbecher in der Hand. »Da liegen noch mehr unter dem Bett!«

»Mousse au chocolat«, las Tamara den Aufdruck.

»Oh, là, là ...«, Shane dachte an das Video aus Sophie Grangés Wohnung, »delightfully delice.«

Tamara blickte ihn bestürzt an.

Shane hatte Verstärkung angefordert, die sie ablösen sollte, bis die Spurensicherung eingetroffen wäre. Die Männer kamen mit einem Polizeiwagen, brachten Proviant und Decken mit. Sie übernahmen den Camper, den sie in den Wald fuhren, damit er nicht vom Weg her gesehen werden konnte, sie aber dennoch die Farm im Auge behalten konnten.

Herb und Justin blieben bei den Männern, während Shane mit Tamara und Fiona in den Polizeiwagen umstieg und nach Chinchilla zurückfuhr. Während der Fahrt forderte Shane alle möglichen Informationen über die Packers an.

»Ich will alles wissen, vom Kindergartenalter an. Was sie in den letzten Jahren getrieben und wo sie gelebt haben.« Vielleicht würden sie so einen Anhaltspunkt über ihren momentanen Aufenthaltsort bekommen.

Tamara, die am Steuer saß, hatte eine ganze Weile geschwiegen, bis sie auf einmal sagte: »Ich war auch mal mit einer Freundin unterwegs. Nach unserem Schulabschluss. Wir wollten nach Sydney und hatten plötzlich eine Reifenpanne.« Den Blick starr auf die Straße gerichtet, redete Tamara weiter: »Es war Nacht, und keine von uns hatte jemals einen Reifen gewechselt. Aber selbst wenn wir uns darangewagt hätten – wir hatten gar keinen Ersatzreifen dabei.« Sie machte eine Pause. »Da kamen zwei Typen in einem Kombi. Ein bisschen älter als wir. Sie hielten und boten uns an, uns in den nächsten Ort mitzunehmen, wo wir in einem Motel übernachten und am nächsten Morgen das Auto abschleppen lassen könnten. Wir stiegen also ein, setzten uns auf die Rückbank. Auf einmal fuhren die beiden in einen Seitenweg. Es war zwei oder drei Uhr nachts. Scheiße, dachte ich, genauso muss es passieren.«

Sie holte Luft, und Shane fühlte, wie er sich sträubte, Tamaras Erzählung weiter zuzuhören. Im Rückspiegel sah er Fiona, die geradeaus starrte.

»Wir versuchten zuerst, sie dazu zu überreden, uns zur Hauptstraße zurückzufahren«, fuhr Tamara fort, »aber sie behaupteten, gerade eine Abkürzung zu nehmen. Wir bestanden darauf, dass sie umkehrten, doch sie lachten nur. Irgendwann versuchte meine Freundin, während der Fahrt die Tür zu öffnen.« Sie machte wieder eine Pause, warf einen Seitenblick auf Shane. »Ich dachte: So, jetzt gehts also gleich los. Das erleben Tausende von Frauen jeden Tag, sagte ich mir. Ich schloss die Augen. Der Wagen hielt. Doch nichts geschah. Ich öffnete die Augen wieder und traute ihnen nicht: Wir standen vor einem Motel.« Sie endete, und niemand sprach ein Wort, bis sie vor der Polizeistation einparkte.

Shane sah sie gleich, als er hinter Fiona zur Tür hereinkam: Joanna O'Reilly.

»Warum haben Sie uns nicht mitgenommen?«, fuhr sie ihn sofort an, ohne jede Begrüßung. Sie war von dem Plastikstuhl aufgesprungen, neben ihr saß Max. Fiona, Tamara und Trish Ford starrten Joanna und Shane an.

Er versuchte, seinen Ärger über ihren Auftritt niederzukämpfen. Ein leichtes Lächeln gelang ihm. »Joanna, das ist Sache der Polizei, und außerdem wäre es viel zu gefährlich gewesen!«

Joanna warf den Kopf zurück. »Max und ich haben ein Recht darauf, dabei zu sein!«

Jetzt wurde es Shane zu viel. »Sie sind dabei, wenn *ich* es sage. Und keine Sekunde früher!«

»Das Einzige, was ich will, ist, dass der Junge das Trauma überwindet und wieder leben kann. Er muss sich erinnern.« Sie hatte vollkommen ruhig und sachlich gesprochen.

»Sie hat Recht«, sagte Tamara genauso ruhig.

Joanna warf Tamara einen überraschten Blick zu.

Shane kochte innerlich. Weiber! Er wandte sich zum Gehen.

»Sie hätten uns heute schon mit ins Haus nehmen sollen!«, begann Joanna wieder. Es war also noch nicht ausgestanden. »Max hätte sich vielleicht an einiges erinnert und Ihnen Hinweise geben können!«

Abrupt drehte er sich um. »So? Dann hätte ich Sie beide also in kugelsichere Westen stecken sollen?« Er schrie jetzt: »Wissen Sie, was? Hier sind Menschenleben in Gefahr! Vielleicht kommen wir bereits zu spät! Und Sie haben nichts als Vorwürfe für uns! Tun Sie mal was Vernünftiges: Fragen Sie Ihr Orakel, wo die Packers sind!« Mit diesen Worten stapfte er in den Flur und hörte, wie Tamara versicherte:

»Das meint er nicht so.«

Er drehte sich auf dem Absatz um und brüllte: »Doch. Das meine ich so, *genau* so!« Bevor er die Tür hinter sich zuknallte, registrierte er noch befriedigt die Sprachlosigkeit der Frauen. Er war mehr als schlechter Laune.

Die nächsten Stunden verliefen äußerst hektisch. Shane hielt Rücksprache mit Al. Der versprach für den nächsten Tag drei Spürhunde und Steve Himmelreichs Anreise. Eine Großfahndung konnte man nicht vor den Medien geheim halten. Doch mit dem Bericht in der Presse und im Fernsehen würde man auch das Leben der beiden Studentinnen gefährden. In Panik, würden die Packers sie vielleicht überstürzt töten ... Sie einigten sich, zunächst nur die Polizeistellen zu benachrichtigen und die Medien erst am nächsten Tag einzuschalten.

56

Sie lag schon eine ganze Weile mit offenen Augen da. Versuchte, sich klar zu werden, was geschehen war und wo sie sich befand. Jetzt wusste sie es. Sie hatte die Tabletten wieder ausgespuckt. Sie trug noch immer diesen Gips, lag auf einer schmalen Bank, ihre Hand war an einen Griff an der Wand gefesselt. Sie befand sich in einem Wohnwagen, der über eine unebene Straße rumpelte. Neben ihr stand ein Tisch, und dahinter befand sich eine weitere Bank.

»Sophie?«, sagte sie leise. »Sophie?«

Ein leises Wimmern und ein Stöhnen antworteten ihr.

»Sophie?«

»Catherine?«

Catherine versuchte, sich aufzurichten. Auf der anderen Sitzbank konnte sie Sophies blondes Haar erkennen. Endlich hob sie den Kopf, und sie sahen einander in die Augen. Catherine erschrak. Das rote Mal auf Sophies Gesicht war kaum blasser geworden. Die dunklen Ringe unter ihren Augen und die eingefallenen Wangen ließen sie todkrank aussehen. Ihr Blick wirkte leer und leblos.

Seine Hand hatte gezittert. Noch immer spürte Sophie die Schnur wie eine Messerklinge an ihrem Hals. Warum hatte er innegehalten, seine Hände sinken lassen? Maes verbitterter Blick, ihr Zischen: *Du hast mich verraten!* Und Archie, der ihr, Sophie, über das Haar strich, als wäre sie ein Kind. Der Geschmack der Mousse au chocolat auf ihrer Zunge, die Übelkeit, die sie überfiel, während sie auf allen vieren auf dem Boden herumkroch. Hektischer Aufbruch, Mae und Archies panische Eile, ihr Streit, das Chloroform, die

Tabletten, das Stampfen und Brummen, ein muffiger Geruch und eine harte Liege.

Als Catherines Kopf auftauchte, glaubte Sophie für einen Moment, sie hätte alles nur geträumt und sie beide wären in einem Wohnwagen unterwegs. Gleich würden sie aufstehen und barfuß und lachend durch warmen, weißen Sand zum Meer laufen, irgendwo am Atlantik, daheim ...

Doch sie lagen gefesselt in einem fahrenden Wohnwagen mit zugezogenen Vorhängen, und ihre Hand umklammerte einen grün-gelben Plüsch-Dinosaurier.

»Sophie!«, rief Catherine erneut. »Ich habe gedacht, du seist ...!« Das letzte Wort konnte sie nicht aussprechen.

Sophie antwortete nicht.

»Wir müssen irgendwie hier raus!«, redete Catherine weiter und versuchte, mit der freien Hand den Vorhang am hinteren Fenster aufzuschieben. Doch sie reichte nicht bis dahin, da dieser Arm eingegipst war.

»Sophie! Du kommst an den Vorhang!«, flüsterte sie aufgeregt.

Sophie schloss die Augen. Sie konnte Catherines Blick nicht mehr ertragen. Catherine hatte sie in jenem Zimmer gesehen, mit Archie ... Niedergeschlagen und verzweifelt ließ sich Catherine auf die Bank zurückfallen, starrte an die niedrige gelbliche Decke, auf die ausgebleichten bräunlich beigefarbenen Vorhänge, auf den fleckigen beigefarbenen Teppichboden. Das Licht, das von draußen hereinfiel, war rötlich geworden. Sie fuhren in die Nacht. Was hatte man noch mit ihnen vor?

»Ich habe Mae geglaubt, dass du allein nach Blackall gefahren bist«, sagte Catherine unvermittelt. »Überhaupt war ich oft neidisch und eifersüchtig auf dich.« Sie horchte auf eine Reaktion, doch sie blieb aus. »Sophie?«

Keine Antwort.

»Sophie?«

»Warum warst du trotzdem meine Freundin?«, erwiderte Sophie.

Catherine erschrak über die Frage und über Sophies Stimme, die so hohl und leblos klang. »Ich bin *noch immer* deine Freundin.«

»Es hat mir gefallen, dass du mich bewundert hast«, redete Sophie nun weiter. »Ich habe das gebraucht: Bewunderung. Von allen.«

Sie schwiegen weiter. Catherine wurde langsam ruhiger. Ein seltsamer Zustand, dachte sie. Sie ergab sich ihrem Schicksal und fragte sich, warum sie das nicht schon viel früher in ihrem Leben getan hatte. Sie sprachen nichts mehr. Jede von ihnen hing ihren Gedanken und Erinnerungen nach.

»Sie sind auf der Flucht«, sagte Sophie auf einmal, »und sie können uns nicht ewig mitschleppen.«

Catherine schob mit Macht alle Gedanken beiseite und konzentrierte sich nur auf das Muster der Kreise und Linien auf dem bräunlich-beigefarbenen Vorhang. Irgendwann sah sie sich durch braune sich windende Tunnel fliehen, über beigefarbene Mauern klettern. In ihrer Fantasie versank sie in dunklen Löchern, zog sich an langen Fäden wieder hoch, stolperte, prallte gegen irgendetwas und blieb liegen ...

Der Wohnwagen stand. Es war still und stockdunkel. Eine Autotür schlug zu, dann noch eine. Schlurfende Schritte, Sohlen auf knirschenden Steinchen. Catherine hielt den Atem an. *Nun ist es so weit ...*

Doch es geschah nichts. Die Schritte entfernten sich. Irgendwann: eine Berührung am Handgelenk. Sofort war sie wieder da, die Angst, die Erinnerung. Dann erkannte sie in der Dunkelheit Maes Gesicht.

»Still!«, zischte Mae, und machte sich mit einer großen Schere, die das schwache Licht reflektierte, an Catherines Gipsarm zu schaffen.

»Was soll ...?«

»Still, hab ich gesagt!«, herrschte Mae sie an. Sie warf einen hastigen Blick zur Tür. »Ihr müsst nur die Straße zurücklaufen. Archie schläft im Auto.« Der Gips fiel auf den Boden. Mae schnitt jetzt Catherines Gipsbein auf.

Das passiert nicht wirklich, sagte sich Catherine. Sie stand unter Drogen – Drogen, die die Wahrheit beschönigten. Mae hatte etwas ganz anderes gesagt. Hatte ihr erklärt, wie sie sie und Sophie quälen und dann ermorden würden. Doch ihr, Catherines, Verstand hielt das nicht aus, und die Drogen halfen dabei, die schreckliche Realität erträglich zu machen, indem sie ihrem Bewusstsein etwas anderes vorgaukelten. So musste es sein.

Mae hatte währenddessen Sophies Fessel aufgeschnitten. »Los, macht schon!«, zischte sie wieder.

Catherine richtete sich auf. Es fiel ihr schwer. Sie hatte die Macht über ihren Körper verloren.

»Haut endlich ab! Ich hab genug von all dem! Los!«

Das ist eine Falle!, ging es Catherine durch den Kopf. Archie hatte sich noch nicht durchringen können, sie zu töten. Wenn sie aber fliehen würden, hätte er allen Anlass dazu. Doch wenn sie sowieso sterben mussten, warum nicht jetzt, anstatt morgen oder übermorgen? Es gab keine Hoffnung mehr. Toby aus Blackall war wohl zu der Überzeugung gelangt, dass Sophie das Interesse an ihm verloren hatte. Sonst wusste niemand, wo sie sich aufhielten. Langsam stellte sie die Beine auf den Boden.

»Ihr habt nicht bis morgen Zeit!«, drängte Mae.

So schnell sie es in ihrem Zustand vermochte, zog Catherine Hose, Schuhe und T-Shirt an.

»Warum ...?«, fragte Sophie und setzte sich auf.

»Hört auf zu fragen und beeilt euch lieber. Wenn er aufwacht, kann ich nichts mehr für euch tun!«

Mit unsicheren Bewegungen tastete sich Catherine zur Tür, die Mae vorsichtig öffnete. Sie sah sich um.

»Ihr habt nur die eine Chance«, flüsterte sie noch, als Catherine und Sophie durch die Tür hinaus in die Nacht schlüpften.

Unter ihren Schuhen knirschten die Steine, und trockene Erde brach. Rasch warf Catherine einen Blick zurück. Sie konnte Mae schemenhaft beim Hinuntersteigen der Wohnwagentreppen erkennen.

»Wo ist die verdammte Straße?«, stieß Sophie atemlos hervor.

Catherine kam nicht mehr dazu zu antworten. Ein Schuss hallte in der Dunkelheit, und das grelle Licht einer starken Taschenlampe peitschte ihnen ins Gesicht.

»Da haben wir ja die kleinen Ausreißerinnen!« Archie tauchte hinter einem Gestrüpp auf. Mit dem Gewehr zielte er abwechselnd auf Catherine und Sophie. »Tttt«, schnalzte er und schüttelte missbilligend den Kopf, »macht man denn so was? Da gibt man sich so viel Mühe, und was ist der Dank, ihr kleinen Biester!«

»Archie?« Maes Stimme drang zu ihnen. Keuchende Laute und rasche Schritte. Archie ließ den Lichtkegel durch die Finsternis gleiten, bis Maes Gesicht blass und verzerrt vor ihnen aufleuchtete.

»Na, gibts denn so was? Wollten die etwa abhauen?« Maes gespielte Entrüstung schien selbst Archie nicht recht zu überzeugen. Erbarmungslos brannte er der näher Kommenden das grelle Licht in die Augen. Sie schlug den Arm vors Gesicht und blieb neben Sophie stehen.

Lähmende Unentschlossenheit ließ alle vier schweigen. Archie mit Taschenlampe und Gewehr in der Hand, die Möglichkeiten durchspielend. Mae, ihre Glaubwürdigkeit überdenkend. Und Sophie und ich, dachte Catherine, suchen nach einem Fluchtweg. Einfach losrennen konnten sie nicht. Archie würde sie mit einem Schuss niederstrecken.

»So, dann gehen wir doch alle mal wieder brav nach Hause!«, sagte Archie, bevor Catherine weiterdenken konnte, und stieß ihr den Gewehrlauf in den Bauch. »Los, wirds bald?«

Die letzte Chance vertan, hallte es hinter Catherines Stirn, als sie sich umdrehte und zum Wohnwagen zurückging, das Gewehr im Rücken.

57

Es dauerte nur sekundenlang, das Glück, das er empfand, als der Ruf des Kookaburra in seinen Schlaf drang und sich warme Sonnenstrahlen auf sein Gesicht legten. Dann teilte es sich vor seinen Augen wie ein Bühnenvorhang, und die grinsenden Fratzen der Fakten starrten ihm entgegen wie ein missgünstiges Publikum. Sie würden zu spät kommen. Es war Donnerstag. Bereits am Samstag hatten sie das Auto der Studentinnen entdeckt.

Keine Minute länger hielt Shane es im Bett aus. Er riss das Bettlaken von sich, war in wenigen Schritten unter der Dusche, machte es kurz und stieg, ohne Kaffee und mit noch nassem Haar, ins Auto. Um Punkt halb sechs stieß er die Tür zur Polizeistation auf und trat beinahe in den Wassereimer der Putzfrau.

Tamara, die offensichtlich die Nacht in der Polizeistation verbracht hatte, fuhr zusammen. »Wie spät ist es?«

»Kurz nach halb sechs«, sagte er und schenkte ihr eine Tasse Kaffee ein.

»Danke«, murmelte sie gleichgültig und zupfte an ihrem Haar herum.

»Gibts was Neues?«

Sie schüttelte den Kopf. »Nein. Bis auf ein paar Anrufe aus der Zentrale. Wir haben keine wirklich heiße Spur.« Vorsichtig nippte sie am Kaffee. »Die Packers sind nicht in ihrem Haus in Longreach und auch nicht wieder auf die Farm zurückgekehrt.« Sie hielt ihm die Tasse noch einmal hin, und er goss ihr wortlos nach.

Wenige Minuten später geschahen drei Dinge gleichzeitig: Hans Bremer, der Führer der Hundestaffel, traf ein, das Telefon klingelte, und Joanna O'Reilly baute sich in zerknittertem T-Shirt und weißer kurzer Hose vor Shane auf. Sie hielt ihm eines der Bilder, die Max gemalt hatte, unter die Nase.

»Wissen Sie, was das ist?«, fragte sie und deutete auf das Bild, das den See mit den Schwänen darstellte.

»Mein Gott, Joanna! Sie sehen doch, was hier los ist! Wir haben jetzt wirklich nicht die Zeit ...«

»Dieses kleine weiße Viereck da ist nichts anderes als ...«

»Joanna!«, unterbrach er sie. Was bildete sich diese Frau eigentlich ein?

»... ein Wohnwagen!«, sprach sie unbeirrt weiter.

»Ein Wohnwagen? Wir haben keinen Wohnwagen gesehen! Ich sag Ihnen, was das ist: Es ist eines der Nebengebäude auf der Farm! Unsere Leute haben es untersucht. Nichts!«

Joanna seufzte resigniert. »Wann suchen Sie das Grab?«

»Es kann sofort losgehen!«, antwortete Hans Bremer an Shanes Stelle. Er war ein durchtrainierter, sehniger Mittdreißiger.

Noch bevor Joanna den Mund öffnen konnte, nickte Shane, denn er wusste, was sie sagen wollte. »Ja, Max und Sie kommen auch mit.«

Um neun Uhr dreißig begann die systematische Suche mit drei Deutschen Schäferhunden, ihren Führern und acht weiteren Polizisten. Joanna und Max hatten die Leute bis zum Felsen mit den Malereien geführt und warteten dort mit zwei Polizisten. Die Sonne glühte heiß und schien alles Leben verbrennen zu wollen. Kein Vogellaut war zu vernehmen, kein Windhauch zu spüren. Selbst die weißen Wolken zogen nicht weiter – so als wartete alles auf diesen einen Moment, zu dessen Zweck der Aufwand betrieben wurde und den doch alle fürchteten.

Zwanzig nach elf schnüffelte der Schäferhund Rex aufgeregt winselnd an einer Erdaufhäufung.

»Wir sollten hier graben!«, meinte Hans Bremer.

Nach etwa einem halben Meter stieß ein Spaten auf etwas Hartes, und die beiden Polizisten hörten auf zu graben. Auf ein Nicken Shanes hin machten sie vorsichtig weiter. Zuerst stieg Verwesungsgeruch auf, dann wandte sich Tamara ab, und Herb stieß einen leisen Fluch aus. Die Leiche war weiblich, die Verwesung relativ weit fortgeschritten – und trotz des Staubs leuchtete das Kleid der Frau noch immer himmelblau.

»Sie trägt nur einen Schuh!«, sagte Herb und hielt sich ein Taschentuch vor den Mund.

Mum sagt, den Job muss sie haben. Und deshalb müssen wir nach Brisbane ziehen. Pack deine Sachen, nächste Woche gehts los. Stell dich nicht so an, dort findest du auch wieder Freunde, sagt sie, aber das glaube ich ihr nicht. Obwohl ich ihr viel glaube. Ich muss mich von Julian, Andy und Pete verabschieden. Ich bin traurig. Wir packen vier Koffer und ein paar Kartons und Taschen ins Auto. Ich setze mich auf den Beifahrersitz. Mum fährt los. Sie sieht überhaupt nicht mehr zurück, auf unser Haus, in dem wir früher auch mit Dad gewohnt haben. Wir fahren eine ewig lange Straße entlang. Irgendwann halten wir an einer Tankstelle. Mum kauft zwei Hamburger, dann gehts weiter. Ab und zu sieht sie mich komisch von der Seite an. Der Ort, in dem wir tanken, heißt Roma. Mum steigt aus, zahlt, und als ich allein im Auto bin, kommt ein Mann und bückt sich an unserem Reifen. Dann starrt er mich an, und danach starrt er meine Mum an, als sie wieder ins Auto steigt. Der Mann macht mir Angst. Wir fahren weiter, und plötzlich haben wir einen Platten. Es ist dunkel. Mum flucht mal wieder. Auf einmal hält ein Auto hinter uns. Es ist der böse Mann von der Tankstelle, eine Frau sitzt neben ihm. Mum ist froh, dass sie uns helfen wollen. Der Mann wechselt den Reifen und sagt, wir können die Nacht bei ihnen auf der Farm schlafen. Ich will nicht, aber Mum meint, das macht sicher Spaß, und dann fahren wir hinter ihnen her.

Meine Mum wird nach dem Essen so müde, dass sie in ihren Kleidern einschläft, doch ich hab nichts gegessen. In der Nacht höre ich Geräusche, und vor Angst klettere ich auf den Schrank. Die Tür geht auf, und der Mann und die Frau kommen rein, glotzen meine Mum an und gehen wieder raus. Ich habe ganz viel Angst. Am nächsten Morgen erzähle ich es Mum, doch sie lacht und sagt, ich hätte nur schlecht geträumt. Nach dem Frühstück schläft sie schon wieder. Ich will nichts essen und auch nichts trinken. Da werden die beiden richtig böse, halten mich fest und wollen mich einsperren. Ich reiße mich los, renne weg und schreie nach meiner Mum, aber sie schläft ja. Der Mann kommt mit dem Gewehr raus, ballert in die Luft und ruft nach mir, doch ich geh nicht zu ihm, schreie nur nach Mum. Oben auf dem Dach verstecke ich mich. Den ganzen Tag und die ganze Nacht und am nächsten Morgen, da tragen der Mann und die hässliche Frau meine Mum aus dem Haus. Der Mann hält sie an den Armen, und die Frau hält ihre Beine. Ich warte, bis sie weg sind, und dann renne ich weg.

Max begann zu weinen, und Joanna nahm ihn in die Arme.

58

Sie waren noch immer am Leben, gefangen in diesem Wohnwagen, der schon seit Stunden wieder fuhr und jetzt anhielt. Solange er fuhr, konnte man die Angst verdrängen, doch sobald er hielt, kehrte sie zurück. Wieder schlugen Autotüren zu, wieder hörten sie die knirschenden Schritte.

Sophie starrte Catherine mit schreckgeweiteten Augen an. »Catherine«, wisperte Sophie hastig, »du warst meine beste und einzige Freundin.« Sie hatte Tränen in den Augen.

Catherine nickte nur. Ihr Hals war zugeschnürt. Sophies Bekenntnis sollte das Letzte sein, was sie aus diesem Leben in Erinnerung behalten wollte. Was jetzt kommen würde, wollte sie nicht mehr wahrnehmen.

Die Tür ging auf. Licht fiel auf den fleckigen Teppich des Wohnwagens. Tritte auf den Stufen. Catherines Glieder begannen zu zittern. Ihre Zähne schlugen aufeinander, und auf einmal war ihr erbärmlich kalt.

»So«, Archie lachte, »und jetzt darf eine von euch aussteigen!«

Würde er tatsächlich eine von ihnen beiden freilassen? Warum? Sein Lachen klang noch grausamer als sonst.

Mae kam herein, blickte auf sie herunter. Auch sie lachte. »Ihr müsst euch einigen. Eine von euch darf raus!«

»Ich!«, hörte sich Catherine schreien »Ich muss raus!« Sie rutschte von der Sitzecke auf den Boden. »Ich!«

»Was ist mir dir?«, herrschte Mae Sophie an. »Willst du nicht auch raus?«

»Nein!«, kreischte Catherine und krallte sich in Maes nackte Waden. »Lasst *mich* raus! Ich werde niemandem etwas erzählen!«

»Au!«, schrie Mae und trat mit dem freien Bein gegen sie, »lass mich los!«

Durch die geöffnete Tür des Wohnwagens konnte Catherine nur ein gleißendes Weiß erkennen. Alles war ihr jetzt egal. Sie wollte nicht sterben.

»Sie werden dich niemals leben lassen«, sagte Sophie plötzlich.

»Hör nicht auf sie!« Das war Archie. Er hob Catherine auf. »Du hast mein Wort.«

Sophie lachte, laut und schallend, wie Catherine sie noch nie hatte lachen hören.

Archie trat auf sie zu und schlug ihr hart ins Gesicht.

»Nein, *sie* soll raus!« Mae zerrte Sophie am Handgelenk hoch.

»Nein, nein!« Catherine warf sich nun auf Mae, rutschte an ihr herunter wie ein Sandsack. »Lasst *mich* raus! Ich will raus!«

Archie grinste und schleifte Catherine zum Ausgang, dann fiel sie die Treppenstufen hinunter. Kleine, spitze Steine bohrten sich in ihre Handflächen und Knie.

»Nein!«, hörte sie Sophie schreien, dann brummte der Motor auf. Das Motorengeräusch wurde leiser, und als Catherine endlich mühsam den Kopf hob, konnte sie nur noch eine weiße Wolke ausmachen. Sie war frei – und sie hatte Sophie im Stich gelassen. Ausgerechnet sie! Sie würden Sophie töten, und sie, Catherine, würde hier sterben.

Gleißendes Licht überall. Raue, weiße Erde, trocken und heiß. Sie leckte an ihrer Handfläche. Salz. Keine Straße. Kein Baum. Kein Strauch. Nichts. Nur eine endlose Salzkruste, über die der Wind strich und jede Feuchtigkeit mit sich nahm.

Man hatte sie auf einem Salzsee ausgesetzt.

Steh auf, los, noch bist du nicht tot, redete eine innere Stimme auf sie ein. Mühsam versuchte Catherine, sich aufzurichten. Ein Schritt. Noch einer. Und noch einer. Weiter. Nicht stehen bleiben. Wenigstens im Gehen sterben. Flirrendes Weiß. Wo waren nur die Reifenspuren? Der Wind. Ja. Der Wind hatte sie verweht. Sie brach in Gelächter aus. Lachte und lachte und lachte, während über ihr die weiße Sonne des Todes brannte.

59

Nachdem man Suzanne Longmans Leiche gefunden hatte, wurde sofort eine Großfahndung eingeleitet. Straßensperren wurden errichtet, Fotos von Sophie und Catherine weitergegeben, und Hans Bremer suchte mit seiner Hundestaffel weiter das Gebiet um die Farm herum ab. In den Medien wurde das Kennzeichen bekannt gegeben, und Archibald und Mae Packer wurden aufgefordert, sich zu melden, unter dem Vorwand, man erhoffe sich von ihnen nähere Informationen zum Verschwinden der beiden Studentinnen.

Um drei Uhr nachmittags traf Steve Himmelreich, der Psychologe vom Bureau of Criminal Intelligence, kurz BCI genannt, ein. Als Leiter der Ermittlungen eröffnete Shane das Meeting, an dem acht weitere Polizisten teilnahmen.

»Wir gehen so lange davon aus, dass die beiden Studentinnen am Leben sind, bis wir ihre Leichen gefunden haben«, endete er.

Alle blickten ernst.

Ohne weitere Erklärungen erteilte Shane Steve Himmelreich das Wort.

Himmelreich, mit seiner immensen Leibesfülle einem Walross nicht unähnlich, wischte sich kurzatmig den

Schweiß von der Stirn. Sein Gesicht war gerötet. »Es sieht so aus, als wären in diesem Fall Eheleute die Mörder«, begann er ohne Umschweife. »Sofort drängen sich die Vergleiche mit ähnlichen, sehr bekannten Fällen auf. David und Catherine Birnie in Perth töteten bis zum Jahre neunzehnhundertsechsundachtzig Frauen, denen sie zuvor angeboten hatten, sie mit dem Auto mitzunehmen. Dann denke ich an Ian Brady und Myra Hindley, die in Manchester Kinder und Jugendliche getötet haben. Außerdem natürlich das Ehepaar West, ebenfalls in England, die in ihrem Haus und Garten die Leichen der Ermordeten vergraben haben.« Himmelreich holte Luft. Die Hitze muss ihn bei seinem immensen Leibesumfang umbringen, dachte Shane. »Es gibt noch viel mehr Fälle, weit mehr, als man vermuten würde«, fügte Himmelreich hinzu. »Es ist ein seltsames, aber gar nicht so selten vorkommendes Phänomen.«

Niemand sprach ein Wort. Himmelreich fuhr fort: »In allen Fällen sind Abhängigkeit, Sex und Gewalt im Spiel. Die Opfer, in der Regel junge Frauen, sind meist arglos, wenn sie Hilfe von einem Ehepaar angeboten bekommen. Die meisten von ihnen würden sicher nicht in das Auto eines einzelnen Mannes einsteigen. Aber wenn eine Frau dabei ist, kommen sie gar nicht auf den Gedanken, dass die beiden Verbrecher sein könnten – ein fataler Irrtum.«

Tamara hob den Arm, und Himmelreich nickte ihr zu. »Was mir nicht klar ist«, begann sie, »warum machen die Ehefrauen oder Freundinnen bei diesen Verbrechen mit?«

Himmelreich wischte sich erneut mit dem Taschentuch über Nacken und Stirn. »Nun, wie ich schon sagte: Abhängigkeit ist ein häufig auftretendes Motiv. Die Frau bewundert den Mann. Er ist der Einzige, von dem sie etwas erfährt, das sie für Liebe hält. Meist kommen diese Frauen aus Familien, in denen sie Gewalt erlebt haben, sexuellen Missbrauch zum Beispiel. Für sie ist es sozusagen eine normale Erscheinung, dass Männer mit Gewalt ihre Lust befriedigen.« Er sah in die Runde. »Diese Frauen haben ein kaum entwickeltes Selbstwertgefühl. Und da braucht es nur ein ganz klein wenig Aufmerksamkeit von Seiten eines Mannes – und schon sind sie überzeugt, geliebt zu werden, und tun alles für ihn. Sie nehmen die Weltanschauung des Mannes an. In den meisten der genannten Fälle war der sexuelle Appetit der Männer so stark, dass die Frauen in gewisser Weise sogar erleichtert waren, wenn sich der Mann andere Objekte zur Befriedigung seiner Lust oder – besser gesagt: seines Machtgefühls – holte.«

»Aber werden sie da nicht eifersüchtig?«, wandte jemand ein.

»Sicher«, Himmelreich nickte, »doch wenn der Mann das Objekt seiner Begierde am Ende tötet, sind die Ehefrauen oder Freundinnen umso mehr davon überzeugt, dass nur sie von ihrem Mann geliebt werden. Es ist manchmal sogar leichter für sie, an den sexuellen Handlungen teilzunehmen oder ihnen zumindest zuzusehen, denn dann entzieht sich der Mann nicht ihrer Kontrolle.« Himmelreich machte eine Pause, und ein Raunen ging durch die Anwesenden.

»Die Frage ist«, sagte nun Shane, »wohin sind die Packers unterwegs?«

»Ja«, Himmelreich wiegte den geröteten Kopf, auf dem sich die rötlich blonden Haare ringelten, hin und her, »so viel wir von Archibald Packer wissen«, er blätterte in dem Dossier, ohne wirklich darin zu lesen, »ist er sehr von sich selbst überzeugt. Seine zahlreichen Arbeitgeber – er wechselte mindestens ein Mal im Jahr seinen Job – haben ihn als aufschneiderisch und ichbezogen beschrieben. Er kann offenbar keine Kritik vertragen und nimmt keine Ratschläge an.« Himmelreich öffnete die Colaflasche und trank sie, ohne sie auch nur ein Mal abzusetzen, aus. Dann erst sprach er weiter. »Nur den Job als Hausmeister bei der alten Mrs.

Bedford hat er zum zweiten Mal angenommen. Möglicherweise war ja Patricia Henderson, die Frau, die im vergangenen Jahr verschwunden ist, ebenfalls in seiner Gewalt. Er hätte eigentlich damit rechnen müssen, dass dieser Fall aufgerollt werden würde, und hätte sich nicht wieder um den Job bemühen dürfen. Aber er tat es trotzdem. Das ist für mich ein deutlicher Hinweis auf seinen Realitätsverlust und seine Selbstüberschätzung.«

»Das könnte für unseren Fall bedeuten, er ist unvorsichtig?«, fragte Shane.

Himmelreich nickte langsam. »Nun, das hoffen wir. Sicher sein können wir natürlich nicht. Aber es liegt nahe.«

»Die Packers besitzen ein Haus in Longreach. Könnten sie dorthin zurückkehren?«

»Könnte möglich sein. Allerdings halte ich es für höchst unwahrscheinlich, dass sie mit ihren Opfern dorthin fahren.«

Jeder ließ diese Worte auf sich wirken. Endlich sprach Tamara das aus, was alle dachten:

»Sie töten sie also vorher?«

Himmelreich nickte wieder. »Davon sollten wir ausgehen. Das Haus ist das Heim der beiden, ihre Zuflucht. Mit jedem Mord verbinden sich ihr gemeinsames Leben und ihr Schicksal enger, entfernen sie sich mehr von den anderen Menschen. Sie müssen zusammenhalten, gemeinsam lügen, sich gemeinsam verstellen. Sobald Misstrauen zwischen den zwei Partnern auftritt, ist das Leben beider in Gefahr. Sie haben sich gegenseitig in der Hand. Wenn einer von ihnen aussteigt oder den anderen betrügt, fliegt alles auf.« Er schüttelte vehement den Kopf. »Nein, ihr Heim ist ihnen heilig. Es darf keiner von außen eindringen.« Himmelreich lehnte sich zurück. Er hatte alles gesagt.

»Wir sollten das Haus überwachen lassen«, entschied Shane.

»Aber Steve hat gerade erläutert, dass sie wahrscheinlich ihre Opfer vorher töten«, wandte Tamara ein.

»Deswegen müssen wir sie ja finden, *bevor* sie ihr Haus erreichen«, erwiderte Shane. Und plötzlich befiel ihn Angst, dass sie zu spät kommen würden. Doch er ließ sich nichts anmerken.

»Suzanne Longman«, begann Fiona Miller nachdenklich, »war doch höchstens zwei Tage in ihrer Gewalt. Ist es dann nicht unwahrscheinlich, dass die beiden Studentinnen nach einer Woche noch leben?«

Alle Blicke richteten sich auf Steve Himmelreich, der, zurückgelehnt, die Hände vor dem Bauch verschränkt, dasaß.

»Gute Frage.« Er schürzte die Lippen und sah Shane an, der kaum merklich die Schultern zuckte. Himmelreich grinste kurz. »Tja, verehrte Kollegin, O'Connor hat es bereits am Anfang gesagt: Solange die Leichen nicht gefunden werden, gehen wir davon aus, dass die beiden noch am Leben sind. Aber ...«, er ließ sich plötzlich nach vorn fallen und stützte sich mit den Armen ab, »es könnte den Packers auch etwas dazwischen gekommen sein. Irgendetwas könnte anders verlaufen sein als sonst ...«

Trish Ford kam herein und schaltete das Fernsehgerät ein.

»Und jetzt bittet die Polizei um Ihre Mithilfe«, sagte die Nachrichtensprecherin auf Channel Nine gerade. »Das französische Chocolat Girl ist verschwunden.« Man zeigte einen Ausschnitt aus dem Werbespot, in dem Sophie Grangé aus einem Plastikbecher löffelt und dabei mit französischem Akzent trällert: »Oh, là, là – Mousse au chocolat – delightfully delice.« ... Von Archibald Packer wurde ein Passfoto eingeblendet. Er und seine Frau Mae wurden gebeten, sich bei der Polizei zu melden.

Schon wenig später gingen in der Zentrale in Brisbane Hinweise aus der Bevölkerung ein. Man wollte Archibald

Packer beim Einkaufen im Elektromarkt Dick Smith in Toowoomba gesehen haben und in einem Video Ezy Shop in Noosa an der Sunshine Coast, Hunderte von Kilometern entfernt. Eine Anruferin behauptete, ihr sei ein Auto mit Wohnwagen aufgefallen, das am Straßenrand auf der Strecke zwischen Bollon und Cunnamulla gestanden hatte. Sie sei mit geöffnetem Fenster gefahren, und da habe sie aus dem Wohnwagen einen Schrei gehört. Doch sie habe nicht den Mut besessen, anzuhalten und der Sache nachzugehen.

»Diese Strecke führt aber nicht zum Haus der Packers«, wandte Fiona nachdenklich ein, als Shane den Ort auf der Karte markierte. »Und außerdem wissen wir nichts von einem Wohnwagen. Vielleicht hat ja gar kein Mensch geschrien, vielleicht war es nur ein Vogel, oder jemand hat gelacht?«

Im Laufe der nächsten Stunden häuften sich die Anrufe in der Zentrale. Das »Chocolat Girl« wurde angeblich im Coles-Supermarkt in der Brisbaner Queen Elizabeth Mall, an der Tankstelle in Maroochydore und am Geldautomaten der Commonwealth Bank in Dalby gesehen.

»Ich weiß nicht, ob es richtig war, diese Fahndung zu starten.« Tamara, übermüdet, mit tiefen Augenringen, goss sich Kaffee ein. »Falls Sophie und Catherine noch am Leben sind, werden sie eine immer größere Gefahr für die Packers. Sie werden sie so rasch wie möglich töten müssen.«

»Was bleibt uns sonst in einem so verdammt riesigen Land, als so viele Menschen wie möglich mit auf die Suche zu schicken?«, erwiderte Shane.

Um elf Uhr abends zog er sich ins Motel zurück, um ein paar Stunden zu schlafen. Tamara blieb noch in der Polizeistation.

Sophie kam es so vor, als wären alle Gedanken, die sie jemals in ihrem Leben beschäftigt hatten, gelöscht worden. Es war, als wären alle Gefühle, die sie jemals in ihrem Leben gefühlt hatte, nur eingebildet gewesen. Wenn Archie sich ihr näherte, ließ sie es über sich ergehen. Ihr Körper war empfindungslos geworden, ihre Seele auch. Sie nahm kaum wahr, dass sie noch immer im Wohnwagen lag.

»So«, hörte sie Mae plötzlich sagen, »aber jetzt muss sie endlich getötet werden!« Sophie hoffte nur, es würde schnell gehen. Sie sah, dass Mae Tabletten in der Hand hatte. Weiße, runde Taler.

»Ich erledige das!« Archie nahm Mae die Tabletten aus der Hand und schob sie weg. Sein Gesicht war dem Sophies wieder ganz nah. Er saß neben ihr, blickte sie liebevoll an. Ihr schauderte, als er ihre Wange und ihr Haar streichelte. »Tu so, also würdest du sie schlucken!«, flüsterte er ihr ins Ohr. »Tu so!«

»Jetzt mach schon, Archie!«, drängte Mae, und Sophie nahm die weißen Taler aus Archies feuchter Hand.

Noch niemals zuvor hatte sie es so stark gefühlt: die Tatsache, dass sie ihr eigenes Leben in den Händen hielt. Sie konnte entscheiden – sie allein –, ob sie weiterleben wollte oder nicht. Gab es noch etwas, wofür es sich zu leben lohnte? Langsam legte sie die Taler auf ihre Zunge, nahm das Wasserglas, das Archie ihr reichte, und spülte alle Tabletten auf einmal herunter.

Für einen letzten Moment erinnerte sie sich an ihren Lebenshunger, ihre Abenteuerlust, doch das war Vergangenheit, gehörte nicht mehr zu ihr. Licht leuchtete vor ihren Augen, und ihr Körper wurde leicht und begann zu schweben. Bald war alles vorbei.

Ihr Körper wurde herumgeschleudert, sie musste sich übergeben, husten. Gesichter und Augen tauchten vor ihr auf. Schreie drangen an ihr Ohr. Archie schüttelte sie; er hatte ihr einen Finger in den Hals gesteckt, damit sie erbrach. Mae tobte, und Archie schrie zurück. Totenblass wankte Mae aus dem Wohnwagen.

»Liebling!« Archie lächelte zärtlich. Seine Augen leuchteten glasig, und sein gerötetes Gesicht glänzte. »Was machst du nur für Dummheiten!« Er streckte die Hand aus und legte sie auf ihre Wange, feucht und schwammig wie eine Qualle. »So was darfst du nicht mehr machen!« Er schüttelte den Kopf. »Dummerchen!«

»Was ist mit Catherine?«, brachte sie mühsam hervor.

»Sie steht uns nicht mehr im Weg.«

60

Sieben Uhr morgens. Keine Straßensperre, kein brauchbarer Hinweis aus der Bevölkerung. Während der vergangenen zwölf Stunden hatte keine Polizeistreife die Packers aufspüren können. Was sollte ihm also Zuversicht geben, dass es in den nächsten zwölf Stunden anders werden würde?

»Es ist hell«, sagte Tamara, als hätte sie seine Bedenken erraten. »Und irgendwann müssen die Packers tanken, einkaufen und anhalten. Ich bin sicher: Es dauert nicht mehr lange, dann haben wir sie.«

»Wenn ich nur wüsste, wohin sie fahren!« Shane lief im Büro auf und ab. Die Packers waren weder in ihrem Haus in Longreach, noch hatte man sie auf dem Highway 71, der dorthin führte, entdeckt. Straßensperren waren errichtet worden. Aber was bedeutete das in einem so großen Land? Wenn Archie und Mae von den Hauptstraßen abgebogen waren und irgendeine kleine Piste genommen hatten, würde man sie nicht finden. Vielleicht fuhren sie auch längst einen anderen Wagen mit einem anderen Kennzeichen.

»Wieso sind sie abgehauen? Wieso wussten sie, dass wir kommen?«, fragte sie stirnrunzelnd. »Glaubst du, sie haben Joanna, Max und die Polizisten bemerkt, als sie nach dem Grab suchten?«

»Wer weiß?« Shane schüttete den Kaffee förmlich in sich hinein. »Jedenfalls fliehen sie mit den Studentinnen, die sie – hoffentlich – in der Eile nicht mehr töten und vergraben können ...«

Tamara spielte mit einem Kugelschreiber. Er wusste nicht weiter und wippte auf dem Schreibtischstuhl vor und zurück. Das Rattern der Aircondition drängte sich in ihr Schweigen. Archibald und Mae Packer waren ihnen entwischt.

Fiona Miller erschien im Türrahmen. »Wir haben einen Anruf aus einem Lebensmittelladen in Roma bekommen«, begann sie. »Vorgestern hat dort ein Mann gleich zwanzig Becher dieser Mousse au chocolat verlangt!«

Shane und Tamara starrten sie an. Roma war hundertneunzig Kilometer von Chinchilla entfernt, zu weit für einen Besuch. Den müssten die dort ansässigen Kollegen übernehmen. Kaum eine halbe Stunde später erhielt Shane eine Rückmeldung:

Der Inhaber des Geschäfts, Andrew Myer, und auch die Verkäuferin Rose waren sicher: Bei dem Kunden, der die zwanzig Becher Mousse au chocolat verlangt hatte, handelte es sich um Archibald Packer. Beide hatten ihn zweifelsfrei auf dem Foto wiedererkannt, das der Detective ihnen gezeigt hatte.

»War 'n komischer Kerl«, habe Myer gesagt, berichtete

der ermittelnde Detective, »als ich endlich die zwanzig Becher aus dem Lager geholt hatte, wollte er auf einmal nur noch zehn.«

Was hatte das zu bedeuten? Nervös trommelte Shane mit den Fingern auf der Stuhllehne herum. Tamara nagte an ihrer Unterlippe. Plötzlich hörte er Steve Himmelreichs Worte wieder: »Mit jedem Mord verbinden sich ihr gemeinsames Leben und ihr Schicksal enger, entfernen sie sich mehr von den anderen Menschen. Sie müssen zusammenhalten, gemeinsam lügen, sich gemeinsam verstellen. Sobald Misstrauen zwischen den zwei Partnern auftritt, ist das Leben beider in Gefahr. Sie haben sich gegenseitig in der Hand. Wenn einer von ihnen aussteigt oder den anderen betrügt, fliegt alles auf.«

»Entweder schwelgt Archibald Packer in Erinnerungen an sein Opfer«, sagte Tamara nachdenklich, »das hieße wahrscheinlich, sie ist bereits tot – oder aber ... er will ihr etwas Gutes tun?« Sie nagte immer noch an ihrer Unterlippe. »Wie auch immer, Packer scheint offensichtlich eine besondere Beziehung zu Sophie Grangé entwickelt zu haben.«

»Glaubst du, Mae lässt sich das einfach gefallen?«, fragte er.

Sie schüttelte den Kopf. »Bestimmt nicht.«

»Was würdest du in diesem Fall an Maes Stelle tun?«

»Ich würde alles daransetzen, sie so rasch wie möglich zu beseitigen.«

Exakt das Gleiche wird Mae tun, dessen war er sicher. Die Zeit wurde knapp. Oder es war schon zu spät.

»Bring ihr Tee!«, herrschte Archie Mae an.

Sophie hockte auf der Sitzbank, das Handgelenk an das im Boden des Wohnwagens eingelassene Tischbein gefesselt. Sie waren weitergefahren, doch sie hatte jegliches Zeitgefühl verloren. Wie lange waren sie bereits unterwegs? Stundenlang? Tagelang? Es war hell, also war Tag, aber welcher Tag? Jetzt fuhren sie nicht, sondern standen irgendwo. Es war drückend heiß. Mae und Archie befanden sich im Wohnwagen. Mae kniff die Lippen zusammen, das hatte Sophie bemerkt, obwohl sie die Augen kaum offen halten konnte. Sie sah, wie Archie die Tür nach draußen öffnete. »Nein, geh nicht!«, schrie Sophie. Mae würde sie töten, da war sie sicher.

Doch Archie lachte. »Ich bin ja gleich wieder da, mein Liebling.« Er wandte sich streng an Mae: »Du lässt sie in Ruhe!« Dann stieg er die Treppe hinunter, und Sophie blieb mit Mae allein zurück.

Langsam kam Mae auf sie zu. Sophie hob die freie Hand schützend vors Gesicht. Gleich würde sie schreien, gleich ...

Doch Mae lächelte auf einmal süßlich. *»Mein Liebling«*, äffte sie ihren Mann nach. Mae war ihr jetzt ganz nah. »Ich lass nicht zu, dass du mir alles nimmst!«, zischte sie, und ihr Lächeln verschwand.

Sie nimmt von der Bank ein Kissen ... drückt es auf Sophies Mund, ihre Nase – Sophie kann nicht mehr atmen, japst, röchelt, schlägt um sich ...

Das Kissen wird weggerissen. Sophie starrt in Archies Augen, die voller Wut sind. Eisern umklammert er Maes Handgelenk. Die andere Hand ballt er zur Faust.

»Du willst mich schlagen?«, schrillt Maes Stimme. »Das wagst du nicht!«

Absolute Stille. Nur Sophies schnelles Atmen. Archies Arm bleibt in der Luft stecken.

»Das wagst du niemals!«, beschwört Mae ihn erneut.

Da sackte er in sich zusammen, Arme und Schultern erschlaffen, er lässt den Kopf hängen, senkt den Blick, murmelt etwas Unverständliches und geht hinaus.

Sophies Plan, Archie gegen Mae aufzustacheln, schien nicht aufzugehen. Archie würde sich in letzter Konsequenz nie gegen Mae erheben, erkannte Sophie. Sie war wieder mit Mae allein. Mae ließ den Blick über sie gleiten. Geringschätzig, verächtlich und voller Hass. Jetzt ist es also gleich vorbei, dachte Sophie und versuchte, sich damit abzufinden. Doch da drehte Mae sich plötzlich um und ging zur Tür hinaus.

Um halb zwei am Nachmittag gab es noch immer keine heiße Spur – trotz der Hinweise, die in der Telefonzentrale im Headquarters eintrafen. Auf der Strecke nach Charleville waren die Packers nicht gesichtet worden. Der Mitchell-Highway, die 71, wurde von Charleville bis nach Barcaldine kontrolliert. Von Barcaldine nach Longreach, auf dem Capricorn Highway, war ebenfalls eine Kontrolle unterwegs.

»Man hätte sie schon längst finden müssen!« Shane schüttelte den Kopf. Sollten die Packers doch nicht vorhaben, in ihr Haus in Longreach zurückzukehren? Aber wohin waren sie dann unterwegs?

»In der Nacht kommen die Packers nicht weit. Irgendwann müssen sie auch mal schlafen«, entgegnete Tamara.

»Sie sind zu zweit. Sie können sich abwechseln«, wandte er ein.

»Wenn sie auf der Hauptstraße fahren, werden sie von den Straßensperren angehalten, und in der Nacht werden sie es kaum wagen, sich auf ungeteerten Nebenstraßen fortzubewegen«, gab sie zu bedenken.

Shane wunderte sich über Tamaras Ruhe. Bis zur Dunkelheit würde es noch stundenlang dauern. Genug Zeit für die Packers, zwei Morde zu begehen.

»Hat dir Allan Hall etwas bedeutet?«, fragte er unvermittelt.

Überrascht hielt sie inne, stellte das Glas Wasser, das sie in der Hand hatte, wieder ab. Das ratternde Geräusch der Aircondition täuschte über die Stille hinweg, die sich nach seiner Frage zwischen ihnen ausgebreitet hatte. Schließlich sagte Tamara einfach: »Ja.«

Er schaute aus dem Fenster in das grelle Licht der Sonne. Kim hatte ihm auch mal etwas bedeutet. Wie viel Hoffnung und Zuversicht hatte er am Anfang empfunden! Doch nach und nach hatten sie sie zerhackt, die Hoffnung und die Zuversicht. Stück für Stück, Zentimeter für Zentimeter, systematisch und konsequent und Tag für Tag.

»Shane?«, riss Tamaras Stimme ihn aus seinen deprimierenden Gedanken. Er fuhr herum und blickte ... in Joannas Gesicht.

»Ich dachte, Sie sind heute Morgen abgereist«, sagte er überrascht und bot ihr einen Stuhl an.

Joanna winkte ab. »Diane hat Max abgeholt.«

»Wollen Sie einen Kaffee?« Er hatte noch immer das Gefühl, etwas wieder gutmachen zu müssen.

»Nein, danke. Diane und ich haben uns darauf verständigt, dass ich Max in ein langfristiges Therapieprogramm aufnehme.«

Das beruhigte ihn.

»Sie haben die Packers noch nicht gefasst, oder?«, begann sie.

»Nein.«

»Sie haben doch gesagt, ich soll mein Orakel befragen ...«

Ja, daran erinnerte er sich. Eine dumme Bemerkung, er hatte die Beherrschung verloren. Jetzt war es ihm peinlich. »Tut mir Leid, ich war etwas aufgebracht ...«

»Nun, ich habe es getan.« Über Joannas Gesicht flog ein kurzes, für sie ungewohnt mildes Lächeln.

»Aber es war nur so dahingesagt ...«

»Wissen Sie, ich kann es Ihnen nicht erklären, ich kann Ihnen auch nicht garantieren, dass es Ihnen weiterhelfen wird, aber ...«

»Der Song des Kendi«, schaltete sich Tamara ein, »*hat* uns doch weitergeholfen, oder?« Sie sah Shane an.

»Nun ...«, er zögerte, »in gewisser Hinsicht ...«

»Joanna«, schnitt Tamara ihm einfach das Wort ab, »was wollten Sie uns mitteilen?«

Joanna zog einen Stuhl näher. »Der Song des Kendi, Sie wissen schon, des blauzüngigen Lizards ...«

Mein Gott, dachte er, was will sie wieder damit? »Ja?«

Sie setzte sich. »Der Song geht noch weiter.«

Es gelang Sophie, sich während der Fahrt auf der schmalen Bank aufzusetzen. Hinter ihr war der Vorhang zugezogen. Vorsichtig steckte sie ihren Kopf unter den Vorhang und zuckte zusammen. Das grelle Sonnenlicht stach ihr in die Augen. Ein endloses graues Band Straße zog sich hinter ihnen her. Rechts und links nur ödes Land ohne Bäume. Wohin fuhren sie? In ganz Australien lebten lediglich zwanzig Millionen Menschen. Mae und Archie konnten sie irgendwohin in diese Weite verschleppen, und niemand würde sie jemals finden. Ihr Herz krampfte sich zusammen. Sie dachte an ihre Mutter, die nie wissen würde, ob sie noch lebte, an Catherine ... Tränen liefen ihr übers Gesicht. Nach einer Weile, während der sie unablässig aus dem Fenster gestarrt hatte, kamen keine Tränen mehr. Sie empfand weder Trauer noch Verzweiflung. Sie war fast tot.

Sophie befahl ihren Lungen, sich nicht mehr aufzublähen. Sie befahl ihrem Herzen, nicht mehr zu schlagen. Es gab Yogis, die konnten ihr Herz dazu bringen, stehen zu bleiben, hatte sie gehört. Sie musste sich nur darauf konzentrieren. Sophie versuchte, nicht mehr zu atmen. Die Welt vor ihren Augen trennte sich von ihr. Wie still es war, nur das Rauschen wurde stärker. Der Ozean, blau und tosend ... Eine Woge mit weißem Schaum rollte auf sie zu. Darauf tanzte etwas, ein Junge auf einem Surfbrett. Er lachte und zeigte dabei weiße Zähne. Der Junge sagte etwas, aber sie verstand ihn nicht; das Tosen des Meeres übertönte seine Stimme ...

Sophie schnappte nach Luft, der Ozean verschwand, stattdessen waren da eine graue Straße und ein Auto. Der Mann am Steuer winkte ihr. War das vielleicht eine Chance? Sie hatte nichts zu schreiben, konnte ihm keine Nachricht ans Fenster halten. Lieber Gott, dachte sie, lass ihn nicht überholen! Noch nicht. Sie konnte ihm auch nicht zeigen, dass ihre Hand festgekettet war, sie konnte sie ja nicht hochheben. »Hilfe«, flüsterte sie und versuchte, so deutlich wie möglich ihre Lippen zu bewegen. »Hilf mir!«

Der Wagen fuhr noch etwas dichter auf. Der Mann sah sie jetzt unablässig an. Hoffentlich würde er sie verstehen. »Hilfe, hilf mir!«, wiederholte sie.

Plötzlich sah sie, dass auch der Mund des Fahrers sich bewegte. Gab er ihr Antwort? Er versuchte, ihre Worte nachzusprechen!

Die Verzweiflung jagte ihr Tränen in die Augen. Die freie Hand legte sie an die Scheibe. Mein Gott, er musste doch merken, dass sie in Not war! »Hilfe! Hilfe! Hilfe!«

Er schüttelte den Kopf, blinkte und überholte. Die graue Straße war wieder leer.

Sophie rutschte auf den Boden und schluchzte. Im selben Moment gab es einen Ruck, und der Wagen hielt. Sophie erschrak, ihr Herz pochte. Sofort war sie wieder da, die Angst. Hatte der Mann verstanden und Archie und Mae gezwungen anzuhalten? Bei diesem Gedanken schöpfte sie Hoffnung. Vielleicht kam jetzt die Rettung ...

Die Tür wurde aufgerissen. Sophie kauerte am Boden und sah ängstlich auf. Zuerst erkannte sie die Schuhe, dann die Beine. Es war Mae. Ihre Augen waren schmal und ihre Lippen auch.

»Da hast du dir ja was Feines ausgedacht!«, schimpfte Mae und verkürzte die Fesseln, sodass Sophie nicht mehr vom Boden auf die Sitzbank klettern konnte.

»Was ist denn passiert?«, fragte Sophie unschuldig.

»Stell dich doch nicht dümmer, als du bist!«, herrschte Mae sie an. »Der Typ hat uns angehalten und gesagt, dass es verboten sei, sich während der Fahrt im Wohnwagen aufzuhalten!« Sie richtete sich wieder auf. »Jetzt ist Schluss mit solchen Dummheiten! Du kannst sie dir sparen. Archie wird dich sowieso töten!«

»Wird er nicht!«, schrie Sophie. Sie wusste nicht, ob es Verzweiflung war, Hass oder beides, die ihr den Mut dazu gaben, »wird er nicht! Er liebt mich. Er will nicht mehr ohne mich leben!«

Mae lachte laut und grausam. Sie schlug die Tür hinter sich zu. Kurz darauf fuhren sie weiter.

Sophie lag jetzt am Boden und konnte sich kaum noch bewegen. Warum nur hatte der Autofahrer sie nicht verstanden?

61

Joanna hatte sich ein Glas Wasser geben lassen, bevor sie begann: »Nachdem Ooboon lange genug geruht und sich ein See um ihn herum gebildet hatte, wanderte er weiter. Es regnete nicht mehr, und die Sonne brannte. Er schüttelte sich immer wieder, und die Wassertropfen, die von ihm abfielen, bildeten auf der Erde eine salzige Kruste.«

»Ein Salzsee?«, fragte Tamara aufgeregt, und Joanna nickte.

Immer diese weibliche Verschwörung!, dachte Shane. »Tut mir Leid«, meinte er, »aber zwischen Charleville und Longreach gibt es keinen Salzsee.« Er lächelte bemüht nachsichtig.

»Doch, Shane!« Tamara sprang auf und zeigte auf die Karte an der Wand. »Und zwar genau hier! Der Lake Eyre North wird vom Cooper Creek und all den Creeks aus dem Channel Country gespeist.«

Das wusste er auch. Wenn große Regengüsse die Creeks des Channel Country gefüllt hatten, das so genannt wurde, weil das Gebiet von unzähligen Channels, Kanälen, durchzogen war, dann spülten sie Wasser in den großen Salzsee Lake Eyre, der sonst eine weiße Salzkruste mit bizarren Salzgebilden war.

»Da führt der Mitchell-Highway aber nicht durch«, wandte er ein.

»Nein«, erwiderte Tamara, »aber vielleicht sind sie von Anfang an anders gefahren, haben nicht den Ballone-Highway nach Charleville, sondern die südliche Strecke genommen, über Bollon und Cunnamulla.« Sie deutete auf die dünnen Linien der Karte. »In Cunnamulla sind sie dann nicht auf der 71 nach Charleville eingebogen, sondern sind weiter geradeaus nach Thargomindah gefahren, nicht weit davon verläuft der Cooper Creek ...«

»Du meinst, sie fahren über Windorah und Jundah und kommen von Süden her nach Longreach?« Er stand nun auch an der Wandkarte. »Aber warum so ein Umweg?«

Tamara zuckte die Schultern. Beide sahen zu Joanna, die unbeweglich auf ihrem Stuhl saß und ins Leere starrte.

»Nach langem Marsch roch Ooboon etwas Süßes«, sprach sie mit monotoner Stimme weiter. »Er hatte Hunger, und er liebte Süßes. Es erinnerte ihn an früher. Es roch nach Honigameise, und er drehte sich um und lief zurück, dem Geruch nach ...«

Bisher hatte Shane zugehört, doch jetzt konnte er sich nicht mehr zurückhalten. »Aber das ist doch lächerlich!«, schrie er, »wir können uns bei unserer Fahndung nicht auf diese ... diese ...«

»Ja?« Joannas Blick kehrte wie aus weiter Ferne zurück.

»Diese ... Legende stützen! Das eine hat mit dem anderen doch gar nichts zu tun!« Er stürzte sich auf den Kasten der Aircondition. »Und dieses Geratter kann ja kein Mensch ertragen!«, brüllte er und schaltete sie ab. Die beiden Frauen blickten ihn an, als wäre er ein exotisches Wesen. Mürrisch ließ er sich auf seinen wackligen Bürostuhl fallen. Was um Himmels willen sollte er nun tun? Was Joanna fantasierte, konnte man doch nicht ernst nehmen!

Tamara fand zuerst ihre Sprache wieder. »So, Shane O'Connor, nachdem du dich offensichtlich ein wenig beruhigt hast ...« Er wollte schon etwas erwidern, doch ihre Geste ließ ihn verstummen. »Also, angenommen, sie sind wirklich auf einem anderen Weg nach Longreach unterwegs, sollten wir schleunigst die Kollegen ...«, Tamara trat näher an die Landkarte, um den Namen des Ortes zu lesen, »in ...«

»Das ist doch absurd!«, schnitt er ihr das Wort ab.

»Shane«, sie stemmte die Arme in die Hüften, was ihr zweifellos mehr Autorität verlieh, »wollen wir uns vorwerfen lassen, wir hätten nicht alles in unserer Macht Stehende getan, um die Packers und ihre Opfer zu finden?« Tamara blickte ihm streng in die Augen.

Er seufzte. »Also schön, ruf die Kollegen in Quilpie, Longreach und Windorah an.« Er selbst schickte einen Helikopter zum Cooper Creek.

Nur Minuten später meldete die Telefonzentrale in Brisbane den Anruf eines Autofahrers. Eine Frau in einem Wohnwagen hatte verzweifelt um Hilfe gerufen. Ihm sei die Ähnlichkeit der jungen Frau mit dem Chocolat Girl aufgefallen, nach dem in den Nachrichten gefahndet wurde. Unter einem Vorwand hatte er den Wagen gestoppt. Er würde eine ganze Stange Geld darauf wetten, dass das Paar im Auto Archibald Packer und seine Frau gewesen war.

»Die Stelle liegt allerdings ...«, sagte die Telefonistin, doch Shane unterbrach sie:

»Ja, ich weiß, sie liegt bei Windorah.« Sollte Joanna also doch Recht gehabt haben?

»Windorah? Nein, bei Boolba, und sie fahren nach Osten.«

»Nach Osten?«, wiederholte er erstaunt. Das widerlegte allerdings Joannas These ...

Tamara und Joanna schauten ihn erwartungsvoll an, als er auflegte. Er bohrte seinen Finger auf einen Punkt auf der Landkarte, es war ein Ort zwischen Cunnumulla und St. George.

Tamara runzelte die Stirn, und die vertikale Falte zwischen ihren Augen vertiefte sich. »Dann fahren sie ja zurück, wieder in unsere Richtung und nicht in ihr Haus nach Longreach! Aber warum?«

»Warum? Das ist mir jetzt verdammt egal!« Vor zwei Stunden hatte der Anrufer den Wohnwagen gesehen. Shane blickte auf die Karte. Wenn die Packers in normalem

Tempo weitergefahren waren, mussten sie schon über St. George hinaus sein. Von dort jedoch gingen fünf weitere größere Straßen in fünf verschiedene Richtungen ab.

»Der Geruch der Honigameise lockt ihn an«, begann Joanna, »erinnert ihn an ...«

Shane hatte genug von diesen orakelnden Äußerungen.

»Shane«, fing Tamara wieder an, »vielleicht hat sich der Anrufer geirrt ... Sie müssen an diesem Salzsee sein, auf dem Weg nach Longreach, alles andere ergibt keinen Sinn!«

»Tamara!«, fuhr er sie an. »Hör endlich mit diesem Zeug auf!«

»Shane! Du machst einen Fehler! Joanna, bitte erklären Sie ihm ...«

Er ignorierte sie und benachrichtigte die Polizeistationen in St. George, Roma und Dalby.

Wenige Minuten später saß er neben Tamara auf dem Beifahrersitz, die den Wagen über den nach Süden führenden Highway jagte.

»Fahr los, so schnell du kannst«, hatte er noch gesagt. Überflüssigerweise, denn sie hatte geantwortet: »Schnall dich gut an, ich bin mal Rallyes gefahren.« Sie trat aufs Gas, und er wurde in den Sitz gedrückt.

Schwarz brennt der Schatten ins weiße Salz. Der Atem hat sich im Wind verloren. Genauso wie die Schmerzen und ihr eigener Name. Catherine – als hätte sie nie existiert.

Wie schön und friedlich. Sie braucht nichts und niemanden mehr. Noch nicht einmal mehr sich selbst. Denn sie ist eingegangen in den Geist des Universums – in die ewige Freiheit. Warum hatte sie so große Angst vor dem Tod? Der Film – ja, ihr Leben, das jetzt vor ihr abläuft, so klein und nichtig, warum hat sie sich nur so wichtig genommen? Woran hat sie sich geklammert? An Sophies blondes Haar, an das Lächeln fremder Menschen – alles ein Irrtum. Auch ein Irrtum: ihr Bild von sich selbst. Denn sie hat Sophie im Stich gelassen ...

Catherine liegt mit dem Gesicht im weißen Salz, lässt es durch ihre Finger rieseln. Es ist so fein wie der Sand in einer Sanduhr.

Kurz vor Miles erhielt Shane über Funk die Nachricht, dass ein Wohnwagengespann auf der nördlichen Strecke vor Surat gestoppt worden sei, doch die Fahrer waren zwei junge Männer, und im Wohnwagen wurde niemand gefunden.

Dreißig Minuten später meldeten zwei Polizeiwagen, die aus Moonie im Süden kamen, den gesuchten Wohnwagen gesichtet zu haben. Er fahre nach Norden. In wenigen Minuten müsse er Tamara und Shane entgegenkommen.

»Sollen wir ihn sofort stoppen?«, fragten die Polizisten. Doch Shane entschied, ihn erst passieren zu lassen, und verständigte Helikopter und Krankenwagen.

»Da vorn!«, rief Tamara plötzlich und ging vom Gas. Sie fuhr nun in einer normalen Geschwindigkeit, und Shane nahm die Hand vom Haltegriff an der Tür. Tatsächlich sah er ungefähr hundert Meter vor sich auf der schnurgeraden Straße einen Wohnwagen, der ihnen entgegenkam.

»Ich verstehe nicht, wieso sie diese Strecke nehmen«, begann Tamara, und Shane hob die Schultern. Er kannte den Grund auch nicht. Es war einfach eine Tatsache.

Als der Mitsubishi Pick-up mit dem Wohnwagen an ihnen vorbeifuhr, konnten sie die beiden erkennen. Archibald Packer saß am Steuer, neben ihm Mae, mit einer großen Brille und gräulichem, gelocktem Haar.

»Solange sie nicht anhalten, kann den beiden Frauen

doch nichts geschehen«, sagte Tamara, »sofern sie überhaupt noch am Leben sind.«

»Aber wenn sie ihnen Drogen oder Gift gegeben haben und sie langsam hinten im Wohnwagen krepieren ...!«

Sie hatten den Wagen passiert. Hundert Meter weiter begegneten ihnen die beiden Polizeiwagen.

Und dann geht alles sehr schnell: Die Streifenwagen überholen den Wohnwagen der Packers, blockieren die Fahrbahn, Tamara wendet und jagt hinter den Packers her. Schon sieht Shane die beiden Streifenwagen, die beide Fahrspuren blockieren, und die vier Polizisten davor, die Waffen im Anschlag. Das Wohnwagengespann befindet sich nun zwischen der Straßensperre und Tamaras und Shanes Auto.

Tamara nimmt eine Hand vom Lenkrad, tastet nach ihrer Waffe im Schulterhalfter. Der Wohnwagen wird langsamer.

Tamara fährt dichter auf. Der Wohnwagen stoppt. Tamara bremst. Shane atmet durch.

»Los!«, kommandiert er. Gleichzeitig reißen Tamara und er die Autotüren auf und stürmen auf den Wohnwagen zu. Plötzlich jedoch bricht dieser nach links aus, prescht über die weite Ebene und hüllt sie in eine dichte Staubwolke.

Sophies Knie wurden gegen das Tischbein geschleudert. Sie mussten die Straße verlassen haben. Ihr Kopf stieß gegen die Tischplatte. Mit all der Kraft, die sie noch hatte, versuchte sie, sich am Tischbein festzuklammern. Sie spürte die Stöße des auf und ab springenden Wohnwagens schmerzhaft in ihren Rippen. Plötzlich, es mochten nur ein paar Minuten vergangen sein, blieb der Wagen mit einem Ruck stehen, und sie konnte ihr Gesicht gerade noch vor dem Aufprall gegen das Tischbein schützen. Die Tür wurde aufgerissen, und Archie stolperte herein. Im grellen Viereck aus Licht hob sich der Gewehrlauf ab, der ihm folgte. Die Hoffnung erlosch. Mae hielt das Gewehr in der Hand.

»Einen von euch töte ich«, zischte sie und lachte bitter, »ihr müsst mir nur sagen, wen!«

Sophie starrte in die dunkle Mündung des Gewehrlaufs. Es sollte endlich alles ein Ende haben! Sie hielt es nicht mehr aus.

»Mae, jetzt leg ...«, stammelte Archie und trat einen Schritt auf sie zu. Sophie horchte auf. Archie sah schnell zur Tür. Waren das nicht Motorengeräusche?

»Rühr dich nicht vom Fleck!«, fuhr Mae ihn an, sie hatte die Beherrschung vollends verloren, »sonst hast du 'ne Kugel in deinem verdammten Scheißunterleib!« Mae war außer sich. Sie kniff die Augen zusammen, ihre Nase wirkte noch spitzer. »Jahrelang habe ich alles getan, was du von mir verlangt hast! Ich habe dich geliebt. Ich habe all die Morde mit angesehen, weil ich dich geliebt habe. Ich wollte das nicht! Niemals!« Der Gewehrlauf zielte abwechselnd auf Archie und auf Sophie.

»Aber Mae ...« Archie wimmerte.

»Halt's Maul! Jetzt rede ich!« Mae schien vor nichts mehr Angst zu haben. Ihr sonst so blasses Gesicht war gerötet. »Ich hätte alles für dich gegeben, alles, Archie! Und jetzt verrätst du mich – wegen dieser kleinen Fotze!« Der Gewehrlauf zitterte, senkte sich, aber nur für einen Moment, denn schon zielte er wieder auf Sophie.

»Aber Mae, ich liebe doch nur dich, glaub mir!«

»Wirklich?« Mae lachte auf. »Dann beweise es mir!«

Sophies Herz hämmerte. Etwas Warmes rieselte ihre Oberschenkel hinunter; sie hatte die Kontrolle über ihre Körperfunktionen verloren. »Ja, Mae!«, rief Sophie. »Erschieß ihn! Und dann erschießt du dich und mich gleich mit!« Das alles sollte endlich aufhören.

Archie sah Sophie hasserfüllt an und machte einen Schritt auf sie zu.

Mae lachte. »Da siehst du, Archie, dass sie dich nicht liebt! *Ich* bin es, die dich liebt. Ich! Da draußen stehen die Bullen! Archie!« Sie flüsterte jetzt, und in ihre Augen traten Tränen. »Wir haben nichts mehr zu verlieren, nur noch ... nur noch unsere Liebe, das, wofür ich all die Jahre gelebt habe. Vielleicht war ja alles nur ein fürchterlicher Irrtum, nicht?« Sie wartete, doch er schwieg. »Du liebst sie gar nicht, stimmts? Ich habs mir nur eingebildet! Ja? Sag, dass es so ist! Du hast dich geirrt, ja?«, flehte sie. »Das kann vorkommen, Archie«, sie lachte kurz auf, »so ein kleiner Fehltritt ist schon vielen passiert. Aber am Ende zählt nur das, was du wirklich fühlst, nicht wahr?«

In diesem Augenblick wurden draußen Autotüren aufgerissen.

»Mae, bitte!« Archie trat einen Schritt auf Mae zu.

»Bleib, wo du bist!«, fuhr sie ihn an, »noch einen Zentimeter, und du bist tot!« Der Lauf zielte auf seinen Bauch. Er wich zurück.

»Mae!« Seine Stimme bebte. »Wir gehen alle drauf!«

Warum erkannte Mae erst jetzt, dass sie viel stärker war als er?, schoss es Sophie durch den Kopf.

»Wir nehmen sie als Geisel!«, schrie er schrill.

Den Bruchteil einer Sekunde herrschte absolute Stille. Sophie hörte auch von draußen nichts mehr. Ihr Magen hob sich, ihr Herz würde gleich explodieren, sie konnte diese Angst nicht länger ertragen. Sie als Geisel? Wie sehr wünschte sie sich, dass es endlich vorbei wäre!

»Damit du mich nachher zum Teufel jagen kannst und mit ihr lebst?« Mae lachte. Mit dem Gewehrlauf berührte sie Sophie.

Wie würde ihr eigener Tod aussehen?, fragte sich Sophie.

Ihr Großvater war in seinem Bett gestorben, grau und ausgemergelt.

»Wir entscheiden die ganze Angelegenheit hier und jetzt«, unterbrach Maes Stimme Sophies Gedanken. Ein Sonnenstrahl, der durch einen Ritz zwischen den Vorhängen hereinfiel, blitzte in ihren Brillengläsern auf. »Sag mir, wen ich erschießen soll. Dich?« Mae schwenkte den Lauf auf Archie. »Oder sie?« Sophie zuckte unter dem Schmerz zusammen, als Mae ihr den Gewehrlauf in die Brust stieß.

Mae lud durch. »Sag schon, dass ich abdrücken soll!«

Blitzschnell begriffen Shane und Tamara, was gerade geschehen war, und stürzten zum Auto zurück. Auch die vier Polizisten steckten ihre Waffen weg und rannten in ihre Wagen. Doch als sie schließlich losfuhren, hatte das Wohnwagengespann schon einen ziemlichen Vorsprung.

Tamara war so schnell wie Shane bei ihrem Fahrzeug; sie trat aufs Gaspedal und riss den Lenker herum. Mit quietschenden Reifen schoss der Wagen von der Straße und folgte einer großen Staubwolke. Der Wagen raste über das unebene Gelände und Shane klammerte sich fester an den Türgriff. Sie hatten keine Zeit gehabt, sich anzuschnallen. Die beiden Polizeiwagen waren weit hinter ihnen.

»Wo sind der verdammte Krankenwagen und der Helikopter?« Shane versuchte, bei dem Tempo einen Blick in den Rückspiegel zu werfen. Aber er sah nur in eine dichte gelbe Staubwolke, die sie hinter sich herzogen.

»Shane, da vorn!«, rief Tamara. Der Wohnwagen schien anzuhalten. Tamara drosselte das Tempo. Nur schemenhaft konnten sie in der Entfernung zwei Gestalten aus dem Auto in den Wohnwagen stürzen sehen.

»Sie nehmen die Mädchen als Geiseln!«, sagte Tamara und fuhr langsamer. Hinter ihnen näherten sich endlich die beiden Polizeiwagen. Tamara hielt unmittelbar hinter dem Wohnwagen an.

»Aussteigen«, befahl Shane.

»Scheiße!«, murmelte Tamara.

Shane und Tamara entsicherten ihre Waffen. Das Klicken der sich öffnenden Autotüren klang seltsam unwirklich in der stillen, leeren Ebene. Der Himmel war blau, alle Umrisse waren messerscharf. Jeder Laut, jede falsche Bewegung konnte tödlich sein. Stimmen drangen aus dem Wohnwagen. Als Shane seinen Fuß in den gelben Sand setzte, knirschte es. In wenigen Sekunden hatten sie mit den Kollegen das Fahrzeuggespann umstellt.

»Hier spricht die Polizei!«, schrie er, »ergeben Sie sich!«

Die Stimmen im Wohnwagen verstummten. Endlose Sekunden verstrichen.

»Los!«, kommandierte Shane.

Der Polizist tritt die Tür ein, Shane stürzt sich auf Mae mit dem Gewehr in der Hand, reißt den Lauf nach unten, da löst sich ein Schuss.

62

Das Erste, was er sah, war Blut. Blut an den Wänden, Blut auf dem Boden, Blut an den Vorhängen, Blut ... in Maes Gesicht. Shane rappelte sich auf, legte der am Boden liegenden Frau Handschellen an. Tamara nahm das Gewehr.

Maes Augen waren ausdruckslos, und ihr Mund wollte sich nicht schließen. Widerstandslos ließ sie sich von einem Polizisten auf die Beine helfen. Ihre Augen waren auf Archie gerichtet, der am Boden in einer Blutlache lag und röchelte. Unter dem Tisch kauerte Sophie, kreideweiß und mit riesenhaften Augen. Das blonde Haar klebte ihr am Kopf. Als einer der Polizisten sie berührte, zuckte sie zusammen wie ein verschrecktes Tier.

»Wo ist Ihre Freundin?«, fragte Shane. Doch Sophie verdrehte die Augen und sackte in sich zusammen.

Endlich trafen der Arzt und drei Sanitäter ein. Sie versorgten gleichzeitig Sophie und Archie, hingen ihnen Infusionen an, stillten notdürftig Archies Blutung.

Sophie kam zu sich, und Shane fragte sie nach Catherine. Daraufhin schüttelte sie ein Weinkrampf, der erst nachließ, als der Arzt ihr eine Beruhigungsspritze verabreichte.

»Ich muss mit ihr reden!«, beharrte Shane.

»Sie sehen doch selbst, in welchem Zustand sie ist!«, gab der Arzt barsch zurück.

»Sicher seh ich das!«, herrschte Shane ihn an und versuchte, Sophies Blick einzufangen. Doch sie verlor das Bewusstsein.

Die Sanitäter schafften Archie auf einer Trage hinaus.

»Wird er durchkommen?«, fragte Tamara.

»Bauchschuss. Keine Ahnung, was die Kugel in seinem Innern noch zerfetzt hat«, antwortete der Arzt hektisch.

Hinter den Autos wartete ein Helikopter.

Mae stand in Handschellen zwischen den beiden Polizisten und starrte der Trage entgegen, auf der sie Archie aus dem Wohnwagen brachten. Ihre Lippen zitterten.

»Er war alles, was ich hatte«, sagte sie tonlos zu Shane, »er hätte es nicht so weit treiben dürfen, das hätte er nicht tun dürfen ...« Die letzten Worte hatte sie geflüstert. Als sie Archie an ihr vorbeitrugen, trafen sich ihre Blicke. Wenn er

überleben sollte, würden sie sich erst im Gerichtssaal wiedersehen – und wenn nicht, dann wäre dieser jetzt der letzte Moment, den sie gemeinsam erlebten. Mae schien genau das durch den Kopf zu gehen, denn auf einmal standen in ihren Augen Tränen, und sie sah der Trage nach, wie sie in den Bauch des Helikopters geschoben wurde. Mit einem Mal wirkte sie zerbrechlich.

»Mae«, begann Shane, »was haben Sie mit Catherine Bonnaire gemacht?«

»Ich wollte das nicht, glauben Sie mir, es war Archie!«, wimmerte sie. »Er wollte damit aufhören. Das hat er mir versprochen!«

»Nach dem Mord an Suzanne Longman?«

Sie wirkte überrascht.

»Suzanne Longman hatte einen Sohn«, fuhr Shane fort.

Maes Gesicht nahm einen argwöhnischen Ausdruck an.

»Ich hab Archie überredet, dass er wenigstens den Jungen laufen lässt. Wurde er denn gefunden?«

Shane war klar, dass sie log. »Er hat uns zu Ihnen geführt.«

Maes Mund- und Augenwinkel zuckten. »Ach, endlich hat das alles ein Ende!«

»Nein, noch nicht. Erst müssen wir Catherine Bonnaire finden.«

»Hat denn die andere nicht gesagt, wo ihre Freundin ist? Diese Sophie ist eine Schlange. Hat Archie verführt, damit er sie leben lässt! Ich hab sie durchschaut, aber Archie wollte nicht auf mich hören!« Sie hatte den letzten Satz geschrien und warf hasserfüllte Blicke zum Wohnwagen hin, in dessen Schatten sich einer der Sanitäter um Sophie kümmerte, die auf einer Trage lag. Sie spitzte den Mund, als wollte sie Sophie bespucken. »Diese Catherine ist tot.«

»Wo?« Er packte sie am Oberarm.

Sie schrie auf. »Sie tun mir weh!«

»Wo ist Catherine Bonnaire?« Er schraubte seinen Griff fester, doch Mae presste die Lippen aufeinander und grinste bösartig.

Shane unterdrückte den Impuls, ihr ins Gesicht zu schlagen, und gab stattdessen den beiden Polizisten ein Zeichen, Mae abzuführen. Sie setzten sie in den Polizeiwagen, warfen die Türen zu. Der Wagen verschwand wenig später in einer Staubwolke, und das Motorengeräusch verebbte in der Weite.

Sophie war langsam aufgetaucht – aus einer neuen Welt, in der es keine Schmerzen gab, keine Angst, keinen Lärm. Alles war hell, freundlich und mühelos. Doch etwas hatte sie von dort weggesogen: In der freundlichen Welt gab es nichts, woran sie sich festklammern konnte. Immer, wenn sie nach etwas griff, entglitt es ihren Händen. Nichts war fassbar, und so saugte diese Kraft sie durch einen düsteren Tunnel. Das Licht wurde immer schwächer und verschwand schließlich ganz. Und dann plötzlich lag sie schwer atmend und schwitzend auf einer Trage vor einem Wohnwagen inmitten gelbroten Sandes, über dem sich ein kobaltblauer Himmel spannte. Sie bemerkte auch die anderen Menschen. Die Polizistin mit den kurzen, braunen Haaren, die Sanitäter – und da, am Auto, neben den Uniformierten und dem Mann mit dem Schulterhalfter ... Mae.

Ein Hubschrauber setzte auf, stand da wie ein riesenhaftes Insekt; die im grellen Sonnenlicht reflektierende Glasscheibe wirkte wie ein alles sehendes Facettenauge ...

Die Polizistin fragte etwas. Hatte sie richtig verstanden? Wollte sie wissen, wo Catherine geblieben war? Catherine ... Ein stechender Schmerz bohrte sich in ihren Magen. Nein, sie, Sophie, war nicht schuld. Es waren Archie und

Mae, die Catherine ausgesetzt hatten. Catherine hatte sterben müssen, denn Archie hatte ja nur sie, Sophie, gewollt. Nein, sie war nicht an Catherines Tod schuld. Nein ...

»Sophie?« Shane blickte auf die junge Frau, deren Blick aus weiter Ferne zu kommen schien. Ihre Haut war wächsern, und ihre Lippen waren fast so weiß wie ihr Gesicht. Wie ein Wesen von einem fremden Stern erschien sie ihm, das nicht wusste, was die Geschehnisse um sie herum zu bedeuten hatten.

»Sophie? Sie heißen doch Sophie?«

Wieder reagierte die Frau nicht. Shane seufzte; er spürte, wie ihnen die Zeit davonlief.

»Sophie?« Tamara beugte sich über die Trage. »Où est votre amie, Catherine?« In dem Moment flackerten Sophies Augen. »Vous comprenez?«, fuhr Tamara fort. Shane bemerkte, dass Sophie ganz leicht den Kopf hob. Doch den Bruchteil einer Sekunde später verdrehte sie wieder die Augen, und ihre Lider fielen zu.

»Verdammt«, fluchte Shane, »warum haben Sie ihr nicht etwas anderes gegeben, Doktor? Wir brauchen Informationen von ihr!«

»Hören Sie, Detective, meine Aufgabe ist es, für das Überleben dieser Frau zu sorgen. Sie hat einen verdammt ernst zu nehmenden Schock erlitten!« Mit diesen Worten folgte der Arzt der Trage, auf der Sophie zum Helikopter gebracht und verladen wurde. Der Krankenwagen fuhr ab, und wenige Sekunden später erhob sich der Helikopter mit dröhnenden Rotorblättern in den blauen Himmel.

Als es wieder still war und der Helikopter zu einem grauen Punkt verschmolzen war, seufzte Tamara. »Wir haben unser Bestes gegeben, oder?«

»Wir lassen den Kollegen im Helikopter weitersuchen – über diesem verfluchten Salzsee!«, murmelte er.

Tamara sah ihn überrascht an. »Aber diese Legende, die

ist doch Unsinn – das haben wir doch gerade gesehen ... Das ist alles Unsinn ...«

»Wirklich, ich weiß nicht ...« Shane zuckte die Schultern und gab die Anweisung über Funk durch. Er fühlte sich niedergeschlagen. Ihr Bestes hatte nicht gereicht. Ein halber Sieg war kein Sieg. Tamara bückte sich und hob etwas auf, das Sophie aus der Hand gefallen war. Es war ein kleiner grün-gelber Dinosaurier.

EPILOG

Wie der Mann sie gefunden und in die Klinik gebracht hatte, daran erinnerte sich Catherine nicht, nur an seinen Geruch nach Zigaretten, Schweiß und Metall. Gestern hatte er sich telefonisch nach ihr erkundigt. Bis auf ein oder zwei Kilometer habe sie sich an die Straße herangeschleppt, erzählte er ihr. Er hatte seinen neuen Jeep abgeholt und war einfach von der Straße abgefahren und mit Vollgas über das Salz gerast. Wirklich nur ein Zufall? An Millionen anderer Stellen hätte er von der Straße abfahren können.

Sie erinnerte sich an die Worte der Krankenschwester: »Ihre Freundin liegt auf demselben Gang, in Zimmer neununddreißig.«

Es war erst halb sieben am Morgen. Seit zwei Tagen lag sie in der Klinik; man hatte ihrem dehydrierten Körper Flüssigkeit zugeführt, die Verbrennungen behandelt. Noch ein paar Tage, hieß es, und sie könne entlassen werden. Die Frau, die bei ihr im Zimmer lag, war wieder eingeschlafen. Auf einmal verspürte Catherine das Verlangen, nach draußen zu gehen. Langsam stieg sie aus dem Bett, schlüpfte in Gummilatschen, zog vorsichtig, ohne sich die Infusionsnadel herauszureißen, ein Hemd über. Dann drehte sie den Türknauf und trat hinaus auf den Korridor.

Eine Krankenschwester nickte ihr zu. Zimmer neununddreißig, hallte es in ihrem Kopf. Fünfunddreißig, siebenunddreißig – vor Zimmer neununddreißig blieb sie stehen.

Sie konnte Sophie nicht in die Augen sehen. Jetzt noch nicht. Sie hatte Sophie verraten. Ausgerechnet sie, Catherine, hatte die Nerven verloren – und nur noch an ihr eigenes Überleben gedacht. Und so ging sie weiter. Als sie die Glastür ins Freie aufstieß, atmete sie tief die heiße, trockene Luft ein.

Plötzlich wurde es ihr klar: Sophie und sie waren nie Freundinnen gewesen.

Grell leuchtete die Sonne. Noch fünfeinhalb Milliarden Jahre lang. Tag für Tag. Der Himmel über ihr war blau – und ohne Grenzen.

Im Vorüberfahren verwischten die niedrigen Büsche zu silbrig-grauem Gewebe. Die Aircondition funktionierte noch immer nicht, und im Radio kündigten sie den nächsten Triathlon an der Goldcoast an.

Shane und Tamara waren auf dem Weg nach Brisbane. Archie hatte überlebt. Sobald er transportfähig war, würde man ihn ins Untersuchungsgefängnis nach Brisbane überführen, wo Mae und er auf ihren Prozess würden warten müssen. In der Ferne machte Shane eine Gruppe knochiger Rinder aus.

»Glaub mir, wir hätten Catherine Bonnaire ganz bestimmt auch entdeckt, Shane«, Tamara sah von der Straße auf und zu ihm herüber, »der Helikopter wäre lediglich eine Stunde später über diesen Salzsee geflogen.«

Er sah aus dem Seitenfenster. Vielleicht wäre diese eine Stunde später schon *zu* spät gewesen, dachte er.

»Weißt du, was ich mir einfach nicht erklären kann?«, fragte Tamara. »Wieso der Kendi-Song den Weg der Packers beschrieben hat. Ich meine, sie waren am Salzsee, und sie fuhren zurück, wie in dem Song ...«

Diese Frage stellte er sich unablässig. *Der Geruch der Ho-*

nigameise lockt ihn an, er liebt Süßes, erinnert ihn an ..., hatte Joanna fabuliert ... *erinnert ihn ...*

Wie Schemen tauchten Erinnerungen auf.

»Ist was?« Tamara blickte ihn besorgt an.

»Wo haben die Packers früher gewohnt?«

»In Tasmanien. Archibald in Launceston, in Melbourne haben sie geheiratet, und ihr Haus haben Sie in Longreach ...«

»Nein, vorher ... Halt mal an.«

Als der Wagen stand, sprang er hinaus, öffnete den Kofferraum und schlug den Ordner auf, in dem er die Unterlagen über die Packers abgeheftet hatte.

Tamara war ebenfalls ausgestiegen und blickte ihm über die Schulter. »Das kann nicht sein«, sagte sie, »du meinst, dass ...«

Er nickte. Die Packers hatten bis vor zehn Jahren in Wandoan gewohnt, ungefähr fünfzig Kilometer nördlich von Miles.

Vor zehn Jahren war dort ein sechzehnjähriges Mädchen verschwunden. Es war vom Besuch bei einer Freundin nicht mehr nach Hause gekommen. Alle Ermittlungen der Polizei waren im Sand verlaufen. Seit zehn Jahren gab die Mutter des Mädchens immer wieder Interviews in der Presse, initiierte Aufrufe im Fernsehen, weil sie immer noch nicht glauben konnte, dass ihr Kind getötet worden war. Seit zehn Jahren schlossen ihr Mann und sie die Gartentür nicht mehr ab, wagten nicht, umzuziehen oder in Urlaub zu fahren, aus Angst, ihre Tochter könnte gerade während ihrer Abwesenheit nach Hause zurückkehren.

»Mae und Archie wollten an den Ort ihres wahrscheinlich ersten Verbrechens zurück«, überlegte Tamara, »... dorthin, wo ihr gemeinsames Schicksal begann ... Vielleicht wollte Mae durch diese Erinnerung Archie von Sophie losreißen ...?«

Er warf den Kofferraum zu. Man würde die Packers mit den damaligen Ereignissen konfrontieren und vielleicht endlich das Verschwinden des Mädchens aufklären können.

Schweigend fuhren sie weiter. Rosa-graue Papageien flogen vor ihnen von der Straße auf, ein Tierkadaver verweste im Graben.

»Wenn Romaine nicht getötet worden wäre und nicht das gleiche Auto wie die Studentinnen gefahren hätte«, begann Tamara, »hätten wir Sophie und Catherine nicht retten können, hätten nie von Archies und Maes Verbrechen erfahren, das Grab von Max' Mutter nicht gefunden ... Ich frage mich, Shane, ob das alles wirklich Zufall war oder ob wir nicht doch alle einem verborgenen Plan folgen, wie der Lizard ...«

»Mit wem bist du eigentlich Rallye gefahren?«, entgegnete er, anstatt zu antworten.

Überrascht sah sie ihn an. »He! Shane O'Connor hat mich gerade etwas über mein Privatleben gefragt!« Sie lachte auf und sah zu ihm herüber. »Mit meinem Exmann.«

Sie war geschieden. Wie er, dachte er noch und verbot sich sofort alle weiterführenden Gedanken. »Pass auf, da vorn ist eine Baustelle«, brummte er und riss seinen Blick von ihr los. Sobald er wieder in Brisbane war, würde er sich mit seiner Tochter treffen, nahm er sich vor. Vielleicht könnten sie zusammen Tennis spielen oder ins Kino gehen, oder sie könnten an der Goldcoast surfen, und unbedingt sollte er mit ihr über diesen Frank reden und über ihre Mutter und ... und über die Schule und über ihre Freunde – hatte sie eigentlich einen Freund? Mein Gott, wie wenig er von ihr wusste!

Harmlose kleine weiße Wolken standen am hellblauen Himmel. Warum könnte er Tamara nicht noch auf einen Drink einladen?

Mein besonderer Dank gilt Sarah Chandler und Pete Mitchell für ihre Gastfreundschaft in Australien, meiner unermüdlichen Lektorin Karin Schmidt, meiner Agentin Heinke Hager von Graf & Graf, Gabriele Fauser und Monika Dobler von der Glatteis-Buchhandlung München für ihre Unterstützung, meinen Eltern und schließlich Simona für ihre Geduld und ihre Kritik.

»Ein rätselhaftes Volk im Dschungel von Guyana«

Ralf Isau
DER SILBERNE SINN
Roman
768 Seiten
ISBN 3-404-15234-4

Eine junge Anthropologin, getrieben von dem Drang nach Wahrheit. Und mächtige Männer, entschlossen, die Wahrheit um jeden Preis zu verschleiern. Ein gefährliches Spiel. Unerbittlich und mit allen Mitteln geführt: Denn Macht kennt keine Moral.

»Ralf Isau gelingt es, seine fiktiven Ideen mit den realen Ereignissen unseres Jahrhunderts so zu verbinden, dass nach der Lektüre mancher Leser wohl nicht mehr wissen wird, was er im Geschichtsbuch und was er in dem Roman gelesen hat.«
Frankfurter Rundschau

Bastei Lübbe Taschenbuch